Hottentot Venus

ホッテントット・ヴィーナス

ある物語

Barbara Chase-Riboud

バーバラ・チェイス＝リボウ

井野瀬久美惠［監訳］

安保永子・余田愛子［訳］

法政大学出版局

Barbara Chase-Riboud
Hottentot Venus: A Novel

Japanese translation rights arranged with
Barbara Chase-Riboud
c/o Sandra Dijkstra Literary Agency, California
through The English Agency (Japan) Ltd.

扉図版
ロンドン興業を終え，地方巡業に出かける直前のサラ・バールトマンを描いた版画
（フレデリック・C. ルイスによる色彩版画，1811 年 3 月，大英博物館蔵）

ネルソン・マンデラに

目次

ホッテントット・ヴィーナス　ある物語

凡例

一、本書は、Barbara Chase-Riboud, *Hottentot Venus: A Novel*（New York: Doubleday, 2003）の全訳である。

一、原文の「イングランド」は、とくに区別が必要となる場合以外は、日本の慣例に従って「イギリス」と訳している。

一、原文の引用符は「　」で括り、大文字で記された文字についても「　」で括った箇所がある。

一、原文の（　）、――については、一部取り外して訳出した。

一、原文のイタリック体で記された箇所は、原則として傍点を付した。

一、文中に訳者が挿入した註は〔　〕で示した。

主人公覚書

昔、民のなかの民と呼ばれるコイコイ人が南アフリカの東海岸に住んでいた。一六一九年、ポルトガル人が私たちを見つけ、文明とそれから梅毒、天然痘、奴隷制度をもたらした。次にやってきたのはオランダ人で、私たちにホッテントットという呼び名をつけた。これはオランダ語で「どもる人」のことだが、彼らには私たちの言葉がそう聞こえたのだ。彼らは私たちに私有財産というものを伝えた。土地を盗み、柵をはりめぐらせることによって。そのあとにはイギリス人が続き、私たちすべてを階級と種類に体系化し、自分や自分と似た者を白人と呼び、私たちホッテントットやブッシュマンやニグロのことを黒人と呼んだ。けれど私の知る限り、私たちのだれひとりとして、そんな名前を望んだことはない。だから、この、私の真実の物語を話すにあたり、自分たちで決めたわけでもないこの名前についてずいぶん悩んだ。でも、私たちにこんな名前をつけた人たちも読むかもしれないのだから、この名前は使わなくてはならないと思った。それにホッテントットもニガーとおなじように侮辱的な言葉だけれど、この私の物語のなかで使ったのは、ちょうど黒人が自分たちのことをニガーだなんて思っていないのに、最初にその名前をつけた白人相手にその言葉を使っている、そんな感覚にすぎない。神様が彼らのことを白人と呼ばないのとおなじように、きっと私のこともホッテントットと呼んだりしない、私はそう思っている。

S・B

第I部　一八〇六年、南アフリカ、ケープタウン

人間は、始まりという作り事なしには何もできないものである。厳密な測定者である科学ですら、作り事の単位から物事を始めざるをえない。そのため、終わりなき星の運行も、恒星時計が時をゼロと定めた時点から始まることになる。過去を顧みたところで、それはわれわれを真の始まりには導かないであろう。われわれの始まりが天国からであるか、地上からであるかというようなことは、われわれの物語が始まる前提となったあらゆる要因のなかのほんの小さなかけらでしかない。

ジョージ・エリオット『ダニエル・デロンダ』

第1章　今日は見世物興行《フリークショー》はない……

陛下、

生き物に関する博物学が提起しているのは、何よりもまず、心というものが、いかなる推論をもとにしても前の段階を推し量ることなどできないという厄介な問題なのであります。起源や発生について説明できるものは何もありません。起源や発生というものは、あらゆる人間の努力をもってしてもいまだに妥当な答えを見いだせずにいる、永遠のミステリーだと申せましょう。

ジョルジュ・レオポルド・キュヴィエ男爵が、
一七八九年以来の科学の進歩について、ナポレオン皇帝に宛てた手紙

一八一六年、大羚羊《アンテロープ》の季節、イギリスの暦でいえば一月。今日は元日なので、見世物興行《フリークショー》はない。そして、この日は私の誕生日。人びとの記憶にある限り、パリの冬がこれほど寒かったためしはなかった。町は雪ですっぽりと包まれ、セーヌ川のきしむ氷の上で、何百人もの人がスケートを楽しんでいた。ノートルダム寺院の鐘が鳴っている。ルイ一八世が三二〇フランを寄贈し、凍えて飢えた町の貧民たちに恵みを施したことを讃えているのだ。私は友人たちのことを考えた。みんな生まれつきの奇形で、「生まれてきてはいけないものたち」だった。彼らはサントノレ通り一八八番地の玉石敷きの中庭に集まって、新年を祝うために「兎の巣穴亭」に繰りだすところだろう。ミス・リスダル、身長三〇インチ〔約七六センチ。一インチは二・五四センチ〕、三五歳、ミス・ハー

ヴィー、膝までの長さの申し分なく白い、絹のような髪とピンク色の眼。ミスター・ランバート、一二フィート〔約三メートル六六センチ。一フィートは三〇・四八センチ〕の巨人、ボルヴラスキ伯爵、二フィートの小人《ミジェット》、そして、ミス・デュクロは立派なあごひげの女性。

私はというと、病気が重くて、みんなといっしょには行けなかった。ご主人様のレオ親方はとっくに、ほかのサーカス団の団長たちと祝いの晩餐に出かけていたけれど、私はとても具合が悪くて、もういちいち気にかけていられないほどだった。私のからだは熱で燃えるようだったし、胸にはどんな咳をしても取れそうもない、奇妙なかたまりがつかえているようだった。もう何カ月もこんな感じだった。痙攣《けいれん》が起きたら、私は絞め殺されるだろう。痛みで胸が張り裂けそうだったので、倒れないように、テーブル、肘掛け椅子、ドアの枠、とにかく手当たりしだい何にでもしがみついた。ここ数週間ずっと握りしめている白い大きなハンカチは、やがて血が染みて使えなくなることだろう。どうして具合が悪いのか、コイコイ語にはそれを表わす言葉はなかったが、英語にはあった。二年前、マンチェスターの工場で見つけた召使いのアリスは言った。五年もたちゃ雪にも慣れて、肌に触れた感じや唇についたときの冷たく湿った感触もわかったろうし、骨に凍みる冷たさも思い知っただろ。あったかくて乾いたところに帰りな。でなきゃ、死んじまうよ。そう、私は喜望峰へ、私が生まれ、兄弟や姉妹がいる場所へ帰らなければならなかった。そんなこと、できるのだろうか。

もし今日が元日でなかったら、ご主人様の動物サーカスで展示され、やっと立っていられるだけの八×一二フィートの竹の檻のなかに、ほとんど裸でさらされていただろう。真珠と羽根飾りのついた前垂れ、乾かした内臓で作ったすね当て、顔料を塗った顔、革の仮面、染めて編みこんだ髪、牝鹿皮の赤い籠手《こて》、片方の肩には羊皮のラッパ〔女性用肩掛け〕、ガラス玉と貝殻でできたチラチラ光るネックレス、羽根の冠、コヤスガイの卵のイヤリング、そんなものだけを身につけて震えていたことだろう。そして、檻のなかでできることといえば、ほんの数歩よろよろ歩いたり、暖を取るために煉瓦窯の前でかがんだり、あるいは親方の怒鳴り声に従ったりすることくらいだった。彼は大声で口上を並べたてて群衆を楽しませていた。私を取り囲んでいたのは、たくさんの、ときには数百もの白人の顔で、それらがみんな食い入るように私を見つめた。戦慄、憐れみ、恐怖に輝く顔、あるいは気晴らし、軽蔑、びくびくしながら刺激を求める薄ら笑い。ギラギラした目、突きだした唇、汗ばんだ肌。泣き声、罵声、叫び声、笑い声、そういった声が時として、私を圧倒し、それはまるで大海原の波に飲みこまれるかのようだったが、それらが残していったものは塩ではなく液状の憎悪、私のあらわな肌やむきだしの足やほてった顔、そして焼けつく脳を打ちつける憎悪だった。何年もかけて、私は群衆から自分を切り離し、空を舞うムラサキサギのように彼らの上を漂うことを学んだ。感じないこと、耳を傾けないこと、考えないことを身につけた。私は言葉を理解しないことに決めた。たとえそれが憐れみや同情の言葉であったとしても、それもまた、彼らにとってはちょっとした娯楽にすぎず、怪物や動物、人間でないものや醜いもの、異教徒やホッテントットを憐れむためのものだったから。

私は黒いムーア人、黒い皮膚におおわれた邪悪。顔がひしゃげた者やふたつのからだがくっついている者すべてに神の罰がくだるという警告にして象徴。神は私をエデンの園ばかりか、人類からも追放して罰したのだ。私は「生まれてきてはいけないもの」、イヴのイメージで創られたにもかかわらず、彼女には似ず、人類にさえ属していない。私は獣と人のあいだに存在する「失われた環《ミッシング・リンク》」の雌であり、三フラン払って、怪物の形や色を遠巻きに眺めるパリの観客たちに、発見の喜びをもたらすためだけに創られた自然の驚異だった。

ときおり、私は狂ったようにうなったり、唾を吐いたり、金切り声をあげたり、シーッと言ったりした。ときには踊りながら声を立てて笑うことや、ギターを弾きながら歌いだすこともあった。また、ときには、目玉をぎょろつかせたり、唇を突きだしたり、お尻を振って道化役を演じたりもした。けれども、足は動かず、ギターもかき鳴らせず、膝も曲がらないときもあった。寒すぎたり、具合が悪かったり、モルヒネの打ちすぎで動けないこともときおりあった。そんなときは、不愉快きわまりない客たち、痰や唾を吐き、タバコを噛み、息の臭い連中から、料金に見合っていないぞと大きな野次が飛んだ。みんなが見たかったのは、ヴィーナスの彫像ではなく、うなったり、足を踏みならしたり、からだをくねらせる生きたヴィーナス、獣のような胸や尻や眼、とりわけ彼らにとっては美しくもなんともない獣のような顔を持ったヴィーナスだったのだ。私は共通のさげすみと拒絶の感情でみんなをつなぎあわせる膠《にかわ》だった。

たまに、人ごみのなかに見慣れた顔があるのに気づくことがあった。それは白い顔で埋めつくされた埃っぽくてぼんやりした風景のなかから、二度、三度、あるいはもっと頻繁に現われた。最初に見たものが現実だと、幻を見たわけではなかったのだと、確かめるために戻ってきた人間がいたのだ。確かめてから、もういちど信じがたいものをじっくり眺め、想像を絶するものについて考えをめぐらせるのだ。私はそういった連中がいちばん嫌いだった。あいつらだって人間だということを私に思い出させたから——それは、私が考えないようにしてきたことだった。ほかには、妻や子、隣人や友人にも教えてあげようと、戻ってくる人たちがいた。もっと別の理由で戻ってきた人もいたにちがいない。というのは、見慣れない人のなかにもつねに、前に見た顔が混じっていたからだ。そして、たまには私たちの目があうこともあったが、そこには同情とは相容れない怖れが見てとれた。そんなとき、私は心のなかで笑いながら、雨乞いのまじない師の戒めを思い出したものだ。人間でないものにまじないは効かない、という戒めを。

私というものが現に存在するということをはっきりと示す、そのためだけにでもここに居続けたいという私の願いをだれもわかってくれない。私は人びとの想像の産物になることを拒んだ。ホッテントットの奇怪さも何もかも含めて、私は私でいたかった。私は生身の人間、私は生きてここにいる。食べて寝て排泄して、愛してセックスして、泣いて夢みて、そして血を流す。私の人間性は私が持っているたったひとつのものだ。存在する権利、それこそ私がここにとどまっている理由だ。私をあざ笑う人たちは、私を抹殺し、消えてなくなれと罵りたいのだ。でも私は負けない。私は断固ここにとどまる。けっして尻を動かしたりしない。私は有名だし、広く名前を知られていた。フランスのご婦人方はホッテントット風のファッションを身につけたし、ありとあらゆるものにその名がつけられた。そう、醜いもの、粗野なもの、文明化されていないもの、野蛮なもの、不恰好なもの、非難の的になるもの、そういったものすべてに、私の名前、ホッテントットがつけられたのだ。

私の部屋は、アリスががんばって掃除してくれたにもかかわらず、汚かった。まあほんとうのことを言うと、いつも徹底的に片づけてくれたわけではなかったのだけれど。しかし、アリスと私はお互い理解しあっていた。アリスはメイドというよりは管理人であり、コックというよりは乳母だ。いまでは、私が口をきくのはアリスだけだった。狂気と私のあいだを橋渡しする人間は彼女だけだった。イギリスにいたときに、アリスは私に読み書きを教えはじめた。読み書きができないというだけで、あんたがばかということにはならないよ、彼女はよくそう言ったものだ。「文盲」ってのはばかとは違う。文盲であっても一人前になれるし、それに読み書きができてもばかだってこともあるしさ……もしも、私といっしょにフランスに来ていなかったら、アリスはいまごろ、死んでいただろう。あんた、命の恩人だよ、サラ、それが彼女の口癖だった。あたし、そのことは絶対忘れないよ。アリスはいつも二時までここにいて、ベッドルームの隅にあるフランス風の大きな銅のバスタブに、毎日、お風呂を用意してくれた。それから、夕食まで自分の部屋に戻った。アリス・ユニコーンは私がいままでに友だちになった人のなかで、三〇インチの身長だったり、娼婦だったり、髭が生えたりしていない、唯一の白人女性だった。

　鋳鉄製の大きな青と白の石炭ストーブは、何もかもをその煙で煤けさせ、部屋の隅で見張り番をしていた。私はストーブに貼ってあるタイルの数を来る日も来る日も数えた。煙のせいで壁紙は黄色く変色し、亀裂が入ってしまっていたが、かつては私の足下のタイル同様、青と白によく映える美しい花柄だった。まわりは汚らしかったが、自分の身は清潔にし、肌は鯨の脂肪でつやをだしたときのようにやわらかく、すべすべにして、傷もつかないようにしておこうと心に決めていた。起きている時間で檻に入っていないときは、新しいグリースやポマードを試して、顔、首、手、足、胸、太ももにそれらを塗りたくった。両手には子ヤギ革《キッド》やサテン、ベルベットのやわらかい手袋をはめ、そうした手袋を何十と集めた。アリスの話では、私のからだには実際、ロンドンのロイズ社によって五〇〇ポンド以上の保険がかけられていた。これはいまの所有者の考えにちがいなかった。前のご主人様、つまり前夫がそんなことを考えつくなんて想像もできない。でも、それもずっと昔の出来事。そんなこと、もうこれ以上考えないし悩みもしない。できないもの。考えたら、気が狂ってしまう。いまは、温かい安らぎに満ちたお風呂につかりたいだけ。アヘンのパイプとジンで忘却に身を沈めたいだけ。夢のなかに生きるだけ。それは、まだ私が「生まれてきてはいけないもの」ではなかったときの夢。

　どんよりとした冬の午後には早くから石油ランプが灯され、銅のバスタブがその輝きできらめいていた。湯気が、水滴のついたバスタブから立ちのぼり、ケープ地方の霧のようだった。アリスはそこにバケツでなみなみと湯を注いでくれた。立ちこめる湯気で、まばらに置いてある調度品は見えなくなった。ベッド、オットマン、丸テーブル、パンフレットの束、サーカスのポスター、肌色の絹のシース〔身体にぴったりした細めのドレス〕、そして壁のフックにかかったビーズのネックレス。アリスは丹念に、私のフェイスペイントやオイルを並べていたけれど、部屋のほかの部分は乱雑でだらしなく、絶望の独房といったところだった。食べ残しがテーブルの上にそのままになっていたし、ジンやブランデーのボトル、数個のクリスマスのオレンジ〔オレンジはクリスマス・シーズンの到来を告げる風物詩〕、古い家賃の領収書に混じって、私の薬も置きっぱなしになっていた。新聞紙や大判の広告ビラや劇場のポスターも、そこらじゅうに散らばっていた。何もかもがよごれて、汚かった。私の吸っている空気さえもよごれているように感じたし、寒さと闘うために燃え続ける暖炉やストーブの火でさえも、そうだった。私はバスローブをしっかりとかきあわせて、アリスがダッガ（大麻）のパイプを用意して、バスタブのそばの小さなスツールの上に置くのを見つめていた。

「なーんにも食べるものがないねぇ」アリスは首を振りながら言った。

「いいさ」彼女のマンチェスター訛りをまねて、私は答えた。「食べる気しねぇし」

「クリスマスのオレンジがあったっけ」アリスが答えた。「むいたげるよ」

アリスはさらにオレンジをふたつ、バスタブのそばのスツールの上にのせ、よごれたナプキンの上にオレンジの房を並べた。このオレンジのかおりが私の憶えている最後のにおいだ。けれど、それは黄色い果肉とさわやかで甘い皮のかおりではなく、硫黄のいやなにおい、血の後味だった。私は舌の上でそのひと房を転がした。そして、味わいながら呑みこんだ。私の皮膚からうっすらと汗がにじんで光っていた。バスタブに入るのをアリスが手伝ってくれているあいだ、私は震えていた。アリスはいつものように、私の陰部《エプロン》から目をそらしたが、私にはもはや隠す気もなかった。私の避難場所に心地よく沈みこむ。ほろ苦い酸味はまだ舌の上に残っていたが、目を閉じ両手をおろした。お尻のかさだけお湯があふれて、床と新しいタオルの上にこぼれた。火のついたパイプがシュッと音をたてる。私は息をつめて頭までお湯のなかに沈みこみ、目をあけた。潜ってしまえば、醜い天井も、醜い家具も、醜い床、主人の醜いブーツ、醜い闇を照らす醜いランプも、何も見えなくなった。
「じゃあね、サラ」アリスは声をかけると出ていった。鍵をかける音がして、私は閉じこめられた。そのあと、少しためらってから思い直したかのように、また鍵をまわす音がして、錠がはずされた。アリスはドアを開けたままにしていった。アリスは私を自由にしていったのだ。私はもう、この部屋からも、この生活からも抜けだせるんだ。私は自由。レオともサーカスとも永久におさらばできるのだ。その気持ちさえあれば、バスタブから出て、服を着て、奴が戻る前に立ち去ることもできる。木の厚底靴をはいた足を引きずりながら、よたよたと歩いていくことができる。中庭を抜け、噴水を後にし、鉄の門を通って、門番小屋、ぽつんと立つ葉の落ちた菩提樹、霜におおわれた明るい窓辺を通り過ぎて。汚水や雨水や雪が勢いよく流れるむきだしの側溝をひとまたぎして、辻馬車を止め、去っていけるのだ。

　私はアリスが気づくより前から、長いあいだ体調が悪かった。ずいぶん前のことなので、いつからとは覚えていない。たぶん春ごろ、王立植物園で三日間調べられたあたりからだと思う。クール・ド・フォンテーヌは体調を崩すような場所ではなかったのだから。フォンテーヌとは、パレ・ロワイヤル〔王宮の意。ルーヴル宮殿の北隣に位置する。ルイ一四世が移り住んだことでこう呼ばれた〕の大噴水や庭園用の貯水池のことだ。地区全体はパレ・ロワイヤルの丸天井の回廊に端を発し、レ・アルにまで及んでおり、パレ・ロワイヤルの回廊にはギャラリー、商店、屋台、カフェ、バー、パン屋が並び、遊歩道があった。レ・アルは食肉街で、いわゆるパリの胃袋だったが、胃袋だけでなく、ありとあらゆるパリの臓器であり――パリの心臓、肝臓、腸、そしてパリの糞でさえあった。いちばんずるくて、すばしっこくて、大きくて、ずうずうしいドブネズミが、この地区を支配していた。それは町一番の大食らいで、そこかしこと走りまわっては、レ・アルのもっと弱いネズミともつるんでいた。この地区では路地や小道や袋小路が迷路のようになっていて、数多くの劇場、ミュージックホール、サーカス、バー、コーヒーハウス、レストラン、展示場、カジノ、居酒屋、それに売春宿が軒を連ねていた。あらゆる種類の動物や人間やそのほかのものがここに住んで、見世物にされていた。ゾウ、キリン、ラクダ、トラ、ヘビ、オウム、そして、それらに寄生しているあらゆるもの、ノミ、ダニ、シラミ、ネズミ。これが私の住んでいるところだった。

私はサントノレ通り一八八番地で見世物にされていた。そこはかつて、サントノレ・カトリック神学校があったところで、革命で壊されるまでは修道院だった。いまではその一郭が売春宿になり、昔のワイン貯蔵庫は娼婦の便所として使われている。そのそばにある家具付きのホテルは、界隈にいっぱいある淫売屋で、商売に精を出すけちな娼婦の宿にあてられていた。そこにはまた、ご主人様の行きつけのグッド・チャイルド・ギャラリーのような賭博小屋があって、ルーレット、ビリビ〔ロトや宝くじに似た賭けゲームの一種〕、パス・ドゥー、トラン・テ・カラント〔ともに賭けトランプの一種〕といったあらゆる賭け事を提供していた。近くには、サウザンド・コラムのような有名な高級カフェもあった。そこでは、私の友人のマダム・ロマンが「美しきカフェの女主人《ラ・ベル・リモナディエール》」、パレ・ロワイヤル庭園の女帝として、金庫番を務めていた。

その女主人《ベル》はたくさんの演し物をかかえて互いに競わせていた。マダム・タッソの蠟人形、イタリアのマリオネット、中国の影絵、生きたサイ、ムッシュー・シルエットが黒い紙で作る驚異の切り抜き肖像画、ヘビ使い、占い師、体がくっついたシャム双生児。そして、私、サラ・バールトマンも彼女の手持ちの札として、週に六日、一一時から夜九時まで、ひとり三フランの見物料で見世物にされていた。私は野生動物か何かのように、木のステージの上につりさげられた檻のなかにいた。お金を払った大勢の見物人たちが毎日のように私を見にきた。命令に従ってギターを弾き、歌い、跳びはね、踊り、彼らの息づかいやまなざしを感じたが、そこには軽蔑と好奇心と嫌悪と慰みがこもっていた。私はそれを嗅いだ。そしてそれを呑みこんだ。

私はお金のために耐えた。お金のためだと信じていた。お金は自由や独立とおなじものだ、そう信じていた。でもほんとうは、どうして耐えていたのかわからない。まさにいま、自由への扉が開かれたのに、どうしてバスタブの中で無気力で死んだようにじっとしているのかわからないのと同様に。パリでいちばん大きな展示場の正面にかかっているのは、ブロック体で次のように書かれた身の丈ほどもある幕だった。

ホッテントット・ヴィーナス
ただいま、展示中。暗黒大陸から直送。ホッテントット・ヴィーナス、南アフリカは喜望峰、チャムブース川のほとりから、ただいま到着。ハウスワナと呼ばれる種族〔南部アフリカ、カラハリ砂漠に住む狩猟採集民族サン人の下位集団〕の真正で完璧なる標本。いまにいたるまでヨーロッパでは見たことのない自然の珍現象。驚異的かつ異常なる、このヴィーナス、アフリカ最南奥に住む種族の完璧なる生きた標本なり。ホッテントット・ヴィーナス、その名はサーチェ・バールトマン。オランダ語、英語、そして現地語を話し、そのことばでその地の歌を歌う。肌の色はペルー人に近いが、髪と顔立ちはアフリカ人。ヴィーナスは現地の衣装をまとい、彼の地の人びとがつけているのとおなじ野蛮な飾りをつけている。ヴィーナスは口琴を奏でる。この楽器は、かの偉大なる探検家ルヴァイヤン〔フランソワ・ルヴァイヤン（一七五三－一八二四年）。フランスの旅行家、鳥類学者〕によると、この種族のあいだではよく愛用されているものなり。

精神病院の収容者みたいに、私はこの謳い文句どおりの生活を送っていた。毎日毎日、雨でも晴れでも、降ろうが照ろうが、夏も冬も。今日以外は毎日。

私は汚れて、色あせた壁をじっと見つめた。そこには、幾多の暴力、年月、雨、落書き、湿気、そしてダニやゴキブリが残した傷跡があった。ダニやゴキブリは壁紙の裏に巣くい、ろうそくの明かりが消えるやいなや床の上に這いだしてきた。ちょうど、太っちょのレディーや、巨人、小人《ドワーフ》、四本足のシャム双生児、睾丸がひとつしかない小人《ミジェット》なんかが、夜のとばりがおりるやいなや、サーカスから這いだしてくるのとおなじように。もしも、私が病気でなかったら、そして今日が元日でも、私の誕生日でもなかったら、私だって這いだしていただろう。一八一六年のパリで、ほかの奇形の仲間たちといっしょに白い石造りの展示場にある竹の檻から。私は一日に一〇時間、八×一二フィートの檻のなかで、ギターを弾いたり歩きまわったりしていた。私は入れ墨と陰部《エプロン》が透けて見えるぴったりとした肌色の絹のシースしか身につけていなかった。上流階級のお歴々はワインとディナーを楽しみながら、夜更けまで私を飽かずに眺めまわした。男もそうだが、女の方がもっと、ステッキやパラソルで私をつついたり、顔をしかめて訳のわからない悪態をついたり、私を落とそうと、かごをガタガタ揺らしたり、唾を吐いたり、私にはわかっていないだろうと罵声を浴びせかけたりした。ときおり、憐れみの表情を見せ、涙すら浮かべる人がいるのに気づくことがあった。そんなことがあると、その一日が私には耐えがたかった。そのときばかりは自分がまだ人間だったことを認めざるをえなかったからだ。

群衆のなかにはいつも貴族が混じっていた。そのような社交界の人びとや聖職者は、私を見るだけでなく、下層階級の人びとやサントノレのごろつきのなかに混じって追い剝ぎや暴漢、人さらいに立ち向かうスリルをも味わいにきていた。優雅な馬車が遠くに止まる。息もできないくらいの人ごみ。香水のかぐわしいかおりがあたりの悪臭をおおい隠す。透けてぴったりした薄手のドレスをまとった当世風のレディーが気絶する。男たちはよだれを垂らす。紳士がステッキや足や剣で人ごみをけ散らして道をあける。ワーテルローやツァリツィン〔ロシア西部の都市。後のスターリングラード。現ボルゴグラード〕から帰還した水兵や陸兵が一般市民に混じって肩をいからせて歩く。あらゆる人間がやってきた。アヘン中毒者のように、みんなここから離れることも、自分が取り憑かれていることを隠すこともできなかった。そんなところに私はいた。ときには寒さに震えながら。ときには怒りに震えながら。また、ときには獲物に忍びよるピューマのようにピクリともせず、レオ親方の金庫にフラン硬貨が落ちる音に耳をすましながら。

五時のミサを告げる鐘が鳴っていた。また少し雪が降りはじめたようだ。雪はもう、かつてのように私を魅了しない。この冬は記憶にある限りいちばん寒い、そうフランス人たちはこぼしていた。あまりの寒さに新王ルイ〔一八世〕は、飢えて凍え、家もないパリの人びとに、自分の懐から金を工面して施さなければならなかった。ストーブが爆発したり、煙突が目づまりをおこしたり、たき火が手に負えなくなって周囲の家々に燃え広がり、町のいたるところで火災が発生していたので、町の消防士たちは眠る暇もなかった。チュイルリー庭園、ルーヴル宮殿、コンコルド橋、王立植物園の小道、そうしたものの輪郭が雪に包まれてぼやけていた。王立植物園、別名、植物の庭《ジャルダン・ド・プラント》は、私がボナパルト皇帝と対面したところだ。その彼もいまはセントヘレナ島で朽ち果てようとしていた。鐘が鳴りやみ、すべての音が消えた。静寂があたりを包んだ。

目を閉じパイプに手をのばした。もう、どこにも行きはしない。セントヘレナにだってね。まだ若くてしなやかな体だったころ行った、あの荒れはてなんにもないあの島にも。私の部族が何世紀にもわたって吸ってきたダッガはパリでは別の名前、カナビス（大麻）と呼ばれていた。そのパイプを口に運び、忘却の雲の上に漂いでようとした。壁、ストーブ、ネズミ、屈辱、群衆、見世物、レオのために私が奉仕した男たち、飢え、そうしたものを忘れてしまいたかった。そして、たとえ私に逃げだす勇気があったとしても、いまとなってはもはや手が届かなくなった夢の数々も忘れてしまいたかった。煙をふかそうとしたとき咳きこんだ。私の体内で植物が育つように痛みが大きくなり、突然、何かがひどく壊れるようなゴボゴボという音とともに、喉の奥から温かい液体がこみあげてきた。それが湯ではなく血であることはすぐにわかった。しかもそれは、ここ数週間続いたほんの数滴の血ではなくて、噴水のようにどっと噴きだした。

血を止めようとタオルに手を伸ばすと、テーブルの上のオレンジがひっくり返り、汚い床の上を転がっていった。叫ぼうとしたが、すっかり動転した私は湯船のなかで滑り、息ができなくてもがいた。巨大な尻がバスタブの両側にすっぽりはまりこむ。私の体型が私を囚われの身にしてしまった。動けない。悲鳴をあげる。けれども、それはだれの耳にも届かなかった。起きあがろうともがくうちに、悲鳴はゴボゴボという音に変わり、二度ほど自分の血の混じった湯のなかで溺れかけた。突然、脇腹が引けて自由になったので、最後の力をふりしぼり、赤く染まった湯のなかから文字どおりヴィーナスのように立ちあがると、空っぽで消耗しきった肺からほとばしった血が裸身をおおった。その血の滴は、私の胸を伝ってミス・ハーヴェイの髪のように体の下の方まで流れていった。窓ガラスには揺らめくろうそくの炎が映り、そのゆがんだ灰色の景色のなかに私が現われた。それはあれほどまで映らないように避けてきた鏡のなかでさえも見たことのない姿だった。腫れたまぶたからのぞく細い目、高いほお骨、ぼてっとした下唇、短い首、ずっしりした胸、華奢な手、黄金色の優雅な腕、巨大な腰と途方もなくでかい尻が目の前に浮かびあがった。

横から見ると、私は震えおののく、ひどく醜い肉のかたまりだった。まるで半島か大陸のようで、大きくふたつに割れた尻から分かれて尾根やくぼみや谷や火口があり、そこから丸く膨らんだ太い足が延びていた。腰のくびれはツルの首のような曲線を描いていた。これを見てヨーロッパ人は私を奇形とみなした。そして、おなじ理由から私をヴィーナスと呼んだ。私は右手で陰部《エプロン》を隠しながら、その名のとおりヴィーナスのように湯のなかから現われ出て、自分が、バスタブから出るのではなく、この世から去ろうとしていることに驚いた。この期に及んでも、サラ・バールトマン、死ぬにはまだ早すぎるわ、という以外、何も考えられないことに驚いた。死が人生の終わりではないなんて、どうして想像できただろう? 想像上の怪物、自然界のものではない私が、この先何世紀も続く、こんな劇的で複雑な死後の人生を始めようとしているだなんて、どうして考えられただろう? 私がいま終えようとしているこの人生よりずっとおぞましい人生を?

「どうして、私はここにいるの?」私は自問した。「どうして、私はここにいるの?」

外ではセーヌ川の氷が割れて動き、雪が狭い道沿いの家々に波の花のように吹き寄せ、そこを馬車が通り過ぎていった。馬車の車輪には氷のかけらがびっしりとついていたが、氷のかけらはいたるところにあり、私の心にもあった。馬は鼻を鳴らし、白い息を吐きながら、頭を馬具より下に伸ばして、クール・ド・フォンテーヌ七番地前の降り積もったばかりの雪の上にひづめの跡をつけていった。

母さんが私の誕生日の歌を、やわらかい舌打ち音《クリック》でやさしく歌っているのが聞こえる。私の名前の歌。セフラ。私は、一瞬放たれた光に向かって前のめりに倒れこんだ。やみくもに手をさしのべてコイコイ語で助けを求めて叫んだ。私は、今日二七歳になったばかり。もっと生きたい。

第2章　私の物語を始めるなら……

陛下、
ある生き物の体の構造や、その習性からくる個々の特性、その生き物が見せるさまざまな事象、自然界のほかのものとのかかわり、こうした事柄を調査することが、その生き物に関する博物学と呼びうるものなのであります。

ジョルジュ・レオポルド・キュヴィエ男爵が、
一七八九年以来の科学の進歩について、ナポレオン皇帝に宛てた手紙

一七九二年、忌まわしい月の季節、イギリスの暦でいえば九月。私の物語を私のことをヴィーナスに仕立てあげた安っぽいポスターふうに始めるなら、その背景は水彩絵の具で描いた海と砂、そして広く果てしなく続く真っ白な砂浜に沿って生えるココナッツの木、といったところだろうか。私の三歳の誕生日だったと思うが、何もない自然の浜辺にいるふたりの裸の子どもは、太陽の下で遊ぶ私といとこで、そばの波打ち際では、白と黒のペンギンが二羽、よちよちと歩いていた。さほど遠くないところから見守っているのは、私の母、アヤ・マ。年のころはせいぜい二六歳の若い女だったが、男四人、女三人の七人の子持ちで、私はそのなかの末っ子だった。これが私のいちばん古い記憶だ。

私はいま、母語であるコイ語で話している。白人にはまずマスターできない言葉だが、英語やオランダ語で話さなければならないようなことは、詩句でもことわざでも新約聖書の聖句でも、何でも表現できる複雑

で繊細な言葉だ。だから、私の言葉は混成《ピジン》オランダ語でも奥地の黒人の方言でもない。イギリスのことなら英語で、オランダのことならオランダ語で、コイのことならコイ語で表わす。話したように、それが私のいちばん古い記憶だった。

　母はハトの鳴き声のようなやさしい舌打ち音《クリック》で、私の誕生日の歌を歌っては、私の名前の由来、私が太古以来、狩人や牛飼いとしてケープの青々とした森や草原を治めてきた民のなかの民、コイコイ人であることを教えてくれた。たぶん自分自身にも言い聞かせていたのだろう、母はこの延々と続く荒れはてた砂浜がいまは戦場だと教えていたのだ。コイコイ人は、何年も前にやってきたオランダ人と戦っていたが、そのオランダ人はイギリス人とも戦っていた。イギリス人は私たちとも、そしてオランダ人や移住ボーア人とも、本来だれのものでもないもの、土地をめぐって戦っていた。

　オランダ人は私たちの浜辺に一四〇年前に足を踏み入れて砦を建てた。いまのオランダ東インド会社だ。何年にもわたって、母の一族は先祖伝来の牧草地から、どんどん遠くの奥地に追いやられていった。母の一族の集落は、いまや浜辺に沿った小さな野営地のみになり、放牧していた牛の大群はわずか数百頭に減ってしまい、私たちはその牛を二〇日以上かけて、コーサ人の市場まで連れて行かなければならなかった。

　オランダ人が土地も牛も黄金も、価値のあるものをすべて奪いつくしたあとでさえ、イギリス人はまだ、気晴らしや、壁に飾ったり本国に送ったりする狩猟記念の戦利品を求めて集落を襲った。さもなくば、襲撃は坑夫や奴隷として働くことを拒んだコイコイの男たちを処罰するためだった。狩った首にはたいへん価値があったので、馬に乗った一団は、男が出はらって女、子どもばかりになった集落を襲い、行く手を阻む者はだれかれなく首をはねたものだった。彼らは叫んだりわめいたりしながら家畜の群れを追い散らし、逃げまどう人びとをライフルで狙い撃ちした。

私が四歳になるころ、母はそのような襲撃で殺された。子どもだった私の目に焼きついたのは、母の首が波打ち際まで転がり、それを、乱暴に馬を駆ってやってきた黄色い髪の男が、おもちゃを片づけるようにすくいあげた、そんな光景だった。逃げようとしたアヤ・マはサギのように羽を広げ、飛び去ろうといたずらに腕をばたつかせ、唇をくちばしのように突きだし、首は鳥が着地するときのようにまっすぐに伸びていた。

父はコーサ人の市場に出かけていたので、母の死を一カ月近く知らなかった。そのため、父は母が死んだとは到底信じられなかった。実際、父は母の死を絶対に認めようとはしなかった。父にとっては、母は自分と七人の子どもたちを残して逃げだしただけのことだった。父はけっして新しい妻を迎えなかった。何人かの親戚に子どもを引き取ってもらい、牛の群れを連れて幾月ものあいだ北に向けて旅をした。けれど、いつだって子どもたちの誕生日には戻ってきた。だから、父はもう私にとってほんとうの意味での父親ではなくなっていたが、戻ってきたときはいつも、心からの尊敬をこめて父に接した。

母の死から五年後、父もまた、去勢牛を市場に追っていく途中、ある牧場主の土地に不法侵入したという理由で、おなじイギリス人の地主たちに殺された。その年、私は九歳になった。その日は私の誕生日で、父さんはちょうど私の歌を歌ってくれていた。私が父を手伝っていっしょに牛を追いたてていると、音が聞こえてきた。木をたくさんの棒でそっとたたくような音だった。それが大きくなるにつれ、動物が駆けるひづめの音だとわかった。かすかだった音がしだいに大きく、烈しくなっていき、それに混じって何か叫ぶ声が聞こえたとき、私は急いで岩陰に身を潜めた。

そのとき、遠くで銃声が聞こえた。牛の群れが動いている。銃が火を噴く。身を隠す以外なす術がない。胸がどきどきし、頭は恐怖で真っ白だった。木をたたくような音はしだいに大きくなり、遠くの雷鳴のようなこだまとまじりあって轟音になった。牧童だった私は、それが雷鳴ではなく、荒れ狂った動物の鳴き声だとわかったし、近づくにつれ、羊飼いの金切り声や叫び声が混じっていることにも気づいた。どういうわけか群れを離れたクーズー〔アフリカに分布するウシ科の動物で羚羊の一種〕が家畜の群れに混じっていた。クーズーは口から泡を吹いて、舌をだらりとさげ、私の前を稲妻のように跳び去った。日の光を隠すほど大きな怒り狂った牛に追われていたのだ。

そのあとに、驚いて逃げだした牛の群れがどっと押し寄せた——それは、岩陰に身を潜めて震える小さな私には、うねるような無数のかたまりに見えた。その群れが私めがけて突き進み、そばの険しい斜面へと突っこんできた。雌牛、雄牛、仔牛、若い雌牛や雄牛、去勢牛に混じってシマウマまでもがいっしょになって、鼻を鳴らし、吠え叫びながら走っていった。いろいろな色が入り乱れ、長い角が光っていた。その轟音は恐ろしく、そばを突進していく光景に私はうろたえた。どっと押し寄せる巨大なかたまりはびっしりと隙間がなく、その背中を歩いて渡れそうだった。仔牛はみな足をすくわれ、母牛や若い雌牛が動くにつれ、前の方に押しだされた。どんな壁や柵も私を救うことはできなかったろうが、最後の瞬間、私の隠れていた岩を避けて、群れは急に向きを変えて通り過ぎた。群れがいっせいに向きを変えたので、木々は折れ、渓谷の方に踏みつけられた。動物の鳴き声に混じって羊飼いたちがわめき散らす声がした。

そのとき、新たに馬のひづめやピストルやライフルや鞭の音が聞こえてきた。コイコイの牛飼いたちがライフルで撃たれ、牛革の鞭で倒され、広刃の刀で首を切り落とされていく。牛飼いたちが持っていたのは杖だけだったが、それさえも投げ捨てて命からがら逃げまどっていた。英語で怒鳴る声がする。

「これで全部だ！　ホッテントットはひとりも残っていない！」

男たちは、こんどは牛が散った藪をたたいて死体や隠れているホッテントットを探し、丈の高い草を馬で踏みつけた。馬に乗った一団は、まだ父を追いかけていた。父とわずかに生き残った者たちは谷に向けて全力で駆けた。しかし、馬からは逃げきれなかった。ひとつ、またひとつと首が転げた。髪をつかまれて首を切り落とされるか、あるいは走っているところを鞭で絡めとられて地面から持ちあげられ、まだ足をばたつかせたまま首をねじ切られた。別の白人が、埃にむせながら、こう言うのが聞こえた。

「尾根にとどまって、牛をかり集めろ、黒ん坊《ニガー》のことは放っておけ！」

赤毛の男が銃を頭の上で乱暴に振りまわし、馬の向きをぐるっと変えて、渓谷めがけて爆走していった。下では、三〇人ほどのイギリス人が村じゅうに火を放っていた。村人のなかには槍を手にする者や弓矢を手にする者もいたが、逃げるときにすね当てやラッパ〔くるぶしまでの巻きスカート〕が脱げてしまい、裸の者もいた。つまずいたり斬り倒されたりすると、呪いの叫び声が湧きあがり、私もいっしょになって叫んだ。生き残った牛飼いたちが最後の抵抗を試みて引き返し、馬上の男たちを襲った。それが大虐殺の始まりだった。白人たちが叫ぶなかで、部族全体が、女も子どももいっせいに倒れ、逃げてきた牛の群れとおなじように折り重なって、獣のようにうなり、わめき叫んでいた。

「黒ん坊を殺せ！」

こうして、イギリス人は騎馬で村人のまわりを回りながら、腕が疲れて銃が持ちあげられなくなるまで、羊を殺すように至近距離から村人を撃ち続けた。村人の最初の突撃は白人の不意をつき、初めのうち彼らは後退した。村人が手にした槍やナイフが馬の肉を切り裂き、馬は体勢を崩して乗り手を振り落とした。いったん地面に落ちてしまうと、銃を使う余裕がなく、両者入り乱れて戦った。しかし、新たな白人の集団が馬で駆けつけ、ロープや鞭やライフルを振りまわして、生き残って防戦している牛飼いを追い散らしたので、白人が去ったあとには死者と負傷者が残され、戦利品として見つけられる限りの首はすべて持ち去られた。その死者のなかに私の父もいた。

虐殺が父の思い出のすべてだった。いや、ときおりほかの記憶もよみがえることがある。父は五フィート〔約一五二センチ〕ほどの小柄な人で、血色の悪い黄色い肌をしており、編んだ髪を腰まで垂らしていた。ピューマを仕留めたことがあって、その獣皮をダッパにして死んだその日まで身にまとっていた。父が見つかったとき、そのダッパは首といっしょになくなっていた。よく思うのだが、父は死んだ方がしあわせだったのではないだろうか。母が殺されてから生きる喜びを失って、私たちの養育を身内のものに任せ、母を失った現実から逃げるかのように、家畜とともに奥地へ長い旅に出て、母の思い出から遠ざかっていたのだ。私たちの誕生日だけが特別だった。私は涙を流した。そんなことがあっても、私の九歳の誕生日に父は歌を歌ってくれたのだから。

このときの大虐殺が罰せられることはなかった。ホッテントット、すなわち白人が私たちの言葉の響きから名づけた「どもる民」は、イギリス人にとってもオランダ人にとっても狩りの獲物だった。私たちは奴隷には向いていなかった。私たちは鉱山で働くことを拒んだ。土地を耕すこともしなかった。石の家にも住まなかった。それに、私たちの言葉が理解しがたいということもあった。私たちの言葉はほかのどの言葉とも似ず、発音できない舌打ち音《クリック》や破裂音《クラック》の多い、まねてしゃべることのできない言葉だった。ボーア人はそれを「ホッテントット」と呼んだが、それは言葉ではなくて、七面鳥の鳴き声だった。私たちにすれば、ブウブウ鳴いて、ゴボゴボ喉を鳴らしているようなオランダ語のほうがいやだったが、少なくとも私たちはその言葉を話すことができた。彼らの言葉の方こそ「ホッテントット」と呼ぶべきだった。しかし、例によって勝ったのは白人だった。私はいつもそれが不思議でならなかった。

私たちはあらゆるもの、あらゆる思考、あらゆる感情、すべての月や季節、あらゆる物質、太陽、星、天体に名前をつけたが、白人に関係のあるものには名前をつけたことはなかった。白人たちも、たとえそれが自分たちの言葉にはないようなものだったとしても、私たちの単語や形容詞は一切使わなかった。白人が何にでも名前をつけはじめ、私たちがつけなかったのはどうしてだろう。彼らはこのことにやっきになり、六、七歳の子どもを全員グループにふり分けて、学校へ送りこんだ。先生は白人で、聖職者と祈禱師を兼ねていた。私たちコイコイ人は、これまでずっと聖職者も祈禱師もあまり必要でなかった。私たちには信仰する宗教というものがなかったし、実在するもの以外は何も崇拝しなかった。学校では、白人たちは、ほかの何にもまして、このことにうろたえたようだった。私たちはイエスもただの羊飼いのひとりとしか考えていなかった。私たちとおなじだった。私たちが「傷ついた膝」と呼ぶ先祖のツニ・ゴーム〔コイ人が最高位と考える存在、創造神〕とおなじだった。けれども何を言ったところで、彼らの勝ちだった。

私はいまや、まったくの孤児になってしまった。おばは、私をメソジスト派の宣教師セシル・フリーハウスランド牧師に売り渡した。牧師様は背が高く、やつれて暗い感じのする人で、頭のなかには聖句がぎっしり詰まっていて、おなじ句を繰り返すことなく何日もそれらを引用できた。彼は（威厳がないというほど若くもなく、（死にそうというほど）年寄りでもなかった。そう、彼は年齢不詳というべきで、オランダ人はそれを働き盛りと言い、イギリス人は壮年期と呼んだ。黒くて短いあごひげを生やし、眉毛は黒く濃く、鋭い目は青く、私にはその色が天国そのもののように思えた。胸板が厚く肩幅の広いたくましい人で、よく胴衣を脱いで綿のレギンス一枚で、伝道所の畑で働いていた。彼の胸や腕には、不思議なことに猿のような黒い毛が生えていて、耳や鼻の穴にはふさふさした毛があった。彼は寡黙だったが、いろいろな寓話を聞かせてくれた。九歳の心はすっかり彼の虜になり、私は彼をとても愛した。私は彼の動作、目の動き、しぐさをことごとく見守り、彼が何を望んでいるのか考えた。彼の求めにはいつでも応じる準備ができていたし、あらゆる振る舞いや目線で、私の望みはただひとつ、娘として、奴隷として、あなたにお仕えすることだけだと彼に伝えようとした。以来私はずっと、彼のことをまじめですばらしい人間だったにちがいないと思っている。彼の行動や笑顔、生き方、寛大さには、そんな性格がにじみでていた。

伝道所では毎日、牧師様が私たち子どもに聖書を読み聞かせたものだ。彼は私たちのコイコイの名前をイギリス風やオランダ風の名前に変えた。セフラはサーチェになったが、それはオランダ語で「小さなサラ」という意味だった。彼が本を読むのを初めて目にしたときほど驚いたことはなかった。本が彼に話しかけているのを目にしたから、いや、彼の目が本をじっと眺め、唇がそれに応じて動くのを見て、そう信じこんだからだ。私は、本が私にもおなじことをしてくれないかしら、と思った。そこで、フリーハウスランド牧師が本を読み終えると、彼が本を置く場所までつけて行き、だれも見ていないときに、本を開いて耳を近づけ、何か話してくれるのをわくわくしながら待った。でも、何も話しかけてくれないことがわかるとすっかり落ちこんでしまい、すぐに、私が黒人だから本は話しかけてくれないんだ、と思った。

それでも私は、来る日も来る日もひたすら聞き続け、ついに本というものは、そして聖書はとくに、肌の黒い人間には語りかけてくれないのだと悟った。

フリーハウスランド牧師は、神との「契約」について、そしてそれがどれほど神聖なものであるかについてよく話してくれたものだ。ひとりの若者として、異教徒を救い、神の御言葉を広めるために、若いとき彼がどのように人生を捧げてきたか。まず中国を選び、中国語を学びはじめたが、その言葉は、ホッテントットの言葉に少し似ているが、もっとずっと簡単だったよ、と彼は言った。あるとき、突然の啓示により、神との契約が私のもとにもたらされたんだ。それは暗黒のアフリカ、アフリカ南部、喜望峰へ、神の領域のなかでもっとも小さく、神の子のなかでもっとも貧しく不幸な者が罪のうちに暮らすところ……ホッテントットの地へ赴くことだった。この契約はね、神聖なものだった。私の人生のなかでもっとも神聖な行為だったよ。すべての契約は神聖なもので、たてた誓いはどのような状況でも守らなければならないんだよ。それは定められた約束を表わすものであり、イギリス人らしさ、イギリス人の信条の真髄そのものなんだ。つまりジェントルマンの誓い。そしてキリストの誓いなんだ。もしもその誓いを破ったなら、その者は自分自身を裏切るだけでなく、魂のよりどころを何もかも裏切ったことになるんだよ。負債もおなじことだ。負債も期日までに支払われるべきものだ。もし払えない場合には、名誉を守るために、自分の命すら犠牲にしなければならないんだよ。わかるかい、と彼は私にたずねた。私は、わかります、と答えた。それは戦士の名誉とおなじなんだ。勇気がないより死ぬ方がましだ。

「おまえはりっぱな子だよ、信頼できる子だ。気高さということの意味がわかっている。いつか、おまえを私のふるさと、イギリスのマンチェスターに連れて行ってあげよう。だから、聖書は肌に色のついた人には何も語ってくれないなんて考えちゃいけないよ」

伝道所から四分の一マイルほど離れた小さな林の真ん中に、とてもみごとなカウカウの木が生えていた。抜けだせるときは、日にいちどはそこへ行ったし、ときには二度も行くことがあった。カウカウの木陰に座って、沈んだ胸のうちを吐きだすことが、何よりの慰めだった。よくそこへ行って、座って木とおしゃべりした。友だちみたいに、悲しい気持ちを話したものだ。死んだ木でできた十字架には話しかけるのに、生きた森の木には話しかけないなんて、私には理解できない。当時、私は内気でむっつりした子で、毎朝五時に自分の虚栄心、わがまま、強情、高慢、復讐心、嫉妬心、そういったすべての罪を懺悔するような子どもだった。コイコイ人には、行動や名誉に関するたいへん厳しい規範があった。私はその上に、メソジスト派の「汝することなかれ」という訓戒も加えていた。この重荷に耐えかねると、私の木のところへ行って話をしたものだ。そこにいる方が伝道所のチャペルにいるより居心地良かったのは、その木こそが十字架だと思っていたからだ。いまとなっては、その木のことをほんとうにキリストと思っていたかどうかはわからない。ただわかっているのは、笑われたり、蔑まれたり、自分がどうしようもなく醜く思えたり、孤独を感じたりしたらいつだって、私は木のところに行き、すると、木は私の話を聞いてくれるだけでなく、それに答えてくれたということだ。

フリーハウスランド牧師は突然、コレラで亡くなってしまった。死の床で、彼は私に言った。いつか本と、とくに聖書と話せるようになってほしい、おまえはこれで自由の身、もう奴隷ではない、かわいい子よ、おまえのためにいつも祈っているよ、おまえには一〇ポンドを遺すからね、と。私のたったひとりの友だち、愛する人、私を守ってくれた人は私を残して逝ってしまった、母さんや父さんとおなじように。そのとき以来、世界じゅうのどんな場所も、私にとってはおなじになった。長いあいだ、私はイギリスに行くことだけを願い、そこにいる人はみんな彼のようだと信じていた。そして、イギリスのなかでも、とりわけマンチェスターを見たかった。そこは牧師様が生まれたところであり、いまは彼の亡骸が葬られているところだった。

フリーハウスランド牧師の遺族が私に一〇ポンドを渡すことはなかった。それどころか、私を一族のもとへ送り返した。戻ってみると、兄たちのうちひとりは天然痘で、もうひとりは果てしなく続く白人入植者の襲撃で、死んでいた。私たちの一族は、ほかの一族同様、この地球上からほとんど消えてなくなったのも同然だった。私は、ホッテントットはこの世でいちばんあわれな生き物だと思うようになった。

フリーハウスランド牧師によって自由の身にしてもらったのは、もうすぐ一三歳になるころで、そろそろ結婚適齢期をむかえようとしていた。父方のおばアウニは、私を牧師様に売り渡したことをのぞけば、いつだって実の子同様、私にやさしくしてくれていたが、私が家に戻されたいまでは、その扱いがすっかり変わってしまった。無慈悲とは言わないまでも、厳しく頑固で融通がきかなくなったのだ。おばは急に、あらゆる規則や制約、不可解な儀式や秘密の手練手管を持ちだした。彼女は私を花嫁に仕立てあげようと決心したのだ。おばが、このようにいじわるで不愉快な企みに取り憑かれたことに、私はショックを受けた。こんなにしなければ、私は結婚できないのかしら？　それほど私は醜いの？

しかし、村では私のことを適齢期の魅力的な生娘だとみなしていた。私は美しくて華奢な手足をしていたし、ぴっちりした帽子《キャップ》のような黒い縮れ毛は、ココアバターでツヤツヤしていた。頭にはエレファントグラス〔アフリカ原産の牧草。ネピアグラスとも言う〕で編んだ手のこんだデザインの長く太いヘアバンドを着けていた。目は真横にすっと延びた一重で、秀でた丸い額が顔の半分を占めて、私の顔をハート型にしていた。ほお骨は極端に高く、眉は抜いて一本の黒いラインになっていた。下唇が突きでた大きくてたっぷりした口は、半分に割ったパパイヤのようにほぼまん丸で、アルファベットのOの形をしていた。黒目がちな瞳は明るい茶色で、ほのかに青みがかっていた。鼻は低く、首は細くて長かった。肩幅は狭く、洋なし型の乳房には青い刺青と暗い色の乳輪があった。私のウェストは村の生娘たちのなかではいちばん細くて、その細さは大きく突きでた尻と山のようにりっぱな腰まわりを際立たせていた。一族の者は、私たちの伝統にのっとって、私の姿を念入りに作りあげていった。ほかの娘とおなじように、背骨のカーブから一フィートほど突きでるまで、バターと隆起効果のある秘伝の軟膏を塗って尻をマッサージされた。ピーナツオイルやトウモロコシ粥やハチミツを食べさせられたが、それは下半身にもっと肉をつけ、膝から上の太ももにさらに数ポンド増やすためだった。私の姿は私の生きがいとなり、私の保護者の生きがいにもなった。この姿が私そのものとなり、私というものは、すなわちこの姿をさすことになった。太古から、コイコイの女たちはそうだったのだ。

適齢期の娘たちのなかには、立つことも自分の体重を支えることもできないような者もいた。フリキキという娘は、移動するときはスツールに座ったまま運んでもらわなければならなかったが、それは自分の尻が重すぎたからだ。もし立ちあがったりしたら、人形のように後ろにひっくり返った。フリキキの兄が彼女に代わって耳にピアスをつけてやったり、蜂の巣料理を前に置いてやったりしたものだが、それは彼女がかぶりついて、真っ白な歯を金色に輝かせるためだった。しかし、美の総仕上げは、私たちの性器、いまは、娘ならみんな着けなければならない手のこんだビーズ刺繍の前垂れの下に隠された部分だった。おばはその部分を大きくし、形を整えることに取りかかった。というのも、それこそが女らしさ、性的魅力、花嫁としての価値を表わす究極のシンボルであり、それは処女であることよりももっと重要だったからだ。おばはこの務めを一手に引き受け、そのことに心血を注いだ。おばには、これが私の人生で夫を得るいちどきりのチャンスだとわかっていたのだ。

私が初潮を迎えると、おばは、私の足が地面に着かないように私をおぶって、囲いをめぐらせた若い娘たちの宿所へと運んでいった。おばは、私の尻を大きくするために粥や球根やハチミツを料理した。私が知っておかなければならないまじないを教えた。日々行なわなければならないたくさんの儀式を行なった。冷たい水はタブーだったので、毎日私の入浴のために湯を沸かした。ココナッツバターや牛脂で磨いて、私の肌や手足をきれいに整えた。そして、多色の羽毛を使った前垂れの織り方や、ダチョウの卵のかけらを使ったネックレスの作り方を教えた。また、足首に巻く皮ひものなめし方を教えた。つまり、私が孤児だったので母親に代わって結婚の準備をしてくれたというわけだ。

おばは、コイコイの女たちの性器に手を加えて、より魅力的にする風習にも心を砕いた。

アウニおばは、下に垂れ下がるようにその部分の両端に切り込みを入れ、小さな小石をそのなかに入れた。石がデリケートな膜を引き伸ばしていくにつれ、彼女はさらに大きくて重い小石を入れて、おば自身が美しいと思う長さにまで肉をさげていった。未来の夫にとって、愛の行為はヴァギナへ挿入するだけでなく、睾丸をこの肉の唇に包みこむことでもあるのよ、とおばは説明してくれたが、そんなことは姉から聞いて知っていた。こうすることで、彼の快感を究極のところにまでもっていくのだ。夫のために、ドクドクと脈打つ陰部《エプロン》を燃えさかる羽で乱舞する蝶のようにはためかせ、めらめらと、とぐろを巻くメドゥーサの髪の毛のように絡みつかせて絶頂に達することができた。月ごとに小石は重くなっていき、私の婚資はあがっていった。おばは満足げにほほえんだ。

こうしたことは、コイコイの女たちのあいだで何世代にもわたって続いていたが、エプロンがどのようにして、なぜ始まったのかは、産婆や雨乞いのまじない師でさえ、だれも知らなかった。アウニは、そのように授けた大昔の女神がいて、そして私の母やおばの母も、その母の母の母も、一族のほぼすべての女たちが、このしきたりを受け継いできたのだと信じていた。はるか昔、ノアの大洪水以前の時代にさかのぼったころ、私たちは民のなかの民の地、ナミビアに住んでいた。その後、私たちは穏やかな暖流によって作られた海岸線に沿って住みついた。北に向かって流れるその海水の下では、藻が豊かに繁殖し、岩場や洞窟に生息するペンギンやアザラシやアシカの餌場となっていた。大洪水以来ずっと、私たちは一〇の氏族に分かれて、狩人や牛飼いとしてこの地に暮らしてきた。首長は世襲のものではなく、おもに雨乞いの力のある者から選ばれた。それらの氏族を支配する中央の権威はなかった。独裁者も世襲の君主も、王も貴族もなかった。コイ語には財産や奴隷にあたる言葉がなかった。オランダ人がやってきて奪うまで、私たちがチャムブース川と呼んでいるオレンジ川と、ナマクアランド〔南アフリカ北西部、北方のナミブ砂漠に続く乾燥地帯〕から東ケープ地方に流れるウムジムヴブ川にいたる海岸線のあいだの地域が私たちの土地だった。私たちは牧草地も家畜も、バントゥー人との交易ルートも失った。三回戦争に負け、一〇回の飢饉と、天然痘の流行に四回、耐え抜いた。私たち狩人は狩られる身となった。最初は奴隷として、それから気晴らしの対象として。私たちはいにしえの知恵をすべて失い、自分たちの川の名前すらなくしてしまった。それなのに、時とともに失い説明することすらできなくなったいくつかの古い風習を、かたくなに守り続けてきた。エプロンもそうだった。

コイコイ人はいまだかつて土を耕したことがない。私たちは、長角牛や脂尾羊の群れといっしょに転々としてきた。私たちの主食は牛の乳で、普通は濃縮させて飲んだ。乳搾りは女の仕事で、牛の世話や放牧は主に男の仕事だった。乳のほかに、さまざまな種類の野生の果物やベリーや花の球根を食べたが、それらは女たちが木や藪から採ったり、地面から掘り起こしたりして集めた。そして生のままか、焼いたりあぶったりして食べた。肉は贅沢品で、狩りによって手に入れたが、家畜はけっして殺さなかった。狩りの獲物のほかに、必要に迫られるとあらゆる種類の小動物や、ときには昆虫すら食べた。祭りや儀式のとき以外に家畜を屠殺することはいちどもなかったが、病死や自然死した場合、大きな喜びとともにそれを食べた。飢饉が厳しいときは、呑みこめるものなら何でも食べた。家畜の群れを養うためには絶えず草と水が必要不可欠だったので、こぢんまりした共同体で移動しながら暮らさざるをえなかった。

土地は、部族のすべての人たちにおなじ条件で利用された。個人の私有地になることも、首長の支配下に置かれることもなかった。土地は譲渡するようなものではないと考えられていたのだ。敵討ちは制度として認められており、部族の長には氏族間の血の報復を止める力はなかった。氏族の長が互いに嫉妬することはよくあったので、競争やもめごとはつねにあり、ときにはそれがあからさまな抗争に発展することもあった。有力な一族が、ほかの氏族からの独立を主張して共同体を離れることもよくあった。そして、氏族への忠誠はつねに部族への忠誠よりも強かった。

氏族の内実は家族であり、男とその妻、あるいは妻たち、そしてまだ独り立ちしていない子どもたちからなっていた。すべての部族が第二、第三の妻を認めていたが、だいたいにおいて、もっとも権力があって裕福な男たちだけが複数の妻を持っていた。いずれにせよ、妻の数が二〜三人を上まわることはほとんどなかった。第一夫人の地位がいちばん高く、ほかの妻たちを束ねていた。

野営地は広大な円形に作られ、棘のある木の大きな柵で囲われていた。その内側には柵に沿って人びとの小屋があり、それぞれの小屋は中心の方を向いていた。おなじ氏族の小屋はかたまって建っており、部族内での氏族の順位は、首長やほかの氏族民の小屋との距離で量ることができた。中央の大きな広場は、夜間に家畜を囲っておく場所として役立っていた。仔牛や子羊のためには特別の囲いが作られていたが、ほかの牛や羊は朝になって放牧に出されるまでは、飼い主の小屋の前で放し飼いにされていた。

一族のもとに戻ってから、私はみんなから野生に戻ったと言われていた。というのは、私が絶えず、ここから内陸へと続く砂丘や丈の低い草原地帯をほっつき歩いて、マンチェスターや、私から奪い去られてしまった幸運に思いをはせていたからだ。冬になると砂丘は水浸しになり、私はそのくぼ地を歩きまわるうちに、浸水でできた水たまりをうろつくカバを見かけたものだ。私たちコイコイ人はくだらない、と私は思った。私たち一〇の氏族は何もかも取りあげられるか、奴隷にされた。若者にはもう自分たちの家畜の群れもなかった。父さんは死に、母さんも殺され、ここでの私の人生はどうなっていくのだろう？　私はどこに行けばいいの？　私は野生に戻ったのではない。自暴自棄になっていたのだ。

コイサンの習慣では、若者は婚約をしなくてもいっしょに住むことができた。ふたりの関係はいつでも解消できたし、正式に結婚予告することもできた。けれども、いったん結婚予告を告示し、古老たちがこれを承認したあとは、ほかの男はだれも婚約によって生じた夫の権利に介入することはできなかった。これは神聖なる責務だった。姦通に対する刑罰は死刑だった。罪を犯したふたりは、頭だけを出して首まで砂のなかに埋められ、男も女も石打ちの刑に処せられた。一方、試験的な結婚以外での浮気は何の制裁も処罰も受けなかった。それは、ただ単にふたりの関係が終わったというだけのことだった。私は、おなじ氏族出身の実のいとこである太鼓叩きのクサウを夫候補として選び、二年以上を彼の一族の村でいっしょに暮らした。

クサウの村は私の氏族の野営地からずっと離れており、煉瓦と木でできたケープの町により近かった。ケープはもともとアフリカーナーが砦として築いた町だった。ケープからの白人侵入者は毎年のようにクサウの村を襲撃していたので、彼の村は私の村よりも危険だった。そのうえ、ボーア人とイギリス人のあいだに新たな戦争が始まるといううわさがあった。ボーア人が私たちから奪った土地をさらに、イギリス人が奪ったからだ。聞くところによると、イギリス人は戦争のために新しい発明品を使おうとしているようだった。それはわき出るように鉛の玉を連発するライフル銃と、巨大な大砲を載せた大きなカヌーで、それを使えば、砲撃を浴びることなく、海の上から町や村を砲撃することができるということだった。男たちの話では、爆弾攻撃で耕作地が破壊されつくし、ついにオランダ系ボーア人がオレンジ地方〔南アフリカ中央部を東西に流れるオレンジ川周辺の地域〕から奥地の方に追いだされて、私たちの残された土地に向かっているということだった。けれど、私は、このことが私たちに関係があるとは夢にも思わなかった。黄色い髪の白人たちは自分たちのものでもない土地の上でお互いに争っていた。それがどうしたっていうの？　少なくとも、私たちもたまには平和に暮らせるというものだ。彼らは自分たちのことで忙しくて、襲ったり殺したり病気をまき散らしたりできないのだから。

そういうことで、クサウと私は小屋を建てていっしょに移り住んだ。私たちはふたりとも未経験だったが、肉体の神秘によって互いを知り、情熱的に愛しあった。ふたりの若さとスタミナが経験不足を補った。いまでも、クサウが燃えるような夕焼けを背に立っている姿が目に浮かぶ。広い肩に羚羊《アンテロープ》を担ぎ、サイの角の柄がついた斧を左手首に皮ひもでくくりつけていた。ぴったりとした鹿皮のレギンスと、ビーズ刺繍と型押しをほどこしたモカシン〔かかとのない柔らかい革の靴〕、髪は長く編み、すばらしい象牙色の歯のついたヘッドバンドをしていた。右手に牧杖を持ち、左肩から弓矢をつるしていた。金のブレスレットが輝き、鼻孔は夕べのかおりをふくんで広がっていた。私たちは夜に備えて火をおこし、食事の支度をし、星の位置を観て、それから、むしろで編んだ私たちの家の扉を閉めた。

何よりもうれしかったのは身ごもったことだった。けれど、クサウは赤ん坊の顔を見ることなく逝ってしまった。不可解なことに、彼は銃で撃たれて藪のなかで死んでいた。イギリス軍とオランダ軍の小競り合いに巻きこまれたのかもしれない。というのは、それはイギリスの暦で一八〇五年のことだったからだ。クサウの死を聞かされた衝撃で、私は赤ん坊を、祖父の名前をとってクンと名付けられた坊やを、早産してしまった。人びとが私の足もとにクサウの亡骸を横たえたときに、血も凍るような悲鳴をあげたこと以外は何も覚えていない。私のかわいい坊や、クンは、ほんの数カ月しか生きられなかったけれど、けっしてあの子を忘れることはない。あの子はとても小さかったが、とても勇敢で、懸命に生きようとして、強い意志で呼吸をし続けた。おなじ強い意志で、私の乳房が空になるまで乳を吸ったが、その生きようとする意志は私の願いそのものだった。私は坊やが闘い、そして敗れるのを見守った。あの子はとうとう吸うのを止めてしまったが、私は次の日まで坊やを胸に抱き続けた。私はクサウの村を離れることにした。仮にせよ正式にせよ、もう夫を持つつもりはなかった。また殺されたりしたら耐えられないもの。

村を去る前に、マガハースという名のまじない師に相談した。彼女はたいそう年を取っており、黒い瞳が深く落ちくぼんだおぞましい小人《ドワーフ》で、大きなひきがえるのような形の頭から長い髪を編んで垂らしていた。彼女は年老いて衰えたヒヒに似ており、その名のナエヘタ・マガハースは「生まれてきてはいけないもの」という意味だった。マガハースは太古からある洞窟に住んでいた。その内部は黄土色や黄色や黒で描かれた羊や虚勢牛や長角牛でおおわれ、それらが壁や天井の上をものすごい迫力で疾走していた。その小人は悪臭を放っていた。彼女は鯨の脂と赤土の顔料を全身に塗り、ダチョウの卵の殻で作った数珠を幾重にもかけていた。助言の報酬として草で編んだゴザを五枚、麦わら帽をひとつ、羊の乳をひょうたんふたつ分持っていった。それはけっこうな額だった。

「行ってはならぬ、というのが答えじゃ。ケープタウンに行ってはならぬ。行けば、おまえの魂は未来永劫失われるぞ。もし行けば、二度とコイコイ人のもとへは戻れぬ。一〇〇回冬がめぐろうと、おまえの魂はさまよい、霊魂になってもさまよい続ける。クサウやクンの霊魂だってけっして安らかにはなれんのじゃ」

「でも、この村にいれば私は死んでしまう。私はまだ若いの。生きるためには働かなければ。私の人生はまだ続くんだもの」

「ここを離れたらおまえの人生は終わりじゃよ。おまえは女なんだから、また夫を見つけて結婚して子どもを生むのじゃ」

けれど、そんなことをしたら、私はここで死ぬことになるとわかっていた。

「コイコイ人は滅びようとしている。私たちは飢えている。白人はライフル銃と天然痘で私たちを殺し続けている。かりに銃で死ななくても、悲しみで死んでしまうわ。肉もなければ、家畜の群れもいないんだもの。狩りもできない。私たちの槍や矢は砲弾の前には無力だわ。私の一族は消えてしまった。彼らは私たちを動物のように狩るんだもの。男たちはもうこれ以上自分の家族を守れない」

「ケープタウンに行って無事でいられると思うのかい？　白人の家で奴隷になって？」

「私は自由よ。ご主人様に、フリーハウスランド牧師に自由にしていただいたわ……」

「教えてやろう、わしには見える、大きな湖、嵐、大嵐じゃ、激しい雨と天まで届く白い断崖、翼のついたカヌー、塵と石の町。あらゆる形や大きさの怪物、竜、ヘビやトカゲ、名も知らぬ動物ども、未知の病、堕落と死、そんなものが見えるのじゃ」

「ここにいれば死んでしまう」

「行ったら死ぬ。冬を一〇も越さぬうちに」

「何かおまじないはあるでしょうか」

「人間の世界でないところで効くまじないなぞ、ありはしない。とはいえ、白人も獣ではない。わしが彼らの呼び名を持っておらぬだけじゃ、ちょうど彼らに効くまじないを持たぬように。奴ら、自分たちを別の人種だと称しておる、色が白いでな。しかし彼らはいかにも民のなかの民に似ておる……最初は白人のことを、イプルンぶる奴、あるいは、オタマジャクシと呼んでおった。灰色をしとるし、いたるところに群がるでのう。こうも呼んでおった、コイク・ガエサシバ・オセ、『落ち着かざるもの』」そう言って、彼女は肩をすくめた。「いまではただ単にヒュリニーン、海の民と呼んでいるが――どれでもおなじことじゃ……」

「それでもおまじないはないの……?」

「まじないはないと言うたじゃろう。おまえの足下にある大地――民のなかの民の土以外に、まじないはない。この象牙の容れ物に土を詰めよ。そうすれば、おまえは無敵じゃ――もちろん、肉体ではない、魂がじゃ。それを首から下げてけっして失うでないぞ。それを手放すくらいなら肝を手放せ……」

「そうじゃ、ひとつ武器がある」と彼女は言った。「これはとても強力で恐ろしい呪いの言葉ゆえ、生死にかかわるときにしか使うてはならぬ。わしのあとから繰り返すのじゃ……」

彼女はその言葉をささやいたが、それは炎のなかから叩きだされたような感じがした……その言葉のおぞましい響きに私はひるんだ。

私は砂を詰めた容れ物を取って、首からさげた。

「生を受けてから死ぬまで、われらの人生を左右する人びとがどれだけ離れやすく移ろいやすいものかを覚えておくがよい。われらは精魂だけで生きるときもあれば、肉体だけで生きるときもある。あるときは、人生は夢で、ほんとうの人生は別のところにあるように思う。一方、この地上での生がわれらのすべてなのだから、全力を尽くして生きなければならないと思うときもある。じゃが、こうして生きておるのはみんなのおかげじゃ。汝、セフラよ、子や夫や両親の死を乗り越えて生きよ。みんなのことを愛しておるのじゃろう？彼らのために生きるのじゃ。騒がしいヒヒの群れのように愛を語ろう。そして、われらの愛が星の如く不滅であることを語ろう。ところが、その星にしても、われわれの目が作りだした幻にすぎぬのかもしれんのじゃ。希望は水のようにはかなく、サイの泥風呂のように浅いものじゃ。情熱はどこからともなく流れてきて、どこにも流れ着かぬ。われらは信じきっておるが、ただひとつの出来事ですべての望みは消え去り、人生はクロヒョウの背中のように真っ黒にも、フクロウの眠りのようにはかないものともなるのじゃ」

「ひどいばか者だけが変わらぬのじゃ、セフラよ。愚か者だけが永久不変ということを信じる。イギリス人がそうじゃ。白人がそうじゃ。『不変《コンスタント》』というのはイギリス人の言葉じゃ。われらコイコイには『不変』などという言葉はない。太陽は不変か、それとも降り注ぐ日光に対して不変というだけなのか？」

「じゅうぶん食べたと言いたいのなら、口を慎むのと同様に思いも抑えねばならぬ。茅葺き屋根のなかを動きまわるネズミの声に耳を澄まし、草のなかのヘビを探し求めよ。だれも信じるな、とりわけおまえの胸で眠る奴のことは」

第3章　翌日、私は村を離れ……

陛下、
生存するというのはどういうことかを研究していてまず驚きをおぼえるのは、自然エネルギーの力であります。この力によって、外から入ってきた物質はその軌道に引き寄せられ、じゅうぶんに時間をかけて同化していき、ついにはその自然エネルギーの特性となり、その物質が働かせる機能に応じて、自然エネルギーにその力を分け与えるのであります。

ジョルジュ・レオポルド・キュヴィエ男爵が、
一七八九年以来の科学の進歩について、ナポレオン皇帝に宛てた手紙

一八〇五年、おぼろ月の季節、イギリスの暦でいえば七月。翌日、夜明けとともに私は村を離れ、ケープタウンへと歩きはじめた。どこにも行くあてがなかったので、フリーハウスランド牧師の伝道所にあった孤児院に戻ることにしたのだ。そこまでは二三日かかる。私は自分の持ち物をゴザに包み、それを頭に載せた。荷物の中身は調理用の鍋、椀、枕、小さな紡錘《つむ》と弦楽器だ。道中、フリーハウスランド牧師から聞いたエデンの園を通っているような気がした。そこは、彼の聖書に描かれていた彩飾模様よりずっと豊かで美しい園、極楽鳥、フラミンゴや白いツル、サイやケープライオン、木登りザルやオランウータン、スイギュウ、コイやウシガエルの棲む楽園だった。私はこのひとり旅にわくわくした。

夜明け、霧が晴れて、太陽がいま初めてこの地上を照らすかのように地平線からのぼりはじめるころ、私

は起きだした。ナッツを少し、それに乳と小麦粉をお湯で溶いたものを椀一杯食べると、荷物を頭に載せて歩きはじめる。テーブル・マウンテンを右手に、ウムジムヴブ川を左手に見るように進んだ。南西方向を目指したが、私が動くと大地もいっしょに動いた。時に、私は海の際まで広がる、途方もなく広い砂丘のなかの小さな点にすぎず、またあるときは、谷間に広がる林や森に深い穴を掘っているフェレットのようだった。頭上では色とりどりの何千もの鳥が飛びかい、蝶が群がるランの花粉めがけてわれがちに舞い下りていった。ゾウやスイギュウは大きな淀んだ水たまりで水浴し、二度ばかり羚羊《アンテロープ》の大群がかなたの平原を突き進むのも目にした。キリンの群れともすれ違ったが、キリンは弧を描くように首を振りながら、不恰好なギャロップで駆けていった。目にも美しく心やさしいこの生き物は、どんな生き物にも危害を及ぼさず、木をかじる時でさえ少しずつかじった。私は騒がしい村から静寂へと足を踏み入れたのだった。静寂に包まれてはいたが、あらゆるものが生命の息吹に満ちていた。始まったばかりのおぼろ月の空気は、川の水のように冷たく澄んでいた。頭上に広がる大空は紫スミレのように深い青色で、大きくそして低く弧を描き、頭をかすめそうだった。

静寂、といっても音がないわけではなく、私を取りまく動物の世界では、絶え間なく群れがうごめき、鳴き、歌い、叫び、さえずり、吠え、そしてうなり続けていた。私だけがまったくひとりぼっちだった。どの方向に進むか、どの道を行くか、いつ休むか、いつまで歩き続けるか、いつどこで眠るか、いつ何を食べるか、すべて自分で決めた。それは経験したことのない、神聖で安らかな感覚だった。私はいままで、母としても妻としても、村の境界線を越えたことがなかった。けれどもいま、一歩一歩前に進むことによって、自分の重荷を背負うだけの力を得ていった。私は大地から力をもらっている。首にかけた聖なる砂を持っている。私は腕のなかに運命をしっかりと抱きとめ、命ある限り自分の運命を投げださないと誓った。時はゆっくりと過ぎていった。私の動きも、不思議な清らかさのなかで、前へ前へと流れていくようだった。ハイエナの笑い声と遠くのライオンの咳払いをのぞけば、大地と空のあいだに動くものは何もなく、ぽっかり空いたアイリスブルーの空には、子羊の毛のような小さな雲が浮かんでいた。

私は野生動物の棲むさまざまな森を通り抜けていった。そこには、ライオン、ゾウ、オオカミ、ヘラジカ、ジャッカル、ヤマネコ、ウサギ、アナグマがいた。また浜辺には、カワウソ、ペンギン、アザラシが、草原には、赤足シマウマ、灰色のアイベックス、ヤギ、ヤマネコ、ヘラジカ、カバ、野生のウマ、スイギュウ、イノシシがいた。実際、山にも平原にも海にも実にたくさんの生き物がいたので、それらすべての名前を記憶しておくのはたいへんだった。たとえば、ダチョウ、クジャク、ツル、ナベコウ〔羽が黒茶色で腹部だけが白いコウノトリ〕、ガン、ペリカン。海には海の生き物がいた。アシカ、クジラ、サメ、マグロ、サケ、エイ、ボラ、ウナギ、そしてコイ。私はゆるやかにカーブした海岸線に沿って歩き、オランダ人が「岩のバラ」と呼ぶウニを砂から拾いあげた。村の人たちが私のことを野生児と呼んだのは、ほんとうのことかもしれない。自分でも、自然のなかで私ほど生き生きしているものはないと思った。

荒野も海も山々も、私は何も恐くなかった。夜の森で獣たちが発する音にすら怯えなかった。疲れたら眠ったし、そうでないときは一歩一歩前に進んだ。足首には長い革を巻き、荷物は頭に載せるか、肩から提げた。私は一六歳で、人生はこれからだった。

川辺まで来て立ち止まった。水は暗く冷たそうだった。陽はしだいに翳っていき、山影がのしかかるように迫ってきて、水面をいっそう暗くした。青みを帯びた光のなかに、私の背丈ほどもある大きなムラサキサギが立っていたが、長い影が水面に映るとその美しい鳥はもっと背が高く見えた。サギの足と翼の先は影よりも黒かった。くちばしは黄色くて先の方だけが黒かった。私はしゃがみこんで静かに見つめていたが、突然はっとした。これは私の知っているだれかだ。ただの鳥ではない。

サギは私を見つめ、それから川に目をやった。優雅に、そしてゆっくりとした繊細な脚取りで私の方にやってきた。一歩進み、それから次の脚を水から上げると、その脚を川床におろす前に、太鼓がトンと鳴るほどのあいだ静止するのだが、その動きは儀式かダンスかメッセージのようだった。サギは頭をぐるっとまわし、凶器になりそうな鋭いくちばしを揺らしながら、ほっそりした頭を小刻みに動かしていた。私はいまでは、それが精霊であることを確信していた。私を野営地に連れ戻しにきたのかしら？　サギは、たった一羽だけで暗い水のなかを渡ってきた。サギ科の鳥はみんなそうだが、このサギも孤独でつねにさまよっていて、群れる鳥の掟には縛られない。だれもこの種類の鳥が仲間といるところを見たことがないし、家族でいるところも見たことがない。目の前のサギは、そのなかでもとりわけ孤独に見えた。私とおなじ、どこにも家がないさすらい鳥だった。

サギは、私のすぐそばの中州のぬかるみで止まった。片脚をあげ、砂の上に足跡を残すと、長いうろこ状の脚を後ろに蹴ってゆっくりと翼を広げ、波が岩を打つような音をたてて私の方に滑るように動いた。その首はだれかに折られたかのように前の方に二重に折れ曲がっていた。その胴体が私の上におおいかぶさり、その胸が私の頭をかすめたとき、私はサギの悲しげな目をのぞきこんだ。サギが通り過ぎるとき、さっと風が吹くように冷たい空気が流れ、翼が青い影を落とし、皮膚をちくちくと刺すのを感じた。母さんだった。私にはわかった。おばが繰り返し、繰り返し語ってくれた虐殺の話を思い出した。母も含めて女たちが、目の前にいるさすらい鳥とおなじように、どんなにか、とっさに飛び立とうとしたことか。雨あられと飛んでくる弾丸から逃げるために、まるで空を飛べるかのように腕をばたつかせ、ラッパを後ろにひるがえしながら、死人や負傷者を飛び越えて海へと走ったのだ。けれども彼女たちは、まるで時そのものが止まってしまったかのように、スローモーションで動いているように見えた。母は後ろを振り返り、コブラに魅入られたあわれな獣のようにじっと立ちつくし、貴重な時間を無駄にしてしまい、とうとう小麦のように女たちを刈り取る騎馬兵のえじきになってしまった。浜辺では見渡す限り、二連式ライフル銃やムチや剣の音が響くなかで殺戮が続いた。

これは母の霊なの？　この鳥は本物のサギ、それともサギの姿をした亡霊なの？

私は、サギの首がどうして曲がってしまったのかという、コイコイの昔話を思い出した。

「あるところにジャッカルがいてね」おばは、そう話しはじめた。「岩のあいだを縫って狩りをしていると、手の届かないところにハトがいるのを見つけたのさ。『かわいいハトさん』と、ジャッカルは呼びかけた。『おいら、おなかが減っているんだ。おまえさんのヒナを一羽、おいらの方に投げ落としておくれ』『いやよ』とハトは答えたのさ。『それじゃあ、そこまで飛んでいっておまえさんも食っちまうからな』かわいそうに怯えたハトは、みんな飛べると思っていたのさ、もちろんジャッカルだってね、だからヒナの一羽を投げ落とし、ジャッカルはそれを食べたのさ。次の日もジャッカルはやってきて、またヒナを呑みこんだ。かわいそうな母バトがさめざめと泣いていると、サギが通りかかって訳を聞いた。

『かわいそうな私のヒナたちを思って泣いているのです。ヒナたちをジャッカルにやらなかったら、ここまで飛んできて私までも食べるって言うんですもの』『ばかな母親だねえ』とサギが言った。『翼もないのに、どうやって飛ぶのさ！　ジャッカルは飛べないよ！　あんな奴のおどしに負けてはいけないよ！』」

「さて、次の日ジャッカルがやってくると、ハトはヒナを渡すのを拒んだ。『サギさんが教えてくれたわ、あんたはまったく飛べないって』とハトは言った。『おせっかいなサギめ、おしゃべりの借りは返してやるからな』そしてジャッカルは、冷たい池でカエルを探しているサギを見つけた。サギは、爪ほどの大きさのウロコでおおわれた左脚をあげて、頭を少し右に傾け、そしてくちばしをジャッカルの方に向けて、見おろした。『なんて長い首なんだ』とジャッカルは言った。『風が吹いたらどうなるんだ？　半分に折れちまうぞ！』『大丈夫、もっと首を低くするから』サギは首を曲げながら言った。『じゃあ、もっと風が吹いたら？』『そりゃあ、もう少し首を曲げるさ』サギは答えた。『じゃあ、すごい大風が吹いたら？』ジャッカルがたずねた。『ここまで首を曲げるのさ』サギは言いながら、首を地面まで降ろした。ジャッカルは低くなったサギの首に飛び乗って、ポキッと真っ二つに折ってしまったのさ。それ以来、サギの首は曲がっているんだよ……」

私は母の首が伸びてサギのような曲線を描き、腕をばたつかせながら命からがら逃げるところを想像した。コイコイ人はかつて飛んでいたのだ。でもいまでは、ジャッカルに踏みつけられてみんな首が曲がってしまった。私は、夜のとばりがおりて真っ暗になるまで、ずっと川辺に座っていた。

野生のイチゴ、野生のゼラニウム、水仙、ニオイシロスミレ、ミヤマカタバミ、サンギナリア〔ケシ科の多年草〕、ブルーベリー、トウワタ〔乳液を分泌する薬用植物〕、グラジオラス。私は、しばらく凌げるだけの野生のベリー類や球根をたっぷりと集めた。私のさすらい鳥はどこまで飛んでいってしまったのだろう。じぶんの首がどうして曲がってしまったのか、あの鳥は知っているのかしら。ケープ砦に近づくにつれ、赤褐色の鉱石があちこちむきだしになっていた不毛の浜辺は牧草地になり、やがて山々に囲まれた草原へと変わっていった。その山々のなかでもいちばん高いのがテーブル・マウンテンだった。テーブル・マウンテンのふもとでは、じめじめした小さな森を通り過ぎた。そこでにぎやかなヒヒの群れに出くわしたが、ヒヒたちは頭上の木のあいだをピョンピョン跳ねながら騒ぎたてていた。夜になると、ホタルや夜行動物とともに過ごしたが、このあたりの山々の名前にもなっているライオンには用心した。私は数えきれないほどの小川や川と、木陰があり、太陽で温まった泉が心地いい無数の流れを渡っていった。そしてついに、ケープタウンのはずれにあるオランダ東インド会社の庭園が見えてきたが、そこにあるレモンやオレンジのプランテーション、ローズマリーや月桂樹のこんもりとした生け垣、そのすべてが太陽の下でかぐわしくかおっていた。一年のこの時期、つまり冬は、ケープタウンを囲む山々は厚い雲の層でおおわれ、その雲は夕暮れとともにしだいに低く垂れこめた。突風が大気を乱し、違った方角から同時に風が吹き、ときにはデビルズピークからほんものの大風が吹きつけることもあった。

私は、食用の塩が豊富に採れる干潟を歩いたが、そこはかつてコイコイ人の土地だった。大きな白い塩の結晶が干潟の表面に漂い、あるいは砂州の上で乾燥し、奇妙に寂しい風景を作りだしていた。自然に堆積した結晶は白かったが、酷暑の強烈な熱にさらされると、ひとりでに割れて表面がキラキラ輝くブルーになった。道行く男たちとすれ違いはじめた。狩人や戦士ではなく、奴隷や召使い、そして使い走りの老人だ。人生が終わってしまった人たち。こんな人たちとなら戦えた。だって、私は強くてすばしっこく、怖れを知らなかったから。クサウが私に、弓矢の扱い方、杖で身を守る方法、走り方、木登りのしかた、川での泳ぎ方、それに身を隠したいとき、木の葉や泥を使って偽装する方法を教えてくれていた。

人間のにおいがしはじめた。往来にはケープ砦に行き来する人たちがあふれはじめた。埃っぽい路上で人の顔を見たり、声を聞いたりするのは楽しかったし、実にいろいろな言葉や方言が飛びかっていた。思えば、私はずっとひとりぼっちだったのだ。そこにはイヌやブタ、ヒヨコ、ヤギ、やかましいオンドリや脂尾羊の赤ちゃんもいた。女たちは頭の上に素焼きの壺を乗せていた。男たちはヘビからオウムにいたるあらゆるものをいっぱい入れたかごを運んでいた。歩けるものはすべて革ひもでつながれ、歩いているものはすべて食用だった。売り物にならないものは何ひとつとしてなかった。みんなが町の城壁へと引き寄せられ、城壁から吐きだされていた。群衆は城壁の門のまわりに群がっていたが、そこには警官や税関吏が詰めていた。

孤児院にいたときの記憶から、今日、木曜日が市の立つ日だったことを思い出した。東方からやってきたにちがいない隊商の長い列が門を通り過ぎていった。重そうな荷を積んだラクダの列が城壁のまわりを取り囲んでどこまでも続き、濃い黄色と白のカフタン〔イスラム文化圏で広く着用される長袖・丈長の前あきの服〕を着た陰気な男たちがその列を少しずつ進めていたが、彼らは頭と顔を幅の広いターバンで隠し、巻かずに肩に垂らした両端を、砂や埃や暑さを避けるために目だけを残して口元をおおうように引きあげていた。私はラクダの動きに紛れるようにして、隊商といっしょに町のなかに滑りこんだ。なかに入ると、自分の位置を確かめようとした。私は荷物をおろした。目抜き通りは、ありとあらゆる肌の色や姿をした人たちであふれんばかりだった。見慣れたオランダ人やアフリカーナー、イギリス人、コーサ人、バンツー人以外にも、インド人、中国人、アラブ人、ユダヤ人、黄色、白、赤、茶色や黒い肌のアフリカ人がいた。徒歩で、馬車で、馬やラクダに乗って、輿、椅子駕籠、あるいは幌馬車、荷車、かご、人力車、みんないろいろな方法で移動していた。イヌは放されて好き勝手に走りまわっていた。日差しを避けるために小さな天幕を持ち歩いている白人女性がいたが、アフリカ人ならさしずめ王族や有力者のしるしとして使うようなものだった。幅広の麦わら帽子をかぶり麻のダスターコートを着こんでガンベルトを着けた白人男性もいた。

その通りから立ちのぼってくるにおいには、野菜や香辛料、新築の建物の伐ったばかりの松のかおり、腐りかけのゴミのにおい、食用油、ニンニク、ジャコウ、香水、ラクダの小便、イヌの糞、鍛冶屋の煙のにおいといった、いろんなものがまじりあっていた。ここを離れていた数年のあいだに、何もかもが変わっていた。私は、通りの赤土と道中の埃にまみれて、言葉もなく、道の真ん中に立ちつくした。私は裸足で、しかも短いラッパしか身につけていなかった。自分の荷物を拾い上げて頭の上に戻した。私はかゆいところを掻けないイヌのようだった。馬に引かれた馬車や椅子駕籠や荷車が私をよけて、右へ左へと回り道する。だれかがわめいた。

「どけ！　カフィール人〔南アフリカで黒人に対する蔑称〕のばか野郎！」

まわりにあまりたくさんの人がいたので、だれが叫んだのかはわからないが、振り返ってみると、鮮やかな赤い軍服を着た兵士、牧童、奴隷、鉄道員がいた。それに港から来た水兵、山から来た鉱夫、隊商、牛飼いたちがいた。司祭、牧師、農園主やジェントルマンもいた。あらゆる種類の動物がそこいらを歩きまわったり、淡い色のレンガと木でできた家の前につながれていたりした。ウマ、ラクダ、ヒトコブラクダ、ロバ、ラバ、バッファロー、長角牛、短角牛、トナカイさえもいた。飼い主からはぐれたイヌやネコやブタが板張りの歩道をうろついていた。道の両側にはあらゆるたぐいの店や屋台があったが、それは露店であったり、木やムシロのアーケードがついていたりした。店では、バスケットやパン、ハーブ、塩、穀物、お菓子、宝石、布を売っていた。私は圧倒された。

　いろいろな建物の前を通り過ぎた。紺碧の空を貫く槍のような尖塔をもった白と黒に塗られた教会、黄色い石造りの総督の屋敷、刑務所、警察署、そうした建物は小さいころから見覚えのあるものだった。私はますます不安になってきた。ケープタウンにいる権利はあるの？　私は自由な身分なの？　通行証が必要なのかしら？　さらに恐ろしい光景も目にした。物乞い、ハンセン病で手足をなくした人、死体が吊されたままの公開絞首台、縞模様の囚人服を着て鎖につながれた囚人たちの足には、五〇ポンドの重さの砲丸がつけられていた。

　すっかり迷子になってしまった。伝道所への道が思い出せないし、まわりのものすべてに嫌悪を感じ、深い霧のなかにいるようだった。そのとき初めて、この通りにはコイコイ人がいないことに気づいた。敵意に満ちた視線と卑猥な笑いを背中に感じる。私は立ち止まって考えた。どういうこと？　私は裸かしら？　違う。頭のてっぺんから膝下までおおい隠している。私の背丈？　私は一二歳のこどもの背丈しかない。歩き方？　何か落とした？　暗黙のタブーを破った？　通りがかりの人に無礼な態度を取った？　そのときまわりを飛びかう、ぶしつけで軽蔑的な言葉がだんだんわかってきた。

「カフィール人だよ」

「ブッシュマンさ」

「ほんとう？　ああした輩は町には入れないのだと思っていたよ」

「見て、母さん。ホッテントットだよ」

「ピグミーだ！」

「野蛮人だよ！」

「人喰い人種だ！」

「北部で奴らを狩ったぜ」

「おじは、狩猟記念に剝製にした首を持ってるわ……」

「イヌとブッシュマンは入るべからずという立て看板が読めないのかよ？」

「歩道から出て行きやがれ！」

だれかが私を道路の上に突き飛ばした。私がどうしていいかわからなくなってよろめいたところに、心ない侮辱のことばが四方八方から浴びせかけられた。怒鳴り声や露骨な言葉。恐怖で胃が縮まる。動悸がますます激しくなる。私は荷物をしっかりと頭に載せて歩く速度を速め、足もとの赤土の砂埃が私を包みこんでくれたらいいのにと願った。行きかう人びとは私の視線を避けた。私が通るとみんな道をあけた。子どもたちは私を見つめ、母親のスカートにしがみついた。雨乞いのまじない師がケープタウンに行ってはいけない、行けば私は自分の魂、ヌムを失うだろうと言っていたことを思い出した。でも、もうあとの祭りだった。孤児院にいたころはこういうことに気づかなかったのだろうか？　幼すぎて理解できなかったのだろうか？　それとも、この数年で状況が変わってしまったのだろうか？　まだ、いまなら引き返せる、と思った。走れば間に合うわ。でも、どこに行ったらいい？　働かずにどうやって生きていく？　再婚する？　また夫が殺されたら、もう生きていけない。

とにかく道を見つけよう。とうとうオランダ語で通行人にたずねた。彼はしゃべるイヌでも見るような目で私を見た。

「聖ルカ孤児院かね」彼はばかか何かに話しかけるように、ゆっくりとアフリカーンス語で繰り返した。「ブラッカー通りにあるから、歩いて一〇分くらいだね。次の通りを左に曲がって、突きあたりまで行くんだ、それからメリベリー通りに入って……そうすると鐘楼が見えてくるよ……」

「ありがとうございました」と私は言った。

彼は私をじろじろ見つめているだけだった。自分の話したことがわかるなんて、初めから思っていなかったのだ。とうとう、彼は肩をすくめて悲しげに首を振り、反対の方向に去っていった。

聞き覚えのある学校の鐘の音をたどっていくと、囲い地の門に着いた。私は荷物をおろし、呼び鈴を鳴らした。門を開けてくれたバントゥー人の守衛は顔見知りだった。

「セフラ」彼は叫んだ。

少なくとも私に逢って喜んでくれる人がいた。

「サーチェ」と、彼はオランダ語の呼び名を使った。「どうやってここまで来たんだい？　ここで何をしているんだい？」

「歩いてきたの」

「村から？」

「そう」

「じゃあ町を通り抜けてきたのかい？」

「そうだけど、どうして？」

私たちはコイ語で話していた。

「逮捕されなかったとは驚きだ！　コイコイ人はケープタウンに入るのを禁じられているんだ。何千人ものコイコイ人が町の北側の城壁の外で野営しているよ。イギリス人は、オランダ人を打ち負かして入植地を奪うと、布告を出したんだ。ホッテントットは白人に奉公しなければならず、決められたところに住み、町に入るには通行証がいるってね」

「でも、この町は、民のなかの民の土地の上に築かれているのよ！　どうして、彼らが私たちを立ち入り禁止にできるの？」

「おまえたちはそのうえ、その土地を持つことも禁じられているんだよ。ところで結婚したそうじゃないか」

「夫は死んだわ。生まれたばかりの赤ちゃんもほんの数カ月しか生きなかったの」

「ああ、セフラ。そいつは気の毒なこった。じゃあ、またひとりぼっちになっちまったのか」

「そうよ、ねえマムブ？」

「なんだね？」

「ここに来る途中、だれかに歩道から突き飛ばされたの」

かれは奇妙な顔をして私を見つめた。

「いま、戦争の最中だってことを知らなかったのかい？　ホッテントットはナミビアで白人入植者を襲っているんだぞ。白人の大虐殺があったのさ……殺されずに町を通ってきたなんて奇跡だぜ。なにせホッテントットはみんな町から締めだされているんだからな」

「どおりでみんながじろじろ見たわけだ！　それで男が私のモカシンに唾を吐きかけたのね！」

「おまえは幸運だったんだよ、サーチェ。いまごろは牢屋にぶちこまれていたかもしれないんだからな。さ、だれも見てないうちに入んな！」

「どうしても来なきゃならなかったの。仕事がほしいの。夫が死んだんだもの。赤ちゃんも死んだんだもの。村にはいられなかったのよ。私も死んでしまうもの！　食べ物も何もない。あそこにはいられなかったの。あそこにいたら、私の人生はおしまいだわ！」

「おまえさんに何ができるのかね？」

私はぽかんとして彼を見つめた。人が関心を持ちそうなことで私に「できること」は何もなかった。ヤギの乳搾りはできた。薪や食べ物を集めることもできた。火をおこせた。赤ん坊を産めるし、ラッパを身に着けることもできた。曲げた小枝で家を造り、葦のムシロで屋根を葺くことができた。疲れ知らずに何マイルも歩くことができた。パチンコを持っていた。ギターの弾き語りもできた。家畜番ができた。私は羊飼いの女だ。まじないをほんの少し知っていた。少しだけ雨乞いもできた。私は弓の使い手だった。九〇歩の距離で的を射貫くことができた。ほかに私ができること？　私は泳げた。アイリスの球根を探し当てて、小麦粉の衣をつけて料理できた。それから……

「何もできないわ……」と私は言った。

「ここにいるなら、院長先生がおまえに家事仕事を用意してくださるだろう。ここにいたころ習ったことを覚えているかね？　あのころから、ちっとはオランダ語や英語をしゃべっとったんだろ？　おまえは裁縫や料理や掃除を習えるし、子守女か洗濯女になることもできる。フリーハウスランド牧師がおまえにいくらか英語を教えていなかったかね？」

「オランダ語と英語よ」

「そうかい、そいつはいいや」

「牧師様は私にお金も遺してくださったのよ」

「その話は聞いているよ。だけど、あの方はもう死んじまったんだ。家族もイングランドに戻られた。もうだれもそのことは覚えてないよ、そうさ、それでよかったんだ。それに金を遺してもらったところでどうするつもりだったんだね？」

門番のマムブは二重扉を開けて、広くて天井の高い部屋に通してくれたが、そこには三〇人以上の黒人の女たちがいて、みんなおなじ白いスモックに身を包み、その前の白い布を掛けたテーブルには、石炭アイロンが並んでいた。それぞれがシャツを手にしていた。それぞれがボンネットをかぶっていた。部屋の前方では一段高くなった教壇に先生が立っていた。彼女はまずコイ語で話し、それからオランダ語で話した。まるで、声を張りあげることで速く覚えさせられるとでも思っているかのように叫んでいた。ズラリと並んだ黒い顔は真剣そのもので、アイロンの熱気のせいで汗をにじませていた。窓は大きく開き、白いカーテンが風に揺れていた。先生の声が丸天井にこだました。

「まず、洗ったシャツの襟を二本の指でつまんで、この指とこの指ね、自分の方に向けなさい……」

「洗濯女になるための実習中さ。おまえさんも、ここでまずアイロンかけから始めて、洗濯、漂白、繕いって《ママ》ふうに習えるよ……」

みんなの目は、親指と人差し指でつまんだ白いシャツに注がれていた。それぞれ、両手で布をつかんで注意深くしわを伸ばすと、その上に熱くて重いアイロンをズシッと鈍い音をたてて降ろし、すべてのしわを伸ばし、折り目をつけ、形を整えていく。

彼女たちはペンギンの群れに似ていた。糊の効いた白い胸当て、糊の効いた白いキャップ、パタパタ動く黒い腕、先生の言葉に合わせてリズミカルに動く頭、しかも自分では音をたてることもできない。たぶん、ペンギンとおなじで声帯がないのだ。

「よく戻ってきてくれました、サーチェ、かわいそうな孤児……いまでは未亡人なのね——あなたのために家を探しましょう……親切なボーア人の家庭をね」

その夜、私は薄い綿のシーツをあごの下まで引っ張りあげて、女子寮の狭い板敷きのベッドに横たわったが、そこには三〇人の女が眠っていた。みなが穏やかに寝息をたてると、私のまわりには焼きたてのパンのような暖かい女の体臭が漂ってきた。彼女たちの一日は四時半に始まる。明日から私もおなじだ。

私はほんの一日前に夜空を見あげていたように、汚れた褐色の木の天井を見あげ、イギリス人やオランダ人が死者の埋葬に使う棺桶と呼ばれる木の箱のことを思った。私は棺桶のなかの死人同様、死んでいた。ここで眠っている黒人の女たちも死んでいた。二三日間、私は星の瞬きの下、かぐわしい大地の上で眠ってきた。ふたたび月の光に照らされ、夫の羚羊の毛皮に包まれて眠るのはいつの日だろうか、うなじに心地よく当たる枕、胸には「生まれてきてはいけないもの」にもらったお守り、そして心臓がトクトクトクと鼓動する、そんな日は来るのだろうか？　長距離ランナーの激しい鼓動ではなく、母の胎内にいる、まだ生まれぬ子どものたゆまず規則正しい鼓動、かすかで壊れやすい、しかしきっぱりと生きようとする、そんな鼓動が胸に響く日が。

最初の夜以降、おなじような日々が続いた。私は料理、掃除、フラワーアレンジ、銀磨き、洗濯、アイロンかけ、ナプキンたたみ、庭仕事、保存食作りを学び、それに整髪やかつら作りも少しは身につけた。私は目の前の仕事のことだけを考えるようにした。しかし家事には向いていないとわかったので、乳母になることに決まった。私の乳房は死んだ坊やのことを思うとときどき疼いたし、伝道所の孤児たちを腕に抱くのはいやではなかったからだ。

しばらくして、星亡き季節が近づいたとき、フリーハウスランド牧師の後任のファン・ロート院長が私を部屋に呼んだ。ある日曜日のことだった。

「サーチェ、あなたにふさわしい家庭を見つけましたよ。通行証や登録証を手配してもらえるでしょう。こちら、カーサル大佐、フラット・マウンテン・バレーの農園主。子どもたちの乳母をさがしていらっしゃるのよ」

背の高い、赤ら顔の白人が物陰から進みでた。

「カーサル大佐、セフラです。われわれはサーチェと呼んでおります、小さなサラといったところでしょうか」

「はじめまして」私は英語で言った。

彼は手を差しのべることもなく、農園主がかぶる、つば広の麦わら帽をファン・ロート院長の机の上に置いた。

「はじめまして」私はアフリカーンス語で言ってみた。

「アフリカーンス語がわかるのかね?」と彼はたずねた。

ファン・ロート校長が私の代わりに答えた。

「はい、子どものころ、伝道所におりましたから。一族のもとに戻っておりましたが、言葉を忘れなかったようです」

「なるほど。そいつはいい。読み書きはできないでしょうね？」

「はい」

「農園には読み書きのできるカフィール人なんていらないんですよ。やっかいな、いざこざのもとになりかねんし――非常に危険だ。そういう奴らがカフィール人の子どもに読み書きを教えるんだ……学習なんてものは世界じゅうの質の良いニグロをだめにしてしまう」

「だいじょうぶです、保証いたしますわ、この子は読み書きができません」

「彼女、いくつですかね？　一二歳にもなっていないようだが……」

「私は一六歳です」

「ああ、この子はもう一人前の大人ですわ、大佐、母親で寡婦ですもの」

「なるほど、まったくの処女ではないんですな……」

ファン・ロート院長は困惑した様子だった。

「ええ、まあ、寡婦ですので。それに、読み書きができないことは保証いたしますわ」彼女は繰り返した。

私は、黒人には答えてくれない無言の本のことを思い出したが、何も言わなかった。

「うちには、六つにもならない小さな子どもが三人いる、クレアに、カールに、エラスムスだ」

それで満足だった。子どもは大好きだ。わが子のように三人の面倒を見よう。

「子どもは大好きです」私はずっとアフリカーンス語を使い続けた。

「そうかい、サーチェ。それはけっこう。妻がとても喜ぶだろう。あれはホッテントットの召使いが好きだからな、ホッテントットは逃げるって評判なのにな」

「この子は逃げません、そうよね、サラ?」

「はい、先生」

逃げるって、どこに? 町の外にあるゴミためみたいなコイコイ人のところ? 飢饉に見舞われているナミビア? 海のなか? どこに逃げるというの? 私は自分の国にいるのに囚われの身なのだ。

「さあ、サーチェ、荷物をまとめなさい。日暮れにはカーサル大佐と出発ですからね。大佐の幌馬車隊は夜移動しますから」

私はこんな棺桶のような家を出られるのがうれしくてたまらなかった。外に出て、ふたたび星空の下で眠り、家畜の群れのそばにいられる、そう思うとわくわくした。父さんの面影が目の前に突然浮かんだ。

「私は家畜の世話ができます。そうするようにしつけられたのです」

「そんなに小さいのに?」

「はい」

ファン・ロート院長が声を立てて笑った。

「この子がまっすぐに立っているだけでもたいへんだろうとお思いなのでしょう。この子たちのなかには後ろの方に倒れそうな者もおりますから。でも、サーチェはすごいんです。この子は男性並みに走れるんです。しかも長距離をね」

「そいつは気に入った! 女の羊飼いか。うちにも脂尾羊がたくさんいるんだ。クレアやカールやエラスムスの世話がないときには羊の世話ができるかもな!」

一瞬、気づまりな沈黙があった。

「サーチェとふたりだけで話がしたいのですが、ファン・ロートさん」

「もちろんですわ、私はあちらで退所の手続きをしてまいります」

ファン・ロート院長が部屋を出ると、カーサル大佐は私に窓の方に来るように命じた。

「ここにおいで、サーチェ、明るいところでおまえを見たい」

「カーサル大佐……」

「だんな様《マスター》と呼ぶんだ」

「だんな様《マスター》……」

「窓のところに来るんだ」

私は彼に近づいた。心臓が口から飛びだしそうだった。

「ちょっとおまえをさわりたいだけだ、サーチェ。私は敬虔なキリスト教徒で、妻に対しても誠実だがね……」

彼はズボンの前を開けると、オランウータンの尻のような赤い毛の生えた性器をグイッとつかみだした。私はぞっとして、それを見つめた。彼の性器には睾丸がふたつあった……白人はみんなこんな奇形なのかしら〔コイコイの男たちは通過儀礼として、睾丸の片方を除去していた〕。

「何を見つめているんだ、サーチェ？　男のペニスを見たことがないなんて言わせないぞ——結婚していたんだからな。さあ、キスをしてくれ」

私は彼が何を望んでいるのかわからないままに、このひどい奇形のものを持つ男の前に膝まずいた。けれど私が何かする間もなく、彼の手がスモックの下に入ってきて私の尻をぐいとつかみ、そして、ことは終わった。

「おおっ」彼は喉を鳴らした。「おまえはうまいんだろうな、サーチェ」われに返って、彼は言った。膝を伸ばして立ちあがり、いま起きたことをファン・ロート院長に言うべきかどうか考えた。

「さて、ファン・ロートさんに言うには及ばない。こんなことは二度とないから。まあ、その生娘とかそんなんじゃないんだから。そうだろ?」

私の沈黙は同意と取られた。思うに、私には三つの選択肢があった。この棺桶のようなところに残って別の雇い主が現われることに望みを託すか、町の外にあるコイコイの野営地に逃げて飢えに苦しむか、カーサル夫人と子どもに賭けて、夫人に夫の監視をしてもらうか。でも白人のキリスト教徒の女性が私をほんとうに守ってくれるだろうか?

ファン・ロート院長は部屋に入ってきたとき、私と目を合わそうとしなかった。

「これが書類です、大佐、すべてそろっていますわ」私が青ざめ、大佐の顔が紅潮していたのに、彼女が言ったことはそれだけだった。彼女は関心を向けなかった。彼女は知りたくなかったのだ。結局のところ、主人は召使いに対して確たる権利を持っており、そして私はどう転んでも召使いの方だった。自分より上の立場に立って、おまえはほとんど人間ではないというような判断を下されることは奇妙な感じだった。かりに、彼らの意見が半分以上とおったとしても——私はほんとうにラクダ以下、イヌ以下の価値しかなくて、ヌムさえも持っていないのだろうか、文明化された人たちの基準で見ると、私の姿は人間ですらないのだろうか。

「それじゃあ、サーチェ。ここでの生活はおしまいです。荷物を持ってお行きなさい」

私は去り際、肩越しに新しくご主人様になった男をちらっと見た。彼は白いフェルトの三角帽に、後ろにスリットの入った乗馬用の長いダスターコートといった、このあたりの農園主がみんなしているような格好だった。袖をまくっていたので毛深い腕が見えていた。膝丈の乗馬ズボンに、やわらかいラクダ皮のショートブーツをふくらはぎの半ばまで紐で編み上げていたので、そのあいだの足はむきだしだった。シャツの襟元ははだけて、毛がちらっとのぞいていた。膝まで届きそうな長いベストは白いリネンで、骨でできたボタンがついていた。カールした赤毛は、背中で束ねて緑色のリボンでむすび、長いライフル銃と狩猟用ナイフを携えていた。長身で、赤い眉とまつげの下の目が冬の空のような淡いグレーだということ以外には、取りたてて特徴はなかった。彼はまた体臭がひどかった。もっとも、それはすべての白人にいえることだった。いいにおいがするのは白人の赤ん坊だけだ。

私はほんの少したたずんで、新しい保護者について何か心に留めておくようなこと――何かすごい特徴だとか、目につくようなことはないかと考えた。そうすれば、彼にコイ語で名前をつけて、ご主人様とだけ考えるなんてことをしなくてすむもの。彼の灰色の目は冬の空に似ていると思った。サオ・ホマイブ……いえ、違うわ、サオ・ホマイブ・アオムス・ガム、冬空色のヘビ目だ。これからはそう呼ぼう。私はふっと笑みをもらした。ほんとうは、サオ・ホマイブ・アオムス・ガム・カララ、冬空色のヘビ目とふたつの睾丸だ……

大佐は親しみをこめたようなまなざしで私をちらっと見た――まるで、私が動物ではなくてほんとうの人間で、話し、感情を持ち、いまから自分のかわいい三人の子どもを引き受けてくれる、とでもいうふうだった。しかし見つめるのをやめ、次の一瞥をくれたときはほかの白人とおなじだった。彼の「冬空色のヘビ目」は、白人が私を見るときのいつものうつろなまなざしに戻っていた。いや、私など見ていなかった。まるで、二〇年ものあいだ毎日顔をあわせているのに、どうしても私の名前が覚えられないというようだった。

去り際に、ファン・ロート院長が耳打ちした。

「彼はあなたを困らせるようなことはしないでしょう……」

私は笑いをかみ殺した。彼女はほんとうにそう思っているのだ。彼女が伝道所で黒人の孤児たちにどんな説明をしているのか、知りたいものだ。

その日の夕刻、先頭の幌馬車が柵の外へと向きを変え、長い幌馬車隊の車輪はきしみながら動きはじめた。隊列は平原に半マイルも連なり、巨大なピンクの貝殻のようだった。長角牛、畜牛、雄牛、去勢牛、雌馬、仔牛などが、連なった荷馬車のあとから扇状に広がって動きはじめた。青いかがり火が、黒光りする家畜の毛並みや白く突きでた角を照らし、舞いあがる埃からは家畜のにおいが立ちのぼった。牛飼いや牧童、それにサン人やコーサ人の羊飼いの黒い影が、群れのなかを音もなく動くのがかろうじて見分けられた。動物がゆっくりと伸びをするように、隊列はのろのろと動きはじめ、いななき、鼻を鳴らし、叫び、車輪をきしませながら動いていく一団を、月の光が照らしだした。コイコイ人の野営地を通り過ぎた。みじめでうつろで汚くて武器も持たない人びとが、たき火のまわりに群がっていた。夜は冷えこむからだ。オオカミやコヨーテの遠吠えが谷間から聞こえた。牛飼いたちのぼんやりとした暗い影が家畜のあいだを動きまわっていた。ケープタウンのたいまつが遠くの方で明るく輝いていたが、やがて丘陵に隠れて見えなくなり、あとには先導の石油ランプだけが、荷馬車の柱で、ホタルのように揺れていた。行く手を照らすのは、石油ランプと流れ星だけだった。そう、いまは星亡き季節だった。

第4章　カーサル農園があったのは……

私は人類単一起源論者であるから、すべての人間はひとつの創造物から起こり、そこから三つの人種に分かれたと考える。すなわち、白色人種、黒色人種あるいはニグロ、そして黄色人種だ。白色人種が世界じゅうで支配権を獲得する一方、黒色人種がいまなお奴隷の身分に沈み、官能の快楽に溺れ、中国人が象形文字を用いた言語の難解さのなかをさまよっているというのは、偶然の一致ではない……

ジョルジュ・レオポルド・キュヴィエ男爵、
『比較解剖学における三〇課程』

一八〇六年、星亡き季節、イギリスの暦でいえば二月。カーサル農園はテーブル・マウンテンのすそ野、野生動物や猛禽類、オオカミ、ジャッカル、ケープライオンの声がこだまする谷あいにあった。広大な正方形の家が、大きな日陰を作る木立や果樹園やマンゴーの木々やぶどう園に囲まれて建っていた。私にとって、この家は新たな棺桶だった。白壁に黒く四角い柱、周囲にベランダが巡らせてあるその家は、卵を抱く雌鶏のように、背の高い青草を押しのけて空からドスンと落ちてきたようだった。中庭がないかわりに、その鶏小屋からはまわりが全部見渡せたが、見渡す限り、草原と小麦畑が山の端まで広がるだけだった。ここではいつも強い風が吹いていたので、木とレンガでできたオランダ様式の家は、できるだけ風の当たらない場所に建てられていた。磨きあげられた板張りの床はいつも素足にひんやりとしており、厚い壁はアフリカの熱暑を遮っていた。

　私のほかにホッテントットの召使いはいなかった。みんなコーサ人とバンツー人で、私を見くだしていた。何人かはイスラム教徒でふたりがキリスト教徒、あとは私同様、神あるいは神々は人生の謎には答えてくれないと考え、古い風習にならって、岩や川、太陽や風、木や大地をかたくなに信じ、それらに耳を傾け、それらに語りかけていた。

　カーサル家は典型的なボーア人の家庭で、父と母と三人の子どもたちという家族構成だった。この家族を中心にして、さらにイヌ四匹、ネコとオウム、それに一六人の召使いがいた。主人の名前はペーテル・カーサルといって、オランダ系アフリカーナーだったが、アイルランド人の血とそれにコイコイ人の血もいくらか混じっているらしいとささやかれていた。これは召使いたちのあいだでのうわさ話だった。私自身は、彼の祖父が六〇年くらい前にオランダのドックムという町〔オランダ北部、フリースランド州。近世の軍港・貿易港〕からケープに渡ってきて、オランダ東インド会社で積荷事務員をやっていたということ以外は何もつかめなかった。彼の祖父はホッテントットとの戦争に参加し、金を求めて入植した。要するに、ホッテントットの土地を一三マイル〔一マイルは約一・六キロ〕四方ほど盗んで、家畜を飼い、小麦を栽培しはじめたというわけだ。カーサルの父はその土地のほとんどを一七四二年の恐慌で失った。というのも、当時カーサルの父は資産のすべてをオランダ東インド会社に投資していたが、イギリス軍がオランダとの戦争に勝利したからだ。だから、ペーテル・カーサルは裕福ではなかった。ペーテルにはヘンドリックという弟がいて、ここから牛車で一週間ほど行ったケープタウン寄りの別の谷に住んでおり、彼もまた家畜を飼っていたが、やはり裕福ではなかった。

　私のご主人様は善良で厳格なカルバン派の白系アフリカ人で、公正で敬虔な人柄でとおっていた。だから、あんなことがあったとはいえ、ペーテル様は私の新しい生活のなかで権威そのものとなっていった。彼のもとに住むようになってからは、彼は二度と私に触れるようなこともなく、それはとてもありがたかった。だから私は感謝をこめて、機敏で素直に、そして愛情と信頼を持って仕えた。ちょうどこの家で飼われているほかの動物たち、四匹のイヌと一匹のネコと一羽のオウムとおなじように。四匹のイヌはすべてバセット・ハウンドで、オランダの町の名前にちなんで名づけられており、アムステルダム、ロッテルダム、ハールレム、モニケンダムといったが、ずいぶん以前から、縮めてアムスト、ロット、ハール、モニと呼ばれていた。ネコの名前はシンプリシティで、オウムはハーグと名づけられていた。ペーテル様はとても背が高く、六フィート二インチほどもあったので、私の頭は彼の胸のところまでも届かず、彼を見あげなければならないときは首が痛くなった。このため、そしてまた別の理由からも、私は彼と距離を置いた。彼と話す必要があるときはいつも、たいてい、たっぷり一〇フィートは離れたところに立った。彼はこれが気に入ったようだった。そして、私を「おチビさん」と呼んで、なぜコイコイ人がホッテントットと呼ばれるのかを教えてくれた。それは舌打ち音《クリック》や息を使う私たちの話し方が独特で、白人にはまねできず、彼らの耳にはどもっているように聞こえたからだ。オランダ語でどもりのことをホッテントットといった。いい言葉ではない、侮辱的だしね、と彼は言った。どちらの方がよりひどい言葉なのでしょうか？　と私はたずねた。

「まあ、ほとんどいっしょだね」と彼は言った。「違いはないと言ってもいいくらいかな……」

彼の妻アルヤもまた、私がどれくらい離れて立つべきかということについては、彼女なりの意見を持っていた。彼女の召使いは全員、彼女とのあいだに一〇フィートの距離を保つよう命じられていた。アルヤは召使いたちのにおいがするのも、召使いたちに触れるのもいやだったし、彼らの息が自分にかかるのもいやだった。これは彼女が不潔と闘うための数ある手段のひとつだった。

「人生って、悪臭や汚物にまみれることばかりなのかしら？　不潔、不潔、不潔」というのが彼女の口癖だった。

　彼女の生きる目的はたったひとつ、この地上から不潔を取り除き、不潔から家族を守ることだった。だから、私たちは彼女から一〇フィートも離れたところに立って、いまにも彼女の首をはねるかのように声を張りあげて、食事の用意ができました、ネコが見あたりません、雨が止みました、などと言ったものだ。いちばん幼いクレアを抱き、小さなカールがスカートにしがみつき、いちばん年かさのエラスムスが首からぶらさがっているようなときでも、彼女に息がかからないようにしたものだった。私は給料として月に一オランダシリングと食事を支給されていた。そして、台所の裏の小さな差掛け小屋で眠った。ときおり、ケープタウンまで家族のお供をして、生活用品を買ったり、オランダからの積み荷を受け取ったり、銀行を訪ねたり、彼らがおなじ年ごろの子どもがいる友人を訪問するのに付き添い、そのときはクレア、エラスムス、カールはその家の子どもたちと遊ぶことができた。私はそうした家の婆やや子守女、まじない師、女中、乳母や保母、女家庭教師たちといっしょに座りこんで、主人たちのうわさ話をしたものだった。私の奥様は「くそったれ夫人《フラウ・フォン・シット》」としてみんなに知られており、いまにそのあだ名のとおりに死ぬのだろう、と言われていた。

　ケープタウンへの外出のたびに、私は町を歩きまわった。いまでは、総督の屋敷や感化院、大聖堂、高等法院の場所も思い出した。銀行や市場、鍛冶屋や厩舎がどんなところかもわかるようになった。美しい馬や馬具一式、乗馬用の鞍に見とれた。さまざまな看板や広告に何が書いてあるかがわかるようになってきたが、私は依然として本に語りかけることは拒んでいた。ケープタウンにある美しいものや贅沢なものの名前はすべて、あっという間に覚えた。ドレス、帽子、靴、手袋、ネックレス、イヤリング、指輪、ペチコート、コルセット、レース、ダチョウの羽飾り、ハンカチーフ。私は、ブーツや剣、ピストル、シルクハット、ボンネット、ブランデー、銀製の鏡を眺め、はるか遠くの土地に思いを馳せた。たとえばマンチェスター、フリーハウスランド牧師が生まれ、そしていまは葬られているところ。彼が話してくれたように、イングランドはあらゆるものが乳と蜜でできた天国にちがいない。だから、はるかかなたのその島は、私がすでに失ってしまった祖国になったのだと思いこんでいた。私は大のお気に入りの場所である埠頭に立って、カモメやタカの鳴き声を聴き、港に出入りする背の高い船を眺め、その巨大なカヌーがそれぞれに緋色や青や白の帆を帆柱に巻きあげているのに見とれながら、そんなことに思いをはせていた。こんな時間がいちばんしあわせだった。

ちょうどその日も、大きな船が入港していた。沖仲仕たちが積み荷を降ろし、水夫たちはそこかしこと走りまわって帆を巻きあげたり、ロープをたぐり寄せたり、錨をおろして船をつないだりしていた。船倉から鎖でつながれた黒人の列が現われ、強い日差しに目をしばたたかせている。彼らは裸で、頭を刈られ、音もたてず、よろけながら通路を降りてきたが、そのあいだ、港で働く黒人たちは視線をそらせていた。

いちばん上のデッキにぽつんと人影が見えた。おそらく船長なのだろう、緋色と青の立派な制服に身を包み、上着には金色の紐とモールを飾りたて、ボタンは日の光に輝いていた。彼は非常に浅黒く、濃い藍色の髪が風になびき、大きな輪のような毛皮の襟巻きを頭に巻きつけているようだった。太い竹の竿で作られた長くてピカピカ光る道具を左手首に皮ひもでくくりつけていて、それが太ももののところまで届いていた。太陽が藍色の帆に彼の影をくっきりと映しだす。思い出がこみあげて、孤独感におそわれた。彼は白人だったが、彼を見ているとクサウのことがよみがえり、泣きそうになった。おなじくらいの広い肩幅、背格好、立ち姿で、頭の毛皮飾りまでもおなじだった。

ちょうどそのとき、徒党を組んでうろつく白人の少年たち、見かけからするとボーア人の少年たちが、一番街の角を曲がってやってきて、わいわいとキャッチボールをし、何か悪さをすることはないかとあたりを窺った。彼らは私がホッテントットだとわかると、私の方に近づいてきた。私はチャプールをかき合わせて頭からかぶった。私が通行証を持ち、主人に仕え、決まった場所に住んでいるなどということは、彼らにはどうでもいいことだった。彼らは戯れと冒険を求めてほっつき歩いていた。ほんのお楽しみで私をたたき、レイプし、痛めつけ、殺すこともありえた。私は急いで次の路地をくだり、美しい船とミステリアスな船長のもとを離れ、玉石につまずいてびっこをひきながら立ち去った。

数日後、農園へ帰る道中も、私は孤独感に苛まれていた。先頭の荷馬車のあとに補給用の荷馬車、愛馬のスフィアー号にまたがるペーテル様と続き、丸一日海岸沿いを進んだが、道はケープタウン周辺の沼地やサバンナ地帯や塩田地帯を縫って曲がりくねっていた。そして、ようやく東に向きを変えて、尾根に沿って広がるぶどう園や小麦畑の静寂のなかに入っていった。私たちのまぶたや唇に照りつけたアフリカの日差しはしだいに弱くなり、馬や雄牛の背を藍色に染め、その指で山肌をさっと撫で、緋色や紫色に染めあげていった。夜の気配が忍び寄り、ホタルが目を覚ました。このような大自然のなかでは、人は真の平穏があるという幻想すら抱くが、徘徊するオオカミの目が私たちに注がれ、周囲では自然界の戦いが繰り広げられていて、けっして平穏などではなかった。

その夜、ご主人様は食卓の上座に立って頭を垂れた。

「慈悲深く慈愛に満ちた神、天にましますわれらの父よ、主の御ちからと聖なる愛によってのみ、我らはこの植民地における任務を果たすことを求められており、それゆえ、未開で野蛮なこの地の人びとの上に正義が保たれ、主の真実なる悔い改めの教えが述べ伝えられ、主なる御名の名誉と栄光があまねく広められますように。乞い願わくは、主の英知と慈愛が我らの心を照らし、この植民地、家族、農園が主のみ名をほめたたえますように。主の御名において今日の糧に感謝をささげます、アーメン」

アルヤ奥様の頭は、夫の祈りに重々しく同意するかのように上下に揺れていた。彼女は完璧なまでに真っ白なエプロンの下で両手を組んでいた（彼女はいつもディナーのたびに、洗いたてのエプロンを着けた）。ごちそうが並び、銀器がきらめき、まぶしいまでに洗いあげられたテーブルクロスが鮮やかなテーブルには、糊の効いた刺繡入りナプキンが小さな銀の留め具でボート型にして飾られ、花やキャンドルも置かれて、いつ見ても美しい光景だった。私は素足で、糊の効いた青と白のスモックとエプロンを着け、糊の効いた白いターバンをかぶって編んだ髪を隠し、料理の載ったお盆を持って立っていた。素足にインド風のチュニックとズボンを身につけ、トルコ帽をかぶった従僕が、カーサル様の椅子の後ろに気をつけの姿勢で控えていた。背の高いバンツー人の執事が給仕していたが、彼は私が不慣れでへまをするたびに平手打ちを食らわした。

アルヤ奥様に慣れるにはしばらく時間がかかった。

「精神は清潔にしてこそ輝くものよ」アルヤ奥様は口をすっぱくしてそう言った。「汚れた心が不潔さから解き放たれることはありえないの……穢れというものは内面的なものと外面的なものというふたつのうわべを装ってやってくる。つまり、邪悪な思想と異文化からね」と彼女は続けた。

アルヤ奥様はこの戒めを具体化した掃除計画をたて、それを軍隊並みの正確さで実行した。階段、ポーチ、屋敷に続く小道と表玄関は、毎日早朝に洗い流す。水曜日には家じゅうをくまなく掃除。月曜日と火曜日の午後は客間の埃を払い、家具を磨く。木曜日はこすり洗いの日、金曜日はキッチンと地下貯蔵庫の掃除。皿は食事のたびに完璧に洗いあげなければならなかった。洗濯も毎日した。シーツは、足元にしている方をうっかりひっくり返して頭の方にするようなことが絶対ないように折りたたんだ。枕は毎日、羽毛に空気を入れるために膨らませた。羽毛の掛け布団も同様だった。椅子やテーブルは清潔に保たれ、クモの巣は取り払われた。防虫対策も万全で、床には灰汁が、壁には白墨とテレピン油が使われた。蛾は樟脳で寄せつけないようにし、ハエやスズメバチはハチミツを塗った細長いひもで捕まえた。靴は家に入るときに脱ぐため、スリッパが用意されていた。家族全員の足を毎晩洗った。

牛と牛舎は毎日洗った。雄牛や雌牛の尻尾は尿や糞にまみれないように柱にくくりつけられていた。そして、キッチンには家訓を刺繍し、ビシッと糊づけされたタオルが掛かっていた。

ブラシは我が剣、箒は我が武器
眠りなど私は知らない、休息もまた然り
ますます働き、ますます磨け
あらゆるものをピカピカに、そしてしみひとつ残さぬために
徹底的に磨いて、こする
そうとも、だれにもたらいは渡さない

アルヤ奥様は不眠症を患っていた。朝の早い時間から彼女が、幽霊か、私たちの言うところのいわゆる「子ジカ足」で、部屋から部屋へとボロ雑巾を持ってうろついている姿をよく目にした。「きれい好きは神を敬うのとおなじ」と、彼女は洗ったばかりの手を握りしめて何度も何度もつぶやいていたものだ。

清潔であるということは、自主独立を認めることなんだと、私なりに理解した。清められたのはこの世の不潔、すなわち堕落や不正だった。不潔は暴力や拷問をおおい隠した。それは自覚を妨げた。掃除は、あの

アフリカの夜明けのようにすべてのものをくっきりと明確にした。自分自身を清潔に保つことは、世の中の混乱やよそ者から自分自身を切り離しておくことにほかならなかった。不潔は自堕落。不潔は肉欲。不潔は愚劣、無秩序、性欲そのもの。

「ホッテントットはね」と、彼女はよく言ったものだ。「不潔なだけでなく、堕落している。あの人たちは体にバターや家畜の糞を塗りつけるのよ。自分の首に腸を巻きつけるのよ。顔には顔料を塗るでしょ。新郎新婦に向かっては、唾を吐きかけ小便をかけるしね。おまけに食べるものが何もなくなったら、飢えるよりは汚物を食べる」。私は日に二度体を洗うようになり、農園を流れる川に入るために夜明けに起きだしたり、キッチンから運んだ湯を木の桶に張って、そこに頭をつけたりした。

私に割りあてられた多くの仕事のひとつに、毎晩広い居間か、衝立付きのベランダに集まる家族の足を洗うというのがあった。私は、たらいに湯気のたつお湯を張って運び、そして順番に家族や客の前に膝まずいて靴と靴下を脱がせ、丁寧に足を洗った。私は、この儀式をそこにいる白人の数だけ繰り返した。だから、カーサル様と奥様だけのときもあった。ご主人様の義理の父親で、退役陸軍大佐のドナルド・ファン・ワグナール様が加わるときもあった。ときには未婚のおばのアグネス様が加わった。また、だんな様の弟のヘンドリック様やほかのお客様がいることもあった。私が彼らの足を洗うことは、優越感に浸りながら、ほっとくつろぐ儀式になっているように思えた。彼らは私のことを家具のひとつのように気にも留めず、パイプをくゆらせ、ジンをたしなみ、アフリカーナーのあいだの出来事を話しあった。実際のところ、私はロット、アムスト、ハール同様、人間としては存在していなかったのだ。でも、そのおかげで、彼らが見ている世界の過去、現在、未来について多くを学んだ。私はロンドン、アムステルダム、ニューデリー、マレーといったケープタウンからはるか離れた場所の出来事も知った。私はアルヤ奥様の足の爪を切っているときも、足をマッサージしているときも耳を傾けたが、私が見つけたアルヤ奥様の唯一の悪癖は、つま先をなまめかしくくねらせることだった。彼女の足は細長く、その指先は肉が少しふっくらとしていた。何人もの人の足を洗っていると、それぞれの足に物語があることがわかってきた。それぞれの足は、私生活、気性、職業、性別を物語っていたが、ここでいう性別は、足の持ち主の性別がどうであれ、足そのものの性別ということだった。農園主の足、狩人の足、兵士の足やジェントルマンの足があった。牧童の足、牛飼いの足、料理人の足や貴族の足があった。正直な足、病んだ足、高貴な足や卑しい足、美しい足やうそをつく足もあった。

　最後の例がヘンドリック様で、彼は長くて立派だが、うそをつく足をもっていた。妻と小さな子どもたちがいるというのに、時に彼の滞在は数カ月にも及んだ。けれども妻のリリー様がいっしょに来ることはけっしてなかった。カーサル家のふたりの奥様たちは折りあいが悪かったのだ。ヘンドリック様はやってくると、ほとんどを野生のイノシシやライオンの狩りをして過ごした。いちど来ると、何カ月も家族のもとに戻らなかった。おそらく、彼が家族と会うのは一年のうち三〇日ほどだったろう。クリスマス、イースター、万聖節〔一一月一日〕、それにオランダ人が「ブドウの収穫祭《ヴェイン・オクスト》」と呼んでいる日ぐらいのものだった。

　美しくて、うそをつくこともできるうえに、ヘンドリック様の足は、絶えず動いていて力強く、ウオノメやタコのたぐいは何もなかった。彼の足はとても長くて、つま先の方がかかとよりもわずかに広く、第二指は親指よりもずっと長かったし、足の爪全部に磨きあげた象牙のような大きな半月形があった。それはケープ地方のブッシュやサバンナ、山や砂漠、川やジャングル、荒野や原生林をずっと踏み歩いてきたような足には見えなかった。彼の足には目があって、ゆったりしたスモックの下の私の体をじっと見つめているような気がした。足の目は頭のなかの目とつながっていて、そのまなざしはけっして私からそれなかった。私には足の目がまたたきする音が聞こえたし、それは私のヒップをおおった糊の効いた白い綿布をじっと見つめているときもまたたいていた。

ヘンドリック様は兄より七歳年下だったが、兄とは瓜ふたつだった。兄同様、人並み以上に背が高く、肩幅も広く、手は足とまったくおなじ印象で、肌は戸外で日焼けして非常に浅黒く、ほとんど私の肌の色とおなじだった。鼻は大きく、唇は薄く、腕から胸にかけては兄同様、燃えるようなもじゃもじゃの毛でおおわれていた。目も兄とそっくりで冬空のような灰色だった。ブッシュから出ているときは、やわらかい子ヤギ革《キッド》のダスターコートをまったくのジェントルマンのように着こなし、麻のシャツと絹のベストと絹のストッキングを着けていた。けれども、いったんブッシュのなかに入るとなると、膝上で切った水兵ズボンの裾を重い乗馬靴のなかに押しこみ、奴隷用の目の粗いシャツとオンドリの羽根のついたつば広のフェルト帽といういでたちだった。ヘンドリック様はとても強かった――私は彼がヤマネコを片手で絞め殺すのを見たことがある。彼は牛と取っ組みあい、野生馬を馴らし、ライオンやサイを狩った。ピストルと狩猟用ナイフと牛革のムチを肌身離さず持っていた。彼はこの三つすべての名手として知られていた。彼は自分たち兄弟がコイコイの祖先を持っていることを自慢にしていたので、私は彼を信頼した。このことで、私は彼を安全だと感じたのだ。そして、このことで彼が「コイク・ガエサシバ・オセ」……白人の男、にしては、ほとんど人間に近いんじゃないかと思ってしまったのだ。

ヘンドリック様は、私たち一族の者とおなじようにコイコイの土地を歩きまわった。疲れを知らない彼の足は休むことがなく、彼の幌馬車隊、彼の狩猟隊や人足たちは、一攫千金を求めて縦横無尽に動きまわったが、その幸運とは彼に名声と富をもたらすものであり、彼は自分がじゅぶんにそれに値する人間だと信じていた。彼も私とおなじように、世の中は自分の人生にもっと恩恵をもたらしてもいいのにと思っていたが、私とは違って、それについてしばしば文句を言った。兄のペーテル様は笑って聞き流し、自分が持っているものに対して神に感謝をしないのはよくないと諭した。アルヤ奥様はうんざりといわんばかりに首を振るだけだった。

いまでは私は二〇歳になっていた。カーサル農園に奉公して四年が過ぎようとしていた。ある日、アルヤ奥様は入浴中の私を見て驚いた。

「こんな真っ昼間からお風呂に入っていったいどうしたの?」と彼女は言った。

「いまは休憩時間なんです」私は立ちあがりながら答えた。「私は……」

「それは何?」彼女が叫んだ。彼女は私の性器をずっとしたように見つめていた。隠すのを忘れていたのだ。

「私のエプロンです、奥様」

「あなたの何ですって?」

「エプロンです……」

「なんて……汚らわしい……おぞましいわ。隠しなさい!」

私は床からスモックを引っ張りあげて体にあてた。

「二度と人前にそんなものをさらさないで、そんな汚らわしく垂れさがったもの……」

「でも」、私は抗議した。「コイコイの娘たちはみんなこれを……こういうふうにしなくちゃいけないんです。そうしないと夫が見つからないんです!」

「エチオピア人やエジプト人の少女割礼のことは聞いたことがあるわ。だけど、その逆だなんて聞いたこともない……」と奥様は言った。

「私にはよくわかりません、奥様。だけどヨウシャやフラニ、それにサラフリ〔いずれも西アフリカ、ガンビア周辺の民族〕といった民族では、女性器の一部を切り取ってから縫い合わせるので、排尿に一〇分もかかったり、生理が終わるまでに一〇日もかかったりして、『縫われ女』と呼ばれています」しかし、二度とアルヤ奥様にこうした秘儀のことは言わないでおこう。たとえ、女性の割礼が清らかなものだと考えられていたにせよ……私はじっと口をつぐんだ。

「私が言っていることはわかっているはずよ、汚らわしい子ね。服を着て仕事に戻りなさい。おまえを見ているだけで気分が悪くなるわ。こんな子はどうなっていくんだか……穢らわしい娘《ヴィル・ブルイデン》……放蕩娘《リバウデ》！」

彼女はもういちどぞっとしたような視線を投げかけたが、私はもうすでにスモックで前を隠していた。自然に涙があふれてほほを伝い、濡れたからだについた滴とおなじようにきらめいた。唇が悲しみでわななき、胸は苦痛で激しく高鳴った。堰を切ったようにすすり泣き、ひどくしゃくりあげて、もうどうにもできない。自分自身からさえも、私の女性そのものを隠そうと脚を組み、腕を両脇にだらんと垂らしたまま、悲嘆に暮れて口をOの形に開けていた。私は、湯が私の裸のからだを隠すだけでなく、人生までも飲みこんでくれることを願いながら身を沈めた。

数日後、ヘンドリック様が、新たに買いあげた短角牛の群れを引き連れてケープタウンから到着した。その夜、彼は一家のために手品を披露して、みんなを笑わせた。彼の手品はケープの仲間うちでは有名だったが、手品のうちのいくつかは雨乞いのまじない師から教わったと言っていた。私にとっては、彼こそが雨乞いのまじない師で、予言と力に満ちていた。彼のみごとな手さばきに、みんな笑って拍手した。子どもたちでさえ、起きていて手品を見ることを許されたので、小さなクレアは私の膝の上で脚をばたつかせて、きゃっきゃっと喜びの声をあげた。私はクレアをしっかりと抱き寄せた。

子どもたちを寝かしつけたあと、足湯のためのたらいを運んだ。ヘンドリック様の前に膝まずくと、いつものように彼の視線を感じ、淡い色のまつげがまたたく音が聞こえた。私は黙って疲れを知らない脚の上にかがみこんだ。

「弟のところでしあわせになっておくれ、サーチェ、おまえがいなくなるとさみしくなるがね。子どもたちもおまえが大好きだから、きっと悲しむだろうが、ヘンドリックがおまえを奉公させるのに結構な申し出をしてきたのでね」

私は息をのんで、混乱しながら顔をあげた。申し出？　私は売買されるような奴隷ではないのに！　絶対に行くものか、うつむきながらそう思った。

「おまえのために一シリングどころか二シリングも払うのだよ……」

私は驚きを隠せなかった。アルヤ奥様の方を見た。彼女は私がどれだけ子どもたちを愛しているかわかっていたはずだ。私を売るということは、ヘンドリック様に愛人として売り渡すことぐらいわかっているだろうに。でも彼女は、犬捕りを呼んで野良犬を捕まえさせるくらいの手軽さでそれをやってのけた。ごたいそうな清潔好きのカルバン派キリスト教徒！　私は誠心誠意、彼女に仕えてきた。私のことをお気に入りの召使いだと言っていたのに。きっと私を行かせやしない、寄る辺ない私を守ると誓ったもの。よもや私の心と体をヘンドリック様に渡すようなことはしない！　私のことを自分の娘だと言ったもの。

「さあ、もう足がすんだのなら、サーチェ」とヘンドリック様がものうげに言った。「部屋に戻って荷物をまとめておいで。明日は早いんだから、あとで荷物を取りにいくからね」

キッチンの裏手の小屋に通じるドアが開いてヘンドリック様が入ってきたとき、私はまだ服をたたんでいた。

「愛しているよ、サーチェ。ずっと目をつけていたんだ。おまえはスカートの下にびっくりするような何か……すごいもの……をもっているらしいね」

心のなかに雨乞いのまじない師の声が響いた。人間の世界でないところで効くまじないなどない。私がドアのところに行きつく前に、彼が迫ってきた。彼は私の両手首をつかむと片手で強く締めあげた。私は足をばたつかせて叫び声をあげたが、彼はポケットからヒモを取りだして手首を縛った。そして、私をベッドに投げだして、ベッドの支柱に縛りつけた。子どもたちは私の叫び声を聞いたにちがいない。みんなにも聞こえたはずだ。彼は、その朝私が、彼のためにアイロンをかけた麻のハンカチを取りだすと、私にさるぐつわをかませた。それから彼は深いため息をついて部屋にひとつだけある椅子に腰かけた。彼はもがいている私を見つめ、私の目に訴えた。

「驚かせたかい？　いや、ほんとうのところ驚いちゃいないんだろう？　おまえが色目を使ってるぐらいわかってたさ、この黒ん坊の売女。こうなりたかったんだろ。出会ってからずっとそうだったじゃないか。初めておまえが私の足を洗った日からずっと……愛しているよ、サーチェ。誓ってもいい。悪いようにはしない。おまえたちホッテントットの女は股間に男を狂わせる宝石を持っていると聞いているぞ。さあ、それを見せておくれ……」

私のなかに恐怖が渦巻いた。彼は何をする気なの？　ひとつどころかふたつも睾丸がある男――いったいどういう男なの？

「たまげたね！　こりゃ何だ？」

答えようとしたが、さるぐつわをかまされていた。彼は手荒く私の口からハンカチをはずした。

「私のエプロンです」と私はあえぎながら言った。

「ホッテントットのエプロン――伝説だと思っていたよ、人魚のように作り話だと。だけど、おまえは現にここにいる……」彼はつぶやいた。

事が終わると、彼は身を起こし、深く悔いて私の腕をほどいた。

「サーチェ、二度とこんなことはしない。二度としないから、信じてくれ。許しておくれ。どうかしていたんだ……」

シーツが私にからみついていた。私はその端を噛んだ。そうだ、白人の男はみんなこう言うんだ、許しておくれ、どうかしていたんだ……

朝食のとき、だれも私と目を合わせなかった。みんな、私の悲鳴を聞いたのだ。ペーテル様が、私が出ていくことを告げるやいなや、子どもたちは大声で泣きわめき、私にまとわりついた。アルヤ奥様は石のように前方を見据えて、襟元のレースを指でいじっていた。奥様と目を合わせ、私は目で多くのことを語りかけた。奥様も私とおなじ女でしょう、私とおなじように子宮を持ち、私の亡くなった子とおなじに子を持っている。私はあなたの娘でした。私はあなたを信頼していたけれど、あなたは私を裏切った。けれどもアルヤ奥様の目は、それ見たことかと言わないまでも、知らんふりを決めこんでいた。彼女は、私をけがれなく清潔に洗いあげることに全力をつくしてきた。けれども私は汚れてしまった。いまでは穢れてもいる。そんなものは敷物の下かドアの外に掃きだしてしまう方がいいのだ。私はいったい、こんな仕打ちを受ける何をしたというのだろう、ただ生きているだけなのに？

さらに、驚くことがあった。

「気が変わったよ」と、ヘンドリック様が言った。「おまえはここに、ペーテルのところに残りなさい、サーチェ。私が行き来しよう。ブッシュのなかなんて女のいるところじゃない。私が戻るまでここにいるのだよ」

それは単なる申し出ではなくて、命令だった。

子どもたちは私が残るとわかって、落ち着きを取り戻した。クレアはまた親指をしゃぶりはじめた。洗い立てのリネンが物干し綱の上ではためいていた。カールとエラスムスは、洗い上がった洗濯物の入ったバスケットのあいだで遊びはじめた。私はレイプされたときのシーツをすでに洗いあげていた。いまではそれは雪のように白かった。雨乞いのまじない師は正しかった。それがよくわかった。私は二度とチャムブース川のほとりに戻ることはないだろう。

いまでは、これまでとおなじ家に暮らして新しい主人に仕えたが、農園はそのまま変わりなかった。ときどき、夜明けの光があまりにも濃密で、そこに唾を吐きかけたら顔に跳ね返ってきそうだった。私は毎朝、夜が明ける少し前に川に降りていって水浴びをし、日が暮れてからもういちど行った。世界が目覚める前と寝静まってから。私は、コイコイ人が自分たちこそケープ本来の支配者であると信じる理由が理解できるようになった。コイコイ人はアフリカの光を受け継いできたが、それはとても純粋で、とても崇高で、とても清らかだった。私は、これこそが、オランダ人やイギリス人のキリスト教徒があがめた天地創造の最初の光にちがいないと思った。

川のなかをかきわけて進むと、その藍色《インディゴ・ブルー》が私を囲み、ほかのすべての色や形と調和しながら、私の姿をくっきりと浮かびあがらせた。日ごとに、私はアフリカの掟のなかで再生されていった。私は夜明けに起きだして、子どもたちを起こす九時までに、私に任されている家じゅうのすべての場所をゴシゴシこすり、完璧にきれいにした。

ときおり、夜の水浴び前に、食用あるいは売るために囲いに入れられた家畜のあいだを歩きまわり、コイコイ人のやり方で牛の角を数えた。ときには、一、二マイル自分の足でゆっくりと歩きまわって、口いっぱいに濃い液体のような空気を吸いこみ、鼻孔を上に向けて開いた。いまでは、尻のせいで走ることはできなかった。その大きさと重さが、回転する車輪に木の棒を差しこんだような役割を果たしていたからだ。それにもかかわらず、私は対岸が見えないほど川幅が広くなっているいつもの場所へと、大急ぎですばしっこく通った。何千羽ものペリカンが巣を作って、大地を隠すくらいひしめきあっていたので、大地そのものがうねっているように見えた。私はひょうたんを取りだすと、川の水を満たし、大地の精霊のために地面に少し水を注ぎ、そして飲み干した。藍《インディゴ》をほんの少し体に取りこみながら。

ときおり、帰る途中、道の真ん中に立ちはだかり、通せんぼをするムラサキサギに出くわすことがあった。それが何度起ころうとも、そのたびごとに私はいつもギョッとした。そして、その夜は必ずその夢を見た。窮屈で粗末なベッドの上で身をこわばらせながら考えた。孤児院を追いだされてカーサル農園に連れてこられて、かれこれ四年になるんだと。どうってことないわ、とつぶやいてみる。でもほんとうはわかっていた。棺桶から棺桶へ移っただけで、ケープタウンという監獄からおさらばすることはけっしてないのだ。私は監獄よりもひどい奴隷制度というものからけっして逃れられず、それは抗いようもなく永遠に続く。孤独が黄昏時の深いブルーのように私に忍び寄り、悲しみを押し広げていった。

第5章　そのホッテントットのことを初めて聞いたのは……

あらゆる有機体はそれ自体で完璧なシステムを作りあげており、そのすべての器官が相互に反応し、あるいはおなじ目的に向かって結合することで互いに調和し重なりあって、ある明確な効果を生みだす。したがって、こうした各器官はおなじ動物のほかの器官の変化と対応していなければ、その形を変えることはできず、それゆえに、それぞれの器官を見れば、それが属している個体のほかのあらゆる器官のことがわかるのである。

ジョルジュ・レオポルド・キュヴィエ男爵、『地表の激変に関する論文』

一八〇九年四月。そのホッテントットのことを彼女の主人から初めて聞いたのは、英国軍艦マーキュリー号から下船して、ケープタウンの居酒屋でその男と出会ったときだった。彼の名はヘンドリック・カーサルといったが、それを知ったのは翌朝のことである。

「象牙亭」で朝まで彼と飲み、そして、自分がメイフェア号の船医をしていた時分にイギリスの宮廷画家だったファリントン卿〔一七四七―一八二一年。一七九三年以来書き続けた日記でも有名〕が、ケープから連れてこられた三人のホッテントットを描いた話をした。この企ては、貴族だけでなく一般民衆をも虜にしたのだと私は説明した。モデルにして描いているあいだ、町の人たちは言うに及ばず、上流階級の名だたる面々――ダーマス卿、ブラガム卿、バンクス卿夫人――までもが、こぞってホッテントットを見にやってきたのだ！

「君の召使いがロンドンでどんな大騒動を巻き起こすか、考えてもみろよ」と私は語気を強めて、「彼女はロンドンに足を踏み入れる最初のホッテントットなんだ」と彼に教えてやった。

「それに彼女の姿が君の言うとおりの奇形で、そんなに珍しいのなら、なあ、君はひと財産作れる……」

ヘンドリック・カーサルは、自分のビアグラスに向かって微笑みかけただけだった。彼が考えていることくらいわかっていた。私が新興のブリティッシュ・ジェントルマンで、富と冒険を求めて大英帝国領内をさまよう白人の男たちのひとりだということ。私には道徳も肉体的限界もわかっていないということ。私のような無感動で冷酷な男たちはだいたいにおいて、イギリスに退屈し、監獄のように狭いところだと感じていた。われわれは貴族の次男か三男で相続権はなく、ふざけた名前と制服をもらって、痛みと辛苦とアルコールに耐えるように仕込まれていた。そうだ、彼が正しいのだ。そのうえ、彼は自分の分際をわきまえていた。彼はトランスバール地方から一歩も出たことがない田舎者だった。教育を受けるためにオランダに戻ることもなく、兄と同様、南アフリカで聖職者から教育を受けた。自分のホッテントットをロンドンに連れて行って見世物にするという思いつきがあまりに突飛だったせいか、彼は思わず笑いだした。

「ほんとうさ」、私は繰り返し言った。「その娘でひと旗上げられるさ――サーチェ、君はおチビのサラと呼んでいたっけ、その娘で家畜と投資の損失を埋め合わせて、君のふたりの息子をオックスフォードにやれるぞ……」

「そうだな、まったく、こんな途方もない話は初めてだ……」

「いいかい、僕は船医だ。いままでアフリカとインドをくまなく旅してきた。南アフリカからの標本を博物館に輸送することで収入を補ってきたんだ。今回もちょうど積荷を用意したところだが、巨大な象牙や白サイや大ザルの頭蓋骨をいくつか、それに戦利品として切り落とした首一ダース、一六フィートもあるキリンの皮なんかが入っているよ。植民地の拡大につれて、科学的探査が爆発的に増えていったのさ。科学者ってのは、自然界の目新しいもの、珍しいもの、見慣れないもの、外来のもの、それに奇怪なものですら、すべてに対して厳密な調査をせずにはいられないものなんだ。偉大な科学者であるベーコンによれば、奇怪な生き物というのは、驚異的だとか物珍しいなんていう以上のものだそうだ。むしろ、それは自然界の主要な分類のひとつなのだ。第一は自然そのままのもの、第二は自然に手を加えたもの、第三は誤ってできた自然だ。つまり、正常なものと人工的なものと奇怪なものというわけだ。この最後の分類のなかに入る怪物が、自然なものと人工的なものの橋渡しとなる……」

ボーア人は首を振った。彼は私の話についていけなかったようだが、ともあれ楽しい時間を過ごしたようだった。

「ホッテントットのエプロンって聞いたことがあるかい?」

「もちろん、あるさ」私は答えた。「ルヴァイヤンが彼の『旅行記』のなかでそれについて書いているが、イエンセン将軍は真実ではないと反論している。伝説じゃないのか?」

「いや」と、彼は答えた。「伝説じゃない。見たんだ。サーチェにもあるんだ。けどそんなもの、いったいどうやって展示するつもりだ……」彼は首を振りながらたずねた。

私は居住まいを正した。こいつはとんでもないものが転がりこもうとしているぞ……食人種、アマゾネス、人魚、奇形は私の得意分野だ。これこそ、私が求め、地球上をさまよい、売買し、物々交換してきたものだ。この瞬間を待ち焦がれていたのだ、風変わりで、貴重で、科学的なものを手に入れるこの瞬間を。これこそが私の生きがいだった。

「では、僕といっしょに農園に来て、自分の目で確かめてみたらどうだい?」

こうして夜が明けると、われわれは彼の兄の農園へと旅立った。そのボーア人は寡黙な男で、多くを語らず、想像力も無かったので、昨夜から私の話に口をはさむことができずにいた。私はこの一六時間ぶっ通しでしゃべり続け、それをこの男はひとことも聞き漏らすまいとしているようだった。航海のこと、奇跡の脱出劇、探検、外科手術、戦争、女たち、スコットランドの不思議の数々。いったい、私が話さなかったことがあるだろうか？　まさしく私は自分の人生を彼に語った。私はスコットランドのミドルセックス、セントジェームズのアレクサンダー・ウィリアム・ダンロップで、上流家庭の三人息子のひとりとして生まれた。家庭で教育を受けた後、医学を学ぶためにエディンバラ大学にやられた。軍医として陸軍に入隊したが、その後、英国海軍に入るために職を退いた。船医として軍務についたが、その仕事が過酷な上に単調なものだとわかったので、冒険家あるいは探検家としてひと儲けすることを企てた。というのも、財産はすべて長兄が受け継ぎ、父の遺産をもらえなかったからである。官船や商船の仕事から、私の海軍での任務は海賊行為や奴隷売買、密輸目的の遠征という気の滅入るものになっていった。自然科学の教育のおかげで探検を好むようになり、私の旅は中国、インド、アメリカ、アフリカへと拡がっていった。私はオランダ語、英語、スペイン語、フランス語、ドイツ語、中国語、そしてコイ語をはじめいくつかのアフリカの言語を話した。ボーア人の目には、私は向こう見ずなだけでなく、精神的にも肉体的にも抑制が効かないというふうに映っているのはわかっていた。たしかに私は度胸があったが、それは何のためか？　私は邪悪でよこしまな男ではなかったが、どちらかといえば目的のためには手段を選ばない方だった。そして、このまたとないチャンスを生かすためにどんなことでもしかねないというのは事実だが、私の目的はあくまで富と名声だった。たしかに育ちの良さと医者の肩書きをもってすれば、良い条件の結婚ができただろう。あるいは聖職者になって、イエス・キリストの名によって社会的地位を高めていくこともできただろうし、また、真の英雄、例えば、科学を追究する探検家、英国海軍の私掠船《しりゃくせん》の船長、内務省の役人、国王陛下に仕える外務省のスパイにさえもなることができただろう。私はどんなことでもできそうだった。私の魅力、笑顔、浅黒く整った顔立ち、そうしたものは私を成功に導いたことだろう。自分でも自覚していない致命的な弱点がなかったらの話だが。私は芯まで腐っていた。このボーア人が私の前では財布のひもに気をつけ、そして私の魅力に惑わされないように警戒しているのは確かだった。だが、彼は忘れてしまった。最後には、話はホッテントットのことに戻っていった。私は檻についてはは何も触れなかったが、すでに心のなかでは思い描いていた……その情景、その残忍性、その劇的効果について……。

「その、なんだね」と、ボーア人は私を説きつけにかかった。「僕はどんなことがあってもサーチェがロンドン行きに同意するとは思えないんだがね。あの子は羊飼いなんだよ。素朴で純真な子守娘なんだ。そんな娘がヨーロッパやロンドンに行って何かいいことがあると思うだろうか？　それとも王子様や王様にでも会わせるのかい？　それに、兄貴の嫁さんがあの娘を手放すとは考えられない。義姉《ねえ》さんはあの娘をとても高く買っているんだ。僕が連れて帰ろうとしたのに、農園に残すよう仕向けたぐらいだから」

「兄貴の嫁さんだって？　オランダのお兄さんよ、兄嫁のいいなりになるのかい？」

「そういうことだよ」彼は答えた。われわれはふたりしてどっと笑った。

われわれは翌日、カーサル農園の境界に差しかかってもまだ笑っていたが、昨日までは赤の他人だったというのに、まるで古くからの親友のようだった。

「自己紹介をしておくべきだったね」とヘンドリック・カーサルは言って、改めて名を告げた。

「はじめまして、ヘンドリック。私の名前はダンロップ、アレクサンダー・ウィリアム・ダンロップだ」

ようやく農園にたどり着いたのは、その日の夕暮れ時だった。私はその規模を見てヒューと口笛を鳴らした。景色は雄大で美しかった。小麦畑が風に揺れる穏やかな風景は雄大で美しかった。

「これを全部手放す理由なんてどこにもない」私は言った。

「何もかも完全に抵当に入ってしまったんだ」カーサルは答えた。「奴らはすでにその尾根から向こうの土地の一部を差し押さえているんだ」

彼が話しているとき、私は例のホッテントットの召使いが、裸足で腰にひょうたんをさげ、野生のケシの花束を腕に抱えて、坂をのぼってこちらにやってくるのを初めて目にした。

「サーチェ！　おーい、サーチェ、こちらにおいで、友人に会わせたいんだ、ダンロップさんだ」

ボーア人は眉をひそめた。ホッテントットはまるで根が生えたかのようにそこに立ちつくし、幽霊でも見るように私を見つめていた。

「サーチェ！　呼んでいるんだぞ！」

「はい、ご主人様《マスター》」

けれど、彼女は動かなかった。そのかわりに足を交差させ、花束を私に差しだした。

「ようこそ、ダンロップ様」

私は、彼女が立っているところまで馬を近づけると身をかがめ、その花束がこの世でもっともふさわしいささげものであるかのように受け取った。

「すばらしい」私はつぶやき、サーチェの姿を上から下まで眺めた。すばらしい……その夜、手のこんだご馳走の数々を食べたあと、家族は客間へと席を移し、ホッテントットがみんなの足を洗うためにたらいを持ってきた。客ということで、彼女は最初に私の靴下を脱がせ、足を洗って拭いた。続けて女主人の足を洗いはじめると、私は手を伸ばして彼女の尻に手を置いた。

「ほら、ここに金鉱があるよ、ヘンドリック。これでひと儲けできるぞ。脂肪臀《ステートピジア》にヨーロッパ人は話題騒然だ。そこにはセックス、奇形、怪奇、売春のにおいがするからな。すべてタブーの世界だ。そして、タブーなものというのは、扇情的な三面記事同様、ビッグニュースになる。『奇形《ルーサス・ナチュリー》』の展示はロンドンで相当な関心を引くぞ。尋常でない不自然な存在は大流行する。それが不思議であればあるほど、強く群衆を引きつけるものさ」すばらしい夕食のあとにこのような享楽的な締めくくりがあったのでは、あとはただこの家の女主人にお愛想をするしかない……

私は立ちあがると裸足のまま、つかつかとアルヤ・カーサルのほうに歩いていき、彼女の手にキスをすると、かかとをカチッと鳴らすしぐさをした。私が裸足だったのでこの行為は実に滑稽な効果をもたらした。みんな大笑いした。アルヤ・カーサルに気に入られ、サーチェも尻に触ったことを許してくれた。

アルヤと子どもたち、それにたまたま来ていたアルヤの母親が寝室にさがったあとも、ヘンドリックと私は、ヴェランダでタバコを吸っていた。執事がわれわれの世話をするために残っていたが、サーチェもわれわれの会話を立ち聞きしようと居間でぐずぐずしているのに気づいた。私はそのまま聞かせておいた。

「前にも話したように、一八〇〇年から一八〇四年にかけて私は初めて探検旅行に参加したのだが、スポンサーはパリ科学アカデミーだった。この旅行がきっかけで私は標本を集めるようになったわけだ。新しいタイプの解剖学者や医者は、解剖用の死体や頭蓋骨や体の一部を欲しがっていた。奴らは共同墓地から死体を盗んでくるのにうんざりしていたのさ。ケープに到着して最初に与えられた任務のひとつが、いわゆるホッテントットのエプロンについて正確な情報を集めることだった。その生殖器の異様さがとても刺激的だったので、船の参謀以下ほとんどの者の好奇心をかきたてずにはおかなかった。私は船医補佐だったが、友人で船医のラリドンなんかその部分が感じるオーガズムについて非常に詳細な観察を行なっていたぐらいだからね。その探検隊の隊長はペロン博士〔フランソワ・ペロン（一七七五－一八一〇年）。フランスの博物学者、探検家〕だった。彼は一八〇五年、ロンドンでセンセーションを巻き起こし、フランスの学会でこのテーマについて講演を行なった。この探検でレジュール、ペティ、ルブラン、チボーらが多くのデッサンを残したが、その多くが後に失われてしまった。伝説のホッテントットを描く新たな観察者のために、新しいモデルを用意することを考えても見ろよ。学会《アカデミー》はその恩恵に対して相当な額を支払うだろうよ。何度も繰り返し言ってきたが、ホッテントットの女は、まだだれひとりとしてイギリスの土を踏んだことがないんだからね……」

「うわさはずっとあったんだが」と、私は続けた。「ホッテントットは両性具有だとかね。けれどそれだってただ憶測で言われているだけだった。私が知っている何人かの男たちは、自分でこの問題を解明しようと調べていたよ。彼らは、女たちが陰唇の下に垂れさがる極端な外性器の皮膜を持っていることは突き止めたがね、それだけのことさ」私は肩をすくめた。

「しかし、女のホッテントットの生殖器の外側に付属物がついていて、男の睾丸がひとつ切除されているとなると、そんなうわさも流れるだろうよ……ふたつの奇形が合わさって、想像上の生き物が生みだされたというわけさ……」

「それにホッテントットのあの奇妙な言葉、あの手に負えない発音は世界じゅうのだれにもまねできやしない。ありがたいことに、奴らの方がオランダ語や英語を覚えてくれるがね。奴らには法も宗教もない――月を崇拝しているのさ。家を建てることも種を蒔くこともしないし、定住せずにテントを持って移動し、家畜を放牧できる場所を見つけたらそこに落ち着く。奴らは何でも食べる――根っこ、ベリー類、はらわた、生肉、それが獣であれ、人間であれね。もしも双子が生まれたら片方は殺されてしまうが、それはひとりにじゅうぶん乳を吸わせるためさ。そして男の子は一二歳になったら、より速く走るために睾丸をひとつ取り除かれるんだ」

「サーチェの言葉も奇妙だよ、とてもまねできやしない」ヘンドリックは言った。

「わかるよ」私は言った。「世界でも有数の複雑な言語だ。その奇妙さときたら、ばかがしゃべる言葉だよ」

私は続けた。「もちろん、ヴォルテールはホッテントットが言葉を持っていないと言っているが、それは違うね。いま、僕らが話題にしているコイ語には一連の内破音の子音が含まれていて、それはいわゆる舌打ち音《クリック》や破裂音《クラック》といわれているものだが、英語の音韻体系には存在しないものだ。さらにやっかいなことに、ほとんどの言葉が舌打ち音《クリック》の子音で始まるだけでなく、これらの舌打ち音《クリック》の数や種類がさらにまた母音の音色や音調、発音の違いによって変化するから、コイ語は世界一難しいといわれる中国語のさらに一〇倍も難しいんだ……」

「これらの三つの子音は次の音から成っている——ひとつは自分の手の甲にキスしたときに上唇と下唇が軽くふれあう音、次に舌の先で上あごを打ったときの音、ほら、味見をするときや女たちが少しいらついたときに出す音さ、そして上あごに舌の奥をつけて出す破裂音《クラック》、馬を駆りたてるときや鶏を集めるときに出すだろう、これらはどれもたいへんよく使われる音だ。くり返しよく使われる母音はフランス語の*eu*に似た音だが、男の子が鳥を追い払うときに出す抑揚のない長く延ばした音で、胸から出すんだ……実際、ホッテントットはヨーロッパ言語よりふたつ多く母音を持っているようだ。ひとつは有名な舌打ち音《クリック》で表わされるもの、もうひとつは舌と上あごのあいだに空気を吸いこむ音だ。しかし、このいくつかの舌打ち音《クリック》を使うだけで、コイコイの族長は戦場で二〇〇人の戦士の指揮を取り、雨乞いのまじない師は病気を治し、争うふたつの部族が条約を取り結ぶことができるのさ……」

「明日、サーチェに彼女の言葉で何か文章を言ってもらうか、何かの文章を訳してもらおう。そうすれば僕の言ったことがよくわかるよ」

「彼女の言葉がわからないのに、どうして僕らの頼んだとおりに言っているかなんてわかるんだ?」

「彼女は正直そうだ。ちゃんと頼んだことを話してくれるよ。絶対にうそはつかないだろうよ――それに、きっと子どもたちもコイ語を話すよ――まあ、聞いてごらん……」

この会話のあいだじゅう、ホッテントットはカーテンの陰に隠れて私たちの話を聞いていた。彼女はきっと子どもたちにコイ語で話しかけたことがあり、しかも子どもたちはそれに答えているはずだ。ただのあて推量だが。

「子どものころから教えられてきたんだ」宵闇に漂うような声で不意にカーサルが口を差しはさんだ。「ホッテントットは堕落に支配されている、とね。姦通なんて奴らにとってはたいしたことじゃないし、純潔も同様さ。精神の貧しさは奴らの言葉の貧弱さに現われているよ。たとえばだよ、娘、婦人、妻を表わすのに、たったひとつの言葉しか持っていない。本質的に救いようのないほど好色なのさ。ホッテントットと娼婦には何の違いもないよ、だから、ホッテントットを娼婦がわりに使っても何ら良心の呵責はないんだ……」

「クリスチャンの紳士でも?」

「クリスチャンの紳士でもさ」

「そういう女たちは誘惑せずに助けるべきではなかったのかい?」

「あらゆる点で、娼婦と違って、救いようがないんだよ」

「きみのおチビのホッテントットのサーチェもかい?」

「違う、違う、絶対に違う」ヘンドリックはしわがれ声で否定した。「サーチェには触れたこともない。それにほかのだれにもそんなこと許しはしない――彼女は家族なんだ!　子どもたちの子守さ」

「ちらっとでも見たことはないのかい、あれを……彼女のエプロンを?」

「ない」彼はうそをついた。

「じゃあ、どうしてそれがほんとうにあると言えるんだい?」

「ほんとうのところはわからないが……妻がそう言っているんだ」

「なあヘンドリック、ここには僕のほかにはだれもいない、きっと君は好奇心のあまり……見たんじゃ……」

「そんなことはない」

「じゃあ、僕が医者として彼女を診察するのを許可してくれないか?」

「だめだ、ダンロップ。申し訳ないけれどね。それに、彼女が絶対に承知しないよ。彼女はすごく恥ずかしがり屋だし、白人女性とおなじように慎ましやかだからね」

「ほんとうのところ、エプロンが存在するかどうかなんてたいしたことではないのさ。人びとが信じている限り、それは存在するんだ。人魚の尾っぽは? キュクロプス〔ギリシア神話に出てくる、額に丸い一眼をもった野蛮な巨人〕の一つ目は? イシス〔エジプト神話の豊穣と受胎の女神〕はヒヒなのか? 重要なのは人びとが信じてるってことだ」

私はベランダの床の上を影がひとつ動いたのに気づいた。私はほほえんだ。サーチェだって有能な召使いがみんなするように、主人を見張ったり、会話を盗み聞きしたりするのだ……。

「だから結局のところはさ、君」私はホッテントットにショックを与えるためにきっぱりと結論づけた。「人喰い人種は必ずしも残忍なわけではない。奴らがおなじ人間を食べるのは憎いからではなくて、それが好きだからなのさ……」

次の日、朝食の席で、アルヤ・カーサルは、出航までの数週間をこの農園で過ごしてはどうかと勧めてくれた。彼女はすでに客用の離れと私専用の召使いを用意してくれていた。汚くてうるさい町のホテルにいるよりもここの方がずっと快適でしょうと、彼女は強く勧めた。ヘンドリック・カーサルは驚いただろうが、私は大喜びで招待を受けた。それは修道士のような生活を受け入れたに等しかった。カーサル農園にはかわいい酒場女もいなければ、グッとくるような赤毛の娼婦もいないことくらいわかっていた。しかし興行に備えて何をしておかなければならないかも、ちゃんと呑みこんでいた。

その興行のため、こっそり入浴中のサーチェを探った。結局のところ、見つかってしまったのだが。それでも彼女は私を許してくれた。次に、私は彼女を誘惑にかかった。

私の話を聞くとき、サーチェは大地の声に耳を傾けているかのようにうつむいていた。彼女はケープタウンの城壁の遥かかなたの浜辺に打ち寄せる、単調だが荘厳で、あたかもこの地球上に生きとし生けるものすべてが鳴り響く鐘のような、波のうねりに耳を傾けていた。

「つまりね、船は船にすぎないし、船旅は結婚ではないのだから」と私はささやいた。

「じゃあ、婚約するわけではないのですね」彼女もささやき返した。

「私は偽名を使ったことはないし、ご婦人にうそをついたこともない」（この言葉がうそだった）

ホッテントットは歯をカタカタ鳴らしていた。

「寒いのか」

私は彼女に腕をまわし、綿のラッパで彼女をしっかりと包んだ。

「両端を前で結わえておきなさい」と言った。

「ここには何をしにいらっしゃったのですか?」

「それは……意外性を求めてさ」私は正直に答えた。「私はあらゆる場所に行って、あらゆることを経験した……しかし相変わらずひとりぼっちだ、何にも属していない……」

「まあ、お気の毒に――家庭はお持ちじゃないのですか？」

「それは、ここみたいなことを言っているのかい？　そんなものはとうにだめになってしまったさ！」

「じゃあ、どこで死ぬつもりなんですか？」

「どこかの藪のなかか、海の上か、殺伐とした山のてっぺんか、それとも家でかな？　そうとも！　世界がわが家さ。どこだって住めば都さ。おまえが思いつくようなことは何だってやってきたよ、船医、軍医、兵士、解剖学者、歯科医、奴隷商人、それから羊の毛の刈り込みや、捕鯨、船の艤装、金鉱探し、狩猟、化石標本の収集、サンクトペテルブルクでは博打も打ったし、カイロでは墓の盗掘もした。おまえの主人などが見たこともない、おまえには想像もできないような大金に背を向けてきたこともあったよ！」

私はサーチェを困惑させた。彼女は一生懸命、冷静になろうとしていた。私は身を起こすと壁際から離れ、そして言った。

「もう行かなきゃ」

しかし、私は動かなかった。後ろにもたれて、夕食のときに歌った歌を一、二節くちずさんだ。

その入り江の奥深く
舞台はセントヘレナ島
ぼくは仲間に囲まれて
奇妙な娘をながめ見る、なんとも肌の黒い娘《こ》を
娘は男のあまりの白さに驚いて、一目散に走り去る……

私は口をつぐんだ、まずい、サーチェの出自のことをすっかり忘れていた。

「ひどい歌だ。ホッテントットのことを歌っている」私は残りの歌詞の内容を考えて、歌うのをやめた。

「金鉱探しの男たちの歌だ。金を求めて、ホッテントットの土地やモノモタパ王国〔現在のジンバブエを中心に一四～一七世紀に繁栄した王国〕の河床を掘り続ける風来坊のね。乾季のあいだに、乾いた河床の割れ目から金塊を見つけるのさ、ちょうど真珠みたいにね……一面の砂漠さ。大地の裂け目は底が見えない渓谷を作りだし、また、山々を作りだす――その山々には壁や教会の尖塔のように切り立った岩がそびえ立っていて、ドーバー海峡の白い崖のようだが、こっちはその一〇〇倍も高いんだ。谷は角のとれた巨岩や黒い石やエチオピア人が作ったピラミッド群で埋めつくされている。一本の草も木もサボテンも見えない。そして夕日は世界じゅうのどこよりも赤い」と、私は言った。

「赤いのですか?」

「血の赤、地獄の業火さ」

「そんな土地にいたかったのですか?」

「いたくはないさ。ときにはぞっとするからね。標本を探していたんだよ、それだけさ――私にはその手の才能があるし、それに取り憑かれてもいる……動物、砂漠の石、しゃれこうべ、先史時代の遺物、ときには金さえもね。でも、金や、ましてや遺物のためではないんだ……物探しの放浪ってわけだ」

「コイコイ人にはあなたのような人を表わす言葉があります。コイク・ガエサシバ・オセ――落ち着かざるもの……あなたをつなぎ止めておけるご婦人なんていないでしょう」

「ところが、一週間もたたないうちに、私は女たちに夢中になるのだよ――いろんな女たちにね、中国人、アフリカ人、ヨーロッパ人、アラブ人、いろんな体型、色、肌、腰や尻、脚や髪の毛……女ならだれでも、新しいタイプの女とも、よくいるような女とも、見たこともないような女とも——深みにはまってしまうんだ。みんな好きになる。ひと目で恋に落ちるのさ。おまえにだってもう恋している……」

「サーチェ、おチビのサラ……」私はため息をついた。「さあ、サーチェ、こっちにおいで」

「私の顔はちっともきれいじゃありません」

「かまわないさ。顔にはそんなに興味がないんだ……おまえが……醸しだす……謎めいた雰囲気がいいんだ。おまえは滅多にいない種族だ、独特だ。イギリスに行けばすごい金になるぞ……」

私は催眠術にかかったように手をさしのべた。

「おまえのエプロンを見せてくれないか？」

「できません、だんな様。だめです、だんな様」

彼女は急に怖くなったようだった。私の言葉のせいだ。私がセックスをしたいだけだと思ったのだろう。私は、腹立たしげに笑った。

「ただちょっと見てみたいだけだよ。ヘンドリックは気にしないさ」

「いけません」彼女はあとずさりしながらうめいた。「結婚しているのです」

「結婚している、おまえが？」

「未亡人なんです」

「いま、ダンナがいるってわけじゃない、そうだろ？　おまえは独り身で、しかも生娘じゃない。だれかの保護が必要だ。私がおまえをイギリスに連れていったら……ひと財産作れるし、奴隷じゃなくなる」

「私は奴隷ではありません」

「じゃあ、これは何だ」古ぼけた殺風景な掘っ立て小屋を見ながら私は聞いた。「ヴェルサイユ宮殿か？」

「何ですって?」

「総督のお屋敷かい?」私は笑いながら、こんどはやさしく言った。

彼女は逃げだしそうなしぐさをしたが、立ち止まって両手でこめかみを押さえた。

「おかしくなりそうです! 私をお姫様のように扱うかと思えば、次には奴隷、そして娼婦! 私は何なんですか? 女、それとも、『生まれてきてはいけないもの』?」

「あなたはただの風来坊じゃないですか」彼女は怒ったようにつけ加えた。

「私は船医さ! しかも、とびきり腕のいいね。黒ん坊のあばずれ。私といっしょにイギリスに来るんだ、そうしたらおまえは自由で、何でも好きなものになれる。ふたりでひと財産作ろう。カネだ。黄金だ。わかるか? 自由だぜ! イギリスでは三年前に奴隷制度は廃止されたんだ!」

私は、あざけるように手を上にあげた。

「おまえがロンドンで一カ月以内に有名にならなかったら、故郷のケープに送り返してやるって誓うよ」

「きっと約束ですよ。私がしてあげるのですから……」

「大きな口をたたくな……」

「はい、おっしゃるとおりです……」

サーチェは思わず、深く息を吸いこみ私の方に一歩踏みだしたが――主人と召使いの境界線を越えそうになると、また後ろにさがった。

「ロンドンまではどのくらいの船旅になるのですか?」

「だいたい八週間さ」

彼女は動かなかったが、私から少し顔をそむけたまま、頭を抱えていた。

「ねえ」私は引きつった笑顔で続けた。

「私は本気だよ……」

彼女の両腕をつかんだら震えていた。

「逃げるんだ」私は間髪を入れずに言った。「自由になるんだ……」

サーチェはまだ両手で顔をおおったままだった。私は彼女を引き寄せ、やさしく手首を握った。そして、耳元でささやいた。

「サーチェ、私のためにそうしておくれ……」

私は顔をあげさせようとした。彼女はいやがった。そのままにして、少し後ろにさがった。

「ヘンドリックとはもう話がついている。おまえを私に売ってくれるだろう」

「私はヘンドリック様の奴隷ではありません」

「彼は年季奉公人としておまえを売ることができるのだ。よく考えてごらん」

彼女はこくんとうなずくと、はにかんだが、気持ちが高ぶって震えている。彼女はうなだれた。

「ああ、もう行ってください」と彼女はささやいた。「お願いだから、行ってください。面倒なことになるだけです。あなたは疫病神です」

「富と、ひょっとすると面倒もかな」私は言った。「おまえたち女っていうのは、私にとってはいつだって面倒の種だよ」私はやさしくささやいた。「怖がらないで。けっしてないがしろにしないから」

私が手を差しだすと、ほの暗い明かりのなかで、サーチェは私の手のひらにのったコインを見つめた。ナポレオン金貨、彼女が見たこともない大金だ。

「私を買うことはできません。奴隷ではないのですから」

「だれが奴隷のことなんか話した？　私は婚資のことを話しているのだよ――家畜がたくさん買えるぞ」私は笑った。「前に孤児だと言っていたね。私はだれに婚資を払えばいい？」

「父の妹に」

「その人はどこにいる？」

「ナマクアだと思います」

「どうやってこのナポレオン金貨を渡したらいい？」

「わかりません、だんな様」

「それじゃあ、われわれが帰ってくるまで、これは銀行に預けておくか？」私はほほえみながら、ウィンクして財布のなかにコインを戻した。「それとも、おまえに渡すべきかな？」

サーチェはしょんぼりして首を振った。

「自分を売り渡すことはできません……あなたも私を買うことはできません。私は売り物じゃないのです」

次の瞬間、私はホッテントットを抱きあげてギュッと抱きしめた。抑えがたい情熱をこめて彼女の顔にキスをしたが、それは彼女にはないと私が言い張っていた、その魂を葬り去るかのようだった。孤独の砦は崩れ去った。彼女は眼を閉じた。ついに落ちた。口説き落とした女を見捨てるように、私はきびすを返し、彼女から離れた。彼女はスカートをたくしあげて、私に追いすがってきた。

「待って」と彼女は叫んだ。「行きます。行きます」

私は歩みを止めず彼女から離れた。私の運命を決する靴音が不吉に石畳にこだまする。やがて彼女の声はだんだんかすかになり、彼女自身さえも石に変わっていくようだった。私は、いますぐにでも彼女を捕まえたい衝動にかられた。でも、私は行くぞ、けっして戻らないぞ！　私は彼女を残して永久にここから立ち去るのだ。彼女を死ぬまで、この神に見捨てられた土地に置き去りにするのだ。サーチェは無我夢中で、最後の願いをこめて私の名を叫んだ。

「ダンロップ様！　行きます。行きます……約束します。ついて行きます」

かすかな勝利の笑い声に私の靴音の響きが加わり、夜のざわめきや、絶え間のないコオロギやオオカミの鳴き声と溶けあった。この荒涼とした風景のなかには人の生活の気配は何もなかった。ホッテントットも私もこの世界のなかでまったくのひとりぼっちだった。彼女は、自分の足跡さえ印すことのできない、残酷で希望のない土地を寂しくさまよっていた。そうして、いまや彼女は完全に私の手に落ちた。

母家のなかで、ヘンドリックは、私の笑い声やサーチェの怯えた泣き声を聞いていたにちがいない。窓が開き、私の頭越しに暗闇の上の方から静寂に向かって、主人が彼女に話しかける声が響いた。

「サーチェ、サーチェ、ここに来てみんなの足を洗っておくれ。今夜、いい子にしていたら、ロンドンに連れて行ってやるぞ！」

ヘンドリックには、こんなにもことがうまく運んだことが信じられなかったようだ。私は彼の抱える問題をすべて解決してやった。彼は二年間、自分の地所を人に貸すことになるだろう。そして妻子は、兄のもとに身を寄せることになろう。彼と私はサーチェをロンドンに連れて行き、イギリスに初めて足を踏み入れたホッテントットの女として、科学界に紹介するのだ。われわれはサーチェの奇怪な体型のおかげでひと財産作るだろうし、あの体は不滅の名声を得ることになるだろう……

ヘンドリックは、私が彼のなかに呼び覚ましたわくわくするような興奮を認めたがらなかった。彼は外国に――アフリカから外に、出たことがなかった。彼は突然、別人のようになった。彼は一〇歳も若返った。ロンドンやパリばかりでなく、アムステルダムやロッテルダムを訪ねるという計画が彼の頭のなかで踊った。著名な学者との刺激的な出会い、新聞のインタビュー、社交界への仲間入り、彼に話したこれらのことは、われわれのこれからの船出と驚くべき発見の結果、当然手に入るものだった。ヘンドリックは、どうしてこういうことをもっと早くに自分では思いつかなかったのだろうと、声にだしていぶかった。

私はホッテントットのイギリス行きのパスポートを植民地総督に申請するために、彼女をケープタウンに連れていった。彼女はケープタウンに足を踏み入れるときには、自分がホッテントットだと感づかれないように、いつもチャプールを身につけた。われわれはヘンドリックのいちばんいい馬二頭に乗って、町に入っていった。サーチェは黙って私の横についてきたが、まるで子どもが大きな黒馬に乗っているようだった。しかし、彼女は落ち着いていた。堂々としたものだ。彼女は驚くほどみごとに馬を御することがわかった。

総督の屋敷は町の中心に位置し、どっしりとした黄色と黒の煉瓦造りの建物で、張りだした玄関は白い円柱のついた古典様式だった。その建物の一方の側が、総督官邸と中央銀行になっていた。もう片側には植民地刑務所が、ずっと向こうまで強固で不気味な広がりを見せており、そこは総督府のほかの建物と似かよっていたが、数ヤードごとに武装兵士が立ち、公開鞭打ちのときに罪人を縛りつける柱があった。

馬から降りようとしたとき、鎖につながれた奴隷の一団が通り過ぎた。男たちは七分丈で縞模様のズボンをはいていた。上半身は裸で、ひどい鞭打ちの跡が背中に残っている者もいて、傷はみみず腫れになり、縦横についた傷跡は白いものもあれば褐色のものもあり、ときにはザクロのように真っ赤なものもあった。頭髪は剃られ、やせ衰えた獣のような顔は無表情だった。ほぼ全員がホッテントットだった。鎖は音を立てたが、男たちは無言だった。彼らはみんな、内なる沈黙とでもいうべきものに浸っているようだったが、それはただ単に音がないというだけではなく、もっと深い死の沈黙であり、そうして刑務所の壁が落とす影のなかにうなだれて立ちつくしていた。サーチェの方に目をやると、彼女は急いでその場を離れ、建物の入り口に向かっていた。変装はしていたが、予定があるかのように足早に歩いていた。ケープタウンをぶらついているホッテントットは逮捕を免れなかったからだ。ホッテントットなら、彼女がこれから行こうとしている地獄へでも逃げこむほうがましだった。

私はコールドン卿自らの出迎えを受けた。ケープ地方がふたたびイギリス領になって以来、彼はいつも暇だった。公文書に目をとおし、外国の要人を迎え、パスポートを発行することが彼の主な仕事だった。これと同時に、新しいオペラハウスの建設や豪勢なディナーパーティーの開催、そして、これこそもっとも新しいイギリス領の総督の職務ともいうべき、抵抗するホッテントットの完全鎮圧をおこなった。この地位を得るために、彼は国王に五万ポンドという貴族として相応の金額を支払っていた。イギリス政府の代表として、彼はホッテントットの鎮圧に責任を負うのみか、彼らの正式な監督官にも任命されていた。というのも、ホッテントットはあまりにも愚鈍で自己管理ができないと考えられていたからだ。

コールドン卿と私は楽しく会話を交わし、ヴェルディ〔一八一三－一九〇一年、イタリアの歌劇作曲家。この時期ヴェルディはまだ三歳であり、作者の設定ミスだと思われる〕からジェームズ・マディソン〔一七五一－一八三六年、第四代アメリカ大統領（一八〇九－一八一七年）〕にいたるまでいろいろな話題で盛り上がり、やがて相棒のアフリカーナー、ヘンドリック・カーサルと旅行に同行する召使いのパスポート取得に関する話に入った。

「で、その召使いの名前は？」

「サーチェ、正確に言うとサラ……」

「名字は？」

「バールトマン、サラ・バールトマンです」

「本人は来ているのかね？」

「ええ、外の控えの間におりますよ……もしお会いになるなら……」

「いやいや、それには及びません。ただ、パスポートの申請に自分で来たのか確かめねばならんのでね」

「ありがとうございます」

「どういたしまして、ダンロップ先生。無事なご帰国を祈っていますよ」

赤い絨毯の廊下を通って出口まで行きながら、私はサーチェにパスポートを見せた。彼女は国王の印章を見て、その文書の信じられないくらいの美しさに夢中になり、そこに書き連ねられた黒い文字を見て、ナエヘタ・マガハースの洞窟に描かれていた雄牛の絵のようだと言った。

「これでおまえはアフリカから自由に出ていける」

「これで」、いまではサラとなったサーチェは言った。「私は自由なのですね……」

私は気がとがめたが、ただこう言った。

「鳥のように自由だ」

「これを自分で持っていていいのですか？」

「もちろん。パスポートは個人の所有物だからね。ただ、なくさないようにしろよ」

われわれは馬をつないだままにして、自分たちの乗る船を見るために波止場までぶらぶらと歩いていった。船はエクセター号で、数週間のうちにわれわれをイギリスの海岸へと運んでくれるだろう。

「これからはサラと呼ぶよ」と私は言った。「パスポートに書いてある名前だからね」

「サーチェという名前が好きだったことはありません。私のほんとうの名前はセフラというのです」

「セフラ、とてもいい名だ」

「サラ・バールトマンもいいですね。実は、お話ししていないことがあります。去年のことですが、波止場に船を見にきて、そのとき初めてあなたを見ました。あなたは、藍色の帆を張った、大きなダークグリーンのスクーナー船の上に立っておられました。赤と青の軍服姿でした。髪はいまより長く、何か真鍮の道具を手首に結びつけていました」

「だから、農園でお会いしたときにあんなに驚いたのです。まるで、雨乞いのまじない師の予言のようだったから……」と彼女は興奮して続けた。

「雨乞いのまじない師？」私は聞いた。雨乞いのまじない師が何かは知っていたけれど。

「ああ、ナエヘタ・マガハース、生まれてきてはいけないもの、のことです……道でムラサキサギに出くわしたときと似ています、私を見守ってくれているのです……運命を感じます」

「私を見た？　一年前に？　何てことだ。その日のことは覚えているよ。船はアジア号で、マダガスカルから着いたのだ。手に持っていた道具は新型の望遠鏡で、試しに使っていたのだ。運命、そう運命にちがいない」私は言った。

「そう、ウィッヘルヴォーデン」サラがオランダ語で言った。

第6章　気がつけば、私はたたずんでいた……

ひとことでいえば、ただひとつの生物種にとらわれて判断を失わないようにし、あらゆる生物種を相互に比較し、その生命現象を追求していくことが不可欠である。それというのも、天与の運命を授けられたすべての生き物は、その生命現象によって成り立っているからである。それだけの代価を払って初めて、生き物の本質をおおっている神秘のヴェールを剝ぐことが期待できるのである。

ジョルジュ・レオポルド・キュヴィエ男爵、
『比較解剖学における三〇課程』

一八一〇年、黒い月の季節、イギリスの暦でいえば五月。私は新しい名前と新しいパスポートを持って、英国軍艦エクセター号のデッキにたたずんでいた。サラ・バールトマン。私はその名をささやきながら、船の手すりに寄りかかり、ケープタウンの要塞がしだいに小さくなっていくのを見つめた。海が私を招き寄せ、私は奴隷制度廃止した世界がどんなものか見てみたいという気持ちに屈した。さよならを言う人はだれもいなかった。みんな死んでしまったから。だれにも旅立つ理由を説明する必要はなかった。もしコイコイ人のだれかに説明するとしたら、私はバクバ〔一七～一九世紀、中央アフリカにあった王国〕に旅立つのよ、とでも言うしかなかっただろう。空の向こうの遥か彼方にある国、そこから帰ってきたコイコイの民はだれもいない。

ダンロップ様によると、この船は三本マストのスクーナー船で、六〇〇トンだということだった。セイロン、ジャワ、スマトラ、ザンジバルからの商品を積んでいた。メインデッキは船室と談話室に分けられていて、乗客はそこに宿泊していた。乗客は二〇人以上いた。

エクセター号の白人の乗客たちは、自分たちのなかにホッテントットが混じっているのをいやがった。彼らは、私がほかの召使いやアフリカ人といっしょに三等船室にいるべきだと、船長に激しく抗議した。例によって、ダンロップ様が言いくるめた。私は重病にかかり、彼の世話で有名な専門医の治療を受けるためロンドンに行くところである、と。すると、乗客たちは「病気のニグロ」が船にいると、みんなに感染するかもしれないと不平を言いはじめたので、ダンロップ様はもうひとつ話をでっちあげた。私は非常に高貴な姫で、けっして伝染病に罹っているわけではない、というのだ。王族ゆえ、一般人とまじるわけにはいかない。そこで個室のなかに特別に食堂をしつらえ、ひとりで食事をとることになった。どうして、大西洋を渡ってロンドンに向かうこの快速帆船に乗りこむことになったのか、私にはいまだによくわからなかった。こんなふうになるとは思ってもいなかった。それに、ダンロップ様、彼は私の婚資を払ったのか、払わなかったのか？　私は彼の妻なのか、それとも、ふたりの愚かな白人の男たちを金持ちにするためにかどわかされたコイコイ人にすぎないのか？　どちらにしろ、これはウィッヘルヴォーデンなのだ、と私は思う。

乗客たちは相変わらず私を無視し続け、私たちも人目を避けた。ときおり、ダンロップ様は船腹に降りていって、彼の動物やキリンの毛皮や頭蓋骨や化石を点検していた。降りていったそこには、人間もいることを私は知っていた。デッキにいる白人客が所有している召使いや奴隷や捕らえられたアフリカ人だ。

夜、みなが寝静まると、私は船室を抜けだしてデッキをうろついたが、そんなとき、ケープタウンでもそうだったように、チャプールが私の人種と体型をおおい隠してくれた。しかし、三日月のまわりでちらちらと星がまたたいていたあのころの夜は、二度と戻ってこないだろう。黒い月の季節、五月は、星座がもういちど天に戻り、乳と蜜がチャムブース川からふたたび流れだすころだった。私はひとりでトビウオや流れ星の数を数え、海風をいっぱいに吸いこんで過ごした。ケープ岬から遠く離れ、もう陸地のにおいはしなかった。陸地から立ちのぼるもやがなくなるにつれて星は輝きを増し、くっきりと天空に浮かびあがり、空は大海原という完璧な鏡とみごとにひとつになっていた。ヘンドリック様が、ダンロップ様のパートナー兼私のマネージャーとして、ロンドンまで同行するということを知ったときの私の驚きを想像してみてほしい。私はだれが渡航費やもろもろの経費を支払うのだろうと思いはじめていたが、あえてどちらにもたずねなかった。ダンロップ様といっしょなら大丈夫と思っていた。彼は約束したのだから。彼の手のなかにあった金貨が保証金だった。

毎朝デッキに集う白人たちは、ケープタウンにある総督の新しいオペラハウスに行くみたいに着飾っていた。自分たちのなかに私がいることを拒んだ人たちは実にさまざまだった。イギリス人の移民、オランダ人の亡命者、本国の学校に戻る学生、品物を運ぶ商人、軍の将校、傭兵、結婚のために帰国する女性、あるいは親の葬儀に参列する息子、そうした申し分のない二〇人の白人たちがデッキの上を散策し、ホイスト〔二人一組、四人でするトランプゲーム〕を楽しんだり、釣りや読書をしたり、おしゃべりに興じていたが、私がデッキに姿を現わすと、暗い視線を投げかけた。たまには、私にだって散歩と新鮮な空気が必要だったから、彼らの都合にはかまっていられなかった。また、ときには、ダンロップ様やヘンドリック様の少し後ろを召使いのようについて歩いた。船には数人の黒人水夫が乗り組んでおり、乗客との交流を禁じられてはいたが、私は彼らの話を聞きながらいっしょに過ごすこともあった。というのも、黒人の召使いは乗客とはみなされておらず、彼らは私のことを主人の旅に同行しているメイドだと思いこんでいたからだ。彼らは船に関する多くのことを教えてくれ、また船の内部に連れて行ってクランクやスクリュー、錨鎖や歯車、ロープや帆布、大砲や厨房を見せてくれた。おまけに、白人について、私の知らなかったこともいろいろと教えてくれた。

航海は楽しく、わくわくする出来事で、船酔いはいちども経験しなかった。私はずっと部屋にこもり、ご主人様たちといっしょのときにしか、みんなのなかには入らなかったが、いちどだけギターと歌で乗客を楽しませたことがあった。

日一日と日々が過ぎていった。ケープタウンを出て一〇日以上がたったある夜、ひとりぼっちの夕食のあと部屋から抜けだすと、ダンロップ様に出くわした。

「見たところ、船が気に入ったようだね」彼は唐突に言った。

「はい、空がとても近いのがいいです」と私は言った。「スピードがあって、クジラの背中に乗っているようです。草の上を滑るみたいに目の前の水面が開けていきます。それに」、私は上の方を指した。「あの藍色の帆、あんなふうに広がった帆を私は見たことがありません。鳥の翼か、雲のようです……コイコイ人は帆船なんて持っていませんもの……私たちには魚を採るカヌーしかありませんから」

「おまえの感じていること、わかるよ、私も海が好きだから。ここでは何だって可能だ。まさにいま、目の前にどこにでも行ける道が広がっているんだ……水平線のかなたまで、心の望むままに。海は夢想家にはお似合いだ。あるいは夢想家が海に合っていると言うべきか……」

「なぜこの船は航海のあいだじゅう、方向を見失わないのですか？　どうして、どこを進んでいるのかわかるのですか？　太陽を追っているのですか？」

「星と星座を追っているのだよ」

「でも、星や星座は移り変わっていきます」

「いいや、おまえが変わっていくのさ、サラ、星はじっとしているんだよ」

「私、変わっていきたいわ」

「私もだよ」

ダンロップ様は手すりから向き直って後ろにもたれかかり、私をじっと見おろした。星はじっと見つめる群衆のまなざしに似て、まるで生きているようにちらちらと瞬きながら、光る緞帳のように彼を取り巻き、ダンロップ様の心とおなじくらい神秘的だった。

「おまえは亡霊のように見えるよ、そんなふうに白いチャプールにくるまっているとね」

「じゃあ、だれかほかの乗客を怖がらせましょうか……ブーーー」そう言って、私は両手を振りあげた。

「オデュッセイアって何だか知っているかい？」

「いいえ」

「そうだな、オデュッセイアは長い放浪の航海のことだ、そこで求めるものは人、財宝、救い、復讐、そんなものだ……そして旅の途中で多くの試練や苦難や危機に出会い、死にかけたり病に倒れたりして、助けだされ、恋に落ち、怪物と戦う……そして最後には……」

「そして最後には？」

「そして最後には、ふるさとに、出発点に帰るのだ。そこでは何も変わっておらず、自分がいなかったことにさえだれも気づいていない。待っている人がひとりもいなかったから」

「私を待つ人もいないわ。あなたは、だれか待っていてくれますか？」

「いいや」

「悲しいですね」

「詩人が創りあげた、ただの物語さ……世界最初の英雄――あるいは世界最初のばか者さ」と、彼は言った。

「その英雄の名はなんというのですか？」

「ユリシーズ」

「コイコイ人が崇拝している英雄と似ています、名は『傷ついた膝』といいます」

「傷ついた膝」彼は繰り返した。

それ以後、彼はヘンドリック様と私を好きなようにさせてくれた。彼は陸にいる時よりも寡黙で、やせて、元気がないように見え、まるで海が彼の内面の苦悩を引きだしたかのようだった。

「来る日も来る日も向かい風だ」彼はぶつぶつ言った。「この航路がまともだったことなんてあるかね？」日がたつにつれ、船内は重苦しい静寂に包まれた。乗客全員が突然、自分の殻に不機嫌に閉じこもってしまったように見えた。口を開く者はほとんどいなかった。全員が申し合わせたように、人間の言葉を海の偉大さの前に明け渡し、それぞれの思いのなかに囚われていた。私にとっては、その思いは水平線の向こうにある漠として想像もつかない未来のことだった。船は幾多の生ける者の重荷を運んでいるかのように、うなり、きしみ、うねり、のたうってゴウゴウと音を立てながら、過去の乗客の魂とともに息づいていた。けれど、それは当然ではないか？　黒人の水夫たちが話していたが、エクセター号は、その長い歴史のなかでいちどならず、ギニア海岸での奴隷売買に携わってきたのだ。空に向かってそびえるマストを見あげると、大きくて頑丈なその帆は重大な犯罪行為をおおい隠し、誇らしげに罪の墓場を滑るように進んでいた。私たちは嵐の岬《ケープ・オブ・ストームズ》に近づいていた。どんなに大きな船にも恐怖の試練を、どんなに勇敢な水夫にも過酷な試練を与えることで名を馳せるあの岬に。私は振り向いて顔を上げた。雨のにおいだ。大気を伝って遠くの雷鳴もかすかに届き、私たちはそちらに向かって進んでいるようだった。

強い風が吹き、私は足もとの船が不安げに揺れるのを感じた。一筋の稲妻が天空を揺るがし、マガハースの洞窟の天井が光ったようにパッと空が明るくなった。と、風雨が暗い海面の向こうからどっと押し寄せ、マガハースの秘密の洞窟に描かれた幾千もの牛のように、船を追いかけてきた。いまや稲妻は思いのままに襲いかかり、まるで私たちを標的にしているかのようだった。風が吠えた。荒れ狂う嵐が恨みでもあるかのように船を襲った。雨がデッキや手すりの上に太鼓を打ちつけるように降り、嵐は私たち全員から怯えた子どもの叫び声を引きだしたいと言わんばかりに、ひとりひとりに襲いかかってきた。デッキでびしょ濡れになりながら、私は嵐の声に耳を傾けた。

「嵐の岬から離れたいか?」そう言っているようだった。

「お手並み拝見といこうじゃないか。命が惜しいか? 俺から逃げてみろ。ここでの支配者は俺であって、白人の男たちではない。海は俺のものであり、白人も黒人も、人間は俺から逃れることも、俺をすくませることもできぬ……まあやってみろ……」

エクセター号は波に持ちあげられ直立不動のまま、嵐が言ったことに思いを巡らせているようだった。が、次の瞬間、木立ほどもある波に平手で太鼓を叩くかのように打ちつけられ、老いぼれ船はうめき声をあげて波間深くに沈みこんだ。怯えた乗客のあいだからも、か細い泣き声が聞こえた。私たちは広大な海の上で孤立していた。いずことも知れぬ場所のまっただ中に。ケープ地方から一〇日以上も離れたところに。もう鳥もいなかった。揺れるマストには、這うように上り下りする男たちが群がっていて、どのマストも風にそよぐ葦のようにたわんでいた。船の航跡は長く白く、まっすぐに西へと延び、私たちはまるで後ろへ押し戻されているようだった。鳥とおなじように、太陽も厚い雨雲の向こうに姿を消した。突風が後ろから吹きつけ、ついには船を捕らえると、シューシュー、ドンドンと音を立てる豪雨に混じって消えていった。天はその腹をさらけだし、神の小便を出しきるかのように雨を降らせた。デッキは濡れて光り、帆は黒ずんだ。私は喜びにうち震えた。これが幸福なのかしらと自問してみた。水夫たちは物を動かし、すべてのものを甲板にしばりつけようと、バタバタと走りまわりながら、大声をあげ、不安そうにささやきあっていた。その声に駆り立てられ、白い波頭から逃れようと、船は暴風に乗って走りはじめた。そしてついにほんとうの恐怖がやってきた。

ダンロップ様がデッキに出てきて、私の名を呼んだ。

「サラ、サラ、お願いだよ！　おまえを捜しまわっていたんだ。みんなといっしょに談話室にいろ！　これは本物のハリケーンだぞ！」

淡いグリーンのその目は恐怖をたたえていた。けれど、私はしあわせだった。大きな重荷を肩からおろしたような気分で、嵐などどうでもよかった。私は最悪の事態に対する覚悟を固めていたし、自分の運命にすっかり心を奪われていたので、私を連れ去ろうとするダンロップ様に対して激しい嫌悪を感じた。

ダンロップ様が耳元で何か叫んだが、風が遮り、思いがけず私が石のおもりのように彼にしがみついたので、お互いの頭がぶつかった。

「サラ、サラ、溺れてしまうぞ！　あそこに入っていろ！」

しかし、嵐のせいで心が壊れたのか、なんとしてもここから離れたくなかった。なぜか心のなかに激しい怒りがふつふつと湧きあがり、どんな命令にも従う気がしなかった。

ダンロップ様は半分引きずるようにして私を船室に連れて行き、水夫たちに大声で指図しながら、私をこみあった部屋に押しこんだ。白人の乗客たちがあちこちの隅っこに縮こまりながら、私を見あげていたが、なかには家具にぶつかったり、梁で頭を打ったりして怪我をしている者もいた。お互いに挨拶も交わさなかった。私にもひとこともなく、そばから離れていった。多くは背を向けて無関心を装っていた。私から目をそらして、横目でちらちら見る者もいた。ひとり、ふたりは私をあからさまに睨みつけたが、怒りで口はばかみたいにあいていた。みんな、まるで現場を押さえられたこそ泥のようだった。彼らは身の破滅すらホッテントットとは分かち合いたくないようだった。私と運命をともにするよりも、私がどこか安全で乾いたところへ行ってほしいと願っているようだった。でも、少なくとも私は、みんないっしょに海の藻くずとなるのは間違いないと思っていた。

外では、嵐が猛烈な力で船を叩きつけていた。デッキはこの上なく危険になってきた。呆然とうろたえているのは、乗客だけでなく水夫たちもおなじで、ダンロップ様と船長以外はみんな船橋の下に避難しはじめたが、そこは真っ暗で水浸しだった。船が波に持ちあげられるたびに、暗闇のなかでみんながうめき、外では大量の水がクジラの腹のような船腹を打ちつけた。乗客は何とか無事だったが、ブツブツと不平を言ったり、怒ったり、病気の子どものように怖がって叫ぶ以外、なすすべがなかった。ハッチはすべて当て木で密閉されていたので、人びとは光と空気を切に求めた。みんな「お母さん」と泣き叫びながら嘔吐した。あたりには糞尿のにおいが充満していた。だれも隣の人が見えなかったから、みんな対等で、みんな真っ黒で、おなじにおいを放ち、おなじ恐怖の言葉を口にした。私たちは泣き叫び、怒鳴り、祈り、そして沈黙した。みんなおなじ暗闇の一部になったということは、私にも、もはや色がないということなのかしら？　と私は考えた。この悲惨な船内で、この暗い穴のなかで、私はやっと一人前《パーソン》の人間になれたの？　それとも、こんなに何も見えないなかにさえ、私を人類から追放する何かがまだあるのだろうか？　私は嵐の声をはっきりと聴くことができた。その猛り狂う音は、人間の怒りや苦しみのうめきのようだった。私は泣きそうになったけれど、それは恐怖からではなくて、怯えてはいたものの、嵐の痛みに共感したからだった。ゴォーッと逆巻く風の音にガタガタと激しく物がぶつかる音が入り交じったが、それはまるで、私たちの下にいる海の怪物が深海から上がってきて、入り口を求めているようだった。怪物は何度も何度も船体をノックしたが、それはなかに入れてくれと乞うようでもあり、すすり泣き、泣き言を言い、金切り声をあげる乗客たちに黙れと言っているようでもあった。船は傾き、あらゆるうなり声がかたまりになって闇を切り裂き、私たちは濡れてつるつるになった棺桶のなかをあちこち転げまわった。と突然、深海の怪物に屈服したようにみんなの叫び声が止んだ。風が静まった。舷窓やハッチから浸水してくる音が聞こえた。水が膝まで上がってきた。スカートが引っ張られる。みんな沈んでいく。

心が麻痺したように、みんなぼうっとなった。壮絶な苦闘のなかで、だれもが生きようと必死にもがいていたが、やがて身も心も疲れはてた。もうだめだという不安からくる冷たく染みとおるようなその疲れが、魂のありかと考えられているところを深く揺さぶった。次の瞬間、水が押し寄せ、すべてをおおった。ヘンドリック様の太い腕が私の肩を抱くのを感じた。私は濡れて冷たくなって、手足がこわばり、束の間、いままでの人生が目の前をよぎった。牛を囲っている父さん、母さんの笑い声、乳に吸いつくクン、剣、いやあれはライフルが太陽に反射しているのかしら……そして、すべてが消えた。

突然、一筋の光が闇を貫いた。ハッチが開いて、光の輪のなかにダンロップ様の頭が現われた。

「終わったぞ！」闇に向かって彼はどなった。「船が浸水してきている。あがってこないと溺れるぞ。セントヘレナにたどり着けば修理ができるから！」

下の方からは、呆然として声もあがらなかったが、みんな光の方に顔をあげた。助かったのだ。

むきだしの岩壁が水平線をさえぎって遠くの方に姿を現わしたが、そこには草木一本生えていなかった。どこまで見渡しても空には鳥の影ひとつなく、そんな何もない水平線の上にひとかたまりのパンが浮かぶように、そのごつごつとした小島は浮かんでいた。その黒い姿は巨大な城郭のように、たれこめた雲に向けてそそり立ち、断崖は海に突きだしていた。その縁は、テーブル・マウンテンよりも高く海面からせり上がっていた。その形は鞍頭を北に向けた鞍に似ており、近づくにつれ、暗く陰鬱な岩のかたまりが不気味な手のようにそそり立っていた。私たちを威嚇するか、歓迎していないとしか思えない。海で私たちを苦しめた地底の怪物が、ふたたび深いところから現われて、怖がらせようとしているようだった。

セントヘレナだ、とダンロップ様が教えてくれた。アフリカの端っこ、われわれとイギリスのあいだにある唯一のかけらだよ。傷ついた船はマストが二本折れ、風で帆がずたずたに裂け、暗礁に乗りあげてキールに穴があき、半ば漂流していて、港まで曳航しなければならなかったので、到着と、神のご加護により無事だったことを知らせるために、はしけを出した。水夫たちの話では、砲台の前を通って安全な場所に行くには、あらかじめこの島の総督に知らせなければならないということだった。それでも、私たちが海中に捨てなかった唯一の大砲で、何とか砦に向かって礼砲を放つと、砦の方からも返礼があって、壮大な音が響き渡った。海よりはるか高いところにある遠くの高台の上に城塞が建っていた。ちょうどそのいただきの真下が洞窟と小さな浜辺になっていて、エクセター号の乗客たちは、そこでやっと乾いた大地にたどり着いた。

怯えて疲れ切った白人たちは、その要塞島の浜辺をよろよろと歩いた。助かったと、堅い大地に足をおろし、みんな声をあげて泣いた。これはダンロップ様の言うオデュッセイアの一部なのかしら、と私は考えた。このまわり道はコイコイ人の地へ戻るためだったの？　この島はこれまでずっと私たちのもので、島に渡ってきた白人の一団よりも、はるかにコイコイ人の数の方が多かった。喜望峰にたどり着いた最初の白人たちもこんなだったのだろうか。寒くて、みじめで、飢えて、怯えていたにちがいない。私たちは嵐のなかですべての備蓄品と水を失った。しかし船長は積み荷を守った。ダンロップ様のキリンの毛皮も無事だった。そして、私も。船長と船医が兵士に護衛されて総督府に行っているあいだ、ダンロップ様が疲れた乗客たちの世話を引き受けた。やがて、もっと多くの兵士とともに食料と衣類が届くのだろうが、それまではみんな白い砂浜の上で身体を寄せあって立っていた。まわりはといえば、つい昨日できあがったばかりのような山と谷と森に囲まれていた。西の方に四角い石積みの望楼が見えたが、残りの三方には海と、深いジャングルと、どす黒い噴火口と、どこまでも広がる空があるだけだった。

こんな大災害のときでさえ、私は白人の乗客たちからのけ者にされていた。私はひとり離れて立ち、この島の不思議に思いを巡らせた。ここはアフリカと呼べる最後の地だった。そして、地球上に残された最後のコイコイ人の土地だった。どうしてなのだろう、民のなかの民は駐屯軍より何百も多いのに、イギリス人が砦や港を占領し続けているのは？　どうしてコイコイ人は、イギリス人やオランダ人を海へと追い立てなかったのだろう？　島はオランダ東インド会社の所有で、島の者はみなそこで働くか、そこの奴隷だった。ほんの少数のホッテントットがまだ遊牧をしていたが、ほとんどはゴアやマラヤやマダガスカルから連れてこられた人たちといっしょに捕虜にされた。初めのうち、コイコイ人は島全域に住んでいたが、ポルトガル人やフランス人やイギリス人が来るようになると、島の要所はコイコイ人の手から取りあげられてしまった。

この唯一の上陸地点からは、切り立った崖に沿って、桟橋から総督府に続く道が通っていて、その道は跳ね橋を越え、口径の大きい大砲を据えた砲台を通り過ぎて延びていた。木立のあいだの小道を抜けると、補強された出入り口があり、セント・ジェームズ渓谷へと続いていた。その谷は、山にはさまれた開けた場所のすぐそばにあって、島をふたつに分けていた。島の左側は、高台のてっぺん付近まで森や緑の草木におおわれていた。対照的に、右側はごつごつとした岩や砂漠や巨岩がむきだしで荒涼としていた。半分が美しく、もう半分が恐ろしいこの風景は、この道を通る人だれもを驚かせた。ここに立つと、海底火山が爆発し、地下から噴き上げた溶岩が隆起したという島の歴史が一目瞭然だった。まるで、フリーハウスランド牧師が言っていたエデンの園と地獄の光景が、並んでそこにあるようだった。兵士たちが、ラバや馬で乗客に付き添って谷の裂け目を通ることになり、私たちは不毛な、木も生えていない噴火でできた岩場と、花と木々と滝と緑の草地におおわれた楽園の両方を通っていった。左右の風景がこんなにも違うというのは、自然界の多くのことと同様に説明がつかないんだ、ちょうど夜と昼、黒人と白人の違いを説明できないようにね、とダンロップ様は言った。

この間ずっと、ダンロップ様は人が変わったようにいちども愚痴をこぼさなかった。傷ついた乗客や水夫に治療を施し、薬を蓄え、みんなをまとめ、慰め、まるでこの船の船医のようだった。実は、エクセター号にもハーレイという船医がいて、彼とダンロップ様はトランテ・タン〔トランプゲームの一種〕をする仲だった。しかし、乗客はダンロップ様だけを信頼していた。嵐のあと、私は、病気になって身体の弱ったご婦人客のために、ふたたびメイドの仕事をすべて引き受けた。召使いに戻ると、急にやさしい笑顔で挨拶され、丁寧にお願いされ、気楽にファーストネームで呼ばれて、まるで嵐のせいで世界がひっくり返り、やがてまともになり、すべてがあるべき場所に落ち着いたといった感じだった。

船は船長の指揮のもと、港へと曳航され、修理に入ったが、すべてが順調に進んだとしても一〇日はかかる、ということだった。船長は出帆できるかどうか気を揉んでいた。貴重な積み荷のほとんどは無事だったが、異国の珍しい木材だけはすべて水浸しになってしまった。要塞にはほかにも、いくつかの艦隊とたくさんの小舟が停泊していた。エクセター号の乗客は全員、町に家をあてがわれ、ダンロップ様とカーサル様も広場の近くの貸家に落ちついた。船長が高価な積み荷のことでやきもきしているのと同様に、ダンロップ様は、総督のもとで大方の時間を過ごしているあいだも、キリンの毛皮とホッテントットのことでやきもきしていた。とはいえ、セントヘレナはかなり安全で治安がよさそうだということで、私はエクセター号の水夫たちといっしょなら島内を散歩してもよいという許可をもらった。そういうわけで、私は夢のように美しい楽園を見つけ、朝早くレモンバレーと呼ばれる場所でクレソンを摘んで楽しんだ。そこでは、いろんな船の士官候補生たちが出会ってお互いに親しくなり、ときには政治や歴史の問題について長い議論を戦わせ、しまいには、ボクシングのまねごとをしてふざけあうようなこともあった。島の南側にあるその楽園には、なだらかに起伏する緑の牧草地や、円柱状のなめらかな灰色の岩が隆起した森があり、その岩は目に見えない手で彫られたかのようだった。頂上からは、野生の花が咲き乱れる稜線や滝や渓谷や丘が海までずっと見渡せた。この楽園の美しさと雄大さに私は驚き、息をのんだ。ある日、私はダンロップ様にこの驚くべき自然を見せようと彼を案内した。彼はそのお礼にと、いつか農園で歌いかけた、あの奇妙なバラードを歌ってくれた。彼は息をのむほど深く美しい声でその歌を歌って、私をぞっとさせた。

その入り江の奥深く
舞台はセントヘレナ島
ぼくは仲間に囲まれて
奇妙な娘をながめ見る、なんとも肌の黒い娘を
娘は男のあまりの白さに驚いて、一目散に走り去る
互いに言葉もわからない
かのポリュペモス〔ギリシア神話の巨人。ホメロスの『オデュッセイア』では海の神ポセイドンの息子で、キュプロプスのなかでも巨体の持ち主〕より
猛き娘よ
闇に紛うその黒き肌——

神に見放されしその娘、そうとも心がないのだから
死の宣告はその報い
まるでユリシーズのキュクロプス
船に戻ってぼくたちは
その卑しむべき背信を
そのおぞましい企みを
獣のごとく残酷で狂った奴らをこう言った
その名をホッテントットとね

彼は最後のおぞましい言葉「ホッテントット」を、私を傷つけて楽しむかのごとく、吐き捨てるように言った。

「ホッテントットって、私のことじゃないですか」私は抗議した。

「そうさ、まさにおまえのことだよ。じきにロンドンじゅうに知れ渡る――おまえは有名になるよ、そしておまえを見つけた私もね」

ある晩、私たちは島の砂浜にウミガメの産卵を見に行った。ウミガメは夜のあいだに陸に這いあがってきて浜辺に卵を産みつけていくのだ。私たちが見ていると、同時にたくさんのカメが海から上がってきて、二〜三〇〇〇個の卵を砂のなかに産み落とすと、ふたたび大海原へと帰っていった。明け方、太陽があたって卵がかえると、その小さな灰色をした、生まれたばかりの子ガメは死に物狂いで殻から出て、海に向かって這いだしたが、そこに、カモメやイヌワシの群れが襲いかかり、甲羅を破ってその肉を引き裂いた。母親もい

ないなか、深い海の底に戻ろうとしていたのに。浜辺には鳥の餌食にされた子ガメの死骸や甲羅が散らばっていた。

「ごらん、なんとおごそかな光景だ！ 進化の神秘だ！」と彼は言った。「これが自然の営みだ。もっとも適応したものが生き残るのさ」

「ひどいわ。母ガメが子どもを浜辺に見捨てて死なせるだなんて」

「そもそも、人間はおなじことをしないのだろうか？ 母親は、戦いのさなかに砲弾の餌食になるようなところに、子どもを連れていったりはしないのかい、ここみたいな浜辺で戦いが繰りひろげられたら？ ほんとに選択肢があるのだろうか？」彼はため息をついた。

「問題は、子どもを置き去りにして死なすという残酷なことをしているということをカメが知っているかということだろ？ 奴らは、こんな見さげ果てた方法をずっと選択してきたのか、それとも、子どもが海に戻って生き延びるとほんとうに信じていたのか？ あるいは、それはある種の本能なのか、思わずそうしてしまうような何か大きな力が働いたのだろうか？ それが間違っているとわかっているのに？ だが、それはほんとに間違っているのか？ 殺すとは、いったいどういうことなのだ？ 強いものは海へと戻るだろう。少なくとも、もっとも強い何匹か、より速く這えるもの、最初に殻から出てきたものたち、仲間のウミガメの上を乗り越えていったものたちだ——ちょうど人間がそうなのとおなじようにね。何千匹のうちの何匹かは生き残って、つがいになってまた卵を産む、そしてこのおなじ浜辺に子どもを置き去りにして海に戻っていくことだろう。どうして母親がこんなに多くの卵を産むと思う？ ほとんどが死んでしまうことを知っているからだよ。たとえば、母ガメにどの卵を取るか選ばせることが、より思いやりのあることになるのだろうか？ 母ガメに、この卵とあの卵、どれを生かしてどれを死なせるか無理矢理に決めさせることが？ この地球の、こんなちっぽけな人類に、そんな決定権があるのだろうか？　ないだろう？　じゃあカメにだってないはずだね？　だから、自然の決める法則に従って、カメは卵を全部浜辺に残していくんだ……そして、いったん海に戻ると、どこに行くべきかわかるのだろうか？　めくら滅法に親を捜しまわるのか？　それとも運命を受け入れるのか――この世界のなかでまったくのひとりぼっちだということ、そして自分たちが母親から生み落とされたのではなく、何か大きな力によって生みだされた、ということをね」

「どうして、私にこんな恐ろしいものをみせたのですか？」

「これは、そんなに恐ろしくはないさ――もっと恐ろしいことがほかにいっぱいあるよ。生きるための闘いには尋常でない美しさがあるものさ」

「これがあなたがたの言う神が定めた自然の法則なのですか？　エホバ神の？」

「自然と神がおなじものかどうか、私にはわからない」

「私は神を信じません」と私は言った。「カメは信じます」

「私は神もカメも信じない」とご主人様は応えた。

「じゃあ、何を信じるのですか？」

「私は科学者だ。客観的な事実を信じる。冷静な理性をね」

「冷静って、どういうことですか？」

「無情。残酷。無慈悲。それに頼みとするものもない」

「あなたはそうなのですか？」

「ああ」

恐ろしい光景を目の前にして、ふたりは黙って肩を並べて座っていた。言葉も交わさず、何時間もそうしていた。その夜は至福の夜になった。私の未来の夫、ダンロップ様とコイコイの愛し方で、私がその形になぞらえて作られたという女神のやり方で、愛しあった。私は自分の奥深くにまで導き入れてエクスタシーをもたらした。ご主人様は驚き、当惑し、満足し、そして私にひれ伏した。

天国と地獄を併わせ持つこのいっぷう変わった世界では、許可なしに島を出た者はだれもいないらしいと、船の黒人コック、フレッチャーが言っていた。ここは、大西洋のど真ん中に浮かぶ巨大な刑務所だった。言い伝えによると、いままでに逃亡に成功したのは二度だけ、いちどは一六九三年の暴徒の一団、もういちどは一七九九年のアメリカ人砲兵隊の軍曹と五人の歩兵たちで、彼らは絞首刑の宣告を受けていた。それに、とフレッチャーは言った。セントヘレナは入出港の際に、遠征隊が確実にその目的地を秘密にしておくことができる、大英帝国内の唯一の場所なんだ。アフリカの海岸から四〇〇リーグ〔約一九二〇キロ〕離れているし、イギリスからは一〇〇〇リーグ〔約四八〇〇キロ〕も離れているんだからな。私たちが目的地のロンドンに着くまで、あと八週間もかかるということだった。

この島は空気と水とクレソンには恵まれているが、それ以外はなんでもよそから持ってこなくちゃならない、コックのフレッチャーはそんなことも言った。ところが、駐屯地には私たちがほしいと思うものは何でもそろっていた。マトンやビーフはケープから運ばれ、水、イチジク、オレンジ、レモン、カボチャ、ザクロ、リンゴ、ナシはこの島で採れ、茶、砂糖菓子、南京木綿、インドシルク、胡椒、香料、モスリンのハンカチ、上質の綿布、ギンガムは東インド会社の倉庫にあり、小麦粉、豆、オートミール、ポークも同様だった。豊かな食糧は北アメリカの商人たちがもたらしたもので、彼らはインドや中国への長くて危険な航海をすることもなく、その品々を東方から運ばれてきた物産と交換でき、そうして手に入った商品すべてを、さらに南アメリカの商人に転売していた。この島でただで手に入るのは、実際のところ、水だけだった。そして、カメがこの島では唯一の生の肉だった。

そうこうしているうちに数週間が過ぎ、私たちは元気を取り戻し、すっかり乾き、食糧も補給した。ふたたび帆を揚げ、駐屯地、要塞、牧草地、壮大な山々、そして兵士を除いても二〇〇〇人もの人たちがいるこの島をあとにして出航した。そのあとには、また別の艦隊が入港してきた。セントヘレナの天国とも、セントヘレナの地獄とも、これでお別れだった。

この難破事件のあと、エクセター号の人びとはお互いにより人情味にあふれ、より寛容で親切になったように思う。ここ最近はみんなが共通の人間愛に目覚め、命のはかなさを知ったことで、よりよい人間、よりよい乗客になっていた。白人たちは私を鼻であしらったりせずに、残りの航海のあいだ、礼儀正しく話しかけてくれた。幾度となく暴風雨をかいくぐってきたダンロップ様は、いつもより気持ちが高ぶっていた。ヘンドリック様はより熱心に祈るようになり、ウィスキーの量も以前より増えたが、もっとうれしそうに飲むようになった。厳しい試練のあいだ私たちを導いてくれた船長は、英雄扱いされた。ダンロップ様も、あんな危険な大災害のなかで勇敢な働きをしたということで、やはり英雄だった。フレッチャーや水夫たちでさえ、おおむね乱暴な振る舞いが減り、だれも嵐のなかで押しつぶされたり、船外に押し流されたりしなかったことに感謝していた。

八週間ほど、船は大西洋の北風に乗って航海した。海は穏やかで天候にも恵まれ、ドーバーに到着したのは忌まわしい月のころ、イギリスの暦でいえば九月一〇日だった。ドーバーのそそり立つ崖はセントヘレナのそれとおなじだったが、セントヘレナが黒かったのに対して、ドーバーは白かった。そして、ちょうどセントヘレナが砂漠と緑の牧草地に分かれていたのとおなじくらいきっぱりと、この白い塩の峡谷は私の人生を真二つに分けた。すべてが変わり、まさにいまから私の人生の物語が始まるかのようだった。私は、もう一言もコイコイの言葉を話さなかった。母国語を持たない人間とはどんなものなのだろう？ 私が持っている戒めのお守りのなかのさらさらの砂粒だけが、コイコイの言葉を話した。崖は私たちが通り過ぎると、ふたを閉じるように背後で扉を閉めた。私は、つらくて振り返れなかった。その大きな白い壁の後ろには、私の死んだ赤ん坊、死んだ夫、死んだ母、死んだ父、ナマクアランドで飢えて死んだホッテントットたちが隠れていた。ふるさとの色が消えていき、すべてがアフリカの塵の色になった。

私はダンロップ様に希望を託した。私たちみんなを嵐から救ってくれたじゃないの？ 医者で、英雄で、雨乞いのまじない師でしょ？ 私は何を恐れているのだろう？ 私は自由な国の自由な女だし、婚資のナポレオン金貨だってある。

入港した日、トランクからイングランドの洋服を取りだした。緋色のサッシュ、長いマトンスリーブ〔袖の上部が膨らみ、手首に向かって細くなった袖〕にハイネックの白いドレス、サッシュとおなじ、緋色のヴェールのついた麦わらのボンネット、赤い子ヤギ革の手袋、赤い革のブーツに赤いパラソル。私は注意深く、白人女性の衣装を身にまとった。デッキにあがって、興奮している乗客に混じって立った。巨大なスクーナー船は、はるか下に浮かぶ小型船に引かれて、その大きな川の閘門《こうもん》を通り抜けた。ダンロップ様の話では、これがテムズ川で、ロンドンの町なかまで通じているということだった。船から降りると、私がいままでこの世界にいると思っていたよりはるかに多くの白人たちがまわりにいた。果てしなく続く草原に生えるエレファントグラスのようにたくさんの人たちがいて、体つきも顔つきも、だれひとりとして私とは似ていなかった。

第Ⅱ部　一八一〇年、イギリス、ロンドン

奴隷め、前にはおまえに道理を説きもしたが、おまえなどに私がへりくだる価値もないということをおまえ自らが証明して見せたのだ。私には力があるということを忘れるな。自分のことを不幸だと思っているようだが、日の目を見るのもおぞましいと思うほど、私はおまえをみじめにすることもできるのだ。おまえは私の創造主だが、私はおまえの主人なのだ。

メアリ・シェリー『フランケンシュタイン』

第7章　私はセンセーションを巻き起こした……

陛下、
脳は知覚された印象が最後に行き着くところであると同時に、記憶や想像が心に授けたイメージの容れ物でもあります。その関係を認めることが、心を具体的に明示するということなのです……

ジョルジュ・レオポルド・キュヴィエ男爵が、
一七八九年以来の科学の進歩について、ナポレオン皇帝に宛てた手紙

一八一〇年、忌まわしい月の季節、イギリスの暦でいえば九月。波止場でも、税関でも、そして、キリン皮でくるんだダンロップ様の山のような荷物とともにロンドンに向かう無蓋馬車の中でも、私はセンセーションを巻き起こした。セント・ジェームズ広場わきのデューク通りにあるホテルのロビーでは、私が興奮のあまり、英語混じりのオランダ語でロンドンとロンドンっ子のすばらしさについて叫んだものだから、紳士淑女方はあんぐりと口をあけた。

何が何だかわからず、鳩の群れや、何百もの四輪馬車、幌付き馬車、荷馬車、牛が引く荷車や新型の乗合馬車が行きかう音にびっくりした。立派な公共建築や壮麗な宮殿へと続く広大な並木道を通ったときは、拍手してしまった。だんな様《マイ・マスター》の話では、ヨーク公〔イングランド王国の次男に授けられる称号〕というたったひとりの貴族がロンドンの不動産のほぼ半分を所有しているということだった。公が自分の地所から得る収入は国王より多いんだよ、と

彼は言った。

広場、円形広場、公園、噴水、路地《ミューズ》、三日月形の街路《クレセント》が、通りに沿ってたくさんあり、また、それらの通りには店やブティックが建ち並び、帽子、かつら、シャツ、仕事着、絵画や家具など、贅沢品から日用品まで何でも売っていた。そこかしこに仕立屋、ドレスメーカー、靴屋、薬局、レストラン、パブ、コーヒーショップ、アーケード、青空市場があった。ロンドンには多くの木や公園、庭園、動物園や花を植えた小道があった。けれどもケープに比べると、どんよりと褐色がかっていた。思いがけず、あの壮大なセントポール大聖堂や国会議事堂、ウェストミンスター橋やイングランド銀行に行き当たることもあった。テムズ川沿いにある有名な牢獄、ロンドン塔を見あげたときには心臓がどきどきしたものだ。

オペラハウス、劇場、サーカス、賭博場、カジノ、人形芝居、ダンスホール、中国の影絵芝居、アヘン窟、それに各種の縁日と、町には娯楽があふれていた。しかし私たちにとってもっと重要なことは、何十もの公開展示場があることで、なかでももっとも有名で美しいのはピカデリー通り二二番地のリヴァプール博物館、通称エジプシャン・ホールという、あの著名なウィリアム・ブロックが所有する建物だった。

エジプシャン・ホールはロンドンの娯楽施設のなかで、流行の最先端を行っていた。一年足らず前その建物ができた当初の一カ月で、二万二〇〇〇人もの見学者が訪れたのだとだんな様が話してくれた。八万人以上のイギリス人が、ブロック氏の三五フィートの大蛇や七フィートの北アメリカ産ヒグマ、コンゴの白いアリゲーター、それに一万五〇〇〇羽の鳥を目にしたことになる。この偉大な収集家の新しい建物は、公式名称をリヴァプール博物館またはロンドン博物館といったが、ロンドンっ子はみな、その収蔵物からエジプシャン・ホールと呼んでいた。ナポレオンがエジプトに侵攻して科学的探検を行なって以来、イギリス人はエジプトのあらゆるものに取り憑かれてしまったのだそうだ。ブロック様はあの壮大なデンデラのハトホル神殿

〔頭部が雌牛である古代エジプトの創造の女神ハトホルを祀った神殿〕の完璧なレプリカを造らせるということまでやってのけたのだった。

ダンロップ様は以前にもブロック様と取引をしたことがあり、意気込んでいた。なにしろ今回は、一八フィート以上もある珍しいキリンの美しい毛皮と、正真正銘のホッテントットの女というふたつの珍品を持ってきたのだから、と彼は自慢げに言った。

到着の数日後、私たちはピカデリー通りに面して建つ堂々とした博物館に馬車で乗りつけたが、それは広場に面して建ち並ぶ建物のなかでもひときわ目立っていた。正面は青い花崗岩でおおわれ、壁一面にエジプトの壁画とヒエログリフが彫られており、またその外側には、ふたつのスフィンクスとふたつの巨大な裸像が置かれていた。ブロック氏は、ロンドン興行業界の正式メンバーではないということだった。彼は旅行家で博物学者でもあり、いくつかの学会に所属していた。自らが楽しむために、航海に出た船長や乗組員から珍しい標本を買いはじめたことがきっかけで、ダンロップ様とも知り合ったし、集めた珍品を展示しはじめることにもなった。彼の標本の多くは、クック船長《マスター》〔一七二八－一七七九年。三回の太平洋航海で有名な海洋探検家、海軍士官。通称キャプテン・クック〕が南太平洋から持ち帰った品やバロー様《マスター》〔一七六四－一八四八年。海軍省の次官としてアフリカ探検を推進。一八三〇年の王立地理学協会設立者のひとりでもある〕がアフリカ探検から持ち帰った品なのだそうだ。

ご主人様たちは、装飾を凝らしたドアから建物のなかに消えていったが、私はそのあいだ、歩道の縁に止めた栗色に輝く箱形四輪馬車のなかで待っていた。

私は白人女性の服を着て、帽子のヴェールで顔を隠し、濃紺のベルベットの座席にしゃちこばって座っていた。突然、三人の男が戸口から現われ、せかせかとやってくるのが見えた。こちらの方に近づくと、先頭にはダンロップ様がいて、腕を振りながら三番目の男と高ぶった様子で会話を交わしていた。彼らが馬車に乗りこんできたときに、話していることの半分ほどが聞き取れた。一時間以上も、私はエジプシャン・ホールの正面にある石をつぶさに眺め、その大きさと豪華さに驚嘆していた——私の目は建物から通りへ、そして急ぎ足で通り過ぎる人の群れへと移り、いろいろなものを捉えていた。三人の大柄な男たちが乗りこんできて、馬車がぎゅうぎゅう詰めになっても、私は黙ったままだった。見たことのないこの人が有名なウィリアム・ブロックで、私を検分にきたんだと思った。私は微笑みかけなかった。できなかったのだ、とても緊張していたから。そこで不機嫌にチラッと彼を見たまま、相変わらず黙っていた。

「彼女は自分の言葉しか話せないんですよ」ダンロップ様はきっぱりと言った。「サーチェ、こちらはブロックさんだ」

「はじめまして」ようやく、私は口を開いた。

ブロック様は剝製標本が口をきいたかのように驚いた。

「自分の言葉しか話さないと言っていたのではなかったかね？　キングズ・イングリッシュを話しているじゃないか」

「ほんの二、三言ですよ」自分の愚かさに腹をたてながら、ダンロップ様が小声で言った。

「ブロックさん、サラ・バールトマンです」

男たちはすぐに商談に取りかかった。ふたりはブロック様に、私が新しいイギリスの植民地から直接やってきた南アフリカの逸品で、ロンドンで評判になるだろうこと、ブロック様のいちばん珍しい動物よりも、みなの度肝を抜くだろうということを話した。ブロック様はじっと聞き入った。薄くなった栗色の髪を丁寧に梳かしつけた彼のはげ上がった額には、馬車のブラインドから差しこむまぶしい光が照りつけていた。ダンロップ様は前かがみになって一心に、ブロック様の反応を待っていた。

ブロック様はしゃべりながら、私の衣服を剝ぎ取るかのような目つきで眺め、口をすぼめたので、笑ったような顔になった。彼が上下に弾んだので馬車が揺れた。

「おやおや、彼女のこの巨大な尻ときたら、まさにヴィーナスの象徴じゃないか――カリピゴス、つまりベル・フェス、美しい尻、愛すべき尻、堂々たる臀部――いずれにしろ、きみの標本はヴィーナスと呼ぶのがぴったりじゃないか？　ホッテントット・ヴィーナス。どうだい？」

「すばらしい！　完璧だ！　カリピゴス」ダンロップ様はにっこりほほえんだ。「気に入った。ホッテントット・ヴィーナス！」

彼は細くて長い指で宙に女の体をなぞってみせた。

「まったくだ」ヘンドリック様も言った。「実に語呂がいい……」

「それに、実にひねくれた、巧みな表現だ」ブロック様がさりげなくつけ加えた。

だが、このように名付けの儀式を楽しんでいる時でさえ、私には、彼が納得していないのがわかった。彼は私が奴隷ではないかとしつこくたずねた。それに、と彼は続けた。うちは動物の剝製を展示しているんだ、人間じゃない。この娘を進化の連鎖のどこに置けばいいんだね？　ほんとうのところ、「奇形《ルーサス・ナチュリー》」か、突然変異か、それとも人類に進化する手前の段階にいるだけなのか？　たしかに伝説的なホッテントットのエプロンについては聞いたことがある。ルヴァイヤンやバローが書いていたよ。だが、ブロック様はまだ心が揺れているようだった。観客のことがわかっているからね、と彼は言った。

「イギリス人って奴は見たがりやの国民だ」と彼は明言した。「われわれがオランダからもぎ取ったばかりのケープ植民地は、アフリカのなかでももっとも未知で、もっとも暗黒で、もっともエキゾティックなところだ。民衆はそんな未開の地からやってきたものを飼い慣らしたがるだろう、その未開地や野蛮人はいまや自分たちのもの、つまり自分たちの領土であり、自分たちの野蛮人なのだということを確かなものにするためにね。はっきりしていることは」と、彼はつけ加えた。「ロンドンっ子たちは彼女に夢中になるだろう……」

しかしブロック氏は不快そうで、具合が悪そうにさえ見えた。吐き気を催しているようだった。

「この馬車のなかはジャングルのようだ」彼は急に言いだした。「少し外気にあたりたい」と訴えた。彼は馬車の扉を開けて飛び降りると、あとの話は私の前ではなく歩道でしようと言った。だが、私は窓のカーテンの陰から男たちが歩道で言い合うのをそっとのぞき、聞き耳を立て、もっとよく見ようと、手袋をした手で帽子のレースを後ろにやったので、羽根飾りのついた帽子が上下に揺れた。

ブロック氏がぶるぶる震え、青ざめた顔が赤くなっていくのが見えた。

「道義上、いくら何でも、生きた人間を動物の博物館に展示するわけにはいかんよ。どんなに……並外れているとしても。だが、キリンの毛皮は買わせてもらおう。一〇〇ギニー払うよ……しかしミス・バールトマンはお断りだ……」

「ホッテントット・ヴィーナスですよ」ヘンドリック様が口をはさんだ。「いまはそれが彼女の名前です」

「そう、そのホッテントット・ヴィーナス」とブロック様は、この場から逃れたいというようにため息をついた。

私はダンロップ様がしくじったことを悟った。ブロック様に私を展示させることはできないだろう。最終的な契約はそういうことなのだ。

「それがあなたの結論でしょうか？」

「そう、それが結論だ。そんなことが正しいとも好ましいとも思えんよ。キリンの皮は買おう。しかしヴィーナスの皮はいらん。イギリス人がそんな見世物を受け入れるとは思えんのだ、とどのつまりはね。もういちどなかに入る気があるなら、キリンの取引は済ませられるがね。まあ、ロンドンの興行界のなかには君たちに便宜を図ってくれる奴もいるだろう」

「この娘を見世物にしたら、二年でひと財産築けますよ」ヘンドリック様が哀れっぽく言ったが無駄だった。それはブロック様をいらだたせただけだった。

「よろしければ、カーサルさん……この辺で失礼を」

ブロック様は背を向けると、ダンロップ様を連れて博物館のなかに戻っていった。そのあと、ひとり取り残され、歩道にたたずむヘンドリック様は、せわしないロンドンの町の人波をさえぎり、私の視界もさえぎっていた。

路上での激しいやりとりを聞いていて、私はどうもうまくいかなかったんだとわかった。ヘンドリック様は雄牛の調教にしくじったときのように、腰に手を当てたまま突っ立っていた。ようやく戻ってきたとき、ダンロップ様は顔を真っ赤にして怒り狂っていた。ふたりとも馬車に戻ってきた。

「われわれの発見の儲けを興行師と分けあわなければならない理由なんてないんだ。ホールを借りて、あとは自分たちでやればいいんじゃないか。知り合いに聞いたんだが、ピカデリー・サーカス二二五番地に場所はあるんだ。名前も宣伝文句も決まっている。ブロックの野郎なんかくそくらえ」ダンロップ様は毒づいた。

「どんな名前?」私はオランダ語で穏やかに聞いた。

「デューク通りに戻ってから教えてあげるよ」ヘンドリック様が言った。

「もちろん、ホッテントット・ヴィーナスさ」ダンロップ様が笑った。「ブロックさんが馬車のなかでつけてくれただろ。おまえは唯一無二のアフリカン・ヴィーナスさ！　気に入っただろ?」

「ヴィーナスって?」

「ブロックさんによると美しい尻、そう、美しい尻だ」

「ヴィーナスはギリシアの女神だ。愛と美の化身としてあがめられている……白人にね」

私は黙ってヴェールを整えた。私は落ちこんでいた。ロンドンに来てから数日しか経っていない。なのに、ご主人たちはもうすでに、私をロンドンの人びとにどのように披露するかでお互いに言い争っている。ダンロップ様は私をイギリス本土で初めて目にする正真正銘のホッテントットとして、まず自然科学界に宣伝したいようだった。

「われわれは探検家クラブや自然科学アカデミーに行くべきだ。そして証明書を手に入れるのだ」と彼は言った。「彼女がこの地に足を踏み入れた最初のホッテントットの女だという証拠が必要だ」

「そんなことをしたら、科学者や貴族の連中に、この驚異の姿を独り占めさせてしまうだろう、奴らはこの娘をわれわれから引き離し、自分たちの私的なクラブに連れて行ってしまうんじゃないか？」とヘンドリック様がたずねた。

「世間に対する本物の証明として、少なくとも医学会に所属する解剖学者の公式文書一通くらいは必要だ。たとえばラブジョイのような人のね」

「アレックス、僕は君こそがわれわれの証明だと思っていたよ、君は外科医師会の学位とロンドンの自然科学界とのつながりを持っているんだからね。でもサーチェは――つまりヴィーナスのことだが、驚くべき価値で受け入れられるにちがいない――ボンド通りにアフリカが出現するんだからね。パターソン卿やだれかの学術的な記載などいらないよ。巷の奴らがどんなふうに彼女を見つめていたか、見ただろう？　彼女そのものが驚異なんだ……たいていのロンドンっ子は黒人でさえ見たことがない――だから、彼女は馬車から外に出ることさえできないし、道を通るだけで渋滞を招くんだ！」

そのとき、馬が何かに驚いて馬車が前に傾き、まるで船の上に戻ったように全員が投げだされた。帰り道はみな黙りこくって、それぞれの思いにふけっていた。

第8章　見つけてきたのはヘンドリック様で……

陛下、
生命体においては、各器官は個々にまったく異なった構造を持っております。その分子はひとつとして安定しておりません。すべては生じては消える、その繰り返しです。生命とは、とどまることのないつむじ風のようなもので、その向かっていく先は生命それ自体と同様に複雑であり、また、生みだされた分子の型がずっと残っていくのと同様に、生命も変わらず続いていくのです。しかし、個々の分子自体はそうではありません。それどころか、実際の生物は束の間の存在でしかないのですが、それこそが、次世代の生き物にもおなじことを繰り返し機能させる推進力なのであります。

ジョルジュ・レオポルド・キュヴィエ男爵が、
一七八九年以来の科学の進歩について、ナポレオン皇帝に宛てた手紙

一八一〇年、忌まわしい月の季節、イギリスの暦でいえば九月。展示場所を見つけてきたのはヘンドリック様で、それはピカデリー二二五番地、通りを挟んでブロック様の博物館の真向かいにあった。内部が広々としていて天窓のあるホールには多数の見世物が入り、客の入場料を取りあっていた。そこではロンドンで巡回興行しているイギリス人やアイルランド人の奇形《フリーク》を披露していた。村の広場さながら、開放型や閉鎖型の小屋があって、使用料の頭金さえ払えば、興行主がいようがいまいが、また人気があろうが落ち目であろうが、だれでも場所を借りることができた。その演し物は絵画から身の毛もよだつ奇形や怪物までさまざま

だった。

「ロンドンでは、ほかの興行師たちからもっと後押しをしてもらえるとあてにしていたのだが……ここで彼女に全部使っちまったよ。もう、すっからかんだ」

「キリンの皮を売った一〇〇ギニーがあるじゃないか」ヘンドリック様がむっとしながら言った。

「あの金はほかに要るんだ。儲けがあがる保証もないのに、場所代や宣伝のために浪費させるつもりはないね」

「だって、宣伝しなければ儲けもあがらないじゃないか。王立科学アカデミー、英国医学協会、解剖学者、いろいろ手紙を送ったが……なしのつぶてだ！　保証って言うなら、あんたは彼女に半分投資したら、ひと財産稼げるって保証した張本人じゃないか――どうして、気が変わっちまったんだい？」

「別に気は変わっていないさ」

「絶対だな。あんたに会ってあんな話に乗らなければ、僕らはここに来てなかったんだ。あんたは一八〇三年の奴隷制度に関する法令のせいで、法的に面倒なことになるってことを把握しておくべきだったんだよ」

「サラは奴隷じゃない。自由な黒人だ」

「それでも、そのことで状況が変わったじゃないか」

「キリンの金は私の妻に送ったよ」

「あんたの何だって？」

「妻さ。結婚しているのさ、居所をつかまれてね」

「このげす野郎！　サーチェは、あんたが結婚してくれると思ってるぞ！　ふたりは婚約してるそうじゃないか――イギリスに着いたら結婚するって、約束したんだろ！」

「だって、船に乗せるには約束するしかなかったじゃないか！」

「稼いだ金は持参金にするって言っていたぞ、こんちくしょう！」

「あんな怪物と本気で結婚すると思っていたのかい！　あんな奇形といっしょに暮らすとでも？　彼女は君にやるよ、ヘンドリック――僕の展示権を君に譲ろう」

「彼女はあんたがいなきゃ絶対に見世物になんかならないよ。あんたを愛しているんだ」

「いや、なるさ。僕が説得する。それに、僕がふっと消えてしまったとなりゃあ、故郷に帰るためには見世物になるしかないだろう……」

「この豚野郎、ひどいろくでなしだ！　少なくとも僕には、もっと前に話しておいてくれてもいいじゃないか！　あんたのくそったれ《ブラディ・ファッキング》相棒なんだぜ！」

「ところが、僕は君を信用していないのさ、くそったれ《ブラディ・ファッキング》相棒さんよ！　僕はだれも信用しちゃいない。君も僕とおなじくらい長く船乗りをやっていりゃあ――そして、僕が経験してきたことを経験して、くそ忌まわしい奴隷船の船医をやってきたなら……君だってだれも信用しなくなるだろうよ。ずっと私掠船にも乗っていたんだ――くそ海軍のね――だから、君にしろ、ほかのだれにしろ、この世で信じるものなんて何も、な、い、とくに女はね……彼女にはほかに男を見つけてやれ――どっちみち、彼女にとっちゃだれでもおなじさ。僕のことを愛してなんかいないよ――ホッテントットは売春に突き動かされるんだ。奴らにとっちゃ道徳なんて意味がないし、処女性も結婚もおなじように意味がない。奴らの精神の貧しさはひどいものだ、処女も女も妻もたったひとつの言葉でしか表わせないんだ！」

「ほんとうだぜ」さらにダンロップ様は続けた。「連中も婚約はするし、現に僕も彼女とその約束はしたさ。だが、白人男にとっちゃ、ホッテントットの妻もホッテントットの娼婦もたいした違いはない」

「あんたは彼女をたらしこんだな、ちくしょう!」

「セントヘレナに着くまでは指一本触れなかったさ! 聞いていた以上だったね……」

「うそつきめ!」

「無理やりやったわけじゃない! あの島でサラのほうが誘惑してきたんだ! 彼女はセックスの化け物だ。挑発的で飽くことを知らない妖婦だ! 冷酷で破廉恥な野蛮人……迷信深い人喰いで土食の異教徒だ……」

「あんたには良心の呵責っていうのがまったくないのかい、ダンロップ?」

「そんなものはまったくないね。ホッテントットを娼婦がわりに使ったところで、良心の呵責なんてあるもんか」

「彼女を娼婦にするつもりはない、見世物にするんだ」

「金のためにね」

「金のため? 彼女は金のためではないだろう?」

「もらえるはずだった遺産分を取り戻すためだって言ってたぞ」

「あの娘を食い物にしようとしているのではなく、救おうとしているんじゃないのか?」

「救うだって? いい加減にしろよ、ヘンドリック、娼婦と違って、どうしたって彼女を救うなんて無理だね」

「あんた、それでもクリスチャンか?」

「この期におよんで、クリスチャンなんて言えた義理か? サーチェ・バールトマンは僕をロンドンに連れ帰ってくれたんだ……ここが僕の居場所だし、これからはここにいるつもりだ——ここロンドンかミッドランド〔イングランド中部地域〕のどこかにね。二度と海には出ないし、ケープにも行かないよ。アフリカなんていう悲惨で殺伐とした異教徒の大陸なんかには、どこであれ近づかないさ……」

「いくらだ？」

「いくらって、何が？」

「彼女の値段だよ」

「僕の展示権を二〇〇ギニーで君に譲ろう。われわれはお互いに商取引の契約を守るクリスチャンの紳士だからね」

「サーチェにはどう言ったらいいんだ？」

「僕は死んだと言ってくれ。ゆうべ、コヴェント・ガーデンのけんか騒ぎに巻きこまれて刺されたと、そして遺体は家族が引き取ったと――もしくは海に戻ったとでも――君のいいように、何とでも言ってくれ。最期までおまえを愛していたと。いまわの際にあんたの名前を口にしたとかさ。頼むよ、頭を使えよ！」

これはすべて、セント・ジェイムズ広場のデューク通りに借りたフラットのドアの向こうで起こったことだった。

私はちょうど買い物から戻って、鍵を開けようとしていた。閉まったドアの向こう側の話を全部聞いてから、いま戻ったばかりというような顔で鍵を開けた。

ダンロップ様は足を引きずりながら部屋を歩きまわり、怪我でもしたように膝に手を当てていた。

「こんなこと知ってるか？ホッテントットの男にはきんたまがひとつしかないってさ。片方の、左のタマは、母親がほんの赤ん坊のときに取ってしまうんだ。知ってたかい？野蛮な話だ。人肉を食うのとおなじくらいひどい話だよ！」

「彼女に五〇〇ギニー出そう。それ以上はびた一文出さない」

「それじゃ、僕は、だれかほかの奴に彼女の権利を売り払っちまおう！」

「売るって、だれを？」私はたずねた。胃がキリキリ痛んだ。

男たちは飛びあがって、私の方を振り向いた。

私はその日の午後遅く、屋根付き馬車に乗ってロンドンの通りや店を見物に行ってきたのだった。ときおり、馬車を止めては通行人のあいだを歩き、ロンドンで手に入るあらゆるものの英語名を覚えようとした。ケープタウンにいたときとおなじように、自分の顔を隠すために分厚いヴェールをかぶるか、つばの広いボンネットを目深にかぶって外出した。私は立派な店にすっかり夢中になり、それだけがたったひとつの気晴らしになった。ヴェールに手袋、帽子にドレスといった白人女性のいでたちで初めて外出した日、オックスフォード通りを何時間もぶらつきながら過ごした。時計屋の飾り棚をのぞき、それから扇子やシルクの店、陶磁器やガラス製品の店ものぞいた。酒屋にはさまざまな形をした酒瓶が並び、そのそれぞれに後ろから光が当てられていろんな色に輝いていた。最新流行の板ガラスをはめこんだ窓の向こうには菓子屋、パン屋、果物屋、チョコレート店などがあり、パイナップルやイチジク、ブドウやオレンジがうず高く積まれていた。なかでもいちばん気に入ったのは、クリスタルや漆や銀や真鍮でできたアルガン・ランプ〔スイスの医師で科学者のアルガンが発明したガスランプ〕だった。大きなガラス窓の向こうにはスリッパや靴、人形やブーツ、銃、眼鏡、ほんもののドレスのように折りたたんで飾った美しい服地なども並べてあった。チャールズ通りを折れて、ソーホー広場のウェッジウッドを見にいくこともあったが、そこでは壁際のキャビネットのなかや、大きなテーブルの上に、いままさにディナーパーティーが始まるかのように食器が並んでいた。磨きあげられた床には彫刻を施した柱が立ち並び、そのあいだを縫って店員が動きまわっていた。オックスフォード通りだけでも一五〇を越える店があった。イギリス人は商人の国民なのだそうだ。ダンロップ様がナポレオン皇帝の言葉を引用して、そう言っていた。私はお城みたいな昔の監獄や、寺院のような銀行、ピラミッドのような展示場……を馬車に乗って見てまわるのが大好きだった。

ボンド通りとジャーミン通りが交わる角にチャーミング・ハンドという店があって、私はその店にすっかり夢中になってしまった。そこはフランス製の手袋を売る店で、手袋と扇子の品揃えはロンドン一だった。子ヤギやシルクの柔らかい形に沿って手を滑りこませると、まるで絵の具壺のなかに手を突っこんだようで笑ってしまった。これらのさや状のおおいは私を魅了し、虜にした。私の手は、いろいろな色になったばかりでなく、肌触りもさまざまになった。いちばんやさしいかおりがするのは子ヤギ革、繊細な黒のレース、ウール、シルク、なめらかなサテン、コットン、クローシェ編み。指を種子やパール、刺繍、毛皮、ビーズ、花やリボンで飾ることもできた。長さもいろいろで、手首まで、肘まで、腕全体、それに指がないものもあった。店には香水やなめし革や絹布のにおいが漂い、お客や売り子にびっくりしたような顔で見られても、私は店に通い続けた。私は、次から次へと両手にはめて何時間も過ごした。たびたび足を運ぶうちに、店主もお客も私の異様な姿に慣れて、ほかの常連客とおなじ扱いをしてくれるようになった。半年もたたないうちに、私は一〇〇組もの手袋を手に入れた。深紅のシャモア革、深く美しい紺色、濃い黄色の子ヤギ革、銀や金の刺繍をほどこしたもの、あるいは淡いローズピンク、繊細な森の景色を手描きしたものなどが私のお気に入りだった。羽やパールの飾りがついたもの、鮮やかな色のウールやコットンで編んだものも持っていた。店の見本が尽きると、自分でデザインしたものをオーダメイドした。店主の好奇心は、ミス・バールトマンがあの有名なホッテントット・ヴィーナスだとわかっただけでじゅうぶん満たされた。

通りを歩いているとときおり、黒人の紳士や乞食やターバンを巻いた召使いが私のそばを通り過ぎることがあった。何回か、ほんの数歩だけれど、彼らを追いかけようとしたことがある。彼らにわかる言葉で話せるかもしれないと思ったからだが、彼らはたいてい、私を無視するか、追いつけないほど速く歩くか、あるいは待たせてある馬車や鉄の門の向こうに消えていった。私は子ヤギ革の手袋からチョコレート、それにビーフイーター・ジン〔イギリス王室の近衛兵をシンボルとするロンドンのドライ・ジン〕からカシミアにいたるまであらゆる言葉を覚えた。シリングやポンドの数え方や、コインや紙幣の見分け方を覚えるのには、たった一日しかかからなかった。

先ほどまでの主人たちの言い争いの種になっていたみじめな私は、荷物を置くと、ふたりをかわるがわる見つめた。

「何かあったのですか？」アフリカーンス語でたずねた。

「何でもないよ。うーん、実はね、アレックスがケープに戻らなくちゃならないんだ」ヘンドリック様が言った。

「どうってことないよ、サラ。数カ月で戻ってくるから。約束するよ……」

私は立っていられなくて、へなへなとへたりこんだ。

「だけど……ショーが」

「……私抜きでやってくれ」ダンロップ様が言った。「観客が見たいのはおまえだからね――ヘンドリックが場所を見つけたし、チラシやチケットも刷りあがっている。何もかも順調に進むさ。できるだけ急いで戻ってくるつもりだが、なにしろ生死にかかわる問題だからね……」

「生死って、だれの……？」

「おまえには関係ないことだ、ケープにさえもね。昔のもめごとがまたぶり返した」

ヘンドリック様がうんざりした顔で、ダンロップ様を見ていた。

「だけど私には……私たちにはあなたが必要です。どうしてもいてくださらなければ」私はおそるおそる訴えた。

「おまえは安心していていいのだよ。すべては、私が約束したように運んでいるだろう？　みんなでひと儲けして、私が戻ったら、ぱぁっとやろうじゃないか！」

私は混乱していた。ダンロップ様は私のよりどころであり、支えであり、避難場所だった。彼がいなければこのロンドンで何もうまくいくはずがないのに、彼はヘンドリック様に私を売りつける話をしていたのだ。

「サラ、そのことはあとで話そう、荷造りをして荷物を船に送ったあとでね。ごめんよ、ほんとうにすまないと思っている。だけど仕方がないんだ……ほんのしばらくのことだ」

ダンロップ様はどうしようもないというふうに私を見つめ、それからヘンドリック様の方を見たが、ヘンドリック様は軽蔑をこめて彼を睨み返した。

「僕は出かけるよ。二、三約束があるんだ。これ以上は、ふたりで話しあってくれ。会場についての詰めは僕がするから……だれかがやらなきゃ……」

カーサル様は、ダンロップ様と私をいろんなものが散らかった部屋に残して出ていった。イギリスにやってきてからというもの、私は家事を一切しようとしなかったが、それは私のかわりに部屋を掃除する白人のメイドがいることがわかったからだ。私はヘンドリック様とダンロップ様の足を洗うこともやめてしまった。

「行かないで」

「おまえには止められないよ、サラ。私は……私は発たなければ……」

「だけど、約束しました！」

「約束は保留だ……私は戻ってくるんだから……」

「いつですか？」

「わからない」

「せめて、説明してください……」

「黒人《ニガー》に説明はしない――」

ヘンドリック様が戻ったとき、ダンロップ様も彼のトランクも消えていた。私は部屋の隅でしのび泣いていた。ろうそくも灯さずにいたので部屋は暗かった。私の新しい服も買ってきたものも、あちこちに散らばっていた。私は腰にラッパを巻いたきりの裸同然だった。

「もうだめだわ」と、アフリカーンス語で言った。

「いいや、すべてがだめになったわけじゃない。彼なしでも何とかやっていこう……もちろん、彼が戻ってくるまでだがね」

私は、ヘンドリック様の言うことを信じるふりをした。九歳の熱烈で一途な信頼でフリーハウスランド牧師を愛したように、私はダンロップ様を愛していた。それだけはわかっていた。

でも、もし私がふたりの会話をもれ聞くこともなく、ダンロップ様が死んだとだけ聞かされたとしたら……その方が、みんなにとってまずかったんじゃないかと思う。

すべての人の好みに合い、あらゆる階層の人に見ていただけると銘打った大々的な宣伝のおかげで、公爵から掃除夫にいたるあらゆる階層の人が、ピカデリー二二五番地の活気と喧噪のなかにどっと押し寄せた。日曜日の晴れ着で着飾った人びとがやってきて、ひとつの胴体に四本の手と四本の足があるマンチェスター生まれの生身の男の子や、骨盤がくっついたボヘミアの双子の姉妹、四四歳で三六インチ〔約九一センチ〕のウェールズの小人女、ヒゲ女、ドイツの小人の国《リリピューティン》の住人、そして太っちょレディーをあっけにとられて眺めた。ピアノ弾きや歌手、怪力男、それに歯で五〇〇ポンド〔約二二七キロ〕も持ち上げる「驚異の岩石粉砕男」もいた。千里眼、タロット占い、占い師もいたし、一八〇九年のアフリカ方面作戦の際にイギリス人がぶんどってきたアシャンティ〔ガーナ中南部の王国〕王家の黄金の椅子も展示されていた。

ヘンドリック様に連れられて、迷路のような観覧席や舞台やテントや飾り屋台式の売店や露店を通り抜けると、そこでは、野次ったり歓声をあげたり口笛を鳴らしたり絶叫している群衆を露天商が呼びこむ声があちこちに響き、私は自分が現実世界の境界を越えて、「生まれてきてはいけないものたち」の世界へと足を踏み入れてしまったのだと悟った。いつだって、それなりの数の皇女様や公爵、伯爵、役者、使用人、事務員、商人、仕立屋や銀行家などを見かけたものだ。それぞれの演し物の料金は一ペニーから数シリングだった。太っちょレディーは身の丈七フィート〔約二・一三メートル〕で六〇〇ポンド〔約二七二キロ〕の巨体だった。逆にシシリーの妖精と呼ばれるマドモアゼル・カマンチーニは体重一二ポンド〔約五・四キロ〕で身長三〇インチ〔約七六センチ〕、足のサイズは三インチ足らずで、ウェストは一一インチと四分の一〔約二九センチ〕だった。

その小さな人がヘンドリック様にささやいた、先週の木曜なんて二〇〇人もの見物客がそれぞれ三シリングずつ落としていったし、『リテラリー・ガゼット』の編集長なんて恥も外聞もなく私に恋しちゃったのよ。でも私が見る限り、彼女も、咳に悩まされ、子ヤギが鼻を鳴らすような声と何かに取り憑かれたような目をした、「生まれてきてはいけないものたち」のひとりにすぎなかった。

「うわさによると」と、ヘンドリック様は続けた。「あのマドモアゼルはフランス人なんかじゃなくて、アイルランド人らしい。それにしても、あんなにちっぽけな体で生きる機能をもっているんだから、まったく驚きだよ……」

私は、すらりとして美しいイギリス婦人を見ようと振り返ったのだが、その人は薄い色のまつげに赤みがかったブロンドで、最新流行の薄くて体にぴったりくっついたハイウェストのドレスをまとい、肩には房がたっぷりついたカシミアのストールを巻きつけていた。ボンネットの代わりに、ラインストーンの留め金でダチョウの羽をつけた嵩の高いターバン型の帽子をかぶり、私を物珍しそうに見つめ返して、じっと立ったまま、パラソルで床をこつこつと叩いていた。

「マドモアゼルのマネージャーはドクター・ギリガンで」と、ヘンドリック様は話し続けた。「医者なのだが、われわれとおなじホテルに妻とその母親といっしょに滞在している。彼は旅行中、妖精の世話をし、健康管理もしているんだ。彼は……聞いているかい、サーチェ？　彼は彼女を連れてリヴァプール、バーミンガム、オックスフォード、そしてマンチェスターを巡業しているのだ——家族の了解を得てね、もちろん。家族はダブリンに住んでいるんだよ」

マンチェスターの話が出て、私は物思いに沈んだ。いつかマンチェスターに行って、フリーハウスランド様のお墓参りができるのかしら？　いつか取りあげられた一〇ポンドを取り戻すことができるのかしら？　私の遺産ですものね？

「王立外科医師会は、不幸にもその娘が死んだら、彼か家族に五〇〇ポンドを支払って彼女の遺体を解剖し、科学のために利用することを申し出たんだ——だが、僕らが開業するのを待ってろよ！　もっとたくさん請求するぞ。彼女の見料は二シリングだが、連れだしたり抱きしめたりしたけりゃ、割増料金がかかるんだ。ごらん、ここだ、さあ着いたよ」

ホールのいちばん奥の、高くて四角い窓の真下に、赤いカーテンを花綱状に飾った、広めの空間《アルコーブ》があった。そこには地面から三フィートほど高くなったステージがある。床は板張りで、おがくずが散らばっていた。その真後ろのカーテンを開けるとすぐに、狭くて窓もない楽屋があり、そこには共用の中庭に通じるドアがあった。サーカスの演し物に出ている全員が、その中庭に集まってきて食事をしたり、たばこを吸ったり、おしゃべりをしたりするので、そこは驚異の中庭と呼ばれていた。

「ここがぼくらの興行場所だよ、サラ、金を払って手に入れたんだ。ビラはいま印刷しているし、ポスターはもうできあがっている。異国情緒たっぷりの植物やヤシの木、それにアフリカが浮き彫りになった地図も注文したよ。入り口のところには太い字でこう書くんだ、『ヴィーナス・ホッテントット、イギリスに種族初上陸！』ってね」

ヘンドリック様は興奮して話し続けたが、私は妙に気持ちが沈んで黙っていた。

「ダンロップ様が帰ってくるまで待たなくていいのでしょうか？」私はたずねた。

「やれやれ、かまうものか！　借りたものが全部無駄になるだろ！　いいんだ、いいんだ、細かいところまで、すべてアレックスが決めたとおりにやっているんだから――おまえは見苦しくないように、ぴったりとからだに合う、しかも、第二の肌みたいにおまえの肌の色にも合った、シルクモスリンのシースを着るんだぞ。レギンスやモカシン、宝石や真珠、前垂れ、それにおまえから頼まれていた顔の一部を隠す革の仮面、全部用意できている。今週の月曜には必ず開演するぞ」

「ダンロップ様はずっと手紙をくれないし、無事に着いた、の一言もないのはどうしてなのでしょう？」

「なんだ、サーチェ、言ってなかったっけ？　昨日、手紙が来たよ。帰ったら、読んでやろう」

私は有頂天になった。彼は私を見捨てたわけじゃなかったのだ。デューク通りに戻ると、ヘンドリック様は一枚の紙を取りだし、アレクサンダー様が私に宛てた手紙を読みはじめた。

愛しいサラ、

どうか、心配しないで。何もかも思いどおりに運んで首尾よくいっているが、ただ、思ったより長くかかりそうだ。おまえが大成功するときにそばにいられないのは残念だが、ヘンドリックが何もかもうまくやってくれるだろう。

戻ったら、旅興行に出て、ロンドン以外のイギリスも見てまわろう。田舎の連中はこんな見世物は見たことがないし、それに幾人かの実業家からは、北イングランドの工場におまえを連れてくるようにという引き合いがきている。

チョコレートを食べすぎたり、ジンを飲みすぎたりしないように。すぐに戻るから。

いとしい人へ、愛をこめて
アレクサンダー・ダンロップ

私は静かにアレクサンダー様の言葉を聞いた。生まれて初めて、これを自分で読めたらと思った。しかし、私に迷いはなかった。彼に従い、彼を待つのだ。自由、富、新しい人生という私の夢が無駄になったわけではなかった。私は負け犬にならず、ゴールを目指してやり遂げると決心した。心のなかでそう自分に誓った。私がいつかひとかどの人物になったら、私を見くだし、私の生まれた地を奪い取った傲慢なイギリス人は、本来のケープの主《あるじ》本人と直接会うために金貨を支払うことになるだろう。いままでの取るに足らない人生、奴隷としての過去、貧しさはきれいさっぱり消え去るだろう。ほんものの人間になり、ありのままの自分の姿を見せることができる、そういうことを大切にする新しい自分に生まれかわるのだ。私は尊厳と運命を切り開く力を持った一人前の人間として認められるだろう。私は心のなかに芽生えた勇気と決意と最後に笑うのは自分だという気持ちをだんだん信じはじめた——私を元気づけるアレクサンダー様の言葉と、もうすぐ彼が帰ってくるということで、私の不安は消し飛んだ。

ヘンドリック様は安堵のため息をついたが、それはまるで、ただでさえ忙しくて時間がないんだ、やっとサラのことでイライラしなくてよくなったぞ、と言っているかのようだった。二シリングの入場券に、科学アカデミーと王立医師会への書状か……何もかも押しつけて消えやがって！　いつか後悔するからな、と彼はアレクサンダー様に毒づいた。彼はシャツとネクタイを着替えて、チラシ配りと、ロンドンのすべての新聞に出す広告文をチェックするために出かけていった。彼が出かけると、私はピリピリしながら、前垂れにつける羽を編みこんだ。いまは忌まわしい月で、コイコイ人は新鮮なヤギの乳をたらふく飲んでいる季節だ――ケープを離れてから四カ月もたつんだわ、と思った。

『モーニング・ポスト』一八一〇年九月二〇日、木曜日

ホッテントット・ヴィーナス来たる。ピカデリー二二五番地にて午後一時から五時まで公開中。彼女は、ケープ植民地の辺境、チャムブース川のほとりからやってきた。この種族としてはもっとも完璧な見本である。この並外れた自然の驚異のおかげで、観衆は、彼女がこの種族に関する歴史家の記述をはるかに凌駕しているのを知ることになるだろう。彼女は民族衣装をまとい、種族がいつも身につける装身具をつけている。

　彼女はこの町の優れた知識人たちからすでに診察を受けた。全員が人類としてこれほど不思議な見本を目にしたことに驚愕している。彼女をこの国に連れてきたのはヘンドリック・カーサルで、興行は短期間の予定。次週九月二四日、月曜日から開演、料金は一人二シリング。

初めて幕があき、板張りのステージに進みでて、観客のまなざしに動くこともまばたきすることもできず、

石のように凍りついたとき、食人種が肉を喰らうときのような静寂が広がった。炎の輪のなかか、朝陽に照りつけられたテーブル・マウンテンの上にいるみたいに、私の肌は火照っていた。彼らにとって、私はアフリカ以上のもの、そう「生まれてきてはいけないもの」だった。彼らが、自分たちはそうでなくてよかった、と思うものを私はすべて持っていた。顔の半分を隠す革の仮面を着けていたが、それはまるで私のすべてを見せたら恐ろしすぎるからといわんばかりだった。仮面は私のアイデアだった。恥ずかしさを隠したいと思ったのだ。仮面は観客の視線を突如として遮り、彼らを、釣りあげられた魚のように無防備にもがきながら大きな謎の縁に放りだす一方、実際には裸の私を、より大きな謎のヴェールのなかにおおい隠した。ショーは満員御礼、出だしから驚異的な成功を収めた。数日のうちに、私のことはロンドンじゅうに知れ渡った。人びとが私を見るために押し寄せた。あまりにたくさんの人が小さな見世物小屋に押し寄せたので、警官が交通整理に駆りだされた。最初の週に、ヘンドリック様は五〇〇ポンドを手にした。歌や詩、安物のポスター、諷刺漫画、新聞記事などが、すぐさまあふれだした。私の主人はわが目を疑い、自分の幸運が信じられないようだった。

「さあさ、いらっしゃい、紳士淑女のみなさん」と、彼は叫んだ。「一生一度のスリルをお楽しみあれ。暗黒大陸アフリカからたったいま到着した、正真正銘、たったひとつの進化の失われた環《ミッシング・リンク》、みなさん、ホッテントット・ヴィーナスは本邦初公開、人類のこの種族のなかのもっとも完璧な見本だよ。発見されたのは、イギリスのいちばん新しい植民地、南アフリカの先端にある喜望峰。年のころは二一のこの娘、正真正銘の本物だ、創世の園から出てきたばかりの処女イヴ、人類のいちばん原始的な段階だ。さあさ、みなさんいらっしゃい。伝説のホッテントットのエプロンを、実にユニークな尻を、とくとご覧あれ。断じていかさま《フェイク》ではないよ、ただの奇形《フリーク》だ！（笑）王立科学アカデミーから本物のお墨付きだよ！　この羊飼いの女、野生動物がいる森でその仲間として暮らしてきた。まったくの本物。唯一無比《ユニーク》だ。この種族は、その無能さばかりか、科学上の驚異としても、ジョージ王陛下の政府によって保護されている。さあさ、どうぞいらっしゃい、アフリカのイヴ——喜望峰の驚異——をご覧あれ。ひとりたったの二シリング。今世紀の驚異の女とホッテントットのエプロンがたったの二シリングだよ。期間限定。さあ、よってらっしゃい！」

　のっけから、観客が凶暴で貪欲なのには驚いた。初日の夜、めかしこんだ何百人もの人びとが押し合いへし合いやってきて、長い首をさらに伸ばし、ウィンクを送ってよこし、かみタバコを噛み、わめきながら手を振り、足を踏み鳴らしながら手を叩き、はやしたてながら罵りの言葉を投げつけてきた。私はくらくらして、観客が投げつける英語のわめき声がまったく理解できなかった。私は高さ三フィートのステージの端から姿を現わした。それから、ヘンドリック様の合図で前のほうに進む。肌色のシルクモスリンであつらえたぴったりとしたシースを身にまとって、ゆっくりとステージの端から端まで歩く。私はため息をつき、ヘンドリック様に不安に満ちたまなざしを向けていたが、笑え、ギターを弾け、歌え、跳びはねろ、こっちを見ろ……などと命令されようものなら、ほんとうに不機嫌になった。ヘンドリック様は、私が偽物ではないということを見物人に納得させたくて、私を調べるようにと人びとを促した。何人かがこの誘いに乗って、私のお尻を触り、詰め物の証拠を探した。ある人は私をつねり、別の人は私のまわりを歩き回り、殿方は籐製のステッキで、ご婦人はパラソルで私をつついて、まったく何も「手を加えていない」ことを確かめた。ときどきはヘンドリック様も、長い竹の棒で私をつついて前後に動きまわらせた。けれどいちばんいやだったのは、笑い声——耳障りで、みだらで、横柄で、憎しみに満ちた——が鳴り止まなかったことだ。それは、よたよたした足取りや涙や観客の口汚い言葉といった取るに足らない理由で、また、聴衆《ギャラリー》から甲高い口笛や野次が聞こえるたびに、どっと起こった。

私は、初めて五三番地を訪ねたときに目にした白人女性を見つけた。彼女はとても背が高くほっそりしていて、黒ずくめの服装をしていた。その様子は、グリーンやピンクや薄紫といった最新流行の軽薄な色は大嫌いといわんばかりだった……ともあれ、黒は彼女によく似合っていた。それは面長で青白い顔立ちや涼しげで美しい灰色の瞳とよく調和しており、私は、彼女の手が私の額に触れたならダチョウの羽のような感じだろうなと思った。彼女のまなざしには見境のない熱狂を和らげてくれるものがあった。連れの女性がいたが、私はその人は嫌いだった。その人は涙をたたえた目で私を見つめて、まだ私が人間だということを思い出させたから……

「ホッテントット・ヴィーナス」は、またたく間にほかの見世物を凌ぐようになった。まだら耳の季節、すなわち一〇月、ヘンドリック様は五〇〇ポンド以上を稼いだ。このまま行けば年に六〇〇〇ポンド以上になるぞ、と彼は興奮して叫んだ。やがて、人びとが、街で出まわりはじめた安物のポスターや、新聞に掲載されている諷刺漫画を手ににぎりしめ、サインを求めて訪れるようになると、ヘンドリック様が日付を入れて「ヴィーナス」とサインし、あるいは、私が署名代わりに×印を書くようになった。私は、ケープタウンで私をあざけった少年たちや、馬上から鞭を振るって殺気立って追いかけてきた白人農園主や、ライフルと銃剣を持ったイギリス人兵士のことを思い出していた。ぽかんと口を開けて私に見とれているこれらの人びとも彼らとおなじなのだ――母を殺し、父の首をはねたのとおなじ人種、どこまでも残忍で、とことん破壊しつくそうと願う人たちとおなじだった。それにもかかわらず、彼らは私のことが大好きなのだ。ときどき、私は死者に捧げる古いコイコイの呪文をささやいた、「私は苦しみゆえに、ここにいます。私は苦しみがもたらした絶望ゆえに、ここにいます……」

その後、ヘンドリック様は竹の檻も加えた。それは縦八フィート、横一二フィート、高さ五フィートだったので、そのなかではほとんど立つこともできなかった。

「ただの興行《ショー・ビジネス》なんだからさ」彼は言った。

私は運命を受け入れた。

檻のなかから見ると、私を見あげる人たちは、父が飼っていた長角牛の群れのように吠えたて、いなないているように見えた。彼らは押し合いへし合い、大声で笑ったり嘲ったりしながら、檻のまわりをうろついていた。男たちの山高帽やご婦人方の羽飾りのついたターバン型の帽子が、象の牙の先っぽのように上下左右に動いていた。私はどうして、こんなふうに笑われ、あざけられることを予想できなかったのだろう？　人びとの憎悪やあざけりや軽蔑を感じ取るのに英語を理解する必要はなかった。私の心は打ち砕かれ、怒りと燃えるような屈辱で、胸が締めつけられ、顔は紅潮し、腹は煮えくりかえった。それでも、私はすべてに耐えた。だって、これは私自身が選んだことだもの。私の国にいた白人とこの国にいる白人に、何か違いがあるなんてどうして思ってしまったんだろう？　でも、私はアレクサンダー様に待つと約束したもの。いままでは、金が金庫にどんどん流れこんでいて、私の結婚持参金も保証された。苦痛や屈辱はほんの小さな代償にすぎない。だって、コイコイの人びとはだれも私を見ていないし、こんな胸の悪くなるような連中のなかで、こんな胸の悪くなるようなやり方で先祖の名を汚しているなんて、だれも知らないのだから。

しばしば、私はトランス状態になり、みんなの声もご主人様の声も聞こえなくなった。ときには、おなじような状態になるために、ダッガをパイプに詰めて吸うこともあった。フランス人は私が吸っていたダッガに別の名をつけていた。彼らはそれをカナビスと呼んでいた……私が荒んだ日々に夢みたのは、アフリカの夢だった。私の知っているいまのアフリカではなくて、いにしえの、コイコイ人の時代のアフリカ、まるで私はその時代に戻って別の人生を生きており、いまいるイギリスではなくて、そのころのアフリカにいるかのようだった。そうすると、檻は気にならなくなった。檻は私の家になった。私は賭けをし、そして負けた。だからこれは私が払う代償、この世を笑うハイエナの笑い声がいつまでも響いた。

ヘンドリック様は、ロンドンっ子が彼の「ホッテントット・ヴィーナス」を受け入れたことに、胸がいっぱいの様子だった。彼は私に言った、いままでずっと大儲けをねらってきたが、いまや「ヴィーナス」の興行主として有名人だ。ほかの興行師たちも親しくしてくれる。それにおまえがいてもいなくても、一流のサロンやギャラリーからの招待状が届くんだ。

有名人も私を求めはじめた。ヨーク公が見物にやってきた。彼は見世物興行《フリークショー》に夢中で、その年のあいだ足繁くやってきた。ロンドンの社交界全体が、そしてイギリスの貴族社会が彼に倣った。……しかも、そのなかには皇子や皇女もいたのである。ある晩、ジョン・ケンブル〔一七五七－一八二三年。シェイクスピア劇の主役を多く務めた〕という有名な役者が、私を訪ねて楽屋にやってきた。それは、不機嫌な無頓着を装って私が耐え抜いた、残酷な人間いじめのショーを目の当たりにしたあとのことだった。私はいまでは、どんな挑発にも無感覚になっていた。私の目はうつろで、くちびるは凍りつき、両手はしっかり握りしめられていた。ケンブル様は狭い楽屋の入り口で立ち止まって私をじっと見つめ、それから無言で私の方へゆっくりと歩いてきた。私を見つめながら彼の下唇が一瞬開き、ハンサムでとおっている彼の顔が、突然ゆがんで涙を流さんばかりになったが、それが彼の男らしい美しさをよりいっそう際だたせた。

「何てかわいそうな人なんだ」ついに彼はバリトンの、役者らしい声で言った。「実に、実に異常だ」そして、彼は私を見つめたまま私の手を取った。ほとんど何も考えずに、私はコイコイの言葉でそっと言った。

「サッ・ケ・ガイ・コイバ・イサ・コイバ」

「彼女は何と言ったのですか?」この呪文を聞くと、ケンブルは振り返って私の主人にたずねた。

「私のことをパパと呼んだのですか？」

「いいえ」カーサル様は答えた。「彼女はあなたのことを優しくて美しい方だと言ったのです」

「これは、これは」、ケンブル様は驚いて答え、銀製のかぎタバコ入れからかぎタバコをひとつまみつかんだまま指を止めた。「これは、これは、このご婦人は私に深い敬意を示してくださるのか」

私がカーサル様の耳元でささやくと、彼はうなずいて部屋を出て行き、ビーズのついた小さなポーチを持って戻ってきた。

「ヴィーナスはあなたにアフリカ製のダ、ッ、ガ、を送りたいそうです……プレゼントあるいは土産物として」

「これは、これは、ありがとう、マダム……このひとときのことはずっと大切に心にしまっておきましょう」

「もしお望みなら彼女に触れても……」

「いえ、いえ、そんなかわいそうな、けっこうです！　この人はかわいそうに、それなしではやっていられないくらい、ひどい扱いを受けているのですね。彼女はモノではないのだから、触ったり手荒く扱ったりしちゃいけないいんだ。こんな悲しい光景は見たことがない、ほんとうに悲しい」

ケンブル様はゆっくりと構内から出ていった。連れのヘンリー・テイラーという役者を振り返って、彼が言うのが聞こえた。

「ああ、何てショッキングなんだ。大衆というのはどれだけ人でなしで盗人なのだ……金を払って私を見にくる連中とおなじだ……シェイクスピアを暗唱する私を……」

第9章　私は看板を見あげた……

われわれにはわかっていない多くの中間運動というものが存在している。この中間運動の合間に、どれほどの結合と解体が起きてきたことだろう？　どれほどの類縁が生みだされてきたことだろう？　それゆえに、見通しのつかない実験のなかで生じる無数の作用から、あえて危険を冒してなんらかの推論をたてようとする生理学者などいるだろうか？　人間のやっている化学などというものは、いまの時代、幸運にもいい結果を出してはいるが、自然の力に比べれば、まだまだ揺籃期にある。

ジョルジュ・レオポルド・キュヴィエ男爵、
『比較解剖学における三〇課程』

一八一〇年一〇月。私はピカデリー二二五番地の入り口に掲げられた看板を見あげた。そこには手のこんだ大きな金文字で、「ホッテントット・ヴィーナス」と書かれていた。薄暗い屋内に入っていくと、がやがやと混雑した人波のなかで、私は頭ひとつ分ほど背が高く、そのなかを私は、ステッキで観覧席に群がる見物客をかきわけながら、大股で進んでいった。客引きや動物の調教師たちが、イギリスの人びとを楽しませるこの世のあらゆる奇形だ、でき損ないだ、退化した人間だ、並はずれた技だ、かたわだ、と呼びこんで、私の二、三シリングを求めた。私はシチリアの王女キャロラインや、白子《アルビーノ》のアンナや、キャプテン・ランバートという巨人がいる見世物小屋のそばを通り抜けた。ステージの上では巨人がポーズを取り、胴体男のジョン・ランディアンが自力でタバコに火をつけていた。いらいらと少なからぬ心配から、私は持っていたステッキで私のポケットを狙って寄ってきた汚いジプシーの子どもを追い払った。露店や舞台、見世物小屋やテントがごちゃごちゃと立ち並ぶ薄暗い迷路を突き抜けて奥へと進むにつれ、見世物はますます悲惨になっていき、私はますます混乱していった。私は小人たち、ひげの生えた太っちょレディー、背骨のない曲芸師、悪臭を放つサイ、頭がくっついた双子の赤ん坊などがいる不浄の巣窟へと沈んでいった。そこでは、さまざまな姿形の者ばかりか、呼び売り商人や興行師や調教師のざわめきまでもが、地獄の澱のように私にまとわりつき、そしてふくれあがっていった。

胸をあらわにしたヘビ使いの女が私に向かって、舌をくねらせた。私のまわりでは、身なりの良い中流階級の人びとが、スリルや実際には体験できないようなこと、風変わりなものを求めてざわめき、うごめいていた。驚いたことに、そのなかには、身なりの良いご婦人方もたくさんいて、お祭り気分を気楽に楽しんでいるように見受けられた。ようやく目的の場所にたどり着いた。アフリカの粗末な小屋を模して建てられた展示場の上には、次のように書かれた幕が掛かっていた。

ホッテントット・ヴィーナス、ロンドンに来たる！　この種族の完璧にして驚異の見本、世界初公開！

その下には、もっと小さな字で以下の但し書きがあった。

一二名以上の団体様には、午後七時から八時までのあいだ、ヴィーナス・ホッテントット特別公開の便宜あり。前日に興行師にお申し出ください。（ご要望があれば、女性が付き添います）

興行師はヘンドリック・カーサルとかいう人物で、彼が幕を開けると観客は静まりかえった。かんぬきの掛かった竹製の檻の物影に何かがおり、それはブンゼン・バーナー〔ドイツの化学者ブンゼンが発明した化学実験用ガスバーナー〕で暖める煉瓦製のかまどのようなものの上で暖を取ろうとうずくまっていた。体にぴったりと張りついた薄い肌色のシルクシースしか身につけていなかったので、体の線が彫刻のようにくっきりと見えた。孤独と絶望を形にしたようにそこにうずくまっているのが本物の女性だとわかって、私は涙がこみあげてきた。ひとりのアフリカ人女性が、獣のようにうずくまっていた。興行主は犬に命令するように乱暴に言った。

「立て！　座れ！　前に出ろ！」

命令に従って、その人はのろのろと行きつ戻りつ、ヤマネコのようにゆっくりとした歩調で動いた。さらに彼女がほんのちょっとジグを踊り、それから小さなギターをかき鳴らしながら、奇妙でわけのわからない言葉で何か歌うと、観客は笑いだした。私にはその女性が泣きだしそうなのがわかった。何度か、そんな連中に食ってかかって、彼女の顔は恥ずかしさで真っ赤になった。観客が野次ったりはやし立てたりすると、彼女は信じられないというように首を振った。彼女は興行師に向かって大声で呼びかけた。すると、興行師は彼女に手を振りあげた。それから満面の笑みで観客に向き直って言った。

「さあ、よっていらっしゃい、紳士、淑女のみなさん、作り物じゃないということをお確かめください、いかさま《フェイク》じゃないよ、奇形《フリーク》だよ……はっはっは！」

観客は、まるでその女性を生きたままむさぼり食おうとしているかのように、どっと前に押し寄せてきた。おなじことを何度も何度も繰り返しやられてきたのだろうが、それでもやはり彼女は身をすくませた。

私ですら恐怖を感じた。動悸が速まり、息は浅くなった。人びとは獲物を追いつめた猟犬のように、ぶしつけにくすくす笑い、うなり、かみタバコを嚙み、唾を吐き、咳をした。まわりを見渡すまでもなく、黒い肌に注がれる、まったく愚かともいうべき、あの独特の恐ろしいまなざしが感じられた。それは、憎しみのあまり口がきけなくなった状態とでもいおうか、少なくとも、そんなふうに説明するしかないものだった。いや、まさに殺人行為そのものだった。私は、こんなまなざしを、看守の目に、警官の凝視に、判事の監視に見てきた。私を見つめるさまざまな顔によって……犯罪者のように見られることには慣れていた。けれど、私は怒りに震えながら思った。このように非人間的で下劣な見世物を、目の前にいる孤独で痛ましいこの人ほど、非道なさらされ方をしている人間を見たことがあるだろうか。

私は神学者で、スコットランド貴族の農園主と奴隷女性のあいだに生まれた。私は急進的な奴隷制度廃止運動に人生を捧げ、アフリカン・アソシエイション〔正式名、アフリカ奥地発見促進協会。一七八八年、西アフリカ探検を主たる目的にロンドンで設立〕を設立した。この団体は奴隷の権利を守り、奴隷を解放して、できる限りの奴隷を本国に送り返す活動で知られていた。また、イギリスの人種偏見と西インド諸島における悲惨な奴隷制度と闘い、キャンペーンを繰り広げてきた。

怒りがこみあげ、そこにいるのは忍びなかった。きびすを返し、野次とあざけりと笑い声が飛びかうなかをかきわけて外に出たが、その声は耳に残り、私の褐色の顔は憤りでほてっていた。

「ある奴隷女性が見世物にされて、奇形として食い物にされている。しかもこのロンドンで、サーカスの野獣のように檻に入れられているんだ！」

「どうして彼女が奴隷だとわかるんだい？」アフリカ協会《インスティテューション》〔奴隷貿易廃止（一八〇七年）にともない、解放奴隷の場となったシエラレオネの改善を目的に設立された〕の事務局長、ザカリ・マコーリー〔一七六六－一八三八年。シエラレオネ総督を務めた後、奴隷制度廃止に尽力した〕は、ピカデリーからそう遠くないところにある贅沢な事務所の自分の机から私を見あげてそうたずねた。

「だって、彼女は黒人でアフリカ出身なんだ。そうじゃないなんてありえないだろう？ 自由でまともな黒人女性が自分の意志であのような堕落に耐えるなんてありえない！ これは……このショーはのぞき趣味の連中のお楽しみと引き替えに、女性のたしなみを公然と侮辱しているんだ……」

「それは、世間で言うホッテントット・ヴィーナスのことかい？」

「ああ」

「何よりもまず、彼女がホッテントットなんていうことはありえない。ケープ植民地を離れるなんて絶対に許可がおりないだろうからね。友人のコールドン卿がそこの総督だが、ホッテントットの国外移住を見逃すはずがない」

「かりに、彼女がホッテントットでなくても、彼女はたしかにアフリカ人だ！」

「異国生まれに見せかけたイギリス人かもしれないぞ。前にそういうことがあっただろ」

「どうであれ、調べるべきだよ。ひどかったんだ。彼女の後見人はボーア人でヘンドリック・カーサルという名の男だ。彼は自分の〝召使い〟を使う権利があるという投書を『モーニング・クロニクル』に載せているが、彼女は間違いなく奴隷だ。確信があるよ！　われわれは彼女を自由にすべきだ」

マコーリーは、手のこんだジョージ王朝様式の机に寄りかかるというよりは、むしろそれを叩きつけながら、私を見あげた。この一トンもあるイングリッシュオークのかたまりを揺さぶらせているのは、私なんだ。ちょうど私が保守的なこの国《ブリテン》を揺さぶらせてきたように、と私は思った。

ウェダバーンという名は、私の重荷のひとつだった。私はロバート・ウェダバーン、インヴァレスク〔スコットランド南東部、エディンバラ郊外の村〕出身のジェームズ・ウェダバーンの幾人かの私生児のひとりで、父はジャマイカの裕福なプランテーションオーナーだった。私はブラックネス〔スコットランド南東部にあるフォース湾近くの村〕出身のジョン・ウェダバーン卿の孫に当たるわけだが、彼の一族は一七四六年、スコットランドが独立を目指すカロデンの戦いに敗れた後、西インド諸島に逃れたのだった。祖父のジョン卿は捕らえられて反逆罪に問われ、イギリス人の手で絞首刑にされたあと、はらわたを引きだされ、四つ裂きにされた。常々、私には老ジョン卿の血が脈々と受け継がれていると思っている。というのも、孫としてイギリスに来てからというもの、イギリス政府を挑発し、その弾圧の厳しさに持ちこたえてきたからだ。私は独学でユニテリアン派〔プロテスタントの一派。三位一体説に反対し、イエスの神性を否定し、神はひとつを主張する〕牧師の資格を取り、西インド諸島の黒人とイギリスの労働者階級、あるいはロンドンの熟練工と過激な急進派のあいだに密接な関係があるべきだと思うようになった。この信念のもと、私はイギリスから奴隷所有と植民地の奴隷貿易を撲滅する改革運動へと突き進んでいったのである。ウィリアム・ウィルバーフォース下院議員〔一七五九－一八三三年。博愛主義者として知られ、一八〇七年の奴隷貿易廃止法案通過の立役者〕の暗黙の協力により、私はアフリカン・アソシエイションを設立し、伝道協会やアフリカ協会とともにイギリス国内で奴隷制度廃止に向けて力をつくし、三年前に実現にこぎつけていた〔一八〇七年の奴隷貿易廃止のこと。奴隷制度自体の廃止法案は一八三三年に議会を通過した〕。

「しかし、それはサーカスじゃないのかね？」マコーリーがたずねた。「彼女だって見世物興行《フリークショー》のひとつなんだろう？」

「見世物興行《フリークショー》だって？　彼女がアフリカ人だから？　それとも奇形《フリーク》だから？」

私は、彼を座り心地のいい椅子から引っ張りだして、首を絞めてやろうかと思った。しかし、ザカリ・マコーリーは、ただ単に事実を言っただけだった。彼も通りすがりに、二二五番地にかかっているサーカスのポスターを見たのだろう。

「ペーテルといっしょに明日、ホッテントット・ヴィーナスの実際の状況を調べてこよう」と彼は言った。「ロバート、君がこの件にかかわらないという条件でね。法律上のことで君はずいぶんもめているからね。ふたつも裁判を抱えているだろう、名誉毀損の訴えと、二件の法廷侮辱罪での出頭命令とね。もし君があとひとことでも公衆の面前で何か言ってみろ、奴らは間違いなく、君を流刑植民地に送りこんで、帰ってこられないようにするだろうよ！」

「君とペーテルが彼女の所有者《キーパー》を誘拐と密輸と不法監禁で告訴してくれるのなら、僕はおとなしくしているよ」

「そこまでだ、ロバート、まずはこの件に関する情報を集めよう。これに関しては、トーマスとペーテルの助言が必要だ。何と言っても、民事弁護士として訴訟をまとめ上げるのは彼ら次第だからね」

私同様、ザカリ・マコーリーは、一八〇七年のイギリスにおける奴隷制度廃止の闘争でずっと先頭に立ってきた。彼はアフリカン・アソシエイションと伝道協会の共同創立者だった。かつては、シエラレオネの総督を務め、イギリス海軍の奴隷監視船が海上で保護した解放奴隷のために、かの地に居留地を設立するのに尽力した。彼はまた、西インド諸島行きの奴隷船に乗って、あの悪名高い中間航路を航海したことさえあり、奴隷についての彼の経験は、ただ知識として知っているというようなものではなかった。マコーリーはまた、『クリスチャン・オブザーヴァー』の編集長でもあり、すぐ近くにその事務所があった。彼はホッテントット・ヴィーナスの宣伝垂れ幕を目にし、ケープ植民地総督で友人でもあるコールドン卿が、たとえ彼女がヴィーナスだったとしても、ホッテントットの海外移住を許可した経緯を訝しく思ったのだった。

われわれは連れだってアフリカ協会の図書室のなかに入っていったが、私は立ち止まって、いつものように、円形劇場のような美しい造りの部屋に見とれた。床にはペルシア絨毯が敷きつめられ、法律や歴史の本には上質な革の装丁が施されていた。世界地図や地球儀が、長いテーブルと肘掛け椅子の並んだ部屋のあちこちに置かれていた。青いシルクの襞飾りで縁取られた大きなアーチ形の窓から日の光が降り注いでいた。アフリカン・アソシエイションの豪華なしつらえは、ここが元々貴族の館だったことによる。その町屋敷は、ロンドンでもっとも高級な場所のひとつであるリージェント・クレセントのなかにあり、家主はほかでもないウェストミンスター公爵その人だった。図書室には三、四人の来館者がいたが、部屋の隅には、協会の幹事であり、法廷弁護士のペーテル・ファン・ワーヘニングが座っていた。

ペーテル・ファン・ワーヘニングは資産家のオランダ人で、熱心な奴隷制度廃止論者だった。背が高くほっそりしていて、柔らかい口調と短くカールした金髪に濃いブルーの瞳という容貌のおかげで、彼はまたロンドンでも一、二を争う花婿候補と目されていた。いくぶん伊達男の気があり、真っ黒のフロックコートに、細身のズボン、それに洗濯とアイロンがけのためにアムステルダムに送り返す、雪のように真っ白な麻のシャツで有名だった。彼は、洗濯女と呼ぶに値するイギリス人の洗濯女が見つからなかったのだと言い張った。マコーリーと違い、彼はアフリカに行ったことがなかった。それどころか、彼は、イギリス海峡以外の海を渡ったことがなかった。ヨーロッパを旅行するときはいつも陸路だった。うわさによると、グレンヴィル首相〔一七五九－一八三四年。彼の在任中（一八〇六－一八〇七年）に奴隷貿易廃止法案が議会を通過した〕の娘のひとりの目にとまり、政界と社交界でもっとも力のある集まりに出入りしているということだった。彼は人気があり、魅力的で、そのうえロンドンの『タイムズ』同様、口だけの人ではなく、行動の人だった。

ファン・ワーヘニングは、われわれが近づいていっても別段驚く様子もなく、顔を上げた。

「ペーテル、ロバートが大切な話があると……」

「ホッテントット・ヴィーナスのことだね」ファン・ワーヘニングが淡々と言った。

「どうしてわかったんだい？」

「彼女についてずっと資料を集めているところだよ。どうしてだって？　ロバートが彼女を助けようとすることぐらいわかっていたよ……見たまえ、新聞の切り抜き、広告、ポスター、山ほどある。彼女についての投書も協会に届いているよ……」

彼は大きな書類ばさみをわれわれの方に差しだした。
「意見書が初めて『モーニング・クロニクル』に届いたのは一〇月一二日だ――例の所有者《キーパー》の回答といっしょに、トップ記事で出ているよ。名前はヘンドリック・カーサル、南アフリカのボーア人だ。もうひとりかかわりがあるのは医者らしくて、名前はアレクサンダー・ウィリアム・ダンロップ、スコットランド人だ。ヴィーナスが何週間も新聞に大きく取りあげられたので、編集者のもとに投書が殺到しているようだ。最初の抗議は俳優のジョン・ケンブルからの投書だった……彼は、ヴィーナスが冬のあいだに寒さと病気で死んで解剖学者の手に渡るのでは、と危惧している、彼の言葉を借りれば、解剖学者は科学が危険で大胆なことを知っているからね」ザカリと私は、ファン・ワーヘニングの机の隣にある、ふかふかの肘掛け椅子に座って、ファイルに目を通した。

抗議

『モーニング・クロニクル』一八一〇年一〇月一二日、金曜日

拝啓、私がこれから抗議することのおおよその見当はついているでしょうが、この件に対して一般の注意を促せればと思っております。私が述べようとしているのは金儲けのために宣伝され、大っぴらに見世物にされているあの不幸な人間――「ホッテントット・ヴィーナス」のことです。この不幸な女性は――アフリカ奥地に住んでいましたが、ひとり二シリングでこの国の人びとの好奇心を満たすため、ここに連れてこられました。このかわいそうな女性は歩かされ、踊らされ、自分自身を見世物にさせられていますが、それは自分の利益のためではなく主人の儲けのためであり、主人は彼女が疲れた様子でも見せようものなら、猛獣使いのように棒で脅して命令に従わせようとするのです。自分自身の目の前の

儲けのために、自らの意志で自身をさらす堕落しきった輩と、このかわいそうな奴隷のように、その後見人だけが利益を得るために、さらされ、踊らされ、下品きわまりない猥談の対象になることを強要される者とを区別することは、容易だろうと確信しています。このような見世物を支持することはできませんし、どんな人間もこんなふうに人目にさらされればいいというのは、きわめて卑しい考え方だと思うのです。公序良俗のあらゆる原則に反するものであるばかりか、この展示はあらゆる状況のなかでもっとも忌まわしい奴隷制度同様、公衆道徳をも犯すものです。

敬具
イギリス人

返答

『モーニング・クロニクル』一八一〇年一〇月二二日、月曜日

拝啓、本日付の紙面で、私がホッテントットの女性を展示していることに対して、悪意ある攻撃内容の「イギリス人」氏からの投書を目にしました。それによると、私が彼女に対して、残酷でひどい扱いをしていると非難されていますが、よそから来た者として、自分自身の人格の擁護と、人びとを納得させるために、この中傷に対して異議を唱えずにはいられません。そもそも、同氏は、このホッテントットがイギリス人と同様に自由であるということに関して、まったくと言っていいほど理解しておりません。この女性はケープにいたころから私の召使いで、奴隷ではありませんし、みんなが自由を謳歌しているイギリスにおいてはなおさらそうです。彼女は自分の自由意志と同意にもとづいてここにやってきたのであり、私たち一家と利益を共有するために自分を見せているのです。みなさんおわかりだと思いますが、

彼女と言葉が通じる人であればだれでも、まったく自由に彼女を調べることができますし、そうすれば、彼女自身から、人間らしく、そして思いやりや優しさをこめた扱いをつねに受けたわけではなかったかどうか、知ることができるでしょう。

……植民地がイギリス領になって以来、私はずっと彼女をこの国に連れてくることを請い求めてきました。と言いますのも、彼女が学者の注目に値する対象であり、一般の関心も引くものと考えたからです。そのことは、この国の一流の方々や、主要な学者の先生方が、一般公開に先立って彼女を検分し、認可したことからもわかるでしょう。願わくは、編集長殿、彼女にもアイルランドの巨人や小人等と同様に、自分を見せる権利がじゅうぶんに与えられないものでしょうか。しかしながら、公共の展示場という場での私の行為が人びとに不快感を与えてきたようですので、それを指摘されたイギリス人氏に対して、この件についてひとこと申し上げました。

ヘンドリック・カーサル

投書

『モーニング・クロニクル』一八一〇年一〇月三〇日、火曜日

おっしゃるとおり、彼女には自分を見せる権利があります、しかしそれは展示される権利ではないのです。アイルランドの巨人ミスター・ランバートやポーランドの小人はみんな、自分自身の身のふり方を自分で決め、自分で管理しています。そのうえ、彼らは見世物で得た利益を享受しています。すなわち、前述のふたりは理解力がある人たちなので、自分たちの利益が収奪されたり、搾取されたりした場合には不服を申し立てられますし、見世物の利益から自分自身の取り分を要求することもできます。彼らの

個人的な不幸から生じた富は彼らのものですし、それによって働いている最中も快適な生活を送り、また引退後もそれを享受できるのです。ホッテントットの女性を見世物にして得られる利益の一シリング、否、ファージング銅貨の一枚でも、そのホッテントットの女性や彼女の親族、友人の手に渡っていると、みなさんはお思いでしょうか？　だれが会計監査をしているのでしょう？　だれが収支勘定に注意を払っているのでしょう？　彼女をここに連れてきた強欲な山師や冷酷な看守が金を受け取り――独り占めにするのでしょう。それどころか、イングランド、スコットランド、アイルランドの都を巡って多くの試練を受けた後、さらに地方都市にまで足を伸ばして、アキレスがヘクトールの死体を戦車につけてトロイの城壁のまわりをひきずりまわしたのよりも、もっと残忍に、無理やり彼女を引きまわしてようやく、このかわいそうな女性はケープに送り返されるのでしょう。しかも、ヨーロッパの人びとの好奇心を満たして裕福になるわけでもなく、もしかしたら生まれた土地を離れたときよりも、もっと貧しくなっているのです。

人道主義者

私はそれ以上読まずに、ファイルをピシャリと閉じた。

「くそっ、ボーアの悪党め」

「こんな手紙を読んだら、奴隷制度廃止論者の連中は怒って自分たちの手で事を運ぼうとしますよ……われわれは見世物小屋に足を運んだ方がいいでしょう」と、ファン・ワーヘニングは言った。

「あーあ、大衆っていうのは、こういうものが大好きなんだ、安易なスリルやポルノがね……いつだってそうだ、ふたつ頭のゴリラやシロサイなんか目じゃないんだ！　こんなふうに人を食い物にすることは、それ自体は取るに足らないことなんだが、その根底には、イギリス人の無知と狭量があるんだ。彼女の後見人たちから彼女を奪い取るのは並大抵のことじゃないぞ、奴らは彼女で大儲けしているんだから」私は答えた。

「彼女を助けなければ」とマコーリーも言った。

「じゃあ、まずはダンロップとカーサルの良心に働きかけてみよう、ふたりに良心があればの話だが……」

翌日、マコーリーとファン・ワーヘニングと私は、ひとり二シリングを払ってピカデリー二二五番地の見世物小屋のなかに入っていった。木曜日ということもあって、露店も通路も閑散としていた。おかげで、われわれはステージのすぐ近くまで行くことができた。われわれは休憩時間を待って、客引きのヘンドリック・カーサルに近づいた。彼はわれわれが来るのを予期していたような態度だった。われわれは自己紹介をした。

「私たちはアフリカン・アソシエイションからまいりました」

「存じ上げております」とカーサルは答えた。

「こちらはザカリ・マコーリー氏とペーテル・ファン・ワーヘニング氏、私は牧師のロバート・ウェダバーンです。私たちはあなたに、その人……サーチェ・バールトマンをどのような経緯で管理することになったのかをお伺いしたいのです」

カーサルは蔑んだ目で私を見つめた。どんなに上品だろうが、黒人に答えるつもりはないのは明らかだった。彼は私から顔を背け、白人たちの方を向いた。

「彼女は私の召使いです」

「召使いですか、それとも奴隷でしょうか?」

「召使い、と申し上げました」

「南アフリカで?」

「おや、いまはここにおりますでしょう？」

「そこなんです。私たちの協会はアフリカの人びとを守り、教育し、文明化する慈善組織なのです」

「ほう、ヴィーナスは私の保護下にあって、かなり文明化されておりますよ」

「どのようにして彼女を南アフリカから連れだされたのか、お聞きしてもよろしいでしょうか？　ケープのホッテントットが旅するのは禁じられております。彼女はパスポートを手に入れたのですか？」

「彼女は植民地総督のコールドン卿が発行したパスポートを持っていますよ、そんなことあなた方に関係ないでしょう……」と、ふたり目の男、アレクサンダー・ダンロップが口をはさんだ。

「彼のサインを見せていただけますか？　彼とは旧知の仲なんです」

「断固として断る！　お見せできませんよ」ダンロップが言った。「余計なお世話だ、どうしてパスポートをいつも手元に置いておかなきゃならないんだ、しかも、それをあなたがたに見せなきゃならないなんて……」

「彼女はオランダ語がしゃべれると思うのですが」

「しゃべれますよ」

「じゃあ、こちらの紳士はオランダ語を話すのですが、彼女と話をしてもよろしいですか？」

「彼女は男の観客とは親しく言葉を交わしません……ご存じのように警察のお達しでね……」

私は議論に口を差しはさんできた男に目を向けた。見栄えのいい男で、背が高くてたくましく、歳は三〇、いや四〇歳とも、二〇歳とも見えた。眉と、ウェーブのかかった豊かな髪は漆黒だった。船に乗っていたせいで日焼けしていたが、本来の顔色は青白く、目は海のような緑色だった。顔立ちはギリシア彫刻のようで、非の打ちどころがなく、まっすぐなわし鼻と官能的な唇、深く割れてとがったあご、小さくて形のよい耳をしており、やや大きめの頭ががっちりとした肩と首の上に載っていた。笑うと目元にしわが寄り、大きく開けた口からきれいに並んだ白い歯が見えたが、上の犬歯はほかの歯より突きでていて、尖っているというより四角い感じだった。彼はきっと泳ぎもうまいし、剣や射撃の腕前もなかなかのものだろう。おそらく、乗馬もみごとにこなすのだろう。そして、多くのイギリスの冒険家とは違って、少年に興味を持つことは絶対にないと思う。彼には、私同様スコットランドの血が流れていたが、訛りはなかった。明らかに立派な教育を受けていたが、おそらくジェントルマンではないだろう。深紅と青の高価な服を身につけているが、間違いなく彼は一文無しだ。金遣いが荒い奴はいるもので、そういう人間は、たとえかつかつの生活だろうと、財産が入ろうと、変わらない。彼はその手の人間だった。性格上の致命的な欠陥なのか、そういう育ちなのか、あるいは宿命なのか、いずれにしろ、明らかにそれが彼の本質だった。彼はいつも突飛な方法で事態の改善を図ったものだ。戦争、盗み、ギャンブル、女、彼は金を稼いではそれを失うということを繰り返し、だれもそれを止められなかったというわけだ。そういうことなのだ、と私は思った。この男には抗しがたく人を引きつけるところがあった。それは魅力以上の一種の宿命のようなもので、男でも女でも引き寄せる力があり——それはどうしようもなく背徳的なもので、普通の頭を持った普通の人にとっては、それに圧倒されずにいるということは不可能だった。

「バールトマンさん」とワーヘニングがオランダ語でたずねた。「あなたはここにご自分の意志でいらっしゃるのですか？」

ヴィーナスは黙ってうなずいた。

「ケープにご家族はいらっしゃいますか？」

沈黙が流れた。ダンロップが睨みつける。ふたりの男のうち、ダンロップの方が危険だ、と私は思った。私は彼と渡りあって勝てるだろうか？　彼の血と同様、私のスコットランドの血もたぎってくるのを感じた。スコットランド訛りとともにわきあがる、それぞれのスコットランドの血。

「兄弟や姉妹、ご両親は？」

「みんな死にました」と彼女は英語で答えた。

ダンロップが彼女の耳元で何かささやいた。しかし、彼女は彼を払いのけた。

「ここでしあわせですか？」われわれはさらに一〇分ほど、つぎつぎに質問した。ついに耐えきれず、私はヴィーナスに単刀直入にたずねた。

「故郷に帰りたくないのですか？　私たちに故郷に送り返してもらいたいと思いませんか？　あなたの渡航費も支払ったら？」しかしヴィーナスは無言のままだった。

ファン・ワーヘニングが、質問をオランダ語で繰り返した。

「私たちはあなたがたに代わって擁護委員会を組織しており、あなたがダンロップ氏やカーサル氏のもとを離れ、アフリカン・アソシエイションの保護を受ける方が良いと感じるのなら、そのことを民事法廷で釈明することができるのですよ」私は言った。

「もう結構です」突然ヴィーナスは穏やかに言って、黒人の男が白人の男を公然と非難するという奇蹟を見つめながら、首を振った。

われわれは一礼すると、きびすを返してその場を離れた。ヴィーナスはなすすべもなく、われわれの後ろ姿をじっと見つめていた。われわれ三人のシルクハットが揺れて人波に見え隠れした。ずっと遠く離れても、ヴィーナスがわれわれに視線を送るのが感じ取れた。ダンロップが何カ月も留守にしていて、ほんの数日前にどこからともなくふらっと戻ってきたことをわれわれが知ったのは、そのすぐあとのことだった。自分がかかわったヴィーナスの展示を巡って論争が巻き起こっていることを耳にして、自身を弁護するためにロンドンに舞い戻ったのだ。

外に出ると、私はマコーリーの方を振り返った。

「エレンバラ卿は、この展示が彼女の意志に反するという確かな証拠がなければ、彼女をダンロップやカーサルのもとから引き離すことはないだろう。それに、帰る家もないところに送り返すだけでは、彼女を自由にしたとは言えないよ。かりに興行主から引き離したとして、われわれの保護下で彼女の安全を引き受けると主張すべきだ。彼女は自分が寄る辺ない身だなんて気づいていないだろうから」

われわれが訪問してから数週間のうちに、ヴィーナスはタブロイド紙やペニー新聞に大きく取りあげられるようになった……

「ジャーナリズム界はこぞって、ミス・バールトマンに大騒ぎしているよ」とペーテル・ファン・ワーヘニングが言った。「ほら、これを見て。『成功の見込み、立派な尻で商売す』という題で、コーンヒルのウォルター・アンド・カンパニーから出たばかりのものだ。グレンヴィル卿とホッテントット・ヴィーナスが互いに手を差し伸べて近づこうとしている。ヴィーナスの後ろには身なりのいい男、興行師のアレクサンダー・ダンロップ本人がいる。グレンヴィルのポケットには新内閣のリスト。後ろではいまの大臣たちが渋い顔をして立っている。グレンヴィルがこう言う、『やあ、サーチェ、お祝いを言いにきたよ。自分の尻で商売をしているそうじゃないか。私も直ぐに君みたいにうまくやるよ』彼女が答える。『私は、自分の尻の半分をもらっているだけ。たいしたことはしていません』」

「ふう、彼女がロンドンやイングランド、アイルランドじゅうを巡業するという歌や詩や諷刺漫画がたくさん出てきているよ」ペーテル・ファン・ワーヘニングは苦笑しながら、ぼやいた。

「サラ・バールトマンを連れださねばならない」と私は結論をくだした。「必要な証拠はすべて握っている。

目撃者、編集者宛の投書、新聞記事や広告、それにわれわれ自身がこの目で見たんだ。ホッテントット・ヴィーナスを無理やり隷属状態に置いたことで、カーサルとダンロップに対して訴訟を起こすべきだ」

「ロバートはいつも、いちばん過激で暴力的なやり方で問題を解決しようと言いだすんだから」ファン・ワーヘニングが口をはさんだ。

それは私に流れる血のせいだ、とファン・ワーヘニングの青白い顔を見つめながら、私は思った。私は混血の浮浪児で、スコットランド貴族の私生児だが、その父とは、私を身ごもった母を妊娠五カ月のときに売り飛ばした張本人なのだ。私がクリスチャンになったのは、もっと後のこと。私は過激で暴力的だ。ジャマイカ島の貧しい黒人奴隷である祖母に育てられ、八歳のとき、彼女の所有者、つまり私の父である白人のクリスチャンの命令で、祖母が残酷に鞭打たれるのを目撃した。祖母は呪術を使ったということで告発されたのだ。母と祖母に降りかかった恐ろしい出来事が、一七六一年に始まった私の人生の残りを運命づけたのだと思っている。一七歳のとき、アメリカ独立戦争中の英国海軍に入隊した。一七八〇年には、アメリカ黒人のベンジャミン・バウジーとジョン・グラヴァに率いられたゴードン暴動〔一七八〇年六月、ロンドンで起こった反カトリック暴動〕に参加した。私は独学で歴史家、神学者、牧師そして演説家となり、キリスト教急進主義とトマス・ペインの共和主義を統合しようと努めてきた。迫害され、ブラックリストに載せられ、投獄されたが、プロレタリア階級の奴隷廃止論を説き続けた。妨害、迫害、検閲といった力によって、英国政府は私を叩きつぶし、自由に説教することを阻もうとしたが、それは結局、私を著述家に転向させ、無名だった私を有名にしただけのことだった。著作によって、私は才気煥発で危険な知識人とみなされるようになった。いままでとは違って、ひとかどの人物になったわけだ。私のちっぽけな教会にやってきた多くの聴衆が私の説教に惹きつけられ、私が書いた『奴隷制度の恐怖』は三万部も売れた。貴族である私の父は何もしてくれなかった。スコットランドの親族から受け取ったもっとも心のこもった援助は、私と身重の妻が飢え死にしそうになったときに召使いの手で届けられた欠けた六ペンス銀貨と若干のビールだった。当時父の領地は、ミント、パラダイス、リトリート、エンデヴァー、インヴァネス、スプリング・ガーデン、モアランド、マウント・エッジクームにあり、その価値はきっかり三〇〇〇万ポンドもあったというのに……

「ロバートはね」と、マコーリーがファン・ワーヘニングに言った。「窃盗（有罪）から、売春宿の経営（証拠不十分）にいたるいろんな罪状で、コールド・バス・フィールド感化院、ドーチェスター監獄、ギルスパー拘置所まで経験済みなんだよ。いまだって、英国国教会に対して不敬で、冒瀆的で、下品で、甚だしく過激な言葉を使ったということで起訴されているんだから。このヴィーナス訴訟に加えず、法廷にも行かせないのはそこなんだよ。もし彼が裁判官の前で口を開いてみろ、もうおしまいだ」

「つまり、ばか正直にやってしまうんだね」

「異母兄弟のジェームズ〔一七三八－一八二二年〕はスコットランドの法務次官をしているんだ。言うまでもなく、私の活動は、彼や一族の者を大いに困らせているよ」ファン・ワーヘニングのびっくりした顔をおもしろがりながら、私はさらりと言ってのけた。

われわれはそれからの数週間、訴訟に向けての準備のために協会の図書室で過ごした。腕利きの法廷弁護士であるマコーリーは、われわれが有力な証拠を握っていると感じているようだったが、ヴィーナスをダンロップとカーサルから引き離すには人身保護令状を作成しなければならないことを私は知っていた。それはつまり、バールトマンに、自分の後見人たちに逆らって証言し、宣誓供述書にサインすることを納得させなければならないということだった。

裁判所に出向かないなんて、とうていできない相談だった。ザカリ・マコーリーが妥協案を出してきた。傍聴はいいが、いかなる発言も禁止、守らなければ私自身の弁護士によって訴訟の場から立ち退かせるという条件だった。私は彼らの席ではなく、上階の一般傍聴席に座らされることになった。私はすべての条件を呑み、なんとしても、裁判所とアレクサンダー・ダンロップの対決と、彼がヴィーナスの後見人でなくなるのをこの目で確かめたいと思った。

ヴィーナスに取り憑かれている自分を克服しなければならないのはよくわかっていた。しかし、彼女の顔や姿が頭から離れなかった。母や祖母の受難の光景が、突然激しくよみがえる。私はサラ・バールトマンだけを見ていた、そう彼女、彼女だけが呼び起こすのだ、父が母を鞭打つあいだ、私を宿して膨らんだお腹を入れるために汚い床に掘られたあの穴のことを。祖母に加えられたひどい拷問も目に浮かんだ。ピジン英語《トーキー》のエイミーこと私の祖母は、呪術を使ったかどで告発され、火あぶりにされて死んだのだ。私はマコーリーと違って、アフリカに行ったことはないが、奴隷制度の恐ろしさは知っていた。プランテーション、鞭打ち、首枷、南京錠、鎖、船倉、レイプ、男色、強制給餌、焼きごて、焼き印、処刑。ほかでもない実父のおかげで、私は西インド諸島の奴隷制度というものをじかに経験してきた。ヴィーナスにはこういう経験はなかった。そう、彼女はむしろ、アフリカのエデンの園を出て、無知、偏見、背徳、独りよがりが渦巻く、大英帝国という地獄にさまよいこんできた黒い肌のイヴと言ったほうがよかった。そこには褐色の肌をした植民地住民の死体をむさぼる吸血鬼がおり、貪欲な産業界があり、従順なプロレタリア階級の人びとがいた。サラの搾取は、私が思うに、金儲けや宗教がらみ、偽善的で好色でわいせつなことだった。それは、トマス・ペインが愛してやまない人間の精神を殺すことなのだ。ヴィーナスは自分のことを自由だと思っているのかもしれないが、そんなことはない。彼女は奇形の他者として、人間以下の下等な性と堕落のシンボルとして利用され、悪用されてきたのだ。ヴィーナスという呼び名はただのわいせつな五行戯詩《リメリック》、卑猥に目玉をぎょろつかせたのぞき趣味のジョークにすぎないのだ。彼女は奴隷制度廃止運動や公民権や人権にとっては取るに足りないものだった。政治的にもどうでもいい存在だった。私は大英帝国や国王に打ち勝ったことがあるのに、ひとりの孤独な田舎娘に間違った信念をあきらめさせ……尊厳を取り戻させることができずにいた。それなのに、なぜこの純真な羊飼いの娘を心のなかから追いだせないのだろう？　なぜ彼女を忘れることができないのだろう？

私は彼女と交わした激しいやりとりの数々を思い起こした。毎回、私は赤い革やシルクに包まれた、彼女の小さくて申し分のない手を取り、その目を見つめたが、彼女は幽霊のように実体がなくなっていった。目は落ちつきなく動くようになっていった。張り出した頬はほてり、額にしわを寄せ、顔全体はうつろで、肉が落ち、愛らしさがまったく消えてしまった。彼女は私を恐れていた――黒人であるこの私を。

「私がこの人生を受け入れているからといって、この人生を選んだというわけではありません」と、彼女はオランダ語で言った。

「何とおっしゃいました？」

「この人生を受け入れているからと言って、それを選んだわけではないわ」彼女は不完全《ブロークン》な英語で繰り返した。

彼女がいつも口をとがらせているのは、その場とは関係のない悲しみを表わしていた。ヴィーナスは白人である黒人、自由な黒人、本に話しかける黒人が何者なのか理解しようと努めていた。私はそこに座って、じっと睨みつけながら、彼女を脅し、理解してほしいと思って、彼女を怖がらせていたのだ。そして、自分以外のどんな人間のなかにも、私が抱えるゆがみを見いだして驚いていた。

第10章　あれからひと月、ウェダバーン牧師は訴えた……

われわれ自身が属する白色人種は、何よりもまず、その頭の形の美しさによってほかと区別することができる……二番目にくるのが黄色人種、そしてもっとも劣った黒色人種はアトラス山脈の南の地域にのみ存在する。その特徴は黒い肌、縮れた頭髪、上下に圧縮されたような頭蓋骨、やや平たい鼻である。顔の下部の突出と分厚い唇からすると、黒色人種は明らかに猿に近い。

ジョルジュ・レオポルド・キュヴィエ男爵、
『比較解剖学における三〇課程』

一八一〇年、羚羊の季節、イギリスの暦でいえば一一月。あれからひと月、私のご主人様が口汚く罵っていたのでわかったのだが、ウェダバーン牧師はヘンドリック様を、拉致及び誘拐、輸出入禁制品取引、公序良俗違反、脅迫暴行の罪で大法官法廷に訴えた。ダンロップ様もおなじ罪名で法廷に召喚された。検察官が私を尋問するために国王の令状を携えて、セント・ジェームズ広場の私のところにやってきた。私にいったい何ができたというのだろう？　王様の命令ですもの。私はダンロップ様にも同席してもらうよう頼んだが、法務次官のジェームズ・テンプルという男は許可してくれなかった。その法務次官と審問官とダンロップ様の弁護士、それにアフリカン・アソシエイションの弁護士たちだけが出席を許された。彼らがいるあいだずっと、私の意見はダンロップ様の意見でしかなく、彼のあらゆる指示を聞き入れた。裁判が始まるほんの数日前に、彼が突然、思いがけず戻ってきてからというもの、ずっとそうだった。

「どうして戻ってきたのですか？」私は思わず口走った。

「だって、戻ってくると言っただろ。約束したじゃないか」

「あなたは永久に去ってしまったのだと思っていました、もう二度と戻ってこないのだと！」

「どうしてそんなふうに思ったの、サラ！　一生懸命もめごとを解決して、おまえのもとに帰ろうとしていたのに」

「あなたは結婚しています」

「もうしていない。離婚したよ」

「どうして結婚してるって言わなかったんですか？」

「でなきゃ、私を捨てただろう？　どうしようもなかったんだ！　私といっしょにケープ植民地を離れてくれたかい？　だまして悪かった。謝るよ」

「手紙のなかで言うこともできたのに」

「手紙？」

「いないあいだに送ってくれた手紙です」

「私が書いたって？　あ、ああ、そうだね。つまりその……手紙で言えるわけがないじゃないか！　顔を合わせるまで待たなきゃ！　その……手紙ってこれかな？」

私は三通の手紙と、私の名前が書かれた封筒を手渡した。ダンロップ様は手紙を開くと、難しい顔をして、ずいぶん長いあいだそれに目を通していた。

「だれがこの手紙を読んでくれたの？　おまえは読めないだろう」

「ヘンドリック様です」

手紙を返すとき、ダンロップ様の手は震えていた。

「返すよ、サラ」

「どうかしたのですか?」私はたずねた。

「なんでもない。なんでもないよ」、彼は目をそむけ、苦々しげに答えた。「正直に言おう。ヘンドリックは全部読んだわけじゃない。彼は……一部省いたんだ。私が書き送ったすべてを読んでいないんだ……」

「なぜそんなことをしたのでしょう?」

「どうして私にわかるんだい? おばかさん。わかるわけがないじゃないか。たぶん、彼は私のことを嫌っている……そしておまえのこともね——おまえは彼にとってお金以外のなにものでもないんだ」

「あなたにとっては?」

「おい、なんてことを言うんだい?」

彼は半年も姿を消したあげくにいま、セント・ジェームズ公園あたりをちょっと散歩してきたみたいに戻ってきて、私の持参金をふたたび要求し、もういちど結婚の約束をしようとしていた。

「いつ?」

「奴隷廃止論者を追っ払ったらすぐだ」彼は繰り返した。「とくにあのウェダバーンの野郎をね」

「どうして何にでも口をはさんでくるんだい?」とヘンドリック様が不満をもらした。「あんたはサーチェの展示権をあのヘンリー・テイラーとかいう俳優に売ったじゃないか!」

「展示権の半分だけだ! 君のような外国人はイギリスの法廷では勝ち目がないのを、イギリス人ならみんなわかっているさ! おまけに植民地の人間ときている! イギリス人の外国人嫌いのせいで、外国人はみんな割を食っているというのに、征服したばかりの植民地の人間が奴隷制度を持ちこんだりしたらどうなることか、本国でほんの三年前に廃止したばかりだからね……国王はイギリスの急進派のウェダバーンみたいな牧師野郎や——落ちぶれ貴族のマコーリーの言うことに耳を傾けるだろうよ……」

「奴らは告訴してしまったんだ」ヘンドリック様がぼそぼそと泣きごとを言った。

「何も心配はないさ、ヘンドリック、私が戻ってきたのだから——私はこの国のスコットランド人だし、英国海軍の船医なんだよ」

「あの人たちは、私は自由だと言いました」私はおずおずと口をはさんだ。

「そうとも、サラ——奴隷制度云々で騒いでいるのは奴らだけじゃないか？　おまえはまったくの自由だよ——国の保護を受ける自由だってあるさ！　救貧院、売春宿、監獄、それにあのくそ忌まわしい精神病院に入るのだって自由だ！　おまえが望んでいるのはそういうことかい、ミス・バールトマン？　どれがお好みなんだい？　おや——どれもいやなのか？　そうさ、この国にはね、この愛すべきイギリスにはおまえのような者のための施設がたくさんあるんだ——そして、奴らは人びとをそういうところに入れたがるんだよ、おまえのお気に入りのウェダバーンもしかりだ！」

ダンロップは歩きまわりながら、最初にヘンドリックを、次に私を指さした。

「見てみたいものだね、サラ、アフリカ協会のお友だちがおまえをダシにして過激な訴訟ですっかり有名になったあと、おまえを慈善施設に送りこむところを！　そのときにはおまえはこのイギリスでまったくのひとりぼっちだ、私はいない、友人もいない、保護もない、金もない、夫もいない……私はいないんだ！　聞いているのかい？」

ダンロップ様のこの言葉で、私はすっかりくじけてしまった。だれを信じたらいいのだろう？　あの見知らぬ白人の男たち？　あの白い黒人？　それとも戻ってきたダンロップ様？　彼が私の唯一の望みなのだろうか？　私は彼を愛していた。私は、自分がわかっていることにしがみつこうとした。ほかに選択の余地はなかった。

ご主人様《マイ・マスター》たちが裁判のために雇った弁護士は、象牙のようになめらかな人当たりのよさと、ダイヤモンドのような冷徹さを兼ね備えた法廷弁護士で、スティーブン・ギールジー卿という名前だった。私たちは法廷で、マコーリー様とウェダバーン様の告発に答弁することになっていた。アレクサンダー様とヘンドリック様は、本人の同意なしに、ないしは輸出入禁制品として、私をイギリスに連れてきたのではない、ということを証明しなければならなかった。

「その申し立てというのは」と、弁護士が言った。「あなたがたが、総督であるコールドン卿が知らぬあいだにヴィーナスをケープから密かに連れだしたことと、彼女が無理やり、自分の意志に反して公に展示されているということです。あなたがたは、彼女がケープタウンを発つ前に同意したことを証明しなければなりません。あなたがたと彼女のあいだで交わした契約書を提示してもらえますか。そのなかに、展示に関しての報酬と収益の取り分があると思いますが？」

「もちろん、そんなものはありません。サーチェは読むことすらできないのに、契約書のなんたるかなんてわかるはずもありません」

「いつ、ケープ植民地を発ちましたか？」

「五月です」

「イギリスに着いたのは？」

「九月です」

「公証人にオランダ語で契約書を作成させましょう、日付は一八一〇年一〇月二九日、あなたがたとヴィーナスのあいだが雇用者と家事奉公人という関係であることを証明するためです。だれかがオランダ語で彼女にそれを読み聞かせ、理解したことを確認したうえで、彼女にサインとしてしるしをつけさせなければなりません。契約は、あなたがたがケープ植民地を出航する前の一八一〇年三月から一八一六年三月までの六年間有効となるでしょう」

「サインするかい?」ダンロップ様はため息をついた。「近ごろのおまえはとても様子が変だから……」

「契約書って何でしょう?」

「ちょうど、ホッテントットの結婚契約とおなじようなものさ。名誉にかけて守らなければならない厳粛な約束だ」

「それは、イギリス式の結婚契約ですか?」と私はたずねた。

「結婚契約のようなもので……はない……」彼の声はだんだん小さくなった。

「さて、われわれは彼女にそれなりの報酬を支払わねばなりません。その結婚契約のなかで、あなたは彼女に何をお約束されましたか、ダンロップさん?」

「富と名声ですよ」ご主人様は「結婚」という言葉をはずして答えた。

「それについて、もう少し具体的にご説明を」

「つまり、これまで同様、サラが自分を見世物にして得るものです。われわれはロンドンを席巻し、興行収益をちょうど半分にわけるということです」

「私はだれの足も洗いません」私は言った。「それに家事もしません」と、もったいぶってつけ加えた。

弁護士とダンロップ様は、顔を見合わせて微笑んだ。

「お給料ももらえるんだよ、サーチェ」

「いくらですか?」

「年一二ギニー〔一ギニーは二一シリング〕……六年のあいだ、つまり全部で七二ギニーだ……」

私はよく考えた。

「それは一〇ポンド以上〔一ポンドは二〇シリング〕ということですね?」

「そのとおりだよ」

公証人は、その名をスウィーティングス路地〔ロンドン、シティにある地名。一七七三年、ここに初の証券取引所が設立された〕のアレンド・ジェイコブ・ギタードといったが、その契約書を声にだしてオランダ語で読みあげ、私が理解したかどうかたずねた。そして、私は彼が読みあげた内容を理解したという別の宣誓供述書にサインしなければならなかった。これが、国王の名のもとに、私の所有者たちを弁護することになるのだろう。

「年一二ギニー、家事労働のため」オランダ語の通訳のギタード氏がもういちど繰り返した。「あなたはいまと同様、イギリスおよびアイルランドの人びとに見られることを認めたことになります。部屋代と食事代を含む、あなたにかかる一切の費用はダンロップ氏が支払います。あなたが南アフリカを往復する費用もダンロップ氏が負担し、病気になった場合の薬代および医師への支払も彼がおこないます。もしあなたが南アフリカに戻りたい場合、ダンロップ氏があなたを本国に送還するための諸費用を負担します」

私はびっくりした。これは彼がケープ植民地で約束したよりずっと多くのことだった。

「それで、収益の取り分は」、私はたずねた。

「あなたの取り分は契約が終わるまで、つまり一八一〇年三月一〇日から一八一六年三月一〇日まで、ダンロップ氏が保管しておきます。あなたがケープ植民地に帰るときには、有名になっているだけでなく、金持ちにもなっているというわけです」

「協会から来た人たちについてはどうするつもりなのですか？」とうとう私はたずねた。あの人たちがまたやってくるだろうということはわかっていた。

「別に。われわれはこの契約書で守られているからね……われわれの交わした契約書でね……あいつらには吠えさせておけばいいさ。何もできないんだから。おまえが否認しない限り、われわれには正式な契約書があるんだから」

「彼女が契約の範囲を超えてすることについては知ったことではありません」ダンロップ様はアフリカ協会の人たちに強調した。「このショーはわれわれの女中と私とカーサル大佐のあいだで個人的に取り決めたことで、まったく合法的なものです。われわれの個人的な取り決めは、あなたがたやイギリスの法によって干渉されるようなものではありません。何度も申し上げてきたように、この女性はコイコイの人間で、ホッテントットとしても知られておりますが、ケープ植民地総督、コールドン卿の直接の保護下に置かれています。私はサーチェを植民地から移動する許可をコールドン卿からもらい、閣下がサインしたパスポートも持っています」

「それなのに、このような契約書を作らせたのですか？」

「裁判になったからですよ。もちろん、あなたのためではないし、下品だとか、道徳だとか、ウィルバーフォース氏だとかご託を並べて、このかわいそうな女性から生計の手段を奪うことを何とも思わない弁護団や奴隷廃止論者や急進派の連中のためでもない！」

「われわれの申し立てについては、法廷ではっきりとお答えいただきましょう、われわれは申し立てを撤回する気はありませんから」と、オランダ人が警告した。

「そうして、あなたがたの活動によって、この女性をロンドンの路上に乞食として放りだすか、囚人のようにアフリカに送り返すことを彼女に受け入れさせるか、それは思うに、あなたがたの正義のためでしかない！」

「われわれは、アフリカの人びとを文明化するための慈善団体です……」

「そして、ここにいるサラを、奴隷や貧民や知的障害者のための慈善団体の施しに頼らせたいんだろう」とダンロップ様が怒鳴りつけた。「君が望んでいるのはそういうことかい、サラ？」彼は私の方を向いてたずねた。

「私は施しなんか受けたくありません。解放奴隷の避難所に閉じこめられたくもありません。ジャマイカやシエラレオネに船で送られるのもいやです！」（これはすべて、慎重に私に説明されていた）。あの人たちが私に望むことは何なのだろう？　いまのままでも、そんなに不幸ではないのだけれど？　実際、だんな様も帰ってきたし。だって、私がこの世で持っているものといえば、だんな様との契約だけなんだから。

「われわれは、ここにいるバールトマンはあなたがたの囚人だと考えています」

「ちょっと」、ヘンドリック様が言った。「あなたたちこそが、ミス・バールトマンを囚人にしたがっている……あなたがた自身の政治的な目的のために……そして議会にいるあなたがたのお友だちの自由主義者のためにね。ミス・バールトマンとグレンヴィル卿は最近ちょっと人気がありすぎる……それに、少しばかり注目を集めすぎてやしませんか……」

今回は、さらに多くの人が集まった。何人かは前にもいた人たちで、アフリカ協会から来た年配で恰幅のいい人、法務次官、オランダ人のジェントルマン、私にオランダ語で話しかけた人だ。しかし彼らといっしょに来たのは、私を絞首刑にできるくらい大勢の人びとだった。国王の臣下や、アフリカン・アソシエイションの人たち、私のために通訳し、私が話したことをすべて書き留めるオランダ人たちだ。白人である黒人もやってきたが、何も話さなかった。私にほとんどの質問をしたのは、オランダ人の紳士、ファン・ワーヘニング様だった。あの白い黒人は、ずっと彼の耳元で何かささやいていたが、けっして私から目をそらさなかった。

その長身のオランダ人はウェーブのかかったブロンドの髪の毛で、分厚い眼鏡のせいで大きく見えるツバメ色の目をしていたが、眼鏡をはずしてその端を噛み、またかけ直した。彼は非常に早口で、しかも標準オランダ語《ハイ・ダッチ》で話したので、私にはほとんど理解できなかった。それを見てとると、彼は突然、低地ドイツ語《ロー・ダッチ》〔ドイツ北部低地地方のオランダ語に近い方言〕に切り替え、濃いブロンドの口ひげの下で微笑んだ。私も微笑み返し、あなたの麻のシャツはとても白く、よく糊が効いていて、ビシッとアイロンがけされているので、きっとシャツをオランダに送り返して洗濯させているんでしょう、と言った。これには彼も笑って、そのとおり、洗濯物はアムステルダムに送っています、と白状した。

「われわれは全員がアフリカン・アソシエイションとアフリカ協会のメンバーです」と彼は低地ドイツ語で続けた。「こちらはマコーリー氏とロバート・ウェダバーン氏です。ウェダバーン牧師と私は、ピカデリーでお目にかかったので覚えていらっしゃいますね?」

では、白い黒人の名前もイギリス風なんだ。

「そのときにも言いましたが、われわれはアフリカの人びとやそのほかの有色人種の人びとを保護し、擁護するための会です。われわれは先頭に立って、イギリス本土における奴隷度制廃止のために闘い、それが達成されたいまは、イギリスにやってきたすべての元奴隷や現奴隷にも、あなたが持っていらっしゃるような自由な人間としての身分が保証されていることを確かめているのです。おわかりでしょうか?」

「私は奴隷ではありません」私はきっぱりと言った。「私は自由な女性です」

「それはわかっていますが、あなたの行動や身体的自由には制限があるように思えます」

私は黙ったままだった。ダンロップ様の誘惑に乗って、うその約束でイギリスに連れてこられたことを打ち明けるべきだろうか？　私の将来の夫のことを？　彼らは私を送り返すだろうが、私は帰りたくなかった。送り返されたら死んでしまうだろう。

「あなたがすでに、国王の名のもと、供述書に偽りのないことを宣誓されたことはわかっていますが、いまここにいるのは通訳だけです」ファン・ワーヘニング様は言った。「もし、ひどい扱いを受けているなら、もういちどご自分の自由を守るチャンスですよ」

ひどい扱い、私は思った。私の財産はなくなり、花嫁の持参金は、結婚もしないのにだんな様に使われてしまい、生計を立てるための唯一の手段が裁判のネタになった。そして、ここには私を笑いものにしようとする白人の一団がいるのよ、サラ……私は首を振った。

「何も不満はありません」私はオランダ語で言った。

私の答えにがっかりした様子も見せず、ファン・ワーヘニング様は落ち着き払ってこう主張した。

「われわれは、あなたが雇い主を告発することを望んでいるわけではありません。こうして永いあいだ闘ってきたわけですから、私有財産としての奴隷制度に適用されるかの法律がイギリスで支持、尊重され、イギリスにいる有色の人びとが、その法律によって安全に守られることを願っているだけです」

「われわれはすっかり準備を整えているんですよ」恰幅のいい白人が口をはさんできた。「もしあなたがほんとうにお望みなら、アフリカに帰る旅費は無条件で調達できます。友人や家族に再会できるんですよ……われわれは、多くの有色の人たちにそのようにしてきました」

私は静かに彼の話に耳を傾け、思わず心を動かされていた。こういうことすべてを、白人にしろ黒人にしろ、ケープ植民地の人間がだれひとりとしていないところで、そのことをまったく知らずに、行なうことができるという事実は驚きだった。この白人たちには（ウェダバーン様も含めて）いったいどれほどの力があるのだろう。ほんとうに私を守ってくれるのかしら？　イギリスに残る方法はほかにないのかしら？　もしご主人様たちから離れたら、彼らが言ったように、最後には救貧院や監獄や精神病院や売春宿に行くことになるのかしら？　結局、この世には私の居場所はないのかしら？　見世物の檻もほかの檻も、どのみちいっしょじゃないの？　私は、あえてたずねなかった。白い黒人が私の沈黙に語りかけてきた。まっすぐに目を見つめ、私に理解させようとした。

「サラ」と、彼は話しはじめた。「私たちはみな、二二五番地で展示を見たんだ。カーサル氏の暴力的な振る舞い、つまり君に対する威嚇的な態度に背筋が寒くなったよ。彼が君の家族ではないこと、君の身柄に対して法的にも道徳的にも権利を持つ父親や兄弟ではないことが看て取れたよ。だから、もし君が自由な人間であるなら、あのような仕打ち、しかも言葉と行為の両方による仕打ちをやめるように、補償を要求する権利があるんだよ。私たちが良識の名にかけてここにいるのは、君が……雇い主あるいは管理者に経済的に依存していることによって、君の体に危害が及ばないような手段を講じるためなんだよ。君がまだ二一歳になっていないことはわかっているからね」

「カーサル様は私の雇い主でも保護者でもありません。私はこちらにいらっしゃるダンロップ様と契約しています。まもなく、私は二二歳の誕生日を迎えます。私は奴隷では……奴隷ではありません。私は自由です」

「この男たちは君を酷使し、自分たちを騙っているんだ」

「それで、あなたはもっとよくして下さるのですか？　宣教師だから？」私は牧師様のことや私の一〇ポンドのことを思い出した。

「私たちは宣教師ではないし、宗教団体とは関係ありません、私たちは市民権の団体です」

「ではどうして牧師様と呼ばれているのですか？」私はウェダバーン牧師にたずねた。

「伝道の免許を持っているからですよ」と彼は答えた。

「あなたはフリーハウスランド牧師とは似ていませんものね」

「フリーハウスランド牧師とはどなたですか？」

「私は子どものころ、その方の奴隷でした。彼はここイギリスに眠っています。マンチェスターに」そして、つけ加えた。「彼のお墓参りのためにやってきたのです。お墓を訪ねるまでは帰りたくありません……」

「しかし、それを済ませたら、家族や友人のもとに戻るのがいちばんいいんじゃないでしょうか？」

「みんな死にました。みんな殺されたんです」私はうそをついた。

「しかし、君の意に反するわけではないが」、私の答えにショックを受けて、彼は言った。「見知らぬ国で君の思うようにさせてはおけません。それこそ、もっとも非人間的なことです」

「非人間的って、どういうことですか？」

「非人間的っていうのは、君の身に起こっていることだよ、サラ。君は知らず知らずのうちに、自分を搾取するようなことに手を貸し、自分の人間性を失わせる手先になっている！　私がそうでないのとおなじように、君ももはや本物の、純粋なホッテントットではないんだ。君はまがいもので、でっちあげで、冗談で、偽りの表象、怪奇な神話を広めるために利用された犠牲者……偽りの黒……いわゆる野蛮のグロテスクな諷刺画なんだ。君を描いた格安本の絵《ペニー・ピクチャ》を見てみろ！　考えてごらん、サラ。自分で考えるんだ。ほかの人の考えではなく。鎖も地下牢も生きながら焼かれる恐怖も、私たちが自由に考えることを妨げることはできないし、自由に行動し、話し、書き、本を読むこともおなじように妨げられないのだよ」

「本?」

「そう、本だ」

「本は白人のためのものです。本は黒人には語りかけません」

「そんなことはない、語りかけるよ。そうでなきゃ、奴隷に読み方を教えるのが罪になんてならないだろう……そうなるのは……君は読めないのか、サラ?」

「はい」

「読めないって?」

「小さいころから読もうとしませんでした。いまも読もうと思いません」

「ここに一冊の本がある、聖書《グッド・ブック》だ、人がみな読むべき本だよ」

「聖書《バイブル》ですね。フリーハウスランド牧師もそうおっしゃっていました」

「それで、フリーハウスランド牧師は君のことを気にかけてくれたの?」

「わかりません」

「牧師を愛していたの?」

「はい。私が知っている限り、たったひとりのいい宣教師でした」

「それで、彼はいまどこに?」

「もうお話ししました。亡くなりました。マンチェスターに眠っています」

「イギリスの?」

「はい、ご主人様《マスター》。申し上げたように、亡くなって埋葬されました」

「私のことをご主人様《マスター》と呼ばないでくれ!」

牧師はゆっくりと目をそらした、たぶん、愚かな牛飼い女、字も読めない羊飼い女の頑固さにいらいらしたのだと思う。私が直感的に確信したのは、彼が、単なるパロディ、お粗末な真実の代弁者で、私を救うこともできないということだった。もしも私が自ら破滅を招いたとしたら、そのときは私のやりたいようにさせてほしいものだ。

「覚えておいて」彼は悲しげに言った。「マルクス・アウレリウス〔一二一―一八〇年。第一六代ローマ皇帝。五賢帝のひとりであり、『自省録』などの著作で知られる〕の言葉だ。人は自分が生きてきた人生以外の人生を失うことはないし、自分が失う人生以外の人生を生きることはない……」

「この生き方を受け入れただけで、選んだわけではありませんから」私はオランダ語で繰り返した。

「君は私が言った言葉を理解しなかったようだね?」

ちがう、私はこう言いたかったのだ、理解していますとも。あなたが思い描く私の方が、私自身よりも大切なんだということを理解している。ダンロップ様が私のことを自分のものと考えているのと同様に、あなたも私のことを自分のものだと考えている。あなたは私のことを、イギリス人に対する革命と反乱を成し遂げるための手段だと考えている。あなたは腹を立てすぎていて、ほんとうは私のことなど全然わかっていない――この騒動の台風の目として見ているだけなのだ。私はあなたのことを信頼していないの、白い黒人さん、私はそう思っていた。あなたは私を嫌っている。私があなたの理想どおりではないから。あなたは彼らのようになりたがっている。私はなりたくない。思うに、それがあなたと私の大きな違いだ。

「あなたが言ったことなんてわからなくてもかまいません」私は言った。

しかし、私はこう思っていた。あなたの考えはあなたにとって大切なだけ。私にとってではない。たとえば、あなたは私の言葉をしゃべりさえしない、それなのに、私の歴史を語り、私の理想を語り、私の代理人を騙り、私を救うことをあなたに許すのが私の務めだと語るあなたは、いったい何者なの。私たちのあいだには共通の言葉がないだけでなく、ただお互いを理解するにも、白人の言葉を使わなければならないのに……

「私は奴隷ではありません……私は自由な女性です」

「お願いだ、サラ、逃げろ。不幸なホッテントットよ、逃げるんだ、哲人ディドロ〔一七一三―一七八四年。フランスの啓蒙思想家で『百科全書』の編纂・刊行で知られる〕が言ったように、私が懇願したように――自分の森に身を隠せ！　そこに棲む動物は、君がひれ伏そうとしている帝国内の怪物ほど危険ではない。トラは君を引きちぎるかもしれないが、君の命までも奪うまい。帝国内の怪物は君の純潔を奪い、君の自由を侵すだろう。手斧や毒塗りの弓矢を手に取る勇気を持て、そして、それらを異国人たちに雨あられと降り注ぎ、自分たちの災厄を伝える者をひとりも残さぬようにするのだ……それしかないんだ、サラ。サラ？」

「彼らのばかげた意見に屈するか、彼らを非情に抹殺するかだ――だって、だってサラ、かりに君がそうじゃないと思っていても、彼らはこう思っているんだ、おまえは生きるにふさわしくない……この世に暮らす資格はない……おまえの存在には正当な理由がない……」

「私はただの羊飼いの女です、おわかりでしょう？」

「私が小さいころは」と、私は続けた。「コイコイ人の事情は違っていました。水も放牧地もありました。でもいまは、私たちが家畜と交換した錆びた鉄と色あせたビーズ以外何もありません……」

「大地は神のものだ、サラ、肌の色や性格の違いなどに正しいか正しくないか関係なく、神はそれを人の子らにお与えになった。その後、囲いこむ者と独占する者がその土地を私有財産に変えてしまい、奴隷制度を生みだしたんだ。それ以来、弱い者は、悪人に彼らの奴隷にしてくれと請わなければならなくなった……」

ウェダバーン牧師は指先を噛み、私を納得させる説教の言葉を探そうとした。彼は指先の肉に少し食いこむまで、ぎゅっと爪を噛み続けた。彼はまた話しはじめた。

「私にはスコットランド人の血が流れている」と彼は言った。「その血統は六三三年にまでさかのぼるが、アフリカ人としての血統は時の始まりまでさかのぼる……私は自由だ。自由だから、反抗することも自由にできる！　奴隷や不運な人びとが大地を耕し、その上を建物で飾り、そこに富を満たす。そして、それらの富は、まず最初に奴隷たちに働くことを課した支配階級に盗まれるんだ！　いったい、裕福な未開人がいままでにひとりでもいただろうか？　君は裕福かい？　ねえ、彼らを認めてはいけないんだ。王も司祭も神父も主人も認めてはいけない。有効なのは直接行動だけだ。迫害する者に嘆願するなんて、人間性をおとしめることだ……」

「神は人を分け隔てしない〔たとえば、新約聖書『使徒行伝』第一〇章三四、三五節〕。革命は神のいないところで進んでいくものだ。イングランドの労働者階級、スコットランドの小作農、ハイチの黒人、アフリカの奴隷、アイルランドの債務使用人、アメリカの先住民、みんなおなじことだ。みなヨベルの年〔五〇年ごとの贖罪の日で、奴隷などを解放するように神がモーゼに命じたと聖書に記されている〕を待ち望んでいる。イザヤ書の第一章二〇節、私は悩める者によき知らせをもたらす。悲しみに打ちひしがれた者を束ね、囚われ人に放免を告げ、縛られている者の獄屋の戸を開け、君のことだ、サラ、檻のなかの君だよ——私を信じるんだ！」

「あなたは結婚されていますか、ウェダバーン様《マスター》」

「もう妻はいないし、私のことをご主人様《マスター》と呼ぶんじゃない。私は君の兄弟であって、主人《マスター》じゃない」

彼は腰をおろして、額をぬぐった。私も物言わぬ獣のようにただそこに座り、まるで何も理解しなかったかのように、何の反応も示さなかった。

「お願いだから、私をご主人様《マスター》と呼ばないで」

「私にとっては、あなたもほかの人たちとおなじです、ただ少し色が黒いだけ」

「ああ、サラ、サラ」、彼は言った。「ひどく傷つくよ、どうしてそんなことを言うんだい?」

「あなたは白い黒人、私が見ているのは……」

「違うよ、サラ、君は〝白い〟黒人を見ているんじゃない。君が見ているのは、解放された自由な黒人だ。私は君が初めて目にする自由な黒人なんだ……君はそれにすら気づいていない! 君はまだ白人を正視することを恐れているんだ――よく見ろ、サラ! 目をあけなさい……君は私同様、自由になれるんだ……」

彼は大きな手で私の手をとった。

「私は育ちが悪く、無作法な人間で、自分の考えを上品で洗練された方法で伝えることができない。けれど君と会ったとき、君は私の母や祖母とおなじように、裸で、嘲笑の的で、自尊心を傷つけられており、そのうえ、排他的で無知でひとりよがりで残酷で俗悪で堕落した悪人どものせいで、魂は縮み、汚されていた。彼らは臆病で偏見を持っているために、人間性のなかでももっとも低俗で次元の低い衝動に屈してしまい、自分たちには理解できないものをあざ笑うんだ。私は心底同胞に絶望したよ。真実、宗教的自由、良心の自由に対する普遍的権利といったものの大義を守るという私自身の使命にも絶望したんだ……」

「君は私を信じていないのだろう?」

私は答えられなかった。私の口は、娘のころ、尻を大きくするために詰めこまれた甘いトウモロコシ粥でいっぱいになったようだった。

「君の愚かで毛むくじゃらのアフリカーナーのボスたちより、私の方が賢くて善良で力があると思えない……どうだい?」

私は彼の口調にひるんだ。私は試されている……

「あなたは腹を立てている」私は言った。

「そんなことはない、サラ。君に生きてほしい、それだけだ。君に生きていてもらいたいんだ」

「生きる？」

「私だけが君の命を救えるのだ。法と私だけが。私はこれを生死の問題だと考えている。どうして私を信じられない？　何が妨げになっている？　私の肌の色かい？」

「だれも信じるな、とりわけおまえの胸で眠る奴のことは」

白い黒人は、どうにでもなれといった様子で私の目を見つめ、よろめいた。私は強いて理解しようとしなかった。彼の言ったことは、ひとことたりとも理解しなかった。彼を理解しようとすることは、弱気になるということだった。私は白人たちの目に映ったものを見た。イギリス人の衣をまとった狂ったニガーが、身を潜め……毒槍を手に白人たちに襲いかかろうと様子を窺っていた。

「お願いだ……サラ……君を救わせてくれ」

「いやです」

「君が所有者たちに対して証言する手伝いを」

「いやです」

「宣誓供述書を変えなければいけないよ」

「いやです」

私は、たったひとつのことしかわかっていなかった。アレクサンダー様にしがみついていなければならない。彼が戻ってきた以上、どんなことがあっても。彼に逆らうなんて破滅することだ。彼こそが私の救い主であって、ウェダバーン牧師じゃない。彼が私のたったひとつの可能性なんだ。彼を手放しちゃいけない。

第11章　私が裁判所に姿を現わすと……

拝啓、

純然たる比較解剖学は、実質的にはゲームになってきています。つまり、それぞれの器官の変化や逐次退化の様子を見つけるために、ほんの一瞥が必要なだけなのです。そして、もしそれぞれの器官が産みだす作用がまだ説明されていない場合は、生命体のなかにわれわれが目にしている繊維や組織以上の何か——すなわち生物の機械的な部分にすぎないもの、あるいは、いわば生命力の受動的な道具があるためなのであり、それゆえに最初の障害となる微細な要素と最終結果となる過敏な移動のあいだには、われわれが、考えもしない多くの中間的な進化が起こっているのだと言えます。

ジョルジュ・レオポルド・キュヴィエ男爵が、『比較解剖学における三〇課程』についてJ・C・メルトルード〔一七二八－一八〇二年。王立植物園の比較解剖学講座教授。一七九五年、キュヴィエは彼の助手になった〕に宛てた手紙

一八一〇年、羚羊《アンテロープ》の季節、イギリスの暦でいえば一一月。私がふたりのオランダ語の通訳とともに裁判所に姿を現わすと、物見高い野次馬や取材記者や警官隊が私を取り囲んだ。奴隷廃止論者の群衆が大声でデモを繰り広げていたので、騎馬警官隊は、わめいたり叫んだりする連中をかきわけて、裁判所の入り口まで私のために道を空けなければならなかった。法廷のなかに入ると、まだほとんど人はいなかった。

掃除をしている人たちの横を通り過ぎたが、ひとりだけ、モップを手に物思いにふけっている掃除婦がい

た。私は自分のまわりをさっと見渡した。大きなアーチ型の窓は二階分の高さがあり、テムズ川に面していた。窓は、国王ジョージの紋章が刺繡された黒と金のずっしりとしたベルベットのドレープで縁取られていた。部屋は楕円形で、部屋全体には金メッキを施したダーク・オークの板が張ってあり、建具類は黒檀とブロンズだった。部屋の両端にはそれより小さなシャンデリアが配置されていた。天井の中央には大きなクリスタルのシャンデリアがつるされており、部屋の両端にはそれより小さなシャンデリアが配置されていた。ホールの静けさのなかに革張りの長椅子がぽっかりと浮かびあがり、紙やインクや古い書類や死への恐れといったものが醸しだす空気が、タバコや湿気を帯びた毛織物、石けんや真鍮磨きの微かなにおいに混じっていた。しかしそこには、もうひとつ別の香気が染みこんでおり、ほかを圧倒していた。それは白人の法、白人の神、そして不完全でもろい白人たちの正義といった、神聖さが醸しだす香気だった。

ホールの端には治安判事の席があったが、それは英国国旗、王室旗、そしてけっして太陽が沈まないと聞かされていた大英帝国の旗に囲まれ、堂々としていた。治安判事の椅子の後ろには金地を背景に言葉があり、意味はわからないが、何と書いてあるかはわかった。我らは神を信じる。私は席に着いたが、手袋をはめ、帽子をかぶり、カシミアのショールを巻いて、体型も容姿も完全に隠していた。私はヴェールもおろし、そのぼやけた視界をとおして役者《プレーヤー》たちが入ってくるのを見守った。

最初にウェダバーン様が入ってきて、最前列に着席した。彼はうなずいて見せたが、私と挨拶を交わすことはなかった。私は、次に分厚いドアを通ってやってくるのはだれだろうと考えてみた。いまは羚羊月の季節、交尾の月だった。おや、アフリカスミレのかすかなかおりがする。どこからだろう？　私は振り向き、スティーブン・ギールジー卿の重々しい足取りを目で追った。私たちの弁護士は黒と緋色の法服をまとい、白いスカーフに白い巻き毛のかつらを着け、通路を通って被告席側の彼の席に着いた。ウェダバーン様はブリーフケースから取りだした書類に目を通すふりをしていた。彼はこのちょっとした芝居に意識を集中していたため、オランダ人のペーテル・ファン・ワーヘニングがそばに来て耳元でささやくまで、彼が入ってきたことに気づかなかった。

法廷は人でいっぱいになりはじめた。外では、まだたくさんの人びとが行列を成していた。私の悪評の立証。その日の朝刊は、裁判についての見出しや記事や諷刺漫画があふれかえっていた。裁判所のすぐそばの歩道では、諷刺版画が売られていた。「ホッテントット・ヴィーナス」という表題がついている。そこには、ビーズ以外は何も身につけていない私がグレンヴィル卿と背中合わせに立ち、古めかしい大礼服を着た彼が肩越しに私を見ているという、醜悪で下品な図版が描かれていた。ふたりのあいだで片膝をつき、コンパスを使って「出っ尻ペア」のサイズを測っているのは、有名な劇作家のリチャード・シェリダンで、彼もまた下院議員だった。絵の説明文は読めなかったが、外の連中がみなその言葉を叫んでいるのを聞いて、何を言っているのかわかった。「まあ、アフリカから来た出っ尻には何も期待していないさ！　でも、あれほどの傑物ともなれば、中身のない閣下をしのぐってもんだ！」

マコーリー様が法廷に入ってきて、かなりの巨体をウェダバーン牧師の横の席にすばやく滑りこませたが、ウェダバーン様は深々とため息をついただけで、黙りこんだままだった。裁判長のエレンバラ卿が入廷したので全員が起立した。

「エレンバラ伯爵閣下の御成り、一同起立」廷吏が号令をかけた。

エレンバラ卿が入廷し、そのあとにほかの治安判事が続いた。裁判官の長くゆったりした、アーミン毛皮の縁取りのついた赤い法服のせいで、彼は芝居じみた雰囲気を漂わせていた。かさ高い白い法廷用のかつらが少し小柄な彼を六インチ〔約一五センチ〕もかさ上げしていたうえに、長くて顎のない細面の顔に、クリスマスツリー型の眉が有名だったが、私には彼が権威と節制と威厳を発しているように思えた。彼は最初に、本法廷ではばかげた行為は認めない、公判中は諷刺漫画やサーカスのごとき風情の安物のポスターの持ちこみは禁止すると言った。どうやらエレンバラ卿は、グレンヴィル卿と姻戚関係にあるようだった。その後、法務次官が立ちあがり、冒頭陳述書を手に治安判事に話しかけた。

「私は、ある不幸な女性に代わって閣下に申し上げるしだいです。この女性は現在、礼儀を欠いた、この国にとっては不名誉なやり方で、大衆の見世物にされております。彼女を管理している者たちによって、この国に連れてこられ、本人の同意もないままに見世物にされている、自分ではどうすることもできない、何もわからない異邦人に代わって申し上げます。彼女が拘束されていること、この展示が彼女の意思に反していることを納得しない限り、裁判所は私が申し出てる裁定を出せないのは承知しております。しかしながら、私には、しかるべき人物の出席のもと、審問官と法定代理人の前に彼女を連れてくるための人身保護令状がなぜ出されないのか、その理由がわかりません」

「閣下、私はこの申し立てを何にもとづいて行なうべきか、少々迷っております——つまり人身保護令状にもとづいてか、それとも法原則にもとづいてか、ということであります。私はこの申請の根拠となる宣誓供述書を読み進め、申し立ての方法については裁判所からの指示を仰ごうと思います。私はエジプシャン・ホールのオーナーであるウィリアム・ブロック氏の宣誓供述書を提出し、彼を証人席に召喚いたします」

——王座裁判所にて——

「名前と職業を述べてください」

「ミドルセックス州ピカデリー在住、ウィリアム・ブロック、リヴァプール博物館を経営しております」

「ヴィーナスとその所有者であるダンロップ氏について、あなたが知るところを本法廷でお話し願えますか？」

「あれはたしか八月ごろでしたか、アレクサンダー・ダンロップ氏から問い合わせがありまして、彼は当時も今も軍医だと思うのですが、彼はそのとき、喜望峰から到着したばかりだということで、私にたいそう美しく、ものすごく高価なキリン皮の購入を持ちかけてきたのですが、それがかなりの値段で私の希望より高かったので、取引は成立しませんでした。けれども、その後のアレクサンダー・ダンロップとの話し合いでその皮を購入しました」

「アレクサンダー・ダンロップがあなたに申し出たのはそれだけですか？」

「アレクサンダー・ダンロップは私と話すうちに、喜望峰から連れてきたホッテントットの女性がいると言いだしました」

「それで、その申し出についてはお考えになりましたか？　なぜ、ダンロップ氏とそのお仲間はこのようなことを始めたと思われますか？」

ブロック様は訴追者をじっと見つめた。

「なぜ、彼らがこんなことをしたかですって？」彼は答えた。「もちろん、金のためです」

「そしてもちろん、それはあなたの倫理観や道徳に反したわけですね」

「そうです」

ブロック様はきっぱりと言った。

「できませんよ」彼は繰り返した。「たとえどんなに……風変わりだとしても、生きた人間を動物の博物館で展示するなんていうことは、道義上できません。しかし、キリンの皮はたしかにダンロップ氏から購入し、コレクションのひとつとして現在大ホールで展示しています」

「それにはいくら払われましたか?」

「皮の代金として一〇〇ギニー支払いました」

「ではヴィーナスについて、ダンロップはいくらだと言いましたか?」

「それについてはお答えしたくありません」

「どうか質問にお答えください」

「五〇〇ポンドです。それと同時に、彼女を二年で喜望峰に帰す契約があるとも言いました。ダンロップ氏は、私がキリンの皮を購入するのに先立って、できれば全部いっしょに譲渡したいというふうに言いました。つまり、皮とホッテントットの女性、ということだと私は理解しました。しかし、私が皮を購入しますと、ダンロップ氏は残りのもの（この場合、ホッテントットの女性のことだと思いますが）を有利に取引したかったので、もし私が皮に相当な額を提示したら、彼女の方は格安で手に入れられるだろうと言いました。ダンロップ氏は、私が皮のことで交渉しているときに、その女性の異常な姿かたちを説明し、彼女は非常に好奇心をそそるので、一般に公開した者はだれでもひと儲けできるだろうと言いました。私はそのような展示は大衆の支持を得られないだろうと思い、ダンロップ氏の申し出を断り、皮だけを購入しました」

「でも、あなたは彼女を剝製にして、ご自分の標本のあいだに自然な感じに並べたらどんなふうに見えるか、想像してみましたか?」

ブロック様はやけどしたかのようにひるんだ。

「私は収集家であって剝製師ではない! もちろん、ほかの動物といっしょに天窓のあるアフリカの動植物のコーナーに彼女を剝製にして置いたらどれほど自然に見えるか、想像はしてみました。私の自然史博物館は、自然界をあるがままに陳列するだけでなく、博物館を訪れた人びとの精神や行動に影響を与え、自分たちの高尚で理にかなった人間の習性に思いを巡らし、人間と動物の本性のあいだにある隔たりを明らかにするように設計されています。しかしサラ・バールトマンに出会ったとき、私は彼女がわれわれの言葉――英語を話すのに驚きました。だから、もし彼女が言語を持っていて、それが片言であれ、キングズ・イングリッシュであるなら、彼女もまた、国王陛下も認める人間性を持っているのだと私は考えますね！　そうです！　どんなに見世物として価値があろうと、人間を展示することはできません！」

「あなたはマコーリー氏がなさったように、ダンロップ氏を当局に告発しようと考えたことはありましたか？」

「そうですね、私はふたりの男、ひとりは植民地の人間でもうひとりは士官、いわゆるジェントルマンでしたが、彼らに疑いの目を向けはじめました。ひとりはこの取引が私の愛国的な務めだと言い、もうひとりは科学的な務めだと主張していましたが、なぜ、彼らはこんなことをやっていたのでしょう？　先ほども申し上げたように、金のためですよ、もちろん。それに、ミス・バールトマンはどちらかの愛人にちがいないとも思いました。どちらの方でしょうねえ？　だけど、もしそうなら、その男はいわゆる彼女のヒモというわけじゃないですか？　私は不愉快でした。このかわいそうな人をダシに商売をして、法に抵触し、警察沙汰になるかもしれないようなことに首を突っこもうとしていたのだと気づいたからです。ホッテントットは生きて呼吸している罪の化身です。セックス、奇形、奴隷制度の化身なのです。というのも、いまでは、彼女が不法にイギリスに輸入された奴隷だと確信しているからです。私はあの日、馬車のなかでミス・バールトマンと対面して、ひきつけを起こしそうになりました。ある探検家がかつて私に言ったことがあるのですが、ジャングルの奥地で白人同士が出会うことが尋常でないように、奴隷貿易や帝国、自身の凶暴で不道徳な衝動、これらに対する罪がただ一点に集中して投影されることも異様なことです。そして私にとっては、ミス・バールトマンがそのジャングルだったのです！　私は大声で叫びさえしました。ここはジャングルだ！　と、ね。私は馬車から飛びだしました、もはやミス・バールトマンを見ているのに耐えられなかったからです。私はキリンの皮以外、これ以上ダンロップ氏と取引するのを断りました……」

私は驚いた。ブロック様が法廷で証言しなかったからだ、彼がどんなふうに馬車のなかに腰をおろし、どんなふうに私をつねり、私の尻のことでどんなふうにジョークを言い、どんなふうに私の値段のことで押問答したかを。あるいは私をヴィーナスと名づけた彼が、どんなふうに私のバースデー・ソングを歌ったか、はたまた、どんなに自分のしていることに怯え、私が人間だとわかるやいなや、私の視界から逃げださずにはいられなかったことか、そのせいで気持ちわるくなったくせに。

「それでは、あなたは彼女が輸出入禁制品として密かにイギリスに連れてこられたと思いますか？」

「アレクサンダー・ダンロップとホッテントット女性と、いまその女性を展示しているヘンドリック・カーサルが全員、喜望峰からイギリスまでおなじ船に乗ってきたことは知っています。アレクサンダー・ダンロップとヘンドリック・カーサルと女性はいま、ピカデリーのヨーク通りで同居しています。私はあの出来事のあとで、アレクサンダー・ダンロップ氏から、ホッテントット女性の展示権を売り払ってしまって実に残念だった、いまでは彼女にほとんどかかわれないんだ、と打ち明けられたことがあります」

「だれのことを言っているか具体的に述べていただけますか？」

「ホッテントットの女性のことです――」

「彼女の本名をどうぞ」

「サラ・バールトマンです」

「この法廷で彼女を指させますか？」

「彼女はあちらに座っています」（彼は私を指さした）

「それで、彼女を展示することを断られたわけですね？」

「道義上、生きた人間を動物の博物館で展示することができるでしょうか。たとえいかに……風変わりだとしても」

「ありがとうございました、ブロックさん。退出してください」

「これで閣下もおわかりになったと思いますが、この不幸な人がウィリアム・ブロックに売りにだされたということは、彼女が奴隷であって自由な人間ではないということのじゅうぶんな証拠であります」ゆったりと歩くたびに白いかつらを上下に揺らしながら、法務次官は続けた。

「さて、次に紹介しますのは」と、彼は続けた。「バビントン氏とマコーリー氏とファン・ワーヘニング氏の宣誓供述書です。お三方はアフリカ協会の著名なメンバーでありますが、この組織は大英帝国《グレート・ブリテン》内の奴隷制度を廃止することを目的とし、いまはその大きな目的を達成し、アフリカの人びとのおかれた状況を改善することをめざしております。この女性の恥ずべき展示のことを知るとすぐに、この方々は彼女を見に行き、いかに恥ずかしく胸が悪くなるような方法で展示されているかを知りましたが、その詳細を述べるのは差し控えましょう……当法廷に対する彼らの宣誓供述書を読みあげ、マコーリー氏を証人席に召喚します」

宣誓供述書
ザカリ・マコーリー、ロンドン、バーチン横町在住、商人、トマス・ギズボーン・バビントン、同上、商人、およびペーテル・ファン・ワーヘニング、ロンドン、トマス通り、ウォーター横町在住、ジェントルマン。これらの者は別々に宣誓を行なう。最初の宣誓証人ザカリ・マコーリーの言によると、彼はアフリカ協会という組織の事務局長であり、同協会はアフリカの文明化を目的とするものである。当該ザカリ・マコーリーは、さまざまな宣伝広告およびそのほかのものから、非常に風変わりで不自然な体型を有する、ホッテントット・ヴィーナスと称する南アフリカの先住民が、ピカデリーにて金銭目的で展示されていることを知った……またペーテル・ファン・ワーヘニングおよびトマス・ギズボーン・バビントンの両証人によると、当該女性は興行主により、ステージの周辺に立つ観衆の方に呼びだされ、客たちは彼女の臀部に触れるように促され、それが作り物でないことに満足した——そしてペーテル・ファン・ワーヘニングおよびトマス・ギズボーン・バビントンの両証人は、当該女性の元気のない様子や興行主の命令に服従する様子から、彼女が完全に拘束、支配され、自由を奪われていることを確信した。そして両証人はさらに、それぞれ次のように述べた。彼らがそこにいたあいだ、当該女性は、たいへん陰気で不機嫌そうに見え、ステージ脇の小さな奥まったところに退いてしまい、興行主に呼ばれても出てきたがらないそぶりを見せた。そこで、興行主は、ステージとその小さな空間を観客席から隠すために、幕をおろす必要を感じた。そしてトマス・ギズボーン・バビントン証人によると、興行主は幕をおろしたあと、その後ろにまわり、無言で彼女に腕を振りかざし、その後、すぐに幕をあげると、ふたたび彼女を公衆の面前に呼びだし、彼女はステージに再登場した。両証人はそれぞれに、当該女性の名前はサーチェで、彼女を所有する人物の名前はヘンドリック・カーサルであると知らされ、そうであると信じている、と述べた——

［署名］ザカリ・マコーリー
トマス・ギズボーン・バビントン
P・ファン・ワーヘニング

「裁判長、証人席にザカリ・マコーリー氏を召喚いたします」

マコーリー様が証人席につき、二二五番地で見たことを証言するあいだ、私はウェダバーン牧師の顔をじっと見守ったのだが、彼はまるで自分が証言席にいるように証言に耳をそばだて、身もだえし、ぶつぶつと証言を繰り返し、両手を握りしめ、うんざりした様子できょろきょろしていた。証人席に立って私を守るのは……マコーリー様ではなく、彼ではないの？

「さてマコーリーさん、問題の女性は強迫されていて、身体の危険があるとおっしゃいましたが……」

「間違いなく強制、脅迫されていたと思います」

「彼女とは具体的に……」

「ホッテントット・ヴィーナスです……」

「実名でお願いします」

「サラ・バールトマンです」

「この法廷で彼女を指さしてください」

「彼女はあそこに座っています」（彼は私を指さした）

「ありがとうございます、マコーリーさん。退出してください」

「裁判長、私はいまから、一八一〇年一一月二七日にセント・ジェームズ広場、デューク通りのサラ・バールトマンの居室にて作成された宣誓供述書を読みあげますが、これはジェームズ・テンプル卿、裁判所審問官、原告と被告双方の弁護士が立ち会いのもと、ダンロップ氏とカーサル氏を同席させずに作成したものです。サラ・バールトマンを証人席に召喚いたします」

ホッテントット・ヴィーナスに関する調書——一八一〇年一一月二七日

彼女がケープ植民地にやってきたのはかなり幼いときであり、生まれた土地をいつ離れたのか、さだかではない。彼女をケープ植民地に連れてきたのは、前の主人の兄にあたるペーテル・カーサルである。彼女は自ら同意してペーテル・カーサルについてきて、子守としてヘンドリック・カーサルに奉公することになった。彼女は自ら同意してイギリスに来て、自分自身を展示することによって得る収入の半分を約束された——彼女は六年間イギリスに滞在することに同意している。彼女はヘンドリック・カーサルとともに、自ら総督府に出向き、イギリスに渡る許可を申請した。ダンロップ氏は、期間終了後、彼が費用を負担して（原文のまま）彼女を送り返し、彼女の取り分の金も渡すことを約束した。彼女は親切にされ、望むものはすべて与えられていて、主人や彼女を展示する者に逆らうような申し立てはしておらず、現在の状態に完全に満足している。たとえふたりの兄と四人の姉に会えるとしても、自分の国に戻ることは少しも望んでいない。彼女はこの国を気に入っており、日曜日には主人から金をもらって、二、三時間馬車に乗って出かけることもできるため、ここにとどまることを望んでいる——彼女の父親は、いつも牛を連れて奥地とケープ植民地を行き来していたが、そうした旅の途中「ボスマン」によって殺害された。彼女の母も二〇年前に死んでいる。彼女は、ケープ植民地で四年ほどいっしょに暮らした太鼓叩きとのあいだに子どもをひとりもうけているが、にもかかわらず、ヘンドリック・カーサルに常時雇われているのは、子どもが死んだからだ——彼女は自分を展示することで得る金の半分を受け取ることになっており、あとの半分はダンロップ氏のものである——彼女は現在の状況を変えることを望んでいない――身体への暴力や脅しはだれからも受けてこなかったし、彼女には黒人少年がふたり仕えている。ひとりは彼女の朝の支度を手伝い、彼女がほとんど衣装を着け終わったあとに腰にリボンを結ぶ役目だ――衣装が寒すぎるので、彼女はヘンドリック・カーサルにこのことを訴えていたが、彼はもっと暖かい衣服を与える約束をした。彼女の年齢は、本人の言うところによると二一歳で、ケープ植民地で暮らしていたのは三年間である――彼女が自分の展示を中止することを望んだ場合は、いつでもそうすることができるのかという点について、本人にいろいろと質問してみたが、そうするかもしれないということで、満足のいく答えを引きだすことはできなかった――彼女は、一八一〇年一〇月二九日にダンロップ氏と交わした契約についてほとんど理解していない――なお、その契約書を彼女はわれわれに呈示した――調査時間はおよそ三時間におよんだ――その折りには、彼女への質問は本人が理解できる言語に翻訳された――また、これらの証人は、当該女性から読み書きができないことを知らされたとしている。

［署名］ S・ソリー
ジョン・ジョージ・ムージン

初めて、エレンバラ卿が口をはさんだ。

質問「名前、年齢、職業は？」

「私の名前はサラ・バールトマンです。二一歳で、九歳のときにふるさとを離れ、セシル・フリーハウスランド牧師の奴隷としてケープ植民地に来ました。一四歳のときにふるさとに戻り、結婚しました。夫が殺され、ケープ植民地に戻ったのが一七歳のときで、現在私の雇い主の兄にあたるペーテル・カーサル氏のところに子守として働きにでました。その弟のヘンドリック・カーサル氏とダンロップ氏が、私の同意のもとに、ダンロップ氏のパートナーとして私をロンドンに連れてきました」

質問「それでは、あなたの職業は子守ですか?」

「はい、ダンロップ氏にお仕えするまでは」

質問「どのような経緯でイギリスに来て、どのように生計をたてていますか?」

「私は同意のうえでイギリスに来て、いまやっているように……自分自身を展示することで得られる収益の半分を約束されています」

質問「雇用期間は?」

「六年です」

質問「総督の保護下にある人間として、植民地を離れるにあたってケープ植民地総督から許可を得ましたか?」

「自分でケープタウンの総督府に出向き、ダンロップ様とイギリスへ行く許可を申し出ました」

質問「その取り決めはいつまででしたか?」

「ダンロップ様は、六年たてば彼の負担で私を送り返し、そのときに私のお金も全部渡すと約束しました」

質問「ダンロップ氏とカーサル氏から過酷、あるいは非人間的、あるいは不当な扱いを受けているという不満はありませんか?」

「カーサル様やダンロップ様に不満はありません」

質問「自分の現在の状況をしあわせなものと思っているのですね?」

「いまの状況でしあわせです」

質問「家に帰りたいと思いませんか？　自分の国に帰りたいとは？」
「自分の国に帰りたいとはまったく思っていません」
質問「家族はいましたね？　兄ふたりと姉がひとり、そうですね？　彼らのもとに帰りたくないのですか？」
「はい、兄ふたりは死にました。姉には八歳のときから会っていません。姉も死んだかもしれません」
質問「どうしてイギリスに居続けたいのですか？」
「イギリスには奴隷制度がないからです」
質問「ほかに理由は？」
「私はイギリス諸島が好きですし、ご主人様からもらった好きに使えるお金で、自由気ままにここにいたいのです」
質問「そのお金は何に使うのですか？」
「日曜日には馬車に乗ります。ボンド通りやオックスフォード通りで買い物をします。手袋を買うのです」
質問「あなたの生い立ちについて少し聞かせてください。出身はどこですか？」
「私の父は牛飼いでしたが、コイコイ人の土地で殺されました。そこでコーサ人の市場に連れていく牛を集めていたのです。父はボーア人の侵略者に殺されたのです。母は、もう一八年ほど前になりますか、私がまだほんの子どもだったころに死にました。私はクサウという太鼓叩きと結婚し、四年間いっしょに暮らしました。私にはクンという子どもがいましたが、夫が殺されたすぐあとに、ほんの赤ん坊だったのに死んでしまいました」
質問「あなた自身を展示することによって、いくら受け取れますか？」

「半分受け取れます、ダンロップ様とカーサル様があとの半分を取ります」
質問「いまの状況を変えたいですか？」
「いいえ」
質問「ダンロップ氏やそのほかの人から脅されたり、暴力を振るわれたことはありますか？」
「暴力を振るわれたことはありません。少なくとも、ふたりからは……」
質問「それでは、あなたはしあわせなのですね？」彼はもういちどたずねた。「裁判所に訴えるような申し立てはないのですね？」
「申し立てはありません。私にはふたりの召使いがいます。彼らは私の身支度を手伝ってくれます」私はうそをついた。「でも、私の衣装はここの気候に適していません。私は、もっと分厚くて暖かい衣装が欲しかったので、そのことをカーサル様に訴えたところ、もっと暖かい衣装を与えると約束してくれました」
質問「イギリスに来る前、どれくらいの期間、ヘンドリック・カーサルに雇われていましたか？」
「ケープ植民地で約四年です」
質問「もし望めば、ご自身を展示することをいつでもやめられるのですか？」
「私には……ダンロップ氏との神聖な契約があり、自分自身といくつかの事柄を彼に約束したのです……それに私の人生の何年間かも」
質問「わかりました。しかし、もしあなたが望むなら、報復に脅えることなく、ご自身を展示し続けることを拒否できますか？」
質問（繰り返し）
「質問の意味がわかりません」

「私には契約があります」

質問「契約条件を理解していますか？」

「はい、理解しています」

質問「契約条件を読みましたか？」

「私は読み書きができません」

質問「では、どうして契約条件を理解していると言えるのですか？」

「公証人のギタード様が、私に理解できるオランダ語で、声に出して読んでくれました」

質問「その契約書はいつ作成されましたか？」

「わかりません」

質問「あなたは、いつそれを読んでもらったのですか？」

「覚えていません、あっ、読んでもらったのは……昨日です」

質問「昨日ですって、一八一〇年一一月二七日ということですか？」

「もし、そうおっしゃるのなら……」

質問「しかし、契約書の日付は一八一〇年一〇月二九日になっていますよ。どういうことですか？」

「わかりません。私は読めませんから。契約書は読んでもらったのです。契約は守られ……この契約は神聖なものだという、ダンロップ様の言葉を信じます」

質問「ダンロップ氏の公証人以外の人がこの……契約書に目を通すか、あなたに読み聞かせましたか？」

「それはないと思います。でも、覚えていないのです……記憶にないのです」

質問「われわれがここにいるのは、あなたを助けるためだということをおわかりですね。真実を突き止めるためなのです。何か宣誓供述書につけ加えたいことはありますか？」

私は言いたかった。あなたがたは三時間も、まるで私が犯罪者か奴隷であるかのように質問攻めにしたのだ。私は自由な女だ！　私は犯罪者ではない。私は奴隷ではない。私は娼婦でも不道徳な人間でもない。私の罪といえば、読み書きができないことと、ホッテントットだということ、たったそれだけじゃないの。私は自分の敵からの、ホッテントットを殺す人びとからの、避難場所を探していただけだ。でも、私はうつむいて何も言わなかった。質問はまだ続いた。

質問「あなたはケープ植民地に戻ったら命が危険にさらされる、とおっしゃいましたね？」

「もし戻ったら、すべてのコイコイ人とおなじように死ぬだろうと申し上げているのです。私には契約があると申し上げているのです！　契約があるのです！　契約が！」

ザカリ・マコーリーとウェダバーン牧師の代理を務める訴追人は言いよどんだ。彼は私からいかなる起訴事由も得られなかったのだ。スティーブン卿は大喜びだった。サラ・バールトマンはくじけなかった。彼女は一歩も退かなかった。彼女の後見人たちには、もう何も恐れるものはなかった。法務次官も裁判官も、私を何とか説得しようとあがいた。

質問「あなたは道徳的、肉体的、精神的に抑圧されていますか？」

（沈黙）

質問「一族のもとに戻りたくないのですか？　奇形として見世物になるのをやめて？」

（沈黙）

質問「どうして沈黙しているのですか？」

（沈黙）

「私は、あなたたち全員から解放されたいんです！」私は大声で言い放った。

いまや私は叫びだし、アフリカ協会の人たちも騒然としていた。裁判官は、静粛に、とハンマーで机を叩いていた。みんなは、私を自由にしようと決めていた。たとえそのことが、私を殺すことになったとしても。私は、もうこれ以上質問に答えることを拒否した。彼らが私の宣誓供述書と呼ぶものは、すでに読みあげられた。知っていることはすべて話し終えた。私はおたずね者でも輸出入禁制品でもない。娼婦でもない。これ以上どうしようというの？　ここにいる白人はだれも信じられなかった。フリーハウスランド様ならだれを信じるべきか、知っていらしたことだろう。雨乞いのまじない師にもわかっていただろう。でも、私にはだれを信じていいのかわからなかった。私は最後には、慈善施設に、奴隷や貧民や頭の足りない人たちのための情け深い団体に引き渡され、ふたたび収容所や避難所に閉じこめられて、鍵穴や棺桶のすき間から世界をのぞくようになるのだろうか？　私がいまつながっているのは、ほかの「生まれてきてはいけないものたち」だけなのだ、と思った。

「ミス・バールトマン」と、裁判官が言った。「どうぞ、さがってもいいですよ……足元に気をつけて」

こんどは、スティーブン卿の番だった。

「当法廷にアレクサンダー・ダンロップ氏とヘンドリック・カーサル氏の宣誓供述書を提出いたします」

「宣誓供述書によると、ヴィーナスはオランダ語を話すようですが？」とエレンバラ卿がたずねた。

「はい閣下、彼女の後見人は彼女にオランダ語で話しかけておりました。彼女に接見した者もオランダ語で話しておりました。彼女は後見人や、いまここにはいませんが、かつて彼女を管理していただれとも、通訳なしでやりとりしていました」

「マコーリー氏は、彼女が下品な方法でさらされ、いやいやながら務めを果たしているように見えると証言しましたが」
「彼女が身に着けているのは、閣下。薄い衣装で、からだに馴染むようなものですから、まるで何も身につけていないかのように彼女のからだの線やかたちをあらわにしてしまうわけですが」
質疑はもうひとりの治安判事、ル・ブラン判事とのあいだで続いた。
ル・ブラン判事「ドウティさん、あなたはどのような裁定をお考えですか?」
法務次官「閣下、私はなぜこの女性の身柄を保護するために人身保護令状を出すべきでないのかを明らかにするよう、裁定を求めます」
エレンバラ卿「だれか、彼女の言葉を理解する者はいませんか?」
法務次官「ホッテントットの言葉は無理です。しかし宣誓供述書によると、後見人や法定代理人は、彼女は不完全ながら低地オランダ語を理解し、話すと述べております」
ル・ブラン判事「さて、もし彼女が無理やり連れてこられたのなら、彼女は行きたいところに行くべきです。裁判所は、ある人の管理下から彼女を無理やり連れだして、別の場所に移すことはできません」
エレンバラ卿「そのとおりです。選択しなければならないのは彼女です。すなわち、彼女が自国へ戻ることを望むなら、そのような裁定をくだしましょう。後見人がいないところで取った宣誓供述書は、記録の一部となります。どのようなものであり、日常的に彼女に圧力を加える人物がおらず、後見人に代わって言葉がわかる人物だけがいたわけですから。あなたがたはご自身で彼女の証言を聞きました。では、抗弁をお願いします、ギールジーさん」
スティーブン・ギールジー卿「閣下、ホッテントット・ヴィーナスと称してロンドンで展示されているサラ・バールトマンというアフリカ人女性について、地方検事より、その身柄を保護するための人身保護令状を出すべき理由は示されませんでした。彼女は後見人のいないところで、裁判所主事と審問官によって、私の立ち会いのもとにすでに審問されてきました。閣下、私は次の二点において人身保護令状が求められたのではないかと思います。ひとつは彼女が下品な方法で展示されていること、もうひとつは彼女の自由が奪われていることです。第一の点につきましては、たとえそれが事実だとしても、現在出されている申請は救出策にはならないと考えます。それに実は、ヴィーナスは絹の衣装だけを身につけているのではなく、その下に木綿の下着を着けております。さらに、裁判所にお知らせしておかなければならないのですが、令状を申請するために提示された宣誓供述書にある状況——すなわち、彼女の自由が奪われているということ——はすでに取り除かれました。後見人が手をあげて脅し、サラ・バールトマンが脅えて従っているように見えると言われていたことですが……

スティーブン卿は、効果を狙って少し間をおいた。

「その人物は職を解かれ、別の者に代わりました。そして昨日、王座裁判所刑事事務部の主事自ら、ふたりのオランダ語通訳とともにやってきて、サラ・バールトマンを審問しました。通訳のひとりは彼女の後見人の代わりに、もうひとりは主事自身のための通訳でした。審問の結果は、宣誓供述書全体の文章に明らかです」

エレンバラ卿「われわれが彼女を現状から引き離す前に、彼女には選択する能力があるということを承知しておかなければなりません。すなわち、彼女は現在置かれている監禁状態に苦痛を感じ、自国に戻してくれる人物の保護下に置かれることを望んでいるのかということです」

スティーブン・ギールジー卿「いいえ、閣下、宣誓供述書におきましても、証言におきましても、サラ・バールトマンは、イギリスからも現在の状況からも引き離されることを望んでいません。それどころか、公証人のアレンド・ジェイコブ・ギタード氏の補足宣誓供述書を提出しますが、彼はダンロップ氏とミス・バールトマンのあいだで取りかわされた契約書を、英語からオランダ語に訳し、わかりやすくはっきりと二度、サラことサーチェ・バールトマンに読み聞かせたところ、彼女はその内容について理解し、しかも満足しているようだったと述べています――もしアフリカ協会が、金銭面でのヴィーナスの権利について異議申し立てをなさっているのでしたら、私の依頼人は、展示による収益の彼女の取り分について、協会の方でそれを管理する管財人を任命していただけたらうれしい、と申しております。しかし、彼女の宣誓証言から、彼女を拘束するものは何もないことが明らかになったわけですから、ダンロップ氏とカーサル氏に対する訴えは棄却されるべきでしょう」

エレンバラ卿「地方検事は、まだ人身保護令状の申し立てを続けますか？」

法務次官「地方検事は申請を取りさげます。法務長官はこの申請が認可されないことを認めます。しかし、訴訟はこのような結果になりましたが、あえてつけ加えさせていただくなら、この訴訟を傍聴した者はみな、この国はたいへん信頼できると感じるに違いありません。ホッテントットですら、利益を守ってくれる支援者を見つけることができるわけですから。私は、今後ヴィーナスがきちんと取り扱われ、彼女の状況を苦労して調査されたこれらのジェントルマン方が、引き続き彼女の利益を守るべく、見守り続けてくださることを信じております」

エレンバラ卿「本件は却下されました。しかし、却下発令に先立ち、強く警告しておきます。もしもこの外国人女性が慎みなく下品な方法で人前にさらされるようなことがあれば、彼女の世話をしている者たちにはよくわかっているはずです。法が、そのような不埒な輩に、大いなる怒りをもって鉄槌をくだすことになるでしょう……」

エレンバラ卿が立ちあがった。これで閉廷だ。アフリカ協会の男たちはじっと動かなかった。ウェダバーン牧師は頭を抱えこんでいた。

スティーブン卿はふたりの通訳にはさまれて、法廷から私のところに走り寄ってきた。ヘンドリック様もアレクサンダー様も法廷には姿を現わさなかった。

エレンバラ卿は、私が気前よく報酬をもらい、守られていると信じたのだろう。ギールジー卿は、私の収入を協会に委ねる、つまり私をすっかりあきらめるという申し出を切り札にして、彼らに勝った。オランダ語で私の権利について読んでくれた公証人のアレンド・ジェイコブ・ギタードは、ダンロップ様の策略にまんまとはまってしまったのだ。ウェダバーン牧師が奴隷廃止論者に語りかけるのが聞こえた。

「神は賢者を混乱させるために、この世の愚か者を選び給うた。そして神は、力ある者を混乱させるために、この世の弱き者を選び給うた……」

しかし、通りでは、人びとが手をたたきながら、私の歌を歌ってはやし立てていた。

おい、ロンドンの町に行ったことがあるかい、
珍しいものが見られるぜ
名だたるレディーのなかでも、
彼女はピカイチ有名さ。
ピカデリー通りのさ
なかなかいかした屋敷にいるんだぜ
そこには金の文字でこう書いてある

「**ヴィーナス・ホッテントット**」

でもこう聞かれたら、ちょっと考えるね、
彼女はどうしてそこにいるのかい、
彼女の何が見ものかい、
ほかの人より珍しいっていうのはさ。
彼女の尻だよ（おかしな尻だぜ）、
大鍋みたいにでっかいんだ、
だから男たちは見にいくのさ
このかわいい**ホッテントット**をね。

さあ、昼も夜も、
毎日毎日見られたよ、
まじめなお方が言いだすまでは、
そんなことはまちがってるってさ、
彼女の善意だって言う人もいれば、
そうじゃないって言う人もいて、
どうしてそんなにいじめるのって聞いたのさ、
この**レディー・ホッテントット**のことを。

とうとう勇敢な騎士が前に出た、
彼の名前はサー・ヴィカー卿、
たぐいまれなる優れた騎士で、
公正にして優雅と評判だ。
騎士道の掟は彼とともに
いまだ忘れ去られていなかった。
だから勇猛果敢に挑んだんだろうよ
ホッテントットを救おうと。

闘うのではなく、訴訟を申し立てるんだ
だれよりも名誉を傷つけられた彼女のために、
そして、あらゆる法に訴えるのさ、
レディーを解放するために。
大いなる「人身保護令状」
彼はそれを望んだのさ、
尻も何もかもひっくるめて、
ホッテントットを解放せよと。

あらゆる恐怖から解き放たれて口を開けば、

彼女はみんなをばかにした
そして言うんだ、ひどい目になんか遭っていないと
自分のお×りを見せながら。
かくして悲しい身の上話はおしまいさ、
うまくやったもんだね、知ってるよ、
名声も金も手に入れたのを
サーチェ・ホッテントットがね。

そしていまや、善き人びとはみな行くだろう
この驚くべき光景を見るために、
高貴なお方も、下々も、
それに加えて善き騎士殿も。
彼女の供述が気になるだけじゃない、
彼女が手にしたものがいちばん気がかりさ、
彼女の最期に乞うご期待、
大いなる楽しみ、それは**ホッテントット**。

私はたいへん有名になり、イギリス人はいろいろなものに私の名前をつけはじめた。それは、新聞記事や社説や投書だけではなかった。安物のポスター、チラシ、諷刺漫画、諷刺画。ホッテントット・ヴィーナス

石けん、ホッテントット・ヴィーナス漂白剤、ホッテントット・ヴィーナス・チョコレート、ホイップクリームとチョコレートとハチミツとアーモンドでできたホッテントット・ヴィーナス・ペーストリー。ホッテントット・ヴィーナス・コーヒーとホッテントット・ヴィーナス紅茶があった。ホッテントット・ヴィーナス口紅にホッテントット・ヴィーナス・コルセット。ホッテントット・ヴィーナス葉巻は、ホッテントット・ヴィーナス火薬とともに、ボンド通りで売られていた。ホッテントットは、粗野で醜くて粗悪で野蛮なもの、あるいは愚かなものの代名詞だった。そして、スローン通りではクリスマスに手袋製造業者が新しい店を開いたが、それもホッテントット・ヴィーナスという名前だった……

第12章　親愛なるカサンドラ……

ばらばらになった骨は乱雑に投げ捨てられ、ほとんどの場合粉々に砕け散っているが、ここにわれわれに関連するすべてのものが、博物学者にとっての唯一の手がかりが、ある。

ジョルジュ・レオポルド・キュヴィエ男爵、

『地表の激変論』

一八一一年四月

一八一一年四月一八日木曜日、スローン通り

親愛なるカサンドラ、
お話ししたいことがいろいろあって、早く書きたくてうずうずしています。私は火曜日、ベンティンクト通りで過ごしました。クック家の人たちが私を送り迎えしてくれたので、一日じゅうクック家で過ごしましたが、そのあいだ、ロール姉妹が訪問してくれたり、サム・アーノルドがお茶に寄ってくれたりしました。
天気が悪くて、私の楽しい計画は台無しになりました――ミス・ベックフォードをもういちど訪ねる

つもりだったのですが、昼ごろからずっと雨になりました。メアリと私はリヴァプール博物館に出かけ、催し物を楽しみましたが、男の人や女の人を観察するのが好きなので、つい展示品よりも人に目がいってしまいます。それでも、楽しく眺めたものもありました。三〇フィートもある大蛇はラオコーンの話〔ギリシア神話に登場するトロイアの神官で、女神アテナの怒りを買って両目をつぶされ、海の大蛇に襲われて、いっしょにいたふたりの息子を殺された〕に真実味を帯びさせましたし、博物館が最近購入した一六フィートのキリンはとてもかわいく、とても長いけれど優雅な首を持つツルにも似た首の先にある頭は、ウマのようで、穏やかで無垢な顔つきをしていました。それに比べて、おなじ陳列ケースにあったクマの剥製は、とても小さく見えました。

ブロック氏の動物たちを見たあと、ピカデリー広場を横切って二二五番地に行き、別種の生き物に、ポカンと見とれてしまいましたが、そうとしか表現できません。それは過日、ジョン・ケンブルとダーントレイク邸で夕食をともにしたときに彼が話してくれた奇形で、「ホッテントット・ヴィーナス」と言います。南アフリカのチャムブースから来た女性で、ちょうどブロック氏のリヴァプール博物館のキリンのように、展示されています。彼女は人騒がせな裁判を終えたばかりですが、その裁判というのはアフリカ協会が彼女を管理している男たちに対して起こしたもので、最終的に、男たちはすべての嫌疑を晴らしたのです。

ケンブル氏は、彼女の哀れな様子に激しく心を動かされたということですが、私も、同性の友だちとしかいっしょにいなかったことを幸運だったと言わなければなりません。というのも、この国の男たち（そして女たちも）の粗野で好色なのぞき見趣味にさらされて、このかわいそうな女性が見せた「羞恥」と忍耐を目にして、恥ずかしく思ったからです。みんな、この小さな人を引っ張ったり、つついたり、名前を呼んだりと、その行動はまさしくヒヒの群れのようでした。植民地の奴隷に関して世界の覇者《マスター》たちが披露している風俗喜劇は、一方に抑圧と拒絶、もう一方にそれに挑戦するイギリスの全白人の道徳と世論が対立する、道徳劇のようでした。それは娯楽ではありませんでした。それは私たちの文明と、その対極にある、このアフリカのヴィーナスとのあいだにある時間と空間を消し去るものであり、私をはじめ、観客はその名前にこめられた皮肉にピンときて、この茶番に参加すらしたのです。なぜなら、そのヴィーナスというのはイギリスの白い美と女らしさに対するパロディであり、上品さに関するわれわれの自負とは、想像しうる限り、大きくかけ離れているからです。しかし、檻のなかの……もっとも悲惨で原始的な状況でも、ヴィーナスは威厳と人間らしさを湛えていました。そしてそれは観客にはまったく欠けたものであり、彼らを恥じ入らせるものでした。私は涙を流しました。メアリも泣いていました――彼女の弱い立場、ひいては男社会のなかで私たち女性がみんな背負っている、女というものの弱い立場を思って泣いたのです。私は胸が悪くなりました。観衆のなかの何人かの婦人がやっていたのとおなじように、ヴィーナスに目で語りかけて、心から同情していることを伝えようとしました。しかし、人びとホッテントットのあいだにも、ホッテントットと観衆のなかの白人女性のあいだにも、侮辱と脅し以外には何も伝わるものはありませんでした。たしかに彼女は醜くて巨大で驚くべき尻を持っていますが、顔立ちはさほどひどくありませんし、それにとても若いのです。彼女のことはいまでは、野蛮で醜いものの同義語としてイギリスじゅうでその名をよく耳にしますし、ロンドンの社交界の有名人ですし、大衆紙は彼女を慰みものとして、そして、グレンヴィル派に対する政治諷刺の小道具として使っています。日刊紙に、たちの悪い低俗な諷刺漫画や諷刺画が載らない日はありません、あの『タイムズ』でさえそうなのです……

彼女をめぐる政治的な駆け引きや猥褻さは、彼女の隷属状態と同様、イギリス社会のスキャンダルであり、汚点です。しかし、最悪のスキャンダルですら、二〇〇〇年もすれば、ロマンティックで恥ずかしくすらないものになってしまうのです。クレオパトラ、シーザー、マーク・アントニーやそのほかの殿方をご覧なさい。クレオパトラの話はもっとも貞淑な読み物として共感をもって読まれ、寄宿学校にさえありますが、もしも彼女が、何らかの奇跡によって、歴史書から完全に抹消されるようなことがあったなら、その損失はたいへんなものでしょう。おなじことはヘレネ〔ギリシア神話に登場する絶世の美女。トロイアの王子にさらわれ、トロイア戦争の原因となった〕やフリュネ〔古代ギリシアの有名な高級娼婦〕やそのほかの悪者たちにもあてはまります。実は、そんなふうに考えてみると、大方の歴史上の魅力的な人物というのは、男であれ女であれ、とくに後者の場合は悪者なのです。では、本物のヴィーナスはどうでしょうか？　歴史のなかで、もっともスキャンダラスな行為が彼女の名のもとに行なわれなかったでしょうか？　情熱的で自由で、絶対的な愛の名のもとに？　私はその奇妙で辱められた黒い人を見つめながら……あなたが女性であるなら、私たちはヴィーナスと呼ばれるものは何でも愛すべきではないのかしら？　と自問しました。黒い肌や褐色の肌の人が、ぞっとするくらい露骨な抑圧を受けているのを目のあたりにすることほど、私たち女性に自らが受けている抑圧を気づかせてくれるものはありません。あるいは、私たちと同性の黒や褐色の肌の女性が、というべきかもしれません。私はこれを見るために実際にお金を払ったのだと思うとぞっとします！

火曜日のことは良い経験でした。ところが、ああ！　水曜日にもまた、いろいろなことがあったのです……

愛をこめて

親愛なるジェインより

ケント州ファバシャム、ゴッドマーシャム・パーク、
エドワード・オースティン様方、ミス・オースティン宛

私はペンを握ったまま、ジョン・ケンブルが言ったことを考えた。彼は、私たちは数々の偏見と、自分たちは優れているという信念を持っていて、それゆえに世界を蹂躙している、そしてこの哀れな、自分の場所を追われた人間がその象徴だ、と言ったのだ。私がメアリとあの人ごみのなかに立って、自分と同性の人が受ける痛ましい屈辱を目にしたときに真実思ったこと、それは秘密。しおらしく涙を流してみたものの、私は内心、自分が安全で攻撃されないことを喜んでいたのだ……だから見世物はやめられない? 彼女、ヴィーナスは「他者」で、私は私、ジェインなのだ。この特権的な田舎の白人社会にいる限り、私は安全だ。私が彼女になることはけっしてない。私がこの白人社会に背きでもしない限り。

そして、それが問題なのだ。臆病。四枚の羽根《フォー・フェザーズ》〔臆病者の意味〕。私の取るべき道は、皮肉たっぷりに考えるなら、私が持ちあげているこのペンをどうするかにかかっている。私の右手の中指をインクで濡らすこのペンを。そして答えはノーだ。私はけっして、彼女の苦痛や、私が見たことを公に訴えるために、このペンを使うつもりはない。カサンドラへの手紙以外では、彼女のことについて書いたり、彼女の苦境を認めたりすることはないだろう……許し給え、と私は思った。我らの罪を許し給え、神よ、我らを救い給え、少なくとも、悪から引き離し給え……

第13章　裁判は私をいっそう有名にし……

しかし、人間の帝国がこの秩序を変える。それは、それぞれの種の基本が影響を受けやすいあらゆる変異を引き起こし、しかも、その変異からは、その種自体ではけっして生じない結果を派生するのである。この点で、変異の度合いは依然として、その原因の強度に比例しており、それが奴隷制度なのである。

ジョルジュ・レオポルド・キュヴィエ男爵、『地表の激変論』

一八一一年、ゆがんだ炎の季節、イギリスの暦でいえば四月。裁判は私をいっそう有名にし、私に対する人びとの好奇心をますます高めた。二二五番地の前にはヴィーナスを見ようと、相変わらず人びとが長蛇の列を作っていた。グレンヴィル卿までが顔を見せて、自分の世評を高めてくれたと、私に感謝した。彼の政党は、ゴシップ紙が割れた尻と呼んだもので選挙に勝ったのだ。私の悪評もいまや全国的だった。片田舎ですら、新聞はロンドンの裁判のことを書きたてた。

私の体形や肌の色がみんなに注目され、卑猥な歌が、みんなの口の端にのぼり、商人が売るあらゆるものに書かれた。あえてデューク通りにでも出ようものなら、すぐに私だと気づかれただろうし、ときには追いかけられることもあった。ヘンドリック様とダンロップ様は、いまではかつてないほど金持ちになっていた。ふたりは、私の展示場所をピカデリー通り五三番地の独立した展示場に移した。ダンロップ様は展示権の四分の一を有していたが、姿を見せなかったあいだに、その半分をほかのイギリス人に売り渡していた。その人物はイギリス諸島のなかでも北の方の出身のヘンリー・テイラーというシェイクスピア劇の旅役者で、一年以上前にケンブル様といっしょに楽屋に私を訪ねてきた人だった。彼は私たちのために、イギリスのほかの場所とアイルランドを巡る旅を計画していると言った。これが私たちの最後の旅になるはずだった。

私は、ピカデリー二二五番地のジャングルに住む「生まれてきてはいけないものたち」の仲間に頼りきっていた。ときどき、私はふるさとの原生林や子ども時代に舞い戻って、私のまわりをうろつくこれらの者たちがみんなマガハースの魔術のような気がした。まったく現実感がなかった。私は全員に名前をつけ、そうすることでやっと、みんなを見分けることができた――ライオン、フラミンゴ、キリン、ゾウ、シマウマ、ジャッカル――しかし、私と同様、みんなにもほんとうの名前があることはわかっていた。三〇インチの妖精キャロライン・カマンチーニ、白子のアンナ・スワン、胴体男のジョン・ランディアン、首まわし男のロレンツォ・ドゥネット、骸骨男のジークムント・サリー、人を的にしてナイフを投げる腕なし男ポール・デスミュール、ラバ顔女のグレース・マクダニエルズ、太っちょレディーのドリー・ディンプルズ、両性具有のジョセフ／ジョセフィーヌ・ヘリング。彼らは全員が、名前に貴族や軍人の称号をつけていた。キャロラインは王女、アドルフは大尉、ポールは侯爵、ジークムントは卿《ロード》、小人《ドワーフ》はみんな大将だった。小指男爵、ルートヴィヒ王子、レオーナ公爵夫人、アンナ男爵夫人もいた。みんな、三つの名前を持っていた。コイコイの名前、英語の名前、それに偽りの称号。ちょうど私とおなじように……

私たち奇形の人間は、興行が終わると毎日集まって飲み食いしながら、談笑したり、トランプをしたり、衣装を試着し、どんな食事をしたとか、どうやって眠るだとか、だれが好きだとか、普通の人たちが話すことは何でも話した。何を軽蔑しているか、明日の天気はどうなるか、最新流行のファッションについて、帽子、手袋、宝石、お菓子、ビール、ジン、チョコレート——など、ボンド通りで買ったもののことも話した。有名人のことや、劇場や音楽のこと、それに結婚や子どものことなど将来の夢についてすら語った。私たちは居酒屋や宿屋に集まった。こういう暗い場所にたむろして、一晩じゅう語り明かしたものだ。当然のことながら、私たちは夜の人間だった。黄昏時になると普通の人たちの目を避けながら、半分暮れなずんで青く染まった夕闇のなかに、たいまつやオイルランプやろうそくを持って、ネズミのようにちょろちょろと走り出た。幽霊のように、私たちは舞台のセット、あばら屋、小屋、墓場、掘っ立て小屋、見世物の舞台から抜けだして、不必要に注目されるうっとうしさから解き放たれてしあわせだった。通りすがりの人はぎょっとしただろうが、私たちは、昼間に求めていたもの——大衆を、夜には何とか避けようとしていた。

普通でない人たちのなかで、私は三〇インチの妖精、キャロラインがいちばんのお気に入りになった。彼女は完璧なミニチュア人間で、小さいころからサーカスの世界に入っていたので、まだほんの一二歳だった。彼女はさらわれたか、あるいは家族から捨てられたか、売られたかだった。キャロライン同様、犬顔少年のジョジョ、サル少女のパーシラ、ワニ肌少年のエメット、ゾウ少年のジョンはみな親に捨てられたか、孤児だった。彼らはみんな死んでしまったにしろ、生きているにしろ、母親を失っていた。私たちは全員が追放された流浪の民で、白人王国のなかの黒人だった。

私はキャロラインのなかに亡くしたわが子を見た。私は白人でいっぱいの世界にいる黒人だった。キャロラインは五・七五フィートの人間の世界にいる三〇インチの人間だった。何度も私は彼女を抱きあげて、彼女には高すぎて入れない場所に入ったし、ときには彼女に案内されて、有色人種が白人の連れなしでは入れないようなところに行った。だから、私たちはいつもいっしょだった。友だち以上だった。母と子のように助けあう関係だった。ある日、キャロラインが私にたずねた。

「ホッテントット・ヴィーナスっていうのは、ほんとうの名前なの？」

「いいえ、うその名前よ」

「ほんとうの名前はなんていうの？」

「サラ……」

「じゃあ、ホッテントット・ヴィーナスの意味は？」

「そうねぇ、ヴィーナスの意味はわかるわね」

「女神よ」とキャロラインは言った。「それに、惑星でもあるわ」

「そう、ホッテントットはオランダの言葉で『どもる』っていう意味なの。オランダ人が私たちを侮辱してつけたのよ、自分たちは私たちの言葉を覚えられないくせに。ひどい言葉だわ。私たちの部族はコイコイと呼ばれているの」

「ねえ、あなたたちの言葉で何か言って」

「セフラ・ケ・ティ・ナエトゥセトゥサナ・オンサ」

「どういう意味……」

「セフラという名前は、私が生まれたときの名前です」

「キャロライン・カマンチーニもあたしのほんとうの名前じゃないわ」

「まあ、そうなの？」

「そうね、キャロラインは本名よ。でも、シチリア人ではないわ。ダブリン出身なの。プリンセス・カマンチーニは芸名なの」

「芸名って何？」

「そうねぇ、ヴィーナスとかプリンセスみたいなものよ。その方が、お客さんが神秘的で本物だと思うでしょ。ねえ、お話を読んでくれる？」

「読み方を知らないの」

「えっ、知らないの？　みんな読み方ぐらい知っているわ」

「だって、本は黒人には語りかけてくれない、あなたのように白人にだけよ」

「ちがうわ、サラ。本は、あなたの肌が何色かなんて関係なく、みんなに語りかけてくれるわ。本ってそういうものよ。一冊の本はひとつの国の全部に匹敵するわ。本は心を解き放ってくれる。そして、読むことは書くことなの。書くことは、あなた自身を認めることなのよ……」

「あなたは書くこともできるの？」

「もちろんですとも。日記をつけているわ……」

私はキャロラインをじっと見た。もし息子が生きていたら、と私は思った。彼は五歳で、キャロラインの背格好の二倍はあるだろう。キャロラインは私の膝に座り、胸にぴったりと寄り添った。ケープタウンを出て以来、腕に子どもを抱くことなんてなかった。あれから、かれこれ一年になるのだ。

「じゃあ、私があなたにお話を読んであげる」

彼女は飛び降りた。

「本を取ってくるわ。『グリム童話』っていうのよ。ねえ、アイルランド人は妖精をほんとうに信じているのよ。母さんも信じていたし、父さんもよ。その本には妖精についてあらゆることが書いてあるの……」

「あなたは孤児じゃないの？」

「ちがうわ、両親は生きているわ……」

「私にも小さな子どもがいたんだけど、死んだの……」私の声はだんだん小さくなった。

「昔々……」

「まあ、この本、あなたとおなじくらいの大きさだわ」

彼女が読んでくれたお話には、ヒキガエルや王子さまやお姫さまや魔女や森が出てきた。「私たちにもおなじような話があるわ」

「読み方を覚えれば、サラ、私が教えてあげる」

「そうしたら、手紙を……書くことも覚えられる?」

「読むことと書くことはひとつのことよ、どっちかができなきゃ、もう片方もできないわ……」

「ちょっと文章を読んでくれる?　私にきた手紙なんだけど?」

「あなたにきた手紙?」

「ええ、少し前にね」

私はヘンドリック様が読んでくれた、失踪中のダンロップ様からきた手紙を取りだし、キャロラインの小さな膝の上に置いた。彼女はゆっくりと手紙を開くと、じっくりそれを眺めた。

「ねえ、これには、ほんとは何も書いていないわ。Xが並んでいるだけ、XXXXXX、ってね。意味はないわ。ただ、書きなぐってあるだけ……」

「『親愛なるサラ』とか、そういう言葉はないの?」

「ええ」

「航海のことも、船のことも、ロンドンに戻るっていうこともないの?」

「なんにも」

「えーっ?」

「なんにも書いてないわ。なんにも書いてないのといっしょだわ。だって言葉が書いてないんですもの……バッテンが書いてあるだけ」

「ひとことも?」

「ええ、ほんとうの言葉は全然、たくさんのXだけ、ちんぷんかんぷんの言葉ね、ホッテントットみたいに」そう言って、彼女はにっこり微笑んだ。

「じゃあ、名前もないの……アレクサンダー・ダンロップと、どこにもないの?」

「だれかのいたずらよ、サラ」

ご主人様に直接聞いてみるしかなかった。

「ヘンドリック様が読んでくれた便箋にはXしか書いてない……」

「だれが言ったんだ?」

「妖精よ」

「何のことを言っているのかわからないね、サラ」

「だましたのね!」

彼は一瞬口ごもった。

「それはヘンドリックだよ、私じゃない」

その刹那、私は父を殺した白人たち以上に、彼のことを憎んだ。

「手紙なんて、全然書かなかったんだわ!」

「ばかを言うんじゃない」

「私は、ばかなんかじゃない！」私は叫んだ。

「ちがうってば」、ご主人様はゆっくりと言った。「奇形の妖精の言うことをうのみにするなんて、ばかだと言っただけだよ……全部Xだったということだけど――あれはおまえたちの言葉じゃないか、サラ。私はコイ語で書いたんだ。ヘンドリックはコイ語が読めるからね。おまえは読めないけど」

「コイコイ人は書いたりしないわ」

「どうしてわかるんだい、おい」

私はめんくらったが、一歩も退かなかった。

「コイコイ人は砂にしか書かないわ」私は反論した。

「それは、おまえたちが紙も発明できないほど、ばかだからさ！　砂に書いたメッセージをどうやって送るんだい？」

私は自分の知識をひねくりまわしたが、よくわからなかった。ナエヘタ・マガハース、「生まれてきてはいけないもの」の呪文は書き留めることができたかしら？　ぼんやりとした混乱が、私と私を取り巻くすべてのものの上に澱のように溜まった。それは、私のこめかみを打ちつけ、頭のなかをぐるぐると駆けめぐった。また、だまされているのだろうか？　だんな様はうそをついているのだろうか？　世界じゅうの人が私にうそをついているのだろうか？　それとも、私たちホッテントットが、ばかなだけなの？　頭がずきずきして、目がかすんだ。ほとんど何も見えない。痛みを止めるために、私は昼間から飲んだくれ、ダッガやモルヒネに溺れていった。夜眠るために、ブランデーやジンをちびちび飲むようになった。しかし、酒や麻薬に溺れれば溺れるほど、孤独感と自己嫌悪は深まっていった。

私は、ブランデーやふるさとのダッパよりもイギリスのジンを好むようになった。カットグラスのデカンターに入った無色の火酒だけが、日々溜まる屈辱や嘲笑や侮辱を消し去るまで私を酔わせてくれた。イギリス人が一杯機嫌と呼ぶ状態、あるいはオランダ人の言うところのエン・ボレルチェ〔アルコールが入ると、の意〕になると、いつも空想の世界に漂いでた——飛ぶことができたし、踊ったり、笑ったり、歌ったり、ダッパでは無理でも、ジンならいろいろなことができた。ある夜、私はボンド通りのレストランでジンのボトルを空けたあと、一二人のオーケストラの音楽に合わせてテーブルの上で踊った。次の日、『タイムズ』にはその諷刺漫画が掲載された。

私は、人びとがどんなふうに私を見ているのか、つまり、そのままの私ではなく、みんなが心のなかでどんなふうに私のことを思い描いているのかということが、まったくわかっていなかった。たとえば、私は四フィート七インチしかなくて肌の色は黄色だ。ところが、イギリス人の諷刺漫画家は、いつも私を、クジラのように巨大で、一トンもの重さがあり、黒い肌であるように描いた。グレンヴィル卿は五フィート一一インチ、トーマス・ペラムは六フィートもあるというのに、私はそういう白人とおなじ背丈に描かれた。私の尻《ボトム》は、イギリス人は私の臀部《バトック》のことをそう呼ぶのだが、首相の半分の大きさなのに彼の尻とおなじ大きさにされ、私の三倍もある外務大臣の尻もおなじ大きさだった。どうしてこんなふうに描かれるのだろう？　ご主人様たちはチラシを三倍に増やし、版画をさらに五〇〇部刷った。

ジンというのは、雨乞いのまじない師が自分は持っていないと話していた薬なのかしら？　この魔法で私は生きながらえているの？　私はクリスタルの瓶の中味を何よりも切望するようになった。夜眠るために、部屋で静かに琥珀色の瓶（ブランデー）か、透明の瓶（ジン）から杯を重ねたものだ。なんとなく無色の瓶の方が好みだったが、それも気分しだいだった。腹の立つときはジン、悲しいときはブランデーだった。私はますます日中早くから、五時のお茶の時間がやってくるまで、お気に入りのタンブラーを傾けるようになった。ひとり楽屋にいるとき、ショーとショーの合間、私はダンロップ様を忘れるために飲んだ。カーサル様を忘れるために飲んだ。虐殺を忘れるために飲んだ。雨乞いのまじない師が言ったことを忘れるために飲んだ。裁判のことを忘れるために飲んだ。暇つぶしに飲んだ。恥ずかしいから飲んだ。必要にかられて飲んだ。私はだれも気づいていないと思っていたが、キャロラインは気づいていた。

五三番地での仕事がないとき、私は二二五番地の彼女を訪ねた。夜遅く、ほんとうはまわり道になるのだが、ピカデリー通りを重い足取りでふらふらと彼女に会いに行ったものだ。キャロラインは以前より弱々しく見え、目はその小さな手より大きく、肌は白く、じっとりと冷たかった。彼女は日に二〇〇人以上もの客を迎え、毎日、一二時間から一三時間も見世物にされていた。

「サラ、やめなきゃ。ジンを飲みすぎよ」

私は、にやっと笑った。

「そんなことないわ、キャロライン、ほどほどよ、ほどほど」

「体によくないわ」

「眠るためよ」

「じゃあ、どうして五時に飲むの?」

「五時に飲んだりしないわ。五時はお茶の時間よ。午後のお茶は好きよ……」

「ギリガン先生がおっしゃっていたわ……」

「小さな子どもにね。でも、私はりっぱな大人よ」

私にはファーデルランチェ〔ジンのこと〕が必要だった。私の骨に、肉に、心に、それが必要だった。ブランデーのボトルやジンの入ったガラス容器が見あたらないと、ひどく苦しんだ。そして、飲まずには生きていけないことに気づくときがやってきた。それは一八一一年の冬のことだった。

やがて雪や雨が降るようになり、どんよりすすけたイギリスの冬の寒さがいちばん厳しくなったころ、小さなキャロラインが病気になった。医者たちは小さな体から吸い玉を使って血を抜き、不純物を取り除いたが無駄だった。妖精の姫は胸膜炎のために、私の腕のなかで息を引き取った。

キャロラインの死によって、私はクンの遺体を浜辺で荼毘に付した日のことを鮮明に思い出した。私は、まだ自分では読めなかったが、シチリアの妖精が持っていたグリム童話の本を形見としてとっておいた。牝鹿革の小さな手袋も見つけたので、それも私の特別な宝物のひとつに加えた。シチリアの妖精の後見人は、たしかギリガン先生といったが、妻とその弟の役者と共謀して、真夜中に彼女の遺体をセント・ジェームズ広場、デューク通りの宿所からこっそりと持ちだした。彼らは宿代の二五ポンドを踏み倒して消えた。あとには、鋳鉄製の妖精の小さなベッドと数々の衣装が残された。さらにひどいことに、ギリガン先生はキャロラインを五〇〇ポンドで売り払ってしまった。彼女は解剖用に買われ、王立外科医師会の解剖実習に使われた。仲間のサーカスの奇形たちは、彼女の死が警察に通報されることもなく、そのうえ、別の解剖学者が、それ以上の金額で彼女の遺体の買い取りをギリガン先生に申し出ていたと、言い立てた。キャロラインの父親が遺体の引き取りを求めてダブリンからやってきたときには、すでに彼女の骨格《スケルトン》は王立外科医師会で展示されていた。キャロラインの痛ましい結末が恐ろしくて、私はますます酒に溺れるようになった。それに、移り気な大衆がホッテントット・ヴィーナスに飽きはじめていることに気づいたことも拍車をかけた。

ダンロップ様とカーサル様の儲けはしだいに少なくなってきた。見物料は四シリングに引き上げられた。私の部屋は夜になると鍵をかけられ、その鍵はだんな様の首にかかっていた。私は、もはや気にしなかった。私は心を病んだ。ダンロップ様は、イギリスを巡れば、私の心もロンドンでの人気も回復するだろうと考えた。

いなくなれば寂しがるだろうというわけだ。彼はもうひとつ約束をしてくれたが、それはこの旅が終われば故郷のケープに戻ろうということだった。

「労働者階級や地方の地主ジェントリーの人間にとっても、ロンドンのショーは値打ちがあるのさ。ロンドンっ子といっしょで、世界の不思議の数々を見たがることだろうよ……」

「もういちど、私が自由だってことを証明するために見世物になるの？」

「金庫もふえるし、評判も戻ってくるだろうよ」とご主人様は答えた。「ロンドンには二年以上いたし、何万人もの人が見にきたからな。そろそろ潮時だ」

私たちはすぐに、バース、メイドストン、ダブリン、レスター、バーミンガム、リヴァプール、ノッティンガム、そしてマンチェスターでの公演の契約を取った。私にとっては、それらは私が覚えたイギリスの地名、地図上の点にすぎなかった。マンチェスターを除いては。そこには、私が敬愛するフリーハウスランド様が私を待っていらっしゃるのだ。少なくとも彼の墓の前に立ち、泣くことができる。いまや、私の慰めは、最近とても欲しくて手に入れたブース社のジンで満たしたカットグラスのタンブラーだけになっていた。いまではボンド通りのすべての酒屋が私の名前を知っていた。これ以上恐れないためには——イギリス人の軽蔑や残酷《ブラック》な笑い、邪悪《ブラック》な顔つき、私自身の望み《ブラック》なき沈黙を感じないようにするためには何をすべきか、私にはわかっていた。飲めばいいのだ。

私たちは、六月の中ごろロンドンを発ってレスターに向かった。ロンドンでは、町じゅうにゴミの山ができて悪臭が立ちはじめ、ネズミやのらイヌやのらネコが通りをうろついていた。私は町を離れるのがうれしかった。思わず、ぼんやりとした期待を抱いた。白い服を着た紳士淑女が大勢、まだ町を逃げだすこともなく、お茶を飲むために、腐った生ゴミのある通りを平然と渡っていった。四輪馬車や配達の荷馬車が、セント・ジェームズ広場から続く丸石敷きの並木道をものすごいスピードで、ガラガラと走り抜けていった。ロンドンではコレラやチフスやジフテリアが流行る季節だった。私はそういった病気のどれにも罹ったことがなかったので、そんな町と六月の太陽の下で腐敗する町の汚物から抜けだすのはいいことだった。ひょっとしたら、地方ならば私にも平穏が訪れるかもしれない。なんといっても私には、ダンロップ様がもう離婚していて、秋が終わる前に私と結婚するという口約束があった。夜明けまでに、私たちは工場の町、レスターのはずれに到着した。遠くから見ると、レスターは塵や煤煙や綿ぼこりが嵐のなかでちらちら光っているようだった。雲が霧のように町全体に渦巻いて立ちのぼっていき、太陽をおおい隠していた。煙霧と熱気のあいだから、ほんの一瞬、灰色の空に虹がかかった。近づくにつれ、染料や腐食薬やアンモニアのいやなにおいが鼻をつき、町に入ると、重たい機械がドスンドスンと動く音や、太鼓のように地面を揺らす織機の振動が聞こえた。

「この町じゃ、おまえみたいなものは見たことがないだろうよ」とご主人様は言った。

ぎっしりと荷を積んだ幌馬車は、そのなかで寝泊まりもしたし、私たちのすべての持ち物を——旅行鞄、テント、展示のための道具一式、植物やポスターですらも——詰めこんでガラガラと町に入っていった。それぞれの町には、ほんの一週間かそこら滞在するだけだったので、そのたびに新しい宿を探すのは時間の無駄だった。テイラー様と落ちあうことになっているマンチェスターのような大きな町でのみ、独立した宿を見つける予定だった。私はあちこち旅することには慣れていた。私の部族は、牧草地から牧草地へと季節ごとに移って、その土地、土地で食べ物を得ながら、女でも一時間足らずで張れるようなテントのなかで子ども時代を過ごした。いま、私はそのころの生活に戻り、イギリスの片田舎を点々とすることになった。

そこには、青々とした大きな森が広がっていた。土地はすべて、人の手で耕されて整えられており、野生のままの荒涼としたケープ地方の風景とは様子が違っていた。ここでは、すべてのものがきちんと刈りこまれ、壁で囲まれ、計画的に栽培されていた。偶然や、風雨や、母なる自然の営みに委ねられているものは何もなかった。

　レスターは人口三万人の工場町で、一万五〇〇〇人の労働者がキャラコの捺染に雇われていた。整然とした堅固な町で、日毎、織工が飛杼《とびひ》〔一七三三年にジョン・ケイが特許を取った、綿布を効率的に織る機械〕や力織機〔一七五八年にカートライトが発明した、蒸気機関を利用した織機〕の使い方を習得し、そうした新しい発明が織工の生産高を二倍にしていた。炭坑や煉瓦窯、陶器窯や岩塩採掘場で女性や子どもが男たちのそばで働いていたのとおなじように、ここでも女性や子どもが働いていた。馬車が町に入ったとき、労働時間の終わりを告げる笛が鳴って、五歳から六〇歳までの工場労働者が、ぎゅうぎゅう詰めの工場や、煉瓦造りや木造の建物から、狭く曲がりくねった道にあふれだし、低い藁葺き屋根のわが家へと帰路につきはじめていた。あの人たちはホッテントットとおなじくらい貧しく見えるわ、と私は思った、どうやら、貧乏というのは国境や人種とは関係がないようだ。貧しい者がいないと世界は生きられないと言われるが、それは、もしみんなが豊かだったら、だれも他人の要求に従わないからだ。ならば、富める者はひとにぎり、大部分は貧者というのは、神様の思し召しなのだ。

　私たちは町はずれのクローバーの原っぱにテントを立てた。次の日、私は絹のシースを着けて檻に入った状態でステージにあがり、生気のない、薄汚れて赤い目をした観客を睨みつけたが、みんな畏れおののき、無言で私を見つめ返していた。きっと、私は彼らが目にしたことがない女だったのだろう。私はロンドンのときとおなじ衣装を着け、おなじことをしたのだが、人びとの顔つきやからかいがおなじように非情だったにもかかわらず、田舎の人たちにはさほど危険を感じなかった。彼らはイヌやヤギやニワトリのような家畜と自分の子どもたちを連れていたが、子どもたちは驚いて見つめるか、わっと泣きだすかのどちらかだった。女の人も大勢やってきたが、彼女たちの手は藍の染料で鮮やかな青色に染まっていた。私たちは興行を開くために、刀剣呑みと火喰い男、ミスター・ヘンリーとミスター・ロックウッドを雇っていた。彼らが技を見せると、礼儀正しい拍手が返ってきた。それから、私が登場した。一方には地主ジェントリーや工場経営者が、もう一方には工場労働者や農夫が立ち、混乱が起きないように警察官もあちこちに立っていた。いちばんの見ものは、私たちが草地から打ちあげる花火だった。

私たちは、安物の宣伝ビラと間に合わせのテントを手に、町から町へと進んでいった。織物業のバーミンガムからチョーク採掘のリヴァプール、製鋼業のリーズ、窯業のスタフォードシャー北部、鋳物業のシェフィールド、ニューカッスル周辺の炭坑、ガラス製造と蒸留酒製造の町ブリストル、海軍工廠のあるチャタム、絹織物業のスピタルフィールズを巡業した。どこに行っても貧しい人がおり、どこに行っても富くじや一パイントのビール、ホッテントット・ヴィーナスのチケットに喜んで一シリング（見物料を値下げしていたので）を払う人がいた。ひどい生活だったが、チケットが売れるところならどこへでも行き続けた。いちどベンシャムで、赤い目に緑色の髪をした何百人もの男たちが真鍮工場からやってきて、私が彼らを驚かせる以上に、彼らが私を怖がらせたことがあった。男たちは朝五時に仕事に就き、夜八時に終わるというので、私たちの興行は夜一〇時になった。

ミッドランドのあちこちで、私たちは機械打ち壊し《ラダイト》運動や労働組合による暴動、ストライキや工場閉鎖に出くわした。彼らは同業組合や工場労働者を組織化しようとしていた。いちどならず、警察の夜間外出禁止令や三人以上の集会を禁止する布告のせいで、私たちは町から締めだされた。九月下旬、私たちはヘンリー・テイラーの巡業シェイクスピア劇団と合流するためマンチェスターに近づいた。彼はきっとわれわれの旅を引き継いでくれることだろう、何と言っても、これは彼が計画して前金を支払ったのだから、とダンロップ様は私に請けあった。私は自分がだれに売り渡されたのか、見たいものだと思った。

マンチェスターは赤煉瓦の町だった、窯や真鍮工場、陶器製造所や製鋼所からの煙が煉瓦を赤のままに保っていてくれたらの話だが。しかしそうではなく、その町は黒く塗りつけられた赤い町で、マガハースの顔のように奇妙で不吉な模様があった。背の高い煙突が立ち並び、そこからは毒蛇のような煙が延々とたなびき、とぐろを巻いたり解いたりしながら、暗い雲にあるヘビの穴へと入っていった。運河には黒い水が流れ、川は紫色だった。狂ったゾウの鳴き声のような音をだす製鉄所や鋳物工場から、ガタガタとした震動が伝わってきた。いくつかの大通りと数多くの路地や空き地のまわりには、肉体労働者の掘っ立て小屋や共同の掘りこみ便所があった。何千もの小屋が背中合わせに建っていて、小屋の前には屋外便所が、通りにはだれでも使える灰だめがあり、小屋のなかには石炭と食料を貯蔵する地下室、料理、洗濯、食事やそのほかすべてのことをまかなう部屋、そして寝室があった。ゴミや汚物の山が小道や路地にあふれだしていた。ギーギーときしむドアや開いた窓からのぞいた陰鬱な顔が、埠頭沿いの道を町の広場に向けて進むサーカスの馬車を眺めていた。私たちはみすぼらしいあばら家の地域から、しだいにより裕福な地域へと進んでいったが、そこには市庁舎、刑務所、病院、役所、倉庫、ホテル、劇場といった公共の建物が堂々とそびえていた。ロンドン以上に、刑務所は城のように見えたし、銀行はローマの神殿、劇場はエジプトの墓のようだった。

「マンチェスターはね」とダンロップ様は言った。「織物の町なんだ、サラ。それにけっして忘れちゃいけない。外科医として言えることは、大げさではなく、マンチェスターの最下層の連中は、ヨーロッパで最悪の刑務所にいる連中よりも汚くて、体も痛んでいて、道徳的にも乱れているということだ。マンチェスターの労働者階級に生まれた子どものほぼ半数が五歳までに死んでしまうんだ」

これが、フリーハウスランド牧師の天国のようなマンチェスターなの？　と、私は思った。彼のやさしさや思いやりのすべてがここで生まれ、ここに眠っているの？

目的地のすぐそばまで来たとき、ボロをまとった、年齢もさだかでない女が、突然馬車のそばに現われ、馬とおなじ速さで走りながら馬車の扉の取っ手を握った。

「ねえ、あんたらサーカスの人間だろ?」彼女はあえぎながら言った。「奇形の男の子はいらねえか？　七つなんだ。生まれつきせむしで背骨が曲がってんだ。住みこみならお安くしとくよ。きれいな声で歌うし、あんまし食わねえよ。弟なんだ……」

彼女は二〇〇歩ほど、息を切らすこともなく、大声で話しかけながら私たちについてきたが、やがて馬についていけなくなって後ろに取り残された。彼女は片手を腰に、もう片方の手は頭のボロがずり落ちないように押さえ、乱れた息を整えながら、道の真ん中に立ちつくしていた。振り返ったとき、ずっとずっと昔にこの光景を経験したことがあるような感覚に襲われた。太陽を背に、長い藍色の影を落として立ちつくすその女の姿は、私には見覚えがあるように思えた——それは忘れてしまったメロディーのようだった。

「待って」私はダンロップ様にしがみついて言った。「あの女を知っているわ、速度を落として」

「知ってるわけないだろう、サラ、あり得ないよ。マンチェスターには来たことがないんだ。マンチェスターの女工を知りようがないじゃないか?」

「でも男の子が、せむしの子が」

「これ以上、奇形も穀つぶしもいらんよ。どうせ死なれてしまうだろうし」

「でも、あなたは医者でしょ……」

「医者だったんだ——いまはちがうさ。さあ、着いたぞ」

荷物を降ろして、馬を馬番の少年に渡していると、例の女がまた追いついてきた。彼女は距離をおいて、汚いスカートのまま、ただしゃがみこんで、目で訴えかけてきた。ご主人様が手で制したが、私は彼女の方に近づいていった。彼女は私の顔を見て驚いたようだったが、すぐに表情を戻した。

「あなたはだれ？」私は夢うつつのようにたずねた。

「あたしの名前はアリス・ユニコーン……奥様、なんなりと言いつけてくださいな」

「弟さんはどうにもしてあげられないけど、着替えを手伝ってくれる人がほしいの……」私が何か言う前に、彼女は私のトランクに飛びつき、それを持ち上げると同時に膝を曲げてお辞儀をするという、さもしい駆け引きに出た。

「おいで」と私は言った。「何か食べさせてあげるわ。飢え死にしそうじゃないの」

「もう四日、何も食ってないんです、奥様。工場の仕事がなくなって、弟を養うこともままならないんです」

「来るんだ、サラ」階段からだんな様が呼んだ。「そんな乞食を拾うんじゃない！」

「彼女は物乞いをしているんじゃないわ」私は言った。「声をかけたのは私です」私がうなずいてみせると、アリス・ユニコーンは、私について宿に入ってきた。ヘンリー・テイラーはどこにも見あたらなかったので、私はアリスをキッチンにやって食べさせ、階段をあがって部屋に行った。

突然、私は、このみじめなボロをまとった女が何を思い起こさせたのかがわかった。肘をばたつかせ、首を伸ばし、目には絶望の色を浮かべながら馬車の横を走る彼女は、ボーア人巡視隊の銃から逃げようとする母を思い出させたのだ。汚れと垢で私とおなじくらい黒かったが、それを除けば、彼女は、フリーハウスランド牧師を女にしたような感じだった――おなじような太くて濃い眉、おなじ色の目、おなじようにまっすぐな鼻、おなじような口。彼女は彼の娘かもしれなかった。

翌日、旅役者の一座が座長のヘンリー・テイラーとともに到着したころには、アリスは私の服をトランクから出して、風呂の用意をし、リネン類を洗い、キャロラインの小さな犬を散歩に連れだしていた。

「奥様はあたしの命の恩人だよ。夕べ、あたしとヴィクターは川に身を投げるつもりだったんだ」

彼女の口調がとても淡々としていたので、ほんとうのことを話しているのだとわかったし、もし私がいなかったら、きっと彼女は昨夜死んでいたことだろう。アリスはそのことを堅く信じていたし、私もアリスを信じた。このことは、私たちのあいだである種の象徴的な出来事になっていった。私が救ったのだから、彼女の命は私のものだった。

「われわれのようにみすぼらしいとね」テイラー様が、生き生きとした目でまばたきながら言った。「町に入ったら、何とか気の利いたショーを用意しなきゃならん。ビラや太鼓、それに笛吹きという手もある。われわれは宿屋や商店主の家に宿泊して、納屋を小道具の保管や衣装の着替えに使う。劇場や市庁舎がない場合は、草地や市の立つ広場に旗のついたテントを張る。あるいは、宿屋の広い部屋だって、天井から緑の垂れ幕を吊るすと、そこが劇場になる（劇場の垂れ幕は緑色に決まっているんだから）。この生活は厳しいが、ほかに方法がないんだ……金があったら」と、彼は笑った。「貸してやるよ。何もなければ、なしでやるよ。われわれ役者という奴は、陽気な落ちぶれ者の集まりさ」彼はまた笑った。「われわれは、しょっちゅう生活の糧を求めているが、陽気に騒ぐ元手すらないなんてことはまずないよ。田舎の市《いち》や地方地主の屋敷に行って、曲芸師や奇形、楽士や歌手、綱渡り芸人や占い師、それにクマやホッテントットのような奇妙な動物を扱う奴らと組んで、芝居を上演するのさ……」

第14章　では、これがその男なんだわ……

変異というものは地域の環境や気候の変動によって現われ、また長い年月の経過によって説明されてきたが、そうであるならば、現存種が化石で発見される古代種の変異だといえないのはなぜなのだろうか？

ジョルジュ・レオポルド・キュヴィエ男爵、
『地表の激変論』

一八一二年、ゆがんだ炎の季節、イギリスの暦でいえば四月。では、これがいま私の四分の一を所有している男なんだわ、と私は思った。彼は背が低くずんぐりしていて、太ってはいないが、太鼓腹でがに股だった。しかし、顔立ちはいままでに出会っただれよりもハンサムで、ジョン・ケンブルよりも美しく、目はこの世のものとは思えないくらいの緑色、アフリカのランのような緑色だった。彼の目は口と同様、笑いが絶えることがなかったので、私はつい彼の陽気さにうっとりし、気の利いたユーモアには抗えなかった。彼はそのうえ、だれが見てもお人好しのペテン師で、人から巻きあげたりトランプでいかさまするなど、いつも何かしら企んでいたが、それはつい出来心で、どうしようもないことのようだった。舞台衣装をまとっている時以外は、彼はいつも首に緑色のスカーフを巻き、片耳に金のイヤリングをつけ、左手の小指には自分の紋章だと言う印のついた指輪をはめていた。ある晩、彼は私たちに、自分はカナヴォン伯爵の庶子で、ハイクレアで生まれたと語っていたが——その後、レスターシャー、ドニントン・パークのモイラ伯爵に変えた。だれも彼の言うことを信じなかったが、私たちはみんな、彼の突拍子もないうそを聞くのが大好きだった。

アリスが私の臨時雇いの召使いになってからというもの、彼女とテイラー様は、自分たちの苦労や子ども時代の途方もない話を互いに競うように語ったものだ。アリスは二〇歳かそこらにしか見えなかったが、こうした話から、私は、彼女が私よりほんの少し年上だということを知った。彼女は五フィート五インチほどの身長で、なで肩で大きな尻、そして、下着で締めつけてはいるものの、豊満な胸をしていた。一年前、彼女の父親は、ブライドストーン近郊の煉瓦工場で働いているときに、窯からあふれだした何トンもの泥に呑みこまれるという事故死を遂げていた。彼女の妹は、ウェッジウッドの磁器工場で働いていたが、鉛中毒で死に、兄や姉たちはみな、マンチェスターの窯か鉱山で働いていた。アリスは七歳のときから働いていた釘工場を出て、一二歳まで学校に通うことを認められた。彼女はできるなら女中か、ことによると見習い修道女として、町はずれのセント・ジェレミー修道院に入ることを夢みて、読み書き計算を学んだ。しかし、彼女の説明によると、生まれつき疑い深く反抗的な性格は修道女には不向きで、彼女の宗教教育は悪い方向に向かってしまったということだった。私が孤児院で読むことに抵抗を示したように、彼女も女子修道院の信仰に逆らったのだ。とはいえ、ふたりとも、女子修道院や孤児院が人生における唯一の安全な場所であったという点で、一致している。女子修道院には不向きということで、彼女はチェスター公爵のお屋敷に奉公に出された。そこで彼女は、広大なイタリア式庭園の草取りとして奉公を始め、その後、皿洗い、台所の下働き、洗濯女、そして最後に乳搾り女になった。公爵は四六人の召使いを雇い、そのうちの一六人が上級使用人で、彼らは多くの等級や身分に分かれていた。こうして彼女は、大きな屋敷の仕事を上から下まで身につけたが、それはちょうど、私がアルヤ奥様のお屋敷仕事を覚えたのとおなじだった。

「女中には特別な磁器用の布巾とブラシがあってさ」と彼女は説明した。「執事にはグラス用の布巾、従僕には小型の布巾、ポーターにはランプ用の布、ホールボーイには角笛用の布とあてがわれてんだ。ちり取りには全部番号がふってあってさ、女中はそれぞれ自分のが決まってて、それをろうそくといっしょに片っぽの手で持つように仕込まれるのさ、もう片っぽの手にはブラシを持たなきゃなんないからね」アリスは、ほかにも覚えなければならないことがあった。それは、家具についた金属の建具を細かい砂で磨く方法、塗装面を仕上げクリームで磨く方法、湿らせた茶葉でカーペットを掃除する方法、酢で古いつや出し剤を取り除き、新しい蜜蠟とテレピン油を混ぜる方法、また、九フィートの梯子の上に立って、高い天井を重曹水で洗う方法、錦織の壁の埃を払い、ちり紙と絹の布でこすり落とす方法、ベネチアン・ブラインド〔ひもで上げ下げや採光調節をする板すだれ〕のひもを緩めて汚れを擦り取る方法、カーペットを持ち上げて叩く方法、パイプ白色粘土を使って廊下を白くする方法、舞踏会の前に堅い木の床にチャコ〔布地に線を引くのに用いるチョーク〕を塗る方法、ベッドメイクの仕方、お茶のテーブルを整える手順、また、家具を守るためにブラインドをおろしたり、窓を開けて部屋の空気を入れかえたりする必要から、どの部屋に何時に日が差すのかを覚えておかなければならなかった……。

「私も掃除のことならひとつ、ふたつ知ってるわ……まだ仔を産んでいない雌牛の尻を清潔に保つためには、いつもしっぽを結んでおかなければならないって知ってる？」

「冗談でしょ」とアリスは笑った。

「ブラシは我が剣、箒は我が武器、眠りなど私は知らない、休息もまた然り……」

「こんなふうに下級女中として、年五ポンド稼いでた」アリスは笑いながら言った。「でも、さらに上の女中に昇級しようかってときに、公爵の息子のひとりがあたしを階段の下に引きずりこんでレイプしたんで、子どもができちまったのさ。執事に妊娠がばれた途端、あたしは首にされて紹介状もなしに放りだされちまったんだよ。紹介状がなきゃ、次のお手伝いの仕事なんて見つかるわけがない。子どもが生まれたあと、乳母の仕事を見つけたんだけど、母さんに子どもを預けなきゃなんなかった。その子、エリックっていったんだ。一歳半のとき、受難節〔復活祭直前の一週間〕の週に死んじまった。ちゃんとした葬式をあげてやろうにも、一カ月も家に帰れなかったんだ、奥様にお客があったからさ。あたしは、もう戻らなかったよ。織物工場で機を織る仕事にありついたんだけど、お屋敷のお手伝いからはまったく格下げになっちまったものさ。あたしはあばら家を借りて、母さんが働く煉瓦工場のなかにあった掘っ立て小屋を出たのさ。母さんは一二人子どもを産んで、そのうち五人が何とか生き延びて大人になった。父さんが死んですぐあとに母さんが言ったんだ、また子どもができちまったから、もう弟のヴィクターを家に置いとけないってね。どうすりゃいいのさ？　だから言ったんだ、私が引き取るって。でも、あたしの機がたまたま壊れちまって、仕事がなくなったんだ。監督は賃金も払わずに首にするし、こんども紹介状はないしね。あたしは失業して放りだされちまったのさ。何カ月も仕事を探したよ。ヴィクターには物乞いをさせたんだ。そんなときさ、あんたらサーカスの一団がやってきたのは」

アリスはホッテントットよりもみじめな人生を送ってきたのだ。彼女は子どもを失っていた。彼女も孤児だった。彼女も、とどのつまりは私とおなじだった。私は彼女をずっと手元に置き、ヴィクターの身のふり方を考えてやろうと心に誓った。

「でも、あなたがいっしょに来たら、ヴィクターはどうなるの？」

「あの子もいっしょに来れるよ！　あんまし食わないし、見世物になれるしさ！　背中に大きな瘤があって、足がひょろひょろなんだもん、みんなで何とかできるよ。あたしのベッドの下で眠ればいいんだ。あたしがあの子の面倒をみるって、請けあうよ」

テイラー様がいい案を思いついた。
「さて」と、彼は切りだした。「奇形には三つのタイプがある。生まれつきの奇形、創られた奇形、そして偽物の奇形だ。ここにいるヴィクター坊やは『創られた』奇形の分類に入るだろう。もし彼が芸を覚えて、少しばかり痛みに耐える気があるならばの話だがね。人びとはスリルを求め、自然の驚異といったたぐいの何やかやを見たがっているんだ。これが、私の言うショービジネスというものだよ。ショービジネスというのは、知識に乏しい一般人の要求に応じる芸術なんだ。殺人や処刑や魔術や、そのほかもろもろの驚異といっしょなんだよ。イギリス人というのはじっと見つめる国民であり、階級を問わず奇怪なものを好む。奇妙なものや奇怪なものを扱う興行師の方がより人気がでるというわけでもないが、どんな奇形も富と名声をもたらすものだ。さて、ここにいる希有の少年は申し分のない奇怪な素性を手に入れようとしている。でっかい亀の甲羅を、ああ、どこに行きゃそれが手に入るかは目星がついてるから、生まれつきの背瘤に貼りつけて、驚異の亀少年を創りだそうじゃないか。その首は、まるで手品のように体から出たり入ったりし、やせこけた足は、這うたびにほんものの亀みたく甲羅のなかに巻きあげられるという寸法さ……甲羅がありゃ、ヴィクターはセンセーションを巻き起こすだろうよ。ここまでチビのやせっぽちでひょろ長い足をしていたら、みんな生まれつきの亀だって納得するさ！　さあ、顔を見せてごらん。よし。目のまわりにちょこっと炭を塗りつけて、鼻には作り物のくちばしをつけ、首にはうろこをつける、ほーら完璧だ！　亀少年になるんだったら、いっしょに連れて行ってやるぞ！　人前で甲羅を取っちゃいけないし、亀少年ヴィクター、以外の何者にも見えちゃいかん……そうすりゃ、みんな歌うだろうよ。

　来たれ、すべての敬虔なるクリスチャン、

珍しき怪物を見よ、
その奇怪な姿は間違いなく予言している
神の怒りに気をつけよと……

アリスは小躍りして喜んだ。すばらしいアイデアだった。

「さて、こいつ、おかしく見えるようになったかい？　みんな恐怖から逃げだしたいんじゃなくて、恐怖を笑い飛ばしたいのさ！　みんなに笑ってもらわなくちゃね」ヴィクターの新しい支配人はそう続けた。

私は心のなかで思った。そうよ、ヴィクター、みんなの笑いに耐え抜かなくちゃならないのよ。そして、それがいちばんつらいことだった。毎日一パイントのジンを飲まなければ、私には耐えられないことだった。

ここはマンチェスターなのだから、私は敬愛するフリーハウスランド様を見つけようと決心していた。アリスと私はついに彼の墓を見つけたが、そこはリトルバーン教区にあるクライスト教会の灰色石の鐘楼の裏手にある、ひっそりと静まりかえり、凍てついて木も生えていない共同墓地だった。ぼたん雪が降りはじめ、私は赤いロングケープをたぐり寄せた。頭を垂れてたたずんでいると、フリーハウスランド様に似た見慣れない牧師が近づいてきた。

「このあたりではお見かけしませんが」と、彼は話しかけてきた。「工場に新しく働きに来られた方ですか？」

「いいえ、牧師様。あたしたちは旅回りのサーカスの者です。ここには、数週間だけ滞在する予定です。でも、こちらのサラは、ケープ植民地でフリーハウスランド様の奴隷でした。牧師様は亡くなる前に、彼女を自由にしました。今日は、彼の墓を見つけてお参りするためにやってきました」

「アフリカ人？　セシルの伝道所にいたのですか？　ケープ植民地の？」

「はい、喜望峰から来ました。喜望峰から来たご婦人です」とアリスは繰り返した。

「ほら、彼はここで安らかに眠っています」彼は墓石を指さした。

「セシル・ジェームズ・フリーハウスランド」
最愛の息子、神に仕えし者
異教徒のためにアフリカに赴く。
彼らの魂の救済者
一七五六年－一七九六年
賛美歌一五番

「では、あなたはクリスチャンなのですか？」私の方を向いてその牧師はたずねた。「いいえ、牧師様、私は洗礼を受けておりません」

「いまからでもけっして遅くはありません」と彼は言った。「ここにいらっしゃるあいだに、神の教えを授けさせてください、古い友人であるセシルへのたむけとして」

「彼をご存じなのですか？」

「私たちはおなじ神学校におりました。ふたりともマンチェスター出身、いわば地元っ子で、遠く離れた土地へ赴きました、私は中国へ、セシルはアフリカへ……」

「私は聖書《ザ・ブック》を読もうとしませんでした」私は告白した。「私には何も語ってくれないのですもの」

「何の本ですか?」

「聖書《バイブル》です」

「そう」と、彼は少し間をおいて「あなたにも事情がおありなんでしょう」と言った。

「ええ、読めないんです」

これを聞いて、彼は笑ったが、その声は風のようだった。

「あなたはどういう方なのですか?」

「あの、あたしが話します、牧師様」とアリスが遮った。「サラはその異常な姿のおかげで、あちこち旅をしているんです。イギリスの人たちは、彼女のような肌の色も体形も、いままで目にしたことがありませんでした。大方の人は、黒い人間も見たことがないでしょ」

「肌が黒いから、みんな彼女を見るためにお金を払うのですか?」

「それもあります。でも、もっとほかの理由もあるでしょう。彼女はロンドンで有名なんです。ホッテントット・ヴィーナスとして知られています」

「それで、あなたはこのような田舎を旅されているのですか、おひとりで?」

「いいえ、牧師様」と私は答えた。「ふたりのご主人様と犬と劇団の一行と何人かの楽士といっしょです……」

「では、あなたはそれらの人たちの奴隷なのですか?」

「奴隷ではありません。だけど、彼らが私を所有しています。私はご主人様のひとりと、神聖な結婚の契約を結んでいるのです。ほかの人たちは彼のパートナーです」

しかし、牧師には理解できなかったようだ。

「子よ、わかっているのですか、夫でない男と暮らすのは罪なのですよ」

「罪？」

「でも牧師様、彼女は純潔です」アリスが抗議した。

「しかしながら、それはよろしくない。セシル牧師もよしとはなさらないと思いますよ」

「では、彼女をお救いくださ い、牧師様」アリスは言った。

「そのつもりです、ミス……」

「アリス・ユニコーン」

「セシルのためにしてやれる、せめてものことです。それすらしないで、どうして彼の墓のそばを通れましょう」

「彼は遺言で私に一〇ポンドを遺してくれましたが、彼の家族はそれを渡してくれませんでした」

「あなたはそれを言うために、はるばるここまで来られたのですか？」

「私はケープ植民地から逃げてきたのです。自由になるために、お金を儲けて、私の一族を救うために」

「フリーハウスランド家の人たちはみな、敬虔なクリスチャンですよ」

「たぶん。でも、どろぼうでもあります」

「でも当時、あなたは子どもだったんでしょう」

「だから、いっそうひどいんじゃないですか」

「さあ、いらっしゃい、子よ」牧師は向きを変えると、教会の方に歩きはじめた。アリスがいっしょにいてくれてよかった。彼女なら、イギリス人のやり方を知っているからだ。私ひとりなら、怖じ気づいてしまっただろう。教会のなかは、頭上高く天井がそびえ、とても美しい石のアーチが、さらに高く弧を描いていた。通路はろうそくの炎で揺らめき、磨きあげられた木のベンチが暗がりのなかに浮かびあがっていた。長いホールの突き当たりには、白い布が掛かった簡素な祭壇と、木製の高い説教壇があり、その上に、金色の十字架像が掛かっていた。

「サラ、あなたは全然読めないのですか？」

「少しだけなら。妖精が教えてくれました。いまはアリスが教えてくれています」

「では、私がさしあげる祈禱書を読んで理解し、いくつかの簡単な質問にお答えいただけるなら、あなたに洗礼を授け、キリスト教徒として、英国国教徒として、迎えいれましょう。いかがですか？　つまり、それは、神聖な結婚式を挙げずに、その男たちと罪のうちに暮らすことはもはやできない、という意味です」

「でも、私は彼らの召使いです」

「あたしは付き添いです」

「いや」牧師はきっぱりと言った。「英国国教会はそんなことは認めません」

私は何も言わなかった。たぶん、マガハースが言っていたのはこのことだろう。永遠の彷徨、白人のなかを、けっして目的地にたどり着くことなく、さまよい続けるのだ。私は、ふるさとからケープタウンまで、分かれ道にもわき道にもそれることなく歩き続け、しかも、その道はただただ、何マイルも何マイルもまっすぐに続いていたのだった。私は二度とふたたびケープ植民地を見ることはないだろう、と思った。私の一〇ポンドを取り戻すこともないのだろう。ふたたびケープライオンが吠えるのを耳にすることもないだろう。フリーハウスランド牧師が、私をこの世界の果てに導かれたのだ。

「迷える子羊を私にもたらされた主を讃えます」とジョシュア牧師は言った。

「迷える子羊ですって？　私は羊飼いですが」

「子よ、主はわれわれの牧者なのです。けれど、あなたもそのひとりだからといって、けっしてさしさわりはないのです。またすぐにお目にかかれることを楽しみにしていますよ、サラ」

私はうなずくと、アリスの腕を取った。私には、この救いが途方もなく不吉な企てに思えた。これは子どもから大人への通過儀礼以上のものなんだと、私は考えた。それはアフリカからイギリスへの道《パッセージ》だった。

「私のやり方で真実を示しましょう」最初の訪問で牧師はそう切りだした。「キリストの愛、再生の必要性や来たるべき審判についてお話ししましょう。私は、クリスチャンとは完成された男あるいは女であり、また市民として、家庭人として、あるいは社会人としての義務があるばかりでなく、肉体も脳も魂も大切にされるべき存在であると考えています。おわかりですか？」

彼は、自らが神の御言葉と呼ぶ簡単な聖句《パッセージ》を通して、ゆっくりと私を導いた。彼はひとつのことについて熱心に語り続け、それから間をおいて「救世主の言葉を聞きましょう」と言って、新約聖書の一節を探した。そして、奇抜で印象的なコメントを加えたものだ。ときには面白おかしく、ときには私の生活やサーカスを引きあいに出したものの、彼が見世物を見にくることはなかった。神が直接私に語りかけるという考え方が、私のなかに根づきはじめた。彼、つまり牧師が、神の御言葉を読んでいるのだと自ら信じていることについて、私は一瞬たりとも疑わなかった。聖句のなかには、何度も何度も「羊飼い」という言葉が出てきた——いいかい、神は我が牧者なり——というように。すると彼は笑って私を指し、父さんの家畜の群れについて語ったものだ。そんなとき、私は深々とやり場のないため息をついたり、微笑んだり、涙を流したりしたが、それは自分でも予想だにしていないことだった。私は完全に彼の手中にあった。

彼は、テイラー様よりも役者が上だった。彼は裁判官を前にした酔っぱらいや、世界の終末を告げる天使、花瓶を作るガラス吹き工、家を建てる大工のまねができた。木こりや、魚網を引く人や、上昇するツバメや、威張って歩く七面鳥、犬の鳴き声、月に向かってオオカミが遠吠えするまねだってしただろう。彼の肩のすくめ方は独特で、偽善者を語るときには、うつむき加減におかしくて大げさな表情をするので、私は笑わずにはいられなかった。私は飽きることも、恐れることもなかった。彼は自分が経験してきた人生や、旅のことや、寒い夜のこと、暑い季節のこと、中国への旅、どんなふうに罪と闘ってきたか、また稲妻のような悪の力などについて、彼の言うところのたとえ話をして、私をはらはら、どきどきさせた。

「パンは冷たいほうが好きという者もいれば、温かいほうが好きという者もいる。私は温かいほうが好きですね」と彼はよく言っていた。

彼は私に祈禱書を渡し、彼が選んだ聖句を私ひとりで声に出して読めるようになったら洗礼を授けよう、と言った。そのためには、ジョシュア牧師はチェスターの主教の許可を得なければならなかったが、主教はウェッジウッドに住む非常に権威のある偉い方だった。そうした出来事のあと、私たちは日曜学校の部屋で会ったが、そこには多くの絵と花が飾られ、オルガンとメロディオンが置いてあった。そこは、蜜蠟やチョーク、野生のシダ、子どもたちのいいにおいがした。それは私に、壁画のある洞窟、荒々しい山々、静かな海、そしてクンのことを思い出させた。私はジョシュア牧師から、フリーハウスランド牧師が、アフリカで多くの失望や病気や孤独にひどく苦しんだことを教えられた。妻がイギリスに戻ってしまったあとも、彼はずっと妻が忘れられなかったのだ。

「彼はあなたを自由にするために買ったのだと、堅く信じています」ある日、ジョシュア牧師が言った。「彼が奴隷を所有するなんて信じられませんから」

「そう、彼が買ったのは子どもたちだけでした」私は言った。「あるいはごく若い人たちだけでした、しかも、どんなときも主の名において。彼は私たちを救うために、私たちを買ったのですね……」

ジョシュア牧師が私に、そろそろ洗礼を受けてもいいだろうと言った日には、すでに主教の許可はおりていた。私は大喜びした。洗礼は、次の日の夕べの礼拝のときに行なわれた。教会はほとんど満席だった。人びとが賛美歌のページを繰る音は、クジャクが立てる羽音のようだった。みんなが立ちあがり、みんなが歌い、みんなが喜んで私を彼らの王国に迎え入れた。アリスが代母として、ヴィクターが代父として立った。クリスチャンであるご主人様たちは、テイラー様が聖者《セイント》として、ダンロップ様が騎士《ナイト》として、カーサル様が家長《パトリアーク》として参列した。

聖杯の水が頭にかけられたとき、目を閉じると、片足で立つムラサキサギの姿が頭をよぎり、まるでアフリカの森の奥深くにひとりで立っているような気がした。

一二月一日、信徒記録、サラ・バールトマン、喜望峰の植民地より来たれるホッテントットの女性、カフラヴィア国境付近にて出生、この日チェスター主教の許可により洗礼を受けるが、この許可は閣下よりジョシュア・ブルックス牧師に送られた手紙によるものである。

証人、ジョシュア・ブルックス

私たちはみな、セシル・ジェームズ・フリーハウスランドの墓石のまわりに集まった。私は、新しいフード付きのマントを身につけていたが、それは極細の二重織りウールで、動くたびにちらちら光るほど、濃い緋色だった。フラミンゴの閉じた翼のような、ゆったりとした襞のある、長くてたっぷりとしたマントだった。結局、白人が勝ったのだ。私はクリスチャンになった。私はサラという洗礼名を持ち、キリスト教徒の国、神の御国の民になったのだ。異教徒として非難を受けることもなくなった。

「洗礼を受けたのだから、教会で結婚式を挙げることができるのですか？」

「いいことを思いついたぞ」ダンロップ様は稲妻がひらめいたかのように言った。「今夜結婚式を挙げるために、いますぐジョシュア牧師と教会へ引き返そうじゃないか？　これを使えばいい」そう言って、彼は小指から真鍮の指輪をはずした。

こうして、そのおなじ夜、アリスとヴィクターは、こんどは結婚の立会人になった。私のご主人様はいまや夫となり、私の後見人は花婿ともなったのだ。ブルックス牧師は、結婚予告の公示をせずに済んで幸運だった。サーカスがバースに立つ前に、私はどうにか、かつての主人の墓に、ヤドリギでできた花嫁のブーケを供えにいくだけの時間を取った。私がとうとうキリストの御国に入ったことを彼が知ったら喜ぶだろうと思って、私は自分の身に起こったことをそっと報告した。

「あいつがあんたを逃げないようにさせるには、結婚するのがいちばんさ」とアリスが不満をぶちまけた。「もしあんたが奴隷として逃げるんなら、アフリカ協会やウェダバーン牧師のところへ逃げこめるじゃないか。でもいま、妻としてあいつから逃げてみな、あいつは巡査に追っかけさせて、あんたを所有物として取り戻せるのさ。だれも指一本動かせやしない。だれもあんたを助けられないよ、あんたは法律上あいつのものだもの。あんたを家に閉じこめて、鍵を投げ捨てることだってできるのさ。あいつがあんたを飢えさせたり、殴ったり、レイプしても、警察や治安判事は手を出せないのさ。あんたを一生、精神病院に閉じこめたって、医者はどうにもできやしない。夫なんだから、あんたのお金はみーんなあいつのものさ。あんたの持参金も、稼ぎも資産も、あいつの好きにできるのさ。あいつは一シリングも払わずに、あんたの取り分の四分の三を取り戻したのさ！

夫のものは夫のもの。

妻のものは夫のもの。

「召使いなら、あいつはあんたに少なくとも賃金は払わなくちゃいけないし、奴隷ならイギリスの地にいる限り自由を主張できたんだ。でも、妻になっちまったら、あいつの所有物以外の何ものでもない。妻に賃金を払う必要はないからね。食べさせて、着させて、屋根の下に住まわせればいいんだから。法律上、夫になったってことは、あんたのお金はいまじゃみんな、あいつのものさ。あんたの体もそうさ。それが法律ってもんさ。あんたは、自由も財産も権限も、あいつに渡しちまったんだ。おまけにさ、サラ、神の目からすりゃ、夫から逃げだすってことは、あんたにとっては不名誉なことになる。そうさ！　みんな、ヘンドリック・カーサルが考えたことだと思うよ。こうすりゃ、彼は、金も良心もすっきりさっぱりして喜望峰に帰れるってわけだもの。ダンロップだって、あんたをヘンリー・テイラーに売り渡したにせよ、取り戻せたわけだからね。あんたはまた、あいつの所有物になったってことさ。以前とおんなじさ。こんどはびた一文払わずに、あんたを取り戻したのさ……わからないのかい？」

でも、私にはわからなかった。

第15章　夫は約束したのに……

「種」という言葉は、互いの親、あるいは共通の祖先の血統を引いた個体のことであり、また、共通の祖先とも似た個体であると理解すべきである。したがって、われわれは生殖によって、その種だけに起こりうる多少の差異を種の多様性と呼んでいる。それゆえに、われわれが祖先と子孫のあいだの違いを観察することは、われわれにとって唯一の理にかなった方法となる。というのも、ほかの方法はみな、われわれを根拠なき仮説へと引き戻してしまうからである。

ジョルジュ・レオポルド・キュヴィエ男爵、
『地表の激変論』

一八一二年、黒い月の季節、イギリスの暦でいえば五月。夫はアフリカに帰ると始終約束していたが、私たちがイギリスを巡る生活は、それからまだ二年続いた。ヘンドリック様は、自分の取り分を持ってケープ植民地へ戻る意志を本気で固めた。彼とともに、私の過ぎし日々の最後のもの、最後のアフリカが消え去った。彼がいなくなることが寂しいわけではなかった。私は彼のことが好きではなかったし、ご主人様としても、親切でもりっぱでもなかった。こんな感情が心に浮かぶことはいままでなかったが、実のところ、たぶん、私は彼が嫌いだった。だから、彼と縁が切れるのはしあわせなことだった。二度と彼を見なくてすむと思うと、喜びがこみあげてきた。もう二度と、彼の顔を見ることも、彼の声を聞くこともないのだ。彼の顔は忘却のかなたへ消えていき、私を所有した何人もの男たちのなかにかすんでいった。彼は私がもたらした富とともに、家族のもとへ戻っていくのだ。遠いロンドンでのホッテントット・ヴィーナスの成功を語る彼の足を、だれかほかの召使いが洗うのだろう。彼は一八一二年の末に、みんなで乗ってきたおなじエクセター号で去っていった。ダンロップ様は残りの金を私の持参金として自分のものにしたが、この最後の出費のせいで、私たちはすっからかんになってしまった。イングランドやアイルランドへの巡業は、えり好みしている場合ではなく、行かなければならなかった。一八一二年から一八一三年にかけて、私たちはイングランド中部地方、ランカスターやカンバーランドやヨークシャーといった北部の諸州、そして北アイルランドをあちこち巡った。私たちは幌のついた荷馬車や馬車を連ねて旅をした。カンバスに描かれたホッテントット・ヴィーナスの宣伝ポスターは、ヘンリー・テイラー劇団の宣伝といっしょに、いつも馬車の横にかかっていた。道中、片田舎の村々や地方の市《いち》、家畜から木綿にいたるありとあらゆるものを扱う巡回市場に立ち寄るたびに、私たちの小さな一座には、役者や道化、奇形や動物使い、楽士や手品師が加わったり離れたり、自由に出入りしていった。旅芸人の多くは、来てもすぐいなくなり、何も残さず、記憶にすら残らなかった。カーサル様のように。私はいまでは、夫であるダンロップ様と役者のテイラー様のものだった。カーサル様を忘れ去ったのとおなじように、私は、自分たちが公演した数えきれない都市や町、城や領主の館、村や市《いち》を思い出すこともなかった。

私はアリス・ユニコーンへの愛着を深めていった。できる限り私たちは幌馬車のなかで寄り添って、祈禱書や聖書、『タイムズ年鑑』や『読み物入門』を読んだ。テイラー様は私たちに、自分の『ウィリアム・シェイクスピア全集』を貸してくれた。亀少年ヴィクターは大評判になり、人気の演目になっていった。私たちによって「創られた」奇形は、自分と姉の金を稼ぎ出した。

「人間の心なんてものは、自然のほんの些細な気まぐれを自分たちが夢想する真実に変えたくて、うずうずしているんだから、それを亀少年でかなえてやろうじゃないか」テイラー様はヴィクターの頭を張り子の首に押しこみながら、よくそう言ったものだ。

ヴィクターの「首」は蛇皮でおおった厚紙のカラーで、頭を突きだしたり、引っこめたりするにはじゅうぶんの大きさだった。彼の背中の瘤にくくりつけてあるのは、テイラー様がリヴァプールで別のサーカスの男から買い取った、巨大な亀の甲羅だった。この変貌は、驚きと恐怖を巻き起こした。来る日も来る日も、亀少年ヴィクターは、蛇皮とうそから生まれ出た。彼が「生まれてきてはいけなかったもの」に生まれ変わると、イギリス人は自然の驚異に目を見張るだけでなく、神のご加護がなければ自分もそうなっていたかもしれないと、十字を切るのだった。みな、彼の奇形と悲しみのうえに自分たちの生きる意味があるのだと言わんばかりに、はやしたて、手をたたき、口笛を吹き鳴らし、笑った。

新しい町にやってくると、乏しい稼ぎを補い、次の町まで財布を満たすためになにがしかの金を稼ごうと、ご主人様たちは賭博場を探しにでかけた。さいころ賭博、ポーカー、トランテ・アン〔賭けトランプの一種〕、そういったもので、切符売り場を開けるまで食いつなげるかもしれなかったからだ。私たちは払いきれない数々の借金をあとに残してきた。未払いの宿代もあれば、だまし取られて怒る賭博師もいた。夫とはいえ、ご主人様が私とおなじ部屋で眠ることはほとんどなかったが、そうするときはたいてい、酒や賭博で疲れた身体を眠って癒すためだった。私は、彼が無視してくれるのがありがたかった。私はクサウと暮らせてしあわせだったが、セックスに夢中になるという気持ちは理解できなかった。セックスにつきものだと思われているエクスタシーにわれを忘れてしまったことなどなかった。

私たちは、ノーサンプトン、ノッティンガム、ウェイクフィールド、リーズといった大きな町にも姿を現わした。私たちは、いまではほんとうの放浪人になっていた。旅回りの劇団にはほとんど見えなかった。あるのは、騒がしいサルや亀少年、いくつかの曲芸とキャプテン・バッテリーという巨人、ヴィーナスと呼ばれるホッテントットの見世物興行《サーカスとフリークショー》だけだった。私たちはみすぼらしいキャラバンで旅をしていたが、ちょうどそのころ、娯楽に払うには三ペンスは高すぎる貧しい人たち――労働者、羊飼い、牛飼い、そして小作人――が、金持ちの地主や雇い主に対して立ちあがり、その行動ゆえに、彼らは機械打ち壊し《ラダイト》と呼ばれた。しかしコイコイ人と同様、いったん蜂起しても、工場主が雇った警備隊や巡査によってすぐに鎮圧された。

反乱は、私たちの進むルートを追跡するように、私たちが離れるとすぐ、あるいは私たちが到着する直前に、新しい町へと広がっていった。機械打ち壊しの罪に問われた労働者たちには、議会の定めた機械打ち壊し禁止法によって、死刑の判決がくだされた。工場主が死亡したヨークシャーのある襲撃では、一〇〇人以上の労働者が検挙され、そのうちの一七人が絞首刑に処せられた。マンチェスターで工場の焼き討ちがあり、三七人の機織り工が暴動を扇動した罪に問われたときには、アリスもすんでのところでサーカスを離れて故郷に戻り、反乱に加わるところだった。私たちが戻ったときには、八人が死刑を宣告され、一三人がオーストラリアに流刑になっていた。私たちは長くはとどまらなかった。犯罪者をかくまっているのではないかと疑われるだけでなく、アリスのせいで暴動を煽っていると疑われたからだ。

私たちは、さらに北、アイルランドへと巡業した。反乱はこのあと、さらに二年続いた。私たちは何度か、ラダイト運動の人たちや逃れてきた織物工をかくまった。ほんの少しのあいだ、私たちはラダイト運動の人たちがアリスの言う革命を始めるかもしれないと思っていた。しかし結局は、彼らのほとんどが捕らえられ、彼らの最後の英雄であったジェイムズ・タウル〔ラフバラのラダイト運動のリーダー。一八一六年にレスターで公開絞首刑に処せられた〕も処刑されてしまった。

時は過ぎ、何にせよ、私は、地方を放浪していたこの数年で、強者の本質というものを見抜くようになった。どれほど多くのイギリスの男たちが私の前に立ち、畏れ、笑いさざめき、蔑んできたことだろう？　アリスは、一〇〇〇人の人間が一〇〇〇日間にわたってやってきたのではないかと言った。一〇〇万人。そんなことが可能だろうか？　私は彼女が言うまで、そんな数字を考えることもできなかった――チャムブース川の渡り鳥が全部いちどに空に舞いあがったくらいだろうか。

一八一四年の青ざめた月の季節、イギリスの暦では六月、すべてが変わった。私たちはバースにやってきた。そこで、テイラー様の劇団員は、バース伯と、その友人でゲストのベッドフォード伯の前で演じることになっていた。バースは温泉のまわりにできた保養地で、ジェントルマンが乗馬靴のままダンスをしに来て、ご婦人方の前でも剣をさげたまま煙草を吸うような下品なところだった。兵士やいかさま師、詐欺師や賭博師も多かった。宿があまりにも高かったので、私たちはキャラバンの幌馬車で寝泊まりした。輿を担ぐ車夫は柄が悪くてけんか好きで、決闘は酔っぱらいとおなじくらい日常茶飯事だった。町全体がつねにわいわい楽しくやっていた。朝はいつも、水浴用のドレスに着替えたご婦人方がひとり乗りの駕籠《かご》で温泉に運ばれてきた。音楽が奏でられるなか、白人女性たちはかしずかれ、誉めそやされた。プールに浮かぶ小さな木の皿には、彼女たちのハンカチや、よいかおりのする小さな花束や、嗅ぎ煙草入れが載せてあった。殿方が片側、ご婦人方がもう片側にいたが、しばしば入り乱れ、会話を交わし、あとで会う約束をし、ときには男女の仲になることもあった。その後、みんなは夜にそなえて宿に引きあげ、劇場や娯楽に繰りだすのだった。

踊るクマを連れたレオというフランス人が仲間に加わったのはバースでのことだった。私は彼のことを悪魔かと思った。第一に、彼はどこからともなく現われた。それから、アドルフという踊るクマも連れていて、その巨大な赤い眼をした獣は真鍮の鎖をガラガラと引きずって、いつも彼のあとに従っていた。アリスが言うには、彼はブルターニュ人でフレンチ・バグパイプを演奏し、それに合わせてクマが踊るということだった。しかし、私が戸惑ったのはその風貌で、彼は自分のクマとよく似ていた。彼の顔は濃く黒いあごひげと口ひげにおおわれていて、口が見えなかった。鼻は、大きな鼻孔のあるクマの鼻とそっくりだった。彼はクマのような小さく黄色い眼をしていて、大きすぎる頭には、もみあげから眉にかけて、黒くごわごわした毛がぼうぼうと逆立っていたが、それは風があろうがなかろうが、立っているのは風のせいとしか思えなかった。その毛を押さえつけるために、彼は大きな黒いフェルト帽を目深にかぶっていた。帽子は彼の頭の一部のように見えた。彼はまた、クマの手をしていて、その手には短い指と長い爪があり、大きくて毛深かった。からだもクマのようで、厚く丸い肩と、広くて筋肉質で毛深い胸をしていた。彼は、それがいなければ人間も存在しえなかった、類人猿にもっとも近いように思えた。礼儀正しく経験豊かな男だったが、共和党員に転向した裏切り者の貴族で、フランス革命以来、逃亡を続けるうちに何もかも失ったのだった。私たちはほとんど言葉を交わすこともなかったし、互いに顔も合わさないようにしていた。私は、レオ様になんと話しかけてよいのか、想像もつかなかった。ときどき、彼はたったひとりでクマと踊っていることがあり、足踏みし、くるくるまわって、奇妙な戦いの踊りに没頭していたが、それは神秘的かつ、滑稽に見えた。レオは何も、そしてだれも気に留めずひとりで踊り、クマがその動きをまねながら彼のまわりを回り、陰鬱なバグパイプの調べが二匹の動物を包んでいた。しかし彼は白人なのだ、と私は思った、だからたとえ醜くても、その奇妙な風貌が受け入れられていたのだ。でも、私にとって、彼は怪物だった。

バース伯の前で演じる演目として、テイラー様はウィリアム・シェイクスピアの喜劇『真夏の夜の夢』を選んだ。それは私のいちばんのお気に入りの芝居だった。というのも、遠い国の森から始まっており、それはケープ地方かもしれなかったからだ。それに、その物語は「生まれてきてはいけないものたち」や、名前を知っている動物たちや、大好きだったキャロラインを思い出させる妖精についての話だった。彼らには、私にもわかる名前がついていた。エンドウの花、クモの巣、蛾、辛子の種。うなり声をあげるアフリカ・ライオンもいた。アリスもこの戯曲が好きで、何度も何度も私に読み聞かせてくれたが、それは、機屋のボトムと仕立屋のスターヴリングが出てくることと、ライサンダーとハーミアの恋物語だったからだ。まだら模様のヘビや、棘を生やしたハリネズミや、ごわごわの毛をしたクマの歌があったし、マガハースなら知っていたかもしれない呪文や魔法も出てきた。そして最後にはライオンが吠え、恋人たちが結ばれ、「生まれてきてはいけないものたち」が次のように約束するのだ。「自然の女神の手による瑕疵が　子孫に現われないように。生まれながらに疎まれる、あざ、兎唇《みつくち》、痣跡も、不吉な印もなきように」と。私たち奇形はみんな大喜びし、私は心地よい平安と安堵と安らぎをもって、妖精に祝福されたように歓声をあげた。私はアリスにすがりつき、おなじような心地よい安堵と安らぎを切望して泣いた。私は二五歳だったが、六〇歳の外働きの奴隷のように疲れていた。私は酒を覚え、字を覚え、自分の管理人たちを彼らの言葉で罵ることを覚えていた。

「さてさて、サラ」テイラー様が言った。「この劇がすばらしくて、おまえがふるさとを思い出したっていうのはわかるがね、これ以上そんな大泣きを続けたら、私たちみんなが泣きだしちまうじゃないか。ほら」そう言うと、涙が彼の頰をつたい落ちた。「私はもう泣いているがね」

「ここぞというときに泣くのですね、テイラー様」

「いつもじゃないよ、サラ、いつもじゃない。人生ってのは、私が知る限り、泣きたくなるようなことばかりさ……泣きながら続けるゲームさ……ルーレットか、あるいはストリップ・ポーカー〔負けるたびにに衣類を脱ぐポーカーゲーム〕か、うまくは言えんが――」

「あなたは妖精のパックみたい。遠くまで飛んでいけますね」

「おまえはできないのかい？」

「契約がありますもの、テイラー様。お忘れですか?」

「私はおまえを所有しているかもしれないがね、サラ、おまえは私のものではない――それとこれとは違うんだよ。私の場合で言うならね、私は劇団のもの。私は自分が演じる役柄のものさ――とても下手だがね」

「役者のケンブルさんのように?」

「いやあ、全然違うね。私はプロのへぼ役者にすぎない。彼は真の天才だよ」

「私は彼に会ったことがあります。私に会いに来られたのです。彼は泣きました。彼が私のことをアフリカ協会に書き送ったので、裁判をするはめになったのです」

テイラー様は黙りこんだ。おそらく彼は生まれて初めて、言葉を失った。あるいは何か配役か、引用を探していただけかもしれない。

やがて、彼は口を開いた。

「ジョン・ケンブルの涙は、おそらく本物だろう……サラ」

「あなたのは?」

「私のは」と、彼は冷めた様子で言った。「プロの……泣き屋の涙。おまえや私みたいな人間は、生まれつき嘆き悲しむようにできているのさ……」

ハリファックスが次の町だった。町の紋章を描いた木の標識は、ずっと私の心の目に焼きついた。というのも、その町がイギリス放浪の転機となり、私の人生を永遠に運命づけたからだ。それは、一八一四年、噛む木の月、すなわち七月、ナポレオン戦争が終わったころで、サーカスに残された者は何とかハリファックスにたどり着き、そこで五日間の興行を行なった。だんな様は残りの夏をそこで過ごすつもりだった。市《いち》の立つ広場のまわりにこぎれいな町ができており、その市《いち》は週に二度、七時に開いた。鐘が鳴ると同時に、何

ちゃサーカス全体を包んでいた。ダンロップ様は船を視察するために海まで三〇マイルの道のりを行き、港すぐ近くまで大きな船が入ってきた。そよ風が私の鼻孔に潮のかおりを運んできた。不思議な静けさが私た

ハリファックスは海からほんの数マイルのところにあって、海とは運河でつながっていたので、市街地の

なくっちゃ……」アリスはそう締めくくった。

糸を紡いだり、梳いたり、布を染めたりしてるんだ……涙が出てきちゃうよ……世の中っていうのはこうで

商品を運ぶために馬を飼っているのさ。労働者とその家族は自分の土地に建てた小さな家に住んで、みんな

アリスが私に言った。「どの織物業者も、ウールや貯蔵品を持ってきたり、紡績業者に糸を運んだり、市場に

「織物業者はね、家畜を飼育する牧草地に囲まれた、きれいでりっぱなお屋敷に住んでいるんだってさ」と

と思っていたものだった。アリス・ユニコーンもハリファックスのとりこになった。

離れるときに思い描いたイギリスの姿だった。フリーハウスランド牧師のマンチェスターで見つけるだろう

で健康的な空気と、裕福で善良な人たちばかりで、みな仕事を持っていた。これこそ、私がケープタウンを

かった。ハリファックスに乞食はいなかったし、仕事もせずにぶらぶらしている者もおらず、あるのは新鮮

場は空っぽになり、玉石敷きの広場はあっという間にきれいになった。こんなことが週に二回あることがわ

一時間足らずのあいだに、一万ポンドが手から手に渡った。棚板が取りはずされ、架台が片づけられ、市

家や倉庫、河岸に停泊した船に運びこまれていった。

た。一時間足らずで、すべての商いは終わり、次の半時間で魔法のようにすべての生地がなくなり、商人の

ていた。ぴったりのものが見つかると織物業者のところに近づき、商談がまとまるか否かはあっという間だっ

ドや綿や絹を見てまわった。注文控え帳を持っている者もいて、布を比べるために手にとって色あわせをし

百人もの商人や仲買人や仕入れ人が現われ、つぎつぎと列をなして歩きまわり、特産品のウールやウーステッ

に停泊するスクーナー船を眺めながら長い時間を過ごした。劇上演にはいい場所だった。私たちが興行するカラフルなキャンバス地のテントは連夜満員だった。ハリファックスには立派な教会堂があり、その隣にはテントを張れる公共広場があった。人口も多かった。私たちは、甲羅を背負っていないヴィクターに宣伝ビラを配りに行かせた。キャラバンの馬車ではなく、町の中心にある快適な宿に泊まった。テイラー様は、みんなに新しい服を注文した。私は自分とアリスに新しいドレスを注文した。この町では儲かるだろう。夫であるご主人様に何でも要求できる、そんなふうに考えていた。

ハリファックスで動く巨額の金は、いかさま師や賭博師にとっても魅力だった。ここには、賭博場やカジノやトランプで勝負できるプライベート・クラブがあった。それもあって、テイラー様は、平和で豊かなハリファックスに滞在するのを喜んでいた。小さなヴィクターですらしあわせそうだった。私は満ち足りているといってもいいほどの安らかな気持ちだった。私たちはいままでは、ケープに戻れるくらいお金を稼いでいた。私はアリスにもついてきてほしいと思っていた。

ある夜、テイラー様も夫も宿に戻らないことがあったが、私は何とも思っていなかった。ふたりとも仲間とギャンブルに出かけ、運河の桟橋沿いに立ち並ぶパブで飲み明かして一晩じゅう帰ってこないことがよくあったからだ。男たちが大声で「バースのご婦人に捧げるホッテントット・ヴィーナスのバラード」を歌いながら、重い足取りで木の階段をきしませて上がってきたのは、次の日の午後になってからのことだった。

麗しの君よ、言いつけどおり航海してきたよ、
あの仮面舞踏会のあと、**バース**から**ペルー**まで
そこで、起こりそうなあらゆる色恋沙汰から身を守るために、

俺は坊主になり、俺の黒んぼを魔法で白くしちまった。
不思議な変態！——俺たちが見たのは——
ずっとあとまで、これがホッテントット・ヴィーナスだと思っていた、
だったら俺は哀れなジャック？——いまじゃ俺は太陽の神官、
そして彼女は、怪しいペルー人の尼さんだ。
修行中の身だが、俺たちゃ説教して、まずまずの出来だったよ、
少なくとも礼儀にかなってたってのは、おまえも認めるだろ。
清らかな修道女の衣に身を包み、恐怖と驚きに満ち満ちて、
彼女は自分の魅惑的な出っぱりをなんと慎み深く隠そうとすることか！

かくのごとくたび重なった、過去の愚行をあがなうために、
おばかのトムはとうとうメソジストの牧師になっちまった、
だけど、みんなを堕落させた——と咎めるのは批評家であって、俺たちじゃない、
尻にあるのは無邪気な楽しみ、それ以外は何もない！

やっとのことで、テイラー様がドアを開け、よろめきながら入ってきた。無精髭と赤い目からすると、彼は風呂にも入らず、昨夜泊まった売春宿からまっすぐにやってきたようだった。しかし、奇妙なことに、彼

は急にしらふになった。だんな様は見あたらなかったが、町で夜を過ごしたあとは公衆浴場に行くのがつねだったので、私は何とも思わなかった。
「サラ、アレックスからの手紙だ。渡す前に言っておくが、彼をあまり厳しく責めないでやってくれ。彼だけじゃなく私も悪いんだ……私たちは……私たちはおまえをすっちまったんだ……夕べ、カードに負けて。すまない」私は彼の汚れた手から封筒を受け取った。封はされていなかった。

七月三〇日、ハドソン号にて

サラ、
心してこの手紙を読みなさい、おまえはもう自分で読めるのだから。これから知らせるのはいい知らせではない。おまえの新しい所有者はフランス人のレオだ。私はおまえとの契約をトランテ・カラント〔赤黒の模様のあるテーブルでするトランプ賭博〕の賭け金の一部として賭けて、負けてしまった。そこで、テイラーが自分の持ち分を賭けておまえを取り戻そうとしたが、彼も負けてしまった。私はこれを機に、おまえの人生から姿を消すことにした。私はハドソン号の船医として契約し、今夜ハリファックス、あるいはハルから、サウスカロライナに向けて出航する。私が二度と海には出ない、とりわけ奴隷船には乗らないと誓ったことは覚えているが、そんなことは言っていられないのだ。おまえはもう私のものではない。私はもうおまえの衣食をまかなってやれないのだから。私はヘンリーに借金も払えないし、バースやハリファックスのほかの債権者にも払えない。なかには地元のごろつきどももいるので、もっとも賢明なやり方は姿を消すことなのだ。
儲けも財産もみんな失ったからには、おまえに合わせる顔がない。おまえの契約の残りの二年分はレオ親方のものだ。彼は契約にあるように、おまえに年一二ギニー払うことに同意してくれたし、それに加えて、おまえの召使いのアリスにも年五ギニー払うと言ってくれた。儲けからの取り分はおまえにはない。宝石、食べ物、衣装代、宿代、交通費、医療費、タバコやジンの代金は、おまえの稼ぎから支払うことになる。

私のことは死んだと思ってくれ。たぶん、すぐそうなるから。そして私を許すな、むしろ忘れてくれ。さらば。

アレクサンダー・W・ダンロップ

追伸――われわれの結婚のことだが、私たちは結婚していない、サラ。私が離婚していないからだ。いや、むしろ私たちは結婚していて、私が重婚者ということだ。意味がわからなければ、ヘンリーに聞いてくれ。

手紙を読むのは、私には難しかった。その手紙は震える手で書いてあったし、私の手も震えていたからだ。でも、内容は明らかだった。夫は二度と戻ってこないのだ。アリスが、私から手紙を奪い取った。

「貸しな」とアリスは言った。

彼女は私の顔を見て、どういう内容なのか察していた。私はそこに突っ立ったまま、コイコイ語や英語やオランダ語で毒づき、むせかえるような部屋の真ん中に裸足で、しかも薄いシースをまとっただけの裸同然の姿で、凍え死にそうに震え続けていた。叫び声とも、突撃時のときの声ともつかないすさまじいうなり声が、私の口をついて出た。私のご主人様じゃない！　彼じゃない！　でも、彼なんだ。彼は私を売り飛ばしたのだ。カードで私をすってしまったのだ。そして私を下劣な奴らに投げだしてしまったのだ。私のいままでの人生が目の前を通り過ぎていった。泣き叫びながら、私はテイラー様に身を投げだしたが、彼は横にどき、気づくと、私はレオ様の腕のなかにいて、鎖につながれた大きな茶色のクマがすぐそこにいた。獣のにおいがした。

「契約が残っていることを認めないなら」と、彼は告げた。「救貧院か、監獄か、売春宿、どこでもいいぞ、ヴィーナス……」

次の週、私はもうひとつ痛手を受けた。アリスがヴィクターといっしょに、ハリファックスに残ることに決めたのだ。

「工場で働き口を見つけたんだ」アリスは打ち明けた。「小さな家を借りて、ヴィクターの面倒を見てやれるくらいは稼げる。こんな生活はあの子にはきつすぎる」

「あなたもなの？」私は泣いた。でも、アリスが正しいことはわかっていた。何も私のために、「生まれてきてはいけないものたち」の一団といっしょに、この島をさまようことはないのだから。

だけど、私の心は打ちひしがれた。

「あんたが、あたしとヴィクターにしてくれたことは絶対に忘れないよ。あんた、あたしの命を助けてくれたんだから。でも、あたしは一文無しのあんたに無駄な金を使わせることになるだけだろ。ここなら、自分の食い扶持くらい稼げるし、あんたのお荷物にならなくてすむからね。あんたのことは忘れないよ。あたしはあんたの召使いで、友だちで、証人で、代母なんだから。あたしたちはひとつだよ。もしダンロップの野郎がハリファックスに戻ってきたら、あいつの玉を引っこ抜いてやるためにも、あたしはここにいなきゃ……」

次の日、アリスと弟は永久にサーカスを去った。そのすぐあと、ハリファックス当局のお偉いさんらは、下品で市民の安全を脅かすということを口実に、劇場と見世物興行を閉鎖した。巡査がやってきて、テントの柱に警告文を打ちつけていった。しかし、町の長老たちがほんとうに恐れていたのは、たくさんの工場労働者が一カ所に集まることだった。ラダイト暴動の亡霊が、いまもハリファックスの石畳の上をさまよっていた。ほんとうかどうかはさておき、医者あるいは軍の将校としてのダンロップ様の保護がなくなったいま、警官にとって、私たちは生活困窮者、放浪者、宿無しの集まり以外の何者でもなかった。私たちはふたたび、路上に追放されたのだが、今回はいつもと様子が違った。

「おまえを大陸に連れて行こうと思っている」とレオ様が言った。「こんな片田舎の地主や暴動に熱中する労働者ではなく、名門の人たちや知識人が見てくれるパリやアムステルダムといった大都市でこそ、おまえの真価が発揮されるというものだ。ナポレオン戦争は終わった。奴は退位して、エルバ島に流された。ルイ王がまた王位に就くんだ。国に帰れるぞ」

私たちの生活をがらりと変えた謎めいたレオ親方のうわさは、アリスからすでに聞いていた。彼は貴族だったが、長男ではなく、一族はフランス革命で滅ぼされたが、彼自身はかろうじてギロチンを免れた。彼は親族のいるイギリスに逃れたが、その親族から、自分の階級に対する反逆者、裏切り者として追放されたのだった。彼は社会的な身分を捨てて、無頼漢、賭博師、決闘者として暮らしはじめた。何人か人も殺したようだ。動物使いになったのは、やれるものならやってみろとけしかけられてクマの檻に飛びこみ、クマをねじ伏せたのが始まりだった。彼はロシア、クリミア、インド、アフリカを旅した。ナポレオン軍に参加し、ボロディノ〔モスクワ西部の村。ここで一八一二年九月、皇帝ナポレオンはロシア軍を撤退させたものの、決定的勝利を得られず、冬の訪れとともに敗退を余儀なくされた〕で従軍したこともあった。しかし軍を脱走し、首に賞金がかかったおたずね者になったので、イギリスに潜伏していたのだった。だれも彼の洗礼名を知らなかった。彼は自分の家族や出身について何も語らなかった。彼のアクセントはジェントルマンのもので、キングズ・イングリッシュと田舎訛りのフランス語を話した。また、彼は同性愛、つまり少年が好きで女は嫌いだとか、モルヒネ中毒だといった理由で、軍から追いだされたといううわさもあった。彼はナポレオンのスパイ？　それともルイ一六世の？　あるいはルイ一八世の？　イギリスの秘密機関で働いていた？　ほんとうにフランス人なのか？　レオ親方はあらゆる種類の疑問を抱かせたが、答えは何ひとつなかった。アリスは、彼が、運良く戻れたらフランスの大地にキスしたいと言うのを聞いたことがあった。たぶん、彼は私とおなじように故郷が恋しかっただけなのだ、と思う。

一八一四年の忌まわしい月の季節、九月九日、私たちは英国海軍の郵便船、ビーグル号に乗ってサザンプトンからル・アーブルへと旅だった。レオ親方は海を渡るあいだ、一言も口にしなかった。アザラシ皮のシルクハットの下にある銀青色の目、獅子っ鼻の下の髭、黒い短ケープに包まれた広い肩、見あげるほどの背丈、茶と黒の乗馬靴をはいた長い足、その見た目は、何もかもが私にはバラバラに思え、ひとつに重なることはなかった。レオ親方の姿は、郵便船の帆やロープを背に、大きく不気味にぼんやりと映っていた。私は彼が恐ろしかった。アリスと私は、ロンドンのロバート・ウェダバーンに手紙を送り、苦境を訴え、助けを乞うてみたが、私たちの嘆願に返事はなかった。おそらく彼は、いちど私が助けをはねつけたのに、どうしてまた助けの手を差しのべなければならないのかと思ったことだろう。しかし、スカートの下で、私の足は太い鎖に縛られていた。私はレオ親方の囚われ人だったが、通りすがりの人には、彼は私の肩にやさしく腕をまわし、船の動きや濡れて滑りやすいデッキから私をしっかり支え守る、素敵な夫か保護者に見えたことだろう。

イギリスでのどさまわりのつらい歳月は、逃げなければという私の意志をすっかり萎えさせていた。私の心のなかは空っぽだった。いや、むしろあまりに空虚で抗えなかったのだ。二五歳にして、私はダッガとジンとタバコだけを求める老婆となり、嘗めまわすように見つめる何千という目のせいで、体は擦りきれていた。あまりにも多くの好奇の目やあざけりに叩きつぶされ、自分で自分の体にすっかり嫌気がさしていた。私はいまでは、全身が映る鏡をのぞこうとさえしなかった。私の唯一の願いは、生き延びること。ふるさとまでの船賃が払えるだけのお金をこっそり貯めて、レオ親方から逃げ、救貧院や監獄、精神病院や売春宿に行かないですむようにすることだった。私は、いちどは金持ちになったが、いまは文無しだった。またもや、一〇ポンドが大金になった。乗馬用のフードの下にはぼろをまとっていた。フランスの警察は私を助けてくれるだろうか？　どうしたら、私は自分がだれで、何者なのかを証明できるのだろう？　かたわらのご主人様を見やると、彼はぼんやりと短い両切りタバコに火をつけ、満足そうに灰色に波立つ水面を見つめていた。アドルフは、ほかの何匹かの動物といっしょに船倉につながれていた。アドルフはロシアのコーカサス山脈の生まれで、クマとしてはたいへんな高齢だった。重さは六〇〇ポンド、その毛はハリネズミのように硬くてチクチクしていて、そのにおいは強烈だった。私たちはともに、レオ様が所有する生き物だった。違いといえば、私はダンスができず、アドルフは洗礼を受けていないということだけだった。

「おまえを驚かせることがある」

「え……」

「いや、本気にするな。私はそんなに悪い人間じゃない、サラ。アドルフが大丈夫かどうか見てくる。すぐ戻るから」そう言って、彼は私をデッキに立たせたまま、離れていった。

ただひとり打ちひしがれて、私はいまから四年前の航海の始まりを思い起こしていた。涙の塩辛さと船酔い、海風の味をかみしめた。私の身にふりかかったひどい思い出の数々が、マムシの巣のように私のなかにわきあがってきた。フリーハウスランド牧師を探したこと、ヘンドリック様が南アフリカに戻ったこと、夫であるダンロップの裏切り、テイラー様とさまよった孤独な年月、そしてとうとう、アリスとヴィクターまでもがいなくなった。

暖かい日で、海はとても穏やかで、そよ風でも船を進めるにはじゅうぶんだった。船は水面を滑るように走り、帆ははためき、頭上ではカモメが甲高い声で鳴いていた。小さな波頭が立ち、それが暗青色の深みを横切って水平線まで続いていた。この海の上できらきら輝く太陽は、アフリカの太陽だ、私は突然そう思った。この空は、フラミンゴの群れが飛び立った瞬間には、いつもピンク色に染まるのだ。お酒のせいで死ねればいいのだけれど。私は、自分が受けた侮辱の代価をこの世界に払わせてやると誓った。神の御前では、私には名前がある。サラ、サラ・バールトマン。私には国がある、神の国だ。そして、最後に行き着く場所がある、アフリカ。私はだれの監視下にもないし、だれのものでも、だれの娼婦でも、だれの奇形でも、だれの奴隷でもなく、だれの恋人でもない。私はきらきら光る波の上に身を乗りだし、手すりからそっと手を離し、目を閉じて、この海こそ私に定められた唯一の自由なのだと思った。

「あたしが乗ってなきゃ、この世におさらばしようってのかい」耳元でささやく声がした。この声は間違いない――アリスの声だ。

「来てくれたのね！」私は叫んだ。

「あんた、あたしのみじめな人生を救ってくれたんだ。いまあるのはあんたのおかげだもの。ヴィクターのことは大丈夫、いい家族に恵まれたから。あたしもね、前からいっつもパリを見たいと思ってたんだ」

私たちは抱きあって、笑ったり泣いたりした。

「神様」と、アリスはつぶやいた。「あたしより彼女のことが心配なんです。これから、あたしたちどうなっちゃうんでしょう?」

第Ⅲ部　一八一四年、フランス、パリ

めぐり会ったすべての女性に
求めてごらんなさい、みなさん！
私は女ではなく世界なのです
私の衣を剝ぎ取るだけでいいのです。
あなたが、私のなかに
永遠の神秘を見いだすには

ギュスターヴ・フローベール、
『汝何を望まんとも』

第16章　拝啓、ジョルジュ・レオポルド・キュヴィエ男爵……

生き物の体のあらゆる部分はつながっている。それゆえ、それらはいっしょに機能しなければ、機能しえない。そして、その集合体のなかからひとつを取りだそうものなら、そのひとつは死んだ物質に分類されて、その生き物の本質をまったく劣化させてしまうのである。

ジョルジュ・レオポルド・キュヴィエ男爵、

『比較解剖学における三〇課程』

一八一四年九月

サンベルナール・スュル・セーヌ、王立自然史博物館および王立植物園館長、ジョルジュ・レオポルド・キュヴィエ男爵宛

一八一四年九月一三日

閣下、

同封いたしました肖像画（版画）の実物は、南アフリカのチャムブース川のほとりからやってきた者であり、現在パリで、一般大衆の鑑賞に提供されようとしております。博物学者ならば、ホッテントット

族のたぐいまれなる体形に目を奪われることでありましょう。一般公開に先立ち、特別公開を予定しておりますので、是非この機会にお越しいただければ光栄に存じます。二七日火曜日、ヌーヴ・ド・プティ・シャン通り一五番地にて、正午より六時まで。謹んで閣下のお越しをお待ち申し上げております。

レオ

私はキュヴィエ男爵に宛てた手紙のことを考えながら、窓からノートルダムを見つめた。馬車は右岸通りの桟橋沿いに、私をパレ・ロワイヤルへと運んだ。宮殿の階段の前で止まると、従僕が急いでランドー馬車のステップをおろし、私は九月の太陽の下に降り立った。ほとんど同時に、パレ・ロワイヤルの大噴水がいっせいに壮大な水柱をあげ、巻きあげられた水は、あふれるような明るい光によって華々しさを増し、そのしぶきは表面で飛びはね、反射して金や銀の飛沫になって砕け散った。このような美しい眺めに見とれることが私の人生にどれくらいあっただろうかと思いながら、私は長いあいだ水の動きを見つめていた。やがて、時間を食ったことに気づくと、大股で階段をあがり、石の建物のなかに入っていった。帰ってきた、と思った。私のパリに。

噴水の水は、パレ・ロワイヤルの回廊とサントノレ通りのあいだにある、巨大な給水所から引いていた。私、サラ、アリス、そしてアドルフが腰を落ち着けたクール・ド・フォンテーヌ七番地からは、噴水の動きを制御する管や放水路、閘門《こうもん》やバルブが見渡せた。

レ・フォンテーヌ界隈は、昔も今もまぎれもなく私の領地だった。フランス革命なんて起こらなかったかのようだ、と私は思った。ここは恐怖政治で破壊されることもなく、昔のままの姿をとどめていた。中世のままの狭い玉石敷きの通りが残っていた。歓楽と罪に満ちた場所はロベスピエールの死とともに再開され、けっして過去を振り返ることはなかった。この一帯は、かつてはナポレオン一世時代の貴族の、口うるさい好みに応じた娯楽の場だったが、いまでは王政復古後の高級娼婦や賭博師、船長、水夫、軍の将校、女優たちの遊興の場となっていた。どの劇場にも居酒屋が、どのホテルにもバーが、そしてどの娼婦にもホテルがあった。私はかつての日々を思い起こしていた。自身で所有する珊瑚色のみごとなランドー馬車で、カフェ、サウザンド・コラムに乗りつけたこともあったのだ。内部の座席は緑色の革張りで、扉には私の紋章が描いてあった。私は夜ごと別の美女を腕に、そのすばらしい乗り物から降り立った。私は目をしばたたいた。私がまったくの別人になってしまったように、いまやここは別世界だった。人びとが昔の私のことを勘ぐったりしたらまずいことになるだろう。だから目立たないように、洗礼名すら隠してきたのだ。非常に特徴ある、ずっと昔からよく知られた名だったから、だれかがほんとうの私に気づくかもしれなかった。私には、パリのなかのこの狭くて危険な一郭だけが、私のいなかった一五年間に変わらなかった唯一のもののように思えた。

明け方近いというのに、ルーレット・テーブルのまわりには五、六〇人の人間がいたが、私を含め、そのほとんどが眺めているだけだった。勝負のときはまだ来ていない、と私は思っていた。しかし、それはまもなくだ、私のホッテントットを科学界に紹介し、カジノの隣のこの場所に展示場を用意したら、すぐだ。それにしても、ちょっと息を吸いこんだだけで翼が生えたようなものだった。私は賭けをして、思いがけずホッテントットを手に入れることができた。それを無駄にする気は毛頭なかった。あらゆる種類の賭博師が私のまわりに集まってきた。ギャンブルにやみつきになっているくせについてない医者、高級娼婦、プロの勝負師、いかさま師、ロシアの伯爵夫人、休暇中の中尉、傲慢な公爵夫人、ロンドンから来た貴婦人、東洋の君主。チップをテーブルに放り投げれば、ここではすべての人間がまったく平等になり、顔を寄せて小さなルーレットの玉が回転するのを見つめ、みんなが飽くなき欲望と悪徳で結びつくのだ、と思った。だれも、自分がほかの者よりましだと言い張ることなんてできなかった。私より身分の低い奴らが、私のことを侯爵ではなく「市民」などと呼ぶ図々しさを持つようになったあのころと同様、すべての階層の者がごちゃ混ぜになっていた。あらゆる国の人間がいた。イタリア人、イギリス人、ギリシア人、モロッコ人、スペイン人、オランダ人、ベルギー人、スイス人、ポーランド人。ヨーロッパ文明をずたずたに引き裂いた戦争から、ほんのいましがた姿を現わしたヨーロッパの代表者たちだった。年齢もまちまちで、つくづく眺めれば、若者、中年、働き盛り、老いぼれて死にかけている者もいた。それでもみんな、一様にギャンブラーの特徴とも言うべき表情をしていた。尊敬の念と純真さをたたえた表情だ。彼らの表情はあまりに敬虔であり、全員がノートルダム寺院の信者席に座ってもいいくらいだった。そう、何も変わっていなかった。

従僕が、なみなみとシャンパンを注いだグラスを載せた盆を持って、横をすり抜けていった。ゲームを進めるディーラーが、ピカピカ光るナポレオン金貨を何百枚もかごにかき集めて、催眠術をかけるように、「賭けてください《フェット・ヴォ・ジョウ》」、「賭けはこれでおしまいです《リャン・ヌ・ヴァ・プリュ》」と繰り返していた。私は拳を握りしめた。私の指は、ナポレオン金貨を一、二枚投げたくてうずうずしていた。けれど、自分に言い聞かせた、あと少し我慢しろ。

私は不法に、フランス将校の軍服を着ていた。それが私にいちばん似合っていたし、そこから醸しだされる軍人の気品が、多くの女性を魅了したからだ。それは私の荒んだ心には備わっていない、ある種きちんと統制のとれた感じを与えてくれた。それはこれまでにないやり方で、社会とその規則に属しているという風情を私に与えてくれた。そのうえ、着ていると、ほかの服では得られない物理的な快感があった。肩に載せた重い金色の肩章、ウーステッドのズボンの細やかな織り目、磨いた真鍮のボタンからかすかに漂う刺激臭、糊付けされたシャツや台襟の清潔さ。何人かの美しいご婦人方が、私の方をちらっと見た。私は口ひげをなでつけ、そのなかでもっとも美しい人、もっとも高価な宝石のひと揃えを身につけた人に近づいた。実際、カード運以外は何もかも思いどおりに運んでいた。破れかぶれで、私はナポレオン金貨をテーブルに投げた。黒の九。ルーレットがまわった。九が勝った。幸運にも、私は勝利金をすくいあげた。ヴィーナスのためにサントノレ通りに小屋を開くにはじゅうぶんだった。レ・フォンテーヌの中庭まで馬車で戻ったのは、これから数週間を過ごす元手を持ったまま、危険な通りに出るのを用心したからだ。私はアリスをやっかい払いすることも考えたが、私ひとりでヴィーナスの面倒を見ることはできないとわかっていた。アリスのおかげで、私は、サラを売りこむために欠かせない身軽さを得た。アリスは、実は私とぐるになっていた。ほめられたことではないが、サラを脅したのとおなじように、監獄、救貧院、売春宿という言葉で彼女を脅したところ、彼女もサラ同様、この三つの言葉に怯えて私に従った。

ヌーヴ・ド・プティ・シャン通り一五番地の一階にある私の部屋は、木が一本だけある中庭に面しており、まわりには、この地区に住む典型的な人びとが暮らしていた。そこにいるのは、奇形、娼婦、賭博師、詐欺師、女優、楽士、手品師、綱渡り師、踊り子、道化師、テキ屋、金貸し、本物のギャングたちだった。かの有名なパレ・ロワイヤルの回廊からほんの数歩行ったところ、角を曲がれば王のぜいたくな居室があるというのに、そこから隔絶された世界。そんなところに、私はサラとその女中とともに住むことになった。

郵便船ビーグル号からフランスの地に降り立ったとき、涙があふれ、私は膝まずいて大地にキスをした。「国に戻るのは一七九一年以来初めてだ」私は子どものように目をこすりながら言った。「これからは変わっていくぞ」と思った。「運が向いてきたんだ、ホッテントット・ヴィーナスを手に入れたんだからな！」

私は空を見あげた。カーサルもテイラーもダンロップも、いまとなっては過去の人間だ。いるのは、私とヴィーナスだけだった。鉄の檻のなかに座っていたアドルフが、あくびをしてから大きなくしゃみをした。そして身震いして毛を逆立てると、大きな屁をひった。アリスとサラは笑ったが、私はしあわせすぎて、クマの屁のにおいさえ気にならなかった。

明るい太陽の光が、パリの西にある静かな港町、ル・アーブル村のゆるやかに起伏する大地の上に降り注いでいた。郵便旅客馬車が、荷積みや乗客を待っていた。ほかの旅行者たちはせわしなく行ったり来たりしながら、ポーターにトランクや木箱をおろすように指示していた。何人かの乗客は、私たちの尋常でない連れに好奇の目を向けていた。サラはヴェールをおろしていた。アリスは肩掛けかばんを持ちあげて、これからどうするのかというように私を見た。

「今夜はここの宿に泊まる」と私は言った。「いま、パリに発っても、日暮れ前には着かないだろうし、私は夜に、あの町に入りたくはないんだ。白昼堂々と戻りたい。そうすれば、馬車はまちなかを通ってブランリィ河岸通り沿いにシテ島を抜け、サントノレ通りや私の馴染みの場所へと入っていける。私は到着の一刻、一刻をじっくりとかみしめたいのだ」

私はヴィーナスを演出するアイデアを持って、演芸場に直行するつもりだった。サラとアリスは寄り添って立っていたが、太陽の光で目がくらむし、足もとの地面がまだ船の上にいるように揺れてくらくらする、とこぼしていた。この地方は美しかった。何もかもが清潔で、のどかで、豊かに見えた。私は手押し車を持ったポーターを呼んだ。荷物を指して宿屋に運ぶように言い、それからアドルフを指して、宿屋の馬小屋へ移動させるように言いつけた。アドルフはおとなしく座って、足をなめていた。ポーターは目を見開き、それから私たちのあいだでは、クマを運ぶことについて激しいやりとりがあった。最終的に、アドルフを運ぶために雄牛が引く荷車が見つかり、われわれ人間三人は、荷物を持ったポーターのあとについて、縦一列になって村の広場まで歩いていった。アリスとサラは、私には聞こえていないと思って、歩きながら話しあっていた。

「もしいま逃げたら、どこへ行って、どうやってお金を稼ぐの？」

「売春さ」アリスはためらうことなく言った。

「アリス・ユニコーン、あなたはいままでそんなことしたことないでしょ、私だってそうよ」

「やったことがないっていうのと、やり方を知らないっていうのは違うよ！」

「じゃあ、どうしてマンチェスターではやらなかったの？　あなたもヴィクターも飢えていたんでしょ？」

「たぶん、あたしたちイギリスにとどまるべきだったんだよ、少なくとも言葉はしゃべれたもの……」

「言葉のことは心配ないわ。アドルフだってフランス語はしゃべれないもの。ダンスを習っただけなんだから……」

これには、私も彼女たちのひそひそ話に口をはさんだ。

「クマはダンスを習うんじゃない」と、私は言った。「むりやり踊らされるんだ。調教師はクマの歯をハンマーで粉々に砕いて、奴らの最大の防御手段を破壊するんだ。それから、鼻か口に金属の輪を通して鉄の鎖をつける。そしてクマを燃えさかる石炭か熱した金網の上に放り投げて、太鼓やタンバリンで音楽を奏でるのさ。すぐに、クマは後ろ足で立ちあがって、炎や火を避けるために片足でぴょんぴょん跳びはねる。そのうち音楽を聴けば、火があろうとなかろうとおなじ動きを繰り返す、炎がまったくないときでさえ……タンバリンだけでね。痛みを記憶するんだ。そうやってクマにダンスを教えるのさ……」

私は、じっとサラの目を見据えていた。

私には、いまでもサラがダンロップに見捨てられて悲嘆にくれていることがわかっていた。彼女は、生け垣の後ろから彼が飛びでてきてはくれないかと、ずっと振り返っていた。しかし、いまはすっかりあきらめて、アドルフの檻を見つめていた。

「彼は行ってしまったんだ、サラ」私はさとした。「いまごろは大西洋の真ん中さ」私は彼女たちの話に耳を傾けながら、ふたりの前を行った。

「アメリカへ行くべきだったかもね」サラがアリスにささやいた。

「かもね。でもアメリカには奴隷制度があるよ。それに、いまいるのはフランス。アメリカ合衆国のことなら、明日だって考えられるよ。でも、あそこはアフリカ人にとってはよくないよ、サラ……あきらめな。ダンロップはあんたを見捨てたんだ、しかも二度目だよ」

「もし逃げたとして、だれが雇ってくれる? フランス語なんてひとことも話せないのに」

「あたしらがやろうとしていることに、言葉はいらないさ」

「クマみたいに熱い石炭の上で踊るだけね……」

「やっぱりレオは必要だよ。彼がいなきゃ路頭に迷うよ。彼には家もお金もあるもの。あたしたちには何もない。彼は金庫を持っているんだ」

「イギリスに四年いて、私たちに何か成果があった?」とサラは言った。

「だけど」と、アリスがささやいた。「あたしたち人間なんだ、踊るクマじゃないよ。逃げよう……」

私は彼女たちが無知でうぶなことを、ひとりでせせら笑った。だれも私からは逃げられないのだ。

次の日の午後遅く、パリ行きの乗り合い馬車はなだらかに起伏するノルマンディ平野を発ち、パリへと向かった。私が予測していたとおりに明るく晴れ渡り、城門をくぐって町に入ると、ちょうどノートルダムの鐘が鳴り渡った。私は馴染みのサントノレ通りに向かうよう馬車に告げ、夕暮れになって間借りしたフラットに落ち着いた。アドルフは、まだル・アーブルの馬小屋にいた。一週間以内に、サラはまたホッテントット・ヴィーナスになる。私は『パリ新聞《ジュルナル・ド・パリ》』に彼女の広告を出した。

ケープ植民地のチャムブース川よりただいま到着。これまでにパリで展示された未開人のなかで、もっとも特異な見本。サントノレ通り一八八番地にて午前一一時より午後九時まで一般公開。入場料、一人三フラン。

うれしいことに、サラのヴィーナスはすぐに商売として当たりを見せた。彼女はパリでうわさになった。新聞記事、ポスター、版画が出まわりはじめた。サントノレ通り一八八番地の外には行列ができた。上流階級の人間も、しばしば私の小さな小屋を訪れて演し物を楽しんだり、彼らの次の夜会にヴィーナスが来るように予約を入れたりした。やがて、ヴィーナスの評判は文学界や科学界にも届くだろうが、いまはそんな保証すらいらないと思った。偉大な博物学者であり、科学者でもあるキュヴィエ男爵に宛てた手紙には返事がないままだったが、一般大衆はホッテントットを気に入り、サラはといえば、しょっちゅう飲んだくれて病気がちだったが、みなを楽しませたり、びっくりさせたりするという契約は果たしていた。アリスは、サラを公演できる健康状態に保ち、サラの相手をしてくれるという点では完璧な女家庭教師だった。私の唯一の気がかりはダンロップだった。また不意に現われて、夫としてサラの儲けを要求するのではないかと心配だった。それがサラの願いだというのはわかっていたが、そんなことを気にかけている暇はなかった。彼はおそらくアメリカにいるだろう……あるいは死んだか、いずれにしろ私には好都合だった。私が問題を抱えていたのは、アリスとのあいだだった。彼女はサラのことをとても案じて守ろうとしたため、一日にどれくらいサラを展示できるかとか、彼女の個人的な医者の支払いやジンの飲み代、高価な手袋や帽子やラインストーン〔ガラス製のダイヤモンドの模造品〕の無駄遣いなどについて、私はいくつもアリスに譲歩しなければならなかった。たしかに、アリスは給料をもらうこと以外、自分のことについては何も要求しなかったし、私が家で食事を取るようなことがあれば、買い出しや料理をして大いに家計を助けてくれたことだろう。だがそんなことはまれで、私はギャンブルをするか、売春宿に行くか、ただ何となくほかの興行主と時間を過ごしていた。しかし、アリスだけがヴィーナスを守り、愛情を注いでいたわけではなかった。「美しきカフェの女主人《ラ・ベル・リモナディエール》」として知られるマダム・ロマンもそうで、彼女はパレ・ロワイヤルにサウザンド・コラムという豪華なカフェを切り盛り（そして所有）していた。

ラ・ベルは、われわれの建物に住むサーカスの奇形とほとんどおなじくらい太っていたが、天使の顔をしていた。彼女は娼婦の娘で、一二歳のとき、母親が大金目当てに彼女の純潔を売ってしまった。彼女は売春宿で働きはじめ、やがて大金持ちの紳士に気に入られてその愛人になり、パッシーに小さなホテルを持たせてもらった。彼女はその後、二〇年近く彼の愛人として、裕福でゆったりとしたブルジョワ生活を送ったのだった。愛人のS男爵とのあいだに男の子をひとりもうけ、男爵を脅してその子を彼の養子にさせた。その子は、一六歳になるとナポレオン工科学校に入れられて、いまでは、その出自を知らぬまま、若き将校となっている。ベルはその件についてはそのまま秘しておくつもりだったが、そうはいえども、息子のことが誇らしくて夢中になっていた。パトロンが財産の一部を彼女の息子に遺して亡くなると、ホテルを売り、サウザント・コラムを買い取り、それでもたっぷり残った金で、そこをパレ・ロワイヤルのカフェのなかでもっともデカダンで当世風なものに変えた。こうして、彼女は何の良心の呵責も後悔もなくもとの生活に戻り、金庫の後ろの王座のような高いスツールに座って、船長のように、あらゆるもの、あらゆる人を見渡しながら、夜も昼も指図した。宝石で飾り立て、みんなから尊敬され、ダイヤモンドのティアラが載ったブロンドのかつらは、みごとな巻き毛で背中に垂れていた。彼女はぽん引きや賭博師やボディガードの一団を操り、男爵のおかげでパリ警察から手厚い保護を受け、警察も彼女や店の女の子に干渉しないばかりか、その界隈で毎晩起こる犯罪解決のために、彼女に助けを求めた。彼女はまた、大切な顧客を手入れから守るため、伝書鳩のように、ただ売春宿から売春宿へと知らせてまわるだけの小さな男の子の一団を使っていた。ベルのサロンは地下組織やコルシカのマフィアと接触したい高官や、重大な犯罪者と警察当局の取引の場として、つねに開放されていた。彼女のそばにいる限り、彼女は、フランスの常識をじゅうぶん身につけた、誠実で身を守ってくれる友人だった。

一八八番地の住人のなかに、ウィリアムという名の小人がいて、ちんちんウィリアム、ちんぽこウィリアム、ちんこウィリアム、あるいは好き者ウィリアムという方がよく知られていたが、普通の大きさの頭と、普通以上に大きなペニスを持っていて、それは彼の短い足の長さとおなじくらいだった。小人の一番の得意技は、女性の足のあいだを歩き、サルのように足によじ登ってスカートのなかに隠れることだった。彼は界隈の娼婦から求められ、慕われていた。商売柄、もう何年もオルガスムを感じなくなっている娼婦たちは、この小さな男を生きた器用な張り形として使った。ちんちんウィリアムはいつも、クンニリングスの名手として感謝されていた。彼は、地面につきそうなくらいに詰め物をした股袋《コドピース》を着けて、それをネタに下品で卑猥なジョークを飛ばしていたが、彼の客のなかでもいちばんいやらしく浮かれ騒ぐ連中には、いつも大うけだった。陽気で騒々しい彼は、クール・ド・フォンテーヌのマスコットで、演芸場でのアトラクションの花形だった。おそらく、ヴィーナスのイメージと人気をもとにした劇が創られることになったのも、彼のヴィーナス哀歌《エレジー》のおかげだった。ヴィーナスの成功はすさまじいものだった。広告も宣伝文句も、彼女には必要なかった。パリジャンたちは彼女を見ようと群がった。わずか数週間のうちに彼女は町じゅうに知れ渡り、金持ちや上流階級のサロンで話題にのぼるようになった。新聞は彼女をほめそやした。サン・ジェルマン地区では「ホッテントット・ヴィーナス」という新しい看板を掲げた手袋屋が店を再開した。そして、一〇月二四日、われわれがイギリスからやってきてわずか五週間後に、トオロン・ド・ランバート〔一七八七―一八四一年。フランスの劇作家〕による新作劇『ホッテントット・ヴィーナス』が演芸場で開演した。これは、新聞記事をもとに書きおろされた劇としては初めてのものだった。サブタイトルは「フランス人への憎しみ」。サラとアリスとちんちんウィリアムと私は、初演を最前列で見た。この劇のユーモアを真に理解できたのは、私と小人だけだった。サラとアリスには、どうしてヴィーナスが実際に姿を現わさないのか、理解できなかった。私にとって、それは、私のサラの価値をいっそう高めただけだった。私は入場料を五〇サンチーム値上げすることにした。しかし、アリスはサラの飲酒のことで手一杯だった。

「サラ」、彼女は懇願した。「飲むのをやめな……医者も言っただろ……」

「医者がどう言おうとかまわないわ」

「でも、薬だけは飲みな……」

「薬はいらない……ダッガ以外はね」

「モルヒネもやめなきゃ……」

「いやよ」

「ああ、サラ、サラってば」アリスは私が聞いていないと思って、こんなことを口にしたものだ。「手遅れになる前に、逃げよう……あんた、病気だもの。休まなきゃ。あたしたち、イギリスに戻れるって。面倒見るからさあ……」

私は気を揉んだが、サラの態度は病的なまでにかたくなで、それはおそらく彼女の種族の愚鈍さから来る愚かな頑固さだったのだろうが、いわゆる親譲りの彼女の性質、すなわち、彼女が自分の尊厳とおなじだと思っているものを取り戻すまでは、何かを変えることに対して、愚かで怒りに満ちた空しい抵抗を続けるのだった。彼女は、ダンロップに支払った婚資のことを私にはけっして言わなかったが、私は彼女が何度かそのことについて、アリスと話しているのを耳にしていた。

「だって、あんたは何千ポンドも稼いだんだよ」とアリスが言い張った。「一〇ポンドの一〇〇〇倍だよ。あんたはダンロップが戻ってくると思ってるだろうが、言わせてもらえばねえ、サラ、あいつは戻ってこないよ！　行っちまったんだ。あいつのことは忘れな」

「だって夫なのよ」

「重婚者さ」

「なんて意味か忘れたわ……」

「それはね、サラ、妻がふたりいて、そのうちのひとりは白人だってこと。あいつは裏切り者で、どろぼうで、うそつきなんだよ、サラ、女をたらしこむ冷酷な詐欺師なんだ」

「ほっといて、アリス、もうほっといて……」彼女はいつもそう言った。そして、アリスもそのとおりにした。そうでなければ、出かけて行って彼女にジンを一本買ってきた。

「寄席芝居『ホッテントット・ヴィーナス』は、育ちの良い従妹のアメリではなく、野蛮人と結婚しようとする若者の話さ」ちんちんウィリアムは、サラにそのコメディーを説明しようとして言った。

「そしたら、アメリが言うんだ、ホッテントットのレディーを見るなんて、きっと、とっても変だわって」

「勲爵士《シュヴァリエ》は答えるんだ。なんと！　彼女はヴィーナスなんですよ。イギリスからやってきて、こんどはパリの目利きがこぞって賞賛しているのです！」

「アメリ：それでは彼女は美しいと？」

「勲爵士：そうですとも！　恐ろしいまでの美人だ！」

「そして」とウィリアムは続けて歌った。

もうパリのみんなは歌っているよ
このすごい女のことを、
はじめ、彼女はほとんど話せなかった
彼女の歌は野蛮に聞こえた
彼女の踊りは速くて、こっけいで
彼女の大きさったら手に負えないほどさ
処女膜は予約済みらしい、
でもこのヴィーナスは、請けあうけどね
けっして寝たりはしないのさ。

ウィリアムは、初めはアメリ、それから勲爵士というように、すべての役を暗誦しはじめた。

「アメリ：きっと彼女のことはいろいろとうわさされているわ」

「勲爵士：そんなことは問題ではありません、えへん……彼女にはちょっとしたホッテントットの歌があって、それはとても陽気なもので、この冬、すべての女性がホッテントット風のドレスとガウンを注文済みなんですよ」

「そして」と、ちんちんウィリアムは言う、「最後の場面で、勲爵士は登場人物と観客に、ホッテントット・ヴィーナスの肖像画を広げて見せるんだ。みんな、恐怖に絶叫して声をそろえて言うのさ、

なんてへんてこなんだ！
前代未聞の容貌だ！
こんな体形でさ！
これはヴィーナスなんかじゃない！

「そしてついに」と、小人は続けた。「勲爵士は自分の過ちに気づいて従妹と結婚し、ずっとしあわせに暮らしたとさ。この前の夜なんか、劇の途中で、この結婚は異種……異種族混交だって叫んだアメリカ人の観客すらいたんだぜ。おいらがどういうことって聞いたら、彼は言ったさ、黒人と白人のあいだで結婚したり、密通したりすることだって……考えてもごらんよ、アメリカじゃ、それは罰金か監獄行きの罪なんだから」

「監獄？」

「もちろん、アメリカでだけど。フランスでは革命中に奴隷制度は廃止された。憲法を作って、権利宣言のなかで黒人同胞の自由を宣言したんだよ。総裁政府のもとでこの法案は成立した。その後、ボナパルトが現われて、西インド諸島にまた奴隷制度を復活させたんだ。エルバ島の囚人がね」ちんちんウィリアムは、最後の言葉に節をつけて言った……。

その冬のあいだ、ヴィーナスの評判はますます高まった。彼女はサン・ジェルマンのブルジョワや、チュイルリーやパレ・ロワイヤルの高級娼婦に混じって、貴族のプライベートな夜会に顔を出すようになった。彼

女は、パリ近郊のプチ・ブルたち、肉屋、パン屋、レース製造業者、靴直し職人、菓子製造業者、婦人帽製造業者、仕立屋といった連中といっしょのときがいちばん楽しそうだった。彼らにとっては、彼女はマダムであり、驚異であり、有名人であるうえ、金払いのいい得意客だったからだ。私は、冬のあいだに催されるさまざまな豪華なレセプションから、ホッテントット・ヴィーナスの出演依頼を受けた。多くは断ったが、ときおり受けることもあり、サラも私の願いを聞き入れ、透けた衣装とマスクを身につけて、この先二度と出会うこともない紳士淑女に、憐れみと恐怖の目で自分の姿をじろじろ眺めることを許した。この憐れみや恐怖はたいてい、おどおどした笑い声や下品な論評という形で現われた。彼らはくたびれることはないのだろうか？　と私は思った。おかしくもないことを笑うことに、うんざりしないのだろうか？　こういう笑い声が、いつも非常に不自然でわざとらしいのはどうしてだろう？　サラもきっと、素朴で純粋なハイエナの笑い声を聞く方がいいと思っていることだろう。

二月も終わりに近いころ、ヴィーナスは、パリの大邸宅の豪華なサロンで毎月開かれるC夫人のレセプションに姿を見せることになっていた。パリ社交界の花形である画家、作家、政治家、俳優、オペラ歌手、科学者、そして知識人といったさまざまな人びとが出席していた。サラは顔を出せたことを喜んでいた。というのも、そこには音楽が流れていて、まるで彼女が何も見えず、聞こえず、話せないかのように、人びとにじろじろ見られ、陰でささやかれ、話しかけられているあいだ、その音楽を楽しむことができたからだ。C夫人は、自分の気まぐれや最近の新聞、あるいは宮廷のゴシップをもとに、招待状を出したり、この人やあの人は除いたりと、サロンを厳しく取り仕切っていた。サラは夜会の目玉だった。

その夜、私は彼女に同行した。彼女は、サン・ジェルマンの中心部、バック通りにあるC邸の階段に立ち、たいまつの光に煌々と照らしだされた長細い窓の連なりに顔を向けて、しばらくたたずんでいた。彼女は赤いマントを羽織って、ちょっとのあいだそこにじっと立ちつくしていたので、フレンチドアの格子枠のひとつからもれた光が、磨いた玉石の上に彼女の長く黒い影を落とした。窓は金持ちや権力者の世界を映して輝き、そこで人びとは、もてなされ、会話し、自尊心、野望、悪意、信頼、名誉、計略、あるいは単なる欲望や気晴らしから生まれた陳腐なこと、秘密やゴシップ、議論、仮定、甘言、うそを、もっとも人間らしいやり方で取り交わした。りっぱな軍服や黒い夜会服を着た男の人影、というよりはむしろ人型をした像のようなものが、滑るように通り過ぎた。彼らの腕をとる女たちは、サテンやレース、モスリンやデシンの衣装を身にまとっていた。サラは目のまわりを黒いレースの仮面でおおっていた。私はいつか言ったことがあった。もし、おまえの顔が見えなければ、みんな想像力がかき立てられて、本物以上に恐ろしい顔を思い浮かべることだろう……と。私たちがサロンに入るとき、家令は何も言わなかった。彼女がだれかわかっていたのだ。体臭や切り花のにおい、香水やダンスホールの堅い床にまき散らされたチョークのにおいが、私の鼻孔をくすぐった。

その集まりは、C夫人の社交界の友人と、パリやヨーロッパの有名人を取り結んでいた。作家のスタンダールとシャトーブリアンがいた。彫刻家のダヴィッド・ダンジェもいた。ナポレオンの侍医であるコルヴィザール、科学者のキュヴィエ、ゲイ＝リュサック、アラゴ、エティエンヌ・ジョフロワ・サン＝ティレールもいた。俳優のタルマ、デステュット・ド・トラシー夫人、元老院議員のモンジュやラプラスもいた。みな、亡命していたスタール夫人が最近出した本や、レッシング〔一七二九－一七八一年。ドイツ啓蒙思想を代表する詩人、批評家〕の『ラオコーン』に出てくる理想の美女の存在について議論していた。菓子の詰まった箱のように、みなが知識の粋《クリーム》と自身の未経験《チェリー》にあふれていた。

「マダム、私のヴィーナス・ホッテントット」突然、背の高い男が彼女の横から静かに話しかけた。

「私はずいぶん前に、あなたの絵を送ってもらいましたので、あなたのことがわかるのですが……私が言うこと、わかりますか？　あなたはホッテントット・ヴィーナスではありませんか？」

私が急いで振り返ると、それはキュヴィエ男爵で、色の薄い貪欲な目でサラをむさぼるように見つめていた。

ジョルジュ・レオポルド・クレティアン・フレデリク・ダゴベール・キュヴィエ男爵、自然史博物館館長、ナポレオン皇帝の外科医長、フランス貴族、反進化論の指導者、フランス学士院代表、公教育の主任視学官、国会議員、大学の終身顧問、科学アカデミーおよびアカデミー・フランセーズ会員、レジオン・ド・ヌール勲章の受勲者は、「知のナポレオン」として知られていた。彼は非常に精力的に知的活動をこなし、途方もない重責を担っていることでも有名だった。彼の名声はまた、血縁や、卓越した政治的手腕や、つねにすばやく体制の側につくことで支えられていた。こうして、人当たりのいい著名な博物学者は、フランス革命を生き延び、ナポレオンの治世には大いに成功し、ルイ一八世がふたたび王位に就くと、前皇帝と長く親密な結びつきがあったにもかかわらず、国会議員に任命されたのだった。博士は、ナポレオン・ボナパルトに対する忠誠ゆえの政治責任を何も問われなかった。それどころか、皇帝の庇護のもとで高まった彼の科学分野での名声は、彼を一躍、威信と権力の最高位にまで押しあげていた。

「もし、夫人があなたの体の奇怪さに驚くだけなら」と、彼は言った。「科学は辱められていると申さねばなりません」

彼の声には、残酷さと皮肉がこめられていたが、私は、サラが彼のあとについて、みんなの方に行くにまかせた。私は、何カ月も前の私の手紙に返事が来なかったことについて、あとで彼に聞いてみようと決めた。オーケストラが始まり、しばらくのあいだ、ヴィーナスは世界じゅうのすべての人から愛されていると思ったことだろう。キュヴィエは、ヴィーナスをホストである夫妻のもとへと連れていった。私は、自分の幸運が信じられなかった！　いまや彼は、まったく偶然にも、彼の化石のひとつであるかのように、ホッテントットの体を発掘したと宣言し得るのだ。

「マダム、こちらは私のヴィーナス・ホッテントットです」彼は人ごみのなかで、友人に挨拶するように何回となく繰り返したが、その光景は、これがあの有名な「キュヴィエの週末」なのかと思わせた。サラは、見たところ楽しそうだった。私は以前に、この科学者がパリでの展示に先立って彼女を調べることを拒み、ずっと返事をよこさないことについて、彼女に不満を漏らしたことがあった。私は漠然と、この予期せぬ出会いの結末はどうなるのだろうかと思った。

しかし、キュヴィエは、人の輪から別の人の輪へ、有名な作家から同業の科学者へ、扇でせわしなくあおぐ美しく着飾った奥方たちのところへと、彼女を連れまわった。

「サラ・バールトマンの肖像画がフランスじゅうに出まわっていますね」と、エティエンヌ・ジョフロワ・サン＝ティレールの隣に立つスタンダールが言った。「それらは、誇張されたイギリスの諷刺漫画と違って正確です」

「私は、寄席芝居の『ホッテントット・ヴィーナス』を見ましたが、実におもしろかった」

「イギリス人が、アフリカにあるわれわれの植民地をすべて奪ったいま、いったいどうすればいいんでしょうねえ？」

「マダム、あなたの肖像画を描かせてください」と、宮廷画家のレオン・ド・ウェイリーが頼んだ。

「ホッテントットとブッシュマンには違いがあるのですか？　ジョフロワ・サン＝ティレール卿」フランソワ・レーヌ・ド・シャトーブリアン子爵がたずねた。「化け物の研究をしておられるあなたとしては？　もっとも野蛮なのはどちらですかね?」

「エティエンヌは失われた環《ミッシング・リンク》を研究しているのです。そうだったね、エティエンヌ?」

自身も透けたドレスをまとった何人かの婦人が、ヴィーナスに近づいてきて扇で彼女をたたいた。ほかの者も、刺すような視線で探りながら、薄い衣装をのぞきこむように見つめた。「私は長いあいだ、奇形学に情熱を傾けてきました」ジョフロワ・サン゠ティレールがスタンダールに言った。「すなわち、化け物の研究です。私は実際、卵殻のなかの胚を操作して、異常なヒナの誕生を誘発したことがあります……ヴィーナスは初期段階の鼻をもっており、それはマダガスカルに生息する赤オランウータンの鼻よりも大きいことにお気づきでしょうか……彼女の並外れた臀部を見ると、その突出物をマイモン〔オナガザル科ヒヒ属の動物〕やマンドリルモンキーのメスと比較しようという気になります。この病的な状態を臀部脂肪蓄積《ステートピジア》といいますが、この言葉は、私が脂肪質の臀部を表わすのにラテン語から創りだしたもので、科学界以外で使うことはありません……」

数人の婦人がサラのまわりに集まってきて、マスクを取るようにしつこく迫った。

「いけませんわ」ひとりが言った。「妊娠していらっしゃるのですもの。ホッテントットのような赤ちゃんをお生みになりたいの?!」

「まあ、彼女はあまりに醜くて、きっと顔全体を見るのは忍びないですわ」

「彼女の寄席芝居をご覧にならなかった?」

「でも、実際に彼女が出てくるわけではございませんのでしょう?」だれかが口をはさんだ。

サラは振り返ると、カットグラスの鏡に無数に映った、羽や真珠やガラス玉をつけた自分の姿にぎょっとしていた。彼女の尻の黒い曲線がいくつもいくつも無限に映っていた。黒い肌をした無数のヴィーナスが、金と白で縁取られたピカピカのガラスに映りこんでいたが、それはまるで、ヴィーナスの姿を大砲で粉々にして、無数の像に分解したかのようだった。

「何ですの、あれは?」デステュット・ド・トラシー夫人が悲鳴をあげた。

突然、警報が鳴ったように、婦人たちの集団はオーケストラが演奏しているサロンの裏へと逃げだし、押しあいへしあい、カーテンの後ろに隠れた。サラは、突然の出来事に驚いているようだった。この女たちの反応のすさまじさが、サラを驚かせたのだ。彼女たちがパニックをおこしたせいで、私は目の前でサラが沈んでいくような幻想に襲われた。彼女はうなだれ、腕をだらりとさげ、目には涙を溜めていた。この最後の侮辱の一撃で、気絶させられたかのようだった。

「まあまあ、みなさん」女主人のC夫人が、やさしく言った。「彼女は不思議で奇形だというだけで、斑点のあるヒョウじゃありませんのよ! みなさんを傷つけるようなことはございませんわ。そうですわね、男爵?」

「そのとおりです! 彼女が吟唱を披露してくれますよ……」

デステュット・ド・トラシー夫人とその友人たちは、ヴィーナスがオーケストラ席に行けるよう、道を空けた。

「皆様のために歌います《ジュ・スィ・イスィ・プール・シャンテ・プール・ヴ》」哀れなサラは、フランス語できりだした。

彼女は、英語で「奥方《デーム》ホッテントットのバラード」を歌いはじめた。彼女の声は震えていたが、その調べは高く澄んでいた。

　　ロンドンの町に行ったことがあるかい
　　町を見物してまわったかい?

ピカイチ有名な女が見られるぜ
彼女はピカデリー通りのさ
なかなかいかした屋敷にいるんだ
金の文字でこう書いてあるのさ
「ホッテントット・ヴィーナス」
彼女はどうしてそこにいるの
どうして彼女は有名なのって聞いたら、
みんな言うのさ、尻のせいだってね
料理窯みたいにでっかいんだ
だから殿方たちは
押しあいへしあい見にいくのさ
すばらしいホッテントットを。

なんてグロテスクなんでしょう！　なんて異常なんだ。胸が悪くなる。ほんとに風変わり。実に興味深い。なんて哀れなんでしょう。お利口なお姫様ですこと。おかしなお姫様。けがらわしい。なんてばかなんだ。生まれつきの奇形。野蛮人。ゴリラ。わたくし英語はわかりませんわ。あれは英語だったのか？　違うよ、アフリカ語だよ。違いますわ、ホッテントット語ですわよ！　ありえん、ホッテントットは言語など持たないさ！

サラの憂いに満ちた悲しげな声は、ダンスホールの軽薄でとりとめのないおしゃべりを貫きとおし、あたりは静まりかえった。涙が、どこか遠くの目に見えない泉から湧きでるように、レースのマスクで隠されたサラの顔をぬらした。ついには、ぱらぱらと拍手が起こった。それは、スタンダール、キュヴィエ、アラゴからだった。男爵はサラに魅せられたのだと、私は気づいた。彼にとって、その魅力は、単なる科学的な好奇心をしのいでいるように見えた。謎の本質を解く手段を手に入れることへの純粋な願望。彼女は本物なのか？　もしそうなら、彼女は人間なのか？　彼女には魂があるのか？　もしそうなら、彼女は存在の大いなる連鎖のどこに位置するのか？　男爵は頭のなかでいろいろと考えを巡らせ、その烈しい思いで気が遠くなっているようだった。ここにいるばかなおしゃべり連中は、真の驚異について何がわかっているのだろうか？と私は思った。深く暗い天変地異のことを？　ここに本物の科学の金脈があるというのに、みんなあざ笑うか、避けるかだった。マスクの向こうのサラの目と男爵の目が、互いに理解しあわないまま、一瞬見つめあった。キュヴィエは言葉に詰まっているようだった。彼は目の当たりにしたことを残酷だと思っただろうか？あるいは私がうすうす感じたように、ヴィーナスに対する社交や芝居を超えて、ある種根源的に魅了されるものが彼のなかに芽生えたのだろうか？　すべての生き物を分類し、目録を作りあげたこの男のなかに……この出会いがどのように展開していくのだろうと考えはじめたとき、パーティーを取材に来ていた多くの記者のひとりが、男爵に近づいてきた。私は、男爵とピエールとしか知らないその男との会話に耳をそばだてた。

「想像してください」と記者が言った。「われわれが笑いものにしたこのホッテントットがフランス娘だと、つまり、海の空気を求めて南フランスに行った白人の娘で、ベルベル人の海賊の一団にさらわれて、アフリカのどこかの砦に連れて行かれたとします。そこから彼女はアラブ人の手に渡り、アトラス山脈を越えてトンブクトゥ〔アフリカ中央部、現マリ共和国にある町〕に連れて行かれて、パリジャン・ヴィーナスとして原住民に見世物にされたら……

彼女はすすり泣き、泣き叫び、愛する祖国に帰してと空しく叫ぶことでしょう。そして、愛するすべての人から遠く離れて死んでいくのです……これが、ホッテントット・ヴィーナスの運命なのです、閣下……」

「キュヴィエ男爵です」

「存じ上げております、博士。私は、ピエール・ソーンジュ、『女性と流行』誌の記者です。私は、夫人の舞踏会の取材で来ましたが、ほかに書くことができました。ヴィーナスの話です。コメントをいただけますか、男爵？　個人的には、この痛ましい光景に驚き、心動かされました。あなたはいかがですか？　見世物興行のようなものだとお考えで？」

男爵は、まったくわからんというように記者を見つめた。彼はたずねた。さらわれたかどうかはともかく、白人の娘と、ホッテントット・ヴィーナスとの関係とは何か？　白人とアフリカ人との関係とは何か？　ふたつはまったく別々の異なる種じゃないか。

「私の課題は、それらのあいだの科学的な関係を明らかにすることで、白人の娘のことを考えることではありません……」

男爵は去っていった。きっと、新聞に語りたくなかったのだろう。意見を言いたくなかったのだ。彼は研究室に戻って、いま見てきたばかりのことをよく考えたかっただけなのだ。ホッテントット・ヴィーナスの驚くべき発見のことを。私は、相手にされなかった記者に後ろから近づいた。

「あなたのことも存じあげていますよ」とその男は言った。「この人の所有者、レオさんですね。彼女をどこで見つけられたのですか？　どれくらいの期間、所有していらっしゃるのですか？　彼女は何歳なんですか？　どんなものを食べるんですか？　ほんとうに正真正銘のホッテントットなんですか？」

「彼女と話をしたいか？　ふたりだけで？」

「本気ですか？」

「彼女を貸し馬車で送って、何なりと聞くがいい。ただし、明日の『女性と流行』誌に記事を載せると約束するならな」

「明日ですか？　書き上げるのに一日待ってください」

「徹夜して書けばいいだろう」

「わかりました」

記者は、サラを自分の馬車で送り、そうすることで独占ネタを手に入れた。彼は翌日、クール・ド・フォンテーヌの住人全員が読む記事のなかにそれを載せた。ヴィーナスは読み書きを覚えたが、うそをつくことも覚えていた。自分に同情的な記者に彼女が語った生い立ちは、本物のサラ・バールトマンに実際に起こったこととはほとんど関係がなかった。それにもかかわらず、サラの生い立ちは朝刊の二ページを飾った。彼女は本物の有名人になった。これによって、クール・ド・フォンテーヌの住人たちのヴィーナスに対する見方が変わった。美しきカフェ《ラ・ベル・リモナディエール》の女主人はサラを自分の庇護のもとに置き、好き者、ちんちん、ペニスのウィリアムは、彼女に愛情と好意を示した。ミッキー・フーコーは、彼女にアフリカに帰るための金を貸そうとした。演芸場は、彼女に芝居の無料チケットを送った。チョコレート屋は、彼女の名前がついたチョコレートの大きな箱を送った。花屋は、彼女の名前のついたアフリカランの花束を届けた。サウザンド・コラムの常連は、彼女が入ってくると、みな立ちあがりいっせいに拍手した。何人かの客は彼女にジンをおごった。アクロバット、道化、小人の寄り合いでは、サラがもっと眠れるように労働時間を減らすことを求めて、私に嘆願書を提出した。アリスは、サラが酒を断ち、私に対するいわれのない恐れと、私から離れることに対するいわれのない恐れをサラから取り除くことを誓った。彼女には、サラの命を守るためには、私を殺すか、私に殺されるかのどちらかだろうということがわかっていた。私はこのことを冷静にじっくりと考えてみた。そして、このせいで私が、それに請け合ってもいいが彼女だって、眠れぬ夜を送ることはあるまいと思った。しかし私は、あれ以来サラが以前とおなじではないことに気づいていた。彼女のふさぎこみ方は病的だったし、酒の量もさらに増えていた。だが、だいたいにおいて、彼女がC夫人の舞踏会に行ったことは、私がずっと望んでいた結果になった。

キュヴィエ男爵がついに、私が六カ月前に送った手紙に返事をくれた。彼は、三月の終わりの三日間、自然史博物館でホッテントット・ヴィーナスを調べてスケッチさせてくれるよう、丁重に私の許可を求めてきた。男爵はそのうえ、パリ警察第一課の課長ボンセシェシュ警部に添え状を書き、その写しも送ってきた。

拝啓、

われわれは、ホッテントットの女性がパリにいる機会に、この珍しい種族の際立った特徴について、いままで以上に正確に伝えるために利用したいと思っております。われわれは、彼女を写生し、銅版画にする予定です。この件については、この女性をホッテントット・ヴィーナスとして一般に公開している彼女の主人と連絡を取りました。彼はわれわれの願いに対し、警察当局と結んだ協定により制約があると指摘し、それによりますと、レオ氏が彼のホッテントットを、セーヌ川を渡って王立植物園に連れてくるには、貴殿の許可が必要と言うことであります。何卒、寛大なるお許らいをお願い申し上げます。

敬具

ジョルジュ・キュヴィエ男爵

「行きたくないんだけど」、サラは言った。「こわいの。裸でポーズを取ったりしたくないもの」

「行くんだ、命令だ」私は言った。私は歓喜に酔いしれていた。

「あなたに従う必要はないわ。私は、自由な女ですもの」

「へえ、そうかい?」

「そうよ。だから、服を脱いだりしないわ」

「ばかな女だ。ダンロップから勝ち取った契約は六年だ。あと一年と三カ月も残っているぞ」

「どうってことないわ。アリスと私は、私たちは、出ていくもの」

私は鼻の穴を広げ、サラを睨みつけた。ミス・バールトマンに対抗する手段などいくらでもあった。

「サラ、私は多くの人間におまえとの契約を売り渡すことができるんだ。なかには、おまえを食い物にしようという興行主だっている。サーカス、演芸場、解剖学者……C夫人のサロンは格好の宣伝の場だったからな。ソーンジュの記事もそうだ。科学の世界も悪くないぞ——精神病院や監獄や救貧院や売春宿よりずっとましだ」私は繰り返した。「ただし、こうした医者や科学者やいわゆるインテリと呼ばれる連中は、サーカスの座長や興行主以上にたちの悪い人喰い人種だ。ほんとうだとも、われわれは金のためにする。だが、奴らは知識や科学の進歩への貢献ということしか口にしない。ああいった見かけ倒しの奴らは、自分たちの理論や実験結果、勲章や学士院の資格、トロフィーや給料や業績がほしいだけなのさ。だけど、われわれはもっと正直だ。この世はみんなのぞき見趣味さ、われわれの『知のナポレオン』も含めてね!」

「私たちは、こんどこそ出ていくつもりよ」サラは口をとがらせ、頑固に言い張った。

「サラ、おまえは出ていくつもりでいるだろうが、どこにも行けやしないさ。ダンロップから契約を勝ち取っただけじゃなく、彼の妻としてのおまえをも買い取ったんだから。イギリスでは、男はそんなこともできるんだ、知らなかったのか？　ハリファックスでは、正当な理由があれば妻を売ることができるんだ――破産とか借金のようなね。これは完全に合法的なことだし、妻売りとして知られるイングランドの古くからの習慣だ」

「何だって！」アリスが激昂した。

「妻を売り飛ばすなんて、違法で罪なことだよ」アリスは戸口から叫んだ。「だまされないから！　それに、ダンロップの野郎は重婚者なんだよ」

「やってみろよ」私は言った。「そんなことをすりゃあ、しまいにはふたりとも売春宿行きさ。この契約によって、私は彼女の夫として、彼女の一切の財産を完全に管理できるんだ……夫のものは夫のもの。妻ものは夫のもの、っていうわけだ。彼女は妻として私のもので、私は彼女の夫なんだ。ほんのついでに、サラは興行主としての私と契約を交わしているだけなのさ。法廷に立てば、サラは私の添え物以外の何物でもないんだ。私は、家庭教師であり、保護者であり、所有者であり、会計係であり、家長であり、後援者であり、道徳的権威そのものなのだ。死ぬまでな、わかったか」

「こん畜生」アリスは金切り声をあげた。

三月二〇日、エルバ島の監獄を抜けだしたナポレオンは、ルイ一八世の逃げだしたわずか数時間後、パリに凱旋した。彼はフランス皇帝に返り咲いた。彼が最初に公布したもののひとつに、奴隷制度と奴隷貿易の廃止があったが、フランス革命の後、五年前、これらを復活させたのは、ナポレオン自身だった。三度、キュヴィエ男爵は陣営を鞍替えし、ふたたび自ら親ナポレオン派を名乗り、私は古いナポレオン軍の軍服を取りだした。私が脱走したことなど、いまとなってはだれが覚えているだろう？

第17章　日差しは目がくらむほどまぶしく……

失われた環《ミッシング・リンク》など存在しない……何の理があって、ただ存在の連鎖の空白を埋めるためだけに、創造主にいたずらに無用な生物を創らせるようなことがあろうか？

ジョルジュ・レオポルド・キュヴィエ男爵、『比較解剖学における三〇課程』

一八一五年、ねじれ耳の季節、イギリスの暦では三月。目がくらむほどまぶしい日差しは、乳白色の石で縁取られた三角や四角や丸い花壇の何もかもをさまざまな色調に染めていた。王立植物園は、私がいままで見たもののなかでもっとも美しかった。物差しとコンパスで、壮大かつ精密に設計されたその植物園は、私がそれまで知っていたイギリスの庭園や公園とはまったく違っていた。

私と並んで門をくぐるとき、レオ様《マスター》は私の腕をぎゅっとつかみ、その日がどれほど重要で、私がどのように振る舞うべきかを力説した。彼は、この展示会がそもそもなぜ必要だったのかということを、さらに説明した。私は彼の話ではなく、自分の革のブーツが足もとのピンクとグレーの小石とこすれあう音を聞きながら、足を運んだ。アリスは私に、持っている服のなかでいちばん普通の服を着せていた。まがりなりにも、私は、いちばん大事な衣服は、私自身の尊厳であるべきだと思っていた。なんといっても、私は一八八番地にいるわけではなかった。見世物の常連ではなく、パリで最高の知識階級の人びとに会いにいくのだ。科学者、作家、芸術家、医者、そして教授たちが一堂に会して、私の体をじっくり眺めるのだ。こうした人たちは、まず私たちの「観客」ではない。世界の覇者たちだ。ひとつだけ確かなことは、私はこれらの白人に、絶対に私の性器を調べさせるつもりはないということだ。服のポケットにしのばせている白いハンカチで隠すつもりだった。私のエプロンは私だけのものだ。

「キュヴィエ男爵は、次の土曜日に出る『毎日新聞《ラ・コティディエンヌ》』で、おまえの科学的重要性を証明することに同意してくれた」

私は答えなかった。レオ様は、私たちがセーヌ川を渡って王立植物園内にある自然史博物館に行く許可を三月末までもらえなかった。そのあいだに、流刑中のナポレオンがエルバ島から脱出してジュアン湾に侵入し、彼を止めるために送られた軍隊を糾合して、反乱を起こすように煽動し、それによって彼はパリの城門へと凱旋した。ボナパルトは三月一日、ふたたび皇帝として軍に担がれてパリに入城した――それは、おなじ日に脱出したルイ王のすぐあとのことだった。いまもパリは、ナポレオン復位のお祭り騒ぎに浮かれていた。

私たちは、植物園の端に高くそびえる白亜の館へと向かった。

「これはおまえにとってすごい宣伝になるぞ」とレオ親方が繰り返した。「男爵は『知のナポレオン』として有名だし、ナポレオンの外科医長――皇帝お気に入りの科学者ときている！　ありえない幸運だ！　私は彼にたずねたんだ、おまえのことを私に紹介させるおつもりでしょうかってね、ところが彼はとても不思議そうに、私をちょっと見て、自分で紹介するからと断った……だから、だれかに直接質問されるまで、口を開くんじゃないぞ。おまえはここにしゃべりに来たんじゃない。見られるために来たんだ。すごい画家たちがおまえを描いてくれるうえに、男爵は、われわれの宣伝用にそのなかの一枚を複製していいと言ってくれた……しかも証明書付きときている！　考えてもみろよ、パリでいちばん有名な、いちばん優れたお人だぞ……この国の……皇帝の外科医長だ……」

私はレオ様の話など聞いていなかった。サウサンプトンを出帆した郵便船から私たちがよろよろと降りたって、彼が祖国フランスの大地にキスをしたときから、彼の言うことなど聞いたことがなかった。彼は涙すら流していたが、そのときから私の稼いだ金を隠す悪知恵は持っていた。アリスは、彼が動物使いになる前、ナポレオン軍から逃亡したことをつきとめていた。さらにその前には、お上品なフランス人一族の面汚しだったということも。私が、こういうことをあれこれ考えていると、彼の声がそれをさえぎった。

「私の話を聞いているのか、うすのろ？　サーカスの衣装を着ろと言わなかったか？」

「私は、お偉いだんな様方にほんとうの私を見てもらいたかったの、舞台衣装の私じゃなく……あれは一八八番地の客のためのもの……そう思うの……」

「そう思うだと？　いつから物事がおまえの思いどおりになってるんだ？　お歴々が何を望み、何を見たいか、どうしておまえにわかるんだ？　いままでに、王立植物園内の自然史博物館に来たことがあるのか？　科学研究室を見たことがあるのか？　あるいはヨーロッパ大陸の標本や動物や化石や骨の膨大なコレクションを見たことは？　キュヴィエ個人が、一一、四八六品目ものコレクションを持っているのを知ってるのか？これ以上生意気なことを言ってみろ、ぶん殴るからな……」

彼は私を引き寄せ、腕をつねった。彼はあごを撫でた。

「見ろよ、ここはなんて美しいんだ……だれが講義に招かれているんだろう……」

その日は暖かく、日の光は嵐のあとのように澄んで穏やかだった。春の光と春の陽気のなか、半マイルほど広がる眺望のいちばん奥に、ふたつの栗の並木道に挟まれて自然史博物館が建っていた。並木道のなかほどには大きな池があり、動物の石像から噴きあげられた水がきらきらと光っていた。噴水を中心に、三角形の花壇とツゲの木の植えこみが放射状に広がっていた。池は空を映していた。白い石造りの屋敷には、ふたつの入り口に通じる二本の階段があった。ガラスのドームがついたスレート葺きの屋根が鈍く光り、ドームの上には皇帝の旗がはためいていた。庭園の両側は暗い森で、そこにあるガラス張りの家ではアフリカやインドで採集した熱帯植物が育っていた。それらは温室と呼ばれ、そのなかで庭園の植物が一年じゅう育てられていた。庭園が植物園《ジャルダン・ド・プラント》と呼ばれる所以である。

遠くの方に大きな青と緑の縞模様のテントが見え、そこから世にも美しい音楽が聞こえてきた。全部を歩いて見てまわる時間はなかったので、私は左右を見渡した。セーヌ川の土手にまで続く庭園、高い木立、檻に入った動物、黒いフロックコートを着た男の人が刈りこまれた生け垣のあいだを歩きまわる姿が目に入った。上品な服装の白人がふたり、私たちの方に急いでやってくるのが見えた。ひとりは、黒いシャツに黒いネクタイと黒いズボンという黒ずくめの服装だった。金ぴかの勲章だけが太陽の光に輝いていた。帽子は被らず、明るい、ウェーブのかかった赤毛がそよ風になびいていた。もうひとりは少しだけ小柄で、緑色とラベンダー色が混ざったクジャクのような色合いの服装だった。やはり勲章をたくさんつけ、帽子は被っていなかった。生え際が後退して、禿げ上がった頭になでつけたブロンドの髪を長く伸ばし、後ろでひとつにくくっていた。彼らが近づいてくると、私のご主人様はきつく結んだ白いネクタイを神経質に整えた。

「来たぞ」彼がしわがれ声で言った。「お辞儀を忘れるな。話すのは俺に任せろ。うなずいて挨拶をするだけでいい。笑いかけるな。話しかけられるまで口を開くな。これだけは……これだけは言っておく。フランス語を覚えているか?」

「ボンジュール、ムッシュー」

「そして南アフリカでやっていたようなお辞儀をするんだ」

「そしてお辞儀……」私は繰り返した。

私は、アリスについてきてもらいたいと言わなかったことを後悔した。胸がどきどきする。膝を曲げず堂々とした足取りでゆっくりと近づいてくるその男のおかげで、私はもうすぐ科学というものに出くわすことになるのだ。

「まっすぐ立て、このあま……」

「はい、だんな様」

私たちはふたりの男と対面した。

「おはよう、レオさん、こちらはパリ大学の動物学教授でいらっしゃる、エティエンヌ・ジョフロワ・サン＝ティレール卿だ……」

「おはようございます」うわずった声でレオ親方が言った。

「ボンジュール、だんな様方《メートル》」私はつぶやいた。

お辞儀をしたとき、背筋がぞっとした。男爵の目がよそよそしかったからだ。まるで初対面であるかのようだった。彼は舞踏会のことを覚えていないのだろうか？　彼が私を紹介してまわったことを？　瞬きもせずに見つめる博士のまなざしは氷のように冷たく、たったいま木箱に入って届いたかのように、私のことを点検していた。どうして会ったことがないようなふりをするのだろう？　それは噛みつく前に恐怖で身をすくみあがらせるコブラの冷たい凝視だった。胸がきつく、きつく締めつけられるのを感じた。それはあたかも死にいたる抱擁、救いのない恐怖のなかで己の宿命を悟らせる抱擁だった。ああ、神様、この男は人殺しです、と私は思った。私は目を伏せ、下唇を震わせた。手袋のなかの私の手は冷たくじっとりと湿っていた。

キャロラインが言っていた舞台負けだった。彼はパリの野次馬連中などではなく、神そのものだったから。

「これが私のホッテントット・ヴィーナスだ」

「なるほど、男爵。これですか。あなたの失われた環《ミッシング・リンク》……」

「失われた環など存在せんよ、君、神がそのような……ばかげたことをなさるわけがない」

キュヴィエ様《マスター》はきびすを返すと、庭園の端にあるりっぱな白亜の館の方に歩きだした。彼は肩越しに言った。

「われわれの新しい博物館へようこそ。ここが私の家だ。ヴァレン通りに住んでいたのだが、ここの館長に任命されてから、博物館の一角に引っ越した。その方がずっと効率的だと思ったからね。朝早く、五時に起きると、七時まで研究室にこもっている。ここに越すとき、骨や化石などおよそ一一、〇〇〇点の私のプライベート・コレクションもいっしょに移したよ。ここに来たのは初めてかね？　この道を右に行くと動物園だ。動物使いのレオ君にはたいへん興味深く見ていただけるだろう。おびただしい数の標本には、鳥や虫類、ゾウまである。すべて、探検家のルヴァイヤンとニコラ・ボーダン〔一七五四―一八〇三年。カリブ海やオーストラリアの探検で知られる〕の指揮のもとでなされたジオグラフィー号とナチュラリスト号〔ともに一八〇一―一八〇二年、オーストラリアへの学術探検に使われたフランスの船〕の航海の賜物だ」

私はうなだれて、彼らの数歩後ろを歩いていたが、心臓はギロチンに向かっているかのようにどきどきしていた。

「見て！」突然、私は叫んだ。

大きなムラサキサギが片足で立って、私を見つめていた。突然、サギは抱擁するかのように翼を広げ、痛々しく片足で跳びはねた。

「クジャクとサギは、庭園内を自由に歩きまわらせている。来園者は、鳥が寄ってくるのを喜ぶからね。足に真鍮のおもりをつけてあるから、飛んでいかないんだ」男爵が言った。

ジョフロワ・サン゠ティレール様は、いちばん後ろにまわって私のあとについて歩き、穴があくほど私の尻を見つめた。私は直線裁ちの、白い薄地の絹ドレスを着て、胸から下をガードルで締め、緑のサッシュを巻いていた。その上から大判のカシミアショールを巻き、おんどりの羽根飾りと緑と青のグログランリボンのついた、つばの広いボンネットをかぶっていた。白人女性のように、日差しをさえぎるパラソルも持っていた。

「レオ君、君のヴィーナスはアフリカ人のようには見えないね。私はもっと野蛮な服装を予想していたよ」

「この場と皆様方に敬意を表したのであります。ヴィーナスは、このように大切な場に、サーカスのコスチュームはふさわしくないと考えたのです」

「やれやれ」日差しをさえぎるサングラスをかけたジョフロワ・サン゠ティレール様が言った。

「われわれは彼女の姿かたちに関心があるのであって、服の趣味にじゃない……」

私は背筋を伸ばし、戸惑いながら歩いた。この男たち、私をたいそうあがめるこの偉大な科学者たちも、サーカスに来る連中と変わりがないように思えた。私は唇を噛んで震えていた。かっと熱いものが、次にぞっとするような冷たいものが、私の背筋をあがってきて、ジョフロワ・サン゠ティレール様のまなざしがあけた穴をおおった。

私たちは、音楽が聞こえていた青と緑のテントのそばを通りかかった。本能的に、私はそちらに行った。

「この臨時テントは、講義を聴きにきた客のためのものだ。客人たちはあなたを見たくてうずうずしているので、あとで少し寄ることにしよう。しかし、まずは博物館の標本を少し見せよう。多くは皇帝のエジプト遠征で持ち帰ったものだ」

「ヴィーナス」私がテントと音楽にふらふら引き寄せられたので、レオ様がきつい声で言った。「ヴァイオリンから離れるんだ……」

私が白人の音楽に初めて出会ったのは、ケープ植民地のアルヤ奥様の音楽室で、次の出会いはロンドン、そこではキャロラインがいちどだけコヴェント・ガーデンにオペラを見に連れて行ってくれた。私は、音楽が単なる楽しみ以上のものだと知った。音楽には隠された意味があり、それは結婚や戦争といった単純なものではなく、音に含まれる意味はその魂だった。それは、私がそれまで考えたことがないようなものだったが、音楽は悲しみや喜び、風景や海を表現していた。人生が形を持ち、野蛮な騒ぎや野蛮な事件にならないように物事を秩序だてる正しいやり方があるのだと、音楽は語っていた。物事はただ起こるのではない、音楽はそう言っていた。それは運命とも言うべきもののなかから生じるのだと。音楽は、生まれてきてよかったと思わせてくれるものだった。

私は、しぶしぶ美しい調べから離れ、博物館の階段をあがった。上まであがると、もうひとり紳士が加わった。

「紹介しよう。こちらはアンリ・ド・ブランヴィル伯爵だ」男爵が言った。「私の共同研究者で、『動物界の新分布についての序論』の著名な著者だ……」

最初から、私はド・ブランヴィル様のことは気にかけていなかった。彼は色のない男だった。肌の色、髪の色、目の色、すべてが、渡り鳥の群れが作る影のように、彼の頭上にとどまっている汚れて不潔な灰色の霧と溶けあっていた。いずれにせよ、彼は人間というよりは鳥だ、と私は思った。彼にはどこかフクロウのようなところがあって、人びとの上を飛ぶ方法を知っていて、いまにも飛び立ちそうに肘をかすかに上げていた。彼の足は、アヒルのようにYの字に広がっていた。彼は甲高い声でにぎやかに話したが、その小さな舌は、スズメがさえずるように、くちばしを出たり入ったりした。彼は私のまわりをペリカンのようについてまわり、私の後ろをガチョウの行進のように並んで歩いた。キュヴィエ男爵が地味な黒ずくめを好むように、ド・ブランヴィル様は黄色や薄紫や明るい緑でクジャクのように装い、色のない自分に、長くひるがえる色飾りを着けているようだった。そのせいで、彼はますます鳥に似てしまった――鳥のなかでもオウム、絶え間なくしゃべり続けるオウムだった。ド・ブランヴィル様はけっして黙ることがなかったから。彼はまるまると太っていて何もかもがまるく、(前にも言ったように)フクロウのような顔で、まるいめがねの奥にまるい目があり、まるい肩、まるい手、まるい膝、まるいお腹、まるい尻をしていた。ちょうどキュヴィエ男爵がすべて直線と角《かく》でできているように、ド・ブランヴィル様はすべて曲線でできていた。

驚いたことに、気がつくと博物館のメインギャラリーにいたが、そこでは、ぐるりと取り囲んだ大きな長方形の窓が、教会のように、ガラスの天窓にまで達していて、びっくりした。何度も連れて行ってほしいと頼んでいたのに、私は、ピカデリー通りのブロック氏の博物館にはいちども行ったことがなかった。私はサバンナにいるあらゆる動物がまわりを取り囲んでいるのを見て、喜びと驚きで思わず声をあげた。それらは彫像のように静止し、木でできたように生気がなかったが、まだ生きているようだった。私は心臓がどきどきした。キリン、ゾウ、カバは歯も生えていたし、スイギュウやシマウマもいた。でも、もっと驚いたのは、それらのあいだにその骨格模型が立っていたことだった。まるで、見えない手が動物のなかに突っこまれて、体から骨を引っぱりだし、空中にほうり投げ、それらの骨が地面に着く前に集まってもとの形になったようだった。オランウータンや森林に棲むサルやそのほかの四つ足の動物が、それぞれの骨格模型の横に立っていた。中央には、私がセントヘレナ島で見たことがある生き物から取った巨大な甲羅があった。みな死んで、硬直して立っており、兵士のように不動の姿勢でもとの体と並んでいたが、幽霊のように透けて、青白く光を発していた。クジラの顎、サメの肋骨、クロコダイルの背骨がみんな、死にもの狂いで逃げろと私に警告していた。さらに、私は戦利品の首を見つけた。切断された中国人の首、ブッシュマンの首、インディアンの首、コイコイの首がガラスケースのなかから、私を見つめ返していた。

彼らの不気味な声が届いたとき、私は悲鳴をあげてドアのところまで逃げだした。

「かわいそうな奴だ」レオ様がみなに言った。「みんな本物で、食われると思っているのです」

白人たちはハイエナのように輪になって立ち、私のことを笑っていた。私は必死になって自分を落ち着かせようと、これらの展示物は皮に詰め物をしただけで、ほんとうに魂を宿しているのではないと何度も自分に言い聞かせた……でも、切断された人間の首はどうなんだろう？ 次の展示室で、私はすっかり理性を失ってしまった。そこは鳥の展示室だった。室内は森に似せてしつらえてあったが、そのなかの鳥はみな死んでいた。石造りのアーチ型天井や壁、それにステンドグラスの高い窓のせいで、その空間は、石の鳥かごか、山のなかの地下聖堂のようだった。まるでひとつの森が空っぽになるくらいの何千羽もの鳥が、ガラスケースのなかで静まりかえり、歌うことも羽ばたくこともせず、注意深く詰め物をして飾られていた。私は恐ろしさのあまり震えあがり、ホールから飛びだしたが、鳥たちの声なき声がまだ耳に残っていた。私の背後では、男たちの笑い声が聞こえた。でも、そんなことはどうでもよかった。建物の外で、私は息を吸おうとしたができなかった。

私のまわりには夜明けのような風景が広がり、ここにはほんものの動物たちも閉じこめられていることに気づいた。森には小さな石造りの棟が点在しており、そのなかには野生の動物が閉じこめられていたのだ。ある棟には、子連れのゾウのつがいがいた。別の棟には、オランウータンやサルやマントヒヒがいた。堂々とした類人猿は背が高く、ひとりぼっちだったが、鉄とワイヤーでできた檻から私をじっと見返していた。

「ここには檻と監獄しかないわ」私はあとからついてきた白人の男たちに言った。突然みんなは私の苦しみを理解したようで、面白半分、憐れみ半分で私を見て、こう言いたげだった。やれやれ、ここを何だと思っていたんだ？　ここの動物は死んでいる。ここは動物園だぞ。われわれは飼い主だ、われわれには奴らを管理する力があるんだから、ばかな奴。

「ここではみんな死んでいるんだ《トゥ・テ・モール・ティシ》」

「さて、よろしければ」と、ジョフロワ・サン＝ティレール様が咳払いをして言った。「比較解剖学棟での講義の前に、接待用のテントでシャンパンを一杯やりませんか……」

しかし、私が縞模様のテントのなかで、男たちと顔を合わせることなどできっこなかった。私はキュヴィエ様と目が合ったが、彼は、私が自分の所有する剝製の鳥のひとつでもあるかのように、私の反応を注視していた。

「けっこうです」と私は首を振った。

「伯爵、申し訳ないが、マドモワゼル・バールトマンを直接、比較解剖学棟へ連れて行っていただけるかな？　彼女を急に登場させて、みなを仰天させたいのだ。おそらく彼女の……飼い主のレオさんもいっしょに行ってくれるだろう。私もすぐに行くから」

その棟は、庭園内にある二階建てのまるい建物で、ドームが太陽の光で輝いていた。寺院のような形をした表玄関の上には、金色の文字で「比較解剖学棟」と書かれてあった。内部は階段教室になっていて、長いすが高い窓と彩色した天井のところまで続いていた。室内には、高い円柱に据えられた動物や鳥の剝製が飾ってあった。壁のひとつには、大きな爬虫類が釘で打ちつけられていた。別の壁には棚がたくさんあって、そこには、私には名前もわからないようなものが入った液体の瓶がぎっしりと並んでいた。棚の下には、木枠で囲まれた長方形の大きな灰色の石板が立ててあって——黒板《タブロー・ノワール》と呼ばれていた。その前に、紫色の御影石でできた長いテーブル。その近くには、私たちがサーカスで使うのとよく似た回転する演壇があった。すぐ横に小さな梯子、椅子、講演者用の演台、そして隅には背の高い、青と白のオランダ製のストーブが置いてあった。会場にはだれもいなかった。窓から差しこむ強い日差しが、聴衆と講演者を分けるために木の手すりで囲った中央の特別席に照りつけていた。そこから、だれも座っていない長いすが、まるく階段状に、私の背後で口を開けていた。私の恐怖のせいでなければ、その部屋は血と、私にはわからない何かのにおいがした。私はだれもいない席を見あげ、むせて咳きこんだ。

「気持ちを鎮めておけ、サラ、私は伯爵と歓迎会に戻るから。いい子にしてるんだ。一時間で戻る。落ち着くんだ——あそこの緑色のドアを開けると小さな更衣室がある……怖がることはない、何も神経質になることはないんだ、こんなこと、何百回もやってきたじゃないか……待っているあいだに服を脱いでおけ」

「服を脱ぐですって！」私は叫んだ。

「わかったね」去り際にド・ブランヴィル様が声をかけた。私は、どちらにも答えなかった。私はいまにもかんしゃく玉を爆発させそうになった。私は裸でポーズを取ったりしない——私のエプロンを見せたりするものか、といまにも金切り声で叫びそうになった。私は愚かな獣じゃない。私は奴らの……奴らの考えた動物園ごっこなんかしてやらないから。

がやがやと男たちが列をなして会場に入ってきた。みな大きな声で陽気にしゃべっていたが、きっといま飲んできたばかりのシャンパンのせいだろう。なかには、抑えた声でまじめな話をしている人もいたが、全部が混じりあって、コイ語にならあったかもしれない理解できないぶつぶついう音になっていた。すき間からのぞくと、聴衆は午後用の正装とシルクハットを身につけた六〇人ほどの男たちだった。手すりで囲まれた輪のなかに、ド・ブランヴィル様、ジョフロワ・サン゠ティレール様、そして男爵が立っていた。

部屋の後ろには四人の男が立っていたが、ほかの人たちとは違って藍色のゆったりしたスモックを着て、大きなフェルト帽をかぶっていた。画家だ。彼らはイーゼルを立てて、私の肖像画を描く準備をしているのだろう。私はロンドンで何度も肖像を描かれたことがあったので、彼らが何をしようとしているかは疑いの余地がなかった。

私とおなじ年ごろの若い男がひとりいて、ほかの三人と様子が違っていたが、彼はけっして忘れえぬケンブル様を思い起こさせた。タカのようにすっくと立ち、謎めいたかすかな微笑を浮かべて、ほかの人たちの会話を聞いていた。彼は鉛筆も紙もイーゼルも持っていなかった。その手は赤い粘土にまみれていて、彼の前には、台に載せた小さな針金の人型があって、それに粘土を指で少しずつ塗りつけていた。彼は私の姿を完全に写し取るまで、講義のあいだ、ずっとそれを続けるのだろう。

ド・ブランヴィル様が立ちあがって、講義の開始を告げると騒音は静まった。彼がキュヴィエ男爵にうなずくと、男爵は自分のノートを空中に高く掲げた。ド・ブランヴィル様は咳払いをしてから話しはじめた。

「さて、ここにおられるみなさんも、ホッテントット・ヴィーナスのことはお聞き及びと存じますが、彼女はこの一年、パリのサントノレ通り一八八番地で、サーカスの演し物として展示されていたブッシュマンの女性であります。このたび、めったにない偶然が重なり、この特異な被験者の裸体を一日六時間、三日間に渡り、当博物館で検査する機会を得ました。彼女の外見が持つあらゆる意味、すなわち、彼女の起源、彼女の身体的特質、彼女の人種、そして哺乳動物として人類を分類する場合、科学的に見て彼女をどこに置くかということが、われわれのセミナーで討議する主な論点であります。われわれの尊敬すべき館長で、レジオン・ドヌール勲章受勲者でもあるキュヴィエ男爵の招待により、遠くロンドン、ブリュッセル、ブレスト、マルセイユ、そしてリヨンからも、同僚の研究者の皆様にはるばるお越しいただきました」

「みなさん、ご注意申し上げておきますが、研究室内は、安全のため禁煙になっております。喫煙と軽食を取るための休憩時間を何度か予定しております。私の説明と男爵の講演中はご静粛にお願いいたします」

「申し上げましたように、われわれが今日の午後、検査しようとしているホッテントットは、南アフリカの喜望峰にあるチャムブース川のほとりで生まれた、推定二六歳のブッシュマンすなわちホッテントット族の女性であります……彼女の色と姿形は、いままでにヨーロッパで見られた、いや、おそらく地球上で生みだされたいかなる種をも凌ぐものでありましょう……彼女は存在の大いなる連鎖における純粋できわめて貴重な標本であり、その価値は計り知れません……」

ド・ブランヴィル様の紹介が終わると、拍手が起こった。長い指示棒を手にして、男爵が立ちあがった。

私は、頭のなかも、子宮も、魂も焼けつくように感じ、アドルフみたいに熱い石炭の上でダンスをしているようだった。炎が私の肌をなめ尽くし、男たちで埋まった階段教室が私の肉に食らいつくように思えた。男爵のフランス語の呪文が耳に届くあいだ、私は例の若い男が私の姿をそっと写し取る様子にだけ視線を注いでいた。男爵が何を言っているのか、ほとんどわからなかったが、彼の言葉は私の気持ちを激しくかき立て、私は息もできずにあえいだ。彼の声は、あまねく世界を変革するように感じられ、時が過ぎるにつれて、ますますその度合いを深めていった。

彼が、自分のところに来るようにと人さし指で合図した。私はおずおずと前に進み出た。私は自分の秘密の部分を隠すために、前をハンカチでおおっていた。だってそうしなければ、私はまったくの裸だったから。

第18章　ヴィーナスの視線が私に注がれているのを感じた……

真の歴史家というものは、みんなが知っていることをだれも聞いたことがないものに作りかえて、深遠さのなかにある単純さと、単純さのなかにある深遠さを人びとが見落としてしまうほど、単純かつ深く、普遍とは何かを伝える力を持っていなければならない。傑出した学者と途方もないばか者は、ひとつの立場のなかにいともたやすく共存することができるものである。

ジョルジュ・レオポルド・キュヴィエ男爵、書簡

一八一五年三月。私は、ヴィーナスの視線が魅せられたように私に注がれているのを感じた。彼女が私から目を離そうとしなかったので、しまいには赤面してしまうほど頭に血がのぼるのを感じ、彼女は私に何かを伝えようとしているのではないかと思った。私は運命を信じていた。しかし所詮、私は、ほかの画家たちのように指名されて呼ばれたわけではなかった。私はここに、私の高名なパトロンで、フランスでもっとも有名な画家であるジャック゠ルイ・ダヴィッドの代理で来たにすぎなかった。

「ニコラ」と、ダヴィッドは言った。「私は男爵の招待を無視するなんて失礼なことはしたくないんだ」

ボナパルトが戻ってきて以来、老獪な政治人間であるわが師は、皇帝が権力を固めるまで息を潜めていたのだった。いまのところ、皇帝はまだ戦争中だった。

私の雇い主は、キュヴィエが三度の政治体制の変化を、投獄や追放や死罪になることもなく生き残り、それどころか、要職や名誉、勲章や重責がつぎつぎに転がりこんだ奇跡のような能力を腹立たしく思っていたにちがいない。これに対して、ルイ・ダヴィッドの人生は、きわどい瀬戸際にあった。一七九三年、ロベスピエール派として逮捕され、妻の取りなしでやっと釈放されたのだった。彼は当時、熱烈な共和主義者で、国民公会の議員として、ルイ一六世の死刑執行令状にも署名した。革命が終わると、彼はナポレオン派に鞍替えし、彼の戴冠式の絵を描いた。私が思うに、彼は退位させられたルイ王と復位したナポレオンのあいだに立って、どちらが優位になるか慎重に見きわめていたのだ。庭園にある緑と青のテントのまわりをうろついていた多くの著名人も、おなじようなものだったと思う。そして、きっかり四時になると、全員が比較解剖学棟に詰めこまれて、男爵博士が「私の」ホッテントット・ヴィーナスと呼ぶものを、彼が存在の大いなる連鎖についての持論を証明できると主張するものを見た……。

このパリで、革命時代、帝政時代、そしていまの王政復古時代にわたって強い力でほかを圧してきたフランス貴族、ジョルジュ・レオポルド・クレティエン・フレデリク・ダゴベール・キュヴィエ男爵の招待を断るような者など、ひとりもいなかっただろう。

彼はそれをいったいどうやって成し遂げたのか、不思議に思う。歴史上にはだれひとりとして、時間管理術と各々の瞬間に打ちこむすべを、そこまで高めた者はいなかった。キュヴィエの場合、各時間をある決まった仕事に打ちこみ、各仕事に自身の研究室や部屋を持ち、各部屋には各仕事用の装備が備えられていたのだ。キュヴィエの肖像画を描くあいだ、彼とかかわった私の師は、偉大な人物というものは部屋から部屋へと渡り歩き、一秒も気を散らすことなく職務を果たすものだよ、機械みたいにね、と言っていた。

「彼のことを好きなんですね?」と私はたずねた。

「感心しているのさ」私のパトロンは答えた。「だって、本を持ってポーズを取るって言い張るんだ。そうすれば、モデルとして座っているあいだも本が読めて、時間をむだにしなくてすむってね……」

その有名な絵がアトリエに置いてあったあいだに、私は注意深く観察した。風格のあるその肖像画には、明るい赤毛と青白い肌と軍人らしい物腰を持った、陰鬱で冷たく、気難しそうな貴族が描かれていた。その口元が抗しがたい傲慢さと貪欲さを湛えているのとおなじように、その目は、ほかを服従させ、圧倒する知性を湛えていた。それはあまりに美しく描かれていたので、対象が殺人者であったとしても大して問題にはならなかったのではないかと思ったほどだ。そしてもちろん、男爵は殺人者などではなかった。皇帝が去ったあと、彼は、ただただ、フランスでもっとも華々しい人物だった。

私は二六歳で、二〇歳のときからダヴィッドの助手を務めていた。その前は、徒弟としてシャルル＝フィリベール・ド・サイアン〔一七五九－一八四九年。フランスの画家。デッサンに対する深い造詣で知られる〕に師事し、彼のアトリエで水彩画の技法や彫刻だけでなく、石版術も学んだ。しかしいまは、動物の彫刻や写生をするのが専門で、動物専門の画家として、ほとんどの時間を王立植物園と自然史博物館で過ごしていた。

私はつましい穀物商の家に生まれた。だから、このようなエリート集団の集まりに参加できたのが幸運だということはよくわかっていた。私は、自分より目上の人や優れた人には良識ある敬意を払っていたし、それに今日は、ボナパルトでさえ彼の旧友の博物館に現われるかもしれないとうわさされていた。

私は、今日出席している三人の画家を知っていた。ニコラ・ユエ〔一七七〇－一八三〇年。フランスの動物画家〕、レオン・ド・ヴァリー〔一八〇一－一八二四年に活躍した動物画家〕、そしてジャン＝バティスト・ベレル〔一七七七－一八三八年。アントワープ美術協会創設メンバーのひとり〕だ。私は彼らのそばに直行した。彼らはみな聴衆席の後ろに寄り集まっていたが、それというのも私同様、階段教室に集まった有力者に圧倒されていたからだ。

「私は、今日は何もしないつもりだ」とド・ヴァリーが言った。「その女がどんなふうだか、見るだけにしておくよ」

「それじゃ、水彩画を印刷して出版するのに、一日、間にあわないよ、『毎日新聞《ラ・コティディエンヌ》』と『ルポルテ』の二紙が、キュヴィエのとっておきを見ようとここに来ているんだから」

「君はどうするの、ニコラ？　今日彫塑するの、それとも見るだけ？」

「わからない」と私は正直に答えた。「臨機応変にやってみるよ」

「彼女は一種の両性具有というのか、男と女の両方の生殖器を持っているらしい」

「おそらく、ホッテントットはみんなそうなんだ」

「いや、ホッテントットは、ニグロとオランウータンのあいだに位置する失われた環《ミッシング・リンク》らしいよ」

「パレ・ロワイヤルの近くでやっていた彼女のショーを見に行ったことはないのかい？」

「赤クレヨンにするの、それとも水彩？　グワッシュ絵の具〔水で溶いた濃厚で不透明な水彩絵の具〕じゃないのは確かだよね」

「まだ、決めかねているんだ。全部持ってきたよ。今日は木炭にしようかな」

その朝は、もっとも成功している画家たちでさえ、偉大なキュヴィエ男爵の科学標本のひとつを描くにあたって、不安を感じていたのだった。

「彼女は今日の絵のために全裸になるらしい」

「ねえ、これは全部ジョフロワ・サン＝ティレールのアイデアだろうよ、キュヴィエじゃないさ。つまるところ、ジョフロワ・サン＝ティレールは奇形学の専門家だからね」

「奇形《フリーク》だよ、化け物《モンスター》じゃない」

「彼はニワトリの胚を使って、異常発現つまり変態を作りだす実験をしているんだよ」

「なるほど、ジョフロワ・サン゠ティレールはそういうことに現《うつつ》を抜かしているんだろうが、男爵は人種の分類に興味を持っているんだ……」

「危険なにおいがするぞ」ベレルがおどけて言った。「未知なもの、未踏のものとの対面だ。アフリカだけでなく、原始的で奇怪な生身のイヴのにおい……彼女は生身のイヴだ……」

「しっ……ド・ブランヴィルが来たぞ」

私は、ド・ブランヴィルが挨拶をしているあいだに、すでに準備していた轆轤《ろくろ》の上に彫塑の道具や仮枠を並べた。医学生が列をなして入ってきて、ゲストや教授が座ったあとの空席を埋めていき、階段教室は満席になった。

ヴィーナスがおどおどと横の部屋から進みでると、どよめきが起こった。彼女はハンカチで前を隠していたが、そうでなければ全裸だった。私は固唾を呑んだ。まったくもってホッテントットのごとき女性の体を見たことがなかったので、目にかかった髪を払いのけ、キュヴィエの講義が始まると、私は猛烈な勢いで彫塑を始めた。ヴィーナスが神秘的な栗色の目でじっと私を見つめたのは、そのときだった。男爵が演台に近づいて話しはじめた。私は彫塑に集中し、彼女の形、曲線、影、輪郭を心に刻みつける時だけ目を上げた……私は仕事に没頭した、この驚くべき人間を――このアフリカのイヴを……何とか模写することだけを考えながら。

「明らかにしたいことがふたつあります」男爵は切りだした。「ひとつ目は、この女性と、もっとも劣った人種である黒人種との詳しい比較、そしてもっとも進んだ霊長類、すなわちオランウータンとの詳しい比較です。ふたつ目は、彼女の生殖器の異常さについて、できる限り詳細に説明することです。まず、オランダ語や英語で彼女についてこれまで引用されてきたものから、この女性の経歴をできるだけ詳しく紹介することから始めましょう」。

「サラ・バールトマンは、イギリスではサーチェ、フランスではヴィーナス・ホッテントットという名前の方がよく知られていますが、およそ二六年前、喜望峰からおよそ五〇〇マイル離れたグラーフ・リネット地方にあるアルゴア湾、いまはズワート・コープス湾として知られていますが、その近くのケープ植民地のヨーロッパ人居住地域で、ブッシュマンの両親のもとに生まれました。九歳のときに誘拐され、オランダ人とイギリス人の手に委ねられましたので、彼女はそれらの言葉を話します。パリのみなさんは、彼女が私たちの首都にいた一八カ月のあいだに彼女を目にし、その臀部の甚だしい隆起と顔の野蛮さを自分の目で確かめる機会があったことと思います」

「みなさんお気づきでしょうが、彼女の動作にも、どこかがさつで気まぐれなところがあり、オランウータンの動きと似ています。しかし、彼女の記憶力はいい、いや並みはずれてさえいます。と申しましたのは、彼女はケープ植民地で習い覚えたオランダ語を話しますし、英語もそこそこでき、フランス語も片言ですが、話しはじめております。また、耳がよく、ギターに似た楽器を鳴らしながら、歌ったり踊ったりします。身長は一メートル三九センチ、すなわち四フィート七インチを少し超えるくらいで、これはおなじ種族の者と比較しましても、まずまず平均といったところでしょう」

「胴が極端に短く見えますが、それは異常なまでにふくれあがった尻と、それに付随する部分のせいでありますます。しかしながら、彼女の体長の中心はやはり恥骨ですので、これら部位のつりあいは、全体として白人種にきわめて近いと言っていいでしょう。腕だけがやや短いようです」

「頭は、全体の形にも、その構成部分の細部にも、注目すべきものがあります。頭全体に注意を払うと、彼女は黒人種の頭の外観とはまったく異なる頭をしており、オランウータンにより近いということが明らかです。こうした観察は、すでにバロー博士によっても指摘されております。概して小さなその頭は、大脳の空洞すなわち頭蓋と、顔面すなわち鼻筋というふたつの部分から構成されているようで、それは横から見ますと直線ではなく、その傾斜が顔面角を形成していますが、このふたつの部分は、鼻の付け根でほとんど直角につながっており、それは、オランウータンにもっとも顕著に見られるものなのです。そのため、額がまっすぐ――ほとんど垂直――で、横顔のほかの部分は、霊長類や猿類のそれのようにくぼんでいるのです。顎の結合はそれほどせり出しておらず、われわれが顎と呼んでいるものを形成するために前方に曲がるどころか、それとわかるほどに後退しております。こうしてあらゆる特徴が見つかりましたが、ある意味では、実はこれらは、オランウータンにより顕著な特徴なのであります」

「歯は美しくて非常に白く、歯並びが良く、大きく、とくに上の門歯はほかの歯に比例して、黒人種のそれよりもさらに大きいようです。犬歯はまったく尖っていません。上下の門歯は傾いて並んでおり、はさみのようです」

「唇は分厚くてくっきりとしていますが、黒人種ほどではありません。唇の形は悪く、すなわち、上唇には下唇に合致する真ん中の突出部がなく、口角が下がっております。上唇の真ん中のくぼみはあまりはっきりしていないということです。上下とも薄いピンク色です」

「乳房は非常に大きく、乳房のほぼ中心線あたりは下の方に垂れています。肘の内側のライン、臍の二、三インチ上といったあたりまで、垂れ下がっています。乳頭は非常に大きいです。色は暗褐色、乳輪もおなじ色で、異常に大きいです」

「生殖器に関して言いますと、位置としては普通で、すなわち真下に向いてついており、M・M・ペロンやル・シュールの図に見られる、巨大な陰唇によって形成された茎のようなものは認められませんでした」

ヴィーナスはきっと、いくつかの言葉は聞き取ったにちがいないと思う。何度も何度も繰り返されたそれらは英語に似ていたからだ……人種、オランウータン、サル、黒人種、白人種、タタール人種……ホッテントット…… 異常《エクストラオーディネール》……顕著な《リマーカブル》……この上ない《スープレナン》……非常に大きい、非常に小さい。彼女の名前、サラ……きっと彼女は、いくつかは理解したにちがいない。

しかしヴィーナスは、医者や科学者にはだれにもエプロンを見せないと決めているようだった。

「上肢は」と、男爵は続けた。「均整はとれていますが、全体的に非常に細く短い。肩は骨格そのものからして非常に狭く、前腕は短くて形が良く、手は非常に小さく、繊細な指は非常に目を引き、魅力的であります」

「骨盤は全体的に非常に狭いのですが、胴の後背部が途方もなく膨れているため、いっそう狭く見えます。実際、このホッテントットを初めて見たときに、もっとも驚いたのはこの点です。彼女の臀部はほんとうに大きく、高さは少なくとも二〇インチ、背中からも六～七インチ突きでており、幅も少なくとも同程度はあります。その形は、まったくもって奇妙であり、腰部から続くのではなくて、そこから水平に広がり、臀部のいちばん高い部分に向けて上向きのカーブを描いて、平らな鞍のような形をしております。ホッテントットの子どもは文字通り、この鞍に乗ると言われております。このかたまりの大部分が脂肪細胞でできているのを立証するのは容易で、この女性が歩くとぶるぶると震えますし、座ると平らになって広がります」

「彼女の体の構成が異常なのは、第一に、一八インチ以上もある巨大な尻の幅のせいであり、第二に、六インチ以上も突きでた尻のカーブのせいです。ほかの部分の比率は胴も四肢も正常です。肩や背中や胸の高さは優美ですし、腹部のラインも度を越したものではありません」

「結論を申しますと」と、キュヴィエは指示棒を振りあげながら言った。「私たち白人種の額は前に出て、口は引っこんでおりますが、これはわれわれが食べるより考えるようにできているかのごときです。一方、ホッテントットは狭い額と突きでた口をしており、これは考えるより食べるようにできていると申せましょう」

「ホッテントットの顔つきでもっとも目を引くのは何でしょうか？　顎のラインや、門歯が斜めに生え、唇が分厚く、あご先が短く後退しているという点においてはニグロに似ており、一方、ほお骨が非常に高く、鼻の付け根と額と眉が扁平で、とくに目が横にすっと細い点はモンゴル人に似ています」

「髪は黒く、ニグロのように縮れており、まぶたは水平で、モンゴル人のようにつり上がってはいません。彼女の目は黒というよりは薄茶色で、肌は茶色がかった黄色です……」

「それとは逆に、ヨーロッパの文明化された白人種は、卵形の顔、まっすぐな髪と鼻筋をしており、すべての人種のなかでもっとも美しいと思われます。また、天賦の資質、勇気、行動力においてもほかの人種より優れております。ホッテントットに見てきましたように……私には、扁平で圧縮された脳を持つ人種というのは永遠に劣っていると運命づけられる、残酷な定めにあるように思われます――また、経験的にも、精神の完全さと顔の美しさには関係があるという理論が確認されたように思います」

「それゆえ、ホッテントットというのは、人間のなかでももっともおぞましい野蛮人でありながら、自分と対極にある人びとこの栄えある場をわかちあっているのです。リンネによりますと、彼らを人間として位置づけるには重大な疑問が残るということです」

「ホッテントットは言及に値するほどの言語も社会秩序も持たず、いかなる宗教も信じず、土地も耕さず、貨幣も正式な交易方法も持たず、政府も、定住する住居も、所有の概念も、独特の料理法も持たず、貴族や支配者といった階級制度も持たず、さらには聖職者階級すら持ちません。彼らはもっとも下等な人種であり、その姿は獣に近く、その知能は通常の行政府を生みだすにはほど遠いものです。彼らは現在、その無能さゆえに、ケープ植民地でイギリス政府の保護を受けています」

「つまり」、聴衆の声が割って入った。「あなたの目的は、この女性と、もっとも下等な人種であるニグロ、さらに類人猿のなかでもっとも高等なオランウータン、との詳細な比較を示すことなのですね」

「その通りです。そして次には」と、キュヴィエは続けた。「彼女の生殖器の異常性について、完璧な説明を提供すべく……いまから取りかかりたいと思います」

「さらにつけ加えさせていただくと」と、別の声が言った。「われわれはこのように、骨相学の仮定を用いて、社会の両極にいる個人や人種の正体を明らかにすることができるのです。つまり、重要な社会貢献ができる者と、普通より悪に向かう傾向が大なる者を明らかにできるのです。前者は、良き潜在能力を最大限に引きだすために激励し、育み、育成するべきです。後者は、彼らの犯罪への性向から社会を守るために、拘束し、隔離する必要があります」

「それに、ちょっとつけ加えてもよろしいでしょうか」別の骨相学者が言った。「私の研究では、アフリカ人の頭脳は、子煩悩と凝り性に関する部位が過度に発達しており、アフリカ人が子どもに愛情を注ぐことやほとんど体を動かさない職業を好む傾向にあると言われる理由になっています。このため、自意識や用心深さ、主体性や熟慮といったことがじゅうぶんに発達していないのです」

「彼らの頭の形は、われわれ以上に、彼らを動物と結びつけているのです」と人類学者が言った。「みなさんご存じのように、動物界は無脊椎動物、両生類、軟体動物、原生動物の四つに枝分かれしております。この区分は脳と神経系統によるものでして――ホッテントットの脳は生まれつき、人種のなかでもっとも小さく弱いのです……」

「内科医で、多原発生説〔人類は多数の異なる祖先から発生したとする説〕を支持する者としましては、本日の講義とわれわれの目の前に立つ標本から、黒人種はまったく異なる種であり、白人種と共通の祖先から生じたのではないということは明らかだと申しあげます。頭蓋骨のサイズに関する限り、ふるいにかけたホワイトマスタードの種子を頭蓋空に詰めて、異なる人種の脳の大きさを推定しますと、両者には明らかな違いがあります。いったん、頭蓋空につめた種子を目盛りのついたシリンダーに戻して、頭蓋の容量を立方インチに換算するのです……」

「白人種との競合においても、目の前にいるアフリカ人は、類人猿と白人種のあいだの失われた環《ミッシング・リンク》であるというのが正しいと思われます……」

「啓蒙思想家のヴォルテールの言葉を引用させていただきますと、彼はこう書いております。これらの人たちの肌の色や、明瞭な言語の代わりに彼らが意思の疎通を図るために使っている七面鳥が鳴くような音や、彼らの顔つき、女性たちのエプロンのことを考えれば考えるほど、この種族がわれわれとおなじ起源のはずがないと確信する……と。みなさんにおたずねいたしますが、われわれがここで論じておりますこの者は、黒人種からも白人種からも独立した別の人種なのでしょうか？　それとも黄色人種の亜種なのでしょうか？　それとも混血？　あるいは神話上の生き物であるとか！」

「万事は人種しだいであります」スコットランド人の博物学者が席を立ちながらつけ加えた。「文学、科学、芸術、要するに文明はね」

そのとき、男爵が、論評はそのあたりにして解説に戻りましょう、と言った。

イングランド人の内科医がキュヴィエに反論しようとして立ちあがったので、ちょっとしたどよめきが起こった。

「たとえ黒人種の知能が劣っているにせよ、彼らは本能と感情で補っております。彼らは優れた心、とりわけ、あらゆる美徳を実現する可能性を持っております」と彼は結んだ。「賛成！」ベルギー人の博物学者が言った。「黒人も、ヨーロッパの子どもとおなじ可能性を持っております。結局、教育の問題でしょう。われわれが人類学者として、科学に携わる者としてできることは、科学的に記録し、測定し、検証し、観察するだけであって、質的なものに判断をくだすことはできません……それをするのは政治学です……」

「みなさん」アメリカ人の人類学者がつけ加えた。「私は個人的に、ボストンの研究室で一〇〇〇個以上の頭蓋骨を調べてきました。あまりに多いので、実は学生たちからゴルゴタ〔納骨堂のこと。キリストが処刑されたとされるエルサレム郊外の丘は、頭骸骨に似ていたため、こう呼ばれた〕と呼ばれております！」

これには聴衆全員がどっと笑った。

「私が判定した」と、アメリカ人は続けた。「知能の科学的な序列は次のようになります。すなわち、ドイツ人、イギリス人、白系アメリカ人が等級の一方に、ホッテントットやオーストラリアのアボリジニがもう一方の端にあるわけです」

「白系アメリカ人といえば」、リヨンからやってきた解剖学者が言った。「博物学者で、前大統領でもあるトマス・ジェファーソンは、『ヴァージニア覚え書』で述べております。同僚のコンドルセ侯爵の名訳によりますが、黒人種がもともとまったく異なった人種であるにせよ、時間と環境によってまったく異なったものになったにせよ、身体と精神の資質において白人種より劣る……われわれが最初に思い当たる違いは色の違いである、と彼は書きました。黒人の黒さというのは、皮膚と表皮のあいだの網状膜にあろうと、表皮自体にあろうと、あるいはそれが血の色や、胆汁の色、あるいはもっとほかの分泌物から生じたものであろうと、その違いは生まれつき決まったものである、と述べています」

「私も」と、別の博物学者が興奮して言った。「パリの三カ所の共同墓地から掘りだした頭蓋骨を何百も調べ、ほかの人種のものと比較しました。比較するにあたって、私は知能の差異が明らかなアフリカ黒人、アメリカ・インディアン、ホッテントット、オセアニアの原住民の頭蓋骨を選びました」

「男性の頭蓋骨と女性の頭蓋骨の比較はどうでしょうか？　比較した場合、女性の頭蓋骨が小さいことは、女性の身体的劣性と知的劣性の両方によると指摘してよろしいかと……」

「ホッテントットはホモ・サピエンスではなく、ホモ・モンストロシス・モノーキダイ〔一九世紀の学者が思う「奇形人」に対してつけた学名。初出はリンネの『自然の体系』（一七三三年）〕に分類すべきだと思います」

「ホッテントットが地球上で彼らの土地に膠着し続けてきたということは、存在の大いなる連鎖の考え方にあてはまります！」

「ホッテントットは、人間とはまったく正反対のものです……ですから、もし理性のある動物と獣の中間のものが存在するならば、ホッテントットこそもっとも有望な候補であると、オヴィントン〔一六五三－一七三一年。東インド会社の船に牧師として同行し、インド西部のスラトなどを探検した〕の著作にもあります。人間と獣のあいだを繋ぐものとして、これ以上ふさわしいものがあるでしょうか？」

「このように、生物のすべての序列のあいだには相関関係があります。ですから、そのなかのひとつを理解することは、ほかのものへの理解を深めることになります。そしてこのことが、人道的理性の極みなのです。この連鎖のつながりをその秘密が明らかになるまでたどる。これこそ、真に世界を支配することです。事物のあらゆる多様性や程度を秩序正しくランク付けし、その頂点に立てば、すべてのものを見はらし、しかも人間の生活を静かで、平和で、豊かなものにするために、有益に利用することができるのです」

「私は人類単一起源論者ではありますが、もし人類がまったく異なった種族で構成されているという仮説を認めるならば、多くの道徳的、身体的特性によって特徴づけられるホッテントットほど、別の起源を持つと強く主張できるものはないでしょう」

「ホッテントットは黒人種です。たとえ彼らが、黒人種の特性をはるかに超えているために、このカテゴリーのいちばん下に置かれ、その結果、精神薄弱者、精神異常者、混血を除けば、存在の連鎖のもっとも下に置かれているとしても……」

「ホッテントットは、ブッシュマンを除けばもっとも下等な人種であり、その姿は獣に似て、その知能では通常の政府を持つなど到底できません。彼らは、生まれながらの奴隷です」

「おそらくこれまでに、いかなる動物種の絶滅も、この野蛮人のケースのように広範囲に驚くべき速さでもたらされたことはなかったでしょう……」

「世界の民族は、おおまかに、生き残るものと滅びゆくものにわけられ——生き残る民族は、滅びゆくものの領土を搾取し、侵略するのです」

「ジャッカルのようですな」

「いや、人喰い人種でしょう」私は大声でそう叫びたかった。むせかえるような部屋で、独断的な見解がますます熱気を帯びて繰り広げられた。

「脂肪臀《ステートピジア》の役目は何でしょう？　脂尾羊のしっぽのような役目か、それともヒトコブラクダの瘤のような役目でしょうか？」

「環境の変化が」と、別の声が言った。「その環境に住んでいた生物の欲求を変えて、その結果、行動に変化が起きるのです。このような行動の変更によって、本来備わった体の構造や器官の使用頻度の増減が起こります。そうして使っているうちに、何世代もかけて、器官のサイズが大きくなったり、使わなくなって消滅したりするのです。ホッテントットのエプロンもこれに当たるのではありませんか？　ホッテントットが生来、好色で官能的なことによって、このような完全な器官に進化していったのです！」

「賛成！」

「すばらしい考えだ」

キュヴィエはうなずいて、講義の核心部に進もうとしたが、解剖学者たちは、この非常におもしろい問題を熱心に議論し、口々に自分の意見を言い張って、互いに揚げ足を取りあった。

「私の知能チャートにもとづくと、標準的な黒人種の平均値は、われわれより二段階下になります。スコットランド低地地方とイングランド北部の住民は、普通のイギリス人より段階が上です。古代ギリシア人は、われわれよりほぼ二段階上、つまりわれわれ白人種がアフリカの黒人より優れているのとほぼおなじことになります」

「突顎と正顎のイギリス人では大きな違いがあります」とイギリス人の博物学者が力説した。

「アイルランド人、ウェールズ人、下層階級の人間が突顎であるのに対して、天才はみな正顎です。私の黒色化に関する理論では、アイルランド人はクロマニヨン人やアフリカ人種へとつながります……」

「ホッテントットをご覧なさい。どんな白人と姿が似ているというのです？　解剖学的に見て、骨格や筋肉や器官がわれわれのものと似ていますか？　われわれのように歩き、われわれのように考え、われわれのように行動するのですか？　サクソン人は、先天的にホッテントットを嫌いなんだ！」

「このように神に認められず、生来の理性も剝ぎ取られ、民族としての権利も名前もないような奴らには、死刑が妥当だ！」

「歴史を決定づけるような出来事は、人種の鉄の法則によって決められているのです」別のフランス人人類学者が言った。「人間の運命は、自然によって定められ、人種によって表わされるのです」

キュヴィエは、この言葉が、スローガンや連禱のごとく、会場に響くがままにさせてから、自分の信奉者らを制した。

「さて、みなさん」と男爵は続けた。「この調査の核心に入りましょう。ホッテントットのシヌス・プドーリス、すなわち羞恥のカーテン、ホッテントット・エプロンとしてよく知られているものについてですが」

突然、部屋じゅうが静まりかえった。私は熱心にヴィーナスを彫塑していたので、そこで行なわれていたキュヴィエの講義も議論もほとんど聞いていなかった。しかし、私が顔をあげるたび、この数時間、いつもヴィーナスの薄茶色の目が私に注がれていた。サラ・バールトマンとド・ブランヴィルは、サラが前を白いハンカチで隠そうとし、ド・ブランヴィルがそれをひったくろうとしてもみあった。そのたびにサラが勝ち、ド・ブランヴィルは怒って苛立ちながら、絶望したようにキュヴィエを見遣ったが、そのあいだもヴィーナスは私をじっと見つめ、太ももをぎゅっと締めて科学者たちが見たがっているものを隠すことで、いやらしい目つきで見る彼らをものともしなかった。私は笑わずにはいられなかった。彼女は、私が作った完璧な彫像とおなじように、微動だにせず立ち、そして私の彫像の方は、喧噪のなかで、それ自体が命を宿しているように見えた。

「ペロンの」と、男爵は続けた。「『南方の地への航海』の第二巻では、この問題について別のとらえ方をしておりまして、エプロンはホッテントットには存在せず、おなじように異常なまでに発達した尻を持ったブッシュマンの女性に存在しているのであり、また、このエプロンというのは、女性器の一部が発達したものではなく、生まれつき特別な器官がついているのだと述べております」

「リンネは、これこそ、ホッテントットが動物起源であることの原始の痕跡であると報告しています。彼はまた、人間のなかでもっとも劣ったもうひとつの種であるホモ・トラグロダイト〔先史時代の穴居人〕の女性にもこれを見つけたと報告しております。ジョン・オヴィントンは一六八九年の『スラトへの航海記』〔スラトはインド西部、イギリス最初の植民地〕

で、こうしたエプロンを持つ女性は両性具有者だと書いています。ヴォルテールは、これらの女性は別の人種にちがいないと述べております。ルヴァイヤンはシヌス・プドーリスを倒錯趣味の産物とみなし、これらのエプロンは流行と媚態の気まぐれからできたものにすぎないと主張しています」

「ペーテル・コルブは、それが自然のイチジクの葉とおなじように用いられていると考えています。ジョン・バロウ卿は、エプロンのある女性には同意なしに挿入することは不可能であるから、それはホッテントットの女性をレイプから守っていると言い足しています。彼は、これが生殖器の処置によって引き起こされる、陰唇や小陰唇の肥大であり、ダオメー〔西アフリカの現ベナン共和国〕やバストランド〔南アフリカの現レソト王国〕の種族と同様に、ホッテントットやブッシュマンには美と考えられていると思っていました」

「本日、われわれにとってもっとも重要な論点は、女性のタブリエ、タブリエ・エジプシャン、ホッテントット・エプロン、ジョワイヨ、ロンギニンファ、マクロニンファ、あるいはリンネの言うシヌス・プドーリスすなわち羞恥のカーテンとして、さまざまに知られているものについてであります。これは自然の産物なのでしょうか、それとも人間の手によるものでしょうか？　あるいは人魚やセイレーンやケンタウロスのように、まったくの空想、架空の幻影なのでしょうか？　こうしたあらゆる推測に、科学的事実につながる道筋をつけなければなりません」

「ホッテントット・エプロンは存在します。われわれの目の前には、生きた標本、イェンゼンやバロウやルヴァイヤンが書き記したあの人種、ほんもののホッテントットがいるのです。この一八カ月間、みなさんもわれらが首都で目にすることができたその本人……サラ・バールトマンの生殖器と臀部は、彼女の本質を集約しています。彼女のラビア・ミノラ、すなわち小陰唇の異常なまでの発達は、ホッテントットやブッシュマンの特徴としては一般的なものなのですが、人間に生じた普通のヴァリエーションとは直ちに見分けがつくほど、じゅうぶんに特徴的なものです。エプロンは病的に発達したものだというのが私の持論でして、二枚のしわが寄った肉の花びらのように陰唇が分かれており、持ちあげたら心臓の形になります。これらふたつの丸みを帯びた付属物は、人によって長さが違い、あるものは半インチもなく、またあるものは三、四インチあります。私は人類一元論の信奉者ですが、これは人種が単一でないことの解剖学的な証拠のひとつかもしれません……そして……」

男爵は振り返って、ド・ブランヴィルが無言でサラ・バールトマンともみあっているのを眺めた。

「彼女の異常に肥大した性器ほど、ホッテントットの原始的特徴を証明するものはほかにありません。進化した人間は、性的な抑制が効くものです。動物は、性に関してあからさまで積極的です。サラの異常に肥大した性器は、彼女の劣性と獣性を証明するものであります。この点については、明日の集まりで調査しましょう、どうやらミス・バールトマンは、本日、ド・ブランヴィル君に協力したくないらしいので。これで終わります」

「ちょっといいですか?」私は突然、憤怒のあまり叫びそうになる怒りを覚えて、口をはさんだ。「人間は、もっとも性に積極的な霊長類であり、いちばん大きな性器を持っています。このように、平均以上に大きなものを持っている人間が、分別をわきまえ、より人間的なのです——人間の性欲、脳と意識のうえでの想像との関連は言うまでもなく……」

「ティーダマンさん……でしたね。確か、動物専門の画家の。このことについても、明日取りあげましょう。時間も過ぎましたし、マダム・バールトマンのほうも、われわれに便宜を図る気持ちはないようですので」と男爵は言った。「今日の会は終わりにして、明日一一時にここで、会議を再開しましょう」

大勢の科学者たちは、まるで未開のアフリカを踏破してきた探検隊のように、講義室からぞろぞろと出ていった。彼らは美しい庭を一列になって通り抜け、安全のために付かず離れず、互いにいっしょに、ちりひとつない小道を横切って歓迎用のテントへと向かった。

カルテットの奏でる調べが、手入れの行き届いたひし形や四角、円型、三日月型の花壇の向こうから流れてきたが、その花壇にはピンクの玉石を敷いた散歩道があって、ハゼやムカシヨモギやアキノキリンソウやゼラニウムやノイバラが咲き乱れていた。低い生け垣は完璧に刈りこまれ、彫像で飾られ、薬草や花の咲いた低木もそこかしこにあった。講義室を出ると、私はサングラスをかけ、広々とした庭を見渡した。遠くにいるサラをそっと見ると、つば広の帽子で顔が隠れ、白いスカートが微かな風で足にまとわりついていた。彼女は孤独そのものだった。あんな孤独な姿は見たことがないと思った。空想小説から抜けだしてきた、神秘の運命を背負った登場人物、永遠の「他者」……彼女は金網と針金でできた鳥小屋のそばに立っていた。彼女はあの鳥たちを全部自由にしようとでも思っているのだろうか。そんなことをしたら、間違いなく男爵を怒らせるだろう。彼は紛れもないフランスの官僚であり、鳥は国のもの、博物館の所有物なのだから。私はほかの人たちに加わらずに、彼女のそばに行くべきだろうか。私はたくさんのモデルを知っていたし、たくさんの女性の体を見、描き、版画に彫り、彫刻してきた。彼女の姿を実物から粘土で象ったことに、恥ずかしさも当惑もなかった。遠くから見ているだけでも、サラ・バールトマンに独特のよそよそしさと近寄りがたさがあることだけが気にかかった。それはあたかも、ほんとうに彼女自身がほかとは違う一個の種族であるかのようだった……しかし、私はあえて彼女に近づかなかった。

が、そのとき彼女は、画家のスモックにフェルト帽、ウェーブのかかった長い髪に黒くて太い眉という姿を目にして私だと気づき、手招きした。その日の午後遅く、彼女は私に語った。医者でいっぱいの部屋のなかで、私に自分が裸であることを感じさせない目をしていたのはあなただけだった、と。

第19章　最初、私は平気だった……

このように、もし動物の内臓が新鮮な肉の消化に適するためだけに組織的構造を与えられているなら、顎は獲物をむさぼり食うのに適するように作られるべきであり、爪はそれをつかみ引き裂くように、歯は肉をばらばらに切り離すように、四肢の全体系や運動器官は追いかけて捕まえるように、感覚器官は遠くの獲物を見つけるように、作られるべきである。

ジョルジュ・レオポルド・キュヴィエ男爵、『地表の激変論』

一八一五年、ねじれ耳の季節、イギリスの暦でいえば三月。最初、私は平気だった。ゆっくりと、ミツバチの羽音のように単調に、キュヴィエ様の穏やかな声が私の耳に届くと、私は夢うつつになっていった。私は立ちあがって歩き、跳ね、かがみ、まわり、それから腕を上げ、脚を上げ、手を差しのべて、夢のなかにいるように頭を左右に巡らせた。そして、夢のなかのように世界がひっくり返った。私は、赤い粘土で私の像を作っている芸術家から目を離さなかった。粘土は赤いとはいえ、広いなで肩に波打つ彼の長く燃えるような赤毛ほどではなかったが。太くてまっすぐな赤い眉の下にあるその目は海の色をしており、顔の造作はごく小さな赤い点々で描いたようだった。多くの白人の顔を見てきたいまでは、私は彼の顔はハンサムなだけでなく、善良でもあると思った。彼はボウタイを結んで首のところにギャザーを寄せた、ゆったりとした服を着ていた。彼は大きくて美しい手で粘土をこね、形を作っていた。私が彼を見続けていたのは、私に向ける彼の目に思いやりと礼儀正しさとやさしさのようなものがあったからだ。科学者たちはぞんざいで、私を見てぎょっとしていたし、私を蔑んでもいた。彼らは互いに話の腰を折り、声をあげて互いに説き伏せ、人の揚げ足を取りあい、とうとう最後には大声で怒鳴りあっていた。低く威厳があった彼らの声は乱暴になり、礼儀正しい冷静さは激怒に変わった。饒舌になり、唾を飛ばし、手を振り、身ぶり、手ぶりを交え、足を踏みならした。それはスローモーションのダンスを見ているようで、めいめいが雨を求めて、雨乞いのまじない師に祈ったり、命じたりしているようだった。私には理解できない言葉が飛びかっていたが、ときおり、ブヨを捕まえるように、ひとつふたつ言葉を捕まえた。ホッテントット、タブリエ《エプロン》、アフリカ人《アフリケンヌ》、喜望峰《カップ・ド・ボネスペランス》、みごとな《ベル》、動物《ベット》、野蛮な《ソヴァージュ》……でも、そんなことはどうでもよかった。私は出てくるように命令されたので、不本意ながらそうしたまでのことだった。この三日間というもの、ド・ブランヴィル様は、男爵が私のエプロンを調べることができるように、前をおおっている白いハンカチを私からもぎ取ろうとし続けた。私は拒んだ。彼は懇願した。私は抵抗した。私は目で直接男爵に訴えたが、彼は講義が盛りあがるにつれ、ときおり、長く尖った棒で、私をそっと叩いた。ド・ブランヴィル様は私のハンカチをぐいっと引っ張り、私は引っ張り返した。私は、私のエプロンがこの男たちにとっていままでそうだったように、これからも神秘のままにしておこうと心に決めた。

三日目になると、私はへとへとになり、恥ずかしさのあまり感覚がなくなった。私は、男たちが私の体、色、人間性を蔑んでいることを理解しはじめた。私は犬やシャム双生児や双頭の亀みたいなものだったのかもしれない。彼らにとっては、みなおなじだった。彼らに興味があったのは私の奇怪さだけで、「ホモ・モンストローシス」、彼らは私をそう呼び、人間の新しい種だと言った。ホッテントットが戦の雄叫びをあげるように、彼らは屁をひり、げっぷをし、咳をし、足を踏みならし、目をぎょろつかせ、歯をむき出し、唾を吐き、咳払いをし、玉を掻き、自分を叩き、耳をいじくり、髪を引っ張り、自分の衣服を整えていた。まるで私が、彼らに注意を払うことなんてできないとでも思っているように――彼らが不躾にじろじろと眺めることに、私が一矢報いることなどできないとでも思っているように。まるで、彼らはトイレにいて、私ではなく、自分たちが裸であるかのようだった。彼らの声が、理屈っぽい口調が、質疑応答が、私という標的を見つけて、毒矢のごとく降り注ぎ、ときおり、これがただの言葉なのかと思いたくなるほど、私の体を凶暴に傷つけた。吐き気がうねるように押し寄せるのを感じた。彼らが何を言っているのか理解できないことなど問題ではなかった。寄席の芝居に対して感じたのと同様、私がそれを自分の体に感じたのだから。彼らは、私、サラ・バールトマンが人間でないことを証明しようとやっきになっていた。

最後の日、ド・ブランヴィル様は、ナポレオン金貨をやるからハンカチをおろしてエプロンを見せろ、と言いだした。彼は、ちょうどダンロップ様が何年か前にやったように、手のひらを広げて金貨を載せた。クジャクの服を着て、髪をなでつけ、甲高い声でしゃべり、傲慢な薄ら笑いをうかべながら、彼はそこに立ち、最後に私をこう辱めた。

「金が好きだろ、わかっているよ」、彼は言った。「これは、サーカスの興行とおなじだ。金を払ったんだから、ショーを見たいじゃないか！」

それはまるで、幽霊か、何かもっと悪いものを見ているようだった。ナエヘタ・マガハース本人が、あのおぞましい小人《ドワーフ》、奇怪な魔女、「生まれてきてはいけないもの」が、私の前に現われて、編んだ髪を振り乱し、コイコイ人にとっては究極の侮辱にあたる、自分の尻を見せているかのようだった。私は彼女にコイ語で叫び返し、懇願しながらひれ伏し、なだめすかして許しを乞うた。しかし、雨乞いのまじない師が私に向かって突進してきたので、私は飛びのき、なぐりかかった。叩いたのはもちろん、マガハースではなくてド・ブランヴィル様で、もう少しで足を払いのけるところだった。彼の方も、異教徒として地獄にでも煉獄にでも堕ちて苦しむがいいと罵りだした。男爵が割って入って、私をつかんで抱きかかえるまで、私たちの罵りあいは数分間続き、そのあいだ、私はサルのように片足で跳びまわっていたが、私の動きは発作的で逆上していたので、ほとんど人間とはいえなかった。

視界の隅に、あの彫刻家がうんざりした様子で道具を放りだし、私の像に布をかけて部屋を出ていくのが見えた。彼は最終講義のあいだ、戻ってこなかった。ほかの画家たちは最後まで残り、死にもの狂いで作品を仕上げていた。とうとう、私は台を降りた。私は、ド・ブランヴィル様との戦いに勝ち、彼は演壇の階段のところで、すっかり意気消沈していた。

その夜、ヴィーナスとしての最後のお披露目が終わり、私はテントで眠りに落ちようとしていた。私を迎えにきたアリスも、私の横の簡易ベッドでいびきをかいていた。

突然、テントの垂れ幕が上がり、月光のなかにふたつの黒い影が現われた。驚いて小さな悲鳴をあげたので、アリスも目を覚ました。レオ親方のはずがないとわかっていた。アリスは跳び起きて、武器代わりに重い椅子をひっつかみながら、しわがれ声で言った。

「だれ、そこにいるのは？」

そのときには、私も立ちあがって、体にシーツを巻きつけたが、覚えている限りでは、片方の乳房をさらけだしたままだった。私の目は血走り、唇は震えていた。私は大虐殺の夢を見ていたところだった。

「怖がることはない」キュヴィエ様のもの柔らかな声が闇のなかから返ってきた。「私と……皇帝陛下だ。陛下がおまえを見たがっていらっしゃる」

最初に、キュヴィエ様の顔が現われた。一二のろうそく立てがついた大燭台にちらちらと照らされて、見慣れた彼の顔が不気味に輝いていた。そのすぐあとに、皇帝の顔が現われた。彼は三角帽子も王冠もかぶっていなかったけれど、私は彼の顔を見知っていた。帽子のない彼は、細い茶色の髪を前の方にとかしつけ、額のまわりに張りつけていた。つぶらな目がろうそくの光に照らされて輝いた。テントに映った影で、彼の顔の輪郭がはっきりわかったが、その若々しさに私は驚いた。私は口をぽかんと開けたまま、前でかき合わせたシーツを左手でつかんだ。私は直立したまま凍りついたが、アリスは膝をついてお辞儀をした。

「陛下……」

大声で笑いだしそうになるのをこらえて、私も腰をかがめてお辞儀をした。皇帝が王様の植物園にねえ。真夜中に見世物興行《フリークショー》を見にくるなんて。私を苦しめるこの人はこのあと、陛下をマントヒヒのところにお連れするのかしら？　それとも特大のキリンのところ？　私は憤怒と寒さで震えていた。

ふたりの男は、マダム・タッソー蠟人形館の人形のように、そこに立っていた。キュヴィエ様は夜会服を、皇帝は大きなメダルや勲章がいっぱいついた白い軍服を着ていた。彼らは裸の私たちを、正しくいえば、ひとりは白人でもうひとりは黒人の裸の女たちを、まるで精神病院を訪ねてきたみたいに見つめていた。売春宿、精神病院、労役所、救貧院、そんな言葉が私の頭をよぎった。奴らは権力を握っていて、私たちが生きるも死ぬも奴らしだいだった。アリスはナポレオンのことを「ヨーロッパの殺戮者」と呼んでいたが、それは、ヨーロッパ征服という彼の野望のもとに、自身の兵士一〇〇万人を死に追いやったからだった。

無言で、ふたりは私たちを取り囲んだ。サーベルを手に、皇帝はシーツを引き剝がして、私を裸にした。彼は私をステッキで軽く叩いて、御者が馬をせき立てるように舌打ちをした。そして、私がフランス語を理解しないと思ってこう言った。

「なるほど、ヴィーナスはマントヒヒそっくりだ。古代エジプトでなら、彼女は女神として崇められただろう。たしかにこの尻には驚きだ。両性具有者に似ているというのは、なかなか興味深い見解だし、それで彼女の生殖器についても説明がつくことだろう……これはいくつかの器官が融合したものなのか？」

「徹底的に調べ、そうではないという結論に達しました、閣下」

「フランスの科学事情に関する私への新しい報告書に、彼女のことを書いてくれたまえ」

「次の報告書は、ヨーロッパの科学事情となるでしょう、閣下」

「野蛮人というものはみな、多かれ少なかれ醜いものだ。美とは、もっとも文明化された民族と切っても切り離せないものだよ。黒人は言うまでもなく醜い。ほかに言いようがあるか？　ユダヤ人を除いて、黒人ほど卑しむべき者はいない。アフリカのことは忘れよう、もう二度と、そこに逆戻りすることはないのだから。アフリカなんて地球の歴史から外れた場所、歴史の外側にあるのだから……」

皇帝は最後にもういちど、私のまわりをまわった。彼は私が小柄だったので、かがみこんで、もっとよく私の顔を見、目をのぞきこもうとした。彼の目はジャッカルの目だった。彼は鼻を鳴らし、裸の類人猿のように舌打ちした。視察を終え、自分の結論に満足すると、ふたりは来たときと同様、突然、言葉もなく私たちから去っていった。

「今日、世界に黒人が存在しているというのは」、ボナパルトの声がこだましながら遠ざかっていった。「人類が、自己と己の世界の統制を確立するのに、いかに時間がかかったかを証明するためなのだ。そうでなければ、奴らは不要だ。奴らは、暗黒の過去への退行を象徴しているにすぎない。世界の人口のおよそ四分の三と同様、奴らは存在に値しない」

皇帝は、それがこの話題についての最後の言葉であるかのようにそう言った。下着をつけて震えながら、そこに座る私たちのまわりに、静寂が忍び寄った。

「玉の小せえ奴だよ、皇帝は！」アリスが毒づいた。「だれか、あいつを永遠に葬ってくれないかねえ。彼が戻ってくることなんて、だれが望んでた？　あたしは、お気の毒なルイをいつでも歓迎するよ！」

いつだったか、だれかがナポレオンには睾丸がひとつしかないと言っていたことを思い出した……ホッテントットのように……私は横になり、うとうとするうちに恐ろしい夢を見た。何もなく広大で、凍てついた平原にうずくまって、私は自分の革のレギンスを食べていた。手足は凍え、頭には致命傷を負っていた。私は雪の結晶の上に血を流し、雪原は砂漠のように、地平線まで一本の木もなく広がっていた。と、突然、大砲の一撃で吹き飛ばされ、体がばらばらに飛び散り、吹き飛ばされた腕、脚、頭、胴体の上を軍隊が行進して地面に踏みつけると、それぞれの部分はきれいに四つに薄切りされた。馬や大砲や人間が、私の体の残った部分を足で踏みつけて過ぎ去っていくと、私は広い雪原の上にある小さなしみになってしまい、何も見えず、息もできなくなった。咳きこんで目を覚ましたら、歯はがちがちと鳴り、目には涙があふれていた。溶けた雪のように、涙が頬を伝った。

アリスはまだ眠っていた。かなたの庭園では、檻のなかの動物たちが目を覚ましはじめていた。鳥のざわめき、オランウータンの叫び声、類人猿のあくび、そしてゾウのくしゃみが聞こえた。気分がすぐれなかった。まるで、ほんとうに軍隊に蹂躙されたかのように、体がこわばって痛んだ。でも、ともかく調査は終わったのだから、と私は思った。二度と繰り返されることはあるまい。男爵の顔を見ることも二度とないだろう。

アリスを起こさないように服を着て、外に出た。明け方のぼんやりとした青い光のなかを、私はサルの棟の方に歩いていった。私は高い金網越しに、眠っている群れを見つめた。そして、こじ開けて彼らを逃がしてやれないものかと、はね上げ戸を探した。けれど何も見つからなかった。放し飼いのクジャクが一羽、私の後ろで鳴いたので振り返ると、木の葉のあいだからムラサキサギが現われた。サギは羽根を逆立て、鉄球のついた鎖を引きずりながら、のろのろとどこかへ行った。空気はまだ刃のような冷たさだったが、私はショールと恥辱をまとっていた。

植物園のなかを歩いて、何百もの鳥が捕らわれている鳥類舎まで行った。藍色の光が網戸から漏れ、薄らいでゆくねじれ耳の季節の月光と交差していた。私は入り口を見つけた。小人《ドワーフ》のウィリアムが教えてくれたように、ボタン留めで錠をこじ開けはじめた。私は、さっと入り口を開けた。

鳥が自分で逃げてくれればと思ったが、じっと翼に頭を埋めて眠ったままだったので、自ら檻に飛びこみ、腕を振りまわし、コイ語で叫び声をあげ、鳥がびっくりして夢から覚めるように、しんとした空気をつんざくような吠え声を出した。ようやく目覚めると、鳥は翼をバタバタさせながら、私の頭上に集まってきた。それらは出口を探して金網にぶつかっていたが、やがて出口を見つけると飛び立ち、私にはけっしてかなわぬことだが、監獄を逃げだし、いっせいに翼をはためかせながら、高く、高く弧を描いた後、急降下して真東へと飛び去っていった。

テントに戻ると、アリスが取り乱していた。

「どこに行ってたのさ? あたしたちを連れて帰る馬車が門のところで待っているって、召使いが言いにきたってのに」

「男爵は?」

「その召使いに言づてをしていて、科学に貢献してくれて感謝してるってさ……それから金は、所有者のレオ親方にもう渡したってさ」

王立植物園に日が射しはじめ、金色の曙光がこの世の始まりのように闇を貫き、植物園の動物たちが静寂のなかに音を満たしはじめた。しかし、檻のなかから鳥の声が聞こえることはなかった。静まりかえった鳥類舎に鳥の姿はなかった。今日の新聞は、ホッテントット・ヴィーナスの植物園での三日間と、何百羽もの鳥が消えたミステリーについて書きたてることだろう。そして、その評判で儲けが膨らみ、金庫がまたいっぱいになって、私の主人は上機嫌になるだろう。私の契約は、あと一年だけだ。それからは、ふるさとに戻って、もういちどやり直せるのだ。希望が湧いてきた。私はまだ若かった。まだ何年も生きるのだ、そう思っていた。

アリスと私は、セーヌ川の土手へと続く栗並木の長く広い道を歩いて、待たせてある馬車へと向かった。馬車はシュリー橋を渡ってセーヌ川を越え、チュイルリー宮殿、ルーヴル美術館、そしてクール・ド・フォンテーヌ七番地へ、そこに住むみんなのもとへ——私たちのみじめなアリ塚を分かち合う、娼婦や賭博師やサーカスの奇形や乞食の群れのもとへと戻っていった。私たちは、美しきカフェ《ラ・ベル・リモナディエール》の女主人、踊るクマのアドルフ、小人のウィリアム、ワニ少年のエメット、巨人のルートヴィヒ王子、両性具有者のジョセフ／ジョセフィーヌのところへと戻った。みんなはまだ、ぼろぼろの建物の下で眠っていた。私はきっと自由になれると信じていた。でも、私が存在する価値すら認めない者もいたのだ。

ある晩、サウザンド・コラムで、奇形仲間の溜まり場に酔っぱらいの船長が入りこんできたことで、アリスの闇の部分を見てしまった。私は、そのブロンドのあご髭を生やしたアメリカ人から目を離すことができなかった。あまりにもヘンドリック・カーサルに似ていて、彼ではないと言い切れなかったからだ。

「おい、そこの黒ん坊、何見てんだい？」

「私のこと？」

「そうさ、おめえだよ」

「何も見てませんだ、だんな様」そう言って、私はちんちんウィリアムの方へ行った。

「じゃあ、目を合わせるな、ねえちゃん。黒人てのは、邪悪な目を俺に向けたりしねえもんじゃないのか……ところで、おまえここで何してんだ？　おい」彼はどなった。「ここには黒人も来るのか？　俺は、郷里《くに》じゃ、黒ん坊の売買をやてたんだ――ノースカロライナのゲイツじゃあ、黒人といっしょに酒は飲まねえ。奴らは、ひもで吊すもんだ」突然、彼は立ちあがると、私やアリスやウィリアムやトライプ将軍やジョセフ／ジョセフィーヌが座っているところへやってきた。アメリカ人が、私を上から睨みつけながら立ちはだかったので、私は縮みあがり、彼と目を合わせないようにした。

「おまえら奇形は、おかま掘ってりゃいいんだよ――おまえらにはうんざりさせられるぜ……売女、黒ん坊、ホモ……」

彼は、私の髪をつかんで引っ張りあげた。小さな人たちはちりぢりに逃げたが、アリスだけは立ちはだかった、無言で、雌ライオンのように。

「おや、ガールフレンドかい？」

「あたしは、召使いだよ」

「こいつの召使い！　いつから黒ん坊が召使いを持つようになったんだい？　こいつの女ってとこだろ、このレズ野郎」

「調子に乗るんじゃないよ」

「このあま、まず、このヴィーナスをかわいがって、それからおまえをかわいがってやろうじゃないか……レズビアンのあばずれにゃ、だれがいちばんえらいか教えてやるに越したことはねえからな！」

稲妻のような速さでアリスは彼に迫り、つま先でくるりと向きを変えながら、肘打ちを喉に喰らわせて息を詰まらせると、彼の手首をつかみ、左膝で玉を蹴りあげた。そして、額に激しい頭突きを加え、頭を樫の木のテーブルに叩きつけると、腕を後ろに激しくねじりあげ、男女が絡みあうように全体重をあずけて彼の上にのしかかり、頭と胸をテーブルに押しつけた。手品師のような素早さで、織工用の刈りこみナイフをスカートの下から取りだして、彼の耳の付け根にその先をぴたりと当てた。一瞬のうちに、アリスがそれを首から喉元まで動かすと細い血の筋がついた。男は、自分の血がテーブルに落ちたのを見ると、叫び声をあげた。

「こんど、この子に触れてみな、このナイフで玉を切り取って、夕飯のおかずにして食わせてやるから、この野郎……」

アメリカ人は首筋に血がしたたり落ちるのを感じると、もがいた。そこで話されている英語の意味はわからなかったが、いまや、居酒屋全体が静まりかえり、わかりやすいジェスチャーよりももっとわかりやすいこの光景が、みなの魂を奪っていた。

「放せ、くそったれのレズビアン野郎！　ズベ公のげす野郎——あばずれ女！　出来損ない!!」

「あたしは女と寝たこともなきゃ、男嫌いでもない」、アリスは言った。「ただ、よそ者が大っ嫌いなだけさ」

アリスが手を放してやると、男は毒づきながらよろめき去ろうとしたが、見物人のなかから興奮したフランス人が騒ぎだしたので、しまいにはラ・ベルのふたりのボディガードにつまみ出された。

たしかに、アリスはよそ者を嫌っていた。まだほんの少女のころ、工場へ行く途中で、流れ者にレイプされたことがあったからだ。それに、ヴィクターと私以外の者に触れられることに我慢ならないというのも事実だった。私たちはときおり、昔話をしあったけれど、私がアリスの以前の暮らしぶりにふれることはけっしてなかった。私の女家庭教師役の彼女が、男の人や恋愛や自分自身の家族にどんなことを思い描いていたのか、私にはわからなかった……

「いまじゃ、あんたとヴィクターがあたしの家族さ」彼女はよくそう言ったものだ。「もう、父《パ》ちゃん《ー》も母《マ》ちゃん《ー》も死んだんだから」

王立植物園の数日間があってから、私たちは、姉妹か小さな子どもがやるように、おなじベッドで眠ることが多くなった。大虐殺の夢を見ないのは、アリスが私のベッドに潜りこみ、私の横で体を丸めて眠る夜だけだった。アリスは売春婦や娼婦のことを理解し、彼女たちの方も、奇形たちと同様にアリスを愛し、尊敬していた。ときたま、レオ様はアリスをぶつこともあったが、アリスが屈しないと、レオ様でさえ、それ以上手を出さなかった。あの夜の出来事以来、あんな武器を身につけていることからして、アリスはだれかを殺したことがあるんじゃないかと、たびたび思うようになった。織工のナイフなら、じゅうぶん人を殺せた。それは、かぎ状に曲がった鋭い諸刃で、その鋼は一気にビロードの縦糸をきれいに切ることができた。アリスには、いつも静かな暴力の雰囲気が漂っていて、それはレオ様のフランス流のこけおどしや、例のアメリカ人の野卑な長広舌の一〇倍も恐ろしかった。アリスはきっと、涼しい顔をして人を殺すことができるだろう。だれかが彼女にやり方を教えたのだ。

ナポレオンと男爵の深夜の訪問から三カ月後、ナポレオン・ボナパルトは失脚した。一八一五年六月一八日、彼はワーテルローの戦場ですべてを失くした。衣服も帝国も軍隊も失くした。皇帝は、私とおなじように丸裸だった。彼は退位し、勝利したイギリス人は、彼を嵐の岬へ、吹きさらしで嵐が吹き荒れる、荒涼としたセントヘレナ島へと送ったが、これは痛烈だった。彼は、自分の島を巨大なカメやホッテントットと分かち合っていることだろう。ひょっとすると、彼は、お友だちの男爵に標本を送ってくるかもしれない。皇帝の最後の統治は、ちょうど一〇〇日で終わったのだった。

パリは、ボナパルトの最後の痕跡を、不要になった手袋のように捨て去った。私がアリスに、どうしてイギリス人は、皇帝を荒れ果てて風の吹き荒ぶみじめな孤島で生かしておくのかとたずねると、彼女は、イギリス人は殺すことによって彼が殉教者に祭りあげられることがないようにしているのだと答えた。

「彼は生きているより、死んだ方が危険なんだよ」と、アリスは繰り返した。「彼が戦争で残したものといえば、自分の軍隊を潰滅させたことを除けば、いまじゃフランス人が、イギリス人のような格好をして、イギリス人がフランス人のような格好をするようになったことと、パリの男たちがみんな黒ずくめで、ブランメル卿〔一七七八－一八四〇年。摂政皇太子（後のジョージ四世）の友人で、「ボー・ブランメル」（ボーは洒落者の意）と呼ばれた当時のファッション・リーダー〕のまねをするようになったってことだね……」

「それはまるで」と、アリスは言った。「皇帝が虫けらの一種のように、突然絶滅しちまったようなものさ」

植物園以来、レオ様はアリスをますます疑うようになり、いままで目にしたことがないほど暴力を振るうようになった。いまでは彼は、私の体が虚弱だという理由で、夜になると私を閉じこめるようになり、アリスに、すべてのドアの鍵をかけて窓に目張りをするように命じていた。彼に従わなければ、罰として通りに放りだされて、売春のかどで警察に通報された。

「救貧院か、精神病院か、それとも売春宿に行くかだ。ヴィーナスみたいにな、アリス」と彼は脅した。彼は私にもよく手を振りあげた。ときには、ただ拳を振りあげたまま、宙で震わせているだけのこともあったが、壁や家具に、あるいはアリスの首や鼻や腹に振りおろすこともあった。私は、翌日傷のない姿で檻に入らなければならなかったので、彼が私を殴ることはなかった。そのため、彼の怒りはアリスに向けられ、アリスはふたり分殴られた。実際、彼はアリスの前歯を二本折ったことがあった。アリスが公爵の舞踏会に同行しなかったのはこのためだった。

八月の半ば、万緑月の季節、ルイ一八世が復位して一〇〇日ほどたったころ、私は、ルイ一八世の新たな統治のもとで復権した貴族のために、ベリー公爵が催す舞踏会に出るように命じられた。ルイ王は、皇帝がパリを離れたのに引き続いて、ふたたびパリに入城していた。彼は王座に返り咲いた。

公爵は、一八八番地で私を見たことがあったので、是非、私に来るようにと言ってきた。そこで私は、肌色のぴったりとした絹のシースと、キツネ皮のカロス〔動物の皮で作った南アフリカ先住民、コイコイのケープ〕と、ビーズとレギンスを身につけた。顔にペイントし、髪を編んだ。それから、ドライジンをたっぷり一クォート〔約一・一リットル〕飲み、日課のモルヒネを流しこんだ。

舞踏会は、サン・ジェルマン・アン・ライエのベリー邸で開かれ、貴族や立憲王党派や元ナポレオン派だった人たちが、みないっしょになって国王に祝杯をあげていた。旧ナポレオン軍に残った将校団の連中は、いまは国王軍に再編され、ぴかぴかの真新しい軍服に身を包んでそこに居合わせた。だが、すべてのナポレオン派の人たちが、彼らの皇帝を裏切ったわけではなかった。多くはボナパルト王子〔一八一一－一八三二年。皇后マリー・ルイーズとのあいだに生まれたナポレオン・ボナパルトの長男〕および皇帝一族と同様、流刑に処されていた。以前は敵だった、サン・ジェルマン・アン・ライエに宿営していた多くのイギリス人将校も招待されていた。

私には、舞踏会の客が一年前とは違って見えた。それは服装のせいではなかった。いまでは、私が白人を見るとき、白人がこう見えてほしいと望んでいる姿ではなく、彼らのありのままの姿を見るようになったからだ。何百人もの元ナポレオン派や元革命家、そして新しくブルボン王朝派になった人びとが、ヒヒの群れのように、金と白の部屋に群がっていた。彼らの動きはどことなくぞんざいで、顔はひどく気分が悪そうで、しゃべったり食べたりしながら、ごみを漁るねずみのように部屋から部屋へと動きまわっていた。どうやって、彼らが見られる側になり、私が見る側になったのだろうか？

まばゆいシャンデリアの下で、彼らは汗ばんで吹き出た自分の野生のにおいを甘い香水で隠していたが、いままで私がたいそう魅惑的だと思っていたにおいは、とてもきつく感じられた。部屋にあふれる色、羽根飾り、けばけばしいドレス（白はもう流行遅れだった）は、男たちの黒い、ペンギンのようなフロックコートと対照的だった。赤や白や青や金色の派手な軍服が、カシミアや絹のショールと混ざりあい、部屋を取り囲む鏡にさまざまな色を映しだしていた。こみあった舞踏室のどすどすというダンスの足音は鏡板《ボワズリー》や堅材にうつろに響き、猛り狂うゾウの群れにも似た騒々しい音をたてた。そしてゾウの群れとおなじように、そこにいる人たちは体を動かし、わめき、その声ははるばるテーブル・マウンテンから反響してきたかのように、私の耳や頭に鳴り響いた。彼らの笑い声は私を傷つけた。彼らが喜ぶ様に私の肌はぞっとした。彼らの色や姿やにおいに対する嫌悪感が私を襲った。

私の興行の伴奏をするために楽士たちが集まってきたとき、私は自問した。だれが人間でだれがそうでないのか、だれが普通でだれが奇形なのか、だれに生きる価値があり、だれにその価値がないのか、そんなことを決めようとするこの人たちは何者なのか？　民のなかの民に対し、絶滅だけがふさわしいなどと公言する彼らは何者なのか？　私たちは不要などころか、民のなかの民、人類のなかの人類、人間のなかの人間ではないのか？

反抗心がむらむらとこみ上げてきた。私がまっすぐに立ち続け私の心臓が鼓動を続けるために、私自身がばらばらになってしまわないためにと、重ねてきた努力に値もしない奴らを楽しませるために、私はここにいた。鏡はもはや、かつてのように、私を取り囲んで私の像を繰り返し、何度も何度も映しだして私を恐怖に陥れるようなことはなかった。鏡はただ単に真実を語っていた。私の世界がこの地球上から消滅してしまったように、彼らの世界もまた、そのように運命づけられているのだ、と。

部屋は、期待と楽しさに満ちていた。この世界の覇者たちは、いままさに耳を傾け、微笑み、笑い、演じ、洗礼を施し、祝福し、黙認し、帳消しにしようとしていた。私の姿かたちや、肌の色や、小さい脳や、奇妙な風習さえ喜んで許してくれそうだった。彼らは、まじないやペニー銅貨、笑い声や親愛の情、わざとらしい腰の低さや浮かれ騒ぎで私の機嫌をとったあとで、私のことを忘れてしまうのだ！ 私を忘れ、無視し、挙げ句の果てに私を始末するのだ。忘れ去られるだけの運命だから、私は殺されるかもしれなかった。私がいままで何をしてきたか、いまから何をするのか、あるいは、今夜が終わっても生きているかどうかということにさえ、彼らは無関心で、それが私の心をくじいた。

公爵が、私の登場を告げた。何百もの目がいまかいまかと、私の方に向けられた。何百もの口が、だじゃれや批評をつぶやく。何百もの頭が、私の次の動きに向けられた。私は、はっとした。視界の隅に、男爵が見えた。植物園以来、彼は私の行く先々にいた。殺人犯を追う刑事のように、彼は私をしつこく追いまわした。あるときは、一八八番地の観客のなかに彼を見つけた。あるときは、彼の馬車がクール・ド・フォンテーヌの外に止まっているのを見かけた。ピエ・ド・ポーをしばしば訪れるようになったし、ときどき、サウザンド・コラムにもやってきた。私たちの目が合ったが、彼の人当たりのよい落ち着いた声ではなく、必死に訴えるロバート・ウェダバーンの声が聞こえた。逃げろ、不幸なホッテントトよ……逃げるんだ。自分の森に身を隠せ。そこに棲む動物は、君がひれ伏そうとしている帝国内の怪物ほど危険ではない！

「その動物が歌うのを聞きましょう」群衆から声があがった。

「そうだ、何をぐずぐずしている、ホッテントット？ 歌うんだ！」

私は手を差しのべ、私の手、骨と肉でできた本物の人間の手、その手で何度も何度も胸を叩いた。

「私は動物ではありません。私の名前はサラ・バールトマン。私は女！ 私は動物ではない。私の名前はサラ・バールトマン。私は女！」

私は痛くなるほどぎゅっと目をつぶった。私は何が現実で、何が幻なのか、見分けようとした。どちらがほんとうで、どちらがその影にすぎないのか。あっと思った瞬間、私は、銀とクリスタルの燭台や花、あらゆる種類の食べ物が並んだ晩餐のテーブルに飛び乗った。マスクメロン、ラディッシュ、バター、アンチョビ、オリーブ、ツナ、小エビのクリームスープ、子牛肉のコンソメ、サーモンのオランデーズソース添え、ヨークハム、リシュリュー風ヒレ肉、王妃の一口料理、ハトのサラミのトリュフ添え、舌平目、小鴨の肉、ローストポーク、キジ肉、牡蠣、猪肉、クランベリー酒とチェリーブランデーのシャーベット、イチジクの揚げ物、栗、一六種類のデザート、私は、それらのものを、若い雌牛のように、はだしで踏みつぶした。

「私は動物ではない《ジュ・ヌ・スィ・パ・ザン・アニマル》」私はフランス語で繰り返した。「私の名前はサラ・バールトマン《モン・ノン・エ・サラ・バールトマン》！　私は女《ジュ・スィ・ユヌ・ファム》！」

「何と！　しゃべっているぞ！」

「これはたまげた！」

「フランス語をしゃべるぞ！」

「ホッテントットだと思っていたのに！」

「こいつは見ものだ！」

「寄席の芝居よりすごいぞ！」

「これも芝居の一部なの？」

心が壊れた。観客は、私が演じていると思ったのだ。私は木に登るように、ピンクの大理石の柱によじ登り、そこにぶらさがって揺れていたが、そのあいだ、人びとは下で喝采していた。部屋は人の顔で埋まり、王立裁判所の円形法廷へと変わった。柱の影に隠れていた男爵は、恐怖で凍りついた。と、彼の姿がふっと消えた。私はあたりを見まわしたが、彼はどこにも見あたらない。彼はここにいるにちがいない、なのに消えた。三人の従僕が私を引きずりおろすためにやってきたが、まずは私を捕まえなければならなかった。観衆がどよめく。人の顔が動く。時は流れる。人びとがパニックに陥り、走り、椅子をひっくり返しはじめると、私はどうしていいかわからなくなった。だれかが叫んだ。野生の女！　逃げまどう顔が右往左往し、私のかたわらをさっと通り過ぎる。目を閉じても、彼らはそこにいた。私はさらに高いところへ登り、見あげている顔を見おろす。どうやってここまで来てしまったのか？　私は、こんなふうに鳥の目でものを見ることが楽しくなってきた——私が自由にした、あるいは盗みだしたあの鳥たち。いろいろなものがもっとはっきり見えるように目を閉じた。そうすると、自分の手だけではなく、左足も、膝も、右ひじも、頭も、背中も見えた。大理石の柱、金メッキをした鏡、黄色い絹のカーテン、私がぶらさがっているシャンデリア、それらはみな、鳥類舎の鳥のように翼を持っていた。まぶたの裏に焼きついた、私だけの秘密の暗闇に逃げることさえできたなら何もかもよくなるだろう、と思った。そこでなら、私はテーブル・マウンテンに戻る道を見つけられるかもしれない。そして、そこできらきら輝く水晶を探すことができるかもしれないのだ。太陽を見ているみたいに、あらゆる色の、紫や緋色やサンゴ色やすみれ色の水晶を。私は、下にいる群衆を見ようと目をあけた。私の髪に絡みつくように金切り声が上まで届き、私の視線は私自身の泥酔の痕に引き寄せられた。

「もう、たくさんだ！」

「あいつは酔っぱらっているぞ！」

口笛と怒号の嵐。

「警察を呼べ」

「手がつけられないぞ！」

「騒々しいヒヒをシャンデリアからおろせ！」

「動物園に戻れ！」

「見て！　泣いている……」

「かわいそうに……」

「痛々しいわ……」

「とんでもないあばずれさ！」

「けしからん売女だ！」

「ばかな黒《クーン》ん坊……」


私のマスクが剝がれ落ちた。酒に酔った目の隅に、私はふたたび黒ずくめの刑事のごとき学者、キュヴィエ男爵を見つけた。その黒くて醜い人物は、二枚の鏡のあいだに挟まって、部屋の隅から私を見ていた。彼は戻ってきて、一心に獲物を狙う狩人のように、こっそり私をつけまわす、慈悲の心もなく。私が彼に望むのは慈悲の心だけなのに。ただ慈悲だけなのに。私は、感情のない一〇〇〇人の白人男たちに立ち向かう、たったひとりの黒人女だった。

どうして私はここにいるの？　どうして？　私は自問した。どこを見ても、私はそこにいなかった。私には自分が見えないのに、男爵には私が見えるのかしら？　下に群がる白人たちの輪が、しだいに崩れて色のついた図形になり、やがて静止して別の形になった。疲れた。たぶん、私は下に降りられるだろう。頭上に浮かぶシャンデリアについている高価な涙型のクリスタルや、点滅する光をまっすぐ見あげていると、それがどんどん近づいてきて、すさまじい音をたてて崩れ落ちた。そうだ。空が、ガラスと光のかたまりのなかに少しずつ落ちてきたのだ。頭がぐらぐらする。私は握っていた手をゆるめて下に落ち、晩餐のテーブルの上に背中を打ちつけた。黒ずくめの要人は、濁流のように濁った灰色の目をして、私の落下の衝撃を弱めようとそこにいた。私は、いらいらして彼を振りはらい、何とか起きあがろうとしたが、泣きだしそうだった。彼は私の手を取り、下におろしてくれた。彼は裸の私を自分のフロックコートで包むと、公爵にあっちを向いているように言った。彼は観衆にも、もう終わりだと伝えるように頼んだ。そう、ショーは終わったのだ。

「座ってもいいでしょうか?」私はたずねた。

「クロークのなかでね」彼は言った。

クロークのなかは、たいまつが燃えているだけで、狭くて暗くて暑く、そこで刑事のごとき学者の男爵は、まるで読み書きもできないばか者のように、うわの空でぼんやりしていた。彼は、まだワイシャツ姿のままだった。

「私の鳥を盗んだのは君だね!」

「盗んでいません、逃がしたのです」

「所有物を逃がすのを盗みというのだ」

「所有こそが盗みです」

「国家の所有物ではないか」

「鳥は国のものではありません、鳥は自由です……」

「愛しているよ、サラ」

「じゃあ、私を放っておいてください」ひどくびっくりして、私はささくように言った。

「男というものは、愛しているものをひとりで放っておかないものだ」

「名誉《オナー》を重んじる人ならそうするわ」

「私は……レジオン・ド・ヌール〔「名誉の軍団」の意〕勲章を持っているよ、ほら？　私は大将校《グラン・フィシェ》〔レジオン・ド・ヌール勲章の五階級のひとつ〕！」

「知っています、あなたはそれをリボンにつけて首にぶらさげていますから」

「サラ……」

「それで、あなたの名誉《オナー》にもかかわってくるような何をお望みなのでしょう？」

「君という人種以外の何ものでもない、ヴィーナス」

「そんなことだろうと思ったわ」

「ああ、大当たりさ！」

大股三歩で、彼は私の上におおいかぶさった。またたく間に、長いあいだの欲求不満に対する怒りや渇望感——性欲ではなくて、嫌悪感からくる暴虐、無理解、神秘や嘘、そのすべてが、一瞬の熱い射精のなかでぶつかった。

「サラ！」

私は男爵の勃起したものを無防備に見つめ、そして、このライオンの巣窟で死んでいくのだと悟った。そこでは男爵が目を光らせ、乱れた赤いたてがみを逆立て、レイプしようとうずくまっていた。どう猛な野獣は、彼の子羊である私に襲いかかろうと身構えていた。彼がヒョウのようにしっぽを振り、サイのような角を生やしても驚かなかっただろう。ここはジャングルだった。

恐ろしさのあまり、私は、いつも首から下げているナエヘタ・マガハースのお守りに触れた。初めて、私はまじない師の呪いの言葉を口にした。コイ語で最初は静かに、それからしだいに大きな声で、舌打ち音《クリック》や呼気、吸気、コルク音を交え、最後は呪文の力が口からもれるような、心底恐ろしい恐怖の口笛で終えた。

汝が、我の敵として悪意と暴力によりて我に向かうなら、汝は盲となり、汝のペニスは縮み、睾丸はこぼれ落ちるであろう。疫病、洪水、飢饉、流浪が汝の子に、そして、そのまた子へと末代まで襲いかかり、汝の子孫は絶え果てるであろう。

男爵は、手綱で引き戻されたかのごとく、その場で死んだように動かなくなった。彼は手綱で御された種馬のように棒立ちになって、かかとの高い赤い靴をはいたまま、激しくくずおれた。彼は口もきけず、麻痺して動けないことに気づいた。まず心臓を、そして勃起したペニスを掴まれたように、突然冷たい汗が噴きだし、額は光り、淡いブルーの目が眼窩から飛びだした。すべて終わった。私は彼のそばをすり抜けて逃げた。逃げろ、ホッテントットよ。

外に出ると、待っていた馬車がぼんやりと現われ、黒く光った。レオ親方がドアを開け、ステップをおろした。無事に乗りこんだとき、男爵が馬車めがけて走ってきたので、私はクッションの上で縮こまった。息も絶え絶えにあえぎながら、彼はランドー馬車のドアを開けた。

「こんなざま、二度と繰り返すべきではない、レオ。彼女は非常に危険だ。気が狂ったのかもしれん。注意深く見守ってくれ。これからは寝ずの番をしなければ……この哀れな怪物女の……」

「明日は、全部の新聞が書きたてるでしょうな」とレオ様が言った。

「彼女は何も覚えていないだろうよ」

「商売にとっちゃあ、まずいことです」彼は本音を隠して男爵に言った。

「自然史博物館にとってもおなじだ……」

男爵は馬車に乗りこむと、私の手をつかんでキスをした。そして、ほんの一瞬、その手に自分の額を押しつけると、去っていった。

「どうやら」と、『女性と流行』を振りかざしながら、アリスが言った。「夕べは野生に立ち返ったようだね。あんたは公爵家の晩餐のテーブルに飛び乗って食べ物を踏みつけ、拳で裸の胸を叩いて、ひどい言葉でわめき立てたんだって。公爵家の食堂にある大理石の柱をよじ登ってシャンデリアにぶらさがったんだね……棒や鞭や網を使うこともなく、ライオンの調教師のように、あんたをおとなしく従わせて急場を救ったのは、高名な博物学者のキュヴィエ男爵の優れた知性と傑出した冷静さに外ならなかった、ってさ。言うまでもなく、銃は使用していない。彼が威厳をもって現われたことによって、かの野生の女性は静まり、彼に優れた意志を認めて、彼の手を取り、おとなしく邸宅を退出し、他方、野生の脅威が去ったとわかって、公爵の大勢の客たちは安心した」

「何も覚えてないのよ」私は、うそをついた。

「そりゃそうだろうよ。どうせ酔っぱらっていたんだろ」

「覚えているのは、何もかもがいちどに、あるべき姿じゃなくなったってことだけ。公爵家の舞踏室が野生動物のいるジャングルみたいになったのよ。動物のにおいがしたわ。そして、世界がひっくり返ったか、逆戻りしたか、どちらかになったのよ」

「ああ、サラ！　飲むのをやめなければ。モルヒネもだめだよ。死んじゃうよ」

「覚えているのは、私を攻撃しようとした白人みたいに着飾った、わめき立てる白いサルの群れのことだけよ。逃げようとしていただけよ……私が何者かを説明するために！　どうすりゃよかったの？」

「自分で読めばいいよ、サラ！」アリスが新聞を投げつけた。「読めるんだから」彼女はぴしゃりと言った。「そして、新聞を読みながら、聖書も数ページ読みな！　そうすることは、あんたにとって損にはならないよ」彼女は、私のベッドの横にあるテーブルに聖書をどさりと置いた。

「そして、そのことについて考えて！　マンチェスターであたしに言ったことを思い出して。あんた、名前を手に入れたんだ――サラ・バールトマンって名前を。そして国も手に入れた――キリストの御国をね」

「怒ってるのね」

「怒ってやしないよ、あんたに、ちゃんとしてもらいたいだけ」

「ちゃんとなんかできやしないわ、だって、ホッテントットは生まれつき愚鈍だもの！」

「分別をなくさないでよ」

「私はほかに何を信じるべきなの？」

「主イエス・キリストを信じるんだよ。彼はあんたとおなじ、ただの羊飼いだよ、とても悲しいのは……」

「彼は白人よ」私はずっと悲しげな声で言った。

「レオは夜のあいだ、あんたを閉じこめたがっている。あんたが逃げだしたいんじゃないかと心配なんだよ。あんたのいる部屋の鍵を全部かけろって、これを渡したんだ」

「病気が重くて、とても弱っているのに、逃げられないわ」

「よくなるよ、サラ。そして、いったんよくなったら、逃げることができる――イギリスに戻るんだ。あんたを助けてくれる友だちがいるじゃないか――ウェダバーン牧師がね……」

「私は奴隷じゃないわ。慈善は受けない」

「レオのもとを離れないなら、奴隷だよ」

「契約はどうなるの、約束は？　ダンロップ様との契約は？」

「あんたの契約なんて、くそ食らえだよ。あんたの契約はうそっぱちの茶番さ！　ダンロップもうそっぱちの茶番だよ。どうして、まだあんな奴のことを愛せるんだい？　あいつはあんたを捨てたんだよ。彼はうそつきだ。彼は重婚者さ。なんで、まだあいつを尊敬なんかするのさ？　契約がなんだい？　あいつがレオに取られた契約書にはね、あんたは奇形で売り買いできる動物だって書いてあるんだ！　あいつら、あんたを金で貸し出すんだ、アドルフみたいに——踊るクマか双頭のゴリラみたいにね。そしてダンロップには、あんたのダンロップには全責任があるんだ！　あんたの不幸はみーんなあいつのせいだ。あいつは泥棒で、うそつきで、詐欺師で、ペテン師だ。あんたは、あいつにとっちゃ、年季奉公人以外の何者でもないんだ！」

「ちがう！　そうじゃない！　絶対に。私は自由よ。自由なのよ！　放っといて！」

「放っときゃしないよ。あたしは、もうすでにあんたのことをずーっと放ってたんだ。二年間もあんたをひとりぼっちにしていたんだ！」

「そんなことないわ」

「いいえ、サラ。そうなんだよ。あんたは、あたしの命を救ってくれた、だからこんどはあたしが、あんたを救わなきゃ——死にもの狂いでね」

「私、とっても孤独なの」

「わかってる」

「あの晩、私を襲ったのは霧のようだったの」私は金切り声をあげた。「その霧に阻まれて何も見えなかったけど、歩いて、歩いて、ケープに戻れるくらい、アフリカに戻れるくらい、歩いたの。でも手探りで、目にも地図にも頼れずに、たどり着けるかどうかもわからなくて……それに、そこには鳥も、家畜も、生きた人間もいなかった……」

「さあ、これを飲んで」

「これはジンじゃない、医者の薬だわ！」

「そうよ、さあ、あんたはお風呂に入って。あたしは出かけて、ふたりが食べるものを見つけてくるから――何か口に入れなきゃね」

アリスは、私にキスをした。私は、おとなしく薬を飲んだ。アリスに服を脱がせてもらい、バスタブに湯をなみなみと注いでもらった。彼女はすべてのろうそくに火を灯した。あらゆる怪物が影から現われた。見世物の怪物たち。クール・ド・フォンテーヌの怪物たち。植物園の怪物たち。ベリー公爵の舞踏会の怪物たち。

私はあの事件以降、すっかり変わってしまった。公爵の舞踏会での出来事は、寄席芝居にされ、新しい諷刺漫画が定期刊行物や新聞に載って出まわり、一二連の淫らなシャンソンとともに、あの夜を記憶にとどめていた。私があまりにも有名になったので、レオ様は私が盗まれるか、さらわれるのではないかと、吹聴していた。でも、私にはほんとうの理由がわかっていた。彼は鍵をかけて私を閉じこめるようになった。ときには、私に手錠をかけた。しかし、パリで秋を過ごすあいだに、私の体はしだいに悪くなっていった。私は何とか働けるようになるまで、ここにいようと堅く決意していた。雨が降ろうが日が照ろうが、週六日、私は檻のなかでホッテントット・ヴィーナスを演じ続けた。一一月の冷たい雨は骨身にしみた。実入りは減りはじめたが、次の春、ダンロップとの契約がようやく切れるころには、アリスと私がふるさとに帰れるくらいは稼いでいるだろうと思っていた。

冬が深まるにつれ、私はしばしば憂鬱な気分に襲われるようになった。私はアリスに二本の前歯を買ってやった。残りの手当はジンにつぎこみ、モルヒネやアヘンやアヘンチンキを溶かして飲んだが、ときにはこの三つ全部を溶かすこともあった。私は目の下の隈を隠すためにマスクを着け、デリケートな手を守るために手袋をはめた。一八一五年の冬は、記憶にある限りいちばん寒かったが、それが私の肺によくなかった。アリスは昼夜を問わずストーブをがんがん燃やし続けてくれたが、それでも、私のからだが完全に暖まることはなかった。アリスは口をすっぱくして、酒をやめないと死んでしまうよと言った。しかしアリスには、酒をほんとうにやめたら、私が死んでしまうこともわかっていた。

公爵の舞踏会でのようなことはもう起こらなかったが、世界がひっくり返るあの恐ろしい幻覚は止むことがなく、その回数は増えていくようだった。たびたび、夢のなかや悪夢のなかで、マガハースの洞窟に引き戻された。そこに描かれた雄牛が私の寝室の床にどっと押し寄せるたびに、私は寝返りを打つか、頭まで布団をかぶるしかなかった。そのため、私は横になるのが恐ろしく、デカンターを横に置いて、座ったまま眠った。私の体はフランスの食べ物をまったく受けつけなくなった。何も消化できなくなったので、私は、球根や根や牛乳やハチミツで栄養を取るようになった。そのため、アリスはレ・アルじゅうを走りまわって、ベリー類や干したリンゴや果物を探し集めた。慰みにタバコを嚙んだり、ソウという中国人の小人とドミノや麻雀をしたり、金のために男とも寝た。レオ様は、ホッテントット・ヴィーナスに触れるためなら喜んで金をだすという男たちを私が受け入れたことを知ると、激怒した。が、その後一変して、自分から男を連れてくるようになり、男たちが払った金を自分のポケットに入れるようになった。抗おうにも病が重すぎた。ひどい麻薬中毒で、治療さえままならなかった。でも、私には計画があった。あとは実行に移すだけだった。

「生まれてきてはいけないものたち」だけが変わらず、誠意と思いやりをもって接してくれた。奇形たちは集まってきて、私を元気づけ、自分たちもみんな鬱の時期を耐え抜いて生き延びたんだよと、熱心に言ってくれた。治まるから、彼らはそう言い、そしてほんとうに鬱は治まった。一二月も半ばになると、私はベッドから起きあがり、思い切って外に出てみた。私はアリスにすがりながら、セーヌ川に沿ってルーヴル美術館の向こうまで行ったが、私が弱るにつれ、アリスはたくましくなっていくようだった。

「こんな気候のパリに居続けたら、サラ、あんた死んじゃうよ。医者は胸膜炎だって言ったけど、あんたは結核にかかってるよ、肺結核だよ」と彼女は言った。「陶土採掘場でいっぱい見てきたもの……」

「よくなってきていると思うの。楽になっているもの」

「パリを離れなきゃ。医者が言うように、アフリカに戻らなきゃ……」

「でも、契約が……」

「契約なんてくそ喰らえさ！　あんた、命を無駄にしてるよ！　逃げなきゃ」

「いっしょに来てくれる？」

「アフリカでどうすりゃいいのさ？」

「新しい人生を送るのよ。アフリカじゃ、白人の女は珍しいもの」

「新しい人生って？」

「売春がないってこと」

「あんたはどうなの？」

「私もよ」

「問題は金だよ」アリスは続けた。「あたしたちが囚われの身なのは、文無しだからだよ」

「金庫がどこにあるか知ってるわ」私は言った。

「あんた、約束だから契約は破れないって言うくせに、金庫は盗むんだ！」

「私が儲けたお金よ。私のお金だわ」

「捕まったら、レオを殺すのかい？」

「監獄に送ろうとしたらね」

「とりあえずはやらないんだね?」

「あなたはどうなの、アリス?」

「そうねえ、あんたは?」

「私は男爵を殺すつもりよ。キュヴィエ男爵を殺すの……」

「どうしてそこまで彼を憎むのさ?」

「だって、彼は命あるものを大切にしないもの。彼が好きなのはすべて死んだものよ」

「あと数週間で、あんたの誕生日だよ。その日をめざして計画を練ろうよ」

「盗み、それとも殺し?」

「両方」オルフェーブル河岸に沿ってパリ警視庁の前を通り過ぎながら、アリス・ルイーズ・ユニコーンは言った。


キュヴィエ男爵は、私を追い続けていた。彼は舞踏会のあと、ふたたび現われ、いまではどこにでもついてきた。彼の青白い顔は、八月以来、いまにいたるまで私を悩ませ続けた。私がマルシェ・ヌフに花を買いに行っても、レ・アルに食べ物を買いに行っても、パリの死体公示所か施療院から来たばかりのように、彼はそこにいた。ふいに出くわしても、私は彼に気づかないふりをしたし、彼もおなじようにしただろうが、それなのに、やっぱり、おなじ日の午後、サーカスの人ごみのなかで、私をじっと、じっと見つめ、待ちかまえている彼を見つけることになるのだった。背の高い、孤独な彼の影が私につきまとった。彼はけっして言葉を発することはなかった。しかし、彼はいつも戻ってきた。いまだって、彼は私のまわりにいるのだろう。私をじっと見ているのだ。サン・ジェルマン・ロザリオ教会の入り口のところで、私の背後に彼の姿がちらっと見えたので、ちょっと立ち止まった。彼はドゥ・エキュ広場まで私たちを追ってきた。そして、いなくなった。私はクール・ド・フォンテーヌの階段をあがるのに、力を振りしぼった。雄牛を追いつめ、仔牛のそばを早足で二〇マイルも旅して歩いたこともあったこの私が、階段を三階まであがるにも息が続かなくなっていた。

今日は元日なので、見世物興行《フリークショー》はない。そして、この日は私の誕生日。この数日、私は気分がすぐれず、アリスに急いで医者を呼びに行かせるほどだった。医者は、ふるさとに戻らなければ死ぬだろうと、もういちど言った。それはわかっていた。アリスがドアの鍵をかけずに出ていったそのときには、すでに明日の逃亡計画は練ってあった。金庫も盗みだしていたが、アリスにはまだ話していなかった。私は、逃げる力があるかどうか確かめたかった。明日のいまごろは、と私は思う。私たちはイギリス海軍の郵便スループ帆船〔一本マストの縦帆帆船〕に乗って、ロンドンへ向かっているのだ。

私はどっぷりと風呂に沈みこんだ。ダッガの雲間を漂うために、パイプを口に運んだ。汚い壁も、「生まれてきてはいけないものたち」のことも、青白い顔をしたキュヴィエ男爵の亡霊も、病気のことも、失った夢のことも忘れたかった。しかし、病んだ肺に煙を吸いこもうとしたとき、咳の発作に捕らえられて胸に痛みが走り、それはサボテンのように大きくなり、私の胸をかきむしって、恐ろしいゴボゴボという音をたてた。どろっとした温かい液体が喉にあふれた。その瞬間、血の味がし、それがときおりハンカチにつくような小さなしみではなく、大量の出血であることがわかった。恐怖というより信じられない気持ちから、私は赤く染まった水から起きあがった。立ちあがると、血に染まった水がしたたり、幾筋もの跡を太腿につけて流れ落ちた。言葉もなく、私は右手でエプロンを隠し、自分が死について何も考えていなかったことに驚いた。死が人生の終わりではないなんて、どうして想像できただろう？　この私が、怪物だった私が、何世紀も続く死後の人生を手に入れるだなんて？　いまよりもっとおぞましい人生を。

外では、セーヌ川に張った氷がきしみ、雪が軽やかにスケートを滑る人たちの上に降り、家々に波の花のように吹き寄せ、通り過ぎる馬車の車輪を白く冷たく包み、すべてのものに、そして、私の心に降り積もった。馬は鼻を鳴らし、白い息を吐きながら、頭を馬具より下に伸ばして、降り積もったばかりの雪の上にひづめの跡をつけていった。

母さんが私の誕生日の歌を、やわらかい舌打ち音《クリック》でやさしく歌っているのが聞こえる。私の名前の歌。セフラ。軽く舌を打ち鳴らし、母さんはなぞを投げかけた。やみくもに母さんの方に手をさしのべて、コイ語で助けを求めて叫んだ。私は二七歳になったばかり。もっと生きたい。

第20章　戻ってみると……

陛下
脳は、印象として感じられるものが最後に行き着く場所であると同時に、心が受け取った記憶や想像のイメージを入れておく容器でもあります。その関係におきましては、脳は魂の物理的な道具であるといえましょう。

ジョルジュ・レオポルド・キュヴィエ男爵が、一七八九年以前の科学の進歩について、ナポレオン皇帝に宛てた手紙

一八一六年一月。クール・ド・フォンテーヌに戻ってみると、あたしが鍵をかけずに出ていったドアは半開きになっていたが、あたしがそうしていったのか、はっきりとは覚えていなかった。何がどうとは言えないが、何かがおかしかった。ゆっくりと、さらにドアを押し開けてなかに入った。敷居をまたいだとき、あたしにはわかった。なかにはだれもいない。サラは行っちゃったんだ。いっしょに計画を練ったんだから、あたしを置いていくはずないだろ？　どこに行けば会えるか、メモがあるだろ？　宿屋だとか、厩だとか、郵便馬車だとかいった待ち合わせの場所がさ？

レオ親方の大蛇のように、不安があたしの膝に巻きついた。あたしは膝からくずおれた。これは変だ。暑すぎるし、息が詰まりそうだし、得体の知れないにおいがする。湿った粘土みたいだ。サラの部屋に通じるドアは閉まっていた。出ていくとき、閉めただろうか？　ドアの下の隙間から、明かりがちらちらと漏れて

いた。あたしは喉に手をやった。

「サラ?」

「サラ?」あたしは繰り返した。

「サラ」もういちどささやいて、ドアを乱暴に開けた。

ぐったりと横たわる体のそばに膝まずくまでもなく、彼女が死んでいるのがわかった。「神よ、お慈悲を」あたしは十字を切りながら、うめくように言った。

さよならも言わずに、彼女は行ってしまったんだ、あたしは自分勝手にそう考えていた。この神に見放された場所に、あたしひとりを残して行ってしまったんだ、と。あたしはまわりを見まわし、それからサラの魂が漂っていないかと、天井を見あげた。

ヴィーナスは、つまり彼女の遺体は、頭と上半身をベッドと交差させるように伸ばして、ベッドの端に倒れこんでいた。頭を横に向け、左手には、長いあいだかたくなに読むのを拒み続けた聖書をしっかりと握りしめていた。メモがのぞいていた。あたしは表紙を開いて、そのメモを取った。そこには、サラがつたない字で書いたあたしへの走り書きがあった。あたしは読まなかった。涙で読めなかったのだ。あたしは、急いでそれをコートのポケットに滑りこませた。あたしは深い悲しみに顔をぐちゃぐちゃにして、なりふり構わず、とめどなく泣きじゃくっていた。ヴィーナスの尻を持ちあげて彼女をベッドに横たえると、肘と腕をまっすぐに伸ばして、ベッドの真ん中にまっすぐにきちんと寝かせた。それから、できるだけたくさんのろうそくを灯して、ベッドの枕元と足元に置いた。裸の遺体を清め、服を着せ、ぶつぶつこぼして汗だくになりながら、血の染みたシーツを引き剥がして取り替えた。それが終わると、コートと帽子を脱いで、椅子にへたりこんだ。サラの顔をじっと眺めようとして、かかとで椅子をひきずってベッドのそばまで近寄った。あたしは、サラの赤い子ヤギ革の手袋に手を滑りこませた。革、絹、サテンと彼女はいくつも手袋を持っていたが、決まって赤だった。手袋をはめると、彼女の肌の上に手を滑りこませたようだった。あたしはレオの帰りを待つことにした。サラをひとりぼっちにしやしない、とあたしは思った。彼女の後見人が娼婦のところから戻るのを待って、それから司祭を探しにいくことにした。外ではまだ雪が舞っていた。夜明けが近づき、ろうそくが小さな光の輪を描くなかで、あたしはうなだれて泣きじゃくった。

あたしには苦しみがわかっていたので、心底かわいそうに思った。多少の想像力がないと心のやさしさなんて出てきやしないけど、あたしは、サラ自身が自分を想う以上に、サラのことを想ってきた。あたしの心は、あたしのほかの部分とおなじように鋼でできていた。あたしは短い人生のなかで(五〇歳に見えるが、あたしはまだ三〇歳だ)、いろんな死を目の当たりにしてきた。病気や飢えから、煉瓦工場での熱射病、炭坑での黒肺塵症、紡績工場での石綿症、染色工場での窒息死、石灰坑での鉛中毒、圧死、圧迫死、出血死、結核、コレラ、チフス、天然痘、ペスト、嬰児殺し、絞首刑、そして銃殺。でも、サラの死ほど、孤独で痛ましい死は見たことがないと思った。

あたしは、レオの足音が聞こえはしないかと耳をそばだてながら、呆然として、身じろぎもせず立ちつくしていた。スカートの裾だけがすきま風に揺れていた。昇りくる太陽の光が、あたしのぼさぼさの髪に射しはじめた。突然の光の洪水によって、あたしの体に潤いと実年齢の活気が戻ってきた。あたしたちは召使いと女主人というだけでなく、代母と名づけ子としてもずっといっしょだった。つまり、どちらかがもう一方を見捨てることはないということだ。互いの孤独と絶望から、あたしたちは内心では、姉妹のようになっていた。しかし、共通の敵であると同時に主人でもあるレオとの関係においては、厳しくきちんとした枠組みに縛られていた。あたしはサラの召使いであると同時に、看守でもあった。あたしはレオから金を受け取り、毎晩サラの部屋に鍵をかけ、その鍵を彼に渡していたのだ。彼とあたしはひとつ屋根の下に住み、それぞれに彼女の個人的な儀式や道具、リズムや罪や悪徳を守り、彼女の個人的な痛みを繰り返し物語ったが、互いにかかわることはなかった。あたしとサラは売春宿、精神病院、救貧院、監獄から逃れるために、女を食い物にするこの醜くて残酷な奴に服従してきた。でも二度と、恐怖があたしの人生を支配するようなことはしない。あたしはうなだれていた頭をあげ、人生においてほかのことはできなくても、友であるサラの復讐は遂げようと誓った。

ふたたび、サラの声が聞こえた。弱々しいが、静かな部屋のなかによくとおる声だった。耳をふさぎたくなるような彼女のむせび泣きは、人間の苦しみが届かないどこか遠く離れた場所から聞こえてくるようで、あたしの体にあるすべての骨を砕いた。サラは死んでしまい、その咎はこのあたし、アリスにある。あたしはレオの盾として、サラを地獄に落とす盾として仕えながら、見張り番を務め、ばか者、ひょうきん者、使い走り、女家庭教師を演じてきた。言いなりの白人女は、たとえ召使いであっても、黒人の女主人より特権があった。サラはあたしの命を救ってくれたが、あたしはサラの命を救い損ねるという形で報いてしまったのだった。

明け方、酔っぱらって上機嫌で帰ってきたレオは、泣き叫び、背筋がぞっとするような呪いの言葉を並べたてた。彼は、デズデモーナを殺したことを嘆き悲しむオセロになってしまったのかもしれない。

「サーチェ！　私のヴィーナス！　サラ！」彼がわめき立てたので、まだ眠っていた人たちを起こしてしまい、ドアのところに野次馬が集まってきた。

「人殺し！」あたしは聞こえよがしに金切り声で面罵した。

しかし、レオはもはや、あたしのことを見てもいなかったし、あたしの声など聞いてもいなかった。彼は自分の苦悩のなかに深く沈みこんでいた。彼はしばらくもがいていたが、まるであたしが頭に一発喰らわせたかのように、肩を落とし、両手を固く組み合わせ、がっくりと膝をついた。クール・ド・フォンテーヌのほかの住人たち、寝ぼけまなこの奇形たち、すっかり目を覚ました娼婦たち、戦争に負けて兵役を解かれた軍の水兵や陸兵たち、サーカスの団長たち、乞食、どろぼう、ピエ・ド・ポーのウェイターたちがみんな、ホッテントット・ヴィーナスに別れを告げようと、狭い部屋の戸口に集まってきた。病気やアルコール、事故や天然痘、知的障害や精神障害、あるいは単に神の御意思で変形していた彼らの顔は、光のなかで宗教画のように輝いていた。あたしは、集まってがやがやとわめく連中のなかを、苦労して通り抜けた。教区の司祭を呼んでこなければ、そう思ったからだ。サラはクリスチャンだもの。だれかが袖を引いた。ウィリアムだった。

「ローレンス神父は、美しきカフェの女主人《ラ・ベル・リモナディエール》のところにいるぜ。おいらも行く」

あたしは黙ってうなずくと、ウィリアムのそばをすり抜け、こみあった階段をおりた。あちこちから人がやってきて、らせん階段をふさぎ、中庭まであふれていた。ヴィーナスが死んだ、みんなそうささやいていた。サラが死んだという知らせは、口伝えにこの界隈の回廊、通り、横町、袋小路へとくまなく伝わっていた。ゆっくりと、すべての「生まれてきてはいけないものたち」が、仰向けに横たわるヴィーナスのそばを、人目もはばからず涙を流し、悲しみで顔をこわばらせながら、一列になって通り過ぎた。彼らの恐ろしい顔やゆがんだ体は、揺れるろうそくに片側だけ照らされて、影絵のように壁に黒い影を落としていた。

「ホッテントット・ヴィーナスが死んだ」

「ホッテントット・ヴィーナスが死んだ」

あたしが司祭と戻ってきたときには、人だかりは追い散らされ、そこには警視総監とキュヴィエ男爵がいた。レオは落ち着きを取り戻し、遺体はすでにミイラのように包まれて担架に乗せられ、下で待つ荷馬車に運ばれようとしていた。サラはだれにも看取られずに死んだのだから、もっとも近い親族に引き渡す前に警察で調べなくちゃならん、もっとも親族がいればの話だがね、と警部が言った。なすすべもなく、ローレンス神父とあたしは、サラの遺体が運びだされるのを見送った。ふたりの男が帆布で包んだサラの遺体を持って階段をおり、まだ立ち去りかねている人びとの前を通り過ぎた。遺体が二輪荷車《シャレット》に運びこまれるとき、雪片がその上に舞い落ちた。かの高名なキュヴィエ教授が、遺体を近くの施療院ではなく、死体公示所に運ぶように命じていたが、葬儀人夫《クロケ・モール》は何も言わなかった。そんなこと、彼らにはどうでもよかった。二輪荷車は、凍てついた轍《わだち》と生ゴミの上をどうにか乗り越えていった。

あたしは、フックにかかったサラの赤いマントを引っつかんだ。サラもあたしも、パリの死体公示所はよく知っていた。あたしはそこへと急いだ。死体公示所は一八〇四年にできた。ノートルダムからさほど遠くないマルシェ・ヌフ河岸通りに建てられ、パリの路上で行き倒れたり、セーヌ川で溺れたりした身元不明の死体を引き取っていた。中世の遺跡を土台にして建てられた、暗くて洞窟のような石造りの建物には、殺されたり、吊されたり、ギロチンにかけられた者や、施療院で死んだ堕胎児や貧民も引き取られた。嬰児、子ども、大人、天然痘の犠牲者、死刑にされた囚人がすべてきちんと並べられ、身元が判明するのを待っていた。死者は、切り子模様のついたガラスの仕切りで生きている者と隔てられ、その仕切り越しに、家族を捜している人だけでなく、定められた日にはいつでも、行楽や日曜の午後の散歩がてらにやってきた一般の人たちも、なかを見ることができた。家族らは囲いを見渡すバルコニーに立ち、この死の展示に魅せられた。サラとあたしが折に触れて、ここを訪れたのは、まさにそんな理由からだった。

こういう名も知れぬ行き倒れの死体は、身元が判明することに望みをかけて三日間公開された。死体公示所に隣接して、事務所と検死室と検死官の部屋があった。公開期間が終わると、死体は埋葬することが可能になり、「身元不明人」と書かれた署名入りの死亡証明書が発行された。死体公示所は近くにある警視庁のために、墓どろぼうや死体どろぼうから取り戻された死体の一部や盗品を預かっていた。死体公示所はまた、解剖用の死体を探し求める解剖学者や骨相学者、内科医の取引の場でもあった。死体や骨格や胎児は、医学校や研究室や大学にとって喉から手がでるほど欲しいものだった。

だから、レオがキュヴィエ男爵にサラの突然の死を知らせ、一時間もしないうちに、ふたりが死体公示所内でサラの死体を取引し、そのあいだにジョフロワ・サン＝ティレールが勤務中の事務員と事務処理手続きをしたとしても驚くにはあたらないと思っている。男爵は、死体のデスマスクを取らせるために、植物園からニコラ・ティーダマンという彫刻家まで連れてきていた。サラが男爵に五〇〇〇フランで売り渡されたことをあたしに教えてくれたのは、彼だった。若くてハンサムな彫刻家は、型を取るための道具一式を持参していた。あたしが見ていると、彼は腐敗した死体から出る悪臭で気絶しないように、鼻の穴に蜜蝋を少し詰めてから、サラのデスマスクを取りはじめた。あたしは、ふたりが出会ったあの植物園での出来事については考えないようにしていた。サラはそのときから病気だったのに、階段教室いっぱいに集まった医者たちは、この身を切られるような単純な事実を見落としたのだ、とあたしは思っていた。彼らの目の前で彼女は死にかけていたのに、だれひとり、ヒポクラテスの誓い〔医者のモラルの最高指針とされる、医者の職業倫理を述べた誓文〕に従って行動しようとしなかった。彼らが見ていたのは人間ではなく、自分たちに歓喜をもたらすひとつの標本、ただそれだけだった。彼女の生気のなさ、熱っぽさ、白目の黄疸症状、苦しそうな息遣い、重度のアルコール中毒による震え、全身の衰弱、あたしなら細かい点にまで気づいていたことを、六〇人のパリの偉大な医者たちは見落とし、なんの処置も施さなかった。そして、ひとりの若い女が死んだ。ニコラ・ティーダマンが指摘したように、医者たちが、彼女を人間ではなく、人間とはかけ離れたものだと予測したせいで、だ。あたしは、医者たちだけにでなく、自分自身に対しても感じた嫌悪感と反感を、もはや意外には思わなかった。あたしはティーダマンが、完成させたばかりの作品を壊し、軟らかい蜜蠟をしっかり搾り取るのをじっと見ていた。とうとう、彼は頰を伝う涙をぬぐおうともせず、薄暗くむさ苦しい場所にじっと座りこんだ。

「みんながデスマスクを取れって言うんだが……できない」彼はすすり泣きながら言った。あたしは彼のそばに行き、肩に手をおいた。ふたりともなすすべもなく、そのままじっとしていた。オイルランプとたいまつが、解剖学者、内科医、役人、病院の職員、墓堀人夫、葬儀人夫の一団の上にグロテスクな黒い影を落としていた。あるのは死の静けさだけ、しんと静まりかえっていた。

ティーダマンは涙をぬぐうと、作業を再開した。あたしは、彼のすばやい動きによってデスマスクが形づくられていくのをじっと見ていた。彼はあたしに、二度と人間の姿や顔を作ることはないと誓った。動物専門の彫刻家として、森に棲む動物や海の生物や家畜を作り続けるつもりだと言った。雄牛、イヌ、ネコ、ガチョウ、そしてジャングルに棲み、人びとからどう猛だといわれている動物……ライオン、オオヤマネコ、ヒョウ、ピューマ。そうした動物は、死を理解することも予期することもない種だった。その純真さを残りの人生をかけて表現していくつもりだと彼は言った。死の危険に直面した人間がいたのに、見殺しにしたんだ、彼は繰り返し、繰り返し言った。それどころか、自分には憐憫の心などひとかけらもなかったと、彼は自分を責めた。あたしもおなじことをしてきたと打ち明けるのは、あまりにもばつが悪かった。ティーダマンは荷物をまとめはじめた。彼の手は震えていた。この手で生活を支えているんだと彼は言った。手が震えたら、彼はどうなることだろう？

「ぼくは偉大な彫刻家じゃない」と彼は言った。「有能ですらない。ダヴィッドのアトリエに受け入れてもらえて幸運だったよ。彼が偉人たちの肖像画を仕上げるのを手伝ってきたんだ」

ティーダマンは道具を背負い、あたしの手を取ると、死体公示所の陰影に富んだ暗がりのなかを横切った。彼はカメ少年ヴィクターとおなじような、背中に瘤のある奇怪な影を落としていた。無関心な守衛は、ティーダマンもキュヴィエに同行したひとりだと思っており、名簿にサインしろとも言わず、行けというように手を振った。あたしたちは、行方不明の身内や失踪した妻、消息を絶った夫、さらわれた子どもを捜す、貧しくみすぼらしく絶望的な人びとのそばを通りぬけたが、そこには人間喜劇のドラマ性と悲劇的要素のすべてがあった。サラ・バールトマンを自分のものだと主張するには遅すぎた。彼女は、彼女に害をなす人びとの手に渡ってしまった。いまやあたしたちは、死体公示所の煉獄の影から一刻も早く逃げだそうと、マントを翻して、駆けるように道を急いだ。急ぐ途中、ティーダマンがレオ親方にぶつかり、その広い肩で動物彫刻家の華奢なからだは汚れた壁に飛ばされた。あたしは陰に隠れた。ここでレオに遭いたくはなかった。場所を改めて会おうと思っていた。考えがあった。レオは彼に非をわびた。

早いうちに戻ったが、部屋は空っぽだった。サラの赤いロングケープをむき出しの堅い床板に引きずりながら、あたしはむちゃくちゃに荒らされた部屋を調べた。レオが片づけなかったものや売らなかったものは、どろぼうや記念品を失敬する輩に持って行かれていた。ポスターが壁から剝がされていた。家具もなくなっていた。サラの衣装もなかった。残っていた宝石は、レオが持って行ってしまった。あたしに残されたのは、サラに服を着せたときに抜きとったオパールの指輪だけだった。パンフレットも新聞も、切り抜きも領収書も、すべて消えていた。サラの部屋であたしが略奪から守ったものは、彼女の聖書と、あたしが着ていた赤いマント、オパールの指輪、そして、彼女のお気に入りの何組かの赤い絹手袋だけだった。

よろい戸を開けると、一月の低い陽光が射しこんできた。サラのバスタブが、空っぽの部屋の真ん中にぽつんとあった。だれもそれをらせん階段からおろすことができなかったのだろう。もう涙は残っていなかった。あたしはサラの遺体を取り戻し損ね、ローレンス神父が約束していたキリスト教徒としての葬式をあげてやれなかった。レオは、サラの遺体を解剖学者に——ホッテントットを偏愛したキュヴィエに売ったのだ。夜までに出て行こう。あたしはサラのマントのポケットに手を突っこんで、サラからの手紙を取りだした——彼女の最期の言葉だった。

主はわが牧者なり
わたしはのぞまない
主がわたしをみどりの野に
ねかしてくれることを
主はわたしのたましいをもどしてくれる
アフリカへと

あたしは悲しみのあまり口がきけなかった。あたしは二度と話せないかもしれない、残りの人生を口がきけない恐ろしさのなかで暮らすかもしれないと思った。がらんとした部屋から目をそらそうとした。窓からは、ぽつんと立つ裸木のこずえが悪夢のように、ゆらゆらと揺れているのが見えた。目覚めたら、新しい手袋を試しているサラがそこにいるような気がした。眠れないときの最悪のパターンで、中途半端に目覚めている状態に陥った。あたしは、午後の休みにレオがしぶしぶ行かせてくれた買い物で、サラとふたりでどんなふうに過ごしたかを思い出していた。手袋を買って、アイスクリームか、チョコレートか、あるいはどっちも食べたことがあったっけ。新しい黒い日傘をさして、気取ってボンド通りを歩いたこともあったなあ。モルヒネで平静さを失ったサラのからだを抱きしめながら、彼女のアフリカの話を聞いたっけ。前夜の酒や口論のせいで洗面器に吐くサラの頭を、やさしく支えたこともあった。サラが自分で読めるようになるまでは、いっしょに短い祈禱文や『読み物入門』、『タイムズ年鑑』や聖書を読んだものだった。

あたしは、もう明日の夜明けを迎えることはあるまいと思った。あのマンチェスターでの最初の夜に、サラがあたしに差しのべてくれた手のことを思った。まとっていたぼろを通して、あたしの膝が冷たい玉石にこすれたときの感触を、いまでも覚えている。兆候があったはずだ、何かの警告、黒いカラス、頭の上を飛ぶコウモリ、サラのムラサキサギ——あたしに警告するようなものが、何かあったにちがいない。あたしは元日の夜に、サラをひとりで残すべきではなかった。そしていま、あたしの心臓はドキドキと激しく打ち続け、サラの心臓のように止まってしまうこともなければ、あたしに眠ることも食べることも許さない。あたしはその小さな紙切れ、サラの遺言をぎゅっと握りしめ、彼女の死と、彼女が耐えてきたすべてのことに報復しようと誓った。それだけが、あたしが考え得る、あたし自身のうしろめたさを消す唯一の方法だった。あたしがサラを死に追いやったのだ。あたしは、サラが埋葬されたことを確かめなければならなかった。

あたしは、彼らがどこにサラの遺体を持っていったかの手がかりを得るために、新聞をくまなく調べた。いくつかの新聞はすでに、あの伝説的なヴィーナスの死亡記事を載せていた。『フランス通信《ル・メルキュール・ド・フランス》』、『パリ新聞《ジュルナール・ド・パリ》』、『毎日新聞《ラ・コティディエンヌ》』、『政治年報《レ・アナル・ポリティック》』、『週刊フランス新聞《ガゼット・ド・パリ》』。ついに、あたしは捜していたことを『ル・ジュルナール・ジェネラル・ド・フランス』のなかに見つけた。

このたび、自然史博物館内に、ホッテントット・ヴィーナスの遺体から型をとった塑像がお目見えすることになった。彼女は、わずか三日間の闘病の後、昨日死亡した。彼女の遺体には、口のまわりと大腿部と腰部にいくつかの赤褐色の斑点が見られる以外、病気の痕跡は認められない。彼女のたっぷりとした肉付きと巨大な突起物は減ずることなく、強く縮れた髪は、黒人が病気あるいは死亡した場合に一般的に見られるように、真っ直ぐになっていなかった。この女性の解剖によって、キュヴィエ氏には、人種の多様性の由来について非常に興味深い一章がもたらされるであろう……

あたしは叫びたいのをこらえた。いまとなっては、サラの遺体はもはや取り戻せなくなった。ヴィーナスは、政治家や科学者といった、この世の覇者たちの手に渡ってしまったのだ。

死亡記事欄

一月三日、水曜日

『政治・倫理・文学年報』

ホッテントット・ヴィーナスは、いくつかの劇と諷刺画の対象であったが、彼女はもはや、博物学者の解剖用メス以外、だれの興味の対象でもなく、しかも、この女神の肉体の一部は、オリンポスの山ではなく、ガラス瓶を占有することになるであろう……

日の光は薄らぎ、クール・ド・フォンテーヌにぽつんと立つ木が、霜におおわれて震えていた。あたしは、テイラー氏演じるマクベス夫人が殺害の跡を洗い落とそうとするように、サラの赤い乗馬マントの折り目を無意識になで続けた。マントはさわると暖かく、きらきらと輝き、ダブルウーステッドの織り地は、あたしのようなマンチェスターの機織り工の手にも、分厚くてやわらかく感じられた。もの寂しくがらんとした部屋で、緋色にきらめくマントがランプのように赤い輝きを放っていた。あたしは死亡記事を読み続けた。読み終えた新聞紙を床に落としていくと、それらはあたしのまわりを海の泡のように取り囲み、めくれた端っこがスカートをかすめた。あたしは読みながら、かかとで体を前後に揺らした。あたしには、そこに書かれていない事実も日付も名前も、けっして語られることのない逸話も、死にまつわるうそも、すべてわかっていた。あたしは、サラがそこまで有名だったことに驚いた。ロンドンの新聞や、おなじくらい遠いブリュッセルやアムステルダムの新聞にも掲載されていた。でも、喜望峰の新聞には何も載っていないだろう。ダンロップがアメリカでサラの死亡記事を読むこともないだろう。

あたしは、ウェダバーン牧師のことを考えた。彼がピカデリー広場の真ん中に立っているところを想像してみる。この日、陰気な一月の霧雨が降るなか、彼はオーバーコートを翻しながら、『モーニング・ポスト』かロンドンの『タイムズ』に載ったサラの死亡記事を読んで唇を震わせ、涙で最後まで読めなくなる。「パリはいま悲しみにくれている……」きっと、こんな書きだしだ。数年前、あたしたちはハリファックスから必死の思いで彼に手紙を送ったが、何の返事ももらえなかった。もし返事が届いていたにしても、あたしたちは跡形もなく姿をくらまし、すでにパリに向かっていたころだったろう。彼が来ていたらどうなっていただろうかと思う。彼が来ていたらどうなっていただろうか？

みすぼらしい部屋を照らす、くすんだ灰色の明かりのなかで、あたしはサラとかかわりのあったすべての男を並べてみた。彼らをいっせいに銃殺してやろうと並べた。ペーテルとヘンドリックのカーサル兄弟、医者のアレクサンダー・ダンロップ、フリーハウスランド牧師、収集家のウィリアム・ブロック、奴隷廃止論者のロバート・ウェダバーン、裁判官のエレンバラ卿、役者のヘンリー・テイラー、牧師のジョシュア・ブルックス、動物調教師のレオ、そして最後に博物学者のジョルジュ・キュヴィエ。

あたしは、彼らを後ろ手に縛り、目隠しをして撃ち殺し、うつぶせに倒れた死体のところに歩いていって、ひとりずつ首根っこにとどめを刺していくんだ。銃身の長い、象牙の柄がついたスミス&ウェッソン社製のピストルでね。あたしは、サン・クレマンの墓地に奴らの死体を埋める様子を思い浮かべながら、サラの亡霊にささやいた。この墓はあんたのものだよ。この墓はあんたのためなんだ。

神様、あたしも彼女の魂を殺したのでしょうか？　十二使徒とおなじように？　それとも、あたしアリスは、ユダのように、一二枚の銀貨のために彼女を自分の体で押さえつけて支配していたのでしょうか。あたしとヴィクターが生き残るために？　影が、うずくまる獣のように、あたしのまわりに集まってくるように思えた。太陽が傾き、時とともに中庭が暗くなるにつれ、そして霧が降りてきて外の景色が見えなくなるにつれ、あたりはゆっくりと変化していった。

ある日、サラがあたしにたずねたことがあった。白人の女は、自分の黒人の召使いが奴隷にされ、レイプされたり、妾にされたりして、肌の色が薄い私生児が繰りかえし生まれたとしても、気づかないふりができるのはどうしてなの。何も見えていないの？　それとも召使いの人間性なんてどうでもいいの？　黒人の女なんて嫉妬する価値もないから、夫や兄弟や父親の貞操も何ともないの？　あたしは、他人がそんなふうに見て見ぬふりをするのは見たことがあったけど、自分自身には覚えがなかったので、何と答えていいのかわからなかった。しかし、どんなにサラを愛していたにせよ、そういうことはあたしの考え方にも影響を与えていたのだと思う。それに、神様はあたしがサラを愛していたことはご存じだもの！　あたしは、男たちがサラにしたことを憎んでいる。奴らが錠前と契約で、体と口でしたこと、奴らのペテンや駆け引き、熱を帯びたコドピース、奴らの戦争や科学、奴らの工場や産業、奴らの進歩や啓蒙運動、奴らの体制や栄光への夢、そうしたすべてをあたしは憎んでいる。
あたしは、手にしているおなじ『毎日新聞《ラ・コティディエンヌ》』の一面に別の記事を見つけた。それはたぶん、雨乞いのまじない師マガハースを微笑ませたことだろう。あるいは、少なくともムラサキサギを微笑ませたことだろう。

海外ニュース
一八一六年一月三日、ロンドン
昨日、ワーテルローの戦場において、ブリュッヒャー公の騎兵中隊により拿捕されたボナパルトの有名な馬車が、ロンドンのピカデリー・サーカスにあるウィリアム・ブロック氏の博物館に移され、期間限定で一般公開される運びとなった。

第21章　いつものように白人が勝った……

警視総監殿、

ヴィーナス・ホッテントットという名で、レオ氏によって展示されていた南アフリカの女性が、クール・ド・フォンテーヌで、たったいま死去しました。この希有の人種について、新しい情報を得る絶好の機会ですので、この女性の死体を自然史博物館の解剖室に移す許可をいただきたく、お願い申し上げます。われわれの同僚、比較解剖学を教えるキュヴィエ教授は、その状況にふさわしい品性にかかわるすべての問題は、一般大衆のために厳格に守られることを受けあっておられます。

エティエンヌ・ジョフロワ・サン゠ティレール、
一八一六年一月二日付、パリ警視庁への手紙

一八一六年、大羚羊《アンテロープ》の季節、イギリスの暦では一月。いつものように白人が勝った。私は王立植物園の比較解剖学棟にある階段教室の天窓の下で、解剖用の大理石の台に載せられ、男爵は、そのうつぶせの死体を大きなわし鼻でふふんと見くだしながら、解剖用のメスを手にしていた。白人との戦いに敗れたと思うと、つらかった。コイコイ人とまったくおなじだった。だが、男爵は微笑んでいた。この未知なる眺めを、彼の最大の願いである私というアフリカの地図を見渡す彼の目には、飽くなき欲望が静かに湛えられていた。死体には涙がないから、私は泣くこともできなかった。

彼は私の上に身を乗りだして、まるで私が彼のいちばん大事な持ち物、もっとも貴重な所見、もっとも名誉ある勲章、もっとも輝かしい発見であるかのように、食い入るようにすみずみまで調べた。百日天下のあいだに、私をナポレオンに紹介した偉大な科学者も、いまの私から見ると、私の魂までも盗もうと、パリの死体公示所から私の体をかっさらった飢えた犬、略奪の達人でしかなかった。

「われわれがいまから解剖しようとしているサラ・バールトマンなる洗礼名の女性は、ホッテントット・ヴィーナスとして知られており、一八一五年三月一五日、まさにこの階段教室に彼女がやってきたときに、みなさんの何人かが調査に当たりました。みなさんが目にしている解剖死体は、肺結核とアルコール依存症による胸膜炎の悪化で亡くなりました。彼女には先天的な心臓疾患もあったようです。死亡したのは一八一六年一月一日。二七歳でした。死体は新しく、保存状態は完璧です」

アフリカの光が階段教室に入ってきた。天窓から射しこむその光は、ひとつひとつの襞やネクタイ、ベスト、シルクハット、マント、フロックコートの輪郭を描きだした。光は、山高帽やシャツの袖、床板の木目ひとつひとつを際立たせた。光は、私の見えない目にも入りこんできて、まばたきさせ、弾力を失った髪のひと巻きひと巻きを、そして灰色になった皮膚の毛穴をも捉えた。光は、男爵の奇妙に荒々しい顔も照らしだし、乱れた赤毛のまわりに光の輪を作った。光は、大勢の外科医、解剖学者、博物学者、骨相学者、内科医、一般会員で埋まった、階段状に続く木の長いすも包んだ。みんな、私の死体から八ヤード以上離れていた。その光は、ひとりの男の恐ろしい意志も含めて、照らしだしたあらゆるものを正確に浮かびあがらせた。男爵はこの日光の真ん中に立ち、私をひどく嫌った世の人びとに、私のことを説明しようとしている。生きているときに私を自分のものにできなかったので、死んだ私をなんとしても、自分のものにしようとしているのだ。公爵の舞踏会で争ったのはほんの一瞬の出来事だったけれど、私も彼の決意に負けない意志を持っていたのだから。私は、若い雌牛の乳の世話係だった。私の許可なしに彼が飲むことはできなかった。
男爵は仕事用のゆったりとしたスモックを着て、毛皮の帽子をかぶり、首には大きなスカーフを巻いていた。彼は、手入れの行き届いていない乗馬靴をはいていた。私は待ちかまえた。ふたたび、ドームの丸い天空をコイコイの牛の群れが踊り、走り、時間を踏み越えて、時に速く、時にゆっくりと横切っていった。それはまさに、マガハースの洞窟に描かれた牛の群れが、何かの大異変——洪水や火事や地震、あるいはそれまで知らなかった災害から逃れようと、疾走しているかのようだった。

男爵はメスを振りあげた。それは稲妻のように光り、彼の手が神の手そのものであるかのようだった。彼ひとりが光の輪のなかに立っていた。タオルやたらいを持った助手たちは、その神々しい完璧なオーラを損なわぬように、そばの影に立っていた。

私の鎖骨から肛門までメスを滑らせながら、男爵は軽やかな声で、やさしく穏やかに話しはじめた。

「博物学において、ホッテントットのエプロンほど有名なものはないと同時に、これほど議論を呼んだものもありません。長いあいだ、多くの者がその存在を否定してきました。気まぐれに手を加えたものだと言い張る者がいれば、自然のままの組織だと考える者もいて、女性の生殖器について書かれた本の数だけ、意見があります。この器官は、女性のタブリエ、タブリエ・エジプシャン、ホッテントット・エプロン、長陰唇《ロンギニンファ》、巨大陰唇《マクロニンファ》、あるいはリンネが命名したように、シヌス・プドーリス、『羞恥のカーテン』など、いろいろな名称で知られています」

「ホッテントットのエプロンについてもっとも早く言及したのは、ニコラ・ド・グラーフ〔一六一七年ごろ－一七〇一年ごろ。オランダ商船に同行して広くアジアを航海したフランス人〕で、一六四〇年に『女たちが例の部分に持つ、体から切り取った短いひもから成る装飾でぶら下がっている』と述べています。この事象はその後、一六八六年にウィリアム・ライエがフェミネ・ホッテンティスとして記述し、またヨハン・フリードリヒ・ブルーメンバッハ〔一七五二－一八四〇年。ドイツの医師、人類学者。頭蓋の比較から人類の分類方法を確立した〕は『ホッテントッタリウム・フィクティティウム』のなかで、エプロンなどありえず、伝説上の器官であると述べています」

「しかし、みなさん、サラ・バールトマンのエプロンは作り話ではありません。私は、この有名な突起物を解剖し、その外観と機能について解剖学的に詳述する草分けとなることを光栄に思います」

「この解剖の最後に、私は、この女性の外陰部について、それがどのようなもので、どのような機能を有するのか、また存在の大いなる連鎖におけるその位置づけとは何かについて、みなさんに正確かつ明確に提示するつもりです。と同時に、進化の連鎖の最下位に位置する人種の解剖学的構造についても、お話ししましょう。人間と、人間に近いオランウータンとのあいだのどこかに位置するのでしょうが……」

「サラ、つまりみなさんの前にある標本ですが、身長一メートル三九センチ、つまり五五インチ。体重は七五ポンド一一オンス。肌の色は黄みがかった薄茶色。鼻は小さくて扁平、顔全体はハート型で、長さは一〇センチ、東洋的な高い頬骨、尖った顎、やわらかい唇で、両眼の眼間は広く、目はモンゴル人種によく見られるように横に細く、青みがかった虹彩に薄茶色の瞳をしています。高い頬骨もモンゴル人種に特徴的なもので、異常なまでに小さな耳が彼女の特徴として印象的です。頭蓋骨の形は長頭型で、横一二・五センチ、縦一六・五センチです」

紫色の花崗岩が、私の背中に冷たかった。メスが私の頭蓋骨の周囲を滑っていった。私は悲鳴をあげたが、それはホールにいる人間のだれにも聞こえなかった。私の脳を頭蓋空から取りだし、その場で重さを量るとき、キュヴィエ様の顔は期待に満ちて輝いた。心は脳のなかにはないことがわかった。というのも、彼が助手の持つ鐘状《ベルジャー》ガラス容器のなかに脳を入れ、それがサンゴのように液体のなかで漂っても、私は何も感じなかったからだ。

「取りだしたばかりの脳の重さは」と、男爵は続けた。「二八オンス、頭蓋骨の容量は、一五・五×一一立方センチメートル。脳と体の重さの比率は、一対四三・二五です」

「ヴィーナスの脂肪臀《ステートピジア》については、脂肪質の肉の厚さは（つまり脊柱から臀部の最先端部までですが）、一六・五センチです。そのもっとも分厚い部分の脂肪臀は、四・五センチあります。脂肪のかたまりが臀部と尾てい骨の上をおおって、股関節まで続いているわけです。その結合組織は三層から成り、表皮に近づくにつれて薄くなっています。脂肪質の軟らかい肉が重力に逆らって、かくもみごとなアーチを保っていられるのは、この構造によってのみです。ゆえに、脂肪臀は繊維質の提靱帯〔ある器官をつっている靭帯〕から成っていると……言い換えれば、このホッテントットの尻の突出は、筋肉や骨格ではなく、表皮の真下にある弾力があって、震えながら形を保持しようとする脂肪のかたまりによるものであり、それが彼女が動くと揺れていたということが立証できました」

「先に述べましたように、サラの体つきについては、その非常に大きな尻が目立っており、その幅は一八インチつまり四五・七センチもあり、この臀部の幅の広さに従って六インチ、つまり一五・二センチ以上突きだしていますが、残りの部分は、胴体、上下肢とも比率はふつうです。肩や背中、乳房の高さは優美です。腹部の曲線も極端ではありません。腕は均整がとれており、手は……優美です」

私は摘出された脳にも、摘出された性器にも、摘出された繊維層にも、痛みを感じなかった。男爵が心臓を切り取ったとき、それじゃあ、こんなふうになったことに涙する魂はどこにあるのだろう、と思った。

「みなさん、このホッテントット・ヴィーナスの外陰部、すなわち生殖器について調べていきたいと思います。私は、ここ王立植物園で行なわれた最初の調査の続きをまだいたしておりません。昨年の三月の時点では、その構造に関して、異常なところを突き止めることはできませんでした。ヴィーナスがエプロンを大腿部のあいだに、あるいは、さらに体の奥深くに、巧みに隠したからです。彼女の死後、ようやくわれわれは、彼女が持っていたものをじゅうぶんに吟味できます。われわれの最初の目標は、自然が創りだしたこの驚くべき付属物、つまり彼女の人種に特有の付属物を調べることです……」

男爵はついに彼が求めていた、彼がもっとも手に入れたがっていた、アフリカのその場所にたどり着いた。コンゴでもエチオピアでも、シエラレオネでもスーダンでも、エジプトですらない、ケープ台地にたどり着いたのだ。いまや私の同意なしに、自由に探求できるようになった神秘のエプロンを切除するために、彫刻家の腕と殺戮者の心を惜しみなく使いながら、自由、平等、博愛と唱和するように、彼が包皮、陰毛、外陰部と繰り返しつぶやくのが聞こえた。私の死体の上におおいかぶさって、だ。言葉より先に、心が動いているようだった。彼の手が未知なる私のからだを深く探るとき、彼は抗しがたい激情から、苦悶のため息を漏らした。彼の高い鼻には汗が浮かんでいた。細部まで正確に凌辱し続けながら、空色の瞳は、激しく燃えるか、恍惚のあまりうっとりと閉じられていた。私の死体は、ローマ時代以来、いまは亡き白人の男たちによって切り裂かれ、冒瀆され、調べられ、レイプされてきた未開のアフリカ、暗黒大陸となった。

いつしか、沈みゆく太陽が放つ赤い光線が私の黄みがかった灰色の肌をおおった。その光線は壁やベンチの上で踊って、光の輪のなかへと戻っていったが、そこでは男爵が、やがては「真理」として「歴史」の上をガラガラと音を立てて通り抜けていくことになる独断をでっちあげながら、ヴィーナスを弄んでいた。今回の聴衆は、わめいたり、くすくす笑ったりするピカデリーの陽気な連中ではなかった。啓蒙時代に生まれた知識人たちだ。医学博士、解剖学者、古生物学者、精神鑑定医、博物学者、進化論者が、キャンプファイアーのように男爵の演台を取り囲み、木の長いすに尻を押しこみ、彼らのペンを祝福のしるしであるキリストの十字架に高く掲げた。神は彼らの味方であり、すべての文明の鉄の足枷なのだ。男爵は、メスで私の性器と肛門の摘出を終え、それを旗のように高く掲げた。

「包皮、陰毛、外陰部」彼はその器官を別の容器に収めながら、熱く語った。聴衆はいっせいに立ちあがり、拍手の渦が巻き起こった。

「みなさん、私はこの生殖器を、私のヴィーナス・ホッテントットの、エプロンの本質を徹底的に調べたうえで、学会に提出できて光栄です……」

「あぁーっ」、男爵の薄い唇から、興奮したマントヒヒのような押し殺した叫び声がほとばしり出た。

「存在の大いなる連鎖。存在の大いなる連鎖!」手を私のはらわたに深く差しこみながら、彼は絶叫するように、存在の大いなる連鎖と叫んだ。彼はホッテントットのようにどもった。「わ、わ、私が、さ、さ、最初に調べたいのは」と、彼は言った。「自然が創りだしたこの驚くべき付属物についてで、これがサラの種特有のものであると立証できるでしょう。博物学者ペロンが述べていたとおりだということが、まもなくわかるでしょう。しかし、だからと言って、彼の理論を受け入れるわけではありません。実際には、エプロンは、彼が述べているほど際立って大きな器官ではありません。これは小陰唇、つまり外陰部の内唇が発達したもので、長さは四インチです」

「大陰唇は半円筒形の突起になっており、約四インチの長さで、その最下部が広がって枝分かれし、長さ二・五インチ、幅一インチの二枚の分厚い、しわの寄った花弁のようになっており、それぞれ端が丸くなって、根元の部分が大陰唇の内縁に沿って広がり、唇のいちばん下の角は肉のトサカのようになっています」

「この二枚の付加物を持ちあげると、合わさってハート型になり、その中心が外陰部の中心に位置することになります」

「さて、みなさんが目にしているのは、言語や文化を持たず、記憶や意識も持たない空想上の生き物であり、セックスの権化としてわれわれの意識のなかに入ってきました。それがヴィーナスです。みなさんの前に横たわるホッテントットのサラ・バールトマンは、一八一〇年にロンドンに、そして一八一四年にパリにやってきて、サーカスや展示館で絶大なる成功を収めましたが、人魚と変わらない想像上の生き物と言ってもよいのです。彼女は科学にとってどんな意味があるのでしょう──より下等な人種との関連性なのか、あるいは、われわれが獣性を離れ、理性的行動へと向かう文明化の過程を思い起こさせるものなのか。みなさんの前に横たわるホッテントットは、早くも一五世紀には究極の野蛮人としてよく知られていました。初めて探検家たちがこの種族に出会ったのは、それよりもっと前のことで、その言語に非常に興味を持ちましたが、その難解さがホッテントット伝説の一因となったのです」

「ホッテントットを動物界と人間界とのあいだの失われた環であると考える、存在の大いなる連鎖においては、サラ・バールトマンこそが、ヒトと類人猿のあいだにある真の過渡期の姿なのです」

「チンパンジーはもっとも下等なヒトときわめて類似しており……その下等なヒトから野蛮なホッテントットが出ていると、そして、その彼女から理性と科学が進歩して……存在の大いなる連鎖が……存在の大いなる連鎖が……」男爵はうやうやしく繰り返した。

ならば、魂は性器にも存在しないのね、と思った。というのも、性器が取り去られ、ホッテントット・ヴィーナスというラベルが貼られた容器に浮かんで、学者たちのあいだに回覧されても、何も感じなかったからだ。

私の若い魂《ガールズ・ソウル》は出口を探しながら、男爵が私について解釈を加えつつ解剖する様子をつぶさに分析し、自分の身体からつぎつぎと現われる器官をじっと見つめた。私の体のなかに隠れていたものが、きらめき、震え、多彩な色をしているのを見て、その美しさに驚いた——たくさんの小さな石や血管、脆さと抵抗のはざまでバランスをとる、人の命の驚くべき神秘が織りなすダイヤモンドのような繊維や透かし細工。そんなものが、まさに私の目のまえにあった。高貴。善。神聖。

解剖学者たちは、私の性器が入ったガラス容器を手から手へと渡していった。容器はちらちらと光っていた。みなの手が、真っさらの組織標本を聖遺物のようにうやうやしく撫でた。手から手へと渡されながら、みんなの目は聖杯を見るようにその上に注がれ、そのなかの小さな組織のかけらを、それぞれがむさぼるように見つめた……

「結論を申しますと」と、男爵は興奮した聴衆のざわめきを制して言った。「近ごろ論議されておりますことに答えて、ここでふたたび確認したいと思います。すなわち、アフリカ人もブッシュマンも、ホッテントットもそのほかの黒人種も、かの有名なエジプト人を、全世界がその法や科学の原理、そしておそらく宗教の原理すらも受け継いだと言える文明を築きあげた人びとを、生みだせなかったということであります！　われわれの崇高な祖先であるファラオたちが、どうしてアフリカ人などでありえましょう？」彼は階段教室の全員によく見えるように、私の脳が入った容器を高く掲げながら言った。そして、道具台の上に載ったエジプト人のミイラの頭を、もう片方の手で高く掲げた。

「この頭をご覧ください。学士院会員のみなさんが、ヨーロッパ人や黒人やホッテントットの頭と比較できるようにお見せいたします。ブルースはいまなお、エジプト人はクシ人、すなわちアビシニアのシャンカラ族〔エチオピア西部およびスーダン東部の黒人〕と関係がある縮毛の黒人だと考えていますが……いまやわれわれは、骨格と頭蓋骨から人種を識別することができるうえ、これほど多くの古代エジプトのミイラを持っているわけですから、皮膚の色がどうであれ、古代エジプト人はわれわれとおなじ人種に属していると容易に断言できます。つまり、その頭蓋骨と脳は容積が大きく、ひとことで言うならば、残酷な自然の法則は例外なく、頭蓋骨が押し縮められた人種に永遠の劣性を運命づけます。私は五〇個以上のエジプト人のミイラの頭を調べてきましたが、それらは白人種を起源としており、黒人やホッテントットの特徴はひとつたりとも示していなかったと申し上げることができます……」

当のりっぱな博士が力説して手を挙げると、ふたたび心のこもった熱狂的な拍手が起こった。その後、彼は唐突に助手のひとりの方を向いて、その助手が持っていたたらいのなかのきれいな水で、ゆっくりと手を洗った。

彼が私の心臓を切り取ったとき、魂は心臓にもないことがわかった。というのは、男爵がそれを肝臓や腎臓や腸を入れたブリキのバケツに放りこんでも、喪失感も痛みも、切断されたことも感じなかったからだ。汚物入れに入った私の内臓は、心臓も含めて、豚に放り投げられるのだろう。

男爵はかかとを合わせて、集まった人びとにお辞儀をした。

「さて私は、われわれのホッテントットとその骨格の組み立てを、尊敬するエティエンヌ・ジョフロワ・サン゠ティレール君に委ねることにします。彼が、標本を液体に浸して軟らかくしたあと、骨格を取りだして組み立て、追って通知があるまで、博物館のこの場所に展示してくれることでしょう」

男爵は背を向け、その背に尊敬の念をこめた拍手が送られるなか、膝を伸ばし、堂々とした足取りで階段教室から出ていき、去りながら黒いフロックコートを身につけ、いつも時計用ポケットに入れて持ち歩いている、あの有名なイニシャル入りのタオルで手を拭いた。

私はもう彼の方を見なかった。

その瞬間、雲が天窓をおおったので、黒服にシルクハット姿の助手や、自分の内臓に囲まれて石の台に横たわる私を照らしていた、微かな光の輪が消えた。その刹那、階段教室は真っ暗になり、やがて、ガス灯のシャンデリアがぱっと輝いて、若者の一団が、解剖台を取り囲む木の手すりのところまで駆けおりてきた。彼らは南アフリカにいる赤足シマウマの群れのように、最後にヴィーナスをひと目見ようと押し寄せた。埋葬前に棺をあけて最後の別れをするかのように、彼らは順番に列を作って、まずは私を眺め、それから背の高いガラス容器に漬けられた脳を、そして性器を眺めた。これは、かつて参列したことのあるキリスト教徒の葬式に酷似していた。とはいえ、私はけっして埋葬されることはない。私の皮膚はロンドンに戻り、スコットランド貴族の珍品を集めたキャビネットに収まるのだ。私の性器と脳は、この博物館の棚に残されるだろう。行き場を失った私の魂は途方にくれた。私は自由なの？　それとも、いまでも女奴隷なの？　とうとう契約が終わったの？

どうして私はここにいるの？　どうして私はここにいるの？

夜のとばりがおりた。ああ、泣き叫べ。私の輝く腸が詰まったその樽に、顔を埋めて泣き叫べ。私のくそを押し流せ。胆嚢の錨を引き揚げよ。ああ、私のいざこざを取り払い、塩の国へと戻すのだ。私の看守たちを恥じ入らせ、主人たちを呪い、スカートを持ちあげて、私の誇りに応えよ。ああ、大きなムラサキサギよ、セーヌを渡り、私の魂を運んでおくれ。この羊飼いの女を奴らの言いなりにはさせないでおくれ！　この牛番の女を暴れ牛の背に放りあげて、科学という屠殺場から救うように駆り立てておくれ。ああ、恥を知れ、恥を、世界じゅうの覇者たちは恥を知るがいい。恥を知れ、ダパーとバロー、ルヴァイヤンとディドロ、ヴォルテール、ジェファーソン、コルベ、ルソー、ビュフォン、みんなくそくらえだ！　おまえたちは紳士なんかじゃない。これは見世物興行《フリークショー》なんかじゃないんだ。私は、全人類と存在の大いなる連鎖の名のもとに、償われることも、同情されることもなく、陳列されるのだ。ホッテントット・ヴィーナス、それは下等な人類の典型。人類というパイ生地の最下層。どうぞ、すべてをもとどおりにして。すべてをもとどおりに。私をもとどおりにして。

やじ馬たちはヘビのように私のそばを這い、近づくほどに、見当違いの聖餐式を私に求め、男爵のレイプに続く連中となっていた。聖餐式の沈黙は、科学者たちがぞろぞろと講堂を出ていくまで、辛抱強く続けられた。彼らのなかに、私の彫刻家、ティーダマン様がいた。彼の目は、泣きはらして粘土のように赤かった。彼は私の遺体が持ちあげられ、布でぐるぐる巻きにされて、アルカリ溶液が準備されるのを見つめていた。その液によって、肉は骨から離れ、骨格があらわになり、世界じゅうにさらされることになる。私が横たわっていた花崗岩の台だけが、汚れたままになっていた。その紫色の石を、掃除婦が毛の硬いブラシでしみがなくなるまで磨きはじめた。私はいまいちど、私の地図の上にかけられた呪いの言葉を口にした。私の灰がオレンジ川を漂うまで、私の骨がアフリカの浜辺にさらされるまで、私の魂がテーブル・マウンテンをさまようまで、私は死んだわが子に誓う、だれにも平安を来たらせないと。アフリカにもヨーロッパにも、勝者にも犠牲者にも、科学者にも信仰にも、そして、生死を問わず、白人すべてに。だから、神よ、われに力を与えたまえ。

第22章　私は赤いグローブ皮を選んだ……

人が時間の制限を通り抜けて、さまざまな観察によって、世界の歴史と人類を一気に進歩させたたび重なる災害を記録したことは、人にとっていくらかの誇りではないだろうか？

ジョルジュ・レオポルド・キュヴィエ男爵、『体の構造による動物界の分類』

一八一九年一二月。私とジョフロワ・サン＝ティレールが執筆し、先ごろ出版した『哺乳類の博物誌』の初版本の装丁に、私は赤いグローブ皮を選んだ。書斎のろうそくが放つやわらかい光のなかで、私は金箔と黒の打ち出し模様を施した、なめらかでみごとな子ヤギ革に指を滑らせた。予約注文が殺到していた。われわれは、世界じゅうから注文を受けていた。すでに一〇〇〇部以上もの予約が入っていた。ヴィーナスをばらばらにしたくせに、『哺乳類の博物誌』に永遠に彼女の肖像を載せることで、彼女の名を後世にとどめることを保証するというのは皮肉に思われるだろう……。ヴィーナスの皮膚は手を加えないまま、スコットランドの貴族に売り払われ、彼の珍品を収納するキャビネットに収まったと聞いたが、そんなことは私には何の関係もないし、それが事実かどうかもわからない。私にわかっていることは、ヴィーナスが、法令で定められているように、サン・クレマン墓地に埋葬されることはけっしてなかったということだ。解剖死体の埋葬については一八一三年の警察条例があり、それによると、医学解剖後の死体の残骸は、パリのサン・クレマン墓地に埋葬されなければならなかった。私はいま、彼女の骨格と脳と性器を王立自然史博物館で展示しており、そばには彼女の死体の蠟型が三三番ケースに陳列してあった。彼女は死んで科学の偶像《イコン》となり、この動物図鑑が示しているように、彼女の人種と彼女に似た人種が、道徳的にも知的にも肉体的にも、劣っていることの証拠になっていた。すなわち、動物と人類のあいだの失われた環《ミッシング・リンク》――人類のなかで最下層に位置する者……存在の大いなる連鎖だった。私は、特大サイズに印刷された膜組織を見つめた。五巻セットの本は、およそ二フィート四方で、なかにはマドモアゼル・バールトマンを含め、生きた動物を写生、彩色した原画が載っていた。

私は、本の口絵をいつくしむように眺めた。一八一九年、パリ。王立石版印刷局ならびにアングレーム公爵殿下〔一七七五－一八四四年。フランス、アルトワ伯（後のシャルル一〇世）の長男。ルイ一六世によりこの称号を授けられた〕出版、バック通り五八番地……

私はヴィーナスのページを開いた。彼女の前のページにはホッキョクグマが、次のページには斑点のあるヒョウが載っていた。本のなかから彼女が私を見つめたとき、解剖前夜のことがよみがえってきた。エティエンヌ・ジョフロワ・サン＝ティレールと私は、硬い椅子に座って、ぐったりと手足を投げだしていたが、それは、手にしているブランデーに酔ったからではなく、前夜に死体公示所でやってのけた離れ業のせいだった。このおなじ書斎で、悲しげな目をした妻のクレマンティーヌがわれわれにコーヒーを出してくれていた。

「幸運だったよ」とジョフロワ・サン＝ティレールが言った。「新しくて状態のいい解剖死体が手に入って」

「君が警視庁に掛けあってくれたからこそ、できたことだ。感謝するよ」

「レオの奴、ずいぶんふっかけやがった」

「ヴィーナスに値はつけられんよ。レオが思いついてさえいりゃ、倍だって払ってやったよ」

「やくざ者め……」

「まあ、彼が紳士でないことは確かだな。とどのつまり、動物使いにすぎんってことさ」

「気の毒なものだ。ほんの数カ月前には、ヴィーナスは生きて元気だったんだ。生きて呼吸して、生命力にあふれていた」

「彼女は病気だったよ、エティエンヌ。ここに来たころには明らかにそうだった。彼女はアルコール中毒だったし、とりわけ肺結核を患っていた」

「まあ、われわれは、医者として彼女を治すためにあの場にいたわけじゃなく、奇形としての彼女を観察するためにいたんだからな」

「どんな動物の死も悲しいものさ。たとえ、死を認識することも意識することもなく、そのために覚悟を決めることさえできないほど無知だとわかっていても、だ」と、ジョフロワ・サン＝ティレールは続けた。

「人は死が近づいているとわかれば、死を受け入れる覚悟がずっと上手にできると思うかい、エティエンヌ？　どうだ？」

「われわれはみな、手探りで未知の世界に入っていく、ということかい？」

「われわれはだれもわかっていない、ということだよ。われわれは、死とは何かということすらわかっていない。それは、単に命がなくなるということなのか？　そして、もしそうなら、体のどこに命の火は宿っているのだろう？　心か？　脳か？」

「そして、あらゆる種類の人間がみんなおなじ所に行くのか？」

「われわれはみな神の子だよ」

「ほんとうにかわいそうに。彼女はなんて気の毒なんだろう」

「気の毒なのはわれわれもおなじさ、エティエンヌ。だって、彼女はおそらく、もっといい所へ行っただろうが、われわれはここにかじりつき、生き残るために、理解しがたい絶望的《メタフィジカル》な闘いをするのだから」

「彼女と立場が入れ替わったら？」

「そうだな、それは、宗教や来世についてわれわれが持っているあらゆる疑問に対する答えになるんじゃないか？　革命の混乱は、秩序を求める私の大いなる願望を強めただけだった。私は人生をかけて、激変による絶滅の結果たる化石を研究してきた。だから、私は平穏と安定を求める……変容より絶滅を好むのは私の性質かな。変形《メタモルフォーゼ》こそ私が恐れるものだ」

「なるほど、それは先天性胸腹臓器ヘルニアや馬蹄型脳半球癒着、無脳症や双子の奇形児、両性具有者といった私の問題も解決してくれるだろうし、神が奇形を創りたもうたという、道徳的に許された前提に立つ奇形学が提示する問題にも答えてくれるだろう。ちがうか？」

「身体の異常と奇形とは違うよ」

「たしかにね。私は、実験用ガラス容器のなかで胎児の奇形を創ることで、それを証明するつもりだ」

「実験が成功することを楽しみにしているよ。それが、研究の決め手だからね」

「博物学者には、人間の肉体的な関係から生じる疑問を純粋に科学の問題として考え、政治や宗教や道徳に関係なく研究できるという、神聖な権利があるんだ」

「私がもっとも案じているのは、われわれの植民地とフランスという国家のことだ。われわれが征服してきた現地人の秘密は、精密かつ科学的かつ客観的な観察によって、彼らの住んでいる環境のなかで彼らを保護し、統制するために調べるべきなのだ——占領地における抵抗の根本にあるものは、先の皇帝に言わせると、科学および軍事情報にかかわる問題なのだ。敵を知れ——このゆえに、われわれは、表面だけではなく、内側にまで光をあてて徹底して調べなければならない——ホッテントットの隠された生殖器や彼女のようなものすべてをね、そして、確かで普遍的な結論を導きだす——もしわれわれが世界の覇者になりたいのなら……」

「われわれの立場からすると、それはよく考えて、ゆっくりと受け入れなければならない問題だね」

「未開人種の病理学に通じて、そのなかに注視すべきことや利益を得ることなどほとんどないのだから、野蛮人に対する人身保護令状を公正かつ迅速に出すことで、排斥すべきでもあるのだ」

「もっともっと頭蓋骨を、もっともっとしゃれこうべを手に入れて、頭蓋容量を量り、知能の序列を決定しなくてはならない……」ジョフロワ・サン＝ティレールは言った。

「われわれは新しい時代に入ったんだよ、エティエンヌ、科学的人類学の時代にね、われわれはもはや、人間が本来持っている直観力にもとづいて行動する必要はないんだ。いまでは、頭蓋容量も、顔面に対する耳の角度も、耳のサイズ、毛髪の質や長さ、皮膚の色、骨盤の形、腕や前腕の長さも測れる計器があるし、そういうものがすべて、黒人は永遠に劣っているというわれわれの結論を決定づけ、支持することだろう……黒人は永遠に劣っているという……黒人は永遠に劣っている……」私はひと息ついた。

「分類は、もっとも複雑な構造を持つ脳から、もっとも単純な構造である生殖器にいたるまで行わなければならない。最初の調査は」と、私は、金縁のコーヒーカップを手に取り、チョコレートを口に放りこみながら言った。「自然が創りだした驚くべき付属物を、いわば彼女の人種に特別に備わったものを、対象にするべきだ……そう、もちろん……それが彼女のエプロンだった」

自分の書いた文章を読み返しながら、いま思い返すと、サラが醸しだす純真で無垢な一種独特の雰囲気《オーラ》について、正確に描写していないことに気づいた。実際それは、このアフリカの娘が、エデンの園からまっすぐにわれわれのもとにやってきたかのようだった。この印象は、彼女がみすぼらしく堕落した、どん底の状態にいても、変わらなかった。それは甲冑か聖杯のように、彼女を取り囲んでいた。この神聖な香気は、彼女が人間たる所以だと考える以外、科学的、合理的な説明がつかなかった。あるいはおそらく、それは彼女に生まれつき備わったもの、彼女は人間と創造主のあいだを繋ぐ環《リンク》だったのかもしれない。突然、彼女の肖像の上に心からの涙がこぼれたことに驚いた。でも私は、後悔はしていない。

第23章　ティーダマン様が横切って……

陛下、
道徳科学はこの限界を超えて始まります。すなわちそれは、繰り返される諸感覚から、そして、一般化された思想やもろもろの思想、判断の組み合わせ、ひいては理性や意志……から、どのようにしてある特定の発想が生まれるのかを論証するのです。
ジョルジュ・レオポルド・キュヴィエ男爵、
一七八九年以来の科学の進歩について、ナポレオン皇帝に宛てた手紙

一八六〇年、小羚羊の季節、イギリスの暦では一二月。ティーダマン様が植物園を横切って、自然史博物館の石造りの正面玄関に入ってきた。彼は、私が展示品三三番として据えつけられてから、かれこれ四五年間、毎月そうしてきた。ティーダマン様はいまでもハンサムだが、赤かった髪の毛はとび色がかった白髪になり、手は震え、足取りはぎこちなく、危うかった。彼はすっかり年を取った。寒い冬の日のこと。彼は東洋のスカートのようにきちんと襞のついた、長くて湿ったウールのマントをはおり、六号室の磨きあげられた木の床を、太鼓を叩くように杖でコツコツといわせながら入ってきた。野生動物の剝製や戦利品の首やミイラのコレクションを見にくる人びとを避けて、彼はいつも遅くにやってきた。近づいてきた彼は、自分ひとりでないことがわかると眉をひそめた。三三番展示ケースの前には、もうひとり背の高い男がいた。彼は、ひと目で裕福なイギリス紳士だとわかるその男の横に、肩を並べて立った。ニコラ様は、私の骨格の前でい

つもやるように帽子を取った。骨格は、私の死体の蠟型が入ったガラスケースの横で、奇妙な果実のように、フックからぶらさがっていた。そのとき、彼は隣の男がだれか気づいた。

「あの、進化論者のチャールズ・ダーウィンさんではありませんか。先ごろ出版された『種の起源』の著者の？　すぐにあなただとわかりましたよ！」

そのたどたどしい英語に、もうひとりの男は、上唇をあげてちょっと微笑み、はにかみながらうなずいた。私は五〇年近く、この博物館の標本と入場者を見てきたが、彼ほど類人猿に似た白人は見たことがなかった。そう見えたのは、突きでた顎、扁平な鼻、そして何よりも、小さくて黒い目の上の斜めにせりあがった額のせいだった。その紳士も帽子を取ったが、禿げた脳天が頭上の明かりで光って、ひさしのような異常な傾斜が際立つ額が、きわめて理知的ながらも類人猿に似た彼の目を完全におおい隠した。彼のチンパンジーのような薄い唇は、小さな耳元までびっしりと埋め尽くすりっぱな白髭に囲まれていた。

彼が書いたその有名な本は、博物館を足繁く訪れる博物学者のあいだで大論争を巻き起こし、私の前であれこれ議論が交わされたが、私は、よき召使いがするように、それを盗み聞きした。彼らは何年にもわたって、人類一元論者と多原発生論者のふたつに分かれていた。人は神によって創られたのではなく、下等な動物から進化したというその理論は、ブルックス牧師の英国国教会を激怒させた。そしていま、その著者はここに立ち、自分の生涯をその本に賭けてきたとでもいうように、私の骨格を見つめていた。しばらくのあいだ、ふたりの白人は静かに私のケースの前に立っていた。思わず話しかけたあとで、ティーダマン様は説明書きを読むふりをしたが、古いサーカスのポスターのように露骨な説明書きを、彼はもうすっかり暗記してしまっていた。私は、そのあとに続く会話を盗み聞きした。

「ホッテントット・ヴィーナスは、ほかの人種よりもずっと目立つ特異性がありますが、その特徴は不変ではないということもよく知られています」とダーウィンが言った。

「かの偉大な作家、ギュスターヴ・フローベール〔一八二一―一八八〇年。『ボヴァリー夫人』などで知られるフランスの小説家〕も、彼女を見に、よくここにやってきます」年老いたニコラ様はそう言いながら、その有名な作家の言葉をそらんじた。


……そこで、彼の魂のすべては、自然の前に、太陽の下でバラが花開くように、ふくらむことだろう。そして、内なる激しい歓喜のために全身は震え、やがて頭を両手で抱えて、気だるい物思いに沈むのだ……彼の魂は、黒いヴェールに隠されたひとりの女の美しい瞳のように、体のなかから光を放つことだろう。

こんなにも魅力に欠けた忌まわしいこの姿、病んでいるような黄色い肌、萎縮した頭蓋骨、くる病の手足、そのすべてが、彼をとほうもない喜びと熱狂で包むだろう。そのうえ、その醜いサルの瞳には大いなるきらめきと詩が宿っており、彼はやがて魂の衝撃《ガルバニズム》的な力で激しく突き動かされたようにみえることだろう。


ティーダマン様は黙りこくった。ふたりはそれぞれに自分たちの思いに耽っていたので、隣に立っている人のことも、なぜ相手が話しかけてきたのかということも考えず、並んだまま長いあいだ沈黙し続けていた。

「ああ」ダーウィン様が言った。「彼女はすばらしい。ニスを塗られ、ツヤ出しされ、ワックスを塗られて、とびきり上等だ。ここの動物学部門がこんなにすばらしい骨格標本を作っていたなんて知らなかった……」

「私は、一八一七年に彼女のしゃれこうべを盗みだしました。ちょうど彼女の骨格標本がここに陳列された年でした。自分のアトリエにそれを持ち去って、一年以上そこに置いて毎日それを描きました。数えきれないくらい描きましたが、それだけが目的ではなかった……ここでは彼女がとても寂しかろうと思ったんですよ。私は……いっしょにいてやりたかったんです。後悔はしていません。またおなじことをしますよ。だれも気づきませんでした。それを私が返したのは、彼女に取り憑かれていると思って怖くなったからです。月に一、二度は彼女に会いにここに来ます、日曜のだれもいないころを見計らって。この時間にだれかいたなんて初めてです。どうしてあなたにこんなことをお話しするのか、自分でもわかりません。私はニコラ・ティーダマン、一八一五年、ナポレオンの百日天下のとき、実際に彼女を見て、裸体を彫塑した芸術家のひとりです。キュヴィエ男爵に私の塑像を引き渡すことも、彼女のデスマスクを展示させることもしませんでした。どうしてもそんな気にはなれなかったのです」

「ああ、以前高い評価を受けていたキュヴィエ博士ですね」とダーウィン様《マスター》が答えた。

「そうでした」出しぬけにニコラ様が言った。「あなたの驚くべき『種の起源』にお祝いを申し上げないと……」

「それは、ありがとうございます。私は絶対に自分の見解が正しいと確信していますが、老練の博物学者たちを納得させることは到底できません。ああいうお歴々の考えは、長年にわたって、私の見解と真っ向から対立する視点で考えた膨大な事実で凝り固まっていますから……自分たちの無知を『創造の摂理』とか『設計の一致』とか『存在の大いなる連鎖』といった表現で隠すのはたやすいことですよ……ムッシュー・ティーダマン……」

「小さくないですか、彼女?」

「ええ、まったく」

「彼女の小ささには驚きを禁じえません。彼女の驚いた様子、黄色い肌、静けさ、非難がましくないところ……」

「個人的には、人間の遺体が動物の剝製のあいだにあることに不快感を覚えます」

「私は、彼女の体の線やしわ、吹き出物や筋肉、それに耳の形や上下の顎、骨をおおう脂肪層を観察し、描きました……私は、彼女がいたはるか遠くの野生の土地に思いを馳せ、全人類はひとつであるということを確信しました」とティーダマン様は言った。

「もちろんですとも」ダーウィン様は、意見を述べた。「人類にはひとつの種類しかありません。一本の系統樹があって、それは時の流れのなかでひとつの起源から進化し、自然淘汰により、種の完成へと向かって、いろいろな枝に分かれて伸びていくのです。ある日、それまで夢みるしかなかった道具や技術を手にして、われわれは想像力を大きく飛躍させます。それを科学者は発見と呼び、あなたのような芸術家はインスピレーションと呼ぶわけですが、いずれにしても、神がかり的な直観力ともいうべきものであり、やがては解明され、周知の知識となるものなのです」

「ゴビノー伯爵〔一八一六－一八八二年。『人種不平等論』（一八五三－一八五五年）のなかで白人至上主義を提唱した〕が確立し、フンボルト男爵〔一七六九－一八五九年。ドイツの博物学者、探検家、地理学者〕が雄弁に論破した民族図についてはどう思われますか？」

「われわれは事実を言い換えるときにのみ、解釈を与えるものだと考えています。多くの確かな事実よりも解明されていない難解なことを重視したがるような人は、私の理論を受けつけないでしょう。たとえばハクスリー〔一八二五－一八九五年。イギリスの生物学者。ダーウィンの進化論の支持者として知られる〕のように、ほんの少数の柔軟な頭をもった博物学者なら、私の本に影響を受けるかもしれませんがね。しかし、新進気鋭の若き博物学者たちは、この先必ずや、この問題の両方の面を公平に見られるようになるだろうと期待しています。種とは変化するものであると考えはじめている者ならだれでも、その信ずるところを誠実に表現すれば、立派に貢献するでしょう。こうすることによってのみ、この問題にのしかかる偏見の重荷を取り除くことができるのです。『種の起源』のなかで述べられた見解、あるいはそれと似通った考え方が広く認められれば、博物学は大きな変革を遂げるでしょうね……」

「大きな変革！」ティーダマン様は笑った。「地殻の激変以上の、つまり、キュヴィエ男爵がいつも口にしていた激変《カタストロフィ》以上の……」

これには、ダーウィン様も紳士らしく軽く吹きだして笑った。彼にも、どうして見ず知らずの男とこんな会話を交わしているのか、よくわからないようだった。ダーウィン様はどう見ても、知らない人とは口もきかないヴィクトリア朝のジェントルマンを戯画化したような堅物だった。しかし、私がふたりを結びつけた。

「ひとつ白状することがあります。小さいころ、母とホッテントット・ヴィーナスを見たことがあります。たしか、六つか七つのころでした。あのころ……子どもながらに彼女に惹きつけられましたが、今日も、おなじように惹きつけられています。母がひどく嫌がっていたのを思い出しましたよ、母は、妻のエマとおなじで、奴隷制度廃止に賛成していましたから。母があれほど怒ったのを見たことがありませんでした。母は、ジェイン・オースティンのように、ロンドンのサーカスで見世物にされていた生きたヴィーナスを見たことのある人たちを知っていました。……それなのに、ここで彼女を見るなんて、こんなガラスケースのなかで……剝製にされて……かわいそうに……キュヴィエの脳は彼女の脳の二倍あったかもしれませんが、体重も二、三倍はありましたよ。身長も二倍だったでしょうし、それに間違いなく、腎臓の重さも二倍あったでしょう」

「身長が六フィート二インチで体重が六ストーンでも、身長が四フィートで体重が二ストーンでも、成人の心臓は大きさも重さもほとんどおなじというのはほんとうですか？」

「人体の構造における不思議のひとつです」とダーウィン様は答えた。

「バールトマンの心臓は保存されていません」

「解剖学者は、心臓を計測の必要な科学的器官だとは考えていないのです……」

「どうしてなんでしょう？」

「おそらく、心臓は科学的な器官ではまったくなくて、きわめて形而上学的ものだと……」

「私には、冷酷な科学者たちが、心臓のことをそんなふうに信じているとは思えませんが……」

「いや、おそらく彼らはそう信じているんですよ。でも、いつか心臓は、ほかの心臓と取り替えがきくようになるでしょう……損傷をうけた心臓が別の心臓に取り替えられる——すべての臓器がそうなると思いますよ」

「信じられない……」

ティーダマン様は、天井から吊された私の骨格に視線を戻した。

「不思議なんですが、こんなふうに彼女を見ていると、いつも涙がでてきます。この博物館の階段教室で、彼女を彫塑した三日間のことはけっして忘れないでしょう。四五年前、一八一五年三月一五日、キュヴィエ男爵の有名な講義で……」

「それでは、男爵を個人的にご存じなのですね……」

「二六歳のころです。いまは七一歳ですよ」

「そうでしたか、私は五一歳です。奇遇ですが……私はエイブラハム・リンカーンと誕生日がおなじなんです」

「ほう、あのアメリカの大統領と？」

「ええ、一八〇九年二月一二日です」

「サムター要塞〔サウスカロライナ州の港、チャールストンを守っていた要塞。一八六一年四月、ここを南軍が攻撃したことで南北戦争が始まったとされる〕の砲撃のあと、いま、彼は何をしようとしているのでしょう?」

「彼は奴隷制度を廃止しようとしているんですよ、そして軍事力によって南部諸州を連邦政府にとどめようとしています……彼は、アメリカ合衆国を連邦として保つためならば、奴隷の一部、あるいはすべてを解放することもあるし、はたまたまったく解放しないこともあると言っています……」

「南部連合の考え方はちがうわけですね」

「南部連合は、ドードー鳥〔全長約一メートル、翼と尾が退化した鳥。一八世紀までに絶滅した〕のように、命運つきて絶滅へと向かう種ですよ、環境に適応しなかったのですから……私は多くの地質学的および生物学的な標本を集め、多くの化石を調べ、さまざまな姿をした生物の多様性や習性をその数だけ観察してきました。ある日、私はアリの一種を見つけ、そこに奴隷をつくる本能を発見しました。この注目すべき本能は、フォルミカ・サンギネア〔日本ではアカヤマアリという名で知られる〕のなかに見られました。このアリは、自分たちの奴隷に完全に依存しています。奴隷の助けがなければ、その種は一年で間違いなく死に絶えてしまうでしょう。オスと生殖能力のあるメスは働きません。働きアリ、すなわち生殖能力のないメスは、非常に精力的にせっせと奴隷を捕獲しますが、ほかの仕事はしません。それらは、自分の巣を作ることも、自分の幼虫を育てることもできないのです。巣が古くなって住めなくなると、移住しなければならないのですが、移住を決定するのは奴隷アリであり、実際にあごで主人をくわえて運びます。ですから、主人たちはまったく無力であり、そのうちの三〇匹を奴隷アリのいない状態で閉じこめ、ただし、その種のアリのもっとも好む食物と、幼虫とさなぎを入れて働く気をおこすようにしても、フォルミカ・サンギネアは何もしません。自分でえさを食べることさえできず、多くは餓死します。そこで、一匹の奴隷アリ（フォルミカ・フスカ）を入れると、その奴隷アリはすぐに働きはじめ、生き残ったアリにえさを与え、助けます。そして、いくつかの房室を作って幼虫の世話をし、すべてを正常な状態にします。このように詳細に確認された事実以上に驚くべきことがあるでしょうか？　もし、私たちがほかの奴隷狩りアリを知らなかったなら、どうしてこのような本能ができたのかを推測することはできなかったでしょう。私はこの問題に懐疑的な心理状態で臨もうとしました。奴隷をつくる本能のごとき、あまりにも異常で忌まわしい真実を疑うことは、だれにでも許されるでしょうから。さて、ティーダマンさん、いまから私が行なった観察についてお話ししましょう。私は、一四のフォルミカ・サンギネアの巣をあけてみたのですが、そのすべてから何匹かの奴隷を見つけました。奴隷種のオスと生殖能力のあるメスは、それ自体の巣のなかでしか発見できず、フォルミカ・サンギネアの巣では見つかりませんでした。奴隷アリは黒く、主人である赤いアリに比べて半分以下の大きさなので、見た目の違いは明らかです。巣を少しでも壊すと、奴隷もときおり外に出てきて、主人とおなじように興奮して巣を守ります。巣がもっと壊されて、幼虫やさなぎがむき出しになると、奴隷は主人といっしょに、幼虫やさなぎを安全な場所に移そうと精力的に働きます。このことから、奴隷はまったく自分の巣にいるように感じていることが明らかです。八月には、巣のなかに多くの奴隷アリの存在が認められますが、巣を出入りする奴隷アリは見かけませんでした。それゆえに私は、その種のアリは家事だけを担う奴隷として考えています。一方、主人のアリたちは、絶えず巣の材料やあらゆる種類の食料を集めているのが見られます。奴隷はいつも主人といっしょに巣作りをし、朝夕には奴隷だけで出入り口を開け閉めします」

「ある日、私はひとつの巣からほかの巣へ移動する様子を見る機会がありましたが、主人が注意深く奴隷をあごでくわえて運ぶ様子はきわめて興味深い光景でした」

「また別の日には、たくさんの奴隷狩りアリが、明らかに食料を探すのではなく、奴隷を探すためにおなじ場所をうろついていることに気づきました。それらが近づくと、独立した奴隷アリの集団は激しく反撃し、ときには、三匹もの奴隷アリが奴隷狩りをするフォルミカ・サンギネアの脚にしがみついていることもありました。奴隷狩りアリは無情にも小さな相手を殺し、その死体を食料として巣に運びましたが、奴隷として育てるためのさなぎは捕獲できませんでした」

「そこで私は、フォルミカ・サンギネアが、よく奴隷にするフォルミカ・フスカのさなぎと、めったに捕獲しない、小さいけれど凶暴なフォルミカ・フラヴァのさなぎを見分けることができるか、突き止めたくなりました。そして明らかに、奴隷狩りアリはその二種をたちどころに見分けました。というのも、私たちは、奴隷狩りアリが熱心に、しかも瞬時に、フォルミカ・フスカのさなぎを捕らえるのに対し、フォルミカ・フラヴァのさなぎに遭遇すると恐れて、急いで立ち去るのを目撃したからです」

「ある日の夕方、私が別のフォルミカ・サンギネアの巣に行くと、この種のアリが多数巣に入り、おびただしい数のさなぎとともに、フォルミカ・フスカの死体を運ぶ（移住ではないことを示しています）姿を目にしました。ぶんどり品を持って戻ってくるアリの列をたどって四〇ヤードほど行くと、びっしりと密生したヒースの茂みに行き着き、そこから、フォルミカ・サンギネアの最後の一匹がさなぎを運びながら出てくるのを見つけましたが、ヒースの茂みのなかに荒らされた巣を見つけることはできませんでした。しかし、その巣はすぐ近くにあったにちがいありません。というのも、二、三匹のフォルミカ・フスカが極度に興奮した様子でうろつき、一匹は自分のさなぎを口にくわえて、略奪された巣の上をおおうヒースの小枝の先でじっと動かずにいたからです」

「こうしたことが、奴隷をつくるという驚くべき本能について、自分なりに確信した事実です、フォルミカ・サンギネアは自分で巣を作らず、自分で移住を決めず、自分や子のためにえさを集めず、自分ではえさを食べることもできない。多くの奴隷に完全に依存しているのです。主人はいつどこに新しい巣を作るのか、いつ移住するのかを決め、奴隷を運ぶのです。奴隷は専ら幼虫を飼育し、主人は奴隷を求めて遠征するのです。イングランドでは、たいていは主人だけが、巣の材料および自分や奴隷、幼虫の食料を集めるために巣を離れます」

「私は、フォルミカ・サンギネアの本能がどんな段階を経て始まったのか、あえて推測はしません。しかし、奴隷狩りの習性のないアリが、自分の巣のまわりに散らばるほかの種のさなぎを持ち去るのを私は見たことがあるのですが、最初はえさとして蓄えたさなぎが成長したのかもしれません。そして、このようにたまたま育てられたアリが、やがて自分本来の本能に従って、自分たちができる仕事をするのかもしれません。もしそのアリの存在が、それを捕獲した種にとって有益だとわかれば、すなわち、もしその種にとって、働きアリを産むよりもそれを捕獲する方が都合がよいのなら、もともと食料としてさなぎを集めていた習性が自然淘汰によって強化され、奴隷を飼育するというまったく違った目的のために恒久化されるのでしょう。そして、いったんその本能が獲得されると、わがイギリスにおけるフォルミカ・サンギネアよりもさらに少ない程度に本能が実行されたとしても、自然淘汰のなかでその本能が増大しながら修正され、個々の変更がその種にとって有益であるとつねに考えられて、奴隷に卑屈に依存するアリが現われるにいたったということは、容易に想像がつきます」

「この話は、西洋世界における奴隷制度の歴史をアリの話で説明したことになりませんか?」ダーウィン様は、顔の真ん中に寄った黒いボタンのような目を意地悪そうに輝かせながら笑った。「アメリカ南部諸州の白人たちが、彼らの奴隷と奴隷制度に、愚かで病的な依存をしていることを説明しているでしょう?」

「リンカーン大統領もそういう寓話がお好きでしょうね……」ティーダマン様が言った。「彼は、感心するほど話し上手で、ジョークが好きな雄弁家だと聞いています」

「それに、もっとも不幸で、冴えない男ですよ。われわれふたりは、つまり、リンカーンと私は、非常に不器量ですから」ダーウィン様は笑った。「私の頭蓋骨はネアンデルタール人とうりふたつだけど、彼のだってたいした違いはないでしょう……ほら、まわりをご覧なさい、ここにいる私と似ていませんか？」ダーウィン様は、大きな角張った手でおどけてみせた。私は、こんなに短くてずんぐりした指で、どうしてあんなにもろくて壊れやすい化石を調べられるのかしらと思った。

「しかし、リンカーンの話に戻りますが」と、彼は続けた。「真の指導者というのは、真の科学者とおなじように、みんなが知っていることを、人びとが深遠さのなかにある単純さと、単純さのなかにある深遠さを見落としてしまうほど、単純かつ深い普遍性に作りかえる力がなくてはいけません。そこがリンカーンの天才たる所以なのですよ。戦争においても、科学においても、生き残りをかけて戦うのは、どんな場合もそれほどたやすいことではありません。傑出した学者と途方もないばか者は、ひとつの立場のなかにいともたやすく併存することができるものなのです」

「キュヴィエと彼の存在の大いなる連鎖のように？」

「いや、いや。キュヴィエの研究は基本原理であり、彼の激変説はすばらしいですよ。すべての科学的発見は、先達の双肩、いや頭脳の上に立っています。私には、今後本に書こうと思っている問題がまだ三つあります。まず、ヒトは、ほかのすべての種と同様、以前から存在していた何らかの生物種から進化したものかということ、二つ目はその進化の仕方、そして三つ目は、いわゆる人種間の違いに意味があるかどうかということです……」

「人種間の違いを説明するあらゆる試みには、ひとつだけ問題があります。すなわち性淘汰〔クジャクのように雌雄で色形や形態、生態が著しく異なる生物について、ダーウィンが提唱した、異性をめぐる競争で起きる進化のこと〕の問題で――それが動物同様、ヒトにも強力に作用してきたことは明白です……私は性淘汰が、人種間の違いをすべて説明できるとは思っていません……解明されていない部分が残されていますからね、しかし、ヒトがこの性淘汰という作用によって変化してこなかったとしたら、それも不可解なことですがね——あれほどの力で作用し、圧倒的な力強さで存在しているのですから……」

「とどのつまりは」と、最後にダーウィン様は言った。「論理的な推論ではないかもしれませんが、私の想像では、カッコウのヒナが托卵先の里親の子を追いだしたり、アリが奴隷を作ったり、ヒメバチ科の幼虫が生きた毛虫の体内でその体を食べるといった本能は、特別に与えられ、創りだされた本能ではなく、あらゆる生物の進歩を導く一般法則の小さな結果にすぎないとみなす方が、はるかに満足できるのです——すなわち……強者は生かされ、弱者は死ぬのです」

「ヴィーナスを生かしておくべきだったのでしょうか……ひとりぼっちのままで？」

「彼女は生きていますとも……どんなことがあろうと永遠に——いつか世界は、それに気づくでしょう」

「サラはきちんと埋葬されるべきだ」ティーダマン様が出しぬけに言った。「彼女をここにぶらさげておくべきではない、悪趣味な記念品として、風に揺れながら……」

「彼女は近代科学の名のもとにここにいるのです、すなわち人類学、民俗学……古生物学……動物学……解剖学……」

「ほんとうにそうお考えで？」

「結局のところ、それは科学、文明、歴史、進歩、真実にかかわる問題なのです」

「ほんとうに？」

「もちろんですとも」

「私は、その手の大げさな言葉は好きですが、あなたはもっとも大切な言葉、美しさを言い落とされましたよ」

「ああそうです、美しさもだ……」

「ほほう、ヴィーナスの前で、大胆にも美という言葉を使うんですね……」

「彼女は美しかったんでしょう、ちがいますか?」

「ええ、そうでした。美しかった……」

「そのホッテントットと言葉を交わしたことがあるのですか?」

「いちど、話しました」

「ほんとに?」

「あやしげな英語でしたが、ちゃんと理解できました。サラは羊飼いの素朴な娘でしたよ、ユーモアがあって物事のわかった家畜番の娘でした。彼女の人生は、彼女には理解できない方向へと変わっていってしまいました。彼女はやさしい子だった、純朴な人間がそうであるようにね。怪物でも娼婦でもなかったのです——そういったところに、たくさんの友だちはいましたがね。彼女はひとりぼっちでした。自分を守るすべもなく、非常に孤独でした。やさしい声で歌いましたよ。音楽や美しい装飾品や香水が大好きでした——この国のどこにでもいる田舎娘とおなじですよ。舞台女優やカーニバルの看板娘なんかより、ずっと節度がありました。その手の人間ではなかったです。結局、私たちが彼女を創りだしたのですよ。私たちが、彼女はこうであって欲しいと望んだように、作りあげてしまったのです——私たちがいなければ、彼女は存在すらしなかったでしょうし、もし存在したとしても、どこにでもいるおなじ年ごろの田舎娘とおなじように夢みたり感じたりする、ごく普通の平凡な人間として、そんなに興味をひくような存在ではなかったでしょうよ……彼女が有名な訴訟事件の原因となり、西洋民俗学の手本となり、科学的人種主義の生きた伝説や偶像になったなんて信じられない……少なくとも不幸なことです……私たち自身が犯した過ちです。私たちがヴィーナスを生みだしたのです。彼女は、自分が二度と戻れない場所、南アフリカのテーブル・マウンテンのものです」

「あの日、サラはホッテントットのことを話してくれました。ホッテントットは、けっして白人が思いこんでいるようなばかではないと、彼女は言いました。彼らの言葉である、いくつかの舌打ち音《クリック》を使って、首長は戦士たちに命令をくだし、母親は子守唄を歌い、父親は息子をしかることができるのです。愛だってささやけると言っていました」

「ホッテントットの男女はある程度対等なので、男の子は母方の、女の子は父方の名前を継ぐのだそうです。対等であるということは、若い人が未婚のままいっしょに住めるということにも暗に示されています。女たちは乳の配分と配給を采配しますが、乳は牧畜社会では財産ですからね」

「もし男が妻の許しなしに乳を飲んだら、たとえそれが夫の所有物であったとしても、妻の家族はその牛あるいは羊を取りあげ、殺して食べることもできるのです。女に財産権があるのです。女性は、兄弟を罰する権限も持っていて、もし兄弟が礼儀作法に従わないことがあると、恥をかかせ、嘲笑することで懲らしめるそうです。結婚には婚資と、花嫁の同意が欠かせません。婚資は父親ではなく、母親のものになります。離婚もあたりまえのことで、たいていは女性の方から切りだされます。女性は荷駄を運ぶ家畜のようにはみなされず、小屋は妻の財産で、夫の意志や許可にかかわりなく、妻が招き入れたいと思う人をなかに入れることができます。何かやっかいなことが持ちあがって夫婦のあいだがぎくしゃくすると、怒った女はムシロを巻きあげ、柱や小枝を引き倒して、文字通り小屋を完全にぶち壊し、家ごと持ち去ってしまうそうです。こんなふうに、女は男と対等です。夫婦げんかも自由です。もしも有力者が死ぬと、その妻は夫の後を引き継いで、一族の指導者になれます。コイ語で女を意味するタラスという言葉は、統治者や女主人を意味します。だから、サラも自立の精神を受け継いでいました……彼女はそれを忘れ――あるいはわれわれがその精神を打ち壊し――従順、宿命、信心などと説き、また『不変』が現実だと思いこませて、自立を台無しにしてしまったのです。現状維持《ステイタス・クォ》があらゆる文明の基本だというのは、単にわれわれが持つ概念のひとつにすぎないのに！」

「現状維持ほど不自然なことはありませんね」とダーウィン様が言った。「この点については、ヒトは博物学者が言うところのポリモーフィック、つまり多様性がある状態に似ていますね。ヒトは雑多で、変わりやすく、こだわりがないので、自分自身をほぼ何にでも変えられるのです――自然淘汰の法則を免れながら」

「キュヴィエは今世紀最大の詩人ではありませんか？　彼は来たるべき絶滅を、死が生をもたらすものと考えています。いわば、黙示録を回想するように、私たちは死の世界の恐ろしい復活を経験し――時という名伏しがたい永遠のなかで、われわれに与えられた命のひとかけらは、もはや憐憫の情以外には何も呼び起こすことができないのです、かの作家、バルザックが言うように……」

「たしかに、世界の長い歴史のなかで、そこに生息するものが広範囲に繰り返してきた絶滅ほど、驚くことはありませんね」

「例の啓蒙思想家たちが、自分たちの先祖の寓話を公然と非難したがるのは信じられないことです」ダーウィン様は続けた。「哲学は、哲学がそれ自体をでっちあげてきたことしか認めません」

「哲学者がそのでっちあげを受け入れるのは、それが翻って、高貴な野蛮人《ノーブル・サヴェージ》の大義名分を、つまり、ヨーロッパからの怪物に対する反発の罪なき犠牲者だと彼らを擁護する論拠をもたらす限りにおいてでしかありません。かくして真実は、つまるところ、底知れぬ暗黒アフリカの寓話をもとにした変種《ヴァリエーション》としてしか伝わらないのです」

「では、科学もそれを信じる者たちの寓話だと？　宗教のように？」

「そうは言っていません」

「ヴォルテールは、歴史とは、さまざまな蓋然性を持つ作り話にすぎないと言いませんでしたか？」ニコラ様は続けた。

「科学もそれとおなじではありませんか？　神がいまだにお示しにならないのに、人間について何を私たちはほんとうにわかっているのでしょうか？」

「私は人間、すべての人間はひとつのものから進化したと確信しています――そのひとつのものというのが、神、あるいは進化、あるいは神の進化が……」ダーウィン様は答えた。

「そんなことをおっしゃったことはなかったですが……」

「そうですね。でもそう思っています。私の同僚のなかには、人種や肌の色の問題になると過激になる者もいるので、意見を述べるのは慎重にいきませんと……ところで、その後、彼女には会われたのですか？」

「彼女が死んだときに。彼女の解剖に立ち会いましたよ、彼女の体の各部が、農産物品評会でまわされる綿菓子みたいに回覧されたんですよ……（穏やかに）いまも彼女が目に浮かびます……キュヴィエが解剖のあと、銀のたらいで手を洗っているのが見えます……」

「キュヴィエはかつて、ナポレオンが個人的に彼女を見る機会を設けたと聞いたことがありますが……ただの語り草にすぎないのでしょうね」とダーウィン様が言った。

「博士、どうしてなのでしょう」ティーダマン様が続けた。「白人の奇形はいつも変わり種として、自然の法則の例外として展示されるのに、黒人の奇形は、それどころか、その人種の典型として展示されるのは？

われわれ同様、彼ら相互にも違いはあるでしょうに、黒人の奇形には区別がない……」

博士は答えなかった。彼は私の骨格を見つめ、私は彼の話に耳を傾けていた。長いあいだ、彫刻家と学者は肩を並べて立ち、教会の祭壇とおなじくらい注意深く、漂白され、こすられ、磨きあげられ、集められ、据えつけられた私の骨を見つめていた。私の骨格は、私の立像のように、ガラスでおおわれてはいなかった。私はだらりとぶらさがり、少し揺れたりしながら、そのりっぱな姿に滑稽さを添えていた。

「それほど遠くない将来、数世紀後には」、ダーウィン様が続けた。「文明化された人種が、ほぼ確実に世界じゅうから未開の人種を根絶やしにし、取って代わることでしょう。それと同時に、ヒトに近い類人猿も……間違いなく根絶されるでしょう。ヒトとそれに近い種のあいだの差は、ますます広がっていくでしょう、ヒトはますます文明化していきますから。淘汰の過程はゆっくりかもしれませんが、もし、か弱い人間が人為的な淘汰によって、それほどのことができるなら、どこまで変化していくのか私にはわかりませんし、すべての有機生命体のあいだで、相互に、そしてそれらの生命の身体的状況に応じて、共適応してきた美と複雑さの限界もわかりません。そういうものは、淘汰という自然の力を通して、長い期間をかけて起こってきたのでしょう、すなわち適者生存によって……」

ティーダマン様はもはや聞いていなかった。彼は、ずっと昔にいちど盗んだことのある、私のしゃれこうべをじっと見つめていた。それから彼は、私の繊細な左手の骨をすみずみまで眺めた。言葉もなく、私は金色に変わり、そして沈みゆく太陽の光を受けて赤く染まっていった。移ろいゆく静寂のなかで、私は揺れ、私の骨格は、庭園から射しこむ冬の太陽が作りだす四角い光のなかに溶けこんでいった。

動物たちが入ったガラスケースは、深まりゆく影のなかに遠のいていき、ダーウィン様の獣のような頭が、光る輪郭だけになって残った。静けさが私たちすべてを包み、彫刻家と天才と私は、ホッテントット・ヴィーナスの伝説を前に、全員が別れの挨拶をした。ふたりの男は伝説と目の前の幻影に、同時に頭をさげた。そして、ふたりそろってシルクハットをかぶり直した。サン・ヴェルナール寺院の鐘が鳴り、六時を告げた。博物館が閉まる時間だった。

ふたりは、私を残して出ていった。

第Ⅳ部　二〇〇二年、南アフリカ、ケープタウン

情け容赦ない時間の流れから、一瞬の勇気をもって、過ぎゆく人生の局面をモノにすることは、この仕事の始まりにすぎない。その仕事とは、その局面がもつ震動や色合い、かたちを示すことであり、その動きやかたち、色を通して、その真実の中身を明らかにすることである――刻々と移りゆく確かな時のなかに潜む緊張と熱情という、わくわくするような秘密を暴いていくことである。

ジョセフ・コンラッド、
『ナーシサス号の黒人』の序文

拝啓、
彼らは、私の胸像を作りたがっています。しかし、私はそんなことはしてほしくありません。その命なき不動像に刻みこまれた私の黒人性の醜さ〔ロシアの詩人・作家、プーシキンの母方祖父は、エチオピア出身の奴隷で、ピョートル一世に寵愛されてのしあがった軍人〕が、永遠のものになってしまいますから……

アレキサンドル・セルゲイビッチ・プーシキン、
書簡

エピローグ

ある種、あるいは科を、別のものより前に置く場合、われわれは、自然体系のなかでそれがほかのものより完成度が高いだとか、優れていると考える必要はありません。すべての有機体は、ひとつの長い系列に配列できると考える者のみが、そのようなことを主張しうるのです。自然の研究を深めれば深めるほど、私はこれが、いままで博物学において紹介されてきた概念のなかでもっとも信用できないものだと、確信するにいたりました。

ジョルジュ・レオポルド・キュヴィエ男爵、
『比較解剖学における講義』

二〇〇二年、万緑の季節、イギリスの暦では八月。あれから一四二年が過ぎた。ティーダマン様もダーウィン様も長寿だった。ダーウィン様は七三歳まで生きた。彼は富と名声のうちに死に、テニスン様が哀歌を作ってその死を悼み、ウェストミンスター寺院のアイザック・ニュートン様の墓の隣に埋葬された。ティーダマン様は終生、偉大なるダヴィッドの影で貧しくひっそりと生き、一八七九年に九〇歳で死んだ。ダーウィン様もティーダマン様も、キリスト教徒としてきちんと埋葬された。私はもちろん、まだ埋葬されていない。マンチェスターで洗礼を受け、結婚もしたが、聖なる地へと導かれることはなかった。三人の牧師が述べた天国、すなわちフリーハウスランド様の言った芳しいエデンの園にも、ブルックス様の言った緑の野にも、ウェダバーン様の言った神の審判の場にも、昇っていない。私はガラスケースに閉じこめられたまま、日ごとに変わりゆく世界を眺め、掃除婦によって磨きあげられた透明な窓越しに、自分の見えない目で、戦争のときも平和なときも、日々を見つめていた。最初、私はこの状況に狼狽した。私に対するこの見落としが、永遠に、あるいは私の魂が安らぎを得るまでのあいだ、自然史博物館の庭園や実験室をさまよい、思うがままに時空を飛び越える力を授けてくれたのだと気づくまでは。こうして出没することをコイコイ人の言葉で「子ジカ足」というのだが、私は人類博物館でもそれをやって、けっして眠らず、けっして死なず、けっして老いないことに対して、それ以上の埋め合わせをした。コイ人の地には、カンニドッドと呼ばれる木があるが、それは「不死」という意味だった。私はその木になり、その力を使って、人間から姿をくらました。博物館には、ラムセス七世のミイラをはじめ、ほかにも「子ジカ足」はいたが、それはまた別の機会に話すとしよう。

最初にことが起きたのは、私の解剖から一年後のことだった。ニコラ・ティーダマンが私のしゃれこうべを盗みだし、それを測って彫像を作ろうとしたのだ。私は、彼がそれを私の骨格標本に戻すまで、ほんとうに幽霊になって、彼に取り憑いた。彼は実際に狂乱して、コンコルド橋から身を投げようとした。私は彼を引き止めた。ちょっとした盗みくらいで、なにもそこまですることはなかったのだ。それに、彼なりに私を愛していたことはわかっていたので、私は彼を放免してやった。しかしほかの者については、私は死ぬまで取り憑くか、少なくともその死を早め、できるなら最大限の苦痛を与えるつもりだった。ふたりのカーサル、ダンロップ、テイラー、レオ、ジョフロワ・サン゠ティレール、そして、もちろん男爵として知られた、あの高名なジョルジュ・レオポルド・キュヴィエ。アリス・ユニコーンについてはちょっと置いておこう。

男爵がもっとも難しそうだった。彼は傲慢でずうずうしい、いわゆる「知のナポレオン」だったが、ナポレオン同様、権力欲を逆手にとって破滅させることができるだろう。自然史博物館の館長のあと、彼はコレージュ・ド・フランス〔フランスにおける最高位の国立高等教育機関〕の学長になり、やがて科学アカデミーの理事になった。最後まで彼を寵愛したナポレオンは、レジオン・ド・ヌール勲章をはじめ、数々の勲章を彼に与えた。ルイ一八世は、すでに彼を男爵に任じていたし、ルイ・フィリップは彼をフランス貴族に叙した。こうしたことのおかげで、私は手がくだしやすかった。こういう著名で高慢な名士は、ヴィーナス・ホッテントットの「子ジカ足」に取り憑かれるなどと、けっして思わなかっただろうから。

私は男爵の弱点を見つけた。彼はうそをついて、自分の研究を偽っていたのだ。彼は自分の研究成果に反したり、それを否定する化石や骨を意図的に燃やしたり、壊したり、粉々にしていた。私は、彼に敵対する者がそれを知って暴きたてるようにした。私は、彼の未公表の研究が競争者の手に渡るようにした。彼には娘がいた。私は、その娘に取り憑いて死なせた。彼はゴールデン・レトリバーを飼っていたが、ある夜、彼のスープからその切断された首が出てきた。私は、科学アカデミーを燃やし、彼が所属するプロテスタント教会の身廊〔教会中央の一般信者席のあるところ〕も燃やした。牧師は非業の死を遂げた。私は、一八三二年に流行ったコレラで彼が死ぬように手はずした。彼の子どもたちは全員、彼に先立って死んだ。ひとつの種として、私のような人間を彼はそう呼んだわけだが、彼は絶滅した。彼の脳は、私が解剖されたのとおなじ台で解剖され、ガラス容器に保存された。その脳は、重さも大きさも、私とあまり変わらなかった。

二度と海に戻らないと誓っていたアレクサンダー・ダンロップは、奴隷貿易に携わるオランダの海賊船ブリゲード号に船医として乗り組んだが、その船は、一八一八年、七〇〇人の奴隷のうちの一〇二人が反乱を起こした結果、ギニア沖で乗組員もろとも沈没した。

ヘンドリック・カーサルは、一八一四年、私をヘンリー・テイラーに売って得た金を持って、ケープ植民地の家族のもとに戻った。彼はその金のすべてを短角種の牛の購入につぎこんだ。しかし干ばつで土地がだめになってしまったうえ、口蹄疫で牛の群れがやられてしまい、すぐに文無しになった。彼の妻や子どもたちは、黄熱病で亡くなった。数年間、彼は酒とギャンブルに明け暮れた。彼はクラップスというさいころ賭博で蓄えをすっかり失った後は、兄のペーターのもとに身を寄せて働いた。彼は一八二七年のズールー人の蜂起で虐殺されたが、それはパリの科学アカデミーが大火にあった年だった。

ズールー人の蜂起で作物がだめになり、弟を殺されたペーター・カーサルは、農園を売り払い、家族とともにアメリカに渡った。そこで、アパッチ要塞に向かう途中、三五五人からなる幌馬車隊が、ニューメキシコの広い平原のまっただ中で、おなじアパッチ族の反逆者たちに襲撃された。末娘のクレアは死を免れたが、インディアンに捕らえられて養子にされ、インディアンの女として育てられた。彼女はエルク・ハートという勇者と結婚したが、その彼も一八三二年、デイト・クリークの戦いで死んだ。

ヘンリー・テイラーはイギリスにとどまり、ハリファックスに戻ってネリー・ブッケンシャーというイギリス人女性と結婚した。彼女の持参金で彼は自分の劇場を建て、そこでシェイクスピア劇を上演した。その劇場は一八三三年、なかにいた人びともろとも完全に焼失した。彼の遺言により、役者や楽士のために一〇〇〇ポンドの孤児基金が設立された。

レオ親方は、一八一六年一月一七日の夜、カフェ、ピエ・ド・ポーの外で何者かに殺された。彼が、踊るクマ、アドルフの檻のなかで半分食われているのを、早朝、えさをやりにきた召使いのアリス・ユニコーンが見つけた。レオの金庫は空っぽで、彼は葬式もなく、貧困者としてサン・クレマンの共同墓地に葬られた。暗黒街の敵討ちだったらしく、睾丸が切り取られて、口に押しこまれていたそうだ。

アリス・ユニコーンは、その後すぐにロンドンに戻り、タウンハウスを買って、ヴィクターを連れ戻していっしょに暮らした。セント・ジェームズ通りにウールと皮革の店を開き、それで一財産を成した。一八一九年に聖職者と結婚し、子宝に恵まれた。彼女は二度とフランスには足を踏み入れなかった。

ウィリアム・ブロックは、アメリカ西部を巡業して見世物興行を行ない、大成功を収めた。彼は何年にもわたって成功した。シカゴ、ミネアポリス、オースティンの公演で大儲けした後、セント・ルイスの酒場で、おかかえ女優のひとりと口論のすえ、銃で撃たれて死亡した。彼の遺体はロンドンに送還されることになり、南部連合の船で輸送中の一八六三年、ミシシッピ川を巡回中だった連邦政府の武装船コールドン号によって沈められ、行方がわからなくなった。

エティエンヌ・ジョフロワ・サン゠ティレールは、フランス革命、恐怖時代、ワーテルローでのナポレオンの敗北、王政復古、そしてキュヴィエ男爵も亡くなったコレラの流行を生き延び、一八一八年には『解剖哲学』を出版し、そのなかで、達観した言い方をすれば、動物の種はひとつだけであると述べている。一八一九年、彼はキュヴィエ男爵と共著で『哺乳動物の博物誌』を出版しておおいに成功を収め、これによって有名になった。一八三〇年に彼と男爵が意見を戦わせた生物学史上もっとも有名な討論は、連続して丸五日間も続いた。その二年後、キュヴィエ男爵は亡くなった。ジョフロワ・サン゠ティレールは、その後、一二年を生きた。

私が助けを受けるべきだったウェダバーン牧師は、奴隷制度とその廃止、それに労働組合についての考え方が煽動罪にでっちあげられ、コールド・バス・フィールドやギルトスパーの刑務所で刑期を終えた後、ジャマイカに戻った。彼は多くの同志が絞首刑にされるのを目にし、彼自身も残りの人生を「私の首には縄が巻かれているようだ」と言って生きた。私とおなじだった。彼は売春宿を経営した件（虚偽）や、西インド諸島に関する初めての革命的な小冊子を配布した件（真実）で逮捕された。このために、彼は国王から「不敬文書誹毀罪」で告訴された。彼は法廷で自らを弁護したが、カーライル刑務所での二年間の重労働刑を言い渡された。最後の刑期中のことは『奴隷制度の恐怖』という自伝になり、おおいに成功を収めた。彼は西インド諸島でいくつかの法に触れ、病気にかかり、忘れられ、文無しになって一八三八年に死んだが、彼はブラックパワーの最初の主唱者だった。

ナポレオン・ボナパルトは、かつてコイコイ人の島だったセントヘレナ島で、胸が少し膨らみ、ペニスがほんの半インチの長さになり、ゆっくりと女性に変わっていくというたいへん珍しい病気を患い、ヒ素中毒のためにたったひとりで死んだ……つまり、最後には、自分が蔑んだヴィーナスに似た「生まれてきてはいけないもの」になったのだ。

エイブラハム・リンカーンは南北戦争に勝利した。彼は南部連合を打ち破り、奴隷解放宣言を出し、連邦政府を救った。この戦いで彼は、ひとりの解放奴隷と引き換えにひとりの兵士の命を犠牲にした。しかし、彼も幼い息子を失い、妻は狂い、大統領の任期中に暗殺された。奴隷解放宣言に署名したあと、彼はこう述べた。「われわれのなかにおまえたち人種がいなければ、戦争なんて起こらないだろう。どちらの側で戦うにせよ、多くの人たちはおまえたちのことなど気にかけはしないだろうが」。そして彼はこうつけ加えた。「われわれと対等な者として、黒人がわれわれの社会や政治に同化することほど、不幸な惨事は想像できない。われわれは、われわれのなかにいる何百万という異質で劣った人種といっしょでは、先祖が夢に描いた理想の連合国家を達成することはできないのだ」

思いがけないことも起こった。一八八九年のフランス革命一〇〇周年記念行事に、私も含まれていたのだ。トロカデロに新しくりっぱな建物が建てられ、私も植物園から、後に人類博物館として知られるようになるその建物に注意深く移された。それは、おなじ年にギュスターヴ・エッフェルによって建てられた大きな塔の陰にあった。パリは照明で照らされ、電気の衝撃は海を渡った。私のガラスケースだって、間違いなく新しいラベルに張りかえられて当然だった。それなのに、私のラベルはそのままだった。

彩色石膏による像
ヴィーナス・ホッテントット、ブッシュマンの女性（二七歳）
一八一六年一月一日、パリにて死去
死後、実物から型取りされる
ヴィーナス・ホッテントットの骨格
ヴィーナス・ホッテントットの油絵
ガラス容器に保存されたサラ・バールトマンの脳
ホッテントット・ヴィーナスの生殖器
サラ・バールトマンの生殖器の蠟型

私は、ヨーロッパで二度、そしてオスマン帝国、ロシア、アフリカ、中国、インド、アイルランド、朝鮮、ヴェトナム、パレスチナ、イスラエルで繰り広げられた、二〇世紀の死の舞踏の目撃者となった。アフリカという未開拓、未踏の謎だった私は、ヨーロッパと交渉するアフリカの政治という身体《ボディ・ポリティクス》になり、発見、搾取、戦争、絶滅、黙殺を構成要素としていた。
夜になると、私は博物館の広間を歩きまわり、警備員にいたずらし、ドアを開け、電気をつけ、ラジオを鳴らし、鍵をがたがたいわせ、暖房を切り、入浴のために水を流し、カフェテリアからドーナツを失敬し、婦人用トイレの鏡の前で身支度を整え、ドアをバタンといわせ、窓を開け、電気を消した。何年にも渡り、私は毎日、新聞に目を通し、本や博物館の付属図書館に収蔵されている条約文や報告書を読んだ。ついに、すべての書物が私に語ってくれるようになったのだ。そこに展示されれば、その場所のことがよくわかるようになるものだ……夜になると、戦利品たちがばか騒ぎをした。身の毛もよだつ幽霊、干からびたミイラ、切断された首、体の器官、ブローカ博士〔一八二四－一八八〇年。フランスの神経科学者で左前頭葉にあるブローカ野の発見者〕の脳、骨格と胎児、胚とゾウ、生殖器とシマウマの皮、バッファローの骨とクラゲ、骸骨や骨が夜明けまで踊る煉獄の様はとても言い表わせない。一九七四年、ついに私は階下の人目につかないところに移され、灰色の壁に囲まれたレベルCの第二駐車場のネオン灯の下に置かれた。何人かの管理人と政府の職員がときどき通る以外、昼間はだれも通らないところだった。その後、一九九四年に私はふたたび外に出され、こんどはオルセー美術館に運ばれた。私は二〇〇年ものあいだ、鉄のフックにぶら下げられ、世界の覇者たちによって作られる歴史を見てきた。なんという見世物興行が繰り広げられてきたものだ……時間はもはや、以前のように測れるものではなくなった。新しいルールと理論で、流れたり止まったりするようになったからだ。だから、私は今日の日付がはっきりわからない。いまは何の月？　紫の日？　それとも緑の日？

私は魂がどこに宿るのかという問題を解決した。それは、私の脳にも、生殖器にも、失われた皮膚にも、むき出しの骨格にも宿っていなかった。それはいまここにあるとか、いまから五〇〇年後にあるというものではなく、私たちが失ったか、忘れたか、押し殺している過去のなかに、時を越えて魂の再生を繰り返し訴える祖先の声のなかに、あった。

私をこの瞬間へと導いたもの。あなたがこのページをめくり、こんなに悲しくてひどい物語にしあわせな結末はくるのだろうかと思う瞬間。そんなことができるのだろうかと、あなたは心のなかで思っているだろう。だから、どうなったのか、話しておこう。大きな階段教室で体をじっくり観察されるなど、私の人生は白人の大集団に支配されているようなので、私に関する最後の話し合いが、二〇〇二年一月二九日、フランス議会で行なわれたことはまさに適切であった。

ニコラ・ティーダマン似で、ウェダバーン牧師のような話し方をするニコラ・アブーという背の高いフランス人が、しんと静まりかえったりっぱな階段式議場のなかで立ちあがった。そこは、ロンドンの王立裁判所や植物園の比較解剖学棟よりも大きくて手のこんだ作りで、彼はそこで、フランス上院の丸く並んだ黒い樫材と赤いベルベットの据え付け椅子に座る五三〇人の男性と数人の女性を前にした。そして、私のすべての器官、私のどんなに小さなひとかけらをもとの場所に戻そうとしたのだ――私の森やジャングル、私の川や山、私の砂漠や草原、私のランやカンニドッドの木、私の野生動物や私の渡り鳥、私の月や私の太陽、私のライオンの子やペンギン、私の小麦畑やコーヒー畑、私のダイヤモンドや金、私のアフリカ――それらをすべて、昔の姿に戻す。彼はそれを集まった大勢の人びとに語った。

「埋葬の機会を奪われたサラ・バールトマンの身体を、ふるさと、アパルトヘイトから解放された南アフリカの地に安らかに埋葬する時がきたのではないでしょうか……」

「フランス共和国は、亡き彼女に敬意を表し、フランスの信念と伝統を忠実に守ります。人権についての無知、忘却、あるいは軽視が公共の不幸の唯一の原因であると述べている、一七八九年の人権宣言を遵守すべきです。一九四六年の憲法で、フランス国民はふたたび、すべての人間は、人種、信条、宗教にかかわらず、冒しがたい権利を有すると宣言しました。二〇〇一年の法〔南アフリカのダーバンで開かれた反人種主義・差別撤廃世界会議で出された宣言〕は、奴隷制度は人道に反する犯罪であると述べています。それらを遵守しようではありませんか」

「かりに、彼女が侮辱の対象であるとするなら、それは彼女が黒人であり、女であり、身体的に異なっていたからにほかなりません。意図的に、彼女は怪物に仕立てあげられたのです。しかし、彼女とわれわれと、どちらがほんとうの化け物でしょうか？　ヴィーナス・ホッテントットには法的身分がないということや、彼女を公共の場所から移動させるための法律を通すべきである、といったことがずっと議論されてきました。では、彼女はいったい何なのでしょう？　私たちは、彼女を単なる博物館の収蔵品として話し合うべきなのでしょうか？　それとも、特別な保護を必要とする聖遺物として話し合うべきなのでしょうか？　ヴィーナスはほんとうにフランスのものなのでしょうか？　それとも、フランスは単なる管理者にすぎないのでしょうか？　博物館の収蔵庫は、けっして人間を祀るに足る霊廟ではありません。もし、ヴィーナス・ホッテントットがフランスにおいて法的身分を有しないのであれば、彼女が、世界と南アフリカにとっての聖遺物であり、象徴であることを知らしめるべきです。過去の聖遺物であり、しかも人種隔離政策《アパルトヘイト》と植民地主義のくびきに苦しんだ何世紀もの象徴なのです……サラ・バールトマンは一七八九年に生まれました。死後二世紀たって、この女性の尊厳を回復することは、まさにフランス革命の象徴というべきではありませんか……」

ああ、なんて素敵な言葉なの、なんて素敵な言葉、と私はつぶやいた。

「ヴィーナス・ホッテントットを自然史博物館の収蔵品から除籍することを採択すれば、彼女をアフリカの地に厳かに埋葬することができるでしょう」

（拍手）

「長きにわたる侮辱に耐え、ついにサラ・バールトマンは、奴隷制度、植民地主義、人種主義の闇を抜け、長いあいだ望んでいた、彼女の民族的出自の尊厳を取り戻し、正義と平安の返還を要求するにいたったのです」ニコラ・アブーはそう述べた。「フランス国民はいまいちど、宣言します。すべての人間は、人種、宗教、信条の区別なく、神聖で冒されることのない権利を有することを」

（拍手）

「ご質問がなければ、これで終わります」上院議員は言った。
「採決に移りたいと思います」側面にある自分の演台に立って、議員たちを見つめながら議長が言った。採決が執り行なわれた。うれしいことに満場一致で賛成だった。キュヴィエ様の黒板によく似た板が、議長と上院議員たちの頭上でまたたいた。ホタルの大群のように、赤い数字が輝いた。

議会法案 二〇〇二年一月二九日採択	第五二号　上院 二〇〇一〜二〇〇二年上院通常国会

議会法案　上院採択
フランスによるサラ・バールトマンの身体の南アフリカ返還に関する法案

第一読会において議会法案、上院を通過
数字参照――上院：一一四および一七七（二〇〇一〜二〇〇二年）

特記条項
現行の法律が実施される日から、サラ・バールトマンとして知られる人物の身体は、国立自然史博物館の公的収蔵物ではなくなる。
行政機関は、同日より二カ月で、身体を南アフリカ共和国に返還しなければならない。
二〇〇二年一月二九日、パリ、公開会議にて協議。

議長
クリスチャン・ポンセレ

討議のあと、私の骨格は初めてガラスケースから出され、簡素なパイン材の棺に入れられて、自由な黒人の国、南アフリカの国旗で包まれた。コイコイの人びとが私の身体を求め、返還を要求し続けていた。オランダ人、イギリス人、アフリカーンスに支配された闇の時代は終わったのだ。南アフリカの統治者は、彼らの声を聞き、自由な人びとが私をふるさとに戻してくれた。私は国として話し合うべき国家理由《レゾン・デタ》になったのだ。こうして、階段式議場に集まったフランス人たちが、私が人間であることをふたたび検討してくれたのだった。

そして、彼らは採択した。私の身体は、かけら全部がいっしょに集められ、私の夢と望み、私の愛と憎しみ、私の罪深さと善良さ、私の潔白と罪、私の月と私の星々、私の一代記がつながった……。

私はついに解放され、脳や性器もパイン材の棺に納められ、トロカデロのレベルCの地下駐車場の長く暗い通路から、鉛色の空のかなた、エッフェル塔を臨むエスプラネードに運びだされた。私を乗せた白く輝く霊柩車が、私の暮らしたパリの町を走り抜けた。サントノレ通り、ヌーヴ・ド・プティ・シャン通り、クール・ド・フォンテーヌ、パレ・ロワイヤル、チュイルリー宮、ドゥ・エキュ広場、ペリカン通り、アンパース・デ・イノサン、パリ死体公示所、そして高速道を北へ、ロワシーに向かい、ふるさとへと私を運ぶ南アフリカのジェット機に載せられた。飛行機が離陸する。ムラサキサギの、先の黒い大きな翼が私を空高く、沖の方へと運ぶ。長い羽が風を切り、先の黒いくちばしが遠くを指し、長い首は海岸の向こうの水平線に果てしなく延びていく。まるで署名の最後に引くアンダーラインのように。私の下には、絵巻物のようにアフリカが広がる。飛行機が着陸態勢に入った。ドアが開くと、アフリカの太陽が顔をだし、花の心地よいかおりが私の経帷子を包みこんだ。

気持ちのいい笑いが胸の底からこみあげ、帰るべき場所を見つけた。私がほんとうに欲しかったものは何?

尊厳。不当な扱いを受けてきた女が二〇〇年後に望んだものは何？　認められること。私は、だれかにすまなかったと言ってほしかった。私が孤児だったことに対して、母の刈られた首に対して、夫が失った耳に対して、父が受けた傷に対して、謝ってほしかった。私の生まれたばかりの赤ん坊の死に対して、私の一族が絶滅したことに対して、梅毒の流行に対して、天然痘の災いに対して、人と家畜が飢えたことに対して、ほかの母親がかわいそうにと言うのを聞きたかった。ナミビアの蹂躙について、土地を取りあげたことについて、奴隷を連れ去ったことについて、孕んだおなかに牛皮の鞭をあてたことについて、鎖、海までの死の行進、船、奴隷商人、売り渡し証書について、謝ろうという者はいるのだろうか？　戦利品の首、解剖、ラベル、計測、存在の連鎖、火酒、麻薬中毒者《ソルト・イーター》、金鉱、織物工場、炭鉱、煉瓦焼き窯、陶土採取場、子ども兵士、児童労働、野次る声、侮辱と暴力、植民地の人びとと征服者、これらすべてが残念でならない。そんなに取り乱すなんて女のしそうなことだ、ですって？　こんなに論理的じゃなくて。こんなに感情的で。だって、私は女ですもの。歴史は変わる？　世界は変わる？　だれかを牢獄に入れたら？　子どもたちの口からパンを取りあげたら？　記憶をぬぐい去ったら？　科学を抹殺したら？　ちがうの？　それなら？　それなら、どうすればいいの？　科学はけっして謝らない。でも、科学は、それを見ている人の目には真実のよう。だから、客観的な真実なんてうそっぱち。男爵と私は二〇〇年間、科学の名の下に互いに並んで置かれていた。おなじ形の別々のガラス容器に入って——異種族混交の神と女神、神と彼の戦利品、天才と彼の羊飼い女、ゼウスと彼のヴィーナス、白人の男と「他者」として……私は動物ではない。私はただの女。私は動物ではない。私は人類の一員。笑いは私がおなじ人間であることのしるし。私の笑いさざめく声はいまや、雨のように、塵のように、死の灰のように、集まった群衆の上に染みこんでいく。みんなにも笑い声が聞こえていることだろう。

飛行機の機体の下から棺が滑りでると、驚いたことに、何万人もの黒人が、草原のエレファントグラスよりもっとたくさんの黒人が、見渡す限りの地表を埋めつくしていた。いっせいに歓迎の声が起こる。「ママ・サラ！　ママ・サラ！　ママ・サラ！」彼らは叫んだ。その声は飛行機にこだまし、波のざわめきのようだった。

私、サラ・バールトマンは人間とは認められていなかったが、いまや全人類の偶像《イコン》となった。一万人もの黒人女性の声が、私の棺を空高く持ちあげる。棺は手や肩の海を滑り、最後の、そして唯一安らげる地へと運ばれていった。涙を流すことができない骨がすすり泣いた。

新しい南アフリカ警察は大群衆を抑えようとした。人波は壁や橋、運河や垣根、塹壕やバリケード、林、森、川、エレファントグラス、湖の下のトンネル、ダム、滝、丘へと姿を変えて、私の帰還を祝福した。私の身体は、緑と金の縞模様のコイコイの丘へ、かつて牛が草をはみ、ケープライオンが吠え、空が赤く染まり、幾千もの季節が巡ったコイコイの丘へと運ばれた。

万緑の季節、二〇〇二年八月八日、私は、ペンギンと遊び、母が誕生日の歌を歌ってくれた浜辺で燃え尽きた。私はムラサキサギのように空を舞い、葬儀のための積み薪を眺めた。それは赤々と燃え上がっていたが、広い砂丘やサバンナ、湖、滝、森、果樹園、オレンジ園、低い雲、深い泉、人びとが動き回っている母なる緑の大地のなかの小さな点になり、丸くなって、くすぶっていた薪は大海原の波のように、ほどけて消えていった。私の積み薪は、私の、そして民のなかの民の不滅のしるしであるカンニドッドの木でできていた。私は燃えて、私の体を形づくっていた燃えさしと粘土に戻っていった。私の魂は燃焼し、舞い上がり、安らぎ、そして解き放たれた。

アフリカの風が私の灰を運び、海の上の翼のようにまき散らし、やがてそれは海に飲みこまれていった。絶滅したはずのケープライオンが、どこからともなく現われ、私のそばにきて座った。二羽のペンギンが波打ち際をよちよちと通り過ぎ、一羽のサギが沼地を威張って歩いていった。私は舌打ち音《クリック》を使って、一〇〇万の女性に命じた。立て、そしてサラ・バールトマンに敬意を表して赤い手袋をはめ、その苦悩の証を伝えよ、と。そして、すべてが静寂に包まれた。

謝辞

以下の図書館およびそのスタッフに感謝を捧げたい。国立図書館（パリ）、人類博物館付属図書館（パリ）、フランス上院図書館（パリ）、大英図書館（ロンドン）、新聞図書館（ロンドン）、大英博物館（ロンドン）、ヴィクトリア・アンド・アルバート博物館（ロンドン）、公文書館（ロンドン、チャンセリー・レーン）、ケープタウン大学図書館（南アフリカ、ケープタウン）、ニューヨーク公立図書館（ニューヨーク）。以下の研究者の方々にも感謝を捧げたい。ナミビア大学（ナミビア、ウィントフック）のウィリー・ハーク教授、イェーテボリ大学（スウェーデン、イェーテボリ）のジャウニ・マホ教授、フランスの在野の歴史家、ローラン・ゴブロ氏、フランス人ジャーナリスト、ジェラール・バドウ氏。この作品を書くにあたり、私は多くの学術および科学分野の文献を使用したが、とくに次の二作品には感謝を捧げたい。フランソア＝ザビエル・フォーヴェル＝アイマー著『ホッテントットのねつ造』（国立科学研究所、パリ第一大学、ソルボンヌ出版局）、アーサー・ラヴジョイ著『存在の大いなる連鎖』（一九三三年のハーヴァード大学におけるウィリアム・ジェームズ講座、ハーヴァード大学出版局、一九四二年）。

第一八章では、まぎれもなく一九世紀に書かれた人類についての科学的著作、一八一四年から一八七〇年ごろまでのものをいろいろとり混ぜて、架空の関係者に原文に即して語らせるというかたちをとった。そのなかには、ジェファーソン、リンカーン、ヘーゲル、ダーウィン、ベディー、ゴルトン、ヴォルテール、ハクスリー、ノックス、モートン、ドラッパー、ヴィレー、マンデル、ブローカなどの引用が含まれている。第二一章のサラを解剖して観察するシーンでは、キュヴィエの『解剖所見』と、H・フォン・ルシュカ博士、A・コック、E・ゲルツによる『ブッシュマン女性の解剖調査』『人類学論評』(ロンドン、一八七〇年)を合体させた。

ニコラ・アブー上院議員のフランス上院でのスピーチに感謝している。その一部は本書で再現させていただいた。有能な代理人であるサンドラ・ダイクストラと編集者のデボラ・ファターの有能さと粘り強さがなければ、この本の完成は不可能だっただろう。エレイン・ブラウンのサポートと秘書のエマニュエル・ラフェット、息子のデイヴィッド、アレクシス・リボウ、そしてだれよりも夫のセルジオ・トシに、また、祖母エリザベス・チェイス・ソーンダーズの思い出、脂肪臀《ステートピジア》、そのほかすべてに感謝を捧げたい。この草稿に目を通してくださった、パリ駐在前南アフリカ大使であるバーバラ・マサケラ氏、そしてサラ・バールトマンの帰国に尽力してくださったコイコイ人の活動家と組織に感謝している。

けっして終わらぬ悲劇なのだが、パリの人類博物館は、それ自体が解体され、中身を取り除かれて、政府の機関としてはもはや存在しない。私はこのページを、フォーヴェル゠アイマー教授の言葉で締めくくりたい。「そのとき以来、そういった存在を他者の目に見えなくしていた歴史的変遷(そうした存在自体の物理的消滅、民族の混血、国境の侵害)は、他者の目にそれらの存在を無用のものにし、小説よりも真実味のないものにする、最後の仕上げにすぎない……」この小説がそれらの存在を真実以上のものにしていますように。

そして最後に、アフリカの負債が免除されんことを。アフリカの負債が免除されんことを。アフリカの負債が免除されんことを。

解題　サラ・バールトマンは眠れない——ポストコロニアルにおける歴史小説の試み

チェイス＝リボウの試み

本書は、Barbara Chase-Riboud, *Hottentot Venus: A Novel* (New York: Doubleday, 2003）の全訳である。

著者バーバラ・チェイス＝リボウは、アメリカ第三代大統領トマス・ジェファーソンとその女奴隷との関係を描いた『サリー・ヘミングス』（一九七九年、同名の邦訳は二〇〇六年）、その続編として書かれた『大統領の娘』（一九九四年、邦訳『大統領の秘密の娘』二〇〇三年）、オスマン・トルコ帝国のハレムに奴隷として囚われ、やがて皇帝（スルタン）の母となるクレオール女性を描いた『ヴァリデ——ハレムの物語』（一九八六年）、アミスタッド号上での奴隷反乱を扱った『ライオンの咆哮』（一九八九年）といった歴史小説で知られる黒人作家である。カール・サンドバーグ賞（一九四〇年に『リンカーン——戦争の時代』で、一九五〇年には『全詩集』でと、二度にわたってピュリッツァー賞を受賞した詩人カール・サンドバーグを顕彰する賞で、アメリカでもっとも優れた詩人に与えられる）を受賞した詩人として、さらには彫刻家、視覚芸術家として、彼女は現在、パリ、ローマ、ニューヨークを中心に幅広く活躍中である。

チェイス＝リボウの名を国際的に知らしめたのは、アメリカの女流作家が書いた最高の小説に与えられるジャネット・ハイジンガー・カフカ賞を受賞した『サリー・ヘミングス』であった。同書は、トマス・ジェファーソン研究者を大いに困惑、憤慨させるとともに、人間として最低限の人権すら奪われた存在――チェイス゠リボウ自身の言葉を借りれば「目に見えない名無しの存在」――を歴史のなかに探し出し、忘却の彼方から呼び戻し、見直し、語り直す著者の力量を見せつけた。一九九八年、同書に触発されて、遺伝子学者ユージン・フォスター博士が行なったＤＮＡ鑑定（その結果は科学雑誌『ネイチャー』一九九八年一一月五日号に掲載）では、ジェファーソンとサリー・ヘミングスの子孫のＤＮＡが一致し、二人が関係していた可能性が高まった。このことが、同時期に暴露されたクリントン大統領とモニカ・ルインスキーの不倫スキャンダルとあいまって、アメリカ社会を激しく揺さぶったことは、まだ記憶に新しい。

さて、本書でチェイス゠リボウが忘却の彼方から引き寄せ、その人生の再構築を試みたのは、一九世紀初頭、南アフリカからイギリス、ロンドンに連れてこられ、本書標題に謳われた「ホッテントット・ヴィーナス」の呼び名で見世物にされた女性である。彼女の名はサーチェ・バールトマン――アフリカーンス語としての発音は「サールキ・バールトマン」であり、洗礼を受けたイギリスでは英語風に「サラ・バートマン」と呼ばれたようだが、本書翻訳に際しては、近年もっとも一般的に用いられている「サラ・バールトマン」を使っている。

「ホッテントット・ヴィーナス」という見世物

とはいえ、「サラ・バールトマン」は、彼女の生まれながらの名前ではない。彼女は、南アフリカ、東ケープの先住民《ファースト・ネイション》であるコイコイ（コイともコイサンとも呼ばれる）という民族の出身であり、誕生時にはコイ語（コイサン語）の名前があったはずだからだ。本書の著者チェイス゠リボウは、「サラ」に語感がよく似た

「セフラ」という名を当てているが、それとて、フィクションでしかない。

「サーチェ・バールトマン」は、彼女の奴隷主が名付けたアフリカーンス語の呼び名であり、本書では、孤児になった彼女を奴隷として買った宣教師が命名したことになっている（第二章）。ちなみに、「サーチェ Saartjie」の語尾にある〝-tjie〟は愛称であり、サーチェは「ちっちゃなサラ」を意味する。一九世紀にあって（そしておそらくは二〇世紀のアパルトヘイト時代でも）、白人が軽蔑と支配の意味を込めて黒人に使ったとされるこの指小辞〝-tjie〟は、アフリカの人びとを自分では何もできない「子ども」と見ていた証でもあろう。

サラが生まれた一八世紀末（正確な生年は不明だが、おそらく一七八九年頃だと思われる）、コイコイと呼ばれた民族集団は、本書に描かれているように、牛泥棒としてオランダ系移民（俗にボーア人と呼ばれる人びと）の社会で脅威とみなされ、奴隷狩りの対象となっていた。それ以前においても、コイコイの人びとは、南アフリカを旅したヨーロッパの商人や宣教師らのあいだで「野蛮」の典型と目され、博物学的好奇心の対象とされてきた。本書は、人類の起源が問われ、進化論への胎動が始まった時代を背景としているが、当時コイコイは「猿と人間をつなぐ失われた環《ミッシング・リンク》」と目されていた。本書で何度も強調される、彼らの言葉に特徴的な舌打ち音《クリック》――「猿の泣き声に似た獣のような発声の寄せ集め」［オールティック、二六五頁］――が、ヨーロッパ人の耳に下品で知性に欠ける音に聞こえたことが、彼らへの偏見を助長したと思われる。その音で、ヨーロッパ人同様、戦うことも子守唄を歌うことも、愛をささやくこともできるのに、だ。ヨーロッパのアフリカ支配を「野蛮の文明化」との名目で正当化していたのは、こうした根拠希薄な偏見であり、想像力の欠如でしかなかった。

わけても、コイコイの女性については、その突き出た巨大な脂肪臀とともに、「秘密の部分」――長く伸び

C. ウィリアム作「成功の見込み，立派な尻で商売す」(1810年)。ホッテントット・ヴィーナスに両手を差し出しているのがグレンヴィル卿。左には大蔵大臣と外務大臣が，右には興行主ダンロップの姿が見える。(本文175頁参照)

た小陰唇、「七面鳥の喉のように垂れ下がったスキン」［シービンガー、一八六頁］が注目を集めていた。「皮膚の垂下物」を意味する「シヌス・プドーリス sinus pudoris」というラテン語で広まったコイコイ女性の性器は、やがて「エプロン（前垂れ）」（フランス語ではタブリエ、ドイツ語ではシュルツ）という言葉で、啓蒙主義時代のヨーロッパ社会に定着していったと伝えられる。本書でも「エプロン」と訳出した、その「秘密の部分」に、カール・フォン・リンネはじめ、当時の名だたる博物学者たち（もちろん男性）は夢中になったとされるが、彼らが、あるいはヨーロッパ人探検家や旅行家が、それを実際に目にしたわけではなかった。「ホッテントットのエプロン」は自然のものなのか、それとも人工的に女性自身が作り出したものなのか——それは、ホッテントットの男性が左の睾丸を切り取るのと同じように、ヨーロッパ人には理解不能な、それゆえにヨーロッパ的規範からの逸脱とも、野蛮の証明ともされた謎であった。ヨーロッパが生み出した近代科学がどれほどゆがんだものであったかをジェンダーの視点から精力的に検証してきた歴史学者、ロンダー・シービンガーはこういう。「一九世紀初めまでに、ホッテントットのエプロンへのヨーロッパ人の関心は、大きく膨らんでグロテスクなのぞき行為になった」［シービンガー、一八八頁］と。この見世物的価値に目をつけた男たちの手で、一八一〇年、彼女はイギリスにやってきた。

当時のロンドンは見世物娯楽の中心であり、世界各地から好奇でグロテスクなモノが集まり、さまざまな場所に展示・陳列されて、この帝都自体が博物館の寄せ集めの観を呈していた。この独特の娯楽環境のなかで、「ホッテントット・ヴィーナス」は、薄いシースだけを腰にまとい、その特徴的な臀部を際立たせるためにビーズと羽根飾りをつけて、舞台にあがった。「生ける野蛮」と謳われた彼女は、一八一〇年秋のロンドン興行を皮切りに、イギリス各地、そしてパリで一世を風靡する。だが、その終焉はあっけなく、みじめなものであった。一八一五年一二月二九日、彼女は、パリの片隅で、孤独なアル中女として亡くなったのである。この死の瞬間から、著者チェイス＝リボウは、「彼女の物語」を語りはじめる。

フランス科学の権威、ジョルジュ・キュヴィエ

サラの死の直後、フランス比較解剖学の最高権威、ナポレオンの主治医としても知られるジョルジュ・レオポルド・キュヴィエは、「ホッテントットのエプロン」の謎を解くべく、公開解剖に臨んだ。生前、彼女は、キュヴィエ、ジョフロワ・サン＝ティレール（博物学、比較解剖学が専門の自然史博物館教授）、アンリ・ド・ブランヴィル（動物学、解剖学を専門とするパリ大学教授）の前で裸になるよう、強要されたことがあった。その際、「彼女は性器を覆うハンカチを取ることに激しい抵抗を示した」と、ド・ブランヴィルは後に証言している。この激しい拒絶に、チェイス＝リボウはサラの主体性と尊厳とを認め、第一九章でその場面の

再現を試みた。結局、フランス科学の権威を代表する三人の男たちは、生きている彼女のエプロンを見ることはできなかった。その意味でいえば、解剖は、彼女のエプロンの謎を解く最後の機会でもあった。

　キュヴィエが残した解剖記録（*Memoires du museum dhistoire naturelle*, 1817）によれば、「エプロン」はコイコイの女性に特有の器官ではなく、本書でも触れられているように、女性性器（小陰唇）の変形だったという。同じ記録に、キュヴィエは、サラの突きでた臀部を発情期に大きく膨らむマンドリルの尻に、唇を突きだす彼女の癖をオランウータンのしぐさに喩え、「魅力的な手足に比べて、耳は類人猿のごとく小さい」とも記している。その一方で、「彼女は記憶力がよく、オランダ語を流暢に話す知的な女性であった」との言葉もみえる。そうしたキュヴィエの記述を織り込みながら、チェイス＝リボウは、『サリー・ヘミングス』で奴隷と奴隷主という個人的な関係からみていた奴隷制度を、「啓蒙の時代」というより大きな文脈に落とし込み、「科学」がもっていた意味と役割を問い直そうとするのである。全二四に及ぶ各章に置かれた前言が、ひとつの章を除き、すべてキュヴィエの著作や書簡からの引用であるのは、著者のこの挑戦を何よりも雄弁に物語っている。

　テルミドール期、総裁政府期、ナポレオン期、王政復古期のすべてを通じ、当時の学界で最強の実権を握っていた「知のナポレオン」への挑戦、かつそれへの痛烈な皮肉——それは、彼を欲情させ、サラをレイプさせようとするシーン（第一九章）で最高潮に達する。著者が準備したこの虚構《フィクション》ゆえに、死後のサラを解剖する本書のキュヴィエは、科学の最高権威というよりも、レイプ犯にみえるだろう。

　キュヴィエがサラに示した関心については、科学史家シービンガーもまた、チェイス＝リボウに劣らず辛辣である。曰く、キュヴィエの関心は、「セクシュアリティに集中していた。一六ページのうち九ページがバールトマンの生殖器、乳房、臀部、骨盤に当てられ、ほんの短い一節だけが彼女の頭脳を評価した。性と人種の両面から、バールトマンは獣界の分類に属していた」［シービンガー、一九二頁］。ジェンダーと人種が交錯する彼女の身体――。

解剖後、彼女の身体はばらばらにされ、性器はホルマリン漬けにされてパリの人類博物館三三番ケースに保存され、大きすぎる臀部と垂れた乳房を特徴とする彼女の身体模型（キャスト）が作られた。ただし、この時点における彼女への関心は、ホルマリン漬けの瓶に貼られたラベルが示すように、あくまでもホッテントットとしての身体にあり、サラその人には向けられていない。

その後、一九七四年まで、彼女の骨格標本と身体模型は、パリの人類博物館に公開展示されていた（後者の展示は一九七六年まで）。イギリスとフランスで人権を徹底的に無視、ないし軽視された見世物としての彼女は、一八一五年の死で終わったわけではなかったのである。

グールドのホッテントット「再発見」

一九七〇年代半ば、フェミニストからの抗議を受けた博物館は、彼女の身体模型と骨格見本を奥の物置に収めたが、この措置も、人間としての彼女の尊厳に配慮したものとは言いがたい。展示物として顧みられることもなくなった彼女は、まもなく、フランスでも、もちろんイギリスや生まれ故郷の南アフリカでも、文字通り、忘れられていった。この間、イギリスでは、旧植民地から流入した大量の非白人移民をめぐって人種問題が深刻化したこともあり、人種観や人種概念を史的に分析する研究が相次いだが、そこに「ホッテントット・ヴィーナス」もサラ・バールトマンの名もなかった。

忘れられた彼女を偶然にも「発見」したのは、アメリカの古生物学者、科学史家として知られるスティーヴン・ジェイ・グールドだった。『ワンダフル・ライフ』（一九八九年、邦訳一九九三年）、『人間の測りまち

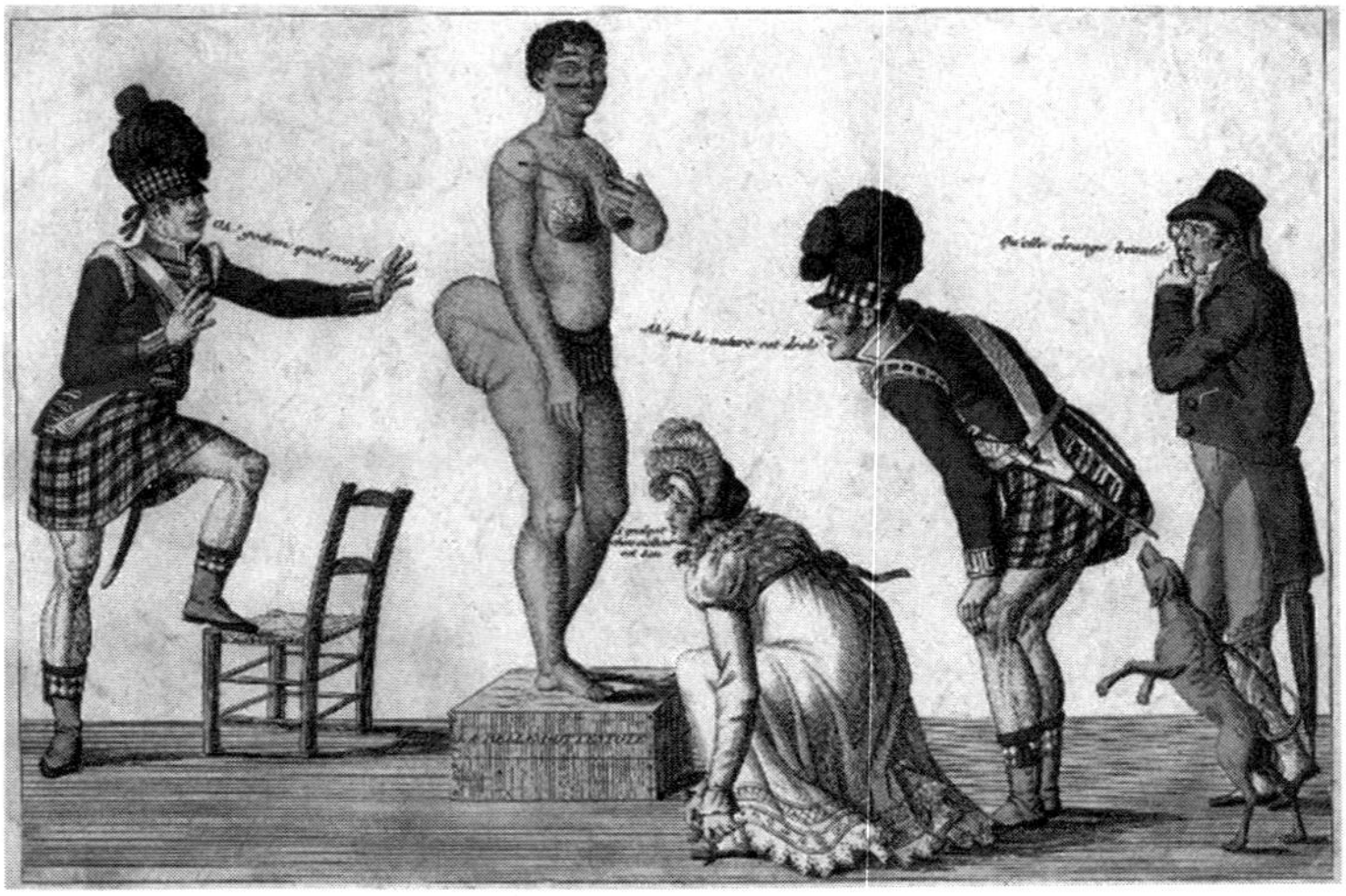

作者不詳「恍惚の好奇心，あるいは靴ひも」（1812年，パリ）。ホッテントット・ヴィーナスに魅了されるさまざまなイギリス人を描いたフランスのこの諷刺画を，グールドはヨハネルブルグの古本屋で見つけ，「追記」として『フラミンゴの微笑』に収録した。

がい――差別の科学史』（一九八一年、邦訳一九九八年）などの著作で日本でも人気の高いグールドは、その「発見」の様子を『ナチュラル・ヒストリー』（一九八二年一〇月号、『フラミンゴの微笑――進化論の現在』所収）にこう書いている。

ある日グールドは、幼なじみの天文学者カール・セイガンから、パリの人類博物館でホルマリン漬けになったポール・ブローカ（本書第IV部エピローグに登場する神経科学者）の脳を見たと聞かされる。同博物館を訪れ、館内を案内してもらったグールドは、ブローカの脳のホルマリン漬けが置かれた棚の一段上に、女性性器が入った三つの小さな壺を見つけた。男性の脳と女性の性器――このコントラストがグールドには大きなショックだったという。三つの壺にはラベルが貼ってあり、そのひとつに「ホッテントット・ヴィーナス」とあった。キュヴィエが解剖し、ホルマリン漬けにされたサラの「エプロン」である。ここから、その持ち主を探るグールドの旅が始まった。

グールドは、「ホッテントット・ヴィーナス」がなぜかくもヨーロッパ人を魅了し、センセーションを巻き起こしたかの理由を、当時の誤った前提——進んだヨーロッパ人は性的な節度を有するが、「異常に大きな脂肪臀と性器は性的にあけっぴろげという動物性の証」とする当時の考え方——に見いだした。当時の科学の権威ですら、セクシュアリティと動物性の関連に囚われて、サラを「もっとも遅れた人間集団に属する」と考える大きな過ちを犯していたと看破したグールドは、それを明解な文章で綴っている。

時に一九八〇年代初めのこと。それは奇しくも、南アフリカ国内でアパルトヘイト体制に対する反対運動が激化し、国際批判が高まるなか、南アフリカへの経済制裁が強化された時代であった。それを受けて、異なる人種の結婚や恋愛を禁じた法律（人種混淆禁止法、背徳法）、黒人に身分証明書の携帯を強制するパス法などが廃止されるのは、一九八〇年代後半のことである。そしてそれは、現代思想においてポストコロニアル理論が洗練され、人種やジェンダーをめぐる既存概念の見直しと再定義が進められた時期とも重なっていた。ここからゆっくりと、「ホッテントット・ヴィーナス」に対する好奇心が「サラ・バールトマン」という個人への関心へと転換していく過程が始まり、それはまもなく、世界中が彼女個人に注目するある運動へと急展開していく。二〇世紀末の南アフリカで突如として始まった、サラ・バールトマンの「身体返還運動」である。

グローバルな身体返還運動のなかで

一九九五年早々、コイコイ（コイサン）系の組織がプレトリアのフランス大使館に、パリの人類博物館の物置に収納されていたサラ・バールトマンの身体（正確には身体模型、骨格標本、そしてホルマリン漬けにされた女性性器）の返還を求めた。彼らは、その前年に南アフリカ大統領に選出されたネルソン・マンデラにも協力を仰いだ。マンデラは、まずは私的に、次いで公式に、フランス大統領（最初はミッテラン、同年五月の選挙以降は新大統領となったシラク）に、サラの身体返還を申し入れた。勘のいい読者ならば、ここに、この運動とアパルトヘイト廃止後の南アフリカの民主化とのかかわりを、もっといえば、南アフリカを構成する多くの民族を織り合わせていく「新たな国民創り」との関連を、すぐさま連想するだろう。

と同時に、もうひとつの動きが重なっていたことを忘れてはならない。それは、二〇世紀末以降、グローバルな規模で展開されてきた、先住民の権利主張運動である。

アフリカやアジアを「野蛮」とみなし、その「文明化」を支配の口実として正当化してきた近代ヨーロッパは、領有したい地域の自然とそこに暮らす人びとについての知を徹底的に求めた。多くの旅人、冒険家、商人が、そして「文明化」のための伝道に派遣されたキリスト教の宣教師らが、植物、動物、鉱物、そして民族に関するありとあらゆる情報や事物を追いかけ、手にした収集品を続々とヨーロッパに運んだ。それゆえに、イギリスやフランスにおける「博物学の黄金時代」は、アフリカやアジア、大西洋上の島々に暮らす人びとにとっては「受難の時代」でもあった。未知をすべて知りたいと願い、それをひたすら消費する欲望のまなざしが、それに経済的・物理的な見返りをもたらすネットワークが、サラ・バールトマンを、さらにはラップランドのエスキモー、アメリカ先住民、ブッシュマン、ズールーの人びとを、彼らの意志とは無関係に、ロンドンやパリへと引き寄せた。イギリスでも、一九世紀を通じて、都市のいたるところで、生きた民族展示が頻繁に行なわれている（このあたりのことはオールティック『ロンドンの見世物』に詳しい）。見世物として「陳列」された彼らがその後どうなったか——無事に故郷に戻ることができたのか、あるいはそのままヨーロッパにとどまり、社会の闇に沈んでいったのか。いずれにしても、彼らの行方が記録に残されることなど、ほとんどなかった。

くわえて、ヨーロッパが植民地を拡大した「帝国の時代」には、各地で繰り広げられた戦いの戦利品として持ち帰られたモノもたくさんあった。ロンドンの大英博物館や自然史博物館はじめ、イギリス各地の博物館、あるいは大学には、南アフリカのズールーやケニアのキクユ、オーストラリアのアボリジニ、ニュージーランドのマオリといった人びとの骨が数多く存在する。遺骨や身体模型が公然と、あるいは密かに収蔵されているのは、パリの人類博物館だけではないのだ。また、一九八〇年代まで、スペインの小さな田舎町、バニョレスの博物館に公開展示されていた「エル・ニグロ（黒人）」と呼ばれる人間の剝製をめぐっては、オランダ出身のフリー・ジャーナリスト、フランク・ヴェスターマンの興味深いルポルタージュがある。

これら、勝手に持ち去られた、あるいは強制的に奪われた祖先の遺骨や遺品、民具などの文化的遺産を取り戻そうとする動きが世界各地で顕在化したのが、二〇世紀末のことであった。一九八〇年代、研究の名目で墓地を暴かれ、収集された遺骨の返還を求めたアメリカ先住民に始まるとされるこの運動は、一九九〇年、「アメリカ先住民の墓地の保護と遺物返還法（ＮＡＧＰＲＡ）」を制定させるとともに、アフリカ諸国がかつての宗主国であるヨーロッパ諸国に同様の要求をする契機ともなった。二一世紀へと向かう世紀転換期、失われた身体返還運動はグローバルな潮流となっていく。

一九世紀末以降、帝国を志向した日本もまた、この潮流と無関係ではない。日本が、朝鮮半島や台湾、アイヌや沖縄などからさまざまな事物や文化財を取り上げ、現地の人びとを見世物として陳列、展示してきたことは、一九〇三年、大阪・天王寺で開かれた第五回内国勧業博覧会の学術人類館で行なわれた民族展示に対する清国と沖縄県からの激しい抗議、いわゆる「学術館事件」を挙げれば十分だろう。日本の戦争責任、植民地責任が問われるなかで、先住民の身体・遺骨の返還運動もまた取り沙汰され、過去の記憶を現在によみがえらせる。それが、本書の主人公、サラ・バールトマンとわれわれをつないでいることを忘れてはならない。

時間、空間を超えて、すべてのものはつながっている――そんなグローバル化と情報化の時代に、われわれは生きている。

サラ・バールトマンへの熱狂的な関心

話をサラ・バールトマンに戻そう。

南アフリカから公式に出されたサラ・バールトマンの身体返還要求を、フランス政府は当初、「博物館の独立性への不介入」を理由に却下していた。博物館側には、フランスが誇る啓蒙主義が問題視されたことへの不快感以上に、それを認めてしまえば、その他の類した要求に対して「パンドラの箱」を開けることになるとの危惧があったのかもしれない。

このフランス側の反対が南アフリカ国内の反発を強め、やがてサラを、「南アフリカの黒人が三世紀半ものあいだ耐えてきた不正義のシンボル的存在」に変えていった。先住民の民族性の主張、とりわけ、サラの出身であるコイコイの民族組織「フリクワ民族会議」(グリカとも言う。フリクワとはコイコイ人と白人の混血を起源として独自のアイデンティティを主張する集団)の動きについては、サラ・バールトマンの身体返還運動を早期に日本に紹介した永原陽子氏(東京外国語大学アジア・アフリカ言語文化研究所教授)の論文に詳しい。

「犠牲者」として差別の歴史を刻んできた先住民に対する考え方が大きく変化するなか、南アフリカ国内で高揚するサラへの熱狂に突き動かされるかのように、フランス議会が最終的に返還要求に合意したのは、運動開始から八年後、二〇〇二年三月のことであった。同年五月六日、彼女は一九二年ぶりに故郷である東ケープ、ガムトゥー峡谷に戻った。その三カ月後の八月九日、南アフリカで「女性の日」に制定されているこの日、アパルトヘイト廃止後の第二代大統領ムベキ列席のもと、彼女の埋葬儀式がしめやかに執り行なわれた。本書第Ⅳ部エピローグで語られるサラの帰郷と埋葬の様子は、地元南アフリカのみならず、フランス、そしてイギリスのメディアによって世界中に伝えられた。二〇〇三年に出版された本書は、文字通り、この身体返還運動のクライマックスのなかで書かれたものである。

チェイス＝リボウだけではない。一九九五年からの八年間、サラ・バールトマンの身体返還運動に刺激されて、南アフリカ、フランス、イギリス（そしてアメリカ）などでは、サラ・バールトマンに関する出版物であふれかえった。ドキュメンタリやアート、写真集、そして文学の世界では詩や戯曲、小説など、彼女に捧げるオブジェや作品が続々と発表された。なかでも、サラの身体返還に直接大きな役割を果したとされる作品が二つある。

ひとつは、南アフリカの映画監督、ゾラ・マセコによるドキュメンタリ『サラ・バールトマンの生涯と時代』（一九九八年）である。制作の翌一九九九年、アフリカ映画祭（FESPASCO）、ならびにミラノ・アフリカ映画祭で、ベスト・アフリカ・ドキュメンタリ大賞に輝いたこの映画は、先に紹介した永原陽子氏や南アフリカ文学研究者である楠瀬桂子氏（現・京都精華大学教授）らによって日本にも紹介され、静かな感動と共鳴を呼んだ。

もうひとつは、右の映画制作と同じ一九九八年、コイコイ出身の詩人ダイアナ・フェラスが書いた詩「サラ・バールトマンのための詩」である。サラが眠る東ケープ、ガムトゥー峡谷の村ハンキーに設置されたボードにも刻まれたその詩こそ、お堅い政治家を動かした、バールトマン返還の最大の立役者だと、南アフリカでは広く信じられている。

こうして、二〇世紀から二一世紀にかけての世紀転換期、二〇〇年近い時を超えて、サラはふたたび、世界中で「観られる」存在となった。この動きを、たとえばイギリスの新聞『タイムズ』（一九九八年四月三〇日）はこう伝えている。「二〇世紀末のロンドンは、サーチェへの熱狂に圧倒された」――そのなかで、先に紹介した「サラ・バールトマンの犠牲の物語」は強調され、さらに多角的、多面的な研究を刺激した。啓蒙時代の科学の偽善、人種主義、非白人女性に対する搾取、コイコイ・ナショナリズム――サラは、ポストコロニアル状況下のヨーロッパやアフリカ、さらには人種・民族とジェンダーがクロスオーバーする帝国史や植民地史、黒人女性の表象研究などで、たえず注目される存在となっていく。語弊を恐れずにいえば、二一世紀初頭のいま、サラ・バールトマンは、植民地時代の南アフリカを象徴する、もっとも有名な偶像《アイコン》なのである。

サラ・バールトマン――それにしても、なぜこの名が記憶されているのだろうか。

記憶されるサラ――奴隷か、自由な身の使用人か

サラがイギリス、そしてフランスにやってきたのは、ナポレオン戦争末期の一八一〇年から一五年にかけての時代であった。彼女が英仏で暮らしたのはわずか五年と短いものの、その姿は、同時代の見世物を伝える新聞記事や雑誌の紹介文、同時代人の自伝や手紙などに数多く書き留められている。たとえば、新聞の通信員だった若きチャールズ・ディケンズが「ボズ」のペンネームで発表した記事を集めた『ボズのスケッチ』（一八三六〜一八三九年）、コメディアンのチャールズ・マシューズの伝記などがそうである。著者チェイス＝リボウは、こうした資料を丹念に追って本書に織り込んでいるが、とりわけ第一二章では、ジェイン・オー

スティンの現存する手紙を援用しながら、白人である「自己」と非白人である「他者（＝ホッテントット・ヴィーナス）」との境界線が不動だと確信する、当時のイギリス世論を巧みに代弁させている。サラを見世物として楽しめる白人たちの安心感は、まさにこの確信に基づくものだろう（実際のオースティンもおそらく、「ホッテントット・ヴィーナス」を見た可能性が高い）。

しかしながら、サラ・バールトマンの詳細な個人情報が判明している最大の理由は、裁判記録および裁判の中身を伝える新聞記事にある。周縁化され、忘却された人びとを歴史の表舞台に引き戻すのは、自身が書いた日記や書簡などではなく、裁判記録のような公的な文書であることが多いが、彼女の場合も例外ではなかった。一八一〇年一一月のロンドンで行なわれた裁判がそうである。そしてそれは、彼女の渡英のタイミングと深く関係していた。

本書でも語られているように、サラがイギリスに渡った一八一〇年は、奴隷貿易廃止（一八〇七年）からわずか三年後のことだった。しかも、ナポレオン戦争の最中だった当時、奴隷売買の禁止は、敵国フランスとの差別化を図る意味を含めて、イギリス社会に新たに生まれた自己認識《アイデンティティ》でもあった。奴隷制度反対が、アフリカやアジアなどでの地域紛争にイギリスが介入する口実となり、イギリス帝国が「苦境に陥った現地の人びとを解放する慈悲深き帝国」としての地歩を固めていくのは、この時期のことである。

すでに述べたように、一八一〇年秋、初めてピカデリー二二五番地のステージに立った彼女は、すぐさま大評判となった。その一方で、彼女の「陳列」に不快感を覚える人びとがいたことも確かである。そんな人びとの姿を、チェイス＝リボウは、さまざまにサラの周囲に登場させている。俳優一家に生まれ、姉のシドンズ夫人とともに一世を風靡した俳優兼劇場支配人のジョン・ケンブル。西アフリカ、英領シエラレオネ総督を務めたザカリ・マコーリーは、スコットランド出身の博愛主義的改革家。彼と同じく、奴隷廃止論者のグレンヴィル・シャープは、西アフリカに解放奴隷を移民させるシエラレオネ会社の失敗を受けて、奴隷貿易廃止法案通過とともに設立された「アフリカ協会」に深く関わっていた。サラをめぐる裁判の原告らは、奴隷売買の禁止を遵守すべく設立された、この協会の関係者たちである。

そのなかでとりわけ存在感を放つのは、本書第九、一〇章で語られるロバート・ウェダバーンであろう。ジャマイカでスコットランド人農園主と現地の女性奴隷とのあいだに生まれたウェダバーンは、奴隷の闘う権利の主張と西インド諸島への革命教唆で二度の逮捕歴があり、同じく元奴隷だったオラウダ・エキアノと並ぶラディカルな活動家として知られる。もっとも、彼自身がホッテントット・ヴィーナスの興行に異議を唱えたとの記録は残っていない。「すでに十分危険を冒してきたウェダバーンを、訴訟の表舞台には出さない」という設定で、非白人の彼を、やはり非白人のサラの裁判に絡ませたことは、著者チェイス＝リボウの創作であろう。ここに著者はどんな効果を狙ったのだろうか。そもそも、この裁判の争点はどこにあるのか。

この裁判を大きく報じた『タイムズ』(一八一〇年一一月二六日)によれば、最大の争点は、サラ本人の意志の有無にあった。原告であるアフリカ協会が立証したかったのは、彼女が不法かつ自らの意志とは無関係にイギリスに連れて来られ、檻の中で動物のように動くことを強要された「奴隷」であったことだ。それゆえに、アフリカ協会は、彼女の渡英時の状況、興行における彼女の意志の有無、興行収入の分配、故郷南アフリカへの帰還の希望などを詳細に調査した。これに対して、彼女を渡英させたカーサルは、サラは奴隷ではなく、あくまで使用人(servant)であると主張した。サラの渡英の前年にあたる一八〇九年、ケープ植民地総督コールドン卿が出した法令により、コイコイ人の移動の自由は厳しく制限されており、使用人ならば発行される渡航証明書も、奴隷売買であるならば総督自ら許可を出すはずがない、というのが彼らの言い分であった。

ザカリ・マコーリや彼の義弟バビントンらは、それをまったく信じなかった。そんな許可証があるはずがない。サラの渡英は奴隷貿易を禁じた法律に違反しており、興行収益はすべて彼女の所有者であるカーサルの元に入る。しかも、全裸に近い興行は公序良俗に反し、それを強要されたサラは奴隷にほかならない――一八一〇年一一月二四日、王座裁判所（高等法院の前身で、民事・刑事裁判の第一審）において、原告側はこう主張し、彼女を保護する人身保護律の発令を求めた。奴隷貿易廃止法成立からわずか三年。この時代のコンテクストが、サラ・バールトマンを、彼女の意志の有無にかかわらず、哀れな奴隷のシンボルに祭り上げようとしていた。

皮肉にも、イギリスの奴隷廃止論者らのサラ擁護の主張を完全否定したのは、誰あろう、サラその人であった。本書第一一章で語られるように、法務長官は裁判長に、彼女の主人であるカーサルのいないところで、彼女が理解できるアフリカーンス語で、サラ自身の証言を求めた。記録によれば、三時間に及ぶ尋問のなかで、彼女はこう陳述している。自分はアフリカーンス語が理解でき、興行契約書に書かれた「興行収益の半分を保証する」という契約内容を把握している。大好きなイギリスに居られて幸せである。自分には使用人が二人もいる。興行のない日曜日には馬車で二、三時間外出もできる。だから、自分は現状に満足していると――。裁判所は原告の訴えを棄却するしかなかった。

その後、この裁判を茶化すバラッドが流行るなか、サラ・バールトマン自身の人気は徐々に衰えていった。このこと自体、奴隷制度廃止へと舵を切った当時のイギリス社会の状況を物語っているだろう。

こうして裁判は、奴隷であることを強く否定した彼女自身の言葉によって、原告敗訴に終わった。ならば問いたい。この裁判における「サラ・バールトマンの言葉」とは何なのか。彼女が置かれた状況下で発揮される「彼女の自発性・主体性」とはどういうものなのか。たしかに彼女は、奴隷制度廃止論者たちが、とりわけウェダバーンが想像して突きつけた「奴隷という不幸な状態」を否定し、「自分は自由で、ロンドンでの現状に満足している」と答えた。しかしながら、「だから彼女は幸せであり、それはそれでいい」ということにはならないだろう。サバルタン研究で知られるガヤトリ・スピヴァクが言うように、「現状に満足している」という彼女の「声」と、それをどう判断するかはまったく別問題だからだ。

しかしながら、ウェダバーンには、この違いがわからなかった。チェイス＝リボウは、「君は奴隷だ。だから逃げろ」と諭す自分の言葉が理解できないのかと問う彼に対して、サラにこうつぶやかせている。

……あなたの考えはあなたにとって大切なだけ。私にとってではない。たとえば、あなたは私の言葉を自分のものだと考えている。

理解していますとも。あなた〔ウェダバーン〕が思い描く私の方が、私自身よりも大切なんだということを理解している。ダンロップ様が私のことを自分のものと考えているのと同様に、あなたも私のことをしゃべりさえしない、それなのに、私の歴史を語り、私の理想を語り、私の代理人を騙り、私を救うことをあなたに許すのが私の務めだと語るあなたは、いったい何者なの。私たちのあいだには共通の言葉がないだけでなく、ただお互いを理解するにも、白人の言葉を使わなければならないのに……（第一〇章、一九五―一九六頁）

それゆえに、サラにとって、ウェダバーンは、「白い黒人」（一九八頁）、「イギリス人の衣をまとった狂ったニガー」（一九九頁）でしかないのである。

南アフリカの映画監督マセコがドキュメンタリ映画で問うたのも、実にこの問題であった。イギリスの奴隷廃止論者たちが彼女に示した関心、そこから発した裁判が、逆にサラを沈黙させることになったとは、『サラ・バールトマンとホッテントット・ヴィーナス――ゴースト・ストーリー』（二〇〇九年）の著者の言葉である。そう、サラにはいっさいの「声」がないのだ。彼女の個人情報をいまに伝える裁判記録ですら、「彼女の声」を伝えるものではない。では、どうしたら「彼女の声」が聞けるのか。

沈黙のサラに語らせる――それこそが本書の試みだと言っていい。バーバラ・チェイス＝リボウが、サラ・バールトマンの生と死を問い直す本書に、「ある物語 A Novel」という副題をつけたのはそのためだろう。なぜなら、サラに語らせることは、フィクションでしか成しえないことだからだ。サラに主体性を与え、自らの人生を語り直させる――それこそ、ポストコロニアルにおける歴史小説の試みにほかならない。

一人称で語らせる――「ある物語」の役割とその限界

本書を構成する各章の特徴は、サラ・バールトマン、サラの世話をする使用人アリス・ユニコーン、ジェイン・オースティン、ジョルジュ・キュヴィエなど、視点を変えながらも、つねに一人称で語られていることである。第二一章にいたっては、解剖用の台の上に横たわったサラの遺体に語らせている。徹底して一人称での語りを使った著者のこだわりとは何なのだろうか。

自ら文字記録を残さない女性たちの「声」を取り戻すことは、この解題冒頭で紹介したように、著者チェイス＝リボウの歴史小説を貫く基本姿勢である。それを描き切るには、歴史に対する深い洞察と豊かな想像力が必要であることは言うまでもない。だからこそ、本書は、副題にいう「ある物語」なのである。

そうやって再構成された「物語」に、単なる「小説（フィクション）」を超えたリアリティが与えられることもある。そもそも、チェイス＝リボウに『サリー・ヘミングス』を書かせたのは、歴史家フォーン・ブローディが書いた『トマス・ジェファーソン――内面史』（一九七四年）であった。ヘミングスの妊娠のタイミングに注目し、彼女の存在をジェファーソンの人生の要に位置づけたこの伝記は、その心理学的アプローチに対して批判が寄せられ、ブローディはあやうく、歴史研究者としての生命を失いかけたといわれる。この事実からわかるように、歴史的想像力とその働かせ方は、歴史研究者にとって危ういものであることは間違いない。その点で、物語を膨らませる想像力こそが鍵を握る「小説」と大きく異なっている。

その一方で、歴史はすべてを記録できるわけではない。勢い、歴史叙述は選択的にならざるをえず、そうである以上、歴史的事実もまた、想像を交えつつ、たえず創造と再創造を繰り返す側面は否定できない。小説と歴史叙述が同じだと言うわけではない。それでも、サラ・バールトマン自身が後世に読まれる文字資料を何も残していない以上、「ある物語」が「ひとつの歴史解釈」である可能性は否定できないだろう。チェイス＝リボウは、『大統領の娘』のあとがきに、こう書いている。「歴史的真実のあいまいさに正当な解明を与えたものが、小説というものだ」［邦訳五七二頁］――ここにも、著者が「小説」にこだわる意味が、「ある物語」という副題の意味が、明快だろう。

それは、『大統領の娘』のあとがきを締めくくる著者のつぎの言葉もまた、「小説」でしかできない可能性と、一人称での語りにこだわった著者の想いを伝えて余りある。「この世には歴史などなく、もっともらしい度合いが少しずつ異なっているいくつもの作り話があるだけ」［邦訳五七三頁］。チェイス＝リボウは、このヴォルテールの言葉を、本書第二三章で、サラの死から四五年後の一八六〇年、自然史博物館で出会ったニコラ・ティーダマン（サラの石膏模型を作った芸術家）とチャールズ・ダーウィンとの対話という虚構のなかに、ふたたび織り込んでいる。

「ヴォルテールは、歴史とは、さまざまな蓋然性を持つ作り話にすぎないと言いませんでしたか？」ニコラ様は続けた。

「科学もそれとおなじではありませんか？……」（四三五頁）

しかしながら、われわれは忘れるべきではない。チェイス゠リボウが再構築した「サラ・バールトマンの物語」もまた、フィラデルフィア生まれのアフリカ系アメリカ人である著者の「作り話」にほかならないことを――。膨大な資料に当たり、言葉を残さなかったサラ・バールトマンの心に寄り添い、彼女の生きた時代と社会、世界をできるだけ忠実に再現しようとする著者の努力は貴く、高く評価されるべきである。だが、それもまた、一八一〇年の裁判記録と同様、サラの「声」ではない。このことを一番よくわかっているのが、著者チェイス゠リボウだろう。だからこそ著者は、そこに「麦粒ほどの真実が見いだせる」ことを希求してやまない。

本書翻訳について

最後に、本書の翻訳作業について話しておきたい。

翻訳を担当した安保、余田両氏は、いわゆる研究者ではない。二人は、いまなお大学で学び続ける、向学心に富んだ女性である。私が彼女たちと出会ったのも、私が担当するイギリス文化史や翻訳セミナー、講読演習などの授業においてであった。もう一〇年近く前の話になる。当時、「イギリス帝国の文化史」のようなものをまとめたいと思っていた私は、サラ・バールトマンの身体返還運動を講義で何度もとりあげ、いくつかの資料を集めつつあった。そのなかでも、チェイス゠リボウの手になる本書は異彩を放っていた。それは何より、「ある物語」という副題のせいだろう。そして、この副題ゆえに、私は本書翻訳をあえて、研究者ではない、それでも「過去と現在の不断の対話」である歴史を敬愛する彼女たちに委ねたのであった。

そこにはもうひとつ、別の理由もあった。本書が出版されてまもないころ、安保永子氏は、関西学院大学総合政策学部の開設に尽力した学部長（当時）の夫、安保則夫氏を突然の病で失い、失意の底にあった。それまで夫を支えて家族を守ることに腐心してきた彼女が、「夫とともに生きる人生」ではない別の人生と向き合わねばならなくなったこのとき、私は、縁あって、安保則夫氏が生前書き溜めていた論文を、則夫氏との共通の友人である高田実氏（現・下関市立大学教授）とともに整理して編み、『イギリス労働者の貧困と救済』（明石書店、二〇〇五年）として世に出した。私が本書を手に、彼女にこう持ちかけたのは、それからまもなくのことであった。「この本を翻訳してみませんか。あなたならば、著者がサラ・バールトマンに一人称で語らせた想いが理解できるのではないでしょうか」——無言のまま、本書を読みはじめた安保氏に、いつのまにか、彼女とともに私の講義を受講していた友人の余田愛子氏が加わった。

以来、二人は、時間を見つけては互いの訳をつき合わせ、内容の理解に努め、書かれた意味を受けとめながら、サラ・バールトマンへの想いを強くしていったという。安保氏曰く、「これほど一冊の本を読み込んだことはなかった」——。実際二人は、時にサラの怒りを、また時に彼女の哀しみを、共有しているように私には見えた。それからすでに数年が過ぎたいま、ようやく二人の労訳を上梓する運びとなった。この間の怠慢を含め、全体の訳に関する責任のいっさいは、すべて監訳者の私にある。出版まで辛抱強く作業につきあってくれた法政大学出版局編集部、勝康裕氏には、感謝の言葉しかない。最終作業では、私の教え子である上宮真紀氏（甲南大学大学院博士課程単位修得退学）にもお世話になった。深く感謝する次第である。

＊

翻訳過程を振り返りながら、いまあらためてサラ・バールトマンという女性のことを考えている。いまからちょうど一〇年前の二〇〇二年、彼女は、故郷南アフリカ、東ケープ、ガムトゥー峡谷の村ハンキーに埋葬された。墓地には「サラ・バールトマンの眠る場所」と記されたボードが置かれ、そこには、彼女の生涯とともに、彼女の帰還に大きく貢献した南アフリカの女流詩人ダイアナ・フェラスの詩が刻まれている。サラ・バールトマン、ここに眠る、だ。本書の著者も、サラの埋葬に触れたエピローグにこう書いている。「私の魂は燃焼し、舞い上がり、安らぎ、そして解き放たれた」と（四五四頁）——。

実際、その後の南アフリカでは、身体返還が無事完了したサラのことが語られることはほとんどなくなったと聞く。ならば、彼女はゆっくりと眠っているのだろうか。いや、はたして彼女は眠れるのだろうか。

二〇一〇年一二月、サラ・バールトマンの身体返還運動を紹介した永原陽子氏が企画した、東京外国語大学アジア・アフリカ言語文化研究所主催のセミナー報告で、南アフリカの研究者から興味深い話を聞いた。サラが南アフリカであれほど偶像化され、国をあげて返還運動が盛り上がった一方で、周辺地域の類似の問題にはほとんど光が当てられていないというのである。とりわけ、サラと同じ民族コイコイが暮らす隣国ナミビアでは、サラ・バールトマンをめぐる運動が、ナミビアにおける人骨返還問題（ドイツ植民地時代の虐殺による人骨の略奪とその返還）にほとんど影響を与えていないと伝えられる。それは、サラの身体返還が、南アフリカのコイコイ人の民族的アイデンティティの再構築と深く関わって展開したこと——サラの身体が、二〇世紀末の南アフリカにおいて、政治的、社会的、経済的な戦略となったこと——とは実に対照的だ。

ナミビアは、一九九〇年、南アフリカから独立した共和国であり、独立にいたる南アフリカとの複雑な関係とあいまって、いまなお、文化的・民族的なアイデンティティの構築過程にある。サラの身体返還を戦略的に利用してもいいだろうに、なぜサラをめぐる動きは、いまだに返還されない同じ民族の身体や遺骨を取り戻す動きに応用されないのだろうか。現地調査にあたった永原氏によれば、二〇〇二年の埋葬後、サラ・バールトマンへの熱狂が急速に冷めていったことにナミビアの運動家たちも驚いているという。報告を聞いて、つくづく考えさせられた。人間の身体や遺骨とは、いったい誰がどこに返す／取り戻すことが「正しい」のだろうか、と。どうも、チェイス＝リボウに本書を書かせたサラの身体返還運動の意味を、別の角度から問い直すときが来つつあるようだ。それが、サラ・バールトマンの眠りを覚まさないことを祈りつつ、解題のペンを置くことにしたい。

二〇一二年三月

井野瀬　久美恵

参考文献（解題に直接引用、言及したものに限る）

フランク・ヴェスターマン（下村由一訳）『エル・ネグロと僕——剥製にされたある男の物語』大月書店、二〇一〇年。

R・D・オールティック（小池滋監訳）『ロンドンの見世物』全三巻、II、国書刊行会、一九九〇年。

スティーヴン・ジェイ・グールド（新妻昭夫訳）『フラミンゴの微笑——進化論の現在』上下、早川書房、一九八九年。

ロンダー・シービンガー（小川眞里子・財部香枝訳）『女性を弄ぶ博物学——リンネはなぜ乳房にこだわったのか？』工作舎、一九九三年。

バーバラ・チェイス＝リボウ（下河辺美知子訳）『大統領の秘密の娘』作品社、二〇〇三年。

——（石田依子訳）『サリー・ヘミングス——禁じられた愛の記憶』大阪教育図書、二〇〇六年。

富山太佳夫「ポストモダンの歴史小説と奴隷制度」『同志社大学英語英米文学研究』八四号、一（二〇〇九年三月）、一〜二一頁。

永原陽子「博物館のなかの先住民」『歴史評論』第六〇一号（二〇〇〇年五月）、六〇〜六九頁。

——編『「植民地責任」論——脱植民地化の比較史』青木書店、二〇〇九年。

著訳者紹介

バーバラ・チェイス＝リボウ（Barbara Chase-Riboud）
1939年，アメリカ，フィラデルフィア生まれ。イェール大学で学び，1979年，ベストセラーとなった『サリー・ヘミングス』で，アメリカの女流作家の手になる最高の小説に与えられるジャネット・ハイジンガー・カフカ賞を受賞。歴史小説『ヴァリデ——ハレムの物語』（1986年），『ライオンの咆哮』（1989年），『大統領の娘』（1994年）は，いずれも絶賛を浴び，広く翻訳されている。これらに次ぐ歴史小説である本書には，2005年，アメリカ図書館協会からブラック・コーカス賞（「ブラック・コーカス」は黒人の権利向上をめざすアメリカの民間団体）が贈られた。1988年には，詩集『クレオパトラのごとき裸婦の肖像』で，優れたアメリカの詩人に贈られるカール・サンドバーグ賞を受賞し，詩人としての評価も高い。数々の受賞作品がロワー・マンハッタンを飾る彫刻家としても知られる。1996年にはフランス文化省から芸術文化勲章を授与された。現在，アメリカのみならず，パリ，ローマでも活躍を続けている。

監訳者
井野瀬　久美恵（いのせ　くみえ）
1958年生まれ。
京都大学大学院文学研究科西洋史学専攻博士課程単位修得退学。博士（文学）
現在，甲南大学文学部教授。専門はイギリス近代史，帝国史。
主な著書に，『大英帝国はミュージック・ホールから』（朝日新聞社，1990年），『女たちの大英帝国』（講談社現代新書，1998年），『黒人王，白人王に謁見す』（山川出版社，2002年），『植民地経験のゆくえ』（人文書院，2004年），『大英帝国という経験』（講談社，2007年），『イギリス文化史』（編著，昭和堂，2010年），『アフリカと帝国』（共編著，晃洋書房，2011年）ほか。

訳　者
安保　永子（あんぼ　えいこ）
1954年生まれ
1976年，関西学院大学社会学部卒
2000年より甲南大学文学部の聴講生となり，歴史文化学科，英語英米文学科の授業を中心に，監訳者の講義などを受講し，現在にいたる。

余田　愛子（よでん　あいこ）
1956年生まれ
1979年，関西学院大学文学部，教育心理学科卒
2001年より甲南大学文学部の聴講生となり，歴史文化学科，英語英米文学科の授業を中心に，監訳者の講義などを受講し，現在にいたる。

ホッテントット・ヴィーナス　ある物語

2012年 5 月25日　初版第 1 刷発行

著　者　バーバラ・チェイス＝リボウ
監訳者　井野瀬 久美惠
訳　者　安保永子・余田愛子
発行所　財団法人法政大学出版局
〒102-0073 東京都千代田区九段北 3-2-7
電話 03（5214）5540／振替 00160-6-95814
組　版　HUP／印刷　平文社／製本　誠製本
装　幀　奥定 泰之

ISBN 978-4-588-49026-2　Printed in Japan